Susanne Wittpennig

2047 – Ein Blick in die Ewigkeit

(Time Travel Girl)

www.fontis-verlag.com

Für Vitus, Monica
und meine Mutter

Susanne Wittpennig

2047 – Ein Blick in die Ewigkeit

Time Travel Girl

fontis

Infos über die Autorin,
«Maya und Domenico» und
«Time Travel Girl»
gibt es auf:
www.schreibegern.ch

Bibliografische Information der Deutschen Nationalbibliothek
Die Deutsche Nationalbibliothek verzeichnet diese Publikation in der Deutschen Nationalbibliografie; detaillierte bibliografische Daten sind im Internet über www.dnb.de abrufbar.

FSC www.fsc.org MIX Papier aus verantwortungsvollen Quellen FSC® C014138

Umschlag: Spoon Design, Olaf Johannson, Langgöns
Fotos Umschlag: Lesya Dyatlova/Shutterstock.com
Foto Innenteil (Uhren): Black Moon/Shutterstock.com
Satz: InnoSet AG, Justin Messmer, Basel
Druck: Finidr
Gedruckt in der Tschechischen Republik

ISBN 978-3-03848-202-4

Inhalt

Was bisher geschah …

Das Leben ist nicht gerade einfach für Lisa Leonor Lambridge, genannt: Lee. Die sechzehnjährige Waise gehört nirgends so richtig dazu und hat nur zwei wirkliche Freunde: Britt Webster und Zac Silverman. Wegen ihrer naturwissenschaftlichen Hobbys, der Weigerung, sich wie ein Mädchen anzuziehen, und weil sie in die Tomsbridge School nur durch ein Stipendium reingekommen ist, ist sie ein beliebtes Ziel für Mobbing.

Dazu lebt Lisa in einem armen Viertel der Stadt bei ihrem Bruder Thomas und seiner spießigen Freundin Fanny, die die Skateboard fahrende Lisa gerne umerziehen und zu einer angepassten jungen Frau machen würden.

Lisas Eltern sind gestorben, als sie zwei Jahre alt war, und gemeinsam mit ihrem Bruder ist sie bei einer Tante und einem Onkel aufgewachsen.

Lisas Kindheit hätte traurig und einsam verlaufen können, wenn da nicht Momo gewesen wäre: ein herziger gleichaltriger Junge aus der Nachbarschaft mit Sprachfehler, der oft zum Spielen vorbeikam und Lisas bester Freund wurde. Lisa verbindet mit ihm die schönsten Erinnerungen. Und auch wenn Morgan Kendall, wie Momo mit richtigem Namen heißt, mittlerweile zu «cool» für Lisa geworden ist und sie in der Schule ignoriert, hat Lisa ihn nie vergessen, ist heimlich in ihn verliebt und träumt davon, mit ihm zusammenzukommen.

September 1989: Für die angesagten Girls der Tomsbridge School – Beatrice, Carol, Sandy, Kimberley und Camilla – gibt es zurzeit nur zwei Themen: Wer ist eingeladen zur Party der reichen, beliebten Kendall-Brüder Steven und Morgan? Und: Mit wem geht der wortkarge, hübsche Morgan wohl zum Schulball?

Lisa und ihre Freunde interessieren sich dafür weniger, vor allem weil Zac, ein Genie mit IQ von 178, behauptet, endlich eine Zeitmaschine erfunden zu haben. Er ist überzeugt: Wenn Gewitter herrschen, kann er mit Hilfe seines «Time Transmitters» im Valley hinter der Schule bei der Tomsbridge-Brücke ein Wurmloch erzeugen. Die Freunde glauben ihm anfangs kein Wort. Und auch Professor Ash, der bösartige Physiklehrer der Schule, macht sich über Zac lustig.

Doch dann überschlagen sich die Ereignisse:

Zac und sein Vater, der Nobelpreisträger Professor Levi Silverman, versetzen Lisa bei einem ersten kleinen Zeitreise-Experiment tatsächlich zwei Tage in die Zukunft – die Zeitmaschine funktioniert! Kaum haben die Freunde diese Erkenntnis verarbeitet, erscheint eine mysteriöse neue Lehrerin auf der Bildfläche: Misses Whitfield behauptet, Lisas älteres Ich aus der Zukunft zu sein. Sie ist im Jahr 2018 dank Zacs mittlerweile sehr viel ausgereifteren Zeitmaschine in die Vergangenheit gereist, um Lisa zu warnen:

Ihr geliebter Momo wird am 07.06.2018 sterben!

Er hat in der Zukunft zu viele falsche Entscheidungen getroffen.

Misses Whitfield zeigt Lisa ein Foto von Morgans Grabstein auf ihrem Smartphone. Lisa soll diese Entwicklungen um jeden Preis verhindern.

Und sie muss! Denn Lisas Hoffnungen auf die große Liebe mit Momo erhalten gerade neuen Antrieb: Morgan hat sie zu seiner Party eingeladen, mit ihr getanzt, sich ihr geöffnet und war für kurze Zeit wieder «ihr Momo», nach dem sie sich so lange gesehnt hat. Er ist sogar einverstanden, mit ihr zusammen zum Ball zu gehen.

Doch der steht unter keinem guten Stern. Zum einen müssen die Freunde just an diesem Abend Misses Whitfield in ihre Zeit zurückschicken, was Professor Ash, der verbitterte Physiklehrer, herausgefunden hat und mit einem Polizeiaufgebot verhindern will.

Und zum anderen bricht Morgan Lisa an diesem Abend das Herz: Er knutscht mit einem anderen Mädchen rum und gibt Lisa zu verstehen, dass er nie mehr als Freundschaft für sie empfinden wird, obwohl er sie zuvor geküsst hat.

Lisa ist verzweifelt. Blind vor Schmerz konfrontiert sie Morgan mit dem Foto von seinem eigenen Grabstein und erzählt ihm alles über ihre Zeitreisen. Dann rennt sie zu ihrem älteren Ich, das eben unter höchster Gefahr versucht, ins Jahr 2018 zurückzureisen.

Morgan, der ihr gefolgt ist, sieht gerade noch, wie Lisa in einem Strudel aus blauen Blitzen verschwindet. Sie ist statt ihres älteren Ichs ins Wurmloch gezogen worden, und Morgan wird blitzartig klar, dass alles, was Lisa ihm soeben erzählt hat, wahr ist: Es gibt Zeitreisen. Und er wird am 07.06.2018 sterben. Er bricht zusammen und kann nur durch die Beteuerung von Lisas Freunden beruhigt werden, dass sie alles unternehmen werden, um Lisa im Jahr 2018 zu empfangen und dann wieder zurück in ihre Vergangenheit zu schicken.

Im Jahr 2018 angekommen, erfährt Lisa, dass ihre Freunde mittlerweile vor einem seltsamen Rätsel stehen: Sie hätten erwartet, dass sie es schaffen, Lisa 2018 zurück in ihre Zeit zu verfrachten – folglich hätte sie irgendwann rund um das Jahr 1990 wieder auftauchen müssen.

Aber das ist nie passiert.

Irgendetwas hat ihre Rückkehr verhindert – mit ernsthaften Folgen für Zac und seinen Vater, der ab 1989 für acht Jahre ins Gefängnis musste, weil man ihm für Lisas Verschwinden die Schuld gab. Die Freunde glauben, dass Professor Ash etwas mit allem zu tun hat, weil er 1989 mit Lisa ins Wurmloch gezogen wurde und ebenfalls als vermisst gilt …

Weil erst in fünf Monaten ein so großes Gewitter stattfindet, wie man es für Zeitreisen mit Wurmloch und Time Transmitter benötigt, beschließen Lisas Freunde, ihr solange einen außergewöhnlichen Einblick in die Zukunft zu geben, indem sie sie 2018 zur Schule gehen lassen. Kurzerhand wird so aus dem 80er-Jahre-Girl Lisa Lambridge die Austauschschülerin Leonor Whitfield, die eintaucht in die Welt der Zukunft: Internet, Smartphones und soziale Medien sind für sie ebenso fremdartig wie die Erfahrung, die Sprösslinge ihrer früheren Klassenkameraden zu treffen und die Menschen ihres ehemaligen Umfelds plötzlich gealtert wiederzusehen.

Das Leben als Millennial ist am Anfang gar nicht mal so übel: Lisa verguckt sich in Kyle, einen attraktiven Jungen, der ihre Gefühle tatsächlich erwidert und sie so mag, wie sie ist. Sie lebt in einer WG, schließt unverhofft Freundschaft mit der Tochter eines ehemaligen Klassenkameraden und ist begeistert von der Technik der Zukunft. Doch Zeitreisen sind kein Zuckerschlecken, und so zeigen sich bald erste Schattenseiten: Lisa erfährt, dass ihr Bruder in der Zukunft sterbenskrank ist. Und: Ausgerechnet der Junge, der ihr Avancen macht, ist Momos Neffe!

Momo … Lisa erfährt, dass Morgan gleich nach ihrem Verschwinden im Jahr 1989 den Streit bereut hat, den sie nach dem Ball hatten, und dass er sie vermisst hat. Noch lebt er, aber das Foto seines Grabsteins hat sein Leben geprägt. Er ist mittlerweile Alkoholiker und vergeudet seine Zeit damit, das Geld seiner Familie zu verprassen.

Was tun? Lisa setzt sich über die Warnung von Doc Silverman hinweg und nimmt Kontakt zu Morgan auf – exakt an dem Tag, an dem er sterben soll. Sie verbringen einen verrückt-vertrauten Abend, und Lisa erfährt, dass die Angst vor der Zukunft Momo hat nachdenklich werden lassen über den Sinn des Lebens, ja, dass hinter dem Mann, den sein Umfeld bloß als Alkoholiker sieht, immer noch der gutherzige Momo von früher steckt, nun allerdings um einiges reifer und weiser. – Und Momo überlebt seinen Todestag! Das Foto seines Grabsteins verschwindet von Lisas Smartphone.

Doch damit sind längst nicht alle Probleme gelöst. Lisa muss immer noch zurück in die Vergangenheit reisen, und obwohl die technischen Voraussetzungen stimmen, gibt es noch immer einen Menschen, der alles verhindern könnte: Professor Ash. Die Freunde sind sich sicher, dass er im neu entstandenen Forschungslabor neben der Schule nur darauf wartet, dass ein Gewitter kommt, um Lisa dann bei ihrem Versuch, in der Zeit zu reisen, aufzuhalten. Die Frage ist: Wie kann man den verbitterten Physiker davon abhalten?

Durch einen Trick verschafft sich Lisa Zugang zum «Tomsbridge Science Research Center»: Bei einem Schulausflug ins Zentrum schleicht sie sich in die untersten Stockwerke. Was sie entdeckt, übertrifft ihre schlimmsten Vorstellungen. Professor Ash, dem Lisa prompt in die Falle gerät, hat ein eigenes Wurmloch entwickelt und plant, Lisa damit in den Äon, in die Ewigkeit, zu katapultieren! Alles, was ihm dazu noch fehlt, ist Zacs Time Transmitter.

Gott sei Dank kommen derweil Lisas neue Freunde Kyle und Angela darauf, dass Lisa das Zeitreisemädchen sein muss, von dessen Verschwinden im Jahr 1989 sie schon so oft gehört haben. Gemeinsam mit Lisas alten Freunden Britt und Zac gelingt ihnen Lisas Rettung, angeführt von Morgan, der sie heldenhaft in Sicherheit bringt.

Die Rückreise ins Jahr 1990 muss nun bald stattfinden, und die Vorbereitungen laufen auf Hochtouren.

Die Freunde planen, Professor Ash an jenem Abend mit einem Ablenkungsmanöver so lange aufzuhalten, bis Lisa in ihre Zeit zurückgereist ist. – Aber: Will sie das denn immer noch? Momo hat ihr ein weiteres Mal, diesmal als erwachsener Mann, erklärt, dass sie als Paar wahrscheinlich einfach nicht zusammenpassen. Und obwohl Kyle noch sehr unreif ist und bekannt für seine Flirts mit dem anderen Geschlecht, scheint er doch viel besser zu Lisa zu passen als Momo. Zudem erwartet Lisa im Jahr 1990 der Eintritt in ein Internat, in das Fanny und ihr Bruder Thomas sie stecken wollen.

Lisa kämpft mit ihren Gefühlen, doch am Ende fallen die Würfel: Sie beschließt, nach Hause zu gehen.

Und tatsächlich: In einer spannenden Aktion schafft Lisa haarscharf den Sprung in eine andere Zeit!

Doch etwas stimmt nicht.

Sie bewegt sich in der Zeit gar nicht rückwärts, sondern vorwärts. Und seltsamerweise ist sie auch nicht *allein* in den Strudel der Zeit katapultiert worden …

Kapitel 1
Wann sind wir?

Der Aufprall war hart. Härter, als sie es von den letzten beiden Malen in Erinnerung hatte.

Und ganz anders.

Und vor allen Dingen: *ziemlich* real.

Durch den derben Aufschlag ihres bereits malträtierten Hinterns auf dem steinharten Untergrund kehrte auch ihr Bewusstsein voll zurück.

Das Bewusstsein, dass dies kein Traum war und dass sie soeben eine weitere turbulente Zeitreise hinter sich hatte.

Schwankend stand Lisa auf und versuchte sich ins Gedächtnis zu rufen, *wann* sie sich – gemäß Plan – befinden musste.

Zeit der Abreise: Freitag, 22. Juni 2018, zwanzig vor elf Uhr abends.

Geplante Ankunftszeit: Mittwoch, 14. Februar 1990, zehn Uhr abends.

So hatte Zac zumindest den Time Transmitter programmiert.

Aber hier war irgendetwas verkehrt.

Vor ihr lag nicht das dunkle Valley von 1990, das sie erwartet hatte.

Nein, es war so hell, dass sie jeden Ast und jeden Stein erkennen konnte, und die gegenüberliegende Uferseite, die eigentlich aus wildwuchernden Gras und Büschen bestehen sollte, war mit steinernen, bunkerartigen Bauten gesäumt.

Nun ja, in ihrer Zeit war sie zuletzt im September 1989 hier gewesen, und Zac hatte ihre Ankunft wegen ihres biologischen Alters auf Februar 1990 programmiert, doch so stark konnte sich das Valley in den etwa fünf Monaten, die dazwischenlagen, nicht verändert haben! Auf keinen Fall!

Oder etwa doch?

Fakt war: Es war beinahe taghell. Im Fluss spiegelte sich das sanfte Dämmerlicht des bewölkten Himmels, der mit seiner purpurnen Nuance wahrscheinlich einen bevorstehenden Sonnenaufgang oder Sonnenuntergang ankündigte.

Aber Zac hatte sie auf zehn Uhr abends zurückgeschickt, dessen war sie sich sicher. Langsam wurden ihre Gedanken immer klarer. Außerdem war sie doch im Monat Februar gelandet. Müsste es um diese Zeit in England nicht stockdunkel und zudem bitterkalt sein? Immerhin herrschte hier sonst tiefster Winter.

Aber kalt war es überhaupt nicht. Im Gegenteil. Die Luft war tropisch warm, regelrecht schwül.

Vorsichtig drehte sie sich auf wackeligen Beinen um ihre eigene Achse und wagte einen Blick auf das, was sich hinter ihrem Rücken befand.

Ein monumentales quaderförmiges Gebäude, das sie in seiner Größe beinahe zu erschlagen drohte, türmte sich vor ihr auf. Die hell erleuchteten Räume hinter den Glasfenstern warfen ihr Licht auf die gesamte Umgebung. Gleißende Scheinwerfer, auf dem Areal um das Gebäude herum verteilt, strahlten wie kleine Sonnen und beschienen jeden Grashalm. Die dichte Wolkendecke, die das Licht reflektierte, ließ das Valley in jenem seltsam rötlichen Zwielicht erscheinen, das die Umgebung in ein schummriges Dämmerlicht tauchte. Somit war es vielleicht gar nicht Abend oder früher Morgen …? War es Nacht?

Lisa musste ihren Kopf weit in den Nacken legen, um die Etagen des Gebäudes zu zählen. Sechs, sieben Etagen mussten es mindestens sein, und oben auf dem Dach erblickte sie eine Art riesengroßen Hubschrauber, dessen rote Lichter in einem immer wiederkehrenden Intervall blinkten.

Sie träumte nicht, oder? Sie wollte sich in den Arm zwicken, doch statt Haut ertastete sie nur glitschigen Stoff. Stimmt, sie steckte ja noch in diesem ollen nassen Regenschutz. Bei ihrer Abreise hatte es geregnet – wie bei Zeitreisen so üblich –, denn ohne Gewitter waren Zeitreisen nicht möglich.

Statt sich zu kneifen, zog sie die Kapuze runter und schüttelte sich das vor Feuchtigkeit triefende Haar aus dem Gesicht. Das hier war zwar eindeutig das «Tomsbridge Science Research Center», aber völlig verwandelt und gigantischer als je zuvor.

Irgendetwas war total schiefgelaufen.

Sie konnte *definitiv* nicht im Jahr 1990 sein, zumal die Grundsteine des Forschungszentrums nicht vor dem Jahr 2000 gelegt worden waren. Sie musste also irgendwann *nach* dem Jahr 2000 gelandet sein.

Oder hatte sich ihre Zeitlinie aus irgendwelchen Gründen derart verändert, dass das Forschungszentrum früher erbaut worden war als ursprünglich geplant?

Mitten in ihren Überlegungen hörte sie ein klägliches Stöhnen hinter sich, und sie drehte sich wieder um.

Da, nur ein paar Meter von ihr entfernt, lag jemand, den sie zuvor gar nicht bemerkt hatte. Sie erkannte zuerst nur ein Paar verknoteter Beine, dann kamen zwei Arme zum Vorschein, und eine lange, schlaksige Person versuchte, sich aufzurappeln.

«Wo bin ich …?»

«Kyle?», fragte sie, als sie die Stimme mit dem leicht maulenden Unterton erkannte.

«Jap.»

Tatsächlich, es war Kyle. Sich der Tatsache, dass er eigentlich gar nicht hier sein sollte, noch nicht vollständig bewusst, lief sie zu ihm hin.

Kyle hatte es noch nicht geschafft, aufzustehen. Im Gegenteil. Er war wieder auf sein Gesäß geplumpst, saß nun mit hängendem Kopf da und hatte einen sterbenselenden Ausdruck im Gesicht. Neben ihm auf dem Boden war eine Lache mit Erbrochenem.

«Kyle, was machst du hier?», fragte Lisa atemlos und rümpfte die Nase angesichts des Gestanks. In den letzten Monaten war sie ein bisschen sehr viel mit Erbrochenem in Berührung gekommen.

«Kotzen … irgendwas hat mich einfach mitgerissen … Mann, ist mir übel … was war das denn? Ein Wirbelsturm?»

«Nein», sagte sie. «Kein Wirbelsturm. Ein Zeitstrahl … ein Wurmloch.» Sie schluckte, um die eigene Übelkeit zu verdrängen. Sie hatte sich nach ihrem letzten Trip durch die Zeit auch heftig übergeben müssen, aber mittlerweile war sie darin erfahren, die Schwindelgefühle unter Kontrolle zu halten. Es war in etwa so, wie wenn man sich ans Achterbahnfahren gewöhnte, indem man mit der Zeit lernte, seinen Körper in der richtigen Position zu halten.

«Wo sind wir?»

Bevor Lisa irgendetwas erwidern konnte, wurden sie durch wütendes Hupen aufgescheucht. Ein Auto suchte sich den Weg über die Brücke und kam direkt auf sie zugefahren. Es fuhr so leise, dass sie es gar nicht hätten kommen hören, wenn es sich nicht durch dieses Hupkonzert angekündigt hätte. Mehr als ein hohles Summen ging von seinem Fahrwerk nicht aus.

Schnell riss Lisa Kyle auf die Beine und zog ihn zur Seite, um das skurrile Fahrzeug durchzulassen. Seine vier Räder waren von azurblauen Strahlen umgeben, so dass es aussah, als würde es schweben. Die schnittige und elegante Karosserie schien aus verschiedenen Schichten anthrazitfarbenen und silbernen Metalls zu bestehen. Die Fenster verschmolzen förmlich mit dem keilförmigen Design und gaben Einblick ins Wageninnere, das genauso bläulich leuchtete wie die Räder.

«Ich glaube, die richtige Frage ist nicht, *wo* wir sind, sondern …»

Schlagartig wurde sich Lisa einer weiteren Tatsache bewusst. Der harte Aufprall ihres Hinterteils, das futuristische Auto, das einfach mir nichts, dir nichts über die Brücke fuhr – die Frage nach dem *Wo* war vielleicht doch nicht ganz unberechtigt: Sie konnten unmöglich auf der Tomsbridge gelandet sein, denn über die alte Basaltbrücke waren keine Autos gefahren. Das ging gar nicht. Nicht umsonst trug sie den Namen «Todesbrücke». Jeglicher Zugang zu dieser Brücke war früher mit einem Hinweis auf Lebensgefahr strengstens untersagt gewesen.

Lisa wandte sich um und folgte mit ihrem Blick dem Auto, das direkt auf das Forschungszentrum zuhielt und auf einer Rampe in dessen Innerem verschwand.

Aber doch! Sie *mussten* auf der Todesbrücke sein! Sie standen doch genau an Ort und Stelle, wo die alte Brücke eigentlich sein müsste.

Lisa bewegte vorsichtig ihre Beine und schaute hinunter auf den glatten Belag unter ihren Füßen, der aussah wie schwarzes Glas. Was einst eine alte Basaltbrücke gewesen war, war offensichtlich durch eine neue, moderne Brücke ersetzt worden, die nun als Autoüberfahrt diente. Und das bedeutete, dass sie sich in irgendeinem Jahr *nach* 2018 befinden mussten, aber wie weit nach 2018, das wusste sie nicht.

«... die Frage ist ... *wann* wir sind», beendete sie mit matter Stimme den Satz, als ein weiteres Stöhnen sie wieder in die Gegenwart zurückriss.

Was immer die Gegenwart auch war ...

Kyle hing kopfvoran über dem Geländer und übergab sich noch einmal, und zwar direkt in den Fluss. Es klang mitleiderregend, als würde er sich seiner ganzen Eingeweide entledigen.

Lisa seufzte. Sie musste jetzt einen kühlen Kopf bewahren, auch wenn die Beine unter ihr ebenfalls nachgeben wollten.

Immerhin war sie gemäß Zeitlinie 28 Jahre älter als Kyle, und das bedeutete wohl oder übel, dass sie diejenige war, die auf den Jüngling aufpassen musste.

Sie ging zu ihm und hielt ihn fest, damit er noch einmal ordentlich reihern konnte, ohne gleich über die Brüstung zu stürzen. Sein glitschig-nasser Regenanzug, in den sie ihre Hände gekrallt hatte, erinnerte sie erneut daran, dass sie beide für diese fast schon tropische Wärme ziemlich unpassend gekleidet waren. Sachte zog sie Kyle die Kapuze vom Kopf. Das sonst so struppige Haar klebte plattgedrückt an seinem Schädel.

«Durst ...», stöhnte er.

Den hatte Lisa auch. Ihre nächsten Überlegungen waren daher: Was jetzt? Woher konnten sie etwas zu trinken bekommen? Und wo sollten sie hin? Ob Zac wieder vor der Schule auf sie warten würde, so wie im Jahr 2018?

Zac – falls er noch lebte! Das konnte man ja nicht wissen. Was, wenn sie sich im 22. Jahrhundert oder gar noch später in der Zukunft befanden? Dann würde höchstens noch Zacs Grabstein existieren.

Und dieses Mal hatte sie kein Smartphone bei sich, auf das ihr jemand eine Message hätte senden können. Denn das Handy hatte ihr Professor Ash im Jahr 2018 abgenommen.

Es sei denn …

«Kyle? Hast du dein Smartphone bei dir?»

«Ja!» Kyle kramte irgendwo in den tiefen Gefilden seines Regenanzugs und klaubte es hervor. Das Gerät schien den Sturz überlebt zu haben. Lisa nahm es und untersuchte es, doch es befand sich keine Nachricht darauf. Stattdessen schien sich das Smartphone vergeblich mit einem Netzwerk verbinden zu wollen und gab irgendwann mit der Meldung auf, dass keine Verbindung möglich sei.

Und irgendwie ahnte Lisa auch, dass Zac dieses Mal nicht auf sie warten würde.

Sie versuchte, jeglichen Anflug von Panik in Schach zu halten. Erst mal musste sie im Kopf Prioritäten setzen. In Gedanken fertigte sie daher eine Liste an, was als Nächstes zu tun sei, fast so, als befände sie sich in einem Computerspiel und müsste eine Reihe Aufgaben bestehen, um weiterzukommen.

Erstens: Sie brauchten *dringend* Wasser.

Zweitens: Sie mussten herausfinden, in welchem Jahr sie sich befanden und ob Zac noch lebte.

Drittens: Falls dies nicht der Fall war, mussten sie jemanden finden, der ihnen helfen konnte.

Und viertens: Sie mussten in Erfahrung bringen, wie und *ob* sie überhaupt wieder nach Hause zurückkehren konnten.

Zumindest für die erste Mission hatte sie eine vage Idee.

«Lass uns rüber zur Schule gehen», schlug sie vor, während sie an dem Reißverschluss ihres Regenanzugs zerrte. Sie musste dringend raus aus diesem Plastik-Treibhaus, bevor sie darin vor Hitze verschmachtete. «Vielleicht können wir beim Brunnen draußen auf dem Vorplatz etwas Wasser trinken.»

Vorausgesetzt, die Schule steht noch, dachte sie. Von hier aus war das nicht zu erkennen, weil der gigantische Klotz von Forschungszentrum einem die Sicht auf alles versperrte, was dahinter lag.

«Was ist denn nun passiert? Ich versteh nicht …» Kyle tat es Lisa gleich und entledigte sich ebenfalls des Plastikanzugs.

«Kyle … wir sind …»

Zwei grüne Blinklichter blitzten am Himmel auf. Ein sehr feines Surren ertönte über ihren Köpfen, und ein kleines, eiförmiges Gerät schwebte vor ihnen herab. Es landete sanft vor ihren Füßen, und ein Deckel glitt auf.

Im Innern befanden sich zwei Flaschen.

«Oh, jemand schickt uns Wasser», sagte Lisa erleichtert. Ob Zac das gewesen war? Es musste fast so sein, denn wer sollte sonst wissen, dass sie hier waren und so dringend Wasser brauchten?

Erleichtert klemmte sie das nasse Regenzeug unter den Arm und beugte sich vor, um die beiden Flaschen aus dem Bauch der kleinen Sonde herauszuholen. Sie warf Kyle eine davon zu.

«Hier.»

Wenn ihnen jemand Wasser sandte, dann musste das bedeuten, dass zumindest einer ihrer Freunde noch am Leben war, oder?

Und dass sie erwartet wurden.

Und dass sie vielleicht gar nicht so weit in der Zukunft waren, wie sie dachte.

Das Wasser tat gut, auch wenn es etwas seltsam schmeckte. Als wäre es mit chemischen Mitteln angereichert. Lisa überlegte, ob darin vielleicht extra Nährstoffe waren, die ihre Körper nach dem turbulenten Trip durch das Wurmloch zusätzlich benötigten. Tatsächlich war der Durst nach wenigen Schlucken weg.

Kyle trank die Flasche fast in einem Zug leer, und Lisa konnte beobachten, wie die Farbe in sein Gesicht zurückkehrte.

«Aaaaaah, tut das gut», stöhnte er erleichtert.

«Komm, lass uns gehen», drängte sie hoffnungsvoll. «Vielleicht wartet tatsächlich vor der Schule jemand auf uns.»

«Sag mal ... sind wir tatsächlich durch die Zeit gereist?», fragte Kyle, dessen Gedanken nun auch zusehends klarer wurden.

«Ja, sieht so aus», sagte Lisa, die immer noch nicht verstand, warum der Zeitstrahl auch Kyle erfasst hatte. Sie streckte ihre etwas steifen Glieder und prüfte, ob ihre geliebten Flickenjeans auch dieses Mal den Sturz überlebt hatten. – Sie hatten. Zumal sie durch den Regenanzug geschützt gewesen waren.

«Aber in welchem Jahr sind wir denn? Ist das das Jahr 1990? Wo du herkommst?», fragte Kyle mit großen Augen.

«Definitiv nicht. Damals gab es noch kein Forschungszentrum. Und schon gar keine Autos mit leuchtenden Rädern.»

«Aber welches Jahr ist es dann?»

«Wenn ich's wüsste, würde ich's dir sagen.»

Lisa setzte sich langsam in Bewegung und zog Kyle am Arm mit sich.

«Los, komm.»

Sie hatte auf einmal ganz stark den Eindruck, dass sie hier schleunigst die Fliege machen mussten.

Nach kurzem Herumspähen entdeckte sie die Treppe, die neben dem Forschungszentrum den Hang hinaufführte und die es schon 2018 gegeben hatte. Die Treppe würde sie direkt hinauf zum Vorplatz führen, von wo aus sie auf die Straße zur Schule gelangen konnten.

Während sie die Stufen hochrannten, kreisten Lisas Gedanken nur noch um die eine Frage: Wie konnte Zac so ein fataler Fehler unterlaufen sein? Er, der doch jahrzehntelang alles darangesetzt hatte, sämtliche Fehlerquellen zu eliminieren, und ihr immer wieder versichert hatte, dass sie nichts zu befürchten hätte …?

«Was sind das eigentlich für Lichterketten am Himmel?», fragte Kyle auf einmal.

Lisa schaute gen Himmel und versuchte ausfindig zu machen, was Kyle meinte. Als sie genauer hinschaute, sah sie mehrere Lichter am rötlichen Firmament schweben. Auf den ersten Blick hätte man sie für Sterne halten können, wäre da nicht die dichte Wolkendecke gewesen. Doch die regelmäßige Formation, die in der Tat einer Lichterkette ähnlich sah, wies auch ohne Wolken darauf hin, dass es sich unmöglich um Himmelskörper handeln konnte.

«Ob das Drohnen sind …?»

Kyle schien auf einmal eine Art heftige Müdigkeit zu überfallen, denn er gähnte herzhaft.

Lisa kniff die Augen zusammen, um die seltsamen Lichter besser identifizieren zu können. Sie kam sich allmählich vor wie in einem Science-Fiction-Film. Auch sie merkte, dass ihre Glieder sich richtig schwer anfühlten. Am liebsten hätte sie sich gleich hier auf der Treppe zusammengerollt und ein paar Stunden geschlafen. Sie versuchte sich zusammenzureißen und zwang ihre Beine, die nächsten Stufen zu erklimmen.

Als sie das nächste Mal ihren Kopf hob, erblickte sie eine Gruppe

Menschen in merkwürdig fluoreszierenden Anzügen, die erwartungsvoll vor ihnen standen.

«Was …», murmelte sie schwach, während ihr die Sinne zu schwinden drohten.

Nur unvollständige Gesprächsfetzen drangen an ihr Ohr.

«Zeitversetzung erfolgreich … Zeitreisende genau um 21:16 Uhr Ortszeit angekommen … Professor Elliott Bescheid geben … positiv … Sedativum wirkt … unversehrt … wir bringen sie sofort … verstanden. Sind auf dem Weg.»

Der rötliche Himmel und die merkwürdigen Lichter vermischten sich mit den Wortfetzen zu einem undurchsichtigen Traum, der sich wie eine schwere Decke über Lisas Bewusstsein legte.

Kapitel 2
Tausend Fragen

Als Lisa zu sich kam, fand sie sich in einem sterilen weißen Zimmer in einem weichen Bett wieder. Das Erste, was ihr in die Nase kroch, war der penetrante Geruch eines scharfen Desinfektionsmittels.

Vorsichtig richtete sie sich auf – oder besser gesagt, versuchte sie es –, als ein Ziepen an ihrer rechten Hand sie innewerden ließ, dass dieselbe in einer Bandage steckte und an einer Infusion hing. Außerdem trug sie ein lichtgrünes Nachthemd. Ganz eindeutig war sie in einem Krankenzimmer. Aber wie kam sie hierher? Hatte sie einen Unfall gehabt? Sie konnte sich nicht erinnern …

Neben sich hörte sie ein vertrautes Stöhnen. Erst jetzt sah sie, dass neben ihr noch ein Bett stand, in dem sich Kyles Strubbelkopf regte.

Er hob den Kopf und starrte Lisa an. Sein Gesicht strotzte nur so vor Verwunderung, als er bemerkte, dass auch er an einer Infusion hing.

«Wo sind wir?», krächzte er matt.

«Gute Frage», murmelte Lisa und strengte ihr Hirn an, um sich an irgendetwas zu erinnern.

Sie waren durch die Zeit gereist, so viel wusste sie noch, und dann waren sie auf einer merkwürdigen Brücke in der Zukunft angekommen, hatten seltsame Lichterketten gesehen, ein sonderbar geformtes Auto mit Lichträdern … und dann eine Sonde mit Wasserflaschen … Und dann? … Danach konnte sie sich an nichts mehr erinnern. Oder doch?

Sie waren die Treppe neben dem Forschungszentrum hinaufgestiegen, hatten über sich den rötlichen Himmel betrachtet, und dann war auf einmal eine Gruppe Menschen vor ihnen gestanden.

Hatte man sie gekidnappt?

«Ich glaube, wir sind im Forschungszentrum», sagte sie vage. Sie ließ ihre Augen zur Zimmerdecke und zu den Wänden schweifen und stellte fest, dass der Raum überhaupt keine Fenster hatte. Die Beleuchtung, die anmutete wie Tageslicht, flutete irgendwo aus den Ecken der Zimmerwände, obwohl nirgendwo Lampen angebracht waren.

«Im Forschungszentrum? Aber wieso?» Kyle versuchte seine andere, infusionslose Hand zu heben, doch weit nach oben brachte er sie nicht, da sie in einer Manschette steckte und am Bett festgebunden war. Stirnrunzelnd betrachtete er seine Finger.

Ahnungsvoll bewegte Lisa ebenfalls ihre linke Hand und stellte fest, dass sie sie tatsächlich nicht weiter als zehn Zentimeter anheben konnte. Seltsam …

«Hatten wir einen Unfall?», fragte Kyle bestürzt.

«Nicht, dass ich wüsste», wollte Lisa gerade antworten, als die Tür aufging. Ein großer, kräftig gebauter Mann mit blondem, zerzaustem Haar betrat den Raum, gefolgt von einer Frau mit asiatischen Gesichtszügen, die mindestens zwei Köpfe kleiner war als er. Beide steckten in Anzügen von derselben lichtgrünen Farbe wie die der Nachthemden von Lisa und Kyle.

Auf den ersten Blick vermutete Lisa, dass sie Ärzte waren. Sie blieben eine Weile vor den Betten stehen und schauten auf die beiden Jugendlichen herab, während sie leise ein paar Worte miteinander austauschten. Sie wirkten sehr zufrieden, als hätten sie eben ein gelungenes Experiment hinter sich.

«Was geht hier ab?», fragte Lisa forscher, als ihr eigentlich zumute war.

«Habt ihr gut geschlafen?» Die asiatische Frau beugte sich mit einem professionellen Lächeln über sie, das so unecht wirkte, dass es ihre Augen nicht erreichte. Aus der Nähe betrachtet, zierte die Stirn der Frau ein feines, kunstvolles Tattoo, das aus Abertausenden filigraner, verschlungener Linien, Wellen und Mustern zu bestehen schien, ähnlich den ornamentalen Guillochen auf einem Geldschein. Das Ganze bildete die Form einer harmonischen, fünfblättrigen Südseeblume.

«Es tut uns leid, wenn wir euch erschreckt haben. Ihr müsst überhaupt keine Angst haben», sagte nun der blonde Mann mit fröhlicher Stimme und trat einen Schritt näher.

Weder Lisa noch Kyle antworteten. Lisa, weil sie misstrauisch war, und Kyle, weil er offensichtlich einfach zu müde war.

«Wir lassen euch gleich etwas zu essen bringen. Wie fühlt ihr euch?»

Lisa runzelte die Stirn. Was sollte diese dumme Frage? Wie sie sich fühlte?! – An ein Bett gebunden!

Das Wort «Essen» weckte Kyles Lebensgeister. Er hob in eifriger Erwartung den Kopf.

Statt einer Antwort fragte Lisa: «Was ist passiert? Hatten wir einen Unfall?»

«Aber nein», strahlte der blonde Mann und entblößte eine Reihe auf Hochglanz polierter Zähne. «Ihr seid nur eines der größten Phänomene des 21. Jahrhunderts.»

«Phänomen?» Lisa krauste die Stirn noch mehr, obwohl der Begriff «21. Jahrhundert» gleichzeitig auch eine gewisse Entwarnung in ihr auslöste. Sie waren immerhin noch im 21. Jahrhundert, und das erhöhte die Chance, dass zumindest einer ihrer Freunde noch am Leben war.

«Nun ja, wenn das alles wahr ist, was uns überliefert wurde, dann ist das Zeitreiseexperiment tatsächlich gelungen», jubelte der Mann und grinste sie mit seinen blitzblanken Zähnen an wie ein Showmaster sein Publikum. Lisa entzifferte sein Namensschild: «Dr. Prof. B. F. Elliott», stand dort.

«Ihr kommt nämlich aus dem Jahr 2018, nicht wahr?» Der Mann konnte anscheinend nicht mehr aufhören zu strahlen.

Lisa tauschte einen Blick mit Kyle. Vage nickte sie und bereute es sogleich. Vielleicht sollten sie besser nicht zu viel von sich preisgeben. Wer wusste, was diese Leute mit ihnen vorhatten?

«‹Ein historischer Tag für die Wissenschaft›, kann man da nur mit Freuden ausrufen! Somit gilt der weltberühmte Zachary Silverman tatsächlich offiziell als Erfinder der Zeitmaschine», schwelgte Professor Elliott und klatschte in die Hände.

Zac? Weltberühmt?

«Salbadern Sie nicht herum, Elliott», mahnte die schwarzhaarige Frau mit der Blume auf der Stirn grimmig. Lisa gelang es, auch ihren Namen auf dem Brustschild zu lesen. Sie hieß «Dr. Prof. Prof. Mian Zhao».

«In … ähm … welchem Jahr sind wir?», fragte Lisa.

Statt einer Antwort ging Professor Elliott mit stolzgeschwellter Brust zur gegenüberliegenden Wand, die mit einer gläsernen

Scheibe überzogen war. Lisa wunderte sich, dass sie das erst jetzt wahrnahm. Der Professor hob seinen bloßen Arm an die Scheibe, auf der sogleich ein kleines Bild erschien, das er mit einer Daumen- und Zeigefingerbewegung vergrößerte.

Die Glasscheibe verwandelte sich in einen riesigen Bildschirm, auf dem ein dreidimensionaler Film einer Wettervorhersage der Stadt Tomsborough ablief – in der Mitte ihr Wahrzeichen, der gläserne Tower. Ein animiertes Spektakel von Wolken, Sonnenschein, und zwischendurch ein paar Regenschauer, tanzte durch den Raum, so dass Lisa, wenn sie gekonnt hätte, instinktiv ihre Hand danach ausgestreckt hätte, um die Wolken zu berühren. Erst auf den zweiten Blick wurde ihr klar, dass es sich um eine optische Täuschung handelte, die mittels einer ihr unbekannten Technik in den Raum projiziert wurde.

Und dann, auf den dritten Blick, bemerkte sie das Datum unten rechts im Bild.

TOMSBOROUGH, 8. SEPTEMBER 2047, 7:47 PM

«2047?», japste sie. Unter dem Datum las sie etwas von einem massiven Temperaturabsturz, nämlich von 32 Grad auf 18 Grad.

32 Grad, im September?

Kyle schoss vor Erstaunen hoch und jaulte gleich darauf auf, da ihn offenbar die Nadel der Infusion pikste.

«Keine Angst», strahlte Professor Elliott. «Alles läuft exakt nach Plan. Ihr seid vor 29 Jahren, genau genommen am 22. Juni 2018, mittels eines Time Transmitters in die Zukunft, sprich, in unsere Gegenwart, versetzt worden. Gemäß der Aufzeichnungen wussten wir, dass ihr gestern, am 7. September 2047, um genau 21:16 Uhr Ortszeit hier auftauchen solltet. Wir haben alles vorbereitet.»

«Was vorbereitet?» Lisa fand den Mann wirklich komisch.

Statt ihre Frage zu beantworten, rasselte Professor Elliott unbekümmert weiter: «Ist das nicht genial? Ich persönlich war mir ja nie sicher, ob ich daran glauben soll, dass Zeitreisen wirklich machbar sind, aber hier haben wir den lebenden Beweis. Das eröffnet uns ganz neue Perspektiven! Es ist der absolute Durchbruch für die Wissenschaft, wenn nicht gar für die ganze Menschheit.» Er fuhr sich mit den Händen aufgeregt durchs Haar und zerzauste es noch mehr. Wahrscheinlich wäre er am liebsten im Zimmer herumgetanzt.

«Und stellt euch nur vor: Das wird der Hit! Der absolute Knüller. Die Medien werden sich um euch reißen. Ihr werdet Weltstars werden, das garantiere ich euch!»

«Bitte mäßigen Sie sich, Elliott», wies Professorin Zhao ihn streng zurecht. «Noch ist es nicht so weit. Wir haben zu tun.»

All die enthusiastischen Ausführungen von Professor Elliott prallten an Lisa ab. Ihre Gedanken zirkulierten nur um eine einzige Sache. Ihr Hirn hatte fieberhaft zu rechnen begonnen.

2047 – das bedeutete, dass Zac, ihr bester Freund und der geniale Erfinder der Zeitmaschine, nun etwa 74 Jahre alt sein musste. Ebenso Britt, ihre beste Freundin, und Morgan ... Momo ... du meine Güte ... Lisa hätte sich vor Schreck die Hände vors Gesicht geschlagen, hätte sie ihre Arme bewegen können.

Und Doc Silverman, Zacs Vater ... den Gedanken wollte sie lieber gar nicht zu Ende denken. Doc Silverman konnte unmöglich noch leben – er wäre längst über hundert Jahre alt!

Dann erst begann sie die weiteren Informationen zu verarbeiten. Zac war *weltberühmt?* Wie konnte das sein? Ausgerechnet Zac, der die Öffentlichkeit scheute wie eine Eule das Tageslicht? Und wenn dem wirklich so war, warum war Zac dann nicht hier? Warum hatte er sie und Kyle einfach diesen Wissenschaftlern überlassen?

Etwas stimmte hier nicht. Sie witterte Gefahr. Sie witterte sogar außerordentliche Gefahr, und sie hatte hervorragende Sensoren für Gefahren.

«Im Übrigen, Miss Lambridge – so heißen Sie doch, oder? –, sind Sie schon einmal durch die Zeit gesprungen, hab ich recht?»

Lisa wunderte sich, woher der Kerl ihren Namen kannte – ihren richtigen, originalen Namen aus dem Jahr 1989. Sie hatte sich längst daran gewöhnt, dass sie in allen Zeiten verschiedene Namen trug. Lisa Lambridge hieß sie in echt, aber in der Zukunft hatte sie auch die Namen Lee Butterfly und Leonor Whitfield benutzt. Und dann gab es da noch den Kosenamen Lee-Lee, den Morgan ihr gegeben hatte.

Morgan – oder Momo, wie sie ihn nannte. Ihr über alles geliebter Momo, mit dem sie ihre Kindheitsjahre verbracht und den sie als 45-Jährigen im Jahr 2018 vor dem Tod gerettet hatte. Nie hatte sie aufgehört, ihn zu lieben, doch er hatte ihre Liebe nicht so erwidert, wie sie es sich gewünscht hätte. Noch immer tat ihr das Herz weh beim Gedanken an ihn …

«Sie kommen nämlich ursprünglich aus dem Jahr 1989», redete Professor Elliot weiter. «Sie sind das vermisste Mädchen, über das so schrecklich viel spekuliert wurde und über das regelrechte Legenden erfunden worden sind. Im Archiv befinden sich alte Videoaufnahmen von Ihrer Ankunft auf der alten Brücke damals im Jahr 2018. Hochinteressante Sache. Ich habe sämtliche Zeitungsartikel und Newsmeldungen von Ihnen studiert. Wer *Sie* allerdings sind, wissen wir nicht genau.» Professor Elliott wandte sich an Kyle: «Wir wurden lediglich darüber informiert, dass *ein* Mädchen durch die Zeit gesprungen ist. Aber nun, aus irgendeinem Grund waren Sie wohl auch dabei. Nun, wie auch immer, Sie, Miss Lambridge, sind der interessanteste Fall, der …»

«Genug jetzt.» Wieder erklang die messerscharfe Stimme von Professorin Zhao, die dem schwärmenden Blondschopf das Wort abschnitt.

Lisa wusste nicht, was sie dazu sagen sollte.

«Warum sind wir ans Bett gebunden?», wollte sie wissen.

«Reine Vorsichtsmaßnahme», antwortete die Professorin leicht ungeduldig.

«Vorsichtsmaßnahme?»

«Nun, wir mussten sicherstellen, dass ihr uns nicht davonlauft und am Ende kollabiert, weil eure Körper aufgrund der Zeitversetzung komplett dehydriert sind. Daher ja auch die Infusionen.»

Doch das machte Lisa nur noch misstrauischer.

«Und was passiert jetzt?», fragte sie und bemühte sich, ihre Stimme ruhig zu halten. «Können wir wieder nach Hause?»

«Aber natürlich könnt ihr wieder nach Hause.» Professor Elliott bemühte sich um ein noch intensiveres Strahlen, wenn das überhaupt möglich war. «Wir möchten vorher nur …»

«Sobald die notwendigen Untersuchungen abgeschlossen sind, werden wir euch einem professionellen Team zuweisen, das die Zeitversetzung zurück in die Vergangenheit vornehmen wird», unterbrach Professorin Zhao ihren Kollegen barsch.

Irgendetwas im Gesicht der Frau teilte Lisa mit, dass sie nicht die Wahrheit sprach.

«Was für Untersuchungen?»

«Nun, wir müssen natürlich wissen, was für Auswirkungen Zeitreisen auf den menschlichen Körper haben.» Die Professorin wirkte genervt, als würde sie mit besonders begriffsstutzigen Schülern sprechen. «Das brauchen wir für unsere Forschungszwecke.»

«Auswirkungen?» Dieses Mal war es Kyle, der die Frage stellte. Er hatte bis jetzt geschwiegen und dem Gespräch mit offenem Mund zugehört.

«Ja, Auswirkungen.» Professorin Zhaos Geduldsfaden war sichtlich am Reißen. «Oder glauben Sie etwa, Zeitreisen gehen spurlos am Körper vorüber?»

«Ihr müsst euch wirklich überhaupt keine Sorgen machen», versicherte Professor Elliott salbungsvoll. «Wir brauchen nur ein paar klitzekleine Tests für unsere Forschungsunterlagen. Wir werden euch jetzt etwas zu essen bringen lassen. Keine Angst, ihr werdet bald losgebunden. Denkt dran, ihr könntet vielleicht eines Tages die Rettung für die Menschheit sein!» Wieder schien der Mann vor Eifer fast zu bersten.

Rettung für die Menschheit?

Langsam klang das hier wirklich nach Science-Fiction, fand Lisa.

Professor Elliott trat erneut zur Glaswand und ließ die Wetteranzeige mit Daumen und Zeigefinger zu der Größe einer Kreditkarte schrumpfen. Dann wischte er sie zur Seite und ließ sie von der Bildfläche verschwinden. Erst jetzt sah Lisa, dass er an seinem rechten Handgelenk ein Tattoo hatte, das dem ähnelte, welches Professorin Zhao an der Stirn trug, doch statt einer Blume hatte es bei ihm die Form eines fünfzackigen Cannabisblattes.

Lisa versuchte sein Alter zu schätzen. Vermutlich war er um die fünfzig. Das bedeutete, dass er irgendwann in den Neunzigerjahren geboren sein musste.

Nachdem die beiden Wissenschaftler den Raum verlassen hatten, tauschten Lisa und Kyle zuerst mal einen langen, verblüfften Blick aus. Beide hatten mindestens tausend Fragen.

«Also, ich komm hier echt nicht ganz mit», sprudelte Kyle los. «Warum sind wir im Jahr 2047? Hättest du nicht nach 1990 geschickt werden sollen? War die Zeitmaschine nicht auf dieses Datum eingestellt?»

«Doch, aber irgendetwas muss gewaltig schiefgelaufen sein», sagte Lisa. «Obwohl ich keine Ahnung habe, was. Zac hat doch alles so genau geprüft. Aber warum bist *du* überhaupt hier?»

«Ähm … ich weiß nicht, auf einmal war um mich herum blaues Licht. Ich wollte Onkel Morgan von der Brücke zerren, und dann wollte ich dir helfen, weil die Polizisten dich festhielten. Ich hab dich auf die Brücke gezogen, und dann … kam dieser Sog. Ich war nicht schnell genug …»

«Verstehe.» Lisa schloss für einen Moment die Augen und versuchte, sich an das Szenario auf der Brücke zu erinnern. Morgan war hinter ihr gestanden, und auf einmal hatten zwei Polizisten sie festgehalten und versucht, sie daran zu hindern, zur Mitte der Brücke zu gelangen. Morgan hatte sich auf die Polizisten gestürzt, um sie zu befreien, und hatte sich dabei am Fuß verletzt.

Dann war Kyle auf einmal angerast gekommen und hatte seinen Onkel von der Brücke gezerrt, damit dieser nicht vom Zeitstrahl erfasst würde, und war dadurch offensichtlich selbst Beute des Wurmlochs geworden …

«Meinst du, die können uns wieder nach Hause bringen?», holte Kyles Stimme sie in die Wirklichkeit zurück.

Lisa verzog das Gesicht. «Ich weiß es nicht. Ich hoffe es.» Sollte sie Kyle ihre misstrauischen Gedanken mitteilen? Sie war sich nicht sicher, ob Kyle die Situation wirklich durchblickte. Er war manchmal eine Spur zu gutmütig und leichtfertig, um auf die Idee zu kommen, dass jemand es böse mit ihm meinen könnte. Sie wollte ihn nicht beunruhigen. Jedenfalls nicht, ehe sie nicht einen Plan geschmiedet hatte.

Ihre Gedanken griffen die Fragen wieder auf, die sie vorher schon versucht hatte zu entschlüsseln: Warum hatte Zac es zugelassen, dass diese Wissenschaftler sie buchstäblich kidnappten und ans Bett fesselten? Wieso hatte er nicht bei der Brücke auf sie gewartet? Wieso war das Forschungszentrum dafür zuständig, sie wieder nach Hause zu bringen, und nicht Zac?

Dann, auf einmal, durchbohrte die mögliche Antwort wie ein jäh abgeschossener Pfeil ihre Gedanken: Konnte es sein, dass Zac gar nicht mehr lebte? Nur weil er weltberühmt war, hieß das noch lange nicht, dass er auch noch am Leben war. Konnte es sogar sein, dass überhaupt keiner ihrer Freunde mehr lebte, weder Zac noch Britt noch Morgan?

Konnte es sein, dass sie alle tot waren, man es ihr aber nicht sagen wollte, um sie zu schonen?

«Was ist?» Kyle sah ihr offenbar an, dass sie mit unangenehmen Gedanken kämpfte.

«Ich frage mich, ob irgendjemand, den wir kennen, noch lebt», murmelte sie. «Und ob das der Grund ist, dass sie uns hierhergebracht haben, weil keiner sonst mehr da ist, der uns helfen kann.»

«Du meinst ...?» Kyle sah sie mit großen Augen an.

«Nun ja, Morgan, Britt und Zac sind immerhin über siebzig ...» Wer wusste zudem, ob Morgan sein Alkoholproblem überwunden hatte? Vielleicht war er daran gestorben? Wer konnte das schon wissen? Doch das erwähnte sie nicht in Kyles Gegenwart.

«Hm ...» Die Zuckungen von Kyles Hand sahen aus, als wolle er sich an seinem struppigen Schädel kratzen. Natürlich ging das mit gebundenen Händen nicht.

«Aber Angela müsste doch zumindest noch leben», sagte er plötzlich. «Sie hat ja überhaupt erst rausgefunden, dass du durch die Zeit gereist bist.»

«Stimmt.» Lisas Gesicht erhellte sich bei dem Gedanken. Angela Cox musste nun etwa 46 sein, und damit war die Wahrscheinlichkeit hoch, dass sie noch lebte. Sensibel und intelligent, wie Angela war, konnte man ihr durchaus zutrauen, dass sie über die Sache Bescheid wusste.

Vorausgesetzt, sie lebte noch hier in Tomsborough. Vielleicht war sie auch irgendwohin ausgewandert und hatte die Geschichte längst vergessen.

Ach, nach fast dreißig Jahren konnte sich so vieles geändert haben …

Lisa versuchte sich vorzustellen, wie lange dreißig Jahre waren. Es war fast das Doppelte ihrer bisherigen sechzehnjährigen Lebenszeit. Eine halbe Ewigkeit …

Und wie sollte man überhaupt mit irgendjemandem da draußen Kontakt aufnehmen, wenn man hier drin quasi gefangen war?

Kyles Aufmerksamkeit wurde abgelenkt, als eine junge blonde Assistentin einen Wagen mit Essen hereinbrachte. Dahinter traten wieder die beiden Wissenschaftler in den Raum.

Professorin Zhao löste die Manschetten von Lisas und Kyles Händen, damit sie essen konnten, und befreite sie auch von der Infusion, während Professor Elliott mit glücklichem Gesicht zuschaute, als wäre er ein Kind, das seine Weihnachtsgeschenke auspacken durfte. Lisa fragte sich, ob dieser Mensch je aufhören konnte zu grinsen.

«Eine Frage», sagte sie, bevor sie einen Bissen von dem Teller nahm, der ihnen auf einem Beistelltisch am Bett serviert worden war. «Wir haben Freunde hier und würden gerne wissen, ob sie noch leben. Zac Silverman zum Beispiel, der die Zeitmaschine erfunden hat.»

«Keine Sorge», versicherte Professorin Zhao. «Es ist alles in bester Ordnung.»

Sie scheuchte die blonde Assistentin schroff davon, und diese verließ den Raum, jedoch nicht ohne einen kurzen verstohlenen Blick auf Lisa und Kyle zu werfen.

«Können Sie bitte meine Frage beantworten?», bohrte Lisa nach. Sie hasste es, wenn Leute so um den Brei herumredeten.

«Nur Geduld», sagte Professorin Zhao in leicht spöttischem Tonfall. «Alles zu seiner Zeit. Jetzt hört endlich auf, so misstrauisch zu sein. Wir haben euch gesagt, dass wir euch wieder nach Hause bringen, und dabei bleibt es.»

Lisa fühlte, wie der alte Hitzkopf in ihr langsam die Oberhand gewann. Sie musste sich fest auf die Zunge beißen, um nicht etwas Unüberlegtes zu erwidern.

Vorsicht, mahnte sie sich. Bring dich nicht wieder in Gefahr!

Instinktiv tastete sie mit der nun freien Hand an ihren Nacken und stellte mit Schrecken fest, dass ihre Uhrenkette weg war. Schock durchströmte sie wie ein eiskalter Schneesturm.

Die Uhrenkette war das Kostbarste, was sie besaß. Wenn sie eins wusste, dann, dass sie sie vor der Reise durch die Zeit noch getragen hatte. Sie war der Kette wegen extra noch mal in die WG zurückgekehrt und hatte dabei das aufschlussreichste Familientreffen ihres Lebens gehabt. Ihr Bruder Thomas … seine Frau Fanny … beide 29 Jahre älter … und ihre zukünftigen Nichten, die erst viele Jahre nach ihr geboren wurden …

Da war noch so viel, das nach einer Antwort schrie!

«Wo ist meine Kette?», fragte sie panisch. «Jemand hat mir meine Kette abgenommen.»

«Verhalt dich ruhig, Mädchen! Deine Kette und alle eure persönlichen Gegenstände liegen in der Schublade deines Nachtschränkchens», sagte Professorin Zhao böse.

Da schaltete sich Professor Elliott wieder ein, dessen Stimme im Gegensatz zu dem unterkühlten Sprechorgan von Professorin Zhao die reinste Melodie war.

«Wir verstehen ja, dass das alles ungewohnt ist. Wir wollen euch auch überhaupt nicht ängstigen. Aber wir müssen diese Untersuchungen mit euch machen. Wir *müssen* wissen, ob eure Molekularstruktur intakt ist, bevor wir euch in der Zeit zurücksenden können.»

«Also ich fühle mich ziemlich intakt», konterte Lisa.

«Das andere Problem ist die Gefahr eines Zeitparadoxons, wenn wir euch zurücksenden», führte Professor Elliott weiter aus. Seine runden Wangen füllten sich mit eifriger Röte. «Gemäß unserer Forschungen wissen wir, dass wir euch in eine parallele Zeitlinie zurücksenden müssen. Das müssen wir alles sehr vorsichtig planen.»

«Elliott, würden Sie bitte ...»

«Parallele Zeitlinie?»

«Nun ja – wir vertreten die Theorie eines Paralleluniversums», schwärmte Professor Elliott. «Das ist nicht ganz so einfach zu bewerkstelligen. Eventuell ...»

«Elliott!», knurrte Professorin Zhao.

«Nun, nun, wie gesagt, wir erklären euch alles später!» Professor Elliott hob abwehrend die Hände.

Später, dachte Lisa grummelnd. Immer wurde alles auf später verschoben! Zudem hatten Doc Silverman und Zac nie von einem Paralleluniversum gesprochen.

«Und warum kann Zac Silverman sich nicht um unsere Rückkehr kümmern?», fragte Lisa und schielte hinüber zu Kyle, der sich bereits mit voller Hingabe über das Essen hermachte. «Immerhin ist er derjenige, der am besten darüber Bescheid weiß, zumal er die Zeitmaschine erfunden hat.»

«Weil wir von Zachary Silverman persönlich den Auftrag bekommen haben», sagte Professorin Zhao kühl, ehe Professor Elliott den Mund wieder auftun konnte.

«Ach ja? Haben wir das tatsächlich?» Professor Elliott wühlte sich durchs Haar.

«Ich werde dem Mädchen jetzt ein Sedativum injizieren, dessen Wirkung nach einer halben Stunde einsetzt», sagte Professorin Zhao statt einer Antwort. «Dann kann sie sich nach dem Essen noch mal gründlich ausruhen, bevor wir mit den Untersuchungen starten.»

«Oh, das ist nicht nötig …» Lisa reagierte blitzschnell und gab sofort ein herzhaftes Gähnen zum Besten. «Ich bin … bereits so furchtbar müde … am liebsten möchte ich gleich weiterschlafen.» Wie ein Sack ließ sie sich ins Kopfkissen sinken und schloss die Augen gerade so weit, dass sie durch einen kleinen Schlitz ihrer Lider erkennen konnte, wie Professorin Zhao ihre Hand wieder vom Medikamentenschrank zurückzog.

«Schön. Dann essen Sie jetzt etwas, Miss Lambridge.»

«Genau. Essen Sie was und ruhen Sie sich aus. Wir kommen später wieder, und dann werden wir euch alles, alles erklären», sagte Professor Elliott so fröhlich, als handle es sich um die Instruktion für eine Geburtstagsparty.

«Dort hinten ist übrigens eine Toilette.» Professorin Zhao zeigte kühl auf eine Tür gegenüber an der Wand.

Lisa nickte schläfrig und hoffte, dass dieser Dauergrinser und die Eisprofessorin endlich Leine ziehen würden. Sie musste dringend einen Plan erarbeiten, solange ihre Hände noch frei waren!

Sie hörte, wie die beiden Wissenschaftler den Raum wieder verließen und wie die Tür zugeschoben wurde und fest in ihr Schloss fiel. Ein metallenes Schnarren ließ nicht den geringsten Zweifel aufkommen, dass die Tür verriegelt worden war.

Lisa schlug vorsichtig die Augen wieder auf.

«Lee?», fragte Kyle zwischen zwei Bissen. «Schläfst du im Ernst? Hast du keinen Hunger?»

«Nein», sagte Lisa und richtete sich auf. «Ich schlafe nicht. Ich hab nur so getan, damit sie mir kein Schlafmittel spritzt.»

«Psst», mampfte Kyle. «Sag das besser nicht zu laut. Hier drin hat es bestimmt eine Menge Überwachungskameras.»

«Meinst du?» Daran hatte Lisa gar nicht gedacht. Sie schaute sich um, konnte aber nirgendwo etwas Auffälliges entdecken. Außer einem Stuhl, einem Tisch und einem Schrank stand nichts weiter im Raum.

«Ich bin sicher, im Jahr 2047 sind die Kameras und Mikrofone so klein, dass man sie mit bloßem Auge nicht mehr sehen kann», sagte Kyle flüsternd. «Wahrscheinlich sind sie sogar irgendwo an den Nachtschränkchen angebracht. Wenn du also so tun willst, als ob du schläfst, dann tu besser weiter so. Außer, du willst was essen?»

Lisa dachte nach. Fürs Essen hatte sie zwar immer noch keinen Nerv, doch vielleicht war es ganz klug, ein paar Bissen zu sich zu nehmen. Wer wusste, was noch alles auf sie zukommen würde und was diese Wissenschaftler wirklich mit ihnen vorhatten.

«Irgend so ein veganer Fraß», brummte Kyle, als er Lisa zusah, wie sie vorsichtig einen Bissen Fleisch auf die Gabel aufspießte und sich über die Konsistenz wunderte. «Wahrscheinlich haben sie den Fleischkonsum wegen dem CO_2-Ausstoß reduziert.»

Lisa würgte schnell ein paar Bissen runter und ging danach gleich auf die Toilette, in der Hoffnung, dort vielleicht eine Fluchtmöglichkeit zu finden, was sich natürlich als Niete entpuppte. Der Raum erfüllte lediglich seinen Zweck, mehr nicht.

Sicherheitshalber rüttelte sie auf dem Weg zurück ins Bett ein paar Mal an der Metalltür, hinter der die Professoren verschwunden waren, doch wie sie befürchtet hatte, war diese massiv und gnadenlos verriegelt. Sie hatte auch kein richtiges Schloss, sondern funktionierte wohl via Daumenscanner oder dergleichen, wie Lisa mit einem Blick auf einen grünlich schimmernden Sensor feststellte.

Schließlich legte sie sich wieder ins Bett, obwohl sie innerlich am liebsten die Decke hochgegangen wäre. Wenn ihr nur eine brauchbare Idee eingefallen wäre! Doch solange sie in dieser fensterlosen Zelle eingesperrt waren, gab es so gut wie kein Entrinnen. Sie hätte gern gewusst, was für eine Uhrzeit sie hatten. Gemäß der Wettervorhersage, die sie vorhin gesehen hatten, musste es irgendwann am frühen Abend sein.

Kyle hatte sich ebenfalls hingelegt. Sie lagen einander zugewandt und zogen sich die Decken über den Kopf, um sich darunter zu verbergen. Zwischen ihren Betten war ein Abstand von etwa einem Meter, so dass sie sich im Flüsterton unterhalten konnten.

«Ich hab noch hunderttausend Fragen», wisperte Kyle. «Ich hatte gar keine Zeit, die alle zu stellen. Ich bin immer noch nicht sicher, ob ich das alles nicht nur träume.»

«Ich bin nicht sicher, ob ich die Antworten weiß.»

«Wie hat das jetzt genau funktioniert mit dieser Zeitmaschine? Ich hab das immer noch nicht ganz begriffen. Wieso haben dich die beiden Wissenschaftler, Zac und sein Vater, damals überhaupt zu uns ins Jahr 2018 geschickt?»

«Es war ein Versehen», murmelte Lisa. «Zac hat dieses Wurmloch bei der Brücke entdeckt und den Time Transmitter erfunden. Wir wollten ihn testen, aber es ging schief. Dann ist auf einmal mein älteres Ich aus dem Jahr 2018 aufgetaucht. Wir hätten sie eigentlich wieder zurücksenden sollen, aber stattdessen bin *ich* durch das Wurmloch gerutscht.»

«Wie? Sag bloß – du hast dein älteres Ich gesehen?»

«Ja. Ich hab mich selbst als reife Lady getroffen», erwiderte Lisa trocken.

«Oh mein Gott!», stöhnte Kyle. «Heißt das etwa, ich werde hier auch meinem älteren Ich begegnen, hier im Jahr 2047? Meine Güte … ich wäre jetzt 46.»

«Tröste dich: Ich wäre 74», sagte Lisa, die mit solchen Gedankengängen mittlerweile vertraut war. «Ob du dir selbst begegnen wirst? Kommt drauf an.»

«Worauf?»

«Ob wir je wieder zurückkehren.»

«Wie meinst du das? Meinst du, dass sie uns tatsächlich nicht mehr freilassen?»

«Ja, so in etwa. Denn gesetzt den Fall, du wirst nicht wieder nach 2018 zurückkehren, dann kann im Jahr 2047 auch kein älteres Ich von dir existieren, weil du ja dann von 2018 an nicht mehr da bist und auch nicht mehr alterst.»

«Hä?»

«Gib's auf, es ist zu kompliziert, es verstehen zu wollen. Aber glaub mir, ich weiß, wovon ich spreche.»

Kyle runzelte die Stirn, und Lisa sah, wie es dahinter ratterte. Er blinzelte und starrte mit seinen graugrünen Augen an die lichtdurchflutete Decke. In diesem Moment sah er seinem Vater Steven unglaublich ähnlich. Dass Kyle der Sohn von Steven Kendall, Morgans älterem Bruder war, hatte sie bei ihrer Ankunft im Jahr 2018 mindestens genauso geschockt wie die Tatsache, überhaupt 29 Jahre in die Zukunft gereist zu sein …

«Warum war denn von dir im Jahr 2018 kein älteres Ich da?», kam Kyles unvermeidliche Frage. «Heißt das, dass …»

«Dass ich aus irgendeinem Grund nicht zurückgekehrt bin. Nicht zurückkehren werde», sagte Lisa mit schwerem Herzen.

«Was? Warum denn nicht?»

Sie seufzte. Bislang hatten sie ja nur darüber spekulieren können. Die Antwort darauf hatten sie nicht gefunden. Konnte der Grund der sein, dass sie tatsächlich in einer Zeitschleife gelandet war? Und dass sie nur noch vorwärts-, aber nicht mehr zurückreisen konnte? Waren sie deswegen in der Zukunft statt in der Vergangenheit gelandet?

Ihr wurde heiß und kalt bei dem Gedanken.

Was, wenn auch Kyle nicht zurückkehren konnte? Aus welchen Gründen auch immer? Was würde seine Familie tun? Steven und Beverly, seine Eltern … und Elly, seine Schwester?

Plötzlich wurde ihr die Tatsache bewusst, dass Kyle bei der Zeitreise nicht gealtert war, genauso wenig wie sie selbst. Sie dachte an das Gespräch zurück, das sie mit Professor Ash im achten Untergeschoss des Forschungszentrums geführt hatte, und auch daran, was Doc Silverman ihr alles über das Raum-Zeit-Kontinuum erklärt hatte.

Professor Ash war genau wie sie im Jahr 1989 durch die Zeit gereist, fast dreißig Jahre in die Zukunft, aber im Gegensatz zu ihr war sein Körper dabei gealtert; sprich, er war, gemäß seiner eigenen Aussage, fast dreißig Jahre älter aus dem Wurmloch herausgekommen.

Lisa hingegen war trotz Zeitreise sechzehn geblieben. Eine vermutliche Erklärung dieses Paradoxons lief darauf hinaus, dass Lisas älteres Ich bereits einmal in die Vergangenheit gereist war und Lisa somit für eine Weile im Jahr 1989 zweimal vorhanden gewesen war, und die jüngere Lisa dann versehentlich an der Stelle ihres älteren Ichs in die Zukunft gereist war. Die beiden Lisas hatten ihre Zeiten also «getauscht» und dadurch offenbar ein Paradoxon kreiert, so dass die Zeitlinie angeblich nicht mehr wusste, *wann* sie *welche* Lisa genau zuordnen musste.

Professor Ash hingegen hatte nur einen einzigen Zeitsprung in die Zukunft gemacht, war aber nicht zurückgekehrt, weswegen es für ihn nur eine einzige Zeitlinie gab.

Jedenfalls schlussfolgerte sie dies gemäß den Aussagen von Doc Silverman und denen von Professor Ash. Aber es war eh alles viel zu kompliziert, und sie hatte längst aufgegeben, wirklich verstehen zu wollen, auf welche Art und Weise die Zeitlinien ineinander verschachtelt waren.

Konnte Kyles ausgebliebener Alterungsprozess etwa bedeuten, dass auch er einem ähnlichen Paradoxon wie Lisa unterlag und am Ende zweimal vorhanden war hier im Jahr 2047? Dieser Gedanke ließ sie etwas Hoffnung schöpfen, denn wenn Kyle tatsächlich hier in einer älteren Version vorhanden war, dann bedeutete dies doch, dass er zurückgekehrt war oder zurückkehren würde, oder etwa nicht?

Und was war mit ihr selbst?

Sie hielt sich die Hand vors Gesicht und betrachtete ihre zarte, sechzehnjährige Haut. Im Jahr 2047 müsste sie 74 sein, und das war sie definitiv nicht. Bestand für sie dieselbe Hoffnung wie für Kyle? Oder war sie längst verloren in Raum und Zeit?

«Lee, denkst du, diese Leute sind gefährlich?»

«Also, ich traue ihnen nicht», sagte Lisa. «Dass sie nicht rausrücken mit der Sprache, hat doch einen Grund. Was für Untersuchungen wollen sie mit uns machen? Und wieso bringen sie uns nicht zu Zac? Ich glaube nicht, dass sie uns die Wahrheit sagen. Ich glaube auch nicht, dass Zac ihnen den Auftrag gegeben hat. Das würde Zac nie tun. Er würde den Time Transmitter niemals freiwillig jemand anderem anvertrauen.»

Kyle verzog das Gesicht. «Und denkst du, dass dieser Wissenschaftler, Zac Silverman, noch lebt und uns zurückbringen kann?»

«Das hoffe ich sehr», sagte Lisa. «Und auch Morgan und Britt. Ich hoffe, wir erfahren bald mehr.»

Kyle sah aus, als ob er etwas rechnete.

«Wann ist eigentlich Onkel Morgan geboren? Weißt du das gerade?»

«Du weißt das nicht? 1973, so wie ich.»

«Ach ja, stimmt, ich Esel.» Kyle schlug sich an den Kopf. «Tja, dann dürfte er nun um die 74 sein.»

«Wie ich vorhin sagte.» Sie durfte gar nicht dran denken. Sich Momo als 74-jährigen Mann vorzustellen, überstieg ihren Horizont und mutete ziemlich unheimlich an. An den 45-jährigen Momo hatte sie sich erstaunlicherweise gewöhnt, aber alles darüber hinaus erschreckte sie.

Auf einmal machte Kyle ein Gesicht, als hätte er eben ein sehr gruseliges Gespenst gesehen.

«Oh Gott … Mum und Dad … Dad ist nun 78. Und Mum 75. Oh mein Gott … die sind jetzt steinalt!»

Lisa sagte nichts und dachte an ihren Bruder Thomas. Auch er wäre nun 78, falls er noch lebte, was sie nach dem prägenden Erlebnis kurz vor ihrer Abreise bezweifelte. Es war ihrem Bruder gar nicht gutgegangen. Sie hatte ihn kurz gesehen, blass wie eine Leiche, kaum noch Haare auf dem Kopf, schwer krank … Dieses Bild hatte sich in ihr Herz eingebrannt, und sie wusste, dass es sie noch lange in ihren Träumen foltern würde.

Irgendwie wurde es für sie immer schwerer zu ertragen, so viel über die Zukunft zu wissen. Sie musste unbedingt weiter an einem Plan arbeiten, hier schleunigst wieder rauszukommen. Eine klitzekleine Idee war ihr vorhin durch den Kopf geschossen.

«Sag mal, Kyle, ist dein Smartphone hier irgendwo?», wisperte sie.

«Ja. Liegt in der Schublade bei deiner Kette.»

«Vielleicht hast du ja hier drin Empfang?»

«Kaum, wenn ich schon draußen keinen hatte», meinte er. «Denk nach, mein modernes 2018-Smartphone ist im Jahr 2047 ein antikes Teil! Außerdem hätten sie es mir doch sicher abgenommen, wenn ich damit etwas anstellen könnte.»

Kyle hatte 2018 tatsächlich ein recht neues und vor allem hochwertiges Modell besessen. Er holte es aus der Schublade und starrte es nachdenklich an.

«Mein Gerät ist definitiv nicht kompatibel mit dem Mobilfunknetz von 2047. Die haben bestimmt schon mindestens 10G oder noch weiter. Wir waren 2018 gerade mal bei 4G.»

«Und WLAN?» Lisa hatte nach anfänglichen Verwirrungen gelernt, was der Unterschied zwischen Mobildaten und WLAN war.

«No way.» Kyle drehte sein Smartphone in den Händen. «Ich kann höchstens versuchen, ob ich eine SMS versenden oder jemanden anrufen kann. Allerdings bezweifle ich, dass es im Jahr 2047 etwas so Vorsintflutliches wie SMS überhaupt noch gibt. War ja schon im Jahr 2018 ziemlich retro.»

«Im Jahr 1989 müssen die erst mal erfunden werden», murmelte Lisa, während ihre neu aufgekeimte Hoffnung langsam wieder schrumpfte.

«Am 3. Dezember 1992 wurde die SMS erfunden», sagte Kyle mit einem leichten Grinsen. «Hatten wir im Geschichtsunterricht.»

«Wow, toll. Nur noch ganze drei Jahre …», murmelte Lisa. «Tja, dann bin ich mit meinem Latein am Ende, wie wir hier rauskommen sollen.»

«Es bleibt uns wohl nichts anderes übrig, als einfach abzuwarten», sagte Kyle und verkroch sich noch tiefer unter seiner Decke.

In dem Moment ging die metallene Schiebetür wieder auf.

Kapitel 3
Flug mit dem Aeromobil

Es war die blonde Assistentin, die etwas schüchtern den Raum betrat.

Oh nein, dachte Lisa, als sie die junge Frau erblickte. *Zu spät!* Sie kam bestimmt, um das Essen wegzuräumen und sie wieder ans Bett zu fesseln.

Doch zu Lisas Überraschung winkte die junge Frau sie und Kyle hastig heran.

«Schnell!», zischte sie nervös. «Folgt mir!»

«Wieso?»

«Pssst!» Sie legte ihren manikürten Finger auf die Lippen und schaute sich ängstlich um.

Mit einem Satz war Lisa aus dem Bett. Sie hatte mit einem Mal begriffen, dass diese Frau aus irgendeinem Grund auf ihrer Seite war und gerade im Begriff stand, etwas zu tun, wovon die Wissenschaftler keine Ahnung haben sollten. Wollte sie ihnen etwa zur Flucht verhelfen?

Ihr Herz pochte aufgeregt. Blitzschnell öffnete sie die Schublade und holte ihre Uhrenkette heraus. Was immer diese junge Frau mit ihnen vorhatte, ohne ihre wertvolle Kette, die sie von ihrer Mutter geerbt hatte, würde Lisa nirgendwo hingehen.

Sie wandte sich an Kyle.

«Komm!», drängte sie.

«In diesem Krankenhaushemd?» Kyle starrte an sich runter.

Lisa zuckte nur mit den Schultern. Die lichtgrüne pyjamaähnliche Kleidung und die bloßen Füße waren nun wirklich ihr kleinstes Problem. Wo ihre geliebten Flickenjeans und ihre 1989er-Klamotten geblieben waren, wollte sie gar nicht mehr wissen. Die waren wohl endgültig in Raum und Zeit verloren.

Endlich sprang auch Kyle aus dem Bett und krallte sich sein Smartphone.

Die junge Frau nickte ihnen hektisch zu und lotste sie auf den Flur hinaus.

«Wer bist du? Wohin werden wir gebracht?», fragte Lisa im Laufen, doch die Frau schüttelte nur den Kopf. «Pssst. Ich darf nichts erklären! Macht schnell!»

Sie folgten der Frau den Gang hinunter, bis sie vor einem Fahrstuhl stehenblieb. Sie presste ihren Daumen auf den grünlich schimmernden Sensor neben dem Lift. In Windeseile kam der Fahrstuhl herangesaust und öffnete lautlos seine Türen. Die junge Frau schob Lisa und Kyle fix vor sich her in die Kabine und legte abermals warnend den Zeigefinger auf die Lippen, um zu signalisieren, dass sie ja nicht sprechen sollten.

Nachdem die Fahrstuhltür zu war, drückte die blonde Assistentin wieder den Daumen auf einen Sensor. Wie aus dem Nichts erschien eine Anzeigetafel mit virtuellen Buttons. Sie tippte auf den Button mit der Aufschrift Rooftop, und der Fahrstuhl setzte sich geschmeidig in Bewegung.

Während der kurzen Fahrt nach oben studierte Lisa die junge Frau genauer. Auch sie steckte in einem lichtgrünen Anzug, der offenbar für alle Mitarbeitenden hier obligatorisch war. Ihr hellblondes Haar war streng nach hinten gekämmt und zu einem Pferdeschwanz zusammengebunden. Beim Anblick des hohen Stirnansatzes, der blassblauen Augen und der hellen Wimpern stutzte Lisa.

Augenblick! Die junge Frau kam ihr unheimlich bekannt vor. War das wieder einer dieser Déjà-vu-Momente, die sie auf ihren Zeitreisen schon ein paarmal erlebt hatte?

Aber sie durfte ja keine Fragen stellen, also hielt sie den Mund – in der Hoffnung, dass ihre Annahme sich bestätigte und die junge Frau wirklich gute Absichten hegte. Ungeduldig wartete sie die paar Sekunden, bis der Fahrstuhl die Dachetage erreicht hatte. Aus den ursprünglich drei Etagen des Tomsbridge Science Research Centers von 2018 waren mittlerweile sieben geworden, wenn man das Dach nicht mitzählte. Somit war es tatsächlich um mehr als das Doppelte gewachsen.

Die Tür glitt auf, und zu Lisas Erstaunen umfing sie schwarzer Nachthimmel. *Krass, wir haben nach unserer Ankunft hier tatsächlich 24 Stunden geschlafen!*, dachte sie verwundert. *Ich hab da unten in dem schrecklichen fensterlosen Zimmer komplett mein Gefühl für die Tageszeit verloren.*

Der Lift hatte sie direkt auf einen großflächigen Landeplatz befördert. Seit dem Vorabend, als sie hier im Jahr 2047 angekommen waren, hatte es merklich abgekühlt. Die frische Brise, die ihnen nun kühl um die Köpfe wehte, belebte ihre Lebensgeister.

Ein etwas merkwürdig aussehendes Flugzeug stand auf dem hell erleuchteten Landeplatz in Bereitschaft. Es glich einer Mischung zwischen Auto und überdimensionaler Drohne und war von einer

Reihe blauer Leuchtdioden umgeben, die in regelmäßigen Abständen blinkten. Zwei kleine flügelähnliche Konstruktionen waren am Dach angebracht. Neben dem Vehikel stand ein junger Polizist in Dienstkleidung und schien auf sie zu warten.

Die junge Frau packte unvermittelt Lisas Hand und zog mit einem Ruck die Infusionsnadel raus, die immer noch in ihrem Handrücken gesteckt hatte. Sie presste ihr ein feuchtes Tuch auf die leicht blutende Wunde.

«Halt das noch eine Weile drauf, ist antiseptisch», ordnete sie an und nickte dann Kyle zu. «Deine Hand!»

Kyle gehorchte und wurde ebenfalls von der Nadel befreit.

Als sie zögernd nähertraten, erkannte Lisa das Signet der «Kendall Automotive Company» mit den drei goldenen Lettern «KAC» vorne an der Schnauze des Flugobjekts.

Auch Kyle hatte es offenbar gesehen, denn er war abrupt stehengeblieben.

«Meine Güte, sieh nur, das ist das Aeromobil, für das mein Dad Pläne entwickelt hat … Wow, das ist ja stark!»

«Kylian Kendall und Lisa Lambridge?» Der junge Polizist trat auf sie zu und reichte ihnen die Hand. «Mein Name ist Onyx Cox. Ich werde euch nun zu Morgan Kendall bringen. Schnell, steigt ein, wir müssen uns beeilen.» Wie auf Kommando öffneten sich einladend die Flügeltüren des Flugautos.

Cox? Lisa starrte den jungen Mann an. Er hatte schwarzes Haar und dunkle mandelförmige Augen und war nicht unbedingt als einer der Cox-Familie zu identifizieren.

«Los, macht schon!», drängte der Polizist namens Onyx, als Lisa und Kyle immer noch zögerten. «Wir haben keine Zeit zu verlieren. Sie können jede Sekunde hier sein!»

Lisa nickte und kletterte in das Innere des Flugautos oder «Aeromobils», wie Kyle es genannt hatte. Kyle folgte ihr und ließ sich neben Lisa auf die bequemen, ergonomisch geformten Rücksitze fallen. Die Sicherheitsgurte schlossen sich automatisch und klickten leise beim Einrasten.

«Wow …», hauchte Lisa und war auf die bevorstehende Fahrt – oder besser gesagt: den Flug – gespannt.

«Danke, Hannah. Gut gemacht! Richte deiner Mutter aus, dass die beiden in Sicherheit sind», sagte Onyx zu der jungen Frau. «Und pass auf dich auf.»

«Mach ich», sagte Hannah und wandte sich zum Gehen.

Zum ersten Mal, seit sie hier waren, konnte Lisa sich einer Welle der Erleichterung hingeben.

Onyx Cox würde sie zu Morgan bringen. Momo lebte noch!

Es bestand tatsächlich Hoffnung, dass ihre Freunde noch da waren und einen Plan für sie hatten.

Onyx setzte sich auf den Fahrersitz und ließ seine Finger über das Armaturenbrett gleiten. Die Flügeltüren schlossen sich, und der Wagen begann leise zu summen. Onyx machte ein paar weitere Fingerbewegungen, und auf dem Armaturenbrett erschienen ein Koordinatensystem und ein Routenplan.

«KAC Penthouse», sagte Onyx. Blitzschnell berechnete das System die entsprechende Flugroute.

Fasziniert schaute Lisa aus dem Fenster, als das Flugauto sich langsam und beinahe lautlos in die Höhe hob. Sie konnte das Valley überblicken und sah unter sich die neue Brücke, die von Signallichtern beleuchtet war. Die ganze Gegend war in der Tat so stark illuminiert, dass jedes Blatt an den Baumwipfeln und jeder Strauch erkennbar waren. Und dort, etwas weiter hinten, sah Lisa auch den

Felsvorsprung, von dem aus Zac immer den Time Transmitter gesteuert hatte.

Die alte Basaltbrücke war tatsächlich weg …

«Extrem cool», sagte Kyle und drückte seine Nase am Fenster platt. «Die Dinger fliegen wirklich! Das muss ich meinem Dad erzählen, wenn ich wieder zuhause bin!»

«Ja, nicht wahr?», sagte Onyx. «Die Modelle hier wurden extra für die Polizei entwickelt. Die KAC ist einer der führenden Aeromobil-Hersteller im ganzen Land.»

Lisa betrachtete den jungen Mann aufmerksam, während er redete. Er hatte sein langes Haar hinten zu einer Art Zopf zusammengebunden, so, wie man es aus den Filmen kannte, die in einem früheren Jahrhundert spielten. Sie fragte sich, wessen Sohn er war – der von Angela Cox? Ihre neue Freundin, Angela aus dem Jahr 2018, hatte sich als Tochter von Maddox Cox entpuppt, einem ehemaligen Schulkameraden aus den 1980er-Jahren. Oder war die Übereinstimmung der Nachnamen einfach Zufall?

«Dann sind Sie tatsächlich von der Polizei?», fragte sie etwas schüchtern.

«Bin ich», sagte Onyx. Er tat nichts weiter, als ab und zu etwas in das Armaturenbrett zu tippen, ansonsten schien alles automatisch zu laufen. Das Lenkrad war offensichtlich nur für den Notfall da.

«Jetzt sind wir wirklich in ‹Zurück in die Zukunft›», bemerkte Kyle und drückte mit seinem Daumen auf das weiche Leder seines Sitzes, ehe er sich wieder der Aussicht zuwandte. Er klaubte sein Smartphone aus der Brusttasche seines grünen Krankenhaushemds und begann eifrig, ein paar Fotos zu schießen.

«Tolles antikes Teil.» Lisa sah, dass Onyx beim Anblick von Kyles Smartphone schmunzelte. «Das muss eine wilde Zeit gewesen sein, als Social Media aufkam. Ich würde ja wirklich gern mal in die Zehnerjahre reisen und miterleben, wie es damals so war.»

«Ich sehe aber keine anderen fliegenden Autos … oder doch, dort hinten ist eins … und dort noch eins …» Kyles Nase klebte bereits wieder am Fenster, während er jedes einzelne Flugobjekt aufzählte, das er erspähte. Lisa hingegen fragte sich, was wohl die kleinen Lichtpunkte waren, die Kyle für Lichterketten gehalten hatte und die mal dichter und mal weniger dicht beieinander den Himmel bevölkerten.

«Nur die Regierung, die Polizei und der Taxidienst haben die Genehmigung für Aeromobile», sagte Onyx. «Man braucht dafür trotz ausgefeilter Elektronik immer noch einen Flugschein. Nun ja, und dann gibt es natürlich die ganz Reichen, die sich eine Flugausbildung leisten können und von daher so ein Ding fliegen dürfen, so wie Morgan Kendall zum Beispiel. Aber er ist ja auch der Besitzer der KAC. Die anderen bleiben immer noch am Boden. Zum Glück. Das würde ja den Luftverkehr sonst ziemlich belasten. Auch wenn wir längst keine CO_2-ausstoßenden Transportmittel mehr haben.»

«Wie fahren … äh … fliegen die Dinger denn?», fragte Lisa.

«Mit einem Photonen-Doppelstrahlantrieb, genannt ‹Photon Dual Light Drive›», erklärte Onyx. «Kurz: PDL-Antrieb. Eine der bedeutendsten Erfindungen des 21. Jahrhunderts. Polizeiwagen sind sogar mit einem Highspeed-Antrieb ausgestattet. Damit können wir innerhalb kürzester Zeit an Ort und Stelle sein.»

«Und … wie war das? Morgan Kendall ist der Besitzer der KAC?», platzte Kyle heraus. «Seit wann?»

Onyx zuckte mit den Schultern. «Seit etwa achtzehn Jahren, wenn ich mich recht erinnere.»

«Und was ist mit Steven Kendall?» Kyles Stimme bebte hörbar.

«Steven Kendall hat die Firma vor allem in den Nuller- und Zehnerjahren zum Aufschwung gebracht, ehe er sie an seinen Bruder abgetreten hat. Aber ich darf euch keine Details darüber berichten», sagte Onyx. «Morgan hat mir ausdrückliche Anweisungen gegeben. Das solltet ihr am besten mit ihm persönlich besprechen.»

Lisa und Kyle starrten wieder hinaus, während sie weiter durch die Luft schwebten. Das Flugmobil flog nicht direkt auf die Stadt zu, sondern beschrieb über dem Valley einen weiten Bogen. Offensichtlich konnte Onyx nicht direkt an der Luftlinie entlang navigieren.

Der Blick auf den Fluss und das Valley warf in Lisa eine weitere Frage auf. Wenn die alte Basaltbrücke – sprich, die im Volksmund genannte «Todesbrücke» – mit ihrem perfekten Brückenbogen weg war, wie würden sie dann durch das Wurmloch gelangen? Konnte Zac überhaupt noch ein Wurmloch öffnen? Sie hoffte inständig, dass sie bald Antworten auf diese essentiellen Fragen erhalten würde.

Onyx flog noch eine ziemlich weite Strecke den Fluss entlang. In regelmäßigen Abständen waren immer wieder seltsame trichterförmige Objekte auf den Feldern zu sehen, die durch ihre dezente Beleuchtung selbst in der Dunkelheit nicht zu verfehlen waren.

«Geothermie-Photovoltaik-Energiespeicher», erklärte Onyx. «Die Hauptlieferanten unserer Stromversorgung.»

Lisa stellte besorgt fest, dass sie sich immer weiter von der Stadt entfernten. Als sie es schon mit der Angst zu tun bekam, dass Onyx vielleicht doch nicht der war, für den er sich ausgab, und sie in Wahrheit entführte, beschrieb das Aeromobil eine Kurve und hielt auf die Stadt zu, so dass ihr glitzerndes Lichtermeer nun immer näher kam. Über den Lichtern lag wieder dieser merkwürdige purpurne Schleier, der Lisa schon am ersten Abend aufgefallen war.

«Ich darf erst ab diesen Koordinaten in Richtung Innenstadt fliegen, wegen Kollisionsgefahr›», erklärte Onyx. Da verstand Lisa, dass die Lichtpunkte, die überall am Himmel schwebten, in Wahrheit Luftmarkierungen waren.

Gleich darauf wurde ihre Aufmerksamkeit von einer Ansammlung kleiner Hütten angezogen, die scheinbar wahllos zusammengewürfelt mitten auf einem Feld standen und nur notdürftig beleuchtet waren.

«Was sind denn das für Häuser?», fragte sie.

«Das sind die Außenbezirke, die sogenannten ‹Offline-Siedlungen›», sagte Onyx, der mit verschränkten Armen dasaß und der Elektronik des Aeromobils die ganze Steuerung überließ. «Die Häuser der Offliner. Man nennt sie auch ‹E-Veganer›.»

«E-Veganer?», fragten Lisa und Kyle gleichzeitig.

«Das sind diejenigen, die der Technologie vollständig oder teilweise abgeschworen haben und so leben wie vor hundert Jahren. Hauptsächlich, weil sie sich gegen das System auflehnen.»

«Was für ein System?» Lisa war wie immer wissensdurstig. Das Ganze hörte sich unheimlich an.

«Salopp ausgedrückt: unser Überwachungssystem. Jedes Individuum ist quasi im Online-System erfasst. Ohne das ist heutzutage überhaupt nichts mehr möglich. Personalien, Zahlungsmethoden, Pässe, Gesundheitsregister, alles befindet sich in den Clouds.»

«Wir sind ja schon im Jahr 2018 auf dem Weg dorthin», brummte Kyle. «Man braucht mittlerweile schon für alles seine Mobilnummer oder irgendein dämliches Passwort.»

«Ja, dieser ‹Passwortsalat› hat letztendlich zu unserem Einheitssystem mit der persönlichen Identifikationsnummer geführt, die heutzutage Pflicht für jeden Erdbewohner ist.»

Onyx drehte nochmals eine kleine Extra-Runde über der Siedlung.

Lisa betrachtete die kleinen, bunkerförmigen Häuser mit den zahlreichen Antennen und Leitungen und Satellitenschüsseln auf den Dächern, oder was immer das auch war. Ein paar spärliche Lampen beleuchteten die Straßen notdürftig.

«Das heißt also, diese Leute, die da unten leben, benutzen gar keine Technologie? Keine Smartphones und Computer und so?», wollte sie wissen.

«Das ist ganz verschieden. Einige benutzen noch altmodische Smartphones, die sie mit verschiedenen Chips upgraden. Andere leben tatsächlich wie in den Achtzigerjahren des letzten Jahrhunderts, mit analogen Telefonanschlüssen. Sie basteln sich ihre Computer teilweise selber aus Elektroschrott. E-Veganismus ist zu einem richtigen Trend geworden, allerdings auch zu einem großen Problem für den Staat.»

«Und warum schwören sie der Technologie so ab?» Lisa konnte das nicht verstehen. Für sie war die Technologie der Zukunft immer noch ein faszinierendes Abenteuer, so dass sie sich gar nicht vorstellen konnte, wie man freiwillig darauf verzichten wollte.

«Das hat wohl verschiedene Gründe. Einige glauben, dass Fortschritt den Menschen verdirbt. Andere wollen partout nicht dauerüberwacht werden. Sie verstehen nicht, dass das System nur ihrem Schutz dient, und glauben irgendwelchen Verschwörungstheoretikern. Dabei geht es aber vor allen Dingen um die Sicherheit und auch darum, uns vor neuen globalen Katastrophen wie einem weiteren Wirtschaftszusammenbruch oder einer Pandemie zu bewahren.»

«Wirtschaftszusammenbruch?» Lisa war wie immer gut darin, die ausschlaggebenden Stichworte aufzuschnappen.

«Eigentlich darf ich euch das nicht erzählen … aber gut … Also, vor einiger Zeit ist das Wirtschaftssystem so gut wie zusammengebrochen. Es war die größte Rezession, die die Menschheit je durchgemacht hat. Um eine weitere Katastrophe zu vermeiden, mussten Maßnahmen ergriffen werden. Eine davon war, das Bargeld abzuschaffen und Apps zu lancieren … Apps zur Kontrolle des Gesundheitszustandes, der Vermögensverhältnisse und weiterer persönlicher Daten, die jeder auf seinem Endgerät installieren musste.

Besonders die ältere Generation hatte Mühe damit, wir Jungen sind ja damit aufgewachsen. Es gab Aufstände, das könnt ihr euch sicher vorstellen, und immer mehr Menschen entschlossen sich zu einem radikalen Ausstieg. Der Staat duldet die Aussteiger zwar vorläufig, aber man arbeitet an einem neuen System, mit dem man die Probleme hoffentlich endlich in den Griff kriegen wird.»

«Ein neues System?»

Als Antwort hielt Onyx seine rechte Hand hoch. Auf seinem Handgelenk sah Lisa ein verschlungenes Tattoo; ein ähnliches wie die, die Professor Elliott und Professorin Zhao hatten, jedoch hatte das von Onyx die Form eines Edelsteins.

Lisa wollte zur nächsten Frage ansetzen, als sie den Tower von Tomsborough erblickte und dahinter die drei ihr bereits aus dem Jahr 2018 bekannten Wolkenkratzer. In einem davon hatte Morgan vor 29 Jahren in den beiden obersten Etagen ein luxuriöses Penthouse bewohnt. War das immer noch so?

Sie näherten sich in rasantem Tempo dem Stadtzentrum. Neben den drei Wolkenkratzern ragten noch mehr Gebäude in die Höhe. Die Stadt schien seit 2018 um einiges gewachsen zu sein.

Der Tower glitzerte majestätisch vor dem rötlichen Nachthimmel und war in ein tanzendes Spektakel von Regenbogenfarben gehüllt. Eine neue Zeitanzeige schwebte wie ein Hologramm um den Tower. Sie lautete:

SONNTAG, 8. SEPTEMBER 2047, 10:14 PM

Lisa bekam Gänsehaut, als sie das Datum sah.

Tomsborough 2047. Wie sehr hatte sich die Stadt wohl verändert? Sie schaute hinunter und sah unzählige winzige Autos durch die Straßen flitzen. Viele von ihnen hinterließen einen blauen Lichtschweif.

Hoffentlich würde sie Gelegenheit haben, sich hier ein wenig genauer umzuschauen. Dieses Abenteuer konnte richtig interessant werden! – Aber genießen würde sie es erst dann, wenn sicher war, dass die Heimreise in die Vergangenheit möglich war …

Je näher sie dem Ziel kamen, desto mulmiger war Lisa zumute. Das KAC-Signet prangte golden an der Spitze desjenigen Wolkenkratzers, in dem Morgan ihrer Erinnerung nach das Penthouse besaß, das sich über zwei Stockwerke erstreckte. Lisa runzelte die Stirn. Dieses Signet war doch 2018 noch nicht dagewesen, oder?

Kyle hatte sich in Schweigen gehüllt. Vermutlich grübelte er immer noch, warum mittlerweile Morgan der Besitzer der KAC war, und nicht sein Dad. Das hätte Lisa allerdings auch gern gewusst, aber sie hatte auf ihren Zeitreisen gelernt, ihre Fragen systematisch zu stellen. Außerdem hatte Onyx geklungen, als wäre es ihm nicht erlaubt, über gewisse Dinge zu sprechen.

«Am besten redet ihr mit Morgan, wenn ihr weitere Fragen habt», sagte Onyx nun, als hätte er ihre Gedanken erraten. «Er ist für das Projekt zuständig, euch wieder nach Hause zu bringen.»

Morgan … wie würde er aussehen? Was für ein Mensch würde er sein? Dieser Gedanke beschäftigte Lisa ganz besonders. Und Britt und Zac – lebten sie noch? Bis jetzt hatte niemand ein Wort davon erwähnt.

Was war aus ihnen allen geworden?

Ein Piepen ertönte an Onyx' Arm. Er hielt sein Handgelenk ans Armaturenbrett, und sogleich erschien der Name MORGAN KENDALL auf der Anzeige.

«Ja?», meldete sich Onyx, und Lisa sah ein winziges Licht in seinem Ohr aufleuchten. «Wir sind so gut wie da. Wir setzen gleich zum Landeanflug auf deinem Dach an, wenn du uns die Landeerlaubnis erteilst. Ja, alles bestens, es geht ihnen gut. Wir sehen uns gleich.»

Er wandte sich zu Lisa und Kyle um.

«Das war Morgan. Er fragt, ob ihr wohlauf seid. Er freut sich darauf, euch zu sehen.»

«Wie konntest du mit ihm sprechen? Du hast ja nirgends ein Telefon, geschweige denn Kopfhörer oder ein Mikrofon?», fragte Lisa, die die Entwicklung der Technik bereits im Jahr 2018 gründlich studiert hatte.

«Implantierte Kopfhörer und Mikrofon», lächelte Onyx. «Wir von der Polizei müssen anonyme Gespräche führen können. Die Dinger sind so winzig, kleiner als ein Reiskorn, und die Batterie hält ein Leben lang.»

«Was, du hast die Dinger implantiert?!», fragte Kyle. «Dann bist du ja sozusagen ein Cyborg.»

Onyx lachte. «Damit liegst du gar nicht so falsch. Wir heißen ja auch nicht umsonst ‹Generation Cyborg›. Die Implantat-Technologie wird immer ausgefeilter.»

Das Aeromobil umflog das Penthouse in einem großen Bogen, um von der richtigen Seite aus zur Landung anzusetzen. Eine blau beleuchtete Landezone auf dem Dach hieß sie mit einem Blinken willkommen. Lisa schien es, als sei auch das Penthouse um ein weiteres

Stockwerk gewachsen. Zwei schnittige Flugmobile waren neben der Landezone auf mit Leuchtdioden markierten Flächen geparkt.

«Alles klar mit euch?», fragte Onyx. Lisa nickte und holte tief Luft, als das Aeromobil langsam herunterschwebte. Gleich würde sie Momo wiedersehen – weitere 29 Jahre älter.

Ihre Nervosität verwandelte sich in Panik.

Sie wusste nicht, wie sie das verkraften würde.

Kapitel 4
Willkommen im Penthouse

Sanft setzte das Flugmobil neben einem der anderen beiden Aeromobile auf dem Landeplatz auf. Lisa betrachtete die elegant-silbrigen torpedoförmigen Wagen. Ob sie Morgan gehörten? Es war anzunehmen, da sie das KAC-Signet trugen.

Die Flügeltüren hoben sich in die Höhe, und Lisa und Kyle kletterten je auf ihrer Seite aus dem Polizeiwagen.

Lisa war erstaunt, wie warm der Betonboden war, als ihre nackten Füße auf dem harten Stein auftrafen. Sie erinnerte sich wieder daran, wie tropisch warm es bei ihrer Ankunft gewesen war. Trug der Stein immer noch die Wärme vergangener Tage in sich? Mittlerweile hatte es allerdings abgekühlt und ein recht heftiger Wind wirbelte um ihre Ohren. Kein Wunder, sie befanden sich ja auch auf dem Dach der 38. Etage.

Lisa strich sich die verklebten Haarsträhnen aus dem Gesicht, die ihr der Wind immer wieder um die Nase klatschen wollte. Ihr Haar fühlte sich fettig an. *Theoretisch hab ich mir ja auch fast dreißig Jahre lang die Haare nicht mehr gewaschen,* dachte sie grimmig. Die letzte

Haarwäsche und Dusche hatte sie in Morgans Penthouse kurz vor ihrer Abreise vor etwa 29 Jahren genossen. Sie fühlte sich schmuddelig, trotz sauberer Klamotten.

Beschämt sah sie an sich runter. In diesem hässlichen hellgrünen Aufzug sollte sie Morgan begegnen? Und dazu noch mit schmutzigen, kalten Füßen?

Ihr Blick wanderte zu Kyle, der wie der Struwwelpeter höchstpersönlich aussah und voller Ehrfurcht auf die beiden Luxus-Aeromobile starrte. Auch er hatte dringend eine Haarwäsche nötig.

Onyx war auch ausgestiegen, ließ nun per Handzeichen die Flügeltüren zuklappen und nickte dann Lisa und Kyle zu. Zögernd folgten sie dem jungen Polizisten, der zu einem gläsernen Fahrstuhl ging und seinen Finger auf den Sensor legte.

Lisas Nervosität stieg ins Unendliche, während die Kabine sie sanft zwei Stockwerke nach unten auf die Ebene der großen 360-Grad-Terrasse beförderte, die sie noch so gut aus dem Jahr 2018 kannte. Doch nun sah sie, dass da einiges renoviert und erweitert worden war. Akkurat gestutzte Hecken und verglaste Trennwände schützten die Terrasse vor allzu starken Windböen und unterteilten sie gleichzeitig in gemütliche Nischen. Morgans Leute hatten ganze Arbeit geleistet und die Windschutz-Installationen strategisch so perfekt platziert, dass hier unten kaum noch mehr als ein sanfter Luftzug zu spüren war.

«Boah!» Auch Kyle sah sich fasziniert um. Ein riesiger, einladend beleuchteter Swimmingpool mit dazugehöriger Lounge und Palmendach erstreckte sich vor ihnen und war mindestens um das Doppelte gewachsen seit dem Jahr 2018. Eine romantische Hollywoodschaukel wippte leise in der Brise und bot eine atemberaubende Aussicht über die ganze Stadt.

Kleine, im Boden eingelassene LED-Lämpchen malten die Terrasse mit goldenem Licht an. Eine Oase mit Luxus-Strandbetten buhlte um ihre Aufmerksamkeit, und Lisa hätte sich am liebsten sofort in eines dieser Betten gelegt und sich in die seidenen Kissen gekuschelt. Eine kleine Bar thronte wie eine Insel inmitten der Oase. Ein plätschernder Springbrunnen verlieh dem ganzen Zauber die passende Klangfarbe. Lisa kam sich vor wie im Himmel – so wie «damals» im Jahr 2018, als sie zuletzt auf dieser Terrasse Zeit verbracht hatte.

Und dann erblickte sie einen Mann mit schneeweißem, lockigem Haar, der in beinahe königlich aufrechter Haltung an der offenen Terrassentür stand und auf sie wartete. Während die anderen beiden weitergingen, blieb Lisa stehen.

Das war Momo. Das war tatsächlich Momo.

Sie musste ein paarmal blinzeln, ehe ihr Gehirn es wirklich registrierte. Auch wenn sie geahnt hatte, was auf sie warten würde, schien es ihr doch immer noch so unwirklich wie ein Traum.

Momo war nun 74 Jahre alt.

Seine braunen Augen waren fest auf sie gerichtet und fixierten sie, ehe er seinem Neffen und Onyx überhaupt Beachtung schenkte. Obwohl sie als Letzte zu ihm trat, streckte er die Hand zuerst nach ihr aus. Mit bebendem Herzen blieb sie vor ihm stehen. Sie traute sich nicht, seine Hand zu nehmen.

«Lee-Lee», sagte Morgan ruhig und mit warmer Stimme.

Lisa wusste nicht, was sie sagen sollte. Sie brachte das Wort «Momo» nicht über die Lippen.

Morgan schaute sie einfach an, mit derselben unendlichen Ruhe und Geduld, die ihr in der Vergangenheit immer so viel Geborgenheit vermittelt hatte. Und tatsächlich löste sich die Anspannung in

Lisa, und als ihre Gedanken etwas klarer wurden, stellte sie fest, dass die Angst vor dem Schock komplett verschwunden war.

Zudem war sie völlig unbegründet gewesen.

Trotz der gereiften Gesichtszüge und der weißen Haare konnte Lisa Momo immer noch klar erkennen: sein spitzes Kinn, das so typisch für die Kendall-Familie war, den leichten Bogen seiner Lippen und die gerade Nase. Und der vertraute markante Leberfleck auf der linken Wange, der ihr den letzten Beweis geliefert hätte, selbst wenn sich Momo in den letzten drei Jahrzehnten bis zur Unkenntlichkeit verändert hätte.

Er war schlanker als im Jahr 2018, trug ein dunkelblaues Seidenhemd mit einem Blazer darüber und ganz gewöhnliche Jeans. Ein paar weiße Locken ringelten sich auf seiner Stirn, und zuerst glaubte Lisa, er hätte seine Haare geschnitten, doch dann sah sie, dass er sie wie Onyx hinten zusammengebunden hatte. Er schien eigenartigerweise etwas größer als früher zu sein, doch Lisa stellte zu ihrem Bedauern fest, dass sie ihn nach wie vor um einen oder zwei Zentimeter überragte. Das würde sich also nie ändern …

Er sah sie immer noch an, doch er wirkte nicht so, als ob er auf eine Antwort wartete.

«Hier bringe ich dir deine beiden Zeitreisenden, Morgan», sagte Onyx.

«Danke, Onyx», sagte Morgan. Seine Augen ließen Lisa los und richteten sich nun auf seinen Neffen.

Kyle starrte seinen Onkel fassungslos an.

«Herrje, Onkel Morgan, bist du das? Du bist aber alt geworden.»

«Ja. Ganze 29 Jahre älter, Kylian», sagte Morgan ruhig. Er wandte sich wieder Lisa zu und streckte erneut die Hand nach ihr aus. Um sein Handgelenk trug er ein breites dunkelblaues Armband.

Vorsichtig trat Lisa den letzten Schritt auf ihn zu und ergriff seine Hand. Morgan geleitete sie freundlich ins Innere der Wohnung und ließ erst dann ihre Hand wieder los. Kyle und Onyx folgten ihnen.

Obwohl die drei Jahrzehnte im Inneren des Penthouses so manche Veränderung mit sich gebracht hatten, kam es Lisa vor, als wäre sie erst gestern hier gewesen, was gemäß ihrer Zeitrechnung ja auch stimmte. Doch gerade deswegen stachen ihr die vielen Neuerungen sofort ins Auge.

Genau genommen stand außer der Couch nichts mehr am selben Ort, und selbst die war neu. Wieder hätte sich Lisa am liebsten gleich auf dem cremefarbenen Lederbezug langgestreckt und ihr Gesicht in die anthrazitfarbenen und petrolblauen Seidenkissen gewühlt. In den Genuss einer so großen Couch kam sie selten; die engen Sofas bei ihrem Bruder Thomas und seiner Freundin Fanny zuhause boten kaum Platz, ihre langen Beine anständig auszustrecken.

Der Wohnraum wirkte allerdings um einiges kleiner, als Lisa ihn in Erinnerung hatte, und erst nach einem Rundgang erkannte sie, dass Morgan den einst offenen Raum in mehrere Zimmer unterteilt hatte. Trotzdem waren der Wohnbereich und der Essbereich immer noch um ein Vielfaches größer als die enge Wohnung, die sie im Jahr 1989 mit Thomas und Fanny teilte.

Der Esstisch war für sechs Personen gedeckt. Es sah ganz danach aus, als sollte es bald etwas zu essen geben. Kyles Augen leuchteten in freudiger Erwartung. Obwohl das letzte Essen noch gar nicht lange her war, schien ihm der Magen schon wieder zu knurren.

Lisas Aufmerksamkeit hingegen wurde von einer kleinen grauhaarigen Frau in Anspruch genommen, die nun mit einem etwas verlegenen Lächeln auf sie zusteuerte.

Lisa musste zweimal gucken, ehe sie sie erkannte.

Britt. Oh Gott, das war Britt!

«Ach ja, kümmerst du dich um unsere Zeitreisenden, Britt? Um Kleidung? Und ums Essen? Ich muss noch was mit Onyx besprechen», bat Morgan sie leise. «Ist Zac unten?»

«Ja, er schläft», antwortete Britt, bevor sie sich an Lisa wandte. «Er hat die ganze Nacht durchgearbeitet, wie meistens.»

Morgan nahm die Information mit einem Kopfnicken entgegen. Er zog sein Armband aus und legte es flach auf den Tisch. «Für die Lieferung», sagte er zu Britt. Dann winkte er Onyx herbei und verschwand mit ihm in einem Nebenraum.

Britt drehte sich erneut zu Lisa um. Das Beben in Lisas Herzen stellte sich wieder ein. Während Kyle weiter umherstreifte und alles genau in Augenschein nahm, hatte Lisa nur Augen für Britt.

Ihre Freundin war deutlicher gealtert als Morgan. Sie war zwar noch genauso rank und schlank wie früher, doch im Gegensatz zu Morgans Gesicht war ihres um einiges zerfurchter und hie und da von dunklen Flecken besprenkelt. Ihr eh schon ungestümes Haar war grau und noch struppiger geworden. Ihre Kleidung war schlicht und unauffällig, und sie trug eine ähnliche Brille wie im Jahr 2018. Britt Webster hatte sich nie viel aus Mode gemacht, und das hatte sich offenbar auch nicht geändert.

«Ja, gewöhn dich erst mal an meinen Anblick, Lee», sagte Britt trocken, als Lisa den Mund nicht mehr zukriegte. «Ich bin schon wieder fast dreißig Jahre älter geworden. Geht schnell, was? Das Wundermittel für ewige Jugend haben sie leider immer noch nicht erfunden, und im Gegensatz zu Morgan kann ich mir keine Wellnesskuren und Schönheitsoperationen leisten.»

Lisa wusste nicht, was sie darauf erwidern sollte.

«Tja, du wirst dich noch an einiges gewöhnen müssen», sagte Britt etwas zynisch, ehe Lisa es wagte, ihre Arme um die nun so viel ältere Freundin zu legen, die mittlerweile ihre Großmutter hätte sein können. Und die Stimme … sie gehörte zwar eindeutig Britt, aber sie klang so anders. Viel tiefer und irgendwie brüchiger. Sie drückten einander kurz. Lisa ahnte, dass Britt eine Menge Gefühle verbarg und das Ganze so distanziert wie möglich halten wollte. Ihr war es recht, denn auch sie wusste nicht so richtig, wie sie mit dieser bizarren Begrüßungszeremonie umgehen sollte.

«Tja …», füllte Britt die verlegene Stille, die zwischen ihnen entstanden war.

«Zac ist also auch hier?» Lisa war froh, dass sie einen triftigen Grund fand, ihr Augenmerk auf etwas anderes zu richten. Immerhin hatte sie vorhin zu ihrer Erleichterung vernommen, dass auch Zac noch lebte. Alle ihre Freunde waren tatsächlich noch da!

«Er ist unten in seinem Labor», sagte Britt. «Er arbeitet meistens die ganze Nacht hindurch. Manchmal vergisst er sogar, ins Bett zu gehen. Ach ja, es ist gar nicht einfach mit ihm. Mir ist in all den Jahren klar geworden, warum er früher immer eine Nanny gebraucht hat.»

Lisa wollte gerade fragen, wo genau «unten» war, als von Morgans Armband auf dem Tisch ein Signalton ausging. Britt rollte mit den Augen.

«Essen ist da.» Sie nahm das Armband vom Tisch und ging damit hinaus auf die Terrasse, wo gerade ein fast mannsgroßes, eiförmiges Flugobjekt mit zwei Flügeln und der Aufschrift «Jamie's Premium Food» dabei war, zu landen.

«Was ist das?» Lisa folgte ihr.

«Eine Drohne. Lieferservice im Jahr 2047», sagte Britt. «Für die Faulen und die Reichen.»

Sie hielt das Armband gegen einen Sensor auf der Seite des Flugobjekts, das gleich darauf mit einem fröhlichen Dudeln seine Klappe öffnete und den Blick auf sein Inneres freigab. Britt entnahm ihm mehrere große Boxen.

«Und wie funktioniert so eine Bestellung genau?»

«Das kann dir am besten Morgan erklären. Ich bestelle nie was auf diese Art. Ich benutze meine Beine und kaufe ganz altmodisch im Lebensmittelladen ein. Ich weiß nur, dass er via Computer eingibt, was er haben möchte, die Koordinaten auf der Map, wo das Ding landen soll, festlegt und auch gleich online bezahlt. Manchmal frage ich mich schon, wozu uns der liebe Gott zwei Füße gegeben hat.»

Lisa musste trotz allem ein wenig schmunzeln. Das war Britt, wie sie leibte und lebte. In der Hinsicht hatte sie sich nicht verändert.

«Grundgütiger, und zu viel eingekauft hat er auch wieder. Lee, hilfst du mir mal?»

Ehe Lisa sich's versah, drückte Britt ihr einen Stapel der Boxen in die Hand. «Er lernt es einfach nie.»

«Wer lernt was nie?»

«Morgan. Wir haben noch so viele Reste von gestern. Wer soll das alles essen?» Sie schüttelte den Kopf. «Das kommt davon, wenn man zu viel Geld hat.»

Lisa nahm einen Stapel der Boxen und folgte Britt wieder ins Innere. Es war wirklich eine Menge, und sie war gespannt, was da alles drin war. Sie drehte sich noch einmal um und sah, wie die Drohne wieder abhob und davonflog. Aus der Ferne wirkte sie fast wie eine überdimensionierte Hummel.

Britt stöhnte, während sie die unzähligen Schachteln in der Küche auf der Anrichte stapelte.

«Wirklich, wer soll das alles essen?»

«Britt … wann kann ich denn mit Zac sprechen?» Lisa hatte das Bedürfnis, eine Menge Fragen loszuwerden.

«Später. Jetzt lassen wir ihn erst mal schlafen, wenn er denn schon mal schläft.»

«Aber … er ist okay, oder?» Irgendwie hatte Lisa das Gefühl, dass Britt ihr etwas nicht sagen wollte.

«Zac? Ja, es geht ihm gut. Er ist ein bisschen komisch geworden nach dem Tod seines Vaters. Das ist jetzt natürlich einige Jahre her. Er war immer ein Sonderling, das weißt du ja. Er hat halt kaum Kontakt zur Außenwelt. Manchmal driftet er völlig ab in seine Welt und weiß überhaupt nicht mehr, was um ihn herum vorgeht. Manchmal ist er aber auch völlig normal.

Morgan und ich sind quasi seine einzigen Freunde. Wir sind es, die uns um ihn kümmern, seit sein Vater nicht mehr da ist. Ach, Lee, es ist so viel passiert in diesen fast dreißig Jahren, das willst du gar nicht alles wissen. Also, Zac tut jedenfalls alles, was in seiner Macht steht, um euch wieder nach Hause zu bringen. Darum möchte ich ihn jetzt auch nicht aufwecken. Er braucht den Schlaf dringend.»

«Verstehe», sagte Lisa, auch wenn sie eigentlich nicht viel verstand. Die Fragen sausten in ihrem Kopf durcheinander wie ein aufgescheuchter Bienenschwarm. Was machte Britt überhaupt hier bei Morgan? Die beiden hatten doch nie viel miteinander am Hut gehabt. Im Gegenteil, Britt mochte Morgan ja nicht mal. Und Zac lebte offenbar hier? Hatte irgendwo im Wolkenkratzer sein Labor? Wie war das alles gekommen? Und in welchem Jahr war Doc Silverman gestorben?

Aber eigentlich wollte sie besonders Letzteres gar nicht so genau wissen …

«Sag mal, Britt, ist Zac wirklich weltberühmt?», pickte sie eine der unzähligen Fragen heraus.

Britt seufzte. «Ja, leider. Das ist auch so ein Unding. Als die Sache mit den Zeitreisen an die Öffentlichkeit kam, ist Zac fast durchgedreht, weil ständig Journalisten mit ihm reden wollten. Später hat er dann sogar für das Forschungszentrum und für die KAC gearbeitet, aber die Medienaufmerksamkeit hat ihn fast an den Rand des Wahnsinns gebracht. Darum hat Morgan ihn auch bei sich aufgenommen, um ihn vor der Öffentlichkeit zu schützen. Hier ist er sicher, da ohne Morgans Genehmigung so schnell keiner in seinen Palast reinkommt.»

Morgan ... Lisa sah sich um. Wo blieb Morgan denn so lange? Was hatte er so dringend mit Onyx zu besprechen?

Sie hatte doch auch so viele Fragen an ihn.

Aber als sie all die Köstlichkeiten sah, die Britt nun auspackte und auf diversen Platten und Tellern anrichtete, stellte sich langsam der Hunger ein. Die herrlichsten Leckereien aus aller Welt türmten sich da vor ihren Augen auf: Antipasti, asiatische Nudelgerichte, Reisbällchen, Fisch- und Fleischgerichte, kleine Pizzahäppchen, frisches Gemüse und Obst, frittierte Kartoffelpuffer, gebratene Würstchen, kleine Kanapees mit Lachs, Eiern, Olivenpaste, Thunfisch, Frischkäse und Garnelen. Auch Fladenbrot, unzählige Salate und nicht zuletzt eine Menge süßer Speisen waren in dem Menü enthalten.

Britt hatte recht: Wer sollte das alles essen?

Bei dem Gedanken an Essen wurde ihr bewusst, dass auch Kyle irgendwohin verschwunden war.

Sie ließ Britt für einen Moment allein und streifte ein wenig im Wohnzimmer umher. Der Marmorboden fühlte sich angenehm warm unter ihren kühlen Sohlen an, so dass sie Socken nicht mal vermisste. *Das muss eine Bodenheizung sein!,* staunte sie.

In einem massiven Kamin prasselte ein gemütliches Feuer, doch Lisa war sich nicht sicher, ob das Feuer echt war oder nur eine Art Hologramm. In der Zukunft war ja alles möglich.

Der marmorne Fahrstuhlschacht befand sich in der Mitte einer Wandfront, an der sich meterlange Regale mit Morgans legendärer Schallplatten- und CD-Sammlung aus den Siebziger-, Achtziger- und Neunzigerjahren reihten. Auch wenn bestimmt längst kein Mensch mehr Schallplatten oder CDs kannte, hatte er sich offensichtlich nicht davon trennen können.

Rund um das ganze Appartement lud die weite Fensterfront zu einem fantastischen Ausblick über die nächtliche, glitzernde Skyline von Tomsborough ein. Lisa hatte schon 2018 über all diesen Luxus gestaunt, der für Morgan so selbstverständlich war, und jetzt schien er noch einmal massiv draufgelegt zu haben. Umso schmerzhafter wurde ihr bewusst, dass Momo aus einer so völlig anderen Welt kam als sie und dass die Kluft zwischen ihnen viel größer war, als sie je geahnt hatte. Niemals würde sie mit seinem Lifestyle mithalten können … auch in der Vergangenheit nicht …

Endlich entdeckte sie Kyle gegenüber der Couch an der mindestens drei Meter breiten Wand, die von einem riesigen Bildschirm überzogen war. Farbenfrohe, dreidimensionale Bilder von Landschaften, Pflanzen, Unterwasserwelten, dem Weltraum und Tieren wechselten sich in gleichmäßigem Rhythmus ab, wie ein gigantischer Bildschirmschoner. Die Farben waren so leuchtend klar und die Bilder so gestochen scharf, dass Lisa ebenfalls nicht anders konnte, als fasziniert in diese Welten einzutauchen. Wieder hätte sie am liebsten die Hand ausgestreckt, um die Bilder zu berühren.

Selbst einen Jungen, der fast dreißig Jahre nach ihr geboren worden war, schien dieser monströse Bildschirm mit dieser unglaublichen Bildqualität umzuhauen. Kyle merkte nicht mal, dass Lisa neben ihm stand, so vertieft war er in den faszinierenden Anblick.

Lisa ließ Kyle noch eine Weile weiterstaunen und gesellte sich wieder zu Britt, da ihr soeben bewusst geworden war, wie unhöflich es aussehen musste, Britt die ganze Arbeit allein machen zu lassen. Die Technik der Zukunft war für sie sowieso nur noch ein einziges Mirakel, über das ihr Staunen weder einen Anfang noch ein Ende kannte.

«Milch leer», schnarrte der Kühlschrank gerade, als Lisa zu Britt in den hypermodernen Küchenbereich trat, der direkt an den Essbereich angrenzte.

«Jaja, ich weiß», brummte Britt und knallte die Tür zu. «Herrschaft noch mal, das seh ich doch selbst. Diese sprechenden Kühlschränke können einem wirklich auf den Geist gehen.»

Lisa betrachtete fasziniert den Glasbildschirm an der Kühlschranktür, der eine echt aussehende Einkaufsliste darstellte und auf dem ein animierter, dreidimensionaler Bleistift gerade das Wort «Milch» hinzufügte. Eine weitere Liste zeigte, was sich noch alles im Kühlschrank befand und bis wann es haltbar war.

«Tja, wie du siehst, wird uns das Denken heutzutage komplett abgenommen», sagte Britt. «Alles erledigt der Computer. Natürlich hat nicht jeder sein Haus mit so vielen Schikanen wie Morgan ausgestattet, aber er muss ja wirklich immer *alles* haben.»

Lisa berührte die Glasscheibe und stellte gleich darauf fest, dass sich die Einkaufsliste auf dem Display umherschieben und verkleinern und vergrößern ließ. Eigentlich fand sie das ganz praktisch. Keine Gefahr mehr, die Milch zu vergessen und sich einen Rüffel von seinen Mitbewohnern einzufangen …

Während Britt die restlichen Sachen kunstvoll auf Tellern drapierte, vertiefte sich Lisa ganz in die Spielereien mit der Kühlschranktür und vergaß dabei völlig, dass sie Britt eigentlich helfen wollte.

«Na ja, du kennst ja meine Abneigung gegen Technik», holte Britts Stimme sie irgendwann wieder in die Wirklichkeit zurück. «Das hat sich in den letzten 58 Jahren nicht geändert. Ich bin immer noch der Meinung, dass der Mensch das alles gar nicht braucht. Ich will mir nicht ständig von einem Computer vorschreiben lassen, was ich essen soll und wann ich meine Vitaminpillen einnehmen soll. Früher ist es auch ohne gegangen.»

«Dann bist du also auch eine von diesen ‹E-Veganern›?» Lisa fand diesen Begriff faszinierend.

Britt lachte. «Ja, das kann man so sagen. Tja, wenn ich Morgan nicht hätte, würde ich längst draußen in den Notvorrichtungen leben.»

«Wie meinst du das genau?»

Britt wollte gerade zu einer Antwort ansetzen, als Morgan und Onyx endlich aus dem Nebenzimmer kamen und sich zu ihnen gesellten. Britt machte den Mund sofort wieder zu.

«Ah, das Essen ist da», sagte Morgan. «Ihr habt sicher Hunger?» Er lächelte Lisa an, doch sogleich verfinsterte sich sein Blick.

«Britt! Hast du ihnen denn keine frischen Sachen gegeben? Und Pantoffeln? Sie sollen sich doch wohlfühlen!»

«Hey, ich bin noch überhaupt nicht dazu gekommen», verteidigte sich Britt energisch. «Ich war völlig mit dem Essen beschäftigt, während ihr beiden Herren nichts anderes zu tun habt, als eure ach so wichtigen Sitzungen abzuhalten.»

«Ich musste Onyx doch noch instruieren wegen morgen. Ich möchte nämlich, dass er nach dem Essen gleich Feierabend machen kann. Ich kann nicht noch mehr Überstunden von ihm erwarten. Immerhin hat er eine Frau, die zuhause auf ihn wartet», entgegnete Morgan ruhig.

«Schon gut. Verstehe ich. Nur kann ich mich nicht aufteilen. Ich meine, du hast Essen für eine ganze Armee bestellt. Das muss erst mal alles angerichtet werden. Überhaupt, wer soll das alles essen?»

«Ich will sie halt ein bisschen verwöhnen.» Morgan nahm das Armband wieder an sich, das Britt ihm auf dem Esstisch hinterlassen hatte, und ließ es um sein Handgelenk schnappen. «Außerdem haben wir meinen Neffen in der jüngeren Ausgabe hier. Der isst mindestens für drei.»

Morgan klang, als dulde er keine Widerrede mehr. Onyx schmunzelte leise, als fände er diesen Disput besonders amüsant.

Morgan verschwand wieder und kam ein paar Minuten später mit zwei flauschigen Jogginganzügen, Unterwäsche, Socken und zwei Paar Pantoffeln zurück.

«Ich hoffe, die Schuhgröße passt dir, Lee-Lee», sagte er zu Lisa. «Das Bad ist gleich dort drüben. Du kannst dich dort umziehen, wenn du magst.»

«Danke.» Lisa nahm die Kleidung entgegen. Morgan schaute sie aus seinen tiefbraunen Augen aufmerksam an. Lisa war immer noch dabei, sich an seinen neuen, 29 Jahre älteren Anblick zu gewöhnen. Wie gern hätte sie mehr mit ihm geredet, doch er ließ bereits wieder von ihr ab und suchte seinen Neffen, den er der Länge nach ausgestreckt auf der Couch fand. Offenbar hatte Kyle irgendwann genug von dem Riesenfernseher bekommen und war auf dem Sofa eingeschlafen. Als er jedoch das Wort «Essen» hörte, sprang er sogleich auf und raste zum Esstisch, als würde man ihm im nächsten Moment alles wegessen.

Etwas später saßen auch die anderen am Tisch. Lisa hatte sich rasch im Gäste-WC umgezogen und festgestellt, dass die Pantoffeln und auch der Jogginganzug wie angegossen passten. Die Pantoffeln fühlten sich an wie zwei warme Wolkenkissen.

Kyle hatte sich bereits den Teller mit den Köstlichkeiten vollgeschaufelt. Lisa hingegen wusste überhaupt nicht, wo sie beginnen sollte. Die Auswahl war überwältigend.

«Hast du nach Zac gesehen?», wandte sich Morgan an Britt.

«Ich hab ihm vorhin eine Nachricht geschickt», sagte Britt. «Aber er scheint tief und fest zu schlafen. Wir lassen ihn besser. Von ihm wird diese Woche viel gefordert.»

Lisa machte es schließlich wie Kyle und griff nach den Platten, die gerade in ihrer Reichweite waren. Es war eh unmöglich, von allem zu probieren.

Als sie in eine Tomate biss, war sie überrascht, wie extrem aromatisch sie schmeckte. Sie hatte noch nie so leckere Tomaten gegessen. Wenn das Gemüse der Zukunft so schmeckte, war es wohl gar nicht so übel hier.

Britt sah ihr das Erstaunen offenbar an.

«Schmeckt gut, was? Das Obst wird nach den neusten Erkenntnissen in der Genforschung und nach speziellen technologischen Verfahren angepflanzt. Es soll so schmecken, wie die Natur es vor der Luftverschmutzung durch die industrielle Revolution hervorgebracht hat, wenn nicht noch besser. Aber die Herstellung ist sehr teuer, weswegen eine Tomate etwa sieben Ecos kostet.»

«Ecos?» Lisa schaute von Britt zu Morgan und sah, dass sie wie in stummer Abmachung einen Blick austauschten. Morgan blickte ziemlich streng drein.

«Erklär du», schnaubte Britt schließlich.

«Seit einigen Jahren gibt es eine Welt-Einheitswährung», entgegnete Morgan. «Sieben Ecos entsprechen etwa zehn Pfund.»

«Das heißt, die Tomate, die ich hier esse, kostet zehn Pfund?» Lisa kriegte den Mund nicht mehr zu. Auch Kyle blickte verblüfft von seinem Teller auf, doch er war zu sehr mit dem Essen beschäftigt, um sich weiter um diese Information zu kümmern. Lisa wunderte sich, wie ungewöhnlich wortkarg der sonst so lebhafte Sohn von Steven Kendall auf einmal war. Offenbar war er mit der Situation etwas überfordert.

«Tja, bedank dich bei Morgan. Normalsterbliche können sich natürlich diese Früchte der Klasse A Plus nicht leisten. Genauso wenig wie echtes Fleisch, das heutzutage unbezahlbar ist», sagte Britt. «Wir sind hier wirklich sehr privilegiert.»

«Warum gibt es denn überhaupt eine Welt-Einheitswährung?», wollte Lisa wissen.

«Tja», hob Britt an, doch Morgan kam ihr zuvor.

«Die Welt hat sich ganz schön verändert, Lee-Lee», sagte er und warf Britt einen weiteren Blick zu, den Lisa als warnend einstufte.

«Ach komm, Morgan, du kannst sie nicht vor allen Informationen schützen», schnappte Britt. «Sie haben ja bestimmt schon längst mitbekommen, dass sich einiges geändert hat. Und nächste Woche werden sie gleich noch mehr erfahren. Du kannst es eh nicht vermeiden.»

«Wir sind über die Offline-Siedlungen geflogen», schaltete sich nun Onyx ein. «Ich habe ihnen schon ein bisschen was über die aktuelle Situation erklärt. Ich weiß, damit habe ich mich deinen Anordnungen widersetzt, Morgan, aber … nun ja, mit was für Erklärungen hätte ich sie denn sonst abspeisen sollen?»

Er strich sich eine Haarsträhne aus dem Gesicht, die sich aus seinem Zopf gelöst hatte. Lisa fragte sich, ob er wirklich ein Nachfahre der Cox-Familie war. Mit seinem schwarzen Haar und den mandelförmigen Augen sah er eher aus wie ein Indianer. Er war hübsch, das musste man ihm lassen. Lisa schätzte ihn auf ungefähr 25 Jahre.

«Das ist mir schon klar», sagte Morgan. «Trotzdem. Ich möchte vorsichtig mit den Informationen umgehen.» Er warf einen Blick auf sein Armband und dann zu dem kleinen Glasbildschirm an der Wand über dem Esstisch, auf dem schon die ganze Zeit nonstop Meldungen eingingen. Lisa las:

`2024 ungeöffnete Mitteilungen`

Wer um alles in der Welt konnte so viele Mitteilungen an einem Tag kriegen?

Doch Morgan zuckte kaum mit der Wimper und wandte sich wieder dem Essen zu.

Nicht lange danach piepte es schon wieder irgendwo. Dieses Mal betraf es offenbar Onyx. Er schob sich den Ärmel seiner Uniform zurück und sah auf sein Handgelenk. Das eingravierte Tattoo auf seinem Handgelenk leuchtete blau auf.

«Darf ich?», wandte er sich an Morgan. Morgan nickte, und Onyx hielt sein Handgelenk über die Glasplatte des Tisches. Zu Lisas größtem Erstaunen formte sich auf der Tischplatte neben Onyx' Teller eine Sprechblase mit einer Textnachricht. Onyx entfernte seinen Arm wieder und wischte mit dem Daumen ein paarmal über die Nachricht, so dass er sie scrollen konnte. Ein liebevolles Lächeln umspielte dabei seine Lippen.

«Ich komme gleich nach dem Essen. Morgan gibt mir Feierabend!», sprach er zu der Tischplatte, und wie aus dem Nichts poppte eine neue Sprechblase auf und füllte sich mit dem eben gesprochenen Text. Onyx tippte die Sprechblase an, und die Nachricht verschwand mit einem animierten Zischlaut ins Nirgendwo.

«Meine Frau», warf er in entschuldigendem Tonfall in die Runde.

«Wow», machte Kyle, der für einen Moment aufgehört hatte zu kauen. «Wie funktioniert das denn?»

«Tja, das ist sozusagen ein in die Haut eingravierter Computer», sagte Onyx mit einem Schmunzeln. «Verschönert mit einer Tätowierung, wie ihr seht.» Er hielt sein Handgelenk in die Höhe, so dass Lisa und Kyle das filigrane Muster, das wirklich wie ein gestochen scharfes Tattoo wirkte, besser betrachten konnten.

«So eins hatten die Wissenschaftler im Forschungszentrum auch», bemerkte Kyle fasziniert.

«Ja, das Tomsbridge Science Research Center ist führend in der Entwicklung dieser E-Tattoos», sagte Onyx. «Im Moment kosten sie noch sehr viel, über hunderttausend Ecos, weswegen sie sich nur wenige leisten können, doch in wenigen Jahren wird garantiert jeder so eins haben.»

«Ich definitiv nicht.» Britt schüttelte sich vor Abscheu.

«Auch du wirst wahrscheinlich irgendwann nicht mehr drum herumkommen», sagte Onyx.

«Oh doch», widersprach Britt. «Ich lasse mir so was sicher nicht aufzwingen.»

Onyx hob die Schultern. «Von Aufzwingen spricht hier niemand. Du musst die Vorteile davon bedenken. Es würde uns vor einer Menge bewahren, wenn jeder so eins hätte. Verbrechen wären dann so gut wie unmöglich. Auch vor Pandemien wären wir geschützt. Es hätte nur Vorteile für die Gesellschaft.»

«Na ja …», murmelte Morgan.

«Nonsens», schnaubte Britt. «Das wäre lediglich der letzte Schritt in die totale Kontrolle.»

«Kontrolle hin oder her, wenn es zum Wohl aller dient …»

«Schluss damit!» Morgan erhob sich. «Wir haben miteinander vereinbart, dass wir in der Gegenwart von Lisa und Kyle *nicht* über politische Themen diskutieren.»

«Und ich finde, dass es keinen Zweck hat, diese Dinge totzuschweigen.» Auch Britt schoss von ihrem Stuhl hoch.

«Ich kann ja mein Tattoo nicht verstecken», verteidigte sich Onyx kleinlaut.

«Nein, aber es reicht, wenn du ihnen einfach erklärst, wie sie funktionieren. Mehr nicht.»

Lisa war erstaunt, wie energisch Morgan sprechen konnte. Und vor allen Dingen fast fehlerfrei und ohne zu stottern.

«Tut mir leid», sagte Onyx etwas beschämt. «Ich wollte nicht …»

«Dürfen wir trotzdem wissen, wie das funktioniert?», platzte Lisa heraus. «Ist das wirklich ein vollwertiger Computer?» Sie beugte sich erneut vor und studierte das Muster auf Onyx' Handgelenk, das er ihnen bereitwillig hinstreckte. Auch Kyle rückte näher heran.

«Ja. Er kann sogar weit mehr als eure Smartphones vor dreißig Jahren. Die Nanochips sind so dermaßen klein, dass sie leicht in die Haut einzugravieren sind. Man braucht die Hand nur gegen einen HoloScreen zu halten, und die Daten werden direkt auf den Bildschirm übertragen.» Onyx wirkte sehr begeistert. «Morgan hat zum Glück die ganze Tischplatte hier mit einem HoloScreen ausgestattet.»

«Wow», machte Kyle wieder. «Dann braucht es in Zukunft gar keine Smartphones mehr?»

«Nun, solange wir noch nicht so weit sind, dass überall Holo-

Screens eingebaut sind, werden wir unsere Gadgets natürlich noch brauchen. Aber Smartphones sind immer mehr am Verschwinden. Die meisten benutzen heutzutage HoloStrips oder VID-Brillen. Doch auf vielen Plätzen und in Warenhäusern und öffentlichen Gebäuden gibt es mittlerweile ganze HoloScreen-Säulen, und auch öffentliche Verkehrsmittel werden mehr und mehr damit ausgestattet. Diese Technologie ist enorm im Kommen, und in ein paar Jahren wird die gläserne Welt wohl unser Standard sein. Und vielleicht sind auch eines Tages Hologramm-Bilder ohne Projektionsfläche möglich.»

Kyle leckte sich einen Rest Olivenpüree von den Fingern, während er Onyx gespannt zuhörte. Morgan konnte ein Schmunzeln nicht unterdrücken. Stevie und Beverly hatten es eindeutig versäumt, ihrem Sohn ordentliche Tischmanieren beizubringen.

«Und irgendwann werden sich dann alle so ein Ding tätowieren?», fragte Kyle schließlich.

«Irgendwann, denke ich, wird das Realität werden. Es ist ja auch ein hübsches Accessoire. Fast alle lassen sich doch tätowieren, warum also nicht gleich einen Mini-Computer?»

«Im Forschungszentrum hab ich so eins sogar auf der Stirn einer Wissenschaftlerin gesehen», sagte Lisa und dachte mit Schaudern an diese eiskalte Professorin Zhao.

«Ja, ein paar ganz Mutige lassen sich sogar noch ein paar Zusatzfunktionen einbauen, um den Computer mit ihren Gehirnströmen zu verbinden. Na ja, ich begnüge mich mit dem rechten Handgelenk. Der Computer muss nicht unbedingt wissen, was ich denke.»

«Puh.» Lisa lehnte sich wieder zurück. Ein eingravierter Computer war ihr nun doch zu viel, so sehr sie sich auch für Technik begeistern konnte. Sie suchte Morgans Blick, und er erwiderte ihn.

«Was ist mit dir? Warum hast du kein E-Tattoo?», fragte sie ihn. Sie dachte an Onyx' Aussage, dass sich dieses bislang nur wenige und meist gut betuchte Leute leisten konnten.

«Bewahre!» Morgan winkte ab. «So lange ich nicht muss, werde ich mich davon fernhalten. Das ist nichts mehr für unsere Generation. Ich hab genug Gadgets hier rumliegen.»

«Ach Gott, all dieser Schnickschnack», warf Britt ein. «Ich vermisse das gute alte Analog-Telefon mit der einfachen Wählscheibe. Das hätte mir völlig genügt. Aber so was kannst du heutzutage ja nur noch im Museum bewundern.»

«Ich hab in der Tat noch nie eins in echt gesehen», gestand Onyx.

«Na klar, du mit deinem Jahrgang 2023 bist ja auch ein echtes Küken», neckte Britt ihn.

Lisa rechnete blitzschnell. Onyx war somit 24, also ziemlich genauso alt, wie sie ihn geschätzt hatte. 2023 – da würde sie selbst normalerweise bereits fünfzig sein.

«Also, ich bin, wie du weißt, immer noch skeptisch, was E-Tattoos angeht», murmelte Morgan. «Aber das haben wir ja schon öfter diskutiert.»

«Ich weiß», sagte Onyx heiter. «Du siehst es anders. Das ist auch völlig okay.»

«Und ich halte am besten den Mund», sagte Britt und rollte mit den Augen.

«Also, jetzt mal zurück zu den Wissenschaftlern im Forschungszentrum …», sagte Lisa und wandte sich an Onyx. «Was genau wollten die eigentlich von uns? Warum haben sie uns eingesperrt?»

Onyx suchte erst wieder Morgans Bestätigung, doch dieses Mal schüttelte Morgan den Kopf.

«Nicht mehr heute», bestimmte er. «Es ist schon beinahe Mitternacht, und ich habe Onyx Feierabend versprochen. Wir brauchen ihn morgen wieder ausgeruht. Und ihr solltet auch langsam schlafen.»

«Da bin ich ausnahmsweise mal ganz Morgans Meinung», sagte Britt.

«Ausnahmsweise. Ha!» Morgan packte eine kleine Tomate und warf sie in Britts Richtung. Onyx hielt sich die Hand vor den Mund und gab dahinter ein paar prustende Geräusche von sich. Britt bückte sich grinsend und hob die Tomate auf.

«Alte Leute können wirklich kindisch sein», neckte Onyx die beiden und setzte seine Dienstmütze auf.

«Also, Tafelrunde beendet.» Morgan stand auf und klatschte in die Hände. «Onyx hat Feierabend, und ihr zwei geht ins Bett. Zeigst du ihnen ihre Zimmer, Britt?»

«Mach ich.» Britt stand ebenfalls auf.

Lisa suchte Morgans Blick, während sie sich erhob, in der Hoffnung, noch zwei, drei Worte mit ihm wechseln zu können. Doch er hatte sein Pokerface aufgesetzt – das er offenbar immer noch hervorragend beherrschte – und wandte sich ohne weitere Worte von der Gruppe ab. Lisa schaute ihm nach, wie er in den Nebenraum ging, in dem er vorhin mit Onyx seine Besprechung hatte.

«Kommt mit», sagte Britt. «Bist du fertig, Kyle?»

Kyle, der sich schlecht vom Essen trennen konnte, stopfte noch ein paar letzte Bissen in sich hinein und folgte dann Britt. Onyx winkte zum Abschied und verschwand durch die Terrassentür, um mit seinem Flugmobil abzudüsen.

«Wie man bloß so viel essen und doch so dünn sein kann, geht mir nicht in den Kopf», sagte Britt beim Anblick von Kyles langen Gliedmaßen. «Gute Gene, was?»

«Nah, überhaupt nicht. Mein Dad hat eine Wampe. Ich will nicht wissen, wie ich in dreißig Jahren aussehe …» Er verstummte plötzlich.

«Mit Wampe kann ich mir dich ziemlich schlecht vorstellen», tröstete Britt ihn und zeigte ihm eine Tür in der Nähe der Regalwand mit den unzähligen Schallplatten.

«Also, Kyle, du schläfst hier unten. Morgan hat dir extra ein Gästezimmer einrichten lassen. Es ist alles da, was du brauchst, und das Bad ist gleich gegenüber. Morgen könnt und sollt ihr so lange ausschlafen, wie ihr wollt, damit ihr für eure Mission gut ausgeruht seid.»

«Mission?», fragte Lisa.

«Das erfahrt ihr alles morgen.»

Kyle brummte etwas Unverständliches, doch Lisa spürte, dass ihm diese Geheimniskrämerei ebenso auf den Wecker ging wie ihr.

«Es tut mir leid», sagte Britt. «Mehr darf ich euch jetzt nicht sagen. Der *Master* will es so.»

«Master?» Dieses Mal stellte Kyle die Frage.

«Ach, mein Spitzname für Morgan. Er ist hier der Chef. Und ich mag nicht mit ihm diskutieren.» Britt winkte müde ab.

Kyle zog einen Flunsch und verzog sich mit einem muffigen «Nacht!» in das Zimmer.

«Also, Manieren hat dieser Bengel nicht gerade», meinte Britt kopfschüttelnd.

Nein, das hatte Kyle wirklich nicht, aber Lisa konnte ihn trotzdem gut leiden, so dass sie ihm diese kleinen Marotten gern verzieh.

«Komm mit. Morgan hat dir oben einen regelrechten Palast eingerichtet.»

«Oben?» Soweit Lisa sich erinnern konnte, war im oberen Stock Morgans eigenes Schlafzimmer, aber in dreißig Jahren konnte bekanntlich viel passieren …

Tatsächlich sagte Britt: «Morgan hat fast seine ganze Wohnung umbauen lassen. Er schläft jetzt unten in seinem Arbeitszimmer, damit du oben ein ganzes Reich für dich allein hast.»

«Aber wir werden doch gar nicht so lange hier sein?» Lisa runzelte die Stirn. «Ich meine … wir … reisen doch hoffentlich wieder zurück in unsere Zeit?» Hatte Britt nicht gesagt, dass Zac alles dafür tat?

«Das ist der Plan, aber ich nehme an, du kennst Morgan ja noch ein bisschen. Er schöpft gern aus dem Vollen.»

Britt hatte nicht übertrieben. Als Lisa die Wendeltreppe hinaufstieg und das obere Stockwerk betrat, hatte sie das Gefühl, das Gemach einer Prinzessin zu betreten.

Ein nagelneu aussehendes Himmelbett mit seidenen Vorhängen und Bettbezügen aus Satin wartete auf sie, und eine moderne Beleuchtungsanlage tauchte alles in ein sanftes, goldfarbenes Licht. Ein begehbarer Kleiderschrank und ein Frisiertisch standen bereit, und auf einer edlen Kommode aus wertvollem Holz stand ein Korb mit Früchten, Snacks und Getränken. Daneben lagen ein Stapel flauschiger Handtücher und eine reiche Auswahl an sündhaft teuer aussehenden Duschmitteln und Cremes.

«Wahnsinn …» staunte sie.

«Tja, wie gesagt, Morgan lässt sich nicht lumpen», sagte Britt mit einem Schmunzeln. «Im Schrank sind noch eine Menge Klamotten für dich. Jetzt kannst du mal so ’n richtiges Girlie sein, obwohl ich bezweifle, dass das dein Stil ist.»

«Das wäre doch wirklich nicht nötig gewesen!» Lisa schluckte. «So viel Geld auszugeben für die paar wenigen Tage …» Sie ging zum Bett und strich vorsichtig über die weiche Satindecke, ehe sie es wagte, sich darauf zu setzen.

«Ach, Lee, ich fürchte, Morgan weiß doch gar nicht, wohin er soll mit all seinem Geld.» Britt nahm neben ihr Platz. «Aber ich sehe die Dinge nicht mehr so eng wie früher. Er liebt es einfach, großzügig zu sein. Und ehrlich gesagt: Ich wäre aufgeschmissen ohne ihn.»

Lisa sah ihre Freundin von der Seite an. Erst jetzt wurde ihr bewusst, dass das faltige Gesicht und die zerzausten grauen Haare womöglich nicht nur ein Zeichen des Alters waren, sondern auch darauf hindeuteten, dass Britt einiges durchgemacht hatte.

«Wo wohnst du eigentlich?», fragte sie wie durch eine Eingebung. Ihr war auf einmal klar geworden, wie seltsam es war, dass Britt immer noch hier war, obwohl es schon nach Mitternacht war. Sollte sie nicht auch längst nach Hause gehen?

«Ach ja. Ich kann dir diese Information natürlich kaum geben, ohne dir etwas über das Weltgeschehen zu verraten, was ich ja streng genommen nicht darf.» Britt rollte mit den Augen. «Das hat der Master sich natürlich alles nicht überlegt. Nun gut, Zac und ich wohnen ein Stockwerk unter dem Penthouse. Morgan hat uns dort eine Wohnung zur Verfügung gestellt, nachdem …» Sie brach ab.

«Nachdem … was?»

«Ach, Lee …» Britt holte tief Luft. «Ich fürchte, ich darf dir das wirklich nicht sagen. Lass es gut sein für heute. Ich will keine Diskussionen mit Morgan. Er kann so stur sein.»

Lisa hätte am liebsten ein ganzes Arsenal an Fragen auf Britt abgefeuert, aber sie hielt sich im Zaum. Sie wollte Morgan keinesfalls verärgern.

«Also, das heißt im Klartext, du und Zac, ihr wohnt hier unter uns?»

«So ist es, aber sehr oft sind wir hier oben bei Morgan. Sein Penthouse steht für uns immer offen. Wir können ein- und ausgehen, wann immer wir wollen. Er meinte mal, er sei froh, wenn wir da sind, weil er dann nicht immer so allein ist.»

«Hm.» Lisa richtete nachdenklich ihren Blick auf die Fensterfront und auf die Skyline von Tomsborough, die auf einmal viel gedämpfteres Licht abgab. Ein paar funkelnde, sternenartige Gebilde bewegten sich am rötlichen Nachthimmel. Der abnehmende, aber immer noch recht volle Mond schien hell über der Stadt, und sogar ein paar echte Sterne waren zu sehen.

«Wieso sind die Lichter auf einmal weniger hell?», fragte sie unvermittelt.

«Ab Mitternacht wird die Beleuchtung gedimmt», sagte Britt. «Die neue RA-LED-Technologie macht's möglich, dass Lichter so gedimmt werden können, dass sie weniger hell scheinen, von den Straßen jedoch so reflektiert werden, dass immer noch drei Viertel der Leuchtkraft erhalten bleibt und die Reduzierung des Lichts auf den Straßen selbst kaum wahrnehmbar ist. Das geht irgendwie mittels eines neuartigen, technisch hochkomplizierten Verfahrens, welches Spektralfarben aufsplittert und neu vermengt, aber wie das funktioniert, kann ich dir nicht sagen. Dadurch wird jedenfalls das Licht vom Himmel so rötlich reflektiert.

Das dient natürlich vor allem zum Schutz der Vögel und der Insekten, deren Anzahl sich in den letzten Jahrzehnten drastisch reduziert hat. Das hingegen finde ich Technologie-Rebellin jetzt mal wieder eine sehr löbliche Erfindung.»

Just in diesem Moment meldete der HoloScreen gegenüber dem Himmelbett einen Anruf von unten. Britt wedelte mit ihrer Hand vor dem Bildschirm herum, und Morgans Gesicht erschien in dreidimensionaler Pracht und so gestochen scharf, als stünde er echt im Raum.

«Britt, sag Lee, sie soll alles machen, worauf sie Lust hat. Oberste Priorität ist, dass sie sich erholt. Sie kann auch ein Bad im Jacuzzi nehmen. Es ist alles da. Wenn ihr etwas fehlt, soll sie es mir sagen. Die Fenster kann sie via Touchscreen neben dem Bett verdunkeln, wenn es ihr zu hell ist.»

«Ich richte es ihr aus.» Britt grinste.

«Gute Nacht», sagte Morgan, und sein Kopf löste sich wieder in nichts auf.

«Du hast den Master gehört. Du kannst hier echt einen auf Prinzessin machen.» Britt erhob sich. «Also, lass es dir gutgehen. Verwöhn dich mit allem, was da ist. Erholung ist das Wichtigste. Ach ja, die Lichtanlage … damit kannst du verschiedene Farben einstellen und sogar Musik programmieren oder Bilder an die Wand projizieren. Aber das soll dir Morgan dann selber zeigen. Ich weiß nicht, wie das Ganze funktioniert.» Sie wandte sich zum Gehen.

«Britt … warte …» Lisa sprang vom Bett auf.

Britt blieb stehen.

«Warum ist Morgan so wortkarg zu mir? Ich meine … er hat sich bis jetzt kaum die Zeit genommen, mit mir zu reden.»

«Ach, er hat wahnsinnig viel zu tun.» Britt winkte ab. «Er muss ja noch mindestens zweitausend Nachrichten beantworten.»

«Ist es also wahr, dass er und nicht mehr Steven Kendall die KAC leitet?»

«Ja, das ist so. Aber das wird er dir bestimmt alles selbst noch erzählen. Er wird schon noch mit dir reden, Lee, keine Angst. Aber er muss sich auch schonen. Er ist oft müde, weißt du. Ist ja nicht mehr der Jüngste. Ich lasse dich jetzt schlafen. Ich glaube, für heute hast du wirklich genug gesehen und erlebt.»

Damit hatte Britt allerdings recht.

Nachdem ihre alte Freundin gegangen war, schlüpfte Lisa daher direkt in das seidene Nachthemd, das Morgan für sie bereitgelegt hatte, putzte sich die Zähne und kuschelte sich dann in das samtweiche Bett.

Für heute hatte sie in der Tat genug gesehen.

Kapitel 5
Plan mit Tücken

Ein rötlicher Sonnenstrahl schien mitten in Lisas Gesicht. Er stammte jedoch nicht von einem der Fenster, die immer noch verdunkelt waren, sondern vom HoloScreen gegenüber dem Bett. Über die Glaswand wanderte eine aufgehende Sonne, die so echt wirkte, dass Lisa für einen Augenblick ziemlich verwirrt war und sogar ihr Gesicht abwenden musste, weil das Licht so blendete.

Erst als die Sonne verblasste und die Datumsanzeige über den gläsernen Bildschirm schwebte, erinnerte sie sich wieder, wo sie war.

MONTAG, 9. SEPTEMBER 2047, 9:46 AM

Besser ausgedrückt: *wann* sie war.

Ein animierter Schriftzug, begleitet von leisen Tönen eines Songs aus den Achtzigerjahren, zog über den Bildschirm. Die dreidimensionalen Buchstaben schwebten regelrecht auf Lisa zu und sprangen ihr fast ins Gesicht.

Guten Morgen Lee-Lee.
Frühstück ist fertig, wenn du magst.
Wenn du aber noch länger schlafen möchtest, dann tu das ruhig.
Mach, wozu du Lust hast. Momo

Lisa richtete sich auf. Die Nachricht kam von Morgan. Ihr Herz schlug schneller. Sie schob ihre Füße auf den weichen Teppich, der roch, als wäre er erst gestern hergestellt worden. Sie hatte herrlich geschlafen in diesem wolkenweichen Bett, das so breit war, dass sie locker alle viere von sich strecken konnte.

Sie nahm einen der flauschigen Bademäntel, die auf der Kommode für sie bereitlagen, schnappte sich ein paar Handtücher und suchte sich ein Duschmittel aus, das nach Vanille roch. Mit all diesen Dingen bewaffnet, ging sie ins Bad. Es war mit Marmorfliesen gekachelt, die feine Goldstreifen zierten. Ob es echtes Gold war, wusste Lisa nicht, und sie wollte es auch gar nicht wissen. Es machte ihr nur wieder den enormen Unterschied zwischen ihrem Leben und dem von Momo deutlich. Einen Unterschied, den sie erst seit ihrer Zeitreise richtig angefangen hatte wahrzunehmen und den sie als Kind kaum gespürt hatte.

Sie platzierte erst einmal ihre Sachen auf einer der Marmorbänke und gönnte sich dann eine ausgiebige Dusche und Haarwäsche in dem Luxus-Wellness-Duschtempel.

Für eine Weile war sie voller Faszination damit beschäftigt, sämtliche Funktionen auszuprobieren, die er bot. Von Massagedusche über Tropendusche bis hin zum erfrischenden Wasserfall konnte man so ziemlich alles einstellen und dazu jeweils ein passendes Lichtspiel mit Musik programmieren. Alles war so leicht zu bedienen, dass Lisa nur staunte. Das Wellnessprogramm schien zu wissen, was sie wollte, bevor sie selbst es ahnte. An der gläsernen Duschkabinenwand konnte sie während des Duschens sogar Musikvideos anschauen.

Sie hatte gar keine Zeit, alles auszuprobieren. Am liebsten hätte sie gleich noch ein Bad im Whirlpool genommen, aber ihr Wissensdurst drängte sie, hinunter zum Frühstück zu gehen, wo sie hoffte, mit Morgan reden zu können. Vielleicht konnte sie auch Zac treffen … falls er zu dieser Uhrzeit überhaupt schon wach war.

Ob es Morgan etwas ausmachte, wenn sie weiter in diesem kuscheligen Jogginganzug rumlief? Britt hatte zwar gesagt, dass im Schrank eine Menge Klamotten für sie bereitlagen, aber die Hosen waren gerade so schön bequem …

Na ja, ich kann mich ja später immer noch umziehen, dachte sie, während sie ihr noch feuchtes Haar zu einem schlichten Knoten am Hinterkopf zusammenband, wie sie es im Jahr 2018 gelernt hatte – eine Frisur, die für einen modebewussten Teenager der Achtzigerjahre undenkbar gewesen wäre. Fein, wie ihr Haar war, würde es trotz des Knotens schnell trocknen und dabei sogar leichte Wellen bilden.

Dann zog sie sich ihre Uhrenkette an, die sie vor dem Schlafengehen auf dem Nachtschränkchen abgelegt hatte, und machte sich auf den Weg nach unten. Auf dem HoloScreen sah sie, dass es schon Viertel vor elf Uhr war.

Alle außer Kyle saßen um den Esstisch. Morgan hielt eine gläserne Scheibe vors Gesicht, auf der er gerade etwas las. Er hatte eine schicke Lesebrille auf und sein Haar edel nach hinten gebunden. Sein Gesicht war zu einem schiefen Grinsen verzogen.

«Also, ich habe ja von Anfang an gesagt, dass es keine gute Idee ist!», redete Britt energisch auf ihn ein. «Aber du wolltest ja nicht auf mich hören.»

«Nein», sagte Morgan ruhig, ohne seinen Lesefluss zu unterbrechen.

«Du bist so was von stur, falls dir das noch nie jemand gesagt hat.» Britt stieß ärgerlich die Luft aus.

«*Du* hast es jetzt gerade gesagt.»

Onyx, der auch wieder mit von der Partie war, grinste. Anscheinend war er ein häufiger Gast hier. Dieses Mal ohne Uniform unterwegs, trug er heute zu seinem graublauen Hoodie mit der Aufschrift «Retro Generation Z» ein paar schlichte Jeans. Er war offenbar gerade dabei, etwas vorzubereiten, denn er schob eifrig ein paar digitale Bilder auf der Tischplatte zusammen. Erst als Lisa an ihm vorbeiging, konnte sie sehen, dass die Bilder sich dreidimensional von der Tischplatte abhoben. Fasziniert blieb sie einen Moment hinter ihm stehen.

«Ah, da bist du ja, Lee», sagte Britt. «Hast du Hunger? Morgan hat schon wieder eine Unmenge an Essen beschafft.»

Morgans Lippen verzogen sich zu einem verschmitzten Grinsen. Er blickte auf und sah sie an. «Guten Morgen, Lee-Lee», sagte er. «Gut geschlafen?»

Lisa nickte. Und wie sie geschlafen hatte …

«Setz dich!» Morgan schob ihr den Stuhl neben sich zurecht.

Lisa trat zögernd näher. Erst jetzt richtete sie ihre Aufmerksamkeit auf die Mitte des Tisches, wo sich ein Fünfsterne-Deluxe-Frühstück türmte. Die anderen hatten offenbar schon gegessen, aber es war natürlich noch mehr als genug da.

«Schläft Kyle noch?», fragte Lisa.

«Natürlich, der alte Langschläfer», sagte Morgan, der sich wieder seiner Lektüre auf der Glasscheibe zugewandt hatte. Lisa überlegte, was er da machte. War er am Arbeiten?

«Wieso benutzt du eigentlich nicht deine HoloScreen-Tischplatte statt dieses altmodischen Tablets?», wunderte sich Onyx.

«Weil ich davon einen steifen Nacken kriege», brummte Morgan.

Lisa wollte sich gerade hinsetzen und sich an den Spiegeleiern bedienen, als ihre Aufmerksamkeit von einem großen alten Mann mit zerzaustem weißen Haar abgelenkt wurde, der soeben den Raum betrat.

«Hmmm … hat einen Radius von 1,25 … Drehwinkel zwischen den Rotationsplatten beträgt genau 0,735 Grad …»

«Zac!»

Ihren besten Kumpel aus Schultagen heute als alten Mann zu sehen, hätte sie wohl schockiert, hätte er nicht seinem Vater, Doc Silverman, fast aufs Haar geglichen. Da sie im Jahr 2018 schon so eine ähnliche Begegnung gehabt hatten, fiel es ihr dieses Mal viel leichter. Allmählich gewöhnte sie sich an das rasante Älterwerden ihrer Freunde.

«Hä?» Zac schaute sie an, als wäre er eben erst in die Wirklichkeit zurückgekehrt.

«Zac! Ich bin's doch! Lee! Ich bin gestern im Jahr 2047 angekommen!»

«Oh … Lee … ja, natürlich … das war gestern … das weiß ich … wie schön, dich zu sehen!»

«Das ist deine Reaktion? ‹Schön, dich zu sehen›?! Zac – du hast mich 29 Jahre nicht mehr gesehen!» Sie schüttelte verwirrt den Kopf. Was war denn mit Zac los? Er müsste doch aus dem Häuschen sein, so wie letztes Mal! Eine emotionelle Umarmung hätte sie schon erwartet. Stattdessen führte Zac sich auf, als sei sie eine Fremde für ihn.

«Jaaaa … ist das schon fast dreißig Jahre her …» Seine stahlblauen Augen blickten durch die Brillengläser auf sie runter. Sie hatten an Intensität überhaupt nichts eingebüßt. Seine Augenbrauen waren genauso zerzaust wie einst bei seinem Vater. Das spärliche Haar hing ihm wie eh und je in schütteren Fetzen vom Kopf, und den Pullover hatte er verkehrt herum an.

Zac – wie er leibte und lebte!

Er betrachtete sie nun ausgiebig von oben bis unten, sich offenbar tatsächlich der Situation bewusst. Jetzt musste er sich aber endlich mal zu der Tatsache äußern, wie wundervoll dieses Wiedersehen nach fast drei Jahrzehnten war!

«Deine Molekularstruktur ist vollkommen intakt, Lee!», rief er freudig aus.

Das war nun allerdings echt nicht die Reaktion, die Lisa erwartet hatte. Sie schaute sich ratlos nach Morgan und Britt um.

«Ich habe alles genau berechnet», brabbelte Zac weiter. «Dieses Mal wird mir kein Fehler mehr unterlaufen. Garantiert nicht. Ich werde dich wieder nach Hause bringen, und wenn ich …»

«Lass gut sein, Zac.» Morgan stand auf und packte Zac sanft, aber bestimmt am Arm. «Du hast einen hervorragenden Job geleistet. Setz dich und iss erst mal was, ja?»

Zac rasselte unermüdlich weiter Formeln herunter, während er sich an den Tisch setzte.

«Scht. Zac – es ist alles in Ordnung, alright?» Morgan stand immer noch neben ihm und klopfte ihm sachte und beruhigend auf die Schulter.

Lisa blickte verwirrt zwischen Morgan und Zac hin und her. Morgan beugte sich zu ihr rüber. «Keine Sorge, Lee-Lee. Er ist schon in Ordnung», sagte er leise. «Es ist viel passiert in den letzten drei Jahrzehnten. Sein Hirn arbeitet im Augenblick auf Hochtouren. Da hat nicht mehr viel anderes Platz. Deswegen achten wir auch so darauf, dass er genug schläft und sich erholt. Es ist ein großes Projekt für ihn, euch wieder nach Hause zu bringen. Er wird schon wieder normal.»

Als Zac sich langsam zu beruhigen schien, setzte auch Morgan sich wieder hin. Britt nahm Zacs Teller und füllte ihn mit ein paar Köstlichkeiten.

«Bist du schon fit genug, einige Fakten zu hören, oder möchtest du erst essen und noch mal eine Runde schlafen?» Morgan nahm seine Lesebrille ab und verstaute sie in der Brusttasche seines Blazers, während er Lisa aufmerksam studierte. «Das darfst du gern, wenn du möchtest. Heute haben wir Zeit.»

«Nein. Ich will unbedingt hören, was Sache ist», beharrte Lisa, die jetzt schon ahnte, dass ihre Fragen wieder in ein Riesenprojekt ausarten würden.

«Was ist mit Kyle?», fragte Britt. «Sollen wir auf ihn warten?»

«Lass ihn pennen», meinte Morgan. «Er braucht nicht alle Details zu wissen. Fakt ist: Je weniger er weiß, umso besser. Er muss sich einfach an unsere Anweisungen halten.»

Lisa staunte einmal mehr über Morgans klare Aussprache. Die lispelnden und nuschelnden «S» und schwerfälligen «R» waren fast verschwunden. Wie es wohl mit seiner Beziehung zum Alkohol stand?

«Könntest du den Hauptpart übernehmen, Britt?», bat Morgan, während er Lisa einen Korb frischer Brötchen und einen Krug Orangensaft hinschob. «Möchtest du Kaffee, Lee-Lee?»

Lisa schüttelte den Kopf.

«Na gut», sagte Britt. «Tja, wo fange ich an? Wie gesagt, damals im Jahr 2018 ist einiges schiefgelaufen. Zac wollte dich nach 1990 senden, aber Professor Ash hat uns einen saftigen Strich durch die Rechnung gemacht, wie du ja weißt. So bist du aus Versehen vorwärts in der Zeit gereist. Und irgendwie ist Kyle auch mitgekommen. Tja, und nun seid ihr hier, und unsere Aufgabe ist es, euch wieder nach Hause zu senden.»

Das war in der Tat nichts Neues. Allerdings war Lisa immer noch schleierhaft, wie das Ganze hatte schiefgehen können, nachdem Zac doch so lange daran geforscht und jede mögliche Fehlerquelle eliminiert hatte. Genau diese Frage stellte sie nun.

«Ich habe es zu spät bemerkt!»

Zac war zu aller Erstaunen dem Gespräch gefolgt, auch wenn er nebenbei angefangen hatte, mit einem Kugelschreiber auf seiner Serviette ein paar Formeln auszubrüten.

«Ich hab nicht gemerkt, dass einer der Polizisten im Eifer des Gefechts das Photonendrehgewinde in die andere Richtung gedreht hat, als sie mich oben auf dem Felsen festgenommen und den Time Transmitter beschlagnahmt haben. Ich konnte es ja nicht mehr prüfen! Ich hatte es gerade noch geschafft, den Schalter mit dem Fuß zu betätigen, und ich dachte, alles wäre in Ordnung, aber das war es nicht! Das war es überhaupt nicht! Es hätte nicht passieren dürfen. Ich konnte es nicht verhindern …»

«Scht, Zac.» Morgan legte ihm beschwichtigend die Hand auf den Arm. «Es ist alles gut. Es war nicht deine Schuld.»

«Ich habe die Masse so genau berechnet, aber weil zwei Personen statt einer durch Raum und Zeit gereist sind, hat sich die Gravitation verschoben, und dadurch ist die Zeitversetzung willkürlich passiert, also nicht um die gleiche Anzahl Tage, wie berechnet, sondern …»

«Zac, das ist wirklich nicht so wichtig», wandte Britt ein. «Du musst dich nicht verteidigen. Wie oft müssen wir dir noch sagen, dass es nicht deine Schuld war? Passiert ist passiert, und dieses Mal werden wir es besser machen, zumal sich die ganze Situation eh komplett verändert hat.»

«Genau!» Lisa hatte zwar inzwischen ihren Teller mit Esswaren beladen, jedoch immer noch keinen Bissen genommen. «Wie soll das denn nun gehen? Die alte Todesbrücke ist ja weg! Und ohne geht es nicht, sehe ich das richtig?»

«Völlig richtig», bestätigte Britt. «Deswegen mussten unsere schlauen Köpfe ja auch so viel Zeit aufwenden, um einen Plan zu schmieden.»

«Wofür wir immerhin einige Jahre Zeit hatten», murmelte Morgan.

«Gott sei Dank ist es Zac gelungen, den genauen Tag eurer Ankunft zu errechnen», erzählte Britt weiter. «Nur über die genaue Stunde war er sich nicht ganz sicher. Ich konnte leider nur noch das Jahr auf der Digitalanzeige ablesen, ehe uns der Time Transmitter weggeschnappt und ins Forschungszentrum gebracht wurde.»

«So ist es», schaltete Onyx sich ein, der offenbar dabei war, ein paar Daten auf seinem Handcomputer zu speichern, indem er mit dem Handrücken über die Tischplatte wischte. «Daher wussten die so genau über die Stunde eurer Ankunft Bescheid und konnten euch rechtzeitig abfangen und ins Forschungszentrum bringen.»

«Aber warum haben sie das getan?», wollte Lisa endlich wissen. «Warum haben sie Kyle und mich gekidnappt?»

«Wir vermuten schon seit einiger Zeit, dass hinter dem Team von Professor Elliott eine geheime Organisation steht, die sich auf illegale Weise mit Zeitreisen befasst», meinte Onyx. «Wir wissen aber nicht genau, was sie vorhaben.»

«Sie haben aber uns gegenüber behauptet, sie hätten den Auftrag von Zac erhalten», berichtete Lisa.

«Das war definitiv eine Lüge.»

«Ach ja? Was hatten die denn tatsächlich mit uns vor?»

Onyx tauschte einen Blick mit Morgan, und an der Art und Weise, wie die beiden Männer einander ansahen, konnte Lisa erahnen, dass sie schon über dieses Thema debattiert hatten.

«Schwierig zu sagen. Wir kennen ihre Absichten nicht. Vielleicht wollten sie euch als Druckmittel einsetzen, um Zac zu zwingen, ihnen endlich das Geheimnis des Time Transmitters preiszugeben.» Onyx hob etwas resigniert die Schultern.

«Ich werde ihnen aber *nichts* verraten!» Zac fuchtelte auf einmal wild mit der Gabel in der Luft herum. «Ich habe ihnen bis zum heutigen Tag nicht gesagt, dass man für das Portal noch eine zweite Komponente einbauen muss!» Er setzte sich stocksteif hin und knallte seine Serviette auf den Tisch.

Britt lehnte sich hinüber zu Lisa. «Sie haben Zac 2018, kurz nachdem ihr verschwunden wart, ins Forschungszentrum geholt und ihn gezwungen, ihnen einen neuen Time Transmitter zu bauen, nachdem sie herausgefunden hatten, dass der beschlagnahmte Time Transmitter mit Professor Ashs Portal gar nicht funktionierte.»

«Im Ernst?»

«Der Time Transmitter ist nur kompatibel mit dem Wurmloch, das draußen bei der Brücke entsteht», sprudelte Zac hervor. «Das künstliche Wurmloch im Forschungszentrum ist ganz anders aufgebaut. Sie wollten von mir einen zweiten Time Transmitter gebaut haben, der mit dem Portal kompatibel ist. Aber ich hab sie ausgetrickst!» Zac saß mit bebenden Schultern da und schlotterte vor sich hin, als würde ihn jemand verfolgen.

«Sorry, ich komme nicht ganz mit», stöhnte Lisa.

«Zac hat ihnen eine Zeitmaschine gebaut, die gar nicht funktioniert, und dazu behauptet, dass er bedauerlicherweise keine Lösung für ein künstliches Wurmloch hat. Was aber nicht stimmt», erklärte Morgan ruhig. «Wir wollten dadurch verhindern, dass seine Erfindung endgültig in die falschen Hände gerät.»

«Das hat sein Gewissen sehr belastet», ergänzte Britt. «Du weißt, dass Zac nicht lügen kann. Er fühlt sich seinem Schöpfer gegenüber sehr verantwortlich. Denn heimlich hat er noch eine weitere Zeitmaschine gebaut. Und die funktioniert in Kombination mit einem künstlichen Wurmloch. Zac hat nämlich geahnt, dass die Brücke eines Tages abgerissen werden könnte.»

«Uff», stöhnte Lisa.

Morgan beugte sich vor und füllte Lisas Glas mit Orangensaft, weil sie immer noch nichts zu sich genommen hatte.

«Und was ist nun genau mit dieser geheimen Organisation?», fragte sie schaudernd.

Morgan tauschte einen weiteren Blick mit Onyx.

«Das versuchen wir schon seit Jahren herauszufinden. Sehr wahrscheinlich gibt es da ganz geheime Pläne, mittels Zeitreisen gewisse politische und geschichtliche Ereignisse zu verändern», übernahm Onyx wieder das Wort. «Also quasi die Menschheitsgeschichte zu manipulieren. Leider wissen wir bis auf den heutigen Tag nicht, wer der Kopf der Organisation ist. Allerdings hat meine Cousine aufschlussreiche Aufzeichnungen von diesem berüchtigten Professor Archibald Ash gefunden, unter anderem Kopien von ein paar uralten Skizzen aus einem Schülerheft, die den Prototypen des Time Transmitters darstellen.»

«Kopien? Schülerheft?» Lisas Blick flog zu Britt.

«Richtig, Lee. Für dich ist das natürlich noch nicht so lange her. Ja, es sind vermutlich Kopien von Zacs Physikheft, das Professor Ash damals eingesammelt hat und das Zac ihm aus Versehen ausgehändigt hat. Der alte Gauner! Wenn ich damals geahnt hätte, dass er mit einer Geheimorganisation in Verbindung steht, hätte ich stärker dafür plädiert, Zacs Heft unter allen Umständen zurückzuholen. Aber ich war dumm und naiv.»

«Nein, *ich* war naiv …» Lisa erinnerte sich daran, dass sie im Jahr 2018 in Professor Ashs Riesenlabor im achten Untergeschoss des Forschungszentrums ebendiese Kopien zu Gesicht bekommen hatte.

«Tja, Lee, da siehst du mal, zu was dieser Halunke so alles fähig war. Hättest du das geahnt, damals, als er noch in unserer alten Schule im Keller gehaust hat?», unkte Britt. «Da hat er wahrscheinlich schon in Kontakt gestanden mit dieser Geheimorganisation. Ist doch krass, oder?»

«‹Krass›?», grinste Onyx. «Immer diese altmodischen Wörter.»

«Vermutlich hat diese Organisation unserer Schule sogar Geld dafür bezahlt, dass sie ihn im Untergeschoss wohnen ließen und er dort unbemerkt forschen konnte», bemerkte Morgan. «Die Schule war ja damals in finanziellen Nöten. Das weiß ich von meinem Dad, der so einiges an Geld lockergemacht hat.»

«Genau. So konnte er seine Forschungen ungestört betreiben und nebenher seine Schüler terrorisieren», sagte Britt sarkastisch. «Ich hab mich ja immer gewundert, warum sie ihn nie rausgeschmissen haben, obwohl seine pädagogischen Methoden mehr als fragwürdig waren.»

«Ja, und es würde auch die guten Beziehungen erklären, die er hatte. Wie er es geschafft hat, immer die richtigen Leute zu finden, die mit ihm zusammenarbeiteten, sogar bei der Polizei … Doch wirklich beweisen können wir nichts.»

«Leider», bedauerte Onyx. «Die Dokumente, die meine Cousine

gefunden hat, sind teilweise schon über sechzig Jahre alt. Dass diese Organisation heute immer noch besteht, dafür haben wir zu wenig handfeste Beweise.»

«Aber sie haben uns doch gekidnappt. Ist das nicht Beweis genug?», grollte Lisa, die dem dauergrinsenden Professor Elliott in Gedanken immer noch am liebsten eine zünftige Backpfeife verpasst hätte.

«Für mich schon, aber sie könnten die ganze Aktion zum Beispiel so darstellen, dass es aussieht, als ob ihr lediglich zwei verwirrte Jugendliche wart, die sich verbotenerweise unten am Fluss aufgehalten haben und dabei verunglückten. Und dass das Forschungsteam euch dann quasi ‹geborgen› hätte. Es ist so einfach, die Wahrheit zu verdrehen», sagte Onyx.

Oh ja, das wusste Lisa nur zu gut …

«Ähnlich wie damals, als rausgekommen ist, dass sie Zac gezwungen haben, ihnen den Time Transmitter zu bauen», bemerkte Morgan nebenbei. «Sie haben sich aus der ganzen Story geschickt rausgeredet.»

«Dabei wäre es mir ein so großes Anliegen, dass diese Sache endlich ans Licht kommt, zumal die Polizei vermutlich jahrelang hinters Licht geführt wurde», sagte Onyx grimmig.

«Richtig. Aber im Moment müssen wir uns damit zurückhalten», sagte Morgan. «Wir dürfen Lee und Kyle unter keinen Umständen der Öffentlichkeit preisgeben. Außerdem würden wir so unsere eigenen Pläne verraten. Wir müssen andere Beweismittel finden.»

«Und wieso habt ihr uns eigentlich nicht gleich bei der Brücke abgeholt?», fragte Lisa. «Wieso habt ihr zugelassen, dass man uns kidnappt?»

«Wir konnten nicht, weil wir die genaue Stunde eurer Ankunft nicht wussten und weil das Areal komplett von Kameras überwacht ist», erklärte Onyx. «Außerdem, wie Morgan schon sagte, dürfen wir nicht riskieren, dass jemand von unserem Plan erfährt. Deswegen haben wir im Namen der Polizei diese Undercover-Mission gestartet, um euch da heimlich rauszuschleusen. Auch, um sie hoffentlich ein bisschen einzuschüchtern.»

«Vermutlich werden die Newsmeldungen trotzdem bald voll mit Storys über die Zeitreisenden sein», bemerkte Morgan. «Dieser Elliott wird ja seinen Mund kaum halten können.»

«Hauptsache, wir haben ein paar Tage Zeit», meinte Onyx. «Mehr brauchen wir ja nicht.»

«Puh!» Lisa nahm nun endlich einen Bissen von ihrem Brötchen. In was für ein Abenteuer war sie da bloß hineingeraten? Während sie am Kauen war, rasten ihre Gedanken unermüdlich von einem Ende ihres Gehirns ans andere. Sie schaute zu Morgan, dessen braune Augen ihr wie ein Ruhepol vorkamen.

«Keine Angst, Lee-Lee», sagte Morgan. «Du und Kyle, ihr steht voll und ganz unter polizeilichem Schutz und seid hier in Sicherheit. Ich bezahle Onyx gut für seinen Auftrag. Er wird euch nicht aus den Augen lassen. Die Technik von 2047 macht's möglich.»

«So ist es», schmunzelte Onyx.

Lisa beruhigte dieses Wissen, aber in ihr war ein Verdacht aufgekeimt, der ihr gar keine Freude machte.

«Ihr habt jetzt ein paar Mal was von einem Portal erzählt», tastete sie sich vor.

«Genau, das Portal, oder das ‹Star-Gate›, wie einige es zum Scherz auch nennen», sagte Onyx. «Eine Art riesiges künstliches Wurmloch, das seit über dreißig Jahren im Forschungszentrum steht. Offiziell sollte es wohl als Teilchenbeschleuniger dienen, aber die Kernforschung wurde irgendwann eingestellt. Das Portal wird nun offiziell von meiner Cousine benutzt. Sie betreibt Gehirnforschung, Gehirnstrommessungen und so was.»

«Was für mich ein guter Grund war, mich als Sponsor bei der Erhaltung der Anlage zu beteiligen», erklärte Morgan. «So konnte ich mir ein paar kleine Rechte sichern.»

«Ist das etwa ...» Lisas Erinnerungen an den unheimlichen Tunnel mit dem starken Sog im achten Untergeschoss waren nur allzu frisch. Sie bibberte nur schon beim bloßen Gedanken daran. «Ich glaub, ich hab dieses Portal gesehen. Es war schrecklich», wisperte sie. «Professor Ash wollte ... er hat ... er wollte mich durch dieses dunkle Loch schicken ...»

«Ich weiß.» Morgan schaute sie mitfühlend an. «Du warst kreidebleich, als wir dich damals rausgeholt haben.»

«A-aber ... er ist ja mittlerweile bestimmt tot, oder?», vergewisserte sich Lisa mit bebender Stimme.

«Professor Ash? Davon gehen wir aus», sagte Morgan.

«Der alte Gauner müsste sonst ja bereits über hundertzehn Jahre alt sein», führte Britt aus. «Er ist auf einmal sang- und klanglos mit dem alten Time Transmitter verschwunden. Vielleicht hat er sich auch irgendwohin gebeamt. Jedenfalls ist er nicht mehr da. Du kannst ganz beruhigt sein.»

«Und was ist mit Professor Elliott und Professorin Zhao?», fragte Lisa mit gepresstem Atem weiter. «Was haben die genau für eine Funktion?»

«Offiziell sind sie Wissenschaftler des Forschungszentrums», erklärte Onyx. «Professor Elliott ist Leiter der Abteilung für Quantenphysik. Wer diese Professorin Zhao ist, weiß ich allerdings nicht. Meine Cousine meinte, sie sei noch nicht lange da. Doch wir glauben, dass die Organisation von jemand anderem gesteuert wird. Wir wissen nur nicht, von wem.»

«Aber – können die ahnen, dass wir hier bei Morgan sind?», fragte Lisa besorgt. «Ich meine, die suchen doch nun sicher nach uns, da wir ihnen entwischt sind?»

«Nun, viel können sie momentan nicht unternehmen. Die Polizei können sie uns jedenfalls nicht auf den Hals hetzen.» Onyx schmunzelte. «Wir brauchen ja auch nur ein paar Tage Zeit, um euch wieder ins Forschungszentrum zurückzubringen und nach Hause zu senden.»

«Ins Forschungszentrum zurückbringen? Was soll das heißen?» Lisa wollte sich soeben ein Stück Käse abschneiden, stoppte ihre Hand jedoch mitten in der Bewegung.

«Tja, Lee», sagte nun Britt. «Wie gesagt, die alte Brücke ist ja nicht mehr. Zac musste eine andere Lösung finden. Davon reden wir doch die ganze Zeit. Zac kann bei der neuen Brücke kein Wurmloch mehr öffnen.»

«Zac …» Lisa bemerkte auf einmal, dass Zac auf seinem Stuhl eingeschlafen war und leise vor sich hin schnarchte. Seinen Teller hatte er noch nicht mal angerührt.

«Lass ihn», sagte Morgan. «Er braucht seinen Schlaf. Er ist sehr erschöpft.»

«Das heißt …» Lisa fuhr es eiskalt durch Mark und Bein, als ihr bewusst wurde, dass ihr Verdacht sich nun als richtig erwies. «Das heißt … wir müssen durch dieses grässliche Portal im achten Untergeschoss, um wieder nach Hause zu kommen?» Ihr Gesicht musste leichenblass aussehen, denn Morgan war sofort zur Stelle und strich beruhigend über ihren Arm.

«Lee-Lee … mir ist klar, dass das extrem viel Mut von dir erfordert.

Wir haben wirklich versucht, eine bessere Lösung zu finden. Glaub mir. Angela und ich haben uns sogar überlegt, ob wir einen Teil unseres Vermögens dafür einsetzen können, ein eigenes Portal zu errichten, aber dafür hätten wir Land und ein ganzes Forschungsteam gebraucht. Das hätte noch viel mehr Aufwand und Komplikationen und außerdem die Aufmerksamkeit der Presse mit sich gebracht.

Wir wollten nicht mehr Leute als nötig in das Projekt einweihen. Du weißt heutzutage noch weniger als im Jahr 2018, wem du trauen kannst. Es erschien uns daher weniger riskant, uns auf das vorhandene Portal im Forschungszentrum zu konzentrieren.»

Sie schluckte leer. Morgan streichelte noch ein paarmal mit seiner warmen Hand über ihren eiskalten Handrücken und zog dann seinen Arm wieder zurück.

«Am besten erklärst du ihr erst mal den Plan, Onyx», wandte er sich wieder an den jungen Polizisten.

«Genau», sagte Onyx. «Meine Cousine hat einen ausgefeilten – wenn auch leider nicht ganz ungefährlichen – Plan entworfen.»

«Moment mal», unterbrach Lisa. «Ihr redet ständig von ‹Cousine› und ‹Angela›. Meint ihr damit etwa tatsächlich Angela Cox?»

«Genau die», sagte Morgan mit einem Lächeln. «Angie. Die smarteste Person, der ich je begegnet bin.»

«Aaaaah.» Jetzt fiel Lisa endlich auch die letzte Schuppe von den Augen. Sie schaute Onyx an. «Bist du etwa …?»

«Ich bin mit ihr verwandt, ja. Angela ist meine Cousine, obwohl sie um einiges älter ist als ich. Mein Vater ist Louie Cox. Er muss auch mit dir zur Schule gegangen sein, genau wie mein schrulliger Onkel Maddox, Angelas Vater.» Onyx grinste. «Mein Dad hat etwas spät mit der Familiengründung begonnen. Daher mein jugendliches Alter. Meine Mutter ist 25 Jahre jünger als mein Vater und indianischer Abstammung, falls du dich fragst, woher ich mein exotisches Aussehen habe.»

Lisa betrachtete Onyx' dunkle Haare, die heute lose über seine Schultern fielen. Ein Federschmuck hätte ihm gerade noch gefehlt.

«Aaahh, warte mal ...» Lisa schnippte mit den Fingern. «Die junge Frau, die uns rausgeholt hat – ist das etwa ...?» Sie erinnerte sich an die blassblauen Augen der jungen blonden Assistentin von Professor Elliott, die ihr von Anfang an so bekannt vorgekommen waren.

«Du meinst Hannah? Sie ist Angelas Tochter, genau», lieferte Onyx ihr das letzte Puzzleteil. «Gleicht ihrer Mutter aufs Haar.»

«Wie wahr», murmelte Lisa. Maddox' Gene hatten sich in der Tat bis zu seiner Enkelin fortgesetzt.

Onyx fuhr fort: «Wie du vielleicht vernommen hast, ist meine Cousine Chefin der Abteilung für Elektroenzephalografie.»

«Elektroklo... was?»

«Elektroenzephalografie», sagte Onyx. «Tröste dich, ich musste das Wort auch erst auswendig lernen.»

«Und was ist das genau?»

«Einfach ausgedrückt, beschäftigt sie sich mit der Erforschung von Gehirnwellen und ist auf diesem Gebiet zu bahnbrechenden Erkenntnissen gekommen. Sie hat maßgeblich zur Entwicklung der Navigation von Computern via Gedankensteuerung beigetragen. Sie ist eine der intelligentesten Forscherinnen des Landes. Daher genießt sie auch hohes Ansehen im Forschungszentrum und hat als eine der wenigen Mitarbeitenden Zugang zum Portal, das sie für ihre Forschungszwecke nutzen darf.»

Onyx geriet nun richtig ins Schwärmen: «Sie hat so zum Beispiel herausgefunden, wie gewisse psychische oder auch physische Störungen des menschlichen Gehirns therapiert werden können, was bisher nicht möglich war. So könnte es in Zukunft vielleicht gelingen, bei der Behandlung von Alzheimer Durchbrüche zu erzielen. Das ist ihr großer Traum. Sie will neuronale Krankheiten heilen können. – Sie selbst leidet ja unter einer angeborenen Hypersensibilität, was sie letztendlich auch dazu veranlasst hat, sich mit dieser Materie zu befassen. Mit großem Erfolg, wie ihr seht.»

Lisas Blick wanderte instinktiv zu Morgan. Auf seinen Lippen leuchtete immer noch ein kleines, warmes Lächeln.

«Tja, und dadurch, dass meine liebe Cousine als eine der wenigen Forscher uneingeschränkten Zugang zum Portal hat, ist sie auch an Informationen gelangt, die für Normalsterbliche eigentlich nicht zu entschlüsseln sind», sagte Onyx stolz. «Dadurch hat sie auch die Hintergründe über diesen Professor Ash herausgefunden. – Aber nun zum eigentlichen Plan.»

In dem Moment kam Kyle gähnend ins Zimmer getorkelt. Seine Haare standen ihm wieder mal in allerliebster Formation zu Berge. Wenn die Situation nicht so ernst gewesen wäre, hätte Lisa beinahe geschmunzelt.

Morgans Mundwinkel zuckten, als er seinen verschlafenen Neffen sah.

Kyle blinzelte träge und ungläubig und setzte sich an den Tisch. Offenbar hatte er immer noch Mühe, einzuordnen, wo er war, aber der Blick auf das Essen schien ihm einen vertrauten Ankerpunkt zu geben. Lisa war beruhigt, dass auch er dem Jogginganzug treu geblieben war, und offensichtlich hatte Morgan auch tatsächlich nichts dagegen.

«Du kommst gerade richtig, Kylian», sagte Morgan.

«Hä?» Kyle war alles andere als wach.

«Wir erklären gleich den Plan. Möchtest du Kaffee?» Er tippte auf sein Armband, und in der Küche begann die vollautomatisierte Kaffeemaschine zu zischen.

Kyle brummte irgendetwas, was sich wie eine Zustimmung anhörte. Britt stand auf und ging in die Küche, um die volle Tasse zu holen, die sie vor Kyle hinstellte.

«Wieso benutzt du nicht den Roboter?», wunderte sich Morgan.

«Weil ich zwei Füße hab und sie gern benutzen möchte», konterte Britt.

Kyle schaufelte sich von den Häppchen einen ganzen Berg auf seinen Teller. Morgan schaute ihm amüsiert zu.

«Soll ich anfangen?», fragte Onyx und wartete auf Morgans zustimmendes Nicken. Dann stand er auf und richtete sein Handgelenk gegen den HoloScreen, der gegenüber vom Esstisch an der Wand hing. Sein E-Tattoo leuchtete blau auf, und auf dem gläsernen Bildschirm erschien eine Karte, die Lisa als dreidimensionalen Grundriss des Forschungszentrums identifizierte.

«Wow!», staunte sie.

«Faszinierend, was?», meinte Onyx. «Auf meinem E-Tattoo kann ich bis zu einem Yotta-Byte Daten speichern. Und das Gute ist, die Daten sind absolut sicher. Niemand kann sie hacken.»

«Außer, jemand hackt dir den Arm ab», warf Britt etwas zynisch ein.

«Das wird demjenigen nichts nützen, da der tätowierte Nanochip durch Körperwärme aktiviert wird. Fehlt diese, deaktiviert er sich von selbst. Es ist, wie gesagt, die sicherste Methode, die es gibt. Aber jetzt passt auf! Der Plan meiner Cousine ist nämlich nicht ganz ohne.»

«Plan?» Kyle löste seinen Blick nur ungern vom Essen.

«Genau. Wir müssen euch zum Portal, sprich, dem künstlichen

Wurmloch, bringen, das sich im achten Untergeschoss befindet. Und das ist alles andere als einfach, da das ganze Forschungszentrum extrem gut überwacht ist. So ziemlich jeder Winkel ist mit Kameras und Bewegungsmeldern ausgestattet, und bei der kleinsten verdächtigen Bewegung bist du quasi von Robotern umzingelt. Die Sicherheitssysteme im Jahr 2047 sind kaum noch zu überlisten. Wir müssen also extrem auf der Hut sein.»

«Wow. Klingt echt nach Science-Fiction», mampfte Kyle.

«Ich würde mal sagen, du *bist* in einem Science-Fiction-Abenteuer», grinste Onyx.

«Und wie machen wir das?», fragte Lisa.

«Tja, das ist eben eine etwas umfangreichere Aufgabe und bedarf gewisser Vorbereitungen.» Onyx streckte seine Hand Richtung HoloScreen aus, um den virtuellen Lageplan heranzuzoomen. Aus irgendeinem Grund wich das Bild jedoch zur Seite, und stattdessen erschien ein Fenster mit einem Fußballspiel.

Kyle starrte auf den Bildschirm und vergaß, seinen Bissen runterzuschlucken.

«Oh!» Onyx errötete. «Das war nicht geplant. Sorry. Ich hatte das Spiel im Hintergrund noch laufen.»

«Boah!», staunte Kyle. «Fußball in 3D! Wie geil ist das denn?!»

Onyx wollte das Bild mit einer weiteren Armbewegung zum Verschwinden bringen, doch Kyle stand schon auf seinen Beinen, mit einem Mal putzmunter.

«Warte mal … Leicester verliert gegen … häääää? Das gibt's ja nicht! Nein! Nein!»

«Leicester ist bei weitem nicht mehr, was es mal war», sagte Morgan. «Die Hotspurs sind jetzt im Rennen. Aber lass uns weitermachen.» Er nickte Onyx zu.

Onyx entfernte das Fußballspiel und holte wieder den Bauplan des Centers hervor. Als wäre er eben zum Nachsitzen verknurrt worden, setzte sich Kyle und starrte bedröppelt in seinen Teller.

«Ist das der Grundrissplan von Vitus?», fragte Britt.

«Genau. Er hat ihn programmiert.»

«Vitus? Wer ist das denn nun wieder?», fragte Lisa, doch niemand gab darauf Antwort.

«Es gibt insgesamt fünf Eingänge ins Forschungszentrum», erklärte Onyx nun, und wie auf Kommando erschienen fünf grüne Pfeile rund um die sich drehende Grafik. Offensichtlich reagierte das Programm sogar auf das, was Onyx sagte.

«Als Erstes ist da logischerweise der vordere Haupteingang, aber der kommt natürlich nicht in Frage. Ebenso wenig der hintere Eingang. Diese beiden können wir gleich streichen.»

Wie auf Kommando verwandelten sich die zwei besagten Pfeile in rote Kreuze.

«Durch den Aufzug vom Dach her kommt man zwar rein, aber dieser Fahrstuhl fährt nicht in die unteren Etagen. Zum Umsteigen in die großen Fahrstühle müsste man erst das halbe Forschungszentrum und eine Reihe Sicherheitsanlagen durchlaufen. Auch diese Möglichkeit fällt also weg.»

Wieder wurde ein grüner Pfeil zu einem roten Kreuz.

«Bleiben noch der Lieferanteneingang und der Durchgang via die Schule.»

Das 3D-Modell drehte sich nun so, dass die zwei Pfeile, die die beiden verbliebenen Eingänge markierten, gut sichtbar waren.

«Der Lieferanteneingang ist direkt mit der Brücke verbunden und besteht lediglich aus einer Schiebetür aus Metall. Er dient den Technikern zum Transport von Ausrüstungen ins Freie. Hier könnten wir euch vielleicht mit Hilfe eines Fahrzeugs gerade noch so hineinschmuggeln, aber auch da ist der Weg bis zu den Fahrstühlen viel zu weit und unmöglich zu erreichen, ohne von den Überwachungsmonitoren erfasst zu werden und damit in die Hände der Roboter zu fallen.»

Selbst Kyle hörte nun mit angespannter Miene zu und hatte sogar aufgehört zu essen. Sein Mund stand halb offen, und Lisa konnte darin ein halb durchgekautes Würstchen sehen.

«Somit wären wir beim letzten Eingang angelangt», sagte Onyx und aktivierte den verbliebenen Pfeil, der nun anfing, grün zu blinken. Er vergrößerte das Bild, indem er eine Bewegung mit Daumen und Zeigefinger in der Luft machte, und Lisa konnte sehen, dass sich ein unterirdischer Gang auftat.

«Wie ihr vielleicht wisst – oder noch nicht wisst», sprach Onyx mit einem Blick auf Lisa und Kyle weiter, «ist die Tomsbridge School mit dem Forschungszentrum verbunden. Zu eurer Zeit war das noch nicht der Fall. Doch weil das Bildungsangebot stark erweitert wurde, hat man im letzten Jahrzehnt einige naturwissenschaftliche Räume ins Forschungszentrum verlegt und dadurch der Schule einen direkten Zugang ermöglicht.

Auf die Zusammenarbeit sind alle sehr stolz. Wie auch immer, man gelangt vom Untergeschoss der Schule via Verbindungsgang direkt zum Forschungszentrum. Und das Beste ist, dass die Fahrstühle zu den unterirdischen Etagen, wo sich das Portal befindet, nur ein paar wenige Meter von diesem Eingang entfernt sind.»

«Untergeschoss der Schule – redest du etwa von den ‹Katakomben›?», fragte Kyle.

«Genau. Also, der springende Punkt ist nun der», fuhr Onyx fort, «dass dieser Eingang nur durch die Schule zu erreichen ist.»

«Und das heißt, wir müssen wieder zur Schule», schlussfolgerte Lisa.

«Darauf läuft es hinaus, ja, aber die Sache ist weitaus komplizierter. Wie gesagt, das Sicherheitssystem ist fast unbezwingbar. Zudem sind tagsüber sowohl die Schule wie auch das Forschungszentrum stark bevölkert. Immerhin arbeiten hier führende Wissenschaftler aus aller Welt. Wir können das Projekt deshalb nur bei Nacht durchführen. Doch dann wiederum kommen wir nicht in das Schulgebäude hinein. Nachts ist natürlich alles verschlossen.»

«Was ist mit den Wochenenden?», fragte Lisa sofort.

«So was wie Wochenende gibt es da kaum», meinte Onyx. «Im Forschungszentrum wird quasi Tag und Nacht gearbeitet, sieben Tage die Woche, aber natürlich ist während der Nacht nur ein Drittel von dem los, was tagsüber läuft.»

«Hast du denn als Polizist keinen Zugang? Oder Angela?»

«Meine Cousine kann nicht einfach so mit euch durch die Gänge spazieren. Das würde zu viel Verdacht erregen. Wenn jemand Wind davon bekommt, dass sie mit unserem Projekt unter einer Decke steckt, dann ist der Plan gelaufen. Sie hat jahrelang ein Versteckspiel gespielt, um mit Zac heimlich den zweiten Time Transmitter am Portal zu testen, und das war alles andere als einfach. Offiziell führt sie ja nur Experimente für ihre Elektroenzephalografie-Forschungen durch.» Onyx ließ gar keine Fragen aufkommen, sondern fuhr gleich nahtlos fort:

«Außerdem muss sie mit Zac schon vorher dort sein und alles für eure Zeitreise vorbereiten. Sie hat bereits eine Reservierung des Portals für diesen Abend gemacht. In der offiziellen Beschreibung ihrer Reservierung heißt es, dass sie an diesem Abend einige Tests betreffend Zwangsneurosen durchführen wird, um den Einfluss der Gravitationsfelder auf das menschliche Hirn zu testen.

Und was mich betrifft, ich bin ja nicht vom Forschungszentrum angestellt und habe daher nicht ohne Weiteres Zutritt. Nein, die einzige Möglichkeit, die ihr habt, ist, von der Schule her reinzukommen.»

«Und wie soll das nun gehen, wenn die Schule tagsüber zu bevölkert und nachts geschlossen ist? Sollen wir uns einfach irgendwo in einer Toilette verstecken und warten, bis es Nacht wird, und dann ins Forschungszentrum eindringen?»

«Ich wünschte, es wäre so einfach», gab Onyx zu. «Nein, denn auch die Schule ist totalüberwacht. Es gibt kaum einen Winkel, der nicht von einer Kamera erfasst wird. Wenn du dich länger als zehn Minuten in einer Toilette aufhältst, geht der Alarm los.»

«Woah, voll der krasse Terror», sagte Kyle. «Das würde ich ja nicht aushalten. Was ist, wenn dein ... äh ... Geschäft etwas länger dauert?»

«Nun, dann hast du Pech gehabt.» Onyx grinste. «Dann wird der Schleudersitz ausgelöst.»

«Das ist ja Wahnsinn. In so einer Zeit will ich nicht leben!»

«Tja, das wird eines Tages deine Wirklichkeit sein, Kylian», sagte Morgan. «Wobei das mit dem Schleudersitz natürlich ein Witz ist.»

«Ich weiß, es ist ‹krass›, wie ihr das nennt, aber die Überwachung muss leider sein.» Onyx zuckte bedauernd die Schultern. «Es ist die einzige Möglichkeit, um Unruhen an der Schule zu vermeiden.»

«Unruhen?», fragten Kyle und Lisa gleichzeitig.

Morgan machte eine rigorose Handbewegung. «Später. Mach weiter, Onyx.»

«Also, wir haben uns lange Zeit den Kopf zerbrochen, wie wir euch via Schule ins Forschungszentrum schmuggeln können, ohne Aufsehen zu erregen. Wir wollten euch zuerst direkt von Professor Elliotts Abteilung zum Portal bringen. Dann wärt ihr schon im Gebäude drin gewesen. Aber gemäß Zac brauchen eure Körper nach der Zeitreise mindestens eine Woche Pause – und wo könnt ihr euch besser erholen als bei Morgan? Zum Glück hat meine Cousine dann die rettende Idee gehabt. Sie ist echt die schlauste Person, die ich kenne.»

«Wie ich sagte, das Mädchen ist brillant», bemerkte Morgan mit unverhohlener Anerkennung in der Stimme. Lisa fühlte ein unangenehmes Piksen in ihrer Brust, welches sie nicht deuten konnte. Kyle, der gerade dabei war, eine Fuhre Bohnensalat zu seinem Mund zu transportieren, hielt mitten in der Bewegung inne.

«Wie ihr ja wisst, findet jährlich im September der Herbstball an der Tomsbridge School statt», fuhr Onyx mit nach oben gekräuselten Mundwinkeln fort, als wäre das eine besonders witzige Bemerkung. «Dieses Jahr fällt der Ball auf kommenden Freitag, also auf in genau vier Tagen. Dieser Zufall kommt uns nun extrem zu Hilfe. An diesem Abend ist die Schule nämlich bis nach Mitternacht geöffnet.»

«Der Herbstball?», platzte Lisa heraus. «Den gibt es noch?»

«Aber klar.» Britt schmunzelte. «Diese Tradition haben sie nun seit bald neunzig Jahren aufrechterhalten.»

«Aber gerade dann ist doch da besonders viel los?» Kyle hatte seine Gabel wieder sinken lassen.

«In der Schule ja, aber nicht im Forschungszentrum. Freitag- und Samstagnacht ist die beste Zeit, weil dann am wenigsten Leute dort arbeiten. Selbst Wissenschaftler wollen zwischendurch mal ausgehen und sich amüsieren. Außerdem ist der Herbstball die beste Ablenkung, die wir uns wünschen können. Selbst im Jahr 2047 ist es an so einem Fest unmöglich, alles und jeden im Auge zu behalten.»

«Das heißt, wir sollen am Herbstball teilnehmen?»

Da Kyle keinen weiteren Versuch unternahm, die Gabel mit den Bohnen endlich zum Mund zu bringen, schlussfolgerte Lisa, dass er gerade auch ein wenig überfordert war.

«Natürlich müsst ihr, damit ihr am Ball teilnehmen könnt …»

«Moment mal.» Kyle fuchtelte wild mit der Gabel herum, und die Bohnen flogen Richtung Onyx. Dieser ging sofort unter dem Tisch in Deckung. Morgan stieß die Luft aus und hielt sich die Hand vor den Mund. Lisa sah, dass er dahinter einen Lachanfall unterdrückte.

«Oh … sorry …», murmelte Kyle beschämt.

«Macht nichts», grinste Onyx, der sich eine Bohne aus dem Haar klaubte, als er sich wieder aufrichtete. «Ich hab zum Glück nicht meine besten Klamotten an.»

«Also, wir sollen am Ball teilnehmen?», wiederholte Lisa Kyles Frage, während sie beobachtete, wie Morgan sich ein paar Lachtränen aus den Augenwinkeln wischte.

«Ganz genau. Ihr sollt an diesem Ball teilnehmen und euch dann gegen Mitternacht ins Untergeschoss zu dem Verbindungsgang zurückziehen und von dort aus ins Forschungszentrum gelangen», erklärte er.

«Was so viel heißt, dass du wieder ein bisschen Cinderella spielen darfst», kommentierte Britt.

«Im Ernst?» Lisa sah sich nach Kyle um, der tief über seinen Teller gebeugt dasaß, um ein weiteres Malheur zu vermeiden. «Aber gibt es denn in diesem Gang keine Überwachungskameras?»

«Doch. Aber bis ein Sicherheitswächter bei euch unten wäre, habt ihr etwa zwei, drei Minuten Zeit. Die Schule hat kein robotergesteuertes Überwachungssystem wie das Forschungszentrum. Und streng genommen ist es ja nicht verboten, sich in dem Gang aufzuhalten.»

«Und auf welche Art und Weise sollen wir dann ins Forschungszentrum reinkommen? Können wir da einfach so durch die Tür spazieren und dann sind wir drin?», forschte Lisa weiter.

«Natürlich nicht», sagte Onyx. «Das ist eine Hochsicherheitstür. Zugang von der Schule aus haben nur autorisierte Lehrer oder gewisse Mitarbeiter des Forschungszentrums.»

«Aha …»

«Aber dafür haben wir natürlich gesorgt. Vitus wird dir einen Zugang generieren, so dass du reinkommen kannst.»

Vitus? Schon wieder dieser Name …

«Wer ist Vitus?»

«Ein alter Freund von mir. Ein Programmierer, der seit über dreißig Jahren im Forschungszentrum arbeitet und das Sicherheitssystem in- und auswendig kennt. Er ist auch dafür verantwortlich, dass Hannah euch da rausholen konnte. Aber all diese Details erklären wir euch später. Jetzt müsst ihr euch erst mal auf die Schule konzentrieren.»

«Schule?» Kyle legte nun die Gabel endgültig beiseite. Offensichtlich war das hier wirklich zu aufregend, um in Ruhe essen zu können.

«Nun, ihr müsst an der Schule angemeldet sein, um überhaupt offiziell zum Herbstball zugelassen zu werden. Wie ihr gehört habt, sind die Eingangskontrollen ganz streng. Ich hab euch bereits angemeldet und ein Alibi für euch ausgearbeitet», schaltete sich nun Britt wieder ein.

Lisa wollte protestieren, aber ihre ältere Freundin schnitt ihr sogleich das Wort ab. «Keine Bange, das sind nur vier Tage. Aber es geht leider nicht anders.»

«Wieso, ist doch eigentlich ganz cool!» Kyle war auf einmal hellwach. Offensichtlich gefiel ihm die Idee.

«Viel Spaß», murmelte Lisa, die darauf weniger Lust hatte. «Dann weißt du mal, wie es mir immer ergangen ist.»

Sie hatte sich gerade damit abgefunden, das Abenteuer von 2018 überstanden zu haben, und war nicht sehr erpicht auf ein weiteres. Aber es blieb ihr wohl nichts anderes übrig.

«Und wie lautet also unser Alibi?», stöhnte sie.

«Du bist wirklich sehr routiniert darin, Fragen zu stellen», stellte Onyx belustigt fest.

«Oh ja, das kann sie gut», schmunzelte Morgan.

«Tja, ich hab mir fast den Kopf zerbrochen, wie ich eure Geschichte glaubwürdig verkaufen und die Schulleitung überzeugen kann, euch mitten im Jahr aufzunehmen», holte Britt aus. «Ich hab mir also Folgendes ausgedacht: Ihr seid Gastschüler und werdet von eurer Schule für zwei Wochen an die Tomsbridge School geschickt, um eine Forschungsarbeit über neue Unterrichtsmethoden zu schreiben. Das trifft sich sehr gut, da die Tomsbridge School die erste des Landes ist, die zwei brandneue Lernprogramme eingeführt hat.»

«Genau», bekräftigte Onyx. «Die Tomsbridge School profitiert dank der engen Zusammenarbeit mit dem Forschungszentrum von den neusten Technologien. Sie ist daher Testobjekt eines neuen virtuellen Lernprogramms namens «BrainGeek», das anhand aktuellster Forschungsergebnisse die Gehirnwellenaktivität misst und dadurch das Programm individuell an die mentale Verfassung des Schülers anpassen kann. Andererseits will man auch Tests durchführen, wie die heutige Generation auf die Abwesenheit von Technik reagiert. Will heißen, einige Unterrichtseinheiten sind ausschließlich analog gehalten, etwa auf dem Stand der Technik der Achtzigerjahre. Das dürfte also interessant werden.»

«Wie auch immer», winkte Britt trocken ab. «Technik hin oder her, es war jedenfalls ein unglaublicher Prozess, denen das glaubwürdig zu machen, aber wir haben es letztendlich geschafft, dank dem, dass wir Morgan als euren Gönner angeben können.»

«Und was ist ein Gönner?», fragte Lisa.

«Ein Sponsor.» Dieses Mal war es Morgan, der ihr die Frage beantwortete. «Privatschulen und richtig gute Ausbildungen sind schweineteuer geworden. Die obligatorische Schulpflicht wurde aufgehoben. Es zählen nur noch die Prüfungsabschlüsse, nicht mehr die Jahre, die man braucht, um sie zu erhalten. Das hat damit zu tun, dass immer mehr Eltern ihre Kinder zuhause unterrichten. Die meisten können sich etwas anderes gar nicht mehr leisten. Deswegen suchen sich viele einen Gönner, der ihren Schulaufenthalt sponsert. Wer eine richtige Schule besucht, hat eben immer noch die besseren Chancen.»

«Richtig, und da Morgan eine Menge Kids sponsert, ist sein Name auch im Bildungswesen ein Begriff. Von daher hatten wir also gute Referenzen», sagte Britt. «Ich hab mich quasi als Lehrerin einer imaginären Schule in Cornwall ausgegeben, als ich den Antrag für einen zweiwöchigen Aufenthalt für euch stellte. So fällt es auch nicht auf, dass ihr erst am Dienstag anfangt, da ihr erst mal aus Cornwall anreisen musstet. Es ist also so weit alles unter Dach und Fach.»

«Zwei Wochen? Aber ist der Ball nicht in vier Tagen?», wunderte sich Lisa.

«Doch, aber für einen einwöchigen Aufenthalt gab's keine Genehmigung. Aber das spielt keine Rolle. Wir werden euch so oder so kommenden Freitag nach Hause schicken. Aber ihr müsst nun ab morgen am Unterricht teilnehmen und so tun, als ob ihr eine Forschungsarbeit schreibt. Reine Alibiübung, damit ihr an den Herbstball gehen könnt.»

«Uuuuh», stöhnte Lisa. Schon wieder Schule … Sie überlegte schon, welche Frage sie als Nächstes stellen sollte, als Morgan sich erhob.

«Ich glaube, das reicht für heute. Den Rest erklären wir euch morgen früh. Ihr solltet nun besser wieder ins Bett. Ihr seid immer noch geschwächt durch die Zeitreise und müsst euch erholen. Morgen müsst ihr fit sein.»

«Aber ich fühl mich fit!», widersprach Lisa. Wollte er sie allen Ernstes wieder ins Bett schicken? Wenn sie dem HoloScreen gegenüber vom Esstisch glauben konnte, war es gerade mal zwölf Uhr!

«Doc Silverman hat uns damals gesagt, dass durch die radioaktive Strahlung der Körper austrocknet und mindestens eine Woche Ruhe braucht», sagte Morgan. «Und Angela hat es bestätigt.»

«Aber ich hab jetzt so viel gepennt», maulte Kyle.

«Dann penn weiter. Das sollte ja kein Problem für dich sein. Außer, ihr wollt noch was essen.»

«Nö. Ich würd lieber ein bisschen mit der Technik spielen.»

«Du hast doch einen HoloScreen im Zimmer», sagte Morgan. «Du kannst dich ins Bett fläzen und von dort aus ein bisschen gamen und zwischendurch pennen. Ich hab dir extra ein paar Games freigegeben. Also, ich würde mir das an deiner Stelle nicht zweimal sagen lassen.»

«Aber …», wagte Lisa einen weiteren Protest und suchte Morgans Blick, doch er erwiderte ihn nicht. Stattdessen nickte er Britt zu. «Bringst du sie nach oben?»

«Komm, Lee», sagte Britt. «Zac bring ich nachher auch noch schnell runter. Der gehört auch wieder ins Bett.»

Lisa erhob sich missmutig und warf einen Blick auf Zac, der immer noch in aller Seelenruhe vor sich hin schnarchte. Er musste wirklich extrem erschöpft sein. Kein Wunder, wenn er nächtelang durcharbeitete …

«Ihr könnt natürlich jederzeit runterkommen und etwas essen», sagte Morgan. «Der Tisch bleibt gedeckt.»

Damit wandte er sich von ihnen ab und ging zur Küche. Lisa erkannte ihre Gelegenheit und folgte ihm.

«Momo … Morgan …», sagte sie schüchtern, da sie nicht ganz sicher war, ob sie ihn als 74-Jährigen überhaupt noch mit Momo anreden durfte. «Kann ich mit dir reden?»

«Wir reden später, Lee-Lee», sagte er sehr bestimmt.

«Warum nicht jetzt?» Sie sah ihm zu, wie er sich aus einer Flasche ein goldbraunes Getränk in ein Glas einschenkte.

«Weil du dich ausruhen musst und ich mich auch. Ich habe noch viel Arbeit heute und bin jetzt schon wieder k. o. vom vielen Reden. Ich habe dir noch einiges zu sagen, aber du musst dich gedulden, ja?»

«Okay …» Lisa verzog den Mund. Immer diese Warterei!

«Lee-Lee.» Er strich ihr übers Haar. «Eins nach dem andern. Wir haben sehr viel zu regeln. Britt bringt dich nach oben. Nimm ein schönes Bad im Whirlpool und lass es dir gutgehen. Ich bin ja da, wenn du mich brauchst.»

Lisa schaute ihm mit wehmütigem Herzen nach, wie er mit dem Glas aus der Küche ging und in seinem Zimmer verschwand.

Kapitel 6
2047er-Style

Lisa wurde am nächsten Morgen um halb sieben vom HoloScreen geweckt. Mit dem kuscheligen Morgenmantel bekleidet, ging sie ins Bad und betrat nach einer ausgiebigen Dusche zum ersten Mal den begehbaren Kleiderschrank.

Tatsächlich fand sie dort eine reiche Auswahl an Klamotten in ihrer Größe. T-Shirts, Blusen, Jeans und Unterwäsche – dem Aussehen nach natürlich alles teure Markenklamotten. Viel zu viel für die paar wenigen Tage, die sie hierbleiben würde.

Lisa hatte nie in ihrem Leben Markenklamotten besessen. Ihre Erziehungsberechtigten, Tante Sally und Onkel Bob, hatten für sie und ihren Bruder Thomas keinen Cent mehr ausgegeben, als unbedingt nötig war.

Vorsichtig zog sie einen Rollkragenpulli mit feinstem Häkelmuster heraus, dessen Bündchen mit einer Spitzenborte abgerundet waren und der so ganz und gar nicht futuristisch aussah. Ob das im Jahr 2047 gerade der letzte Schrei war?

Dazu stieg sie in ein Paar Jeans und war erstaunt, wie perfekt die

Sachen passten. Momo hatte ihre Größe noch in genauster Erinnerung gehabt!

Auf dem Frisiertisch lag eine Schatulle mit nagelneuen Schminksachen bereit. Alles war da, Lidschatten, Make-up, Lippenstifte und sogar Rouge.

Das allerdings irritierte Lisa. Wie kam Morgan auf so eine absurde Idee, dass sie sich schminken sollte? Er wusste doch, dass sie sich so gut wie nie schminkte!

Trotzdem nahm sie einen der Lippenstifte und öffnete den Verschluss. Er war von einem pastellfarbenen Lila, fast schon perlmuttartig. Komische Farbe. Sie stellte ihn wieder zurück und öffnete den nächsten. Dieser war hellblau. Sie schüttelte den Kopf, als sie den dritten Deckel aufschraubte und ein Lindgrün zum Vorschein kam.

Die Mädels im Jahr 2047 mussten ja echt gaga sein!

Nein, das konnte Morgan sich definitiv abschminken, im wahrsten Sinne des Wortes.

Sie zog ihre Uhrenkette an, warf einen letzten Blick in den Spiegel und beschloss dann, dass ihr Look vollendet war.

Als Lisa schließlich in dieser 2047er-Kleidung die Treppe runterstelzte, fand sie Morgan wieder am Esstisch sitzend mit seinem gläsernen Computer. Sein Gesichtsausdruck wirkte etwas angestrengt, und sie sah ihm zu, wie er beim Lesen genervt die Augen rollte. Sein Haar war dieses Mal offen und fiel ihm in langen weißen Wellen bis fast auf die Schultern. Sie staunte, wie prachtvoll und glänzend es für einen 74-Jährigen immer noch war. Ganz offensichtlich hatte er es gut gepflegt.

Neben ihm saß Onyx in seiner Dienstkleidung und spielte irgendein Computerspiel auf der Tischplatte, während er auf etwas wartete. Seine Frisur hatte er wieder zu einem ordentlichen Zopf gebunden.

Britt stand in der Küche und räumte ein paar Sachen weg.

«Lee-Lee!» Morgan blickte auf, als er Lisa auf der Treppe bemerkte. Er zog die Brille aus, um sie aus der Ferne besser betrachten zu können. «Die Kleider stehen dir gut.»

«Tatsächlich?» Lisa blickte an sich runter. Auch Onyx hatte seine Augen auf sie gerichtet.

«Fesch», sagte Onyx. «Typisches Girl der Achtzigerjahre.»

«Ach was, die Mode damals war viel schlimmer», winkte Britt ab, die wieder aus der Küche trat. «Die Häkelsachen sind momentan hier im Jahr 2047 der letzte Schrei. Dazu pastellfarbener Lippenstift in Lila, Hellblau oder Hellgrün. Im Moment stehen wieder alle auf den Retro-Look. Du solltest unbedingt etwas Lippenstift auftragen, Lee.»

«Im Ernst?»

«Ja. Und wir müssen noch was mit deinen Haaren anstellen. Ich hab mir zwar sagen lassen, dass bei Mädchen im Moment kurze Haare im Trend sind, aber das tu ich dir jetzt nicht an. Doch ich werde sie dir flechten und dir etwas Haarfarbe verpassen.»

«Puh!»

«Setz dir noch eine Mütze auf», riet Morgan. «Damit bist du auf der sicheren Seite. Oben in deinem Schrank hat's eine Menge davon. Auch das ist ein beliebtes Modeaccessoire der Vierzigerjahre-Girls. Und ja, Lippenstift ist extrem wichtig. Das hebt dich von den E-Veganer-Kids ab. Nicht, dass du noch in eine Schlägerei mit den Tekkies gerätst. Die sind aggressiv, was das betrifft.»

«Die Tekkies?», fragte Lisa.

«Die Pro-Technik-Aktivisten», erklärte Morgan. «Die Cyborgs, sozusagen. Das Gegenteil der E-Veganer. Ihr werdet sie leicht erkennen.»

Britt half Lisa, eine 2047-Flechtfrisur hinzukriegen, und sprühte danach Lisas Haarschopf mit einem Haarfärbespray ein, aus dessen Düse ein seltsam leuchtendes Aerosol kam, als würde der Spray aus Licht bestehen. Lisas blondes Haar verschwand im Nu unter einem hellen Veilchenblau und bekam ein spiegelglattes Äußeres.

«Igitt, was ist das?», protestierte sie. «Damit sehe ich ja aus wie eine Puppe.»

«Hightech-Haarspray. Funktioniert mit einer neuartigen komprimierten Lichttechnik. Sieht täuschend echt aus, was?», grinste Britt. «Damit kannst du jeden Tag eine andere Haarfarbe tragen. Wir müssen unter allen Umständen verhindern, dass euch jemand erkennt.»

«Muss es denn gerade diese Farbe sein?»

«Willst du lieber Pink?»

«Um Himmels willen, nein.»

«Na also. Jetzt siehst du wirklich aus wie ein Girl aus dem Jahr 2047. Damit wird dich keiner erkennen. Geh jetzt und trag noch etwas Lippenstift auf.»

Lisa düste nach oben, um sich von dem hellblauen Lippenstift aufzutragen und sich eine der unzähligen Mützen aufzusetzen. In der überreichen Auswahl fand sie auch eine dunkelrote Kunstlederjacke im Siebzigerjahre-Look. Als sie zurückkam, waren Morgan und Britt mit ihrem Outfit sehr zufrieden.

Doch dann sah Morgan nervös auf sein Armband.

«Wo ist mein verpennter Neffe? Ich muss euch noch einige Instruktionen geben.»

Da trat Kyle auch schon aus seinem Zimmer. Auch er hatte offenbar Klamotten vorgefunden, denn er trug ein Paar Jeans, die unten ziemlich kurz waren. Darüber ein grünes T-Shirt und einen blauen Blazer.

«Nicht schlecht», meinte Morgan mit Blick auf seinen Neffen. «Nur deinen Strubbelkopf solltest du plätten. Ich hab dir extra eine Tube Haargel ins Bad gelegt. Kein Mensch läuft heutzutage mit einem Strubbelkopf rum.»

«Haargel? Igitt!», protestierte Kyle. «Dann seh ich ja aus wie so ein geschleckter Retro-Yuppie.»

«Sorry, aber mit der Mähne lass ich dich nicht in die Schule. Du fällst zu sehr auf. Hättest du langes Haar wie die meisten Jungs im Jahr 2047, könntest du sie hinten zusammenbinden, aber so müssen wir eben mit Gel Abhilfe schaffen.»

Lisa hätte beinahe laut aufgelacht. Beim Thema Haargel kam ihr unwillkürlich Maddox in den Sinn. Morgan sah ihr offenbar an, was sie dachte, und schmunzelte ebenfalls.

«Keine Angst, der olle Maddox läuft im geblümten Hemd auf den Bahamas rum und genießt den Ruhestand und streicht sich höchstens Bananengelee ins Haar.»

«Scherzkeks», sagte Britt kopfschüttelnd.

Morgan grinste ihr zu und richtete den Blick auf seinen Neffen, der mit einem sauertöpfischen Gesicht aus dem Badezimmer trat. Sein Kopf sah wirklich etwas flach aus mit dem geplätteten Haar.

«Sieht furchtbar aus», kommentierte Morgan. «Aber passt zur heutigen Mode. Zieh dir eine einzelne Haarsträhne ins Gesicht. Und steck das T-Shirt in die Hose, dann ist es perfekt.»

«Was? T-Shirt in die Hose? Dann seh ich ja aus wie mein Dad, als er jung war.»

«Ist der letzte Schrei bei den Jungs», sagte Morgan. «Retro-Style halt. Keine Angst, du kriegst eh eine Schuluniform, die ist noch schrecklicher.»

«Im Ernst?»

«Willst du nach Hause oder nicht?», fragte Morgan.

«Ja.»

«Dann musst du tun, was wir dir sagen, alright? Ihr dürft unter keinen Umständen erkannt werden. Wir wissen nicht, was über euch in den Medien durchgesickert ist.»

Kyle brummte, folgte letztendlich aber den Aufforderungen seines Onkels und setzte sich dann neben Lisa an den Frühstückstisch. Onyx wischte sein Spiel vom Tisch und richtete sich auf.

Während Kyle und Lisa ihr Frühstück aßen – Morgan hatte sie dazu angehalten, sich ordentlich satt zu essen, was Kyle sich natürlich nicht zweimal sagen ließ –, versorgten Britt und Morgan sie mit Instruktionen.

«Wir haben euch natürlich unter Pseudonymen angemeldet», sagte Britt und schielte zu Morgan rüber. «Morgan hatte die glorreiche Idee, dich, Lee, unter dem Namen ‹Lilly Kendall› anzumelden.» Sie verdrehte demonstrativ die Augen. «Angeblich sollst du eine Großnichte dritten Grades von ihm sein, irgendwas in der Art. Er meint, das wäre glaubhafter, weil wir ihn ja als Gönner angegeben haben. Ich finde ja, es ist keine gute Idee, aber er wollte es so.» Sie warf ihm einen weiteren missbilligenden Seitenblick zu.

«Wenn sie sich an meine Regeln halten, dürfte es kein Problem sein», sagte Morgan.

«Also, ich sag da gar nichts mehr zu. Wir haben uns genug gestritten deswegen. Du bist ja für gewöhnlich der, der immer so übervorsichtig ist. Aber bitte schön, von mir aus. Dich, Kyle, habe ich unter dem Namen meines Vaters angemeldet: ‹Scott Webster›.»

«Scott Webster?» Kyle sah Britt an, als hätte sie nicht mehr alle Tassen im Schrank.

«Na, ob das die bessere Idee ist, weiß ich nicht», murmelte Morgan.

«Nun ja …» Britt räusperte sich.

«Lilly Kendall und Scott Webster», sagte Lisa. Sie behielt besser für sich, dass sie sich insgeheim über Morgans Wahl freute.

«Als ob ich nicht so schon wie ein Idiot aussehe in diesen Klamotten», schnaubte Kyle. «Jetzt krieg ich auch noch den dämlichsten Namen verpasst, den man sich vorstellen kann. Beam mich hoch, Scotty. Nein, ehrlich!»

«Sorry …» Britt tauchte etwas verlegen unter den Esstisch, um mit einer Serviette ein paar Marmeladeflecken vom Fußboden zu entfernen. Sie war für ihr Alter erstaunlich gelenkig. «Mir fiel in dem Moment einfach nichts Besseres ein.»

«Herrje, hör doch auf zu putzen! Dafür hab ich einen Reinigungsroboter und meine Haushälterin!», sagte Morgan und schickte sogleich ein kleines surrendes Gerät los, das bis jetzt ruhig in einer Ecke gestanden hatte. «Du musst hier nicht auf den Knien rumrutschen, Britt.»

«Ja, das weiß ich, aber ich habe keine Lust, so faul zu werden wie du!», schoss Britt zurück und kam wieder hervor. «Ich lege immer noch gern selbst Hand an.»

«Wenn du meinst.» Morgan zuckte mit den Schultern.

«Im Übrigen braucht ihr eure Nachnamen gar nicht zu erwähnen», wandte er sich wieder an Lisa und Kyle. «Sie sind nur für eure Anmeldung wichtig. Das Allerwichtigste ist, dass ihr im Hintergrund bleibt. Redet bitte wirklich nur dann mit Leuten, wenn ihr etwas gefragt werdet.

Denkt dran, offiziell schreibt ihr eine Forschungsarbeit über die Tomsbridge School. In den Freistunden zieht ihr euch in die Bibliothek zurück und arbeitet dort. Die Mittagspause verbringt ihr am besten an einem der hinteren Tische in der Cafeteria. Seht einfach zu, dass ihr nicht auffallt. Falls ihr um eine Antwort nicht herumkommt, sagt, ihr seid aus Cornwall von der Pentworth Academy. Die gibt es zwar nicht, aber das wird keiner nachprüfen.»

«Okay», sagte Lisa. «Sonst noch was?»

«Noch eine Menge.» Morgan stand auf und ging in sein Zimmer. Zurück kam er mit zwei weißen Kartonboxen.

«Das sind eure Tools», sagte er. «Ihr braucht sie für die Schule. Da drin sind eure HoloStrips und die VID-Brillen. Onyx hat sie bereits mit eurer ID eingerichtet.»

«ID?»

«Jeder existierende Mensch auf diesem Planeten hat 2047 eine zwölfstellige ID-Nummer. Dank Onyx' Beziehungen konnten wir euch Fake-IDs erstellen. Na ja, schon nicht ganz koscher für einen Polizisten.» Er grinste Onyx, der bis jetzt schweigend zugehört hatte, schief an. «Aber geht nicht anders.»

«Solange du mich gut dafür bezahlst ...», gab Onyx zurück, ebenfalls ein Grinsen auf den Lippen.

Morgan winkte ab. «Kein Thema. Auf jeden Fall müsst ihr die HoloStrips ständig tragen. Darauf bekommt ihr dann von der Schule sämtliche Infos übertragen, die ihr braucht: Stundenpläne, Tagesablauf, Informationen zu den Unterrichtseinheiten, was auch immer. Funktioniert wie ein Smartphone, kann aber noch viel mehr. Ach ja, und eure Essensgutscheine werdet ihr auch da drauf übertragen bekommen. Damit könnt ihr euch verpflegen. Ist alles schon von mir bezahlt», erklärte Morgan, während er Lisa und Kyle je eine Box aushändigte.

Vorsichtig hob Lisa den Deckel. In der Schachtel lagen ein hauchdünnes, transparentes Armband, ähnlich wie Morgan es um sein Handgelenk trug, sowie eine feingliedrige, schicke Brille.

Lisa zog das Armband vorsichtig heraus. Morgan nahm es ihr sachte aus der Hand und entfernte die Schutzfolie. Behutsam legte er es ihr ums Handgelenk und ließ den Verschluss einschnappen.

«Die Größe sollte passen. Du kannst es auch abnehmen und wie ein normales Smartphone benutzen. Es biegt sich automatisch zurecht. Wenn du es gegen einen HoloScreen hältst, kannst du die Daten übertragen.» Er betätigte einen winzigen Anschaltknopf an der Seite, und die transparente Fläche des Armbands füllte sich mit einer bunten Start-Animation, die zu Lisas Erstaunen dreidimensional war und ihren Augen vorgaukelte, sie würde in der Luft schweben.

«Ihr werdet beim Start nach eurem Daumenabdruck gefragt», erklärte Morgan weiter. «Diesen werde ich dann gleich mit meinem Bankkonto verbinden. Dann könnt ihr jederzeit Zahlungen tätigen, wenn ihr etwas benötigt.»

Lisa schaute fasziniert zu, wie das Armband sie mit «Hi, Lilly» begrüßte und sie durch das Einrichtungs-Prozedere führte, bis es startklar war und die Fläche sich mit bunten Apps füllte, die ebenfalls aussahen, als würden sie um ihren Arm herum schweben.

«Du kannst dir deinen Hintergrund selber auswählen», wies Morgan sie an. «Den zeigt es dann an, während es im Ruhemodus ist. Sieht dadurch aus wie ein Schmuckstück. Du kannst auch in den 2D-Modus schalten, wenn dir das lieber ist.» Er hielt sein eigenes Armband hoch, das in einem schlichten Dunkelblau mit ein paar eleganten Wellen gehalten war.

«Ist *das* eine VID-Brille?», fragte Kyle verblüfft und nahm das Gerät vorsichtig aus der Schachtel. «Sieht ja aus wie eine ganz normale Brille. Für was steht ‹VID› überhaupt?»

«Virtual Interactive Dimension», sagte Morgan. «Ja, sie soll auch wie eine normale Brille aussehen. Am Bügel ist ein winziger Anschaltknopf. Die Brille wird sich beim Start-Modus gleich auf dein Gesicht eichen und sich mit dem HoloStrip verbinden. Die Bilder werden dann mit Lasertechnik direkt auf deine Netzhaut gestrahlt.»

«Holy moly!» Kyle setzte sich das Teil fasziniert auf die Nase. «Kein Vergleich zu den klotzigen Dingern von 2018.»

«Das kannst du laut sagen. Mit dem HoloStrip könnt ihr sie via Handbewegung steuern, ansonsten funktioniert sie auch per Spracheingabe – was ich allerdings hasse –, oder ihr benutzt die Pupillensteuerung. Es gibt auch einen Gedankenmodus, aber den lassen wir beiseite. Dafür braucht es etwas Training.»

«Boah.» Kyle sprang regelrecht einen Satz rückwärts. «Das ist ja Hammer! Diese Grafik! Ich hab echt das Gefühl, ich bin an einem richtigen Strand.»

«Das war nur das Start-Bild», sagte Morgan trocken.

Kyle zog die Brille aus und dann wieder an und schüttelte überwältigt den Kopf. Lisa wunderte sich, wie so was möglich sein konnte, denn von außen sah man der Brille überhaupt nichts an. Die Gläser waren so transparent wie zwei ganz normale Brillengläser, und sie sah Kyles Augen aufgeregt dahinter funkeln.

Vorsichtig setzte auch sie sich die Brille auf und war gleich darauf überwältigt. Ein rauschendes, türkisfarbenes Meer bewegte sich auf sie zu! Sie hätte sich nicht gewundert, wenn ihre Füße von den Wogen nass geworden wären.

«Ihr könnt zwischen VR- oder AR-Modus wechseln. Beim AR-Modus seht ihr die reale Welt durch die Gläser, beim VR-Modus verschwindet alles in einer virtuellen Realität. Sind die besten Modelle, die es derzeit auf dem Markt gibt. Am besten behaltet ihr sie gleich auf, entweder als Sehverstärker oder als Haarreif. Aber wir sollten aufbrechen, sonst kommt ihr zu spät.»

Lisa klemmte ihre Brille auf die Mütze und zog ihre Jacke an. Dann sah sie sich suchend um.

«Irgendeine Schultasche …?»

«Taschen und persönliche Gegenstände sind bis auf Mode-Accessoires nicht erlaubt», sagte Morgan. «Wegen Kontaminationsgefahr. Ihr habt auf euren Gadgets alles, was ihr braucht. Analoges Material bekommt ihr von der Schule zur Verfügung gestellt.»

«Nicht erlaubt? Was für eine Kontaminationsgefahr?»

«Man will sicher sein, dass keine Krankheiten in die Schule eingeschleppt werden. Das Jahr 2047 ist voll von Sicherheitsvorschriften», sagte Morgan etwas müde. «Keine Zeit zum Erklären. Lee-Lee, deine Uhr lässt du besser auch hier.» Morgan streckte seine Hand nach Lisas Uhrenkette aus. Gehorsam streifte sie sich die Kette über den Hals und legte sie in Morgans Hand.

«Keine Angst. Bei mir ist sie sicher. Ich weiß, was sie dir bedeutet.»

Daran zweifelte Lisa keinen Augenblick.

Morgan winkte Onyx herbei und brachte die Gruppe auf die Dachterrasse. Mit seinem HoloStrip aktivierte er eines der beiden Aeromobile, dessen Flügeltüren sich auf beiden Seiten wie von selbst hoben.

«Onyx fliegt euch zur Schule und holt euch auch wieder ab. Er ist für euch erreichbar, wenn irgendwas sein sollte. Haltet euch an das, was ich euch gesagt habe, dann seid ihr sicher. Im Schulgebäude kann euch niemand von außerhalb verfolgen oder tracken. Dort ist ‹Sichere Zone›. Wenn irgendein Problem auftritt oder ihr dennoch das Gefühl habt, dass ihr verfolgt werdet, berührt die SOS-App, dann werdet ihr direkt mit Onyx oder mit mir verbunden. Alles klar?»

Lisa nickte, während sie in das Aeromobil kletterte, das weitaus luxuriöser ausgestattet war als der Polizeiwagen von Onyx.

«Gehören die dir, Onkel Morgan?», fragte Kyle, der auf der anderen Seite einstieg.

Morgan lächelte leicht.

«Die KAC produziert sie, also daher: Ja.»

Onyx grinste und schwang sich auf den Pilotensitz. «Echt gadgy, das Ding. Freu mich drauf, den zu navigieren.»

«Gadgy?» Komisches Wort, fand Lisa.

«Ach, das sagt man so, wenn man etwas technisch cool findet.»

«Onkel Morgan … was ist mit meinem Dad? Warum leitest *du* die KAC und nicht mehr er?» Kyle ließ nicht locker.

«Später, Kylian. Ah, etwas noch …»

Kyle zog eine Grimasse.

«Wenn ihr dort seid, haltet euch an Garron Cox. Er wird vor der Schule auf euch warten. Er ist Angelas Sohn und ist in der Jahrgangsstufe unter euch. Er ist eingeweiht und wird euch sagen, was ihr zu tun habt. Okay?»

«Okay», sagte Lisa, da Kyle keine Antwort gab.

«Und – keine Informationen aus dem Internet, ist das klar? Kein Holomet, keine sonstigen Medien, keine News, nichts. Und vor allen Dingen nichts über das aktuelle Weltgeschehen. Ich will nicht, dass ihr mehr Informationen als nötig aus der Zukunft mitnehmt. Das ist mir wirklich wichtig. Ihr benutzt eure Gadgets nur für den Unterricht und zum Kommunizieren mit mir oder mit Onyx, mehr nicht! Verstanden?»

Lisa nickte eingeschüchtert. Es war selten, dass Morgans Stimme einen solchen Befehlston annahm. Sie wollte ihn nicht enttäuschen.

Morgan setzte an, die Türen des Aeromobils zu schließen, doch dann hielt er inne, fast so, als würde er im letzten Moment noch eine ganz wichtige Entscheidung treffen. Sein Blick richtete sich auf seinen Neffen.

«Und noch eins, Kylian: Halte dich von deinen Kids fern.»

«Meinen Kids?!» Kyles Unterkiefer klappte herunter.

«Deine zukünftigen Kinder, ja. Sie gehen hier zur Schule. Bleibt also um Himmels willen im Hintergrund, wie ich es euch gesagt habe. Ach ja, und du solltest auch Leicester besser nicht erwähnen. Ist ziemlich uncool hier.»

«Warte, Onkel Morgan ...»

Doch Morgan machte eine rigorose Handbewegung, und die Wagentüren schwebten herunter und stoppten jegliche weiteren Fragen. Elegant erhob sich das Aeromobil in die Lüfte.

«Tomsbridge School», sagte Onyx zum Armaturenbrett. Der Wagen wandte sich nach rechts und drehte einen Bogen in der Luft. Auf dem Glas der Windschutzscheibe erschienen diverse Markierungen und Warnhinweise, die vor Luftströmungen, herannahenden Vehikeln oder anderen Einflüssen warnten.

Der Flug war recht kurz, auch wenn Onyx die Stadt in einem Halbkreis umfliegen musste. Die langsam aufgehende Sonne lugte verheißungsvoll aus den Wolken hervor und funkelte wie ein Goldball über der Skyline.

Jetzt, bei Tageslicht, konnte Lisa besser ausmachen, wie sich ihre Heimatstadt verändert hatte. Sie schien in den letzten drei Jahrzehnten enorm gewachsen zu sein. In der Ferne erkannte sie so was Ähnliches wie eine Schwebebahn, wie sie sie schon in Science-Fiction-Filmen gesehen hatte. Und noch weiter hinten beim Fluss leuchtete ihnen auch schon der monumentale, viereckige Glasbau des Forschungszentrums entgegen, in dessen Fenstern sich die Sonne golden spiegelte. Hinter ein paar Bäumen kam schließlich auch das viktorianische Gebäude der Tomsbridge School zum Vorschein, das neben dem exorbitanten Glaskasten richtig mickrig wirkte.

Sachte begann das Flugobjekt seinen Sinkflug und landete wenige Minuten später auf dem Dach der alten Turnhalle, das offenbar in einen Landeplatz umfunktioniert worden war.

«Viel Glück», sagte Onyx und öffnete die Türen. «Wenn was ist, ruft mich via SOS-App. Ich bin in der Nähe. Nach Schulschluss hole ich euch wieder hier auf dem Dach ab.»

Als sie wenig später eine Treppe, die vom Dach hinunter führte, hinter sich gelassen und den Vorplatz in Richtung Schulgebäude überquerten, machte Kyle seinem angestauten Ärger Luft.

«Echt jetzt, was soll das? Wieso will mir Onkel Morgan nichts über meinen Vater sagen?»

«Weil wir keine Zeit mehr hatten», antwortete Lisa achselzuckend, obwohl sie sich dessen nicht sicher war.

«Ach was. Ich glaub, da ist was faul», knurrte Kyle. «Wieso soll ausgerechnet Onkel Morgan die KAC leiten? Der ist doch gar nicht in der Lage dazu!»

«Vielleicht kriegen wir ja später noch eine Antwort darauf», hoffte Lisa. Leider blieb keine Zeit mehr, sich weiter mit diesem Rätsel zu befassen. Ein Blick auf die rote Hologramm-Uhr am Schulgebäude zeigte ihr, dass sie ziemlich knapp dran waren. Als Erstes mussten sie wohl Garron Cox finden.

Das Schulgebäude wurde offenbar gerade restauriert. Der äußere linke Flügel war verpackt in ein Gerüst, und einer der kleinen Türme auf dem Dach fehlte. Mehrere dunkle Stellen an der seit vermutlich dreißig Jahren nicht mehr gestrichenen Hausfassade sahen aus, als hätte es gebrannt.

Lisa schauderte. Was war da passiert?

Schüler und Schülerinnen strömten von allen Seiten herbei. Einige kamen die Treppe von der Bushaltestelle herauf, während andere mit dem Auto gebracht wurden. Ganz so, wie es schon zu ihrer Zeit gewesen war. Dieser vertraute Anblick gab Lisa zum ersten Mal das Gefühl, wieder in einem normalen Alltag zu sein. Die Jungs und die Mädchen sahen auch tatsächlich nicht viel anders aus als zu ihrer Zeit.

Doch nicht lange danach wurde dieses Alltagsszenario von einer Gruppe wild aussehender Typen zunichtegemacht. Sie kamen auf seltsamen Vehikeln angebraust, die aussahen wie eine Art schwebender Scooter.

«Hey!» Für einen Moment vergaß Kyle seine Sorgen. «Guck mal! Die haben tatsächlich so was wie Hoverboards!»

In der Tat schienen diese Scooter ein paar Zentimeter über dem Boden in der Luft zu schweben und kamen schließlich vor einem Unterstand zum Stillstand. Lisa kriegte vor Faszination ihren Mund nicht mehr zu.

Die Schüler, die nun von den Scootern stiegen, boten schon allein durch ihre Aufmachung einen beeindruckenden Anblick. Sie trugen ihr Haar in Metallic-Farben, vorwiegend Silber, aber auch Gold und Kupfer waren dabei. Die Frisuren waren das Verrückteste, was Lisa je an Hairstyles gesehen hatte – und nicht mal die Achtzigerjahre konnten da mithalten!

Da gab es asymmetrische Ponys, entweder zu Zacken oder ganz einfach schräg geschnitten. Kunstvolle Zöpfe, mit Drähten zu verschiedenen Skulpturen geformt und aufgetürmt, zierten die Köpfe der Mädchen und Jungs. Einige hatten sich sogar kleine Computerteilchen in ihre Frisuren geflochten.

Über ihrer Schuluniform trugen sie silberfarbene oder schwarze Lederjacken, dazu Hals- und Armketten, ebenfalls aus ausgedienten Mikrochips oder anderen Computerteilen. Fast alle von ihnen hatten Brillen auf, und es war gar nicht so einfach, zu unterscheiden, wer Junge und wer Mädchen war.

Das waren bestimmt die Tekkies, von denen Morgan erzählt hatte.

«Das sind ja die reinsten Punks.» Kyle schüttelte den Kopf.

Kyle hatte recht – sie waren den Punks der Achtziger gar nicht unähnlich.

«Dass die so in die Schule kommen dürfen», bemerkte Lisa kopfschüttelnd. «Uns hätten sie das damals nicht erlaubt. Wobei, na ja, Maddox …»

«Tja. Verkorkster Modegeschmack», brummte Kyle.

Sie sahen der Tekkie-Bande zu, wie sie ihre Scooter an den wohl extra dafür vorgesehenen Haken im Unterstand aufhängten. Einer der Jungs, der Größte und offenbar der Anführer unter ihnen, mit einer irokesenartigen Frisur aus Zöpfen und Computerteilen, ließ seine Hand lässig über die Schlösser gleiten, und wie von Zauberhand schnappte eines nach dem anderen zu. Die anderen johlten und klatschten Applaus.

«Wie hat der das jetzt gemacht?», staunte Kyle mit heruntergeklappter Kinnlade.

Lisa wusste es auch nicht, doch sie zog Kyle mit sich. Sie erinnerte sich an Morgans Warnung, was die Tekkies anging. Es war bestimmt besser, sich ihnen gar nicht zu nähern. Sie prüfte in dem Fenster eines geparkten Autos, ob ihr Lippenstift gut sichtbar war. Angeblich sollte der sie ja vor Pöbeleien schützen.

Als sie weitergehen wollten, hielt ein schwarzer Wagen lautlos vor ihren Füßen. Er hatte dieselben leuchtend blauen Räder, die Lisa schon bei einigen anderen Autos beobachtet hatte, und erst auf den zweiten Blick sah sie, dass der Wagen überhaupt keinen Chauffeur hatte.

Die Tür glitt auf, und ein blonder, schmächtiger Junge mit Brille stieg aus. Er tippte auf sein Armband, und die Tür schloss sich wieder. Geräuschlos wendete der Wagen und verschwand in die Richtung, aus der er gekommen war.

Kyle wollte schon weitergehen, doch Lisa hielt ihn zurück. Sie hatte bemerkt, dass der blonde Junge sich suchend umsah. Seine wässrig blauen Augen sprachen eine eindeutige Sprache.

Sie wandte sich entschlossen um und ging auf ihn zu.

«Hey!», sagte sie. «Bist du Garron Cox?»

Der Blick des Jungen erhellte sich. «Ja. Seid ihr …?»

«Genau», sagte Lisa und fragte sich, unter welchem Namen sie sich nun vorstellen sollte. «Lilly Kendall und Scott Webster», sagte sie sicherheitshalber.

«Okay. Meine Mum hat gesagt, ich soll euch unter meine Fittiche nehmen. Sorry, bin spät dran.» Der Junge wirkte etwas unsicher und schüchtern. Die vorlaute Klappe seines Großvaters Maddox hatte er jedenfalls nicht geerbt. Er hatte sein Haar aus der Stirn gekämmt und hinten zu einem Zopf zusammengebunden, ähnlich wie sein Cousin Onyx. Er berührte seine Brille, die ihm offenbar gerade ein paar Informationen lieferte, und nickte dann mehrmals vor sich hin.

«Als Erstes müsst ihr euch im Sekretariat melden. Ich zeige euch den Weg», bot er an.

Wo das Sekretariat war, wussten Lisa und Kyle natürlich selbst, doch sie folgten Garron schweigend. Das Beste war wohl, jegliche Konversation auf ein Minimum zu reduzieren, selbst mit Garron, überlegte Lisa.

Am Eingang erblickte sie ein großes rundes Schild mit einem durchgestrichenen, verkehrt herum stehenden Tropfen – oder was auch immer das darstellen sollte. Und darunter stand: «Tracking Safe Zone». Während sie sich noch darüber wunderte, begegneten sie hinter der Tür sogleich einer erschütternden Überraschung: Eine lange Schlange voller wartender Schüler hatte sich gebildet. Lisa reckte ihren Hals, doch sie konnte den Grund für das Warten nicht ausmachen. Garron stellte sich, ohne mit der Wimper zu zucken, zuhinterst an.

«Was ist da los?» Kyle stellte sich auf die Zehenspitzen.

«Virenscan.»

«Hä?»

«Na ja, echte Viren natürlich, keine Computerviren», erklärte Garron. «Mit dem Scanner werden alle verdächtigen Krankheitserreger auf dem Körper erkannt, so dass die entsprechende Person sofort in Quarantäne geschickt werden kann. So beugt man einer Pandemie vor. Hat man euch gesagt, dass ihr keine persönlichen Gegenstände in die Schule bringen dürft?»

Lisa bejahte, insgeheim ziemlich verblüfft.

Das ganze Prozedere ging zum Glück recht zügig voran. Die Scanner arbeiteten offenbar schnell. Lisa beobachtete fasziniert, wie der große Tekkie-Junge mit den Computerteilen im Haar von zwei Sicherheitsbeamten in der Schlange nebenan extra gründlich gescannt wurde. Er grinste während des ganzen Kontrollverfahrens von einem Ohr zum anderen, als gehöre das zu seinem Alltag. Wahrscheinlich war es auch so.

«Krasse Typen», kommentierte Kyle. «Hätte nie gedacht, dass die Leute eines Tages so bescheuert rumlaufen.»

Lisa und Kyle kamen problemlos durch den Check und folgten Garron durch die Eingangshalle zum Sekretariat.

Lisa wandte den Kopf nach allen Seiten, um den Look der Mädchen zu studieren. Pastellfarben schienen wirklich der große Hit zu sein und zierten so manchen Mund und Haarschopf. Erstaunlich viele hatten ihr Haar zu frechen Kurzfrisuren gestutzt. Die anderen trugen, wie Lisa, stylische Mützen oder sogar Hüte. Morgan und Britt hatten sie tatsächlich gut beraten: Sie fiel überhaupt nicht auf unter den Girls der Zukunft. Und es gab kaum jemanden, der nicht seine VID-Brille entweder im Haar, über der Mütze oder auf der Nase trug.

Mitten in der Halle stand ein riesiger HoloScreen, an dem sich mehrere Schüler drängelten und eifrig dreidimensionale Bilder und Fenster hin- und herschoben. Eine animierte Laufschrift kündigte mit gleißenden Lettern den 89. Herbstball am 13. September 2047 an. Lisa beobachtete fasziniert das Treiben und wünschte sich in dem Moment, ein Foto davon machen zu können.

Garron blieb vor der Tür zum Sekretariat stehen. «Ich warte draußen», kündigte er an.

Eine junge Frau nahm Kyle und Lisa drinnen in Empfang und hielt einen Scanner über ihre HoloStrips. Nur wenige Sekunden später war die Anmeldung registriert.

«Alles klar», sagte die Dame. «Stundenplan und Informationsplan findet ihr unter der App ‹School Tools›. Eure Essensgutscheine sind auch da drauf, ebenso die Eintrittskarte für den Herbstball am kommenden Freitag. Ihr habt die Spinde 15 und 16. Die Schuluniformen liegen dort für euch bereit. Bei Fragen hilft euch Tommy weiter.»

«Wer ist Tommy?», fragte Lisa beim Rausgehen.

«Weiß ich doch nicht», brummte Kyle. «Vielleicht der Klassensprecher.»

Garron, der wie versprochen vor der Tür auf sie gewartet hatte, führte sie in den ersten Stock zu den Spinden und zeigte ihnen, wie sie diese spielend leicht mit dem Armband öffnen konnten.

«Wie praktisch», sagte Kyle. «Da muss man sich gar keine Zahlencodes mehr merken.»

Die Uniformen hatten sich erstaunlicherweise in den letzten 29 Jahren nicht groß geändert, nur dass der Stoff sich viel weicher und fließender anfühlte. Sie gingen auf die nächstgelegenen Toiletten und zogen sich dort in Windeseile um.

«Ihr habt nun das Fach Chinesisch, soweit ich informiert bin», sagte Garron.

«Chinesisch?» Kyle starrte Garron an, als hätte dieser den Verstand verloren.

«Ja. Level 1 ist Pflichtfach für euren Jahrgang. Ich muss nun in meine Klasse. Ich treffe euch in der Mittagspause wieder. Wenn ihr Fragen habt, kontaktiert einfach Tommy.»

«Tommy? Wer zum Geier ist Tommy?»

«Der persönliche Assistent der Tomsbridge School. Die App ist auf eurem HoloStrip. Ihr müsst einfach seinen Namen aufrufen und eure Frage stellen, und er sagt euch, was immer ihr wissen müsst.»

«Ah, eine künstliche Intelligenz also.» Kyle hielt sich sein Handgelenk mit dem Armband vors Gesicht, nachdem Garron sich von ihnen verabschiedet hatte. «Tommy, wo und wann ist unsere nächste Lektion?»

«Nächste Lektion: Chinesisch Level 1b, Zimmer 24 A, Start in fünf Minuten», kam eine männliche Stimme aus dem Armband.

«Nicht schlecht», meinte Kyle. «Wow. Auf der Brille erscheint sogar eine Navigation!»

«Bei mir nicht», sagte Lisa enttäuscht, nachdem sie es Kyle gleichgetan und sich das futuristische Nasenfahrrad ebenfalls aufgesetzt hatte.

«Du musst sie einschalten, Retro-Girl. Sie geht in den Standby-Modus, wenn du sie nicht auf der Nase hast.» Er berührte den winzigen seitlichen Knopf auf Lisas Brille.

Lisa machte beinahe einen Satz rückwärts, als ein dreidimensionaler grüner Pfeil direkt vor ihrem Sichtfeld auftauchte und sich durch den Korridor schlängelte, als wäre er eine lebensechte Schlange.

«Was ist das?», japste sie.

«Das nennt sich ‹Augmented Reality›. Erweiterte Realität also», belehrte Kyle sie mit einem Grinsen. «Gab's schon 2018, allerdings nicht in dieser Präzision.»

Sie folgten fasziniert dem Pfeil, der sie durch die Flure lotste und zudem mit zusätzlichen Infos versorgte, die in animierten Buchstaben mitten in der Luft vor ihrer Nase herumtanzten.

«Wahrscheinlich gibt es unzählige Apps, mit denen man sich alle möglichen Kreaturen und Animationen in die Umgebung zaubern kann», mutmaßte Kyle.

«Aber wie will man dann noch wissen, was Realität ist und was Animation?», fragte Lisa, worauf Kyle keine Antwort wusste.

Vor dem besagten Klassenzimmer machte der Pfeil halt und verabschiedete sich, indem er sich mit einem metallischen «Pling» in Luft auflöste. Der Sound kam aus den Bügeln hinter ihren Ohren.

Ein hübsches schwarzhaariges Mädchen mit einer süßen Bob-Frisur stand vor dem Klassenraum und schaute ungeduldig auf ihr Armband, als Lisa und Kyle eintrudelten.

«Na endlich! Ihr seid spät dran. Ich bin Tarya Stewart, eure Klassensprecherin. Ihr seid die Neuen, Lilly Kendall und Scott Webster, richtig? Ich hab eure Namen vom Sekretariat zugesandt bekommen.» Sie tippte geschäftig auf ihren HoloStrip ein.

«Scott Webster, genau», grummelte Kyle. «Nenn mich ruhig Scotty. Ich beame nicht.»

Tarya bedachte ihn mit einem allzu schmelzenden Lächeln, das eine Reihe schneeweißer, perfekter Zähne freilegte. Lisa spürte Eifersucht in sich hochkommen. Das Mädchen war aber auch wirklich *zu* schön!

Tommy kündigte ihnen an, dass sie den Arbeitsstationen 23 und 24 zugeteilt waren, und zeigte ihnen den Weg.

Lisa ließ ihren Blick durch die Klasse schweifen, nachdem sie sich hingesetzt hatten. Sie hätte gern gewusst, ob es hier irgendwelche Nachfahren ihrer ehemaligen Schulkameraden gab, doch es war schwer auszumachen. Ein großer Junge mit rotem Haar und Sommersprossen hätte ein Nachfahre von Riley sein können, den sie im Jahr 2018 kennen gelernt hatte, aber sicher war sie natürlich nicht. Ansonsten war die Schülerschaft ziemlich durchmischt. Lisa entdeckte Jugendliche von verschiedensten Herkunftsländern. *Anscheinend vermischen sich die Völker in der Zukunft immer mehr,* dachte sie fasziniert.

Sie hörte amüsiert der Unterhaltung von zwei Jungs zu:

«Bist du off, Kumpel? Ich hab gesagt, du sollst mir das Zeug rüberchippen.»

«Und ich hab gesagt: Mach doch deine Aufgaben selber. Kann ich was dafür, dass deine Gehirnwindungen komplett wireless sind?»

«Ach komm, Jezz, sei mal nicht so. Chinesisch funkt mich so was von an. Ich krieg das nicht auf meinen Mikrochip.»

Jede Arbeitsstation bestand aus einem HoloScreen, neben dem sich in einem Halter mehrere elektronische Stifte befanden. Einige

Schüler waren schon fleißig dabei, mit ihren Stiften auf den Glasplatten zu schreiben.

«Willkommen zum BrainGeek-Lernprogramm», verkündete der HoloScreen, nachdem sie ihn mit ihrem Armband aktiviert hatten. «Ich sehe, du bist heute sehr aufnahmefähig. Deine Gehirnwellenaktivität liegt gerade im Frequenzbereich von 39 Hertz. Das heißt, du bist bereit für Höchstleistungen.»

«So?», brummte Kyle, der gleich durch eine Sprachübersetzung Englisch-Chinesisch durchgeschleust wurde. Lisa bekam dasselbe Level.

«Davor hätte uns Onkel Morgan aber auch warnen können», knurrte Kyle, der aufs Geratewohl ein paar Zeichen kritzelte. «Easy, wir tun einfach so, als wär das alles das Normalste der Welt für uns! Fällt sicher üüüberhaupt nicht auf, dass wir die ganze Sache hier nicht beherrschen.»

«Wo ist eigentlich der Lehrer?» Lisa ignorierte Kyles Sarkasmus geflissentlich.

«Tja, ich nehme mal an, den gibt es hier gar nicht mehr», meinte Kyle. «Das gehört wohl zu den neuartigen Lernmethoden.»

«Na, dann.» Lisa hatte die Übung aufgegeben. Dafür war sie umso faszinierter von der Präzision, mit der man mit dem elektronischen Stift auf dem HoloScreen schreiben konnte, als wäre es richtiges Papier. Sogar den Papierhintergrund konnte man sich aussuchen. Und das alles dreidimensional: Die Oberflächenstruktur des Papiers sah aus wie echt – inklusive Eselsohren.

«Wie funktioniert das eigentlich?», murmelte sie, während sie den Screen genauer untersuchte. «Es sieht aus wie simples Glas.»

«Das ist wahrscheinlich eine mehrschichtige Fotoglasplatte oder so was in der Art», sinnierte Kyle. «Ich war mal mit Dad auf einer

Technologie-Messe, weil er seine neusten Modelle mit dem besten technologischen Fortschritt ausstatten wollte. Da haben sie so spezielle Windschutzscheiben präsentiert, auf denen man via Lasertechnik Hologramme erzeugen konnte.»

«Plätze 23 und 24, keine privaten Unterhaltungen, bitte», kam eine Stimme aus ihrer Brille, und als Lisa ihren Kopf hob, stand ein animierter Lehrer vorne im Klassenraum, der wie aus dem Nichts erschienen war. Als sie verblüfft ihre Brille über die Mütze schob, war der Lehrer auf einmal weg.

«Tja», sagte Kyle, der ihren verwunderten Blick bemerkt hatte. «Ich würde sagen, der Kerl unterrichtet in Wahrheit von zuhause aus im Pyjama.»

Kapitel 7
Die Ahnengalerie

Als die Stunde um war, teilte Tommy ihnen mit, dass ihnen nun eine Stunde für Eigenarbeit zur Verfügung stand.

«Lass uns mal in die Katakomben runtergehen», schlug Kyle vor. «Ich will wissen, wie es dort heutzutage aussieht.»

«Sollten wir nicht in die Bibliothek gehen und dort für uns arbeiten?», meinte Lisa, die an Morgans Mahnung dachte.

«Ach nö», meinte Kyle. «Darauf hab ich jetzt wirklich keinen Bock. Wenn ich schon in der Zukunft bin, will ich mir auch was anschauen. Ich lass mir doch von Onkel Morgan nichts vorschreiben.»

«Ich weiß nicht …»

«Außerdem ist es doch nur nützlich, wenn wir uns da unten mal umsehen. Wir müssen ja schließlich da durch, wenn wir uns nächsten Freitag ins Forschungszentrum reinschmuggeln wollen.»

Das war allerdings ein gutes Argument.

«Na gut, ausnahmsweise können wir es ja mal wagen», willigte sie ein.

«Der Geruch ist jedenfalls immer noch derselbe», stellte Kyle etwas später fest, als sie die Treppen ins Untergeschoss runterpolterten.

«Nicht im Jahr 1989», stöhnte Lisa. «Damals hat es gestunken, als wären Ratten am Verrotten.»

In den «Katakomben» – wie Kyle das Untergeschoss spaßeshalber immer nannte – hatte sich auf den ersten Blick gar nicht so viel verändert. Die Sofas in den Nischen waren nun lila und nicht mehr rot, und an der Wand reihten sich HoloScreens. Kyle stellte verblüfft fest, dass er mit Hilfe der VID-Brille sowohl die Sofafarbe verändern als auch die Wände mit verschiedenen Kunstgemälden ausstaffieren konnte.

Auch im Jahr 2047 hingen die Schüler anscheinend gerne in den Pausen hier rum, dösten wie ihre Vorgänger von 2018 auf den Sofas, sahen fern oder spielten auf ihren Gadgets. Einige saßen da mit der Brille auf ihrer Nase und redeten mit irgendwelchen imaginären Luftwesen, während andere altmodische Unterhaltungen mit einem realen Gegenüber führten. Eine Gruppe Tekkies hatte sich um eins der Sofas geschart, doch zum Glück schenkten sie Kyle und Lisa keine Beachtung, als diese an ihnen vorbeigingen.

Auf einem anderen Sofa saßen zwei Mädchen und spielten mit einem einfachen Faden-Geschicklichkeitsspiel. Lisa fragte sich, ob das E-Veganerinnen waren, die der Technik bewusst abgeschworen hatten. Sie konnte es nicht eindeutig definieren und fragte sich insgeheim, wer wohl Kyles Kinder sein mochten und ob sie anhand einer Ähnlichkeit mit Kyle zu erkennen waren. Morgan hatte allerdings weder gesagt, wie viele Kids Kyle hatte, noch ob es sich um Jungen oder Mädchen handelte. Kyles verstohlenen Blicken nach stellte er sich wohl ungefähr die gleiche Frage.

Sie waren nun dort angelangt, wo früher der Physikraum und Professor Ashs Büro gewesen waren. Lisa las auf den Schildern neben den Türen, dass diese Räume zu Medienräumen umgestaltet worden waren. Leider waren sie verschlossen, so dass sie keinen Blick hineinwerfen konnten.

«Sieh mal!» Kyle zupfte an ihrem Ärmel und deutete den Flur entlang. Lisa folgte seinem Blick und entdeckte an den Wänden meterlange Reihen eingerahmter Fotografien. Als sie näherkamen, erkannten sie, dass es sich um alte Klassenfotos aus den Jahren 2010 bis 2020 handelte.

«Scheint ja direkt eine Ahnengalerie zu sein. Das muss ich mir ansehen!» Und schon rannte Kyle voraus, bis er bei den Jahren 2017 und 2018 angelangt war. Sein Blick glitt suchend über ein Foto nach dem anderen und erhellte sich, als er das gewünschte Bild endlich gefunden hatte.

«Da! Das bin ich! Herbstball 2017, mein erster Herbstball. Oh je, wenn ich nur daran denke …»

«Warum ‹oh je›?»

Lisa trat näher, um das Bild besser betrachten zu können.

Kyle, groß wie er war, stand in der hintersten Reihe, direkt neben Cheyenne, dem «Klassengespenst», wie er sie immer genannt hatte. Links von ihm stand sein bester Kumpel Banjo, und direkt vor ihm war Angela mit ihren Schmolllippen und den pastellfarbenen, engelsgleichen Haaren zu erkennen. Sie entdeckte auch den rothaarigen Riley und ganz in der vordersten Reihe die zierliche Xia.

«Es war das reinste Desaster.»

«Was? Der Herbstball?»

«Na ja … das Mädchen, mit dem ich auf dem Ball war …» Kyle wurde rot bis zu den Ohren.

«Wer war sie?»

«Äh …»

«Aber nicht etwa Xia?» Lisa spürte, dass Kyle nicht so recht mit der Sprache rausrücken wollte. Xia, mit der er an seiner Geburtstagsparty heftig rumgeknutscht und um die Lisa hinterher einen großen Bogen gemacht hatte?

«Woher weißt du das?» Kyles Ohren wurden noch röter und leuchteten wie zwei Signallampen.

«Tja, geraten.» Es gelang ihr nicht, den schnippischen Unterton in ihrer Stimme zu verbergen.

«Und was genau ist am Ball passiert?»

«Tjaaaa … äh … sie hat mich sitzenlassen.»

«Ah ja?» Das kam Lisa sehr bekannt vor. «Inwiefern?»

«Sie ist plötzlich mit einem anderen abgehauen …» Kyle knirschte die Worte zwischen zusammengebissenen Zähnen hervor. «Nachdem ich ihr beim Tanzen aus Versehen auf die Füße getreten bin.»

«Ach, wirklich?» Lisa bemühte sich, ernst zu bleiben, doch sie konnte eine gewisse Genugtuung nicht unterdrücken. Insgeheim wunderte sie sich darüber, warum Kyle ein halbes Jahr später ebendieses Mädchen an seiner Geburtstagsparty erneut geküsst hatte.

«Na ja …» Kyle wollte sich verlegen am Kopf kratzen, doch anstatt in seine struppigen Haare fasste er in eine Schicht Haargel.

«Bäh, pfui.» Er wischte die Hand an seiner Schuluniform ab.

«Was wohl aus all ihnen geworden ist?», fragte Lisa und betrachtete das Foto von Neuem.

«Tja, würde mich echt interessieren, was Banjo so macht heutzutage. Von mir selbst ganz zu schweigen …»

Kyle wirkte auf einmal nachdenklich.

«Ob es auch irgendwo Fotos aus den Achtzigerjahren gibt?», sagte Lisa, einer plötzlichen Eingebung folgend. Eigentlich müsste doch irgendwo das Klassenfoto vorhanden sein, das damals vom Ball 1989 gemacht worden war, kurz bevor sie in die Zukunft verschwunden war. Sie hatte es bisher nie zu Gesicht bekommen.

«Wir können ja nachsehen», meinte Kyle. «Zu meiner Zeit hingen jedenfalls die Bilder noch nicht an den Wänden.»

Sie durchkämmten mehrere Flure, fanden Schwarzweiß-Bilder gar aus den Fünfziger- und Sechzigerjahren des letzten Jahrhunderts – inklusive des Fotos des allerersten Herbstballs von 1958 –, bis sie endlich den Flur mit den Fotos aus den Achtziger- und Neunzigerjahren aufstöberten.

«Da! 1989!» Lisa musste fast bis zum Ende des Flurs laufen, und es war dazu noch das letzte Bild in der Reihe.

Tatsächlich, sie erkannte sich selbst, in dem wunderschönen Ballkleid, das Fanny, die Freundin ihres Bruders, ihr damals geliehen hatte. Sie stand, ähnlich wie Kyle auf dem 2018er-Bild, in der hintersten Reihe direkt neben der hochaufgeschossenen Carol, die damals vehement darauf bestanden hatte, dass die Größeren sich hinten positionierten und die Kleineren vorne.

«Bist du das?» Kyle trat neben sie und riss die Augen auf. «Wow! Du bist echt schön.»

«Ich glaube, das war der einzige Abend, an dem ich wirklich mal schön ausgesehen hab», murmelte sie etwas wehmütig.

«Das stimmt sicher nicht», sagte Kyle. Er studierte sorgfältig jedes Detail auf dem Bild. «Oh mein Gott, ist die da neben dir die Mutter vom Klassengespenst? Boah, hat die ein Buschwerk auf dem Kopf.»

Lisa lachte. «Genau, das ist die Mutter von Cheyenne. Carol Sanders. Sie war meiner Meinung nach noch schlimmer als Cheyenne.»

«Ist das überhaupt möglich?»

«Ich fürchte, ja.» Lisa hätte gern erfahren, was eigentlich aus Carol geworden war. Und aus Beatrice und all den anderen aus ihrer Klasse. Ob sie alle im Jahr 2047 noch lebten? Beatrice hatte sie zumindest im Jahr 2018 noch getroffen …

«Oh, da ist ja sogar Mister Fletcher.» Kyle deutete auf Nathan. «Voll der Vokuhila-Haarschnitt. Oh Mann, sind das die Cox-Zwillinge? Ist der da im roten Anzug Maddox? Meine Güte, der Typ hat ja schon damals so extravagante Klamotten gehabt.»

«Maddox, ja.» Lisa betrachtete den schrillen Anzug, den Maddox an diesem Abend getragen hatte. Auffallen um jeden Preis, das war seine Devise gewesen. Ihr älteres Ich hatte das «Aufmerksamkeitsdefizit-Hyperaktivitätsstörung» genannt …

«Der Typ ist so was von schrullig. Die sind ja unsere Nachbarn. Kein Wunder, ist Angela so … na ja … *anders.*»

«Maddox war schon immer so», versicherte Lisa. «Er war sogar irgendwie in mich verliebt.»

«Echt jetzt? *Der?*»

«Ja. Leider. In mich haben sich nur Idioten verliebt.»

«Erzähl doch nicht solchen Mist.» Kyle wurde wieder rot um die Ohren.

«Nun ja, jedenfalls zu meiner Zeit …», wiegelte Lisa schnell ab, ehe auch ihr das Blut zu Kopf stieg.

«Krass, dass du die alle als Jugendliche kennst. Ah, und der Lange da ist Zac Silverman», sagte Kyle. «Der sah schon damals zerzaust aus.»

Lisa studierte den jungen Zac, der ungefähr in der Mitte der hintersten Reihe stand und alle um einen Kopf überragte. Er hatte nicht mal an einem feierlichen Anlass wie diesem seine zotteligen Haare bändigen können.

Der gute Zac …

«Ja, Zac war immer chaotisch. Aber er ist das größte Genie, das ich kenne.»

«Und das ist Britt», stellte Kyle fest und deutete auf die vordere Reihe. «Die hat sich gar nicht so verändert. Und … oi, der daneben ist Onkel Morgan … voll die Achtzigerjahre-Frisur.»

Lisa sah zum ersten Mal, dass Britt damals auf dem Klassenfoto direkt neben Morgan gestanden hatte. Britt war so klein, dass selbst Morgan sie noch um eine halbe Kopflänge überragte. Kimberley stand auf der anderen Seite neben ihm, dann folgten Sandy und Camilla. Er überragte alle diese Mädchen um mehrere Zentimeter, wie Lisa mit einem Seufzen feststellte. Nur sie allein hatte das Pech, ein paar Zentimeter größer zu sein als er …

Ihr Blick verweilte bei dem jungen Morgan. Wie hübsch er gewesen war! Er hatte seine damals dunkelbraunen Haare lässig zur Seite gestylt und sich ein paar seiner lockigen Fransen ins Gesicht fallen lassen, um seine Beule zu verdecken.

Jene Beule, die er sich an der legendären Party seines Bruders Steven bei seinem Alkoholexzess zugezogen hatte … eine traurige Geschichte.

Wehmut erfasste ihr Herz. Sie wollte nach Hause … sie wollte so gern wieder nach Hause. Sie sehnte sich plötzlich nach ihnen allen, sogar nach dem schrulligen Maddox.

«Der war ja mal richtig schlank.»

«Wer?»

«Onkel Morgan.»

«Hm.» Morgan war als Jugendlicher schlaksig gewesen, das stimmte. Später, in seinen Vierzigern, hatte er wie alle Kendall-Männer ein bisschen an Rundungen zugelegt. Sie ahnte, was Kyle beschäftigte.

«Ich hoffe wirklich, ich krieg nie eine Wampe», klagte er. «Mein Dad setzt ja auch schon Polster an. Und ich hoffe auch, dass mir nie die Haare ausgehen! Hast du mal meinen Großvater gesehen?»

Das hatte Lisa, doch sie konnte sich schwer vorstellen, dass der sportliche Kyle einmal so aussehen würde wie William Kendall, der Vater von Morgan und Steven, der im Laufe der Jahre nicht nur einen kugelrunden Bauch, sondern auch eine Glatze bekommen hatte.

Kyle richtete den Blick wieder auf seinen damals noch jungen Onkel.

«Der mit seinem Pokerface», schnaubte er. «Das konnte er anscheinend schon damals gut.»

Tja, für seinen coolen Blick war Morgan bekannt gewesen, das musste Lisa sich eingestehen. Er hatte es so richtig draufgehabt, sein Kinn vorzustrecken und seine Lippen aufmüpfig zu verziehen, wenn er die Welt glauben lassen wollte, dass er über den Dingen stand.

Wieder erinnerte sie sich an diesen schmerzhaften Abend, an dem sie vor Verzweiflung am Boden zerstört gewesen war, nachdem Momo ihr mitgeteilt hatte, dass er eine andere liebte.

«Mein erster Herbstball war auch ein Desaster», sagte sie leise.

«Ach ja?»

«Ich war mit Morgan dort …»

«Nein, echt? Du warst mit Onkel Morgan am Ball?» Kyle starrte Lisa mindestens ebenso verdattert an wie an dem Tag, an dem er erfahren hatte, dass sie eine Zeitreisende war.

«Ja. Das war in der Nacht, in der ich in die Zukunft gereist bin.»

Kyle schüttelte ungläubig den Kopf. «Mann, ich muss dich noch so viel fragen. Wir hatten bis jetzt noch kaum Zeit, richtig miteinander zu reden, seit ich weiß, dass du … dass du das verschwundene Zeitreisemädchen bist.»

Das stimmte. Sie hatten bisher wenig über all diese Dinge geredet. Zumal Lisa auf einmal bewusst wurde, dass sie sich ja möglicherweise bald für immer von Kyle verabschieden musste.

Kyle sah sie von der Seite an. «Ich vergesse das immer … also, stimmt das: Du warst richtig mit Onkel Morgan zusammen?»

Lisa unterdrückte einen Seufzer. «Leider nicht. Ich wollte so gern, aber dazu ist es nicht gekommen.»

«Wieso nicht?»

«Er wollte mich nicht.»

«Was soll das heißen, er wollte dich nicht?»

«Er wollte eine andere.» Lisa schüttelte traurig den Kopf.

«Echt jetzt? Spinnt der? So ein Pimpf aber auch!»

Kyles Wut tat Lisa richtig gut.

«Und wer war denn diese *andere?*», fragte Kyle weiter.

Lisa zeigte auf Camilla.

«Was? Diese langweilige Tussi? Die sieht ja aus, als würde sie gleich einschlafen. Was fand er an der? War es, weil sie so schwedenblondes Haar hatte?»

«Sie war eben kleiner als er. Das war ihm furchtbar wichtig.» Lisa erschrak über die Bitterkeit in ihrer Stimme und darüber, wie sehr die Erinnerung daran immer noch schmerzte, auch wenn sie sich 2018 mit dem älteren Morgan darüber ausgesprochen hatte.

Kyle schnaubte. «Der Typ hat Minderwertigkeitskomplexe.»

Sofort hatte Lisa das Bedürfnis, Morgan wieder in Schutz zu nehmen. «Damit liegst du wahrscheinlich nicht so falsch, aber er hatte es auch alles andere als leicht. Du weißt ja, dass seine Mutter – also deine Großmutter – abgehauen ist. Er war sehr unglücklich deswegen. Dazu kommt sein Sprachfehler, der ihn immer so behindert hat.»

«Hm.» Kyle schien nachdenklich. Er trat von dem Bild weg und suchte mit seinen Augen die Wand ab, bis er die Fotos von 1985 und 1986 fand.

«Da. Mein Dad!»

Ja, da war er: Der junge Stevie, wie er leibte und lebte. Er hatte sich mitten in die Gruppe gestellt, so dass das Augenmerk als Erstes auf ihn fiel. Er stand in seiner coolsten Pose da, so dass sofort klar wurde, dass er den Lead in der Klasse hatte.

«Oh Mann ... und du hast meine Eltern tatsächlich gekannt, als sie noch jung waren? Mein Dad war also wirklich so wild, wie alle erzählen?»

«Ja. Er hat berüchtigte Partys veranstaltet.»

«Ich weiß. Warst du dabei?»

«Einmal.»

«Und?»

«Es war die Party, bei der dein Onkel Morgan vom Tisch fiel.»

«Echt? Auf *der* Party warst du?» Kyle riss seine Augen sperrangelweit auf. «Die ist total legendär. Mister Fletcher hat mir davon erzählt. Das war das größte Fiasko, das man sich vorstellen kann. Onkel Morgan wollte den Moonwalk auf dem Tisch tanzen, aber er war so sturzbetrunken, dass er runterfiel und ins Krankenhaus musste.»

«Genau so war es ...» Sie überlegte, ob sie Kyle vielleicht verraten sollte, dass sein Dad seinen kleinen Bruder zum Trinken animiert hatte, ließ es aber bleiben. Und noch viel mehr behielt sie für sich, dass sie an jenem Abend fast zwei Stunden mit Morgan in seinem Zimmer gewesen war und dass sie sich um ein Haar geküsst hätten.

«Heftig. Ich weiß nur, dass mein Großvater selten zuhause war und dass Dad und Onkel Morgan so ziemlich machen konnten, was sie wollten. Darum hatten sie dauernd diese Partys.»

«Ja, so wird es gewesen sein», sagte Lisa vage.

«Und sag, was weißt du über meine Mum? Kanntest du sie, als sie jung war?»

«Ja, ich kannte sie, aber ich habe nie viel mit ihr geredet. Sie war eine Klasse über uns. Sie war das hübscheste Mädchen, und alle Jungs haben ihr den Hof gemacht. Sie war mit Nathan Fletcher am Ball, damals, im Jahr 1989.»

«Ja, ich weiß, sie hatte mal kurz was mit dem», grinste Kyle. «Bevor sie mit meinem Dad zusammengekommen ist. Das war ein dauerndes Hin und Her, weil Mum sich nicht so richtig entscheiden konnte, wen sie lieber wollte. Nathan Fletcher und mein Dad hatten einen richtigen Konkurrenzkampf. Schließlich blieb sie bei Dad hängen. Angeblich, weil sie Mitleid hatte mit Onkel Morgan, dem es zu der Zeit so schlecht ging. Sie dachte wohl, sie könne ihm so besser helfen. Na, weiß auch nicht so recht, ob das stimmt. Tja, um ein Haar wäre wohl Nathan Fletcher mein Vater geworden – komische Vorstellung, was?»

Lisa wurde nachdenklich bei seinen Worten. Sofort fing ihr Gehirn an, zu kalkulieren.

Was, wenn ihre Rückkehr in die Vergangenheit aus irgendwelchen Gründen Dinge in Morgans und Stevens Leben ändern würde? Was, wenn Beverly dann auf einmal nicht mit Stevie zusammenkommen würde, sondern tatsächlich mit Nathan?

Was würde dann aus Kyle werden?

Diese «Was-wäre-wenn-Gedanken» strengten ziemlich an.

«Lass uns besser gehen», drängte sie. Sie musste alles erst einmal in Ruhe verarbeiten.

Doch auf dem Weg nach oben in die Bibliothek kam Kyle nochmals auf das Thema zu sprechen.

«Sag mal … darf ich dich was fragen? Was findest du eigentlich an Onkel Morgan? Wolltest du ihn, weil er einer der reichsten Jungs von Tomsborough war, oder wie?»

«Nein, das war nicht der Grund», sagte Lisa und wunderte sich, worauf Kyle hinauswollte.

«Ich mein ja nur. Du hättest doch eine Menge coolere Jungs haben können. Irgendwie will mir das nicht in den Kopf rein. Onkel Morgan ist doch … er war immer faul, sagt mein Großvater. Angeblich hat er nichts anderes gemacht, als vor dem Fernseher oder in diesem Plattenladen rumzuhängen, den es früher mal am Square gab … na, ich weiß nicht.» Kyle zuckte mit den Schultern. «Ich denke, er hätte nicht zu dir gepasst.»

«Ich glaube, du kennst Morgan gar nicht wirklich», sagte Lisa leise. «Du hast nur schlimme Geschichten über ihn gehört.»

«Nicht nur gehört. Ich hab ihn tatsächlich so erlebt. Als wir klein waren, musste mein Dad oft mitten in der Nacht losfahren und seinen Bruder aus irgendeinem Club abholen, weil er so sturzbetrunken war, dass er's nicht mehr allein nach Hause geschafft hat. Manchmal schickte er sogar die Polizei, wenn es nicht anders ging. Für Elly und mich war das damals schlimm. Mum hat zwar immer gesagt, wir sollen Onkel Morgan nicht verurteilen, aber das ist echt schwer, zumal er einfach keinen Finger gerührt hat. Darum kann ich mir keinen Grund vorstellen, warum er nun die KAC leiten soll, weißt du. Eigentlich sollten Elly und ich die Firma ja erben – außer …» Kyle brach ab.

«Außer?», ermunterte Lisa ihn zum Weitersprechen.

«Außer, dass meinem Dad oder mir was Schlimmes zugestoßen ist

… oder zustoßen wird … in der Zukunft. Das ist der einzige Grund, den ich mir denken kann.» Kyle sah verstört aus.

Lisa hätte gern ein paar tröstende Worte für Kyle gefunden, aber ihr fiel nichts Passendes ein. Kyle hatte recht, diese Geschichte musste einen Haken haben.

«Wir waren sozusagen Sandkastenfreunde, Morgan und ich», fing sie an zu erklären, um Kyle wenigstens eine Antwort darauf zu geben, was sie so sehr mit Morgan verband. «Damals haben wir in derselben Straße gewohnt, bevor deine Familie nach Westhill gezogen ist.»

«Ja, mein Dad und Morgan haben im Haus von meinem Urgroßvater gelebt», sagte Kyle. «Großvater hat es irgendwann verkauft und unseren Luxusschuppen in Westhill gebaut, als mein Dad etwa in meinem Alter oder sogar noch jünger war … erzähl weiter.»

«Wir sind zusammen aufgewachsen, Morgan und ich. Er kam fast jeden Tag zu mir, und wir haben ganze Nachmittage miteinander gespielt. Ein paar Jahre lang.»

«Ehrlich? Was habt ihr denn so gespielt?» Kyle war neugierig.

«Ob du es glaubst oder nicht, wir haben aus einer Kartonschachtel eine Zeitmaschine gebaut und so getan, als würden wir durch die Zeit reisen. Das Jahr 2000 war damals das Weiteste, was wir uns vorstellen konnten. Manchmal haben wir auch gespielt, wir würden durchs Weltall fliegen und gegen Außerirdische kämpfen. Ich habe mich damals ‹Captain Lambridge› genannt, und er war ‹Captain Kendall›.

Wir hatten so viel Spaß zusammen. Man konnte unheimlich gut mit Morgan spielen, und wir haben sehr viel gelacht. Er hat mit seinem Lachen alle angesteckt, sogar meine strenge Tante Sally, und …

tja, ich hab ihn immer ‹Momo› genannt. Und eigentlich nenne ich ihn heute noch so …»

«Momo?» Kyle wusste anscheinend nicht, was für eine Grimasse er schneiden sollte, da seine Gesichtszüge ihm entglitten. Er zog seine VID-Brille über die Augen, als wolle er sich dahinter verbergen.

«Und dann, nachdem deine Großmutter abgehauen ist, kam er nicht mehr … aber ich …» Lisa holte tief Luft und tastete ebenfalls nach der Brille auf ihrer Mütze. «Ich musste immer an ihn denken. Ich habe ihn sehr vermisst. Er war … und er ist es immer noch … sehr großzügig … gutmütig … intelligent … nur denke ich, dass du diese Seite von ihm nie kennen gelernt hast.»

«Hm», machte Kyle nachdenklich. Sie waren inzwischen im obersten Stock bei der Bibliothek angelangt, als sich sein Gesicht auf einmal erhellte, als wäre ihm ein Geistesblitz durch den Kopf geschossen.

«Ach, darum diese ganzen Späße mit deinen Passwörtern wie GANMOR_792 und so weiter, als ich dir ganz am Anfang in der Bibliothek das Smartphone eingerichtet hab», sagte er. «Ich hab mich immer gewundert, wie du auf so komische Namen kamst. Das hatte alles mit Onkel Morgan zu tun, nicht wahr?»

Lisa errötete und murmelte ein verlegenes «Ja».

«Aha.» Ein schiefes Grinsen stahl sich auf Kyles Lippen.

«Weißt du, es war nicht so einfach für ihn, sich neben seinem erfolgreichen Bruder – also deinem Dad – und seinem strengen Vater zu behaupten», fügte sie hinzu.

«Ja, das sagt Mum auch immer», gab Kyle zu. «Trotzdem. Genau darum macht das Ganze mit Onkel Morgan als Besitzer der KAC so keinen Sinn.»

«Analoges Lernen beginnt in zehn Minuten», verkündete Tommy da synchron aus beiden Armbändern.

«Analoges Lernen», brummte Kyle kopfschüttelnd. «Die haben echt einen Knall hier!»

Kapitel 8
Tekkies und Cyborgs

Auf eine Stunde internetlosen Unterrichts mit normaler Wandtafel, Papier, Bleistift und einer Menge Bücher zum Nachlesen folgte eine wissenschaftliche Unterrichtseinheit auf rein virtueller Basis. Lisa und Kyle steuerten danach hungrig und mit rauchenden Köpfen die Kantine an.

«Irgendwie gewöhnungsbedürftig, dieser Unterricht ganz ohne Internet», sagte Kyle.

«Überhaupt nicht», neckte Lisa ihn, wobei sie sich allerdings fragte, wie sie zurück in ihrer Zeit wieder ohne all diese Technik zurechtkommen sollte.

Die Kantine war berstend voll. Hungrige Schüler standen bereits Schlange vor der Essensausgabe. Lisa war überzeugt, dass Kyles Magen den ganzen Lärm übertönte. Er klang wie das dumpfe Grollen eines herannahenden Gewitters.

Sie schauten einander unsicher an und wollten sich schon in die Schlange einreihen, als sie Garron Cox an einem der hintersten Tische entdeckten. Er hatte sein Essen schon vor sich stehen und winkte ihnen eifrig zu. Erleichtert trabten sie zu ihm hin.

«Da seid ihr ja», sagte er. «Ist alles klar bei euch?»

Lisa und Kyle bejahten.

«Mir wurde gesagt, dass ich einen der hinteren Tische für euch freihalten soll», sagte er schüchtern. «Ich hab mir schon Essen geholt, weil ich nachher gleich in eine Klassensitzung muss, aber es funktioniert ganz leicht: Ihr müsst einfach am Screen dort vorne eingeben, welche Menüs ihr haben wollt, und das dann noch mit dem Daumen auf euren HoloStrips bestätigen, dann wird der Essensgutschein gleich abgezogen, und ihr kriegt eine Nummer. Damit geht ihr dann an die automatische Essensausgabe.»

«Klingt schon fast nach 2018», bemerkte Kyle, als sie sich an der Tafel anstellten, um ihr Menü zu wählen. «Mit dem einzigen Unterschied, dass hier Roboter das Essen ausgeben.»

Lisa schob inzwischen die animierten Bilder auf dem HoloScreen mehrmals hin und her, nicht schlüssig, ob sie das «biodiverse Menü», ein veganes Reisgericht oder einen «analogen Auflauf» wählen sollte.

«Analoger Auflauf. Darunter kann ich mir herzlich wenig vorstellen», stellte Kyle irritiert fest. «Scheint irgendwie ein Trendwort zu sein.»

Offenbar brauchte Lisa eine Spur zu lange für ihre Auswahl, denn auf einmal wurde sie grob angerempelt. Ihr Hintermann schien ungeduldig zu werden.

«Mach mal vorwärts, Mädchen», dröhnte eine tiefe Stimme hinter ihr. «Ich hab hier nicht den ganzen Tag Zeit. So schwer kann's doch nicht sein?»

Lisa wirbelte herum, um zu sehen, was für ein ungehobelter Kerl sie da angepöbelt hatte. Sie wäre fast rückwärts gegen den Holo-

Screen geknallt, als sie feststellte, dass es der große Tekkie-Junge war, den sie am Morgen bei ihrer Ankunft vor der Schule beobachtet hatten. Hinter ihm standen einige seiner Konsorten, alle silberhaarig, und feixten sie spöttisch an. Sie sahen in der Tat aus, als wären sie einem Science-Fiction-Film entsprungen.

Oh je, da war sie ausgerechnet mit dem Tekkie-Clan zusammengeraten, und erst noch mit dem Anführer!

«E-Veganer, hä?», spottete der Junge.

Lisa fasste sich instinktiv an die Lippen. Sie hatte doch vorhin auf der Toilette überprüft, ob vom Lippenstift noch was vorhanden war, und erstaunlicherweise war die Farbe noch so frisch wie am Morgen, als sie sie aufgetragen hatte. Wieso hielt er sie denn für eine E-Veganerin?

«Nein», sagte sie deshalb mit fester Stimme.

«Ach, hör doch auf, Julian», sagte das Tekkie-Mädchen, das direkt hinter ihm stand. Es hatte auf der einen Seite einen kurzgeschorenen Kopf und auf der anderen senkrecht aufragende, silbrige Haarstacheln, deren Spitzen blau eingefärbt waren. Sie erinnerte Lisa an eine Figur aus einem Film, den sie im Jahr 2018 auf YouTube gesehen hatte.

«Die sind doch neu hier. Musst du immer alle anpöbeln?»

Über das Gesicht des Tekkie-Jungen glitt ein breites Grinsen, als er Lisa gönnerhaft von oben herab betrachtete. «Okay. Neu hier. Lass ich mal gelten. Aber entscheid dich jetzt endlich für dein Food, Girl.»

Lisa wandte sich gehetzt um und tippte hastig auf das Reisgericht. Ihr Gesicht brannte vor Verlegenheit und Zorn. Sie hätte dem Kerl am liebsten eine ganze Menge Wörter an den Kopf geschleudert oder ihm gleich eine gescheuert, aber er sah so respekteinflößend aus, dass sie es besser bleiben ließ.

Sieht wirklich aus wie ein Punk, dachte sie, als sie einen weiteren verstohlenen Blick auf seine kahlrasierten Seiten und den zu Zöpfen geflochtenen Irokesenschnitt warf. Auf der Stirn des Jungen prangte ein V-förmiges Tattoo, von dem Lisa keine Ahnung hatte, was es darstellen sollte.

Nein, sie hatte definitiv keine Lust, sich hier in einer Zeit, in der sie eine Fremde war, ausgerechnet mit einer Gruppe Tekkies anzulegen. Zumal Morgans Warnung wie Alarmglocken in ihren Ohren schrillte.

Schnell gab sie daher den Bildschirm für den Jungen frei und folgte Kyle zur nächsten Schlange.

«Was ist denn das für einer?», grollte Kyle und feuerte einen zornigen Blick in Richtung der Tekkies ab. «Noch so eine Aktion, und ich polier dem die Fresse.»

«Besser nicht», sagte Lisa. «Am besten legen wir uns nicht mit ihnen an.»

Sie wollte eben ihre Hand nach der Besteckausgabe ausstrecken, als eine Gabel und ein Messer sich wie durch Zauberkraft aus der Box hoben und mit einem lauten «Wsschschsch» an ihren Ohren vorbeisausten.

«Was war denn *das?*» Kyles Kopf schnellte herum.

Lisa folgte seinem Blick und sah gerade noch, wie das Besteck in der Handfläche des Tekkie-Jungen namens Julian landete, der schon wieder hinter ihnen stand. Mit einem breiten Grinsen drückte er mit dem Daumen auf sein Armband, und das Besteck löste sich von seiner Handfläche und fiel klimpernd auf sein Tablett.

«Hat der Kerl Jedi-Kräfte?», wunderte sich Kyle leise.

Lisa wusste es nicht. Sie nahm nur wahr, dass der Junge sich erneut vor ihr aufbaute und nun durch seine VID-Brille auf sie herunterschaute, als wäre sie definitiv sein für heute auserkorenes Opfer. Bebend starrte sie zu dem mindestens einen Meter neunzig großen Jungen hoch und stellte dabei fest, dass er sich sogar seine Ohren mehrfach mit ausgedienten Mikrochips durchbohrt hatte.

«Hey», sagte er schlicht.

«Äh … hey …» Lisa wusste nicht, was für eine Antwort er erwartete, damit er sie endlich in Ruhe ließ. Sie wollte sich schließlich wortlos umdrehen und einen Schritt weiter in der Essensschlange vorrücken, doch seine schwere Pranke legte sich auf ihre Schulter und drehte sie gewaltsam wieder um, so dass sie gezwungen war, ihn erneut anzublicken.

«So, du bist also neu hier, hab ich gehört? Hübsche Veilchenfarbe.» Er ziepte an ihrem Haar. «Was für 'ne Haarfarbe haste denn in Wahrheit?»

Lisa wollte seine Hand, die immer noch schwer auf ihrer Schulter lag, abschütteln, aber sie fühlte sich an, als wäre sie mit Blei gefüllt.

«Julian», zischte das stachelköpfige Mädchen neben ihm. «Lass sie doch in Ruhe.»

«Nein, ich will wissen, wer sie ist», erwiderte Julian gebieterisch. «Sie hat nämlich echte Hightech-Beine.»

Lisa schaute verlegen an sich runter. Hightech-Beine … war das ein 2047er-Modewort für scharfe Beine? Was hatten die Jungs denn auch immer mit ihren Beinen? Sie wünschte sich wirklich, der Rock der Schuluniform wäre ein paar Zentimeter länger.

Da platzte Kyle der Kragen. Er schob sich neben Lisa und baute sich in seiner vollen Größe vor dem Jungen auf. Das funktionierte recht gut, zumal er fast so groß war wie Julian.

«Hör zu, du Techno-Punk, wer immer dir deine Manieren beigebracht hat, gehört auf den Mond geschossen. Lass meine Freundin gefälligst in Ruhe, sonst …»

«Was sonst?» Julian feixte Kyle amüsiert an.

«Sonst … sonst …» Kyle suchte offenbar vergeblich nach einer Antwort.

«He, bewegt euch endlich!», rief ein anderer Tekkie-Junge von hinten. «Wir haben Kohldampf!»

«Ja, Maze, gleich. Ich muss erst noch meine neue Bekanntschaft hier … vertiefen.» Er wandte sich an Lisa, ohne Kyle weitere Beachtung zu schenken.

Lisa wand sich immer noch unter Julians schwerer Pranke, die er wie selbstverständlich auf ihrer Schulter geparkt hatte.

«Falls du noch keine Begleitung für den Herbstball hast …» Er beugte sich zu ihr runter. Lisa rümpfte unwillkürlich die Nase, als sie den scharfen Duft seines Parfums roch. Erst jetzt stellte sie fest, dass sogar seine Schneidezähne silbrig gefärbt waren.

Sie seufzte. Nicht schon wieder. Wieso hatten es denn dauernd so verrückte Paradiesvögel darauf abgesehen, sie zum Herbstball einzuladen? Sie konnte fast nicht sagen, wer schlimmer war: der hier oder Maddox Cox.

«Nein, danke!»

Sie versuchte, fest in die forschen, graugrünen Augen zu blicken, die sie hinter den Brillengläsern lebhaft anfunkelten. Und während sie noch überlegte, ob diese Augenfarbe sich eher braun oder blau annäherte, wurde sie von einer Erkenntnis getroffen. Fast schon schockiert schaute sie um sich, als könnte jeder im Raum ihre Gedanken lesen.

Kyle nahm derweil seine Essensbox aus dem Arm des Roboters entgegen. Sie waren überraschend schnell an die Reihe gekommen.

Julian ließ sie zum Glück endlich los, so dass auch sie ihre Mahlzeit abholen konnte. Wie sie es bei den anderen beobachtet hatte, hielt sie dem Roboter ihr Armband hin und bekam gleich darauf ihr bestelltes Menü ausgehändigt.

Die paar Sekunden, in denen Julian beschäftigt war, sein eigenes Essen in Empfang zu nehmen, nutzten Lisa und Kyle, um sich rasch an ihre Plätze zu verdrücken.

Garron war gerade fertig und aufgestanden.

«Ich muss los. Alles klar bei euch? Kommt ihr zurecht? Beachtet die Tekkies am besten gar nicht. Sie pöbeln immer rum. Wenn es gar nicht geht, könnt ihr die 123er-App um Hilfe antouchen. Dann kommt unverzüglich jemand vom Sicherheitsdienst vorbei.»

«Okay, danke, den Tipp werd ich mir merken», knurrte Kyle. «So ein Vollpfosten, echt.»

«Meine Mum meint, das kommt von den eingebauten Mikrochips», sagte Garron. «Das hat Einfluss auf die Gehirnströme und ändert das Verhalten. Bewiesen ist es allerdings nicht, aber meine Mum arbeitet dran, es auch wissenschaftlich zu belegen.»

«Die haben *eingebaute* Mikrochips? Sind die also richtige Cyborgs?», fragte Kyle.

«Tja», sagte Garron und zuckte mit den Schultern. «Das gab's zu eurer Zeit wohl noch nicht.»

«Och, es gab schon ein paar solche Spinner, aber die waren meistens nur auf YouTube zu sehen.» Kyle setzte sich und öffnete hungrig seine Box.

«Ach, ja, YouTube.» Garron lächelte wehmütig. «Das gab's noch, als ich klein war. Ich erinnere mich.»

«Gibt's das nicht mehr?»

«Heute gehört alles zu Holomet. Die haben alle fusioniert. Es gibt ja auch kaum noch zweidimensionale Filme. Aber nun muss ich los. Wir sehen uns!» Er hob etwas linkisch die Hand zu einem Abschiedsgruß und trollte sich.

«29 Ecos für so eine mickrige Portion», meckerte Kyle, während er hungrig sein Fleischgericht in sich hineinschaufelte. «Das sind ja über dreißig Pfund. Zudem ist das nicht mal echtes Fleisch, würde ich meinen.»

«Wahnsinn», fand auch Lisa.

«Na ja, immerhin bezahlt Onkel Morgan alles», sagte Kyle. «Ob ich mir noch etwas Nachschub holen darf? Oder gibt es hier wenigstens noch einen anständigen Nachtisch?»

Das wusste Lisa nicht. In den Jahren 1989 und 2018 waren die Portionen definitiv größer gewesen. Sie musste zugeben: Diese kärgliche Mahlzeit machte wirklich nicht satt. Doch bei Morgan würde es bestimmt bald wieder einen reich gedeckten Tisch geben. Momentan beschäftigte Lisa etwas anderes viel mehr. Sie suchte den Raum ab und entdeckte Julian und seine Tekkie-Gang an einem der Tische am anderen Ende des Raumes. Sie beobachtete ihn, wie er selbstbewusst sein spitzes Kinn reckte und irgendwas über den Tisch rief, was die anderen mit johlendem Gelächter quittierten.

Unwillkürlich schüttelte sie den Kopf.

«Was ist?» Kyle bemerkte offenbar, dass Lisa in Gedanken etwas ausbrütete. Etwas pikiert folgte er ihrem Blick. «Gefällt dir dieser Techno-Punk etwa?»

«Nein», sagte Lisa wahrheitsgemäß und beschloss, sich nichts anmerken zu lassen. Kyle war zum Glück nicht immer der Hellste in solchen Angelegenheiten.

Kyle erhob sich von seinem Platz, um Nachschub zu organisieren. Lisa beschloss, ihm zu folgen. Es konnte wohl nicht schaden, ein bisschen auf ihn aufzupassen. Allerdings beobachtete sie, wie in derselben Sekunde auch Julian und seine Gang aufstanden.

Oh-oh, schlechtes Timing, dachte sie.

Kyle stand mit dem Tablett in der Hand da und schaute sich suchend um, nicht sicher, was er tun musste, um sich eine zweite Portion zu beschaffen. Seine erneute Anfrage am Bestell-Screen war zu seiner Frustration abgewiesen worden.

«Irgendwie bescheuert, dass man hier so gar niemanden fragen kann», brummte er. «Wo ist denn das Personal?»

«Tja, das ist der Nachteil an einer vollautomatischen Kantine, Retro-Boy», neckte Lisa ihn.

«Braucht ihr Hilfe?» Auf einmal stand das Tekkie-Mädchen mit den Haarstacheln, das sie vorher gegen Julians Pöbeleien verteidigt hatte, neben ihnen.

«Wie kann ich eine zweite Portion kriegen?», fragte Kyle sichtlich verzweifelt.

«Gar nicht», sagte das Mädchen. «Pro Schüler gibt es nur eine Portion. Die von jedem Individuum benötigten Kalorien sind alle genau im System berechnet. Du kannst unten am Kiosk Sandwiches kaufen, wenn du immer noch hungrig bist. Aber ich würde mich beeilen, denn meistens ist um die Zeit schon alles weg.»

«Ach ja? Und was ist mit Nachtisch? Gibt es wenigstens so was?» Kyles Laune sank um einen weiteren Meter.

«Nicht hier. Nur die Süßigkeiten am Kiosk. Aber wahrscheinlich bist du auch dafür zu spät dran.»

«Herrje, da wird man ja überhaupt nicht satt», jammerte Kyle.

Das Mädchen, das ungefähr so groß war wie Lisa, musterte ihn neugierig. Es hatte sich sogar die Augenbrauen silbrig gefärbt, und ihre rechte Schläfe zierten ein paar Sternchen-Tattoos.

«Ich heiße übrigens Loreen. Und wer seid ihr? Ihr seid Gastschüler, hab ich gehört?»

Lisa seufzte innerlich. Es war wirklich alles andere als einfach, sich von den Leuten fernzuhalten, wenn man ständig angequatscht wurde.

«Ich heiße Lilly», sagte sie, und das ist …»

«Scott», bellte Kyle in genervtem Tonfall.

«Und woher seid ihr?»

«Aus … äh … Cornwall. Wir sind zwei Wochen hier. Für ein Forschungsprojekt.» Lisa spürte Schweißtropfen auf ihrer Stirn. Sie wusste, dass sie schleunigst von dem Mädchen wegkommen mussten. Das spitze Kinn und die undefinierbare Augenfarbe waren unverwechselbar.

«Cornwall? Interessant!», Loreen grinste ein wenig. «Ach ja – nehmt meinen Bruder nicht allzu ernst», fügte sie hinzu. «Er flirtet mit allem, was lange Beine hat.»

Lisa hätte am liebsten gefragt, ob Anpöbeln in den Augen der 2047er-Generation Flirten bedeutete, als auch schon Julian auf sie zugeschlittert kam, als würde er über ein Eisfeld laufen. Erst jetzt sah Lisa, dass er eine spezielle Vorrichtung unter seinen Sneakers hatte. Er machte eine halbe Pirouette und baute sich wieder in seiner stattlichen Größe vor ihnen auf.

«Hey», dröhnte er und packte Kyle einfach am Kragen. «Dich kenn ich von irgendwoher.»

«Ach, echt?», grollte Kyle. «Ja, kann sein. Ich bin soeben mit der Enterprise aus dem Jahr 2265 gelandet.»

«Haha, voll der Retro-Witz», grölte Julian. Er ließ Kyle wieder los und streckte seine Hand nach Lisa aus. Die Klammer, die ihren Zopf zusammenhielt, löste sich aus ihrem Haar und flog direkt in Julians Hand.

«He!» Lisa tastete verblüfft nach ihrem sich öffnenden Zopf.

«Julian», zischte Loreen. «Du weißt genau, dass du deine Magnete hier nicht benutzen darfst!»

«Sorry, Ma'am.» Julian zeigte sein silbernes Grinsen und hielt die Haarklammer hoch. Sachte befestigte er sie wieder in Lisas Haarsträhnen.

«So. Alles fast wie vorher.»

«Willst du wohl deine Pfoten von ihr lassen», knurrte Kyle.

«Ja, ja, Schätzchen, beruhig dich. Ist doch nur ein bisschen Spaß.»

«Ha-ha, witzig. Für mich hört der Spaß jetzt auf.» Kyle schäumte vor Wut. «Und nenn mich gefälligst nicht Schätzchen, sonst beame ich dich dorthin, wo der Pfeffer wächst, Cyborg!»

Julian grinste von einem Ohr zum anderen. «Echt süß. Du bist ja voll analog, Alter. Du redest genauso altbacken wie mein Dad. Der sagt auch immer ‹witzig›. Na, dann, lasst euch mal nicht stören. Ach …» Er wirbelte auf seinen mutierten Schuhsohlen einmal um seine eigene Achse und landete genau wieder vor Lisa. «Falls du es dir wegen dem Ball noch überlegen willst …»

«Ich gehe schon mit … äh … Scott», sagte Lisa. Um ein Haar hätte sie «Kyle» gesagt.

Julians Gesicht wirkte ernsthaft enttäuscht. Er schaute von Lisa zu Kyle und wieder zurück, und Lisa hätte gerne gewusst, was er dachte. Wieder einmal befand sie sich in einer Situation, in der sie nicht wusste, ob ein Typ sie gerade veräppeln wollte oder ob tatsächlich ein kleines bisschen Ernst in seinem Verhalten steckte.

«Ach, komm, Juli, gehst du nicht eh mit Sharam?», fragte Loreen.

«Schon, aber …» Julian sah Lisa eine Spur zu lange an. «Die Kleine hier hat irgendwie Style, weißt du. So süß altmodisch. Wie Oma.»

Altmodisch, dachte Lisa grummelnd. *Na, danke auch!*

«Wir müssen jetzt los», sagte sie und zog Kyle am Ärmel. Sie mussten definitiv weg hier, bevor das Ganze ausartete.

Doch Julian hielt Lisa am Arm fest.

«Treffen wir uns heute Abend im Holomet?»

«Holomet?» Schon wieder dieses Holomet. Was das wohl genau war? «Äh … hab schon was vor.» Das war wie immer die beste Ausrede.

«Schade. Aber connecten kannst du doch mit mir, meine Süße?» Er hielt ihr auffordernd seinen Arm hin.

«Ich bin nicht ‹deine Süße›!» Wütend versuchte sie sich loszureißen.

«Juli», zischte Loreen. «Es reicht jetzt. Wir kriegen sonst Trouble.»

Und den bekamen sie tatsächlich. Denn Lisa hatte in aller Eile die 123er-Notruf-App auf ihrem Armband berührt. Ob es angebracht war oder nicht, wusste sie nicht, aber sie musste dringend dafür sorgen, dass Julian sie ein für alle Mal in Ruhe ließ.

Julian starrte erst Lisa an und dann auf ihr Armband. Anschließend ließ er sie langsam los, sichtlich schockiert. Kyle, der neben ihnen stand, runzelte die Stirn. Er schien nicht ganz mitbekommen zu haben, was hier gerade ablief.

Nur wenige Sekunden später betraten zwei Sicherheitsleute den Raum. Der Blick auf Julian ließ sie sofort wissend aufseufzen.

«Julian Kendall, wer denn sonst? Sorgst du schon wieder für Ärger?»

Lisa konnte nicht sagen, wer von beiden das verblüfftere Gesicht machte: Julian, dem sie mit dieser Aktion ordentlich Paroli geboten hatte, oder Kyle, der aussah, als hätte ihn jemand eingefroren.

«Wenn du bitte zum Büro des Schulleiters mitkommen würdest?» Einer der Sicherheitsbeamten ergriff Julians Arm. Lisa war bestürzt. Solch drastische Maßnahmen hatte sie nicht erwartet! Sie hatte gehofft, irgendein Lehrer würde ihr zur Hilfe eilen, aber nicht, dass zwei Uniformierte Julian gleich wie einen Schwerverbrecher abführen!

Julian wandte den Kopf und sah Lisa mit einem undefinierbaren Blick an. Es sah aus, als wolle er ihr etwas sagen. Doch er unterließ es und gab stattdessen einen zischenden Laut von sich. Erstaunlicherweise wand er sich nicht aus dem Griff des Beamten, sondern ließ sich widerstandslos von den beiden Männern aus der Kantine schleifen, fast so, als wären solche Aktionen an der Tagesordnung.

Lisa zupfte Kyle nervös am Ärmel.

«Ich glaub, wir gehen besser …»

Kyle murmelte etwas Unverständliches. Sie musste ihn fast gewaltsam mit sich zerren. Als sie ihn endlich draußen auf dem Gang hatte, waren die Beamten mit Julian bereits um die Ecke verschwunden. Loreen, die ihrem Bruder folgte, wandte sich nochmals nach Lisa und Kyle um.

«Sorry …», hauchte Lisa ihr verlegen zu.

Sie winkte bloß ab und stürmte davon, ihrem Bruder nach.

«*Wie* war das? *Was* hat der gerade gesagt?», versuchte Kyle sich wieder einzukriegen.

Lisa seufzte. Genau das hatte sie doch um jeden Preis vermeiden wollen!

«Hab ich richtig gehört?!», fragte Kyle noch einmal. «*Wie* heißt der Typ?»

«Kendall», seufzte Lisa. «Der Typ heißt Julian Kendall.»

«Kendall?»

«Ganz genau. Kendall. Dieser Vollpfosten … ist dein zukünftiger Sohn.»

Kapitel 9
Eine kleine Aufgabe

«Es war nicht unsere Schuld», sagte Lisa kleinlaut. «Er hat mich die ganze Zeit angemacht. Ich konnte es nicht vermeiden.»

«Ich weiß», sagte Morgan ruhig. «Es war mir fast klar, dass das geschehen würde. Ein Zusammenprall mit Julian Kendall ist so gut wie unvermeidlich.»

Lisa starrte zur Zimmertür, durch die Kyle wort- und grußlos verschwunden war, nachdem Onyx sie wieder im Penthouse abgeliefert hatte. Nach dem Zwischenfall mit Julian hatte Kyle kaum noch ein Wort gesprochen und war gedanklich abwesend gewesen. So kannte Lisa den quirligen Kyle gar nicht. Bisher hatte er hauptsächlich auf der Sonnenseite des Lebens gestanden und noch kaum irgendwelche ernsthaften Sorgen gehabt. In seiner Kindheit und Jugend war aber auch alles vorhanden gewesen, was man sich nur wünschen konnte.

Nicht so wie bei ihr, Lisa, die von klein auf hatte lernen müssen, allein zurechtzukommen, und sich dadurch längst an schwierige Lebenssituationen gewöhnt hatte.

Allerdings konnte sie sich schwer vorstellen, wie es sein musste, seinen eigenen zukünftigen Kindern gegenüberzustehen. Möglicherweise war das noch seltsamer, als seinem zukünftigen Ich zu begegnen.

Sie saß nun ganz allein mit Morgan im Wintergarten in der Lounge. Britt war unten in ihrer Wohnung, und Zac schlief wahrscheinlich. Onyx hatte ausnahmsweise mal frei. So genoss Lisa es, Momo ganz für sich allein zu haben, auch wenn er bereits angekündigt hatte, dass er nicht viel Zeit hätte. Er hatte ihr einen exklusiven Fruchtdrink angeboten, der so lecker war, dass sie nach einem zweiten verlangte.

«Kyle steht natürlich unter Schock», sagte Morgan leise, als er ihr den erneut gefüllten Becher via Roboter herbeiholen ließ. «Er wird sich schon wieder beruhigen. Wahrscheinlich hat er einen Bärenhunger. Ich werd gleich dafür sorgen, dass etwas zu essen auf den Tisch kommt.»

Doch Lisa beschäftigte noch etwas anderes. Sie dachte an den stechenden Blick, den Julian ihr zugeworfen hatte, als er vom Sicherheitsdienst abgeführt wurde. Sie sagte es Morgan.

«Wird er nun nicht extrem sauer auf mich sein?», fragte sie besorgt. «Sich vielleicht sogar an mir rächen wollen, weil ich den Sicherheitsdienst gerufen habe?» Sie gab es nicht gern zu, aber Julian mit seiner ganzen Größe und Aufmachung hatte ihr ziemlichen Respekt eingeflößt. Sie wollte ihm nicht allein im Flur begegnen.

Morgan dachte kurz nach und schüttelte dann den Kopf. «Nein, das denke ich nicht», meinte er. «Im Gegenteil. Solche Ereignisse sind bei Julian an der Tagesordnung. Er steht ganz oben auf der Liste der verhaltensauffälligen Schüler. Dass er vom Sicherheitsdienst abgeführt wird, ist wahrscheinlich schon so oft passiert, dass er es gar nicht mehr zählen kann. Er wird vermutlich eine Stunde Nachsitzen aufgebrummt kriegen, mehr nicht. Keine große Sache.»

«Wieso kommt dann gleich so ein Sicherheitsdienst wie bei einem Schwerverbrecher?» Lisa fand das schockierend.

«Ach, Lee-Lee, das ist so eine Sache mit den Kids im Jahr 2047. Viele leiden unter Wahrnehmungsstörungen, weil sie die Realität nicht mehr von der Animation unterscheiden können. Es kam schon zu schlimmen Ausschreitungen. Das ist unter anderem der ganzen Augmented-Reality-Sache zu verdanken und den Filmen, die immer brutaler werden.

Hast du gesehen, was mit der Schule passiert ist? Ein paar durchgedrehte Jugendliche haben ein Feuer gelegt. Sie wähnten sich in einem Computerspiel. Diese Kids sind in eine völlig digitalisierte Welt hineingeboren worden. Wobei ...», er seufzte tief, «... Julian noch mal ein ganz spezieller Fall ist.»

«Inwiefern?»

«Lange Geschichte.» Er schüttelte langsam den Kopf und dachte nach, als müsse er sorgfältig abwägen, ob er weitersprechen sollte.

Just in dem Augenblick hörten sie den Fahrstuhl ankommen, und Britt trat in den Raum.

«Störe ich?», fragte sie.

«Nein», sagte Morgan, während Lisa eher das Gegenteil empfand. Sie hätte so gern eine Antwort von Morgan auf ihre Frage erhalten, doch er schien erleichtert zu sein, dass ihm das erspart blieb.

«Ich dachte, ich kümmere mich langsam ums Essen. Die sind ja sicher hungrig nach den dürftigen Portionen in der Schulkantine.»

«Kyle auf alle Fälle», sagte Lisa. «Die Portionen waren mickrig.»

«Ich weiß», sagte Morgan. «Darum ist er wohl auch so grantig. Leider darf ich euch nichts an Zusatzverpflegung mitgeben, da keine persönlichen Habseligkeiten erlaubt sind. Das gilt auch für Nahrungsmittel. Ihr könnt versuchen, euch gleich am frühen Morgen mit Sandwiches am Kiosk der Schule einzudecken, aber da müsst ihr fix sein, die sind schnell ausverkauft. Deswegen sorge ich ja dafür, dass es euch hier bei mir an nichts fehlt.»

«Wieso gibt es denn nur so kleine Portionen?»

«Offiziell, um bei den Jugendlichen Übergewicht zu vermeiden», sagte Morgan. «Inoffiziell sind es eher Sparmaßnahmen. Momentan herrschen Ausnahmezustände auf dieser Welt.» Morgan erhob sich. «Die Kids haben es heutzutage jedenfalls nicht leicht. Ich möchte kein Teenie mehr sein.»

«Ich auch nicht.» Britt schüttelte sich nur schon bei dem Gedanken.

Morgan blickte auf sein Armband und wandte sich zum Gehen.

«Wo willst du jetzt schon wieder hin?», fragte Britt. «Ich bin extra hochgekommen, um dir bei der Vorbereitung des Essens zu helfen.»

«Die Drohne kommt erst in zwanzig Minuten. Ich muss noch ein paar Dinge erledigen.» Und schon war er weg.

Lisa druckste erst eine Weile rum, als sie allein mit Britt war, doch dann sprach sie ihre Freundin direkt an.

«Britt – weißt du irgendwas über Morgans Familie? Die Kendalls? Warum leitet Morgan die KAC und nicht Steven oder der zukünftige Kyle? Ist irgendwas Schlimmes passiert bei denen?»

«Tja …» Auch Britt schien die Frage nicht ganz zu behagen.

«Bitte. Nur ein paar Stichworte. Kyle macht sich wohl ziemlich Sorgen.»

«Ach, Lee … ich darf eigentlich nicht darüber reden. Kyle sollte nichts von der Sache wissen. Es hat eine schwierige Situation gegeben. Und Morgan ist nicht ganz unschuldig daran. Aber das soll er dir besser selbst erzählen.»

In dem Moment flog die Tür auf, und Kyle stürmte aus dem Zimmer. Er hatte die VID-Brille auf der Nase und blieb vor Lisa und Britt stehen.

«Darf ich wissen, worüber ihr hinter meinem Rücken redet?»

«Nichts», wiegelte Lisa ab.

«Ich hab aber meinen Namen gehört. Wo ist Onkel Morgan?» Kyle sah sich nach allen Seiten um.

«Er muss noch arbeiten», sagte Britt. «Lass ihn. Gleich gibt es was zu essen.»

«Essen» war das Zauberwort für Kyle. Fünfzehn Minuten später war die Drohne mit einer reichhaltigen Lieferung da, die keine Wünsche offenließ.

Lisa half Britt beim Anrichten, und etwas später waren alle um den Esstisch versammelt. Britt hatte es geschafft, selbst Zac zum Essen heraufzuholen, doch dieser war so tief in Gedanken versunken, dass er kaum ein Wort redete, sondern nur Servietten vollkritzelte.

Überhaupt verlief die ganze Mahlzeit recht schweigsam. Morgan redete sowieso kaum, wenn es nicht von ihm verlangt wurde, und Kyle war so hingebungsvoll mit Essen beschäftigt, dass von ihm nichts kam außer Schmatzgeräuschen.

«Männer», schnaubte Britt schließlich. «Einer schweigsamer als der andere. Was soll das Ganze? Wollt ihr rausfinden, wer hier das große Schweigen gewinnt?»

«Ich hab heute schon eine Menge reden müssen», sagte Morgan müde.

«Ach, du Armer.» Britt rollte belustigt mit den Augen. «Du musst ihnen aber noch die Instruktionen für morgen geben. Oder muss ich das wieder machen?»

«Das macht Onyx. Ich schalte ihn nachher zu.»

«Noch mehr Instruktionen?», fragte Lisa.

«Ihr habt eine klitzekleine Mission auszuführen», sagte Britt. «Aber das zeigt euch Onyx nachher.»

Immerhin hatte sich Kyles Stimmung durch das Essen merklich gehoben. Er wirkte schon nicht mehr ganz so grantig, obwohl er immer noch ungewöhnlich schweigsam war. Dies in erster Linie, weil er sich darauf konzentrierte, seine Portionen hinunterzuschlingen.

«Ich frage mich wirklich, wo du das alles verstaust», stellte Britt wieder einmal kopfschüttelnd fest, nachdem Kyle den dritten Teller geleert hatte.

Als alle satt waren – Zac hatte sich bereits wieder in sein Labor verzogen und Britt wuselte in der Küche herum –, tippte Morgan auf seinem HoloStrip herum, und schon erschien Onyx in einem grauen Kapuzenpulli auf dem großen Screen. Er saß auf einem Sofa mit einem kleinen Baby im Arm. Das Bild war so lebendig, dass man das Gefühl hatte, direkt bei ihm im Wohnzimmer zu sitzen.

«Hey», grinste er und wischte sich eine seiner langen Haarsträhnen aus dem Gesicht, die sich aus dem Zopf gelöst hatte. «Na, habt ihr den ersten Schultag überlebt?»

Die Frage richtete sich natürlich an Kyle und Lisa.

«Wie man's nimmt», sagte Lisa. «Wir wären fast verhungert.»

«Das denke ich mir.» Er übergab das Baby einer jungen, dunkelhaarigen Frau, die soeben zu ihm in den Raum getreten war. Lisa sah ein kleines Lächeln auf Morgans Lippen.

«So, nun bin ich voll für euch da», sagte Onyx, nachdem er seiner Frau noch ein paar zärtliche Worte zugeflüstert hatte. «Es geht um eine kleine Aufgabe, die ihr morgen ausführen müsst, um überhaupt ins Forschungszentrum reinzukommen. Genauer ausgedrückt, um euch drinnen bewegen zu können, ohne von den Bewegungsmeldern als verdächtig eingestuft und von Robotern umzingelt zu werden.»

«Klingt spannend», murmelte Lisa.

«Also, morgen ist Mittwoch. Jeden Mittwoch hat eure Jahrgangsstufe die Unterrichtseinheit ‹Wissenschaft› in den Räumen des Forschungszentrums statt in dem regulären Schulraum drüben – mit einem realen Lehrer und nicht virtuell. Ihr werdet also gleich mal sehen können, wie der unterirdische Durchgang von der Schule zum Forschungszentrum aussieht.»

Stimmt, das haben wir bis jetzt noch nicht rausgefunden, dachte Lisa. Sie waren unerwartet in der Ahnengalerie hängen geblieben.

«Wie ihr dann am Freitag auf eigene Faust ins Forschungszentrum reinkommt, erkläre ich euch, wenn es so weit ist. Was ihr jetzt wissen müsst, ist, dass sich gleich hinter dem Durchgang eine Umkleidegarderobe befindet. Dort werdet ihr die obligatorischen Sicherheitskleider anziehen müssen. Alle, die sich im Forschungszentrum aufhalten, Schüler, Studenten und Mitarbeiter, müssen diese fluoreszierende Sicherheitskleidung tragen. Wer sie nicht trägt, wird von den Bewegungsmeldern als unautorisierte Person eingestuft und vom robotischen Sicherheitsdienst abgeführt. Das ist also sehr wichtig für euch am kommenden Freitag.»

«Okay», sagte Lisa.

Von Kyle kam nicht sehr viel. Lisa fragte sich, ob er überhaupt zuhörte oder mit seinen Gedanken ganz woanders war. Auch Morgan warf seinem Neffen skeptische Blicke zu und bedachte dann Lisa mit einer stummen Bitte, besonders gut zuzuhören.

«Diese Garderobe wird sage und schreibe noch mit einem mechanischen Schlüssel verschlossen. Ungewöhnlich für die heutige Zeit, aber diese altmodischen Schlösser sind noch Relikte aus dem Jahr

2000, als das Forschungszentrum erbaut wurde. Und von diesem Schlüssel brauchen wir eine 3D-Aufnahme.»

«Wozu?», platzte Lisa bereits mit der ersten Frage heraus.

«Weil ihr am Freitag in diese Garderobe reinkommen müsst. Ihr könnt nicht in euren Ballkleidern ins achte Untergeschoss des Research Centers spazieren. Da werdet ihr schneller vom System erkannt und verhaftet, als ihr bis drei zählen könnt. Ihr müsst euch also erst in dieser Garderobe umziehen. Und eben dafür braucht ihr einen Schlüssel.»

«Okay. Und wie machen wir das?»

«Leider nicht ganz einfach. Die Garderobe ist einzig und allein für die Schüler der Tomsbridge School vorgesehen, weswegen nur der zuständige Wissenschaftslehrer einen Schlüssel besitzt. Das heißt, ihr müsst Mister Jackson – so heißt der Lehrer für Wissenschaft – den Schlüssel für ein paar Sekunden abluchsen, um die benötigte 3D-Aufnahme davon zu machen.»

«Uff», stöhnte Lisa. Das klang nach einer Herausforderung. «Und wie machen wir das?»

«Nun, ich hatte zwei Jahre Wissenschaftsunterricht bei Mister Jackson. Ich erinner mich, dass er den Schlüssel immer in der Hosentasche hatte und ihn meistens im Schloss steckenließ, während wir Schüler uns in der Garderobe umgezogen haben. Der Raum hat auch keine Überwachungskameras, weil er schon so alt ist und nie renoviert wurde. Ich gehe nicht davon aus, dass sich das geändert hat. Diesen Moment müsst ihr abpassen. Ihr braucht für die 3D-Aufnahmen nur wenige Sekunden.»

«Und wenn das nicht klappt?»

«Dann tritt Notfallplan B in Kraft. Will heißen: Einer von euch täuscht auf dem Weg zu den Wissenschaftsräumen vor, vergessen zu haben, die Schuhe zu wechseln. Für das Forschungszentrum sind nämlich nur spezielle Einweg-Schuhe erlaubt. Seht zu, dass ihr die Garderobe zusammen mit einer Gruppe anderer Schüler verlasst, so dass Mister Jackson nicht sofort auf euch aufmerksam wird.

Spätestens auf halbem Weg zu den Wissenschaftsräumen werdet ihr vom Sicherheitssystem gewarnt, dringend die Schuhe zu wechseln, und Mister Jackson wird mit euch zurückgehen müssen oder euch im besten Fall sogar den Schlüssel in die Hand drücken. Das wäre die optimalste Situation.»

«Und wenn das auch nicht klappt?»

«Dann gibt es noch einen Plan C.»

«Holy moly», murmelte Kyle, der anscheinend doch zuhörte.

«Einer von euch täuscht im Unterricht einen Übelkeitsanfall vor und fragt, ob er sich kurz in der Garderobe auf die Umkleidebank legen darf, bis es vorbei ist. Vermutlich wird Mister Jackson euch dann die Klassensprecherin mit dem Schlüssel mitsenden, aber die könnt ihr sicher leicht überlisten.»

«Na, dann hoffen wir mal, dass das klappt», sagte Lisa nicht ganz überzeugt.

«Das wird schon. Ich setze jedenfalls auf Plan A», sagte Onyx lächelnd. «Mister Jackson ist zwar gewitzt, aber auch noch sehr jung, höchstens drei Jahre älter als ich.»

«Und wie macht man so eine 3D-Aufnahme?», wollte sie wissen.

«Och, das ist ganz einfach: Ihr haltet einfach den Schlüssel vor die Kamera eures HoloStrips und dreht ihn nach allen Seiten. Die Kamera erfasst und berechnet die Proportionen in Sekundenschnelle. Das fertige Bild wird in einer MDIF-Datei gespeichert – das steht für ‹Multidimensional Image File Format› – und komprimiert. Diese sendet ihr dann direkt an Morgan.»

Lisa schielte zu Kyle, um sich zu vergewissern, wie hoch sein Aufmerksamkeitsgrad war. Bei dieser technischen Sache würde sie definitiv seine Hilfe brauchen. Sie ärgerte sich, dass sie, die in ihrer Zeit doch als Computerfreak galt, in der Zukunft in solchen Dingen immer noch so arg hinterherhinkte.

«Wieso kann uns eigentlich nicht einfach Angela diesen Schlüssel besorgen? Sie arbeitet doch im Forschungszentrum. Oder dieser Computerspezialist ... Vitus, oder wie er heißt? Oder Garron?»

«Wie ich schon sagte: Nur der zuständige Lehrer ist im Besitz eines solchen Schlüssels. Weder Vitus noch Angela haben Zugang zu dieser Garderobe. Und Garrons Jahrgang hat erst nächstes Jahr Unterricht bei Mister Jackson. Wer sonst noch einen Schlüssel besitzt, konnten wir leider nicht rausfinden. Außerdem können wir Vitus nicht noch mehr aufbürden. Er steht bereits auf Messers Schneide wegen der Sache.»

«Verstehe», seufzte Lisa. Trotzdem wollte es ihr nicht in den Kopf, dass es dafür keine einfachere Lösung gab. Ein weiterer Gedankenblitz erhellte ihren Verstand.

«Warum können wir nicht einfach unsere grünen Klamotten auf den Ball mitnehmen, mit denen wir bereits aus dem Forschungszentrum gekommen sind?», fragte sie. «Die sind ja noch hier. Wir könnten sie doch in einer Plastiktüte irgendwo in einem leeren Klassenzimmer verstecken und uns dann umziehen, bevor wir ins Forschungszentrum reingehen?»

«Es wäre schön, wenn das so einfach wäre», schmunzelte Onyx. «Aber wie ihr wisst, sind persönliche Gegenstände nicht erlaubt. Die Schule hat strengste Sicherheitsvorschriften. Das gilt erst recht für den Ball.»

«Ach ja, stimmt ...»

«Glaubt mir, wir haben jegliche Möglichkeiten durchdacht. Die Welt von 2047 ist nun mal ein riesiges Sicherheitssystem geworden. Aber das dient alles dem Schutz der Bevölkerung.»

Lisa sah Morgan bei dieser Bemerkung unmerklich mit den Augen rollen.

«Wir machen uns bereits sämtliche Sicherheitslücken zunutze, die wir können», fuhr Onyx fort. «Es muss einfach klappen. Eure Rückkehr in die Vergangenheit hängt davon ab.»

Na, das kann ja wirklich heiter werden, dachte Lisa. Sie begann den nächsten Tag herbeizufürchten. Nicht nur, dass sie eine fast unmögliche Aufgabe zu verrichten hatten, nein, insgeheim fürchtete sie, dass ein erneuter Zusammenstoß mit Julian Kendall unvermeidlich war.

Kapitel 10
Verhängnisvolle Mission

Onyx erwartete Lisa und Kyle am nächsten Tag in aller Frühe wieder beim Landeplatz auf dem Dach, wohin Morgan die beiden eskortiert hatte, während er sie mit reichlich Ermahnungen, Julian und Loreen unter allen Umständen fernzubleiben, überhäufte.

Etwas später, nachdem Onyx sie bei der Schule abgeliefert hatte, machte Kyle seiner angestauten Wut Luft.

«Onkel Morgan hat mir echt nichts zu sagen, nur damit du's weißt! Mir ist klar, dass mit meiner Familie was nicht stimmt, und ich werde herausfinden, was es ist.» Kyle hatte seine VID-Brille bereits über die Augen gezogen. «Oder denkt der, ich sei blöd? Ich googel einfach die Kendall Automotive Company, und dann werde ich garantiert rausfinden, was da los ist.»

«Ich weiß nicht», sagte Lisa. Sie hatte absolut keine Lust, inmitten des Zwistes zwischen Morgan und Kyle zu stehen. «Ich denke, es wäre gut, auf Morgan zu hören.»

«Ach komm, Onkel Morgan soll doch erst mal seine eigenen Probleme in den Griff kriegen», schnaubte Kyle. «Oder denkst du, ich hab gestern Abend nicht beobachtet, wie er sich in der Küche ein Glas Whisky geholt hat? Der trinkt doch immer noch!»

Genau diese Frage beschäftigte Lisa zwar auch, doch trotz allem vertraute sie Morgan mehr als sonst jemandem. Sie hatte Kyle, seit sie ihn kannte, noch nie so wütend gesehen. Die Sache musste ihn unheimlich aufwühlen.

«Onkel Morgan hat zwar zuhause sein Internet gekappt, damit wir nicht reinkommen, aber hier in der Schule hab ich freien Zugang. Daran hat dieser Schlaukopf wohl nicht gedacht.»

«Das hat er bestimmt», entgegnete Lisa. «Sonst hätte er uns nicht ausdrücklich davor gewarnt, das Internet zu benutzen. Und mal ganz ehrlich: Ich weiß nicht, ob es klug ist, zu viel über deine eigene Zukunft zu wissen.»

«Wieso nicht? Ich weiß doch bereits, dass da was nicht stimmt. Warum kann ich dann den Rest nicht auch gleich erfahren? Vielleicht kann ich so ja eine Katastrophe in meiner Familie verhindern.»

Darauf wusste Lisa nichts zu erwidern. Sie dachte an ihre eigene Mission, Morgan im Jahr 2018 zu retten. Ohne ihr Eingreifen wäre er gar nicht mehr am Leben – beziehungsweise ohne ihr älteres Ich, das in die Vergangenheit gereist war und ihr all diese Informationen überbracht hatte. Doch das verschwieg sie Kyle besser.

«Dir ist aber klar, dass wir uns heute auf eine spezielle Mission konzentrieren müssen?», fragte sie streng, als Kyle sich nach der Eingangskontrolle hingebungsvoll mit seiner VID-Brille beschäftigte. Sie konnte zwar nicht sehen, was er genau ausforschte, doch seine Augenbewegungen verrieten, dass er sich durch irgendwelche Seiten navigierte, während er ihr in Richtung Kiosk folgte.

Sie hatten Glück und konnten noch zwei Sandwiches ergattern. Doch Lisa fand es unheimlich, dass neben dem Kiosk zwei Sicherheitswächter standen. Langsam kam sie sich vor, als wäre sie in einem Kriegsfilm. Ob die Wachen die Schüler daran hindern sollten, sich um die Sandwiches zu prügeln? Sie hatte bereits mehrmals aufgeschnappt, dass sich auf der Welt anscheinend einiges verändert hatte.

«Ach, komm, das mit dem ollen Schlüssel kriegen wir doch locker hin», beruhigte Kyle sie auf dem Weg zum Unterrichtszimmer, das, wie Tommy angekündigt hatte, im zweiten Stock lag. Auf dem Programm stand Mathe.

Lisa hielt fleißig nach allen Seiten Ausschau nach Julian und Loreen, aber für den Moment schien die Luft rein zu sein. Sie begegneten nur einer kleinen Gruppe Tekkies, die alle in ein Gespräch über ein neues Computermodell vertieft waren, und die Kendall-Kids waren zum Glück nicht unter ihnen.

Mathematik war eines der Fächer, die von einem virtuellen Lehrer unterrichtet wurden. Die Animationen der Aufgaben waren äußerst unterhaltsam, fand Lisa, doch Kyle war auch während des Unterrichts mehr mit seiner Brille als mit den Zahlen beschäftigt.

«Das ist so krass, Lee», flüsterte er ihr zu. «Ich hab den Gedankenmodus ausprobiert. Das ist unglaublich. Das funktioniert tatsächlich!»

Lisa war neugierig, doch sie unterließ das Fragen, als bei Kyles Platz ein rotes Warnlicht aufblinkte. Sofort verstummte Kyle und wandte sich wieder der Aufgabe zu.

In der Pause verzogen sie sich gehorsam in die Bibliothek, und dieses Mal hatte auch Kyle nichts dagegen einzuwenden. Wo konnte er ungestörter im Internet herumforschen als in der Bibliothek?

«Das ist so was von sauschnell, dieses Internet von 2047», schwärmte er. Sie hatten sich in eine der hintersten Leseecken gesetzt, wo sie vor 29 Jahren schon einmal miteinander gesessen hatten, nämlich als Kyle ihr das Smartphone eingerichtet hatte.

«Hey, Lee, das musst du echt auch mal ausprobieren.»

Lisa setzte die Brille auf und versuchte, die Funktionen mit ihren Pupillen zu steuern, doch sie hatte erheblich mehr Mühe als Kyle, der in Sachen Technik 29 Jahre Vorsprung hatte.

«Du kannst oben rechts, wenn du das Menü einblendest, zwischen G, V und S wählen. G bedeutet Gedankenmodus, V bedeutet visueller Modus – sprich, das Ding reagiert auf die Bewegung deiner Augen –, und S bedeutet Spracheingabe, wobei das anscheinend mittlerweile bereits veraltet ist.»

«Wie hast du das alles so schnell rausgefunden?» Lisa staunte.

«Ach, sie haben schon 2018 an solchen Dingern geforscht. Ich hab ein paar YouTube-Videos gesehen. Aber damals steckte die Technik natürlich noch in den Kinderschuhen. Kein Vergleich zu dem hier. Der Gedankenmodus ist allerdings nicht ganz einfach», gab er zu. «Braucht wohl etwas Übung.»

«Was machst du denn jetzt genau?», erkundigte sich Lisa.

«Also, ich werde zwar insofern auf Onkel Morgan hören, dass ich nichts über das Weltgeschehen ausforschen werde», sagte Kyle. «Aber streng genommen hat er mir *nicht* verboten, über die KAC zu recherchieren.»

«Na ja … ich denke, sein Verbot galt allem, was so in der Zukunft passiert …», murmelte Lisa.

«Sieh mal», sagte Kyle. «Ich hab schon eine Menge Infos über Onkel Morgan gefunden.»

«So schnell?»

«Sag ich ja. Ich kann sie dir senden.»

Und ehe Lisa sich's versah, tauchten vor ihrem Sichtfeld lauter Bilder von Morgan auf. Es waren erstaunliche Bilder von ihm, die sie sich von dem schüchternen Jungen damals im Jahr 1989 nicht einmal vorzustellen gewagt hätte, geschweige denn von seinem alkoholabhängigen 2018er-Ich. Es waren Bilder von ihm in seiner Tätigkeit als Geschäftsführer; Fotos, auf denen er sogar als Redner bei Verhandlungen und Debatten zu sehen war. Auch in Fernsehsendungen war er offensichtlich schon aufgetreten.

«Wow!», murmelte sie. Dass Morgan mit seinem Sprachfehler jemals in der Öffentlichkeit sprechen würde, war in ihrer Vorstellung so ungewöhnlich wie ein Elefant, der auf Bäume kletterte. Es sah regelrecht danach aus, als sei Morgan sogar zu einer bekannten Größe in ganz England geworden.

Sie begann den Text zu lesen, der neben den Bildern auftauchte:

> Morgan William Kendall (*27. September 1973 in Tomsborough, England) ist der heutige Besitzer und Geschäftsführer der KAC (Kendall Automotive Company).

Als ihre Augen über die Worte «Kendall Automotive Company» glitten, öffnete sich sogleich eine neue Seite:

> Die «Kendall Automotive Company» (abgekürzt KAC) mit Sitz in Tomsborough, England, ist einer der größten Autoteile-Hersteller der Welt. Die Firma wurde 1935 von James Kendall gegründet und erfuhr während des Zweiten Weltkrieges durch die Herstellung von Maschinenteilen für Kampffahrzeuge einen ungewöhnlich raschen Aufschwung.

1970 wurde die Firma von James Kendalls ältestem Sohn William Kendall übernommen und mit der Entwicklung neuartiger Antriebsmotoren weiter ausgebaut. Sie erlangte so schon bald einen Ruf weit über das Land hinaus.

Aus gesundheitlichen Gründen musste William Kendall sich vorzeitig zurückziehen und gab den Stab 1998 an seinen ältesten Sohn Steven Kendall weiter.

Anfang der 2000er-Jahre expandierte die KAC mit der Produktion einer eigenen Automarke, mit der einige Jahre später sogar öffentliche Unternehmen sowie die Polizei in gewissen Landesteilen ausgestattet wurde.

Nach einem Familiendisput ging die KAC im Jahr 2029 schließlich in den Besitz von Steven Kendalls jüngerem Bruder Morgan Kendall über.

Im Jahr 2031 begann die KAC mit der Produktion der zuvor lange getesteten Aeromobile.

Im Jahr 2034 führte Morgan Kendall den von Zachary Silverman entwickelten Photonen-Doppelstrahlantrieb (Photon Dual Light Drive) ein und verhalf so der Autoindustrie weltweit zu einem gewaltigen Durchbruch in Sachen umweltfreundlicher Kraftstoff.

`Im Jahr 2040 erwarb Morgan Kendall die Mehrheit der Aktien der KAC, was ihn zu einem der reichsten Bürger des Landes werden ließ.`

«Wie komme ich jetzt wieder zurück zu Morgans Seite?», murmelte sie. Sie hätte gern noch mehr über ihn gelesen.

«Familiendisput?», murmelte Kyle statt einer Antwort. «Mist, dazu steht da nichts weiter … ah, hier vielleicht … ach nee, nur dass mein Dad sich vom Geschäft zurückgezogen hat und … warte, da steht was über mich …» Kyle las murmelnd weiter, seine Pupillen zuckten dabei hin und her. «Nachdem Kylian Kendall die Übernahme der Firma verweigert hat, wurden die Aktien … bla, bla, bla … schließlich an Morgan Kendall … böh, da steht ja gar nichts wirklich Aufschlussreiches …»

Kyle nahm die Brille enttäuscht ab. «Puh, mir wird richtig schwindelig vom Lesen. Aber ich würde echt gern wissen, was die Kids heute so an Social Media benutzen. Ich habe vorhin etwas über dieses Holomet gelesen. Das scheint eine Virtual-Reality-Simulation zu sein, wo man sich in Echtzeit virtuell treffen und auch virtuell an Orte reisen kann. Der Name setzt sich zusammen aus den Worten «Hologramm» und «Meet», was für «Treffen» steht. Die Abkürzung davon ist dann Holomet. Man kann auch Sachen machen wie virtuell shoppen gehen, Filme schauen und Konzerte besuchen und so. Ganze virtuelle Reisen wie zum Beispiel Städtereisen sind möglich. Man kann sich außerdem einen Avatar in den Holo-Photolabs machen lassen und den mit allen Schikanen ausstatten oder virtuell verschönern. Das scheint besonders unter den Jüngeren populär zu sein. Ich glaube, das ist so was wie die Virtual-Telepresence-Geschichte, die wir 2018 im Forschungslabor gesehen haben. Warte mal …» Kyle zog die Brille wieder über die Augen und forschte weiter. «Ah … warte, da hab ich noch was gefunden. Aaaahh …»

«Was denn?» Lisa kam nicht so schnell mit.

«Nach der globalen Pandemie im Jahr 2020, während der es den Leuten wegen Ansteckungsgefahr mehrere Monate nicht möglich war, sich im realen Leben zu treffen, hat anscheinend diese Virtual-Reality-Branche extrem angefangen zu boomen. Oh mein Gott, 2020? Das ist ja schon bald. Hmm …»

Doch Kyle kam nicht dazu, der Sache weiter nachzugehen, da Tommy wiederholt den Beginn der nächsten Stunde anmahnte. Die berüchtigte Wissenschaftsstunde stand auf dem Plan und somit auch ihre verhängnisvolle Mission.

Tommy lotste sie hinaus zum Biotop, wo die Klasse ihren Wissenschaftslehrer treffen sollte. Auf dem Weg dorthin ging Lisa mit Kyle nochmals den Plan durch, den Onyx ihnen durchgegeben hatte.

Weil sie dadurch einige Minuten zu spät kamen, machte Tommy sie höflich auf eine Verspätung von zwei Minuten und siebzehn Sekunden aufmerksam. Als sie zu der versammelten Gruppe stießen, piepte das Armband des Wissenschaftslehrers Mr. Jackson, und Tommys Stimme meldete fröhlich, dass die Schüler nun vollzählig seien. Lisas Blick fiel auf ihre Klassensprecherin Tarya, die Kyle ein zuckersüßes Lächeln schenkte und ihn mit einem kichernden «Hi Scotty» begrüßte. Sie war geradezu kitschig schön mit ihrem dicken Make-up, und Kyle errötete bis zum Haaransatz. Lisa knirschte mit den Zähnen.

Mr. Jackson, ein erstaunlich gutaussehender junger Mann mit kantigen Gesichtszügen, winkte die Truppe herbei und marschierte voran durch die Glastür ins Innere des Schulgebäudes und dann die Treppe hinunter ins Untergeschoss.

Der neue Verbindungsflur zum Forschungszentrum befand sich direkt neben der Ahnengalerie der Achtzigerjahre. Sie waren also bei ihrer Erkundungstour am Tag zuvor gar nicht weit davon entfernt gewesen. Lisa beschloss, sich alles gut einzuprägen. Wer wusste schon, wie eilig sie es am kommenden Freitag haben würden? Da war es besser, sich gut auszukennen.

Kyle deutete im Flur fast unmerklich nach oben. Lisa folgte seinem Blick, konnte aber nichts sehen.

«Alles voller Überwachungskameras», raunte er ihr ins Ohr.

Die winzigen dunklen Punkte an der Decke, die Lisa zuerst für Schrauben oder etwas in der Art gehalten hatte, waren also Kameras!

Dann standen sie vor der massiven Metalltür, die sie in das unbekannte und abenteuerlich anmutende Terrain des Forschungszentrums bringen sollte. Ein Schild darüber kündete das «Tomsborough Science Research Center» an. Daneben war eine kleine Lounge, wo die Schüler sich mit wissenschaftlichen Filmen, Magazinen und sogar Getränken eindecken und auf den Besuch einstimmen konnten.

Direkt neben der Tür befand sich ein HoloScreen und daneben ein grün beleuchtetes Kästchen mit einem Sensor. Als Mr. Jackson seinen Daumen darauflegte, erschien ein dreidimensionales Bild von ihm auf dem Screen. Darunter wurde eine Schrift eingeblendet:

Dax Adair Jackson
Abteilung Tomsbridge School, Wissenschaft
Geboren 23. Juni 2020

«Herrje, der Kerl ist ja jünger als ich», brummte Kyle.

In der Tat, 27 war reichlich jung für einen Wissenschaftslehrer, fand Lisa. Er war tatsächlich nur drei Jahre älter als Onyx.

Mr. Jackson hielt sein Gesicht gegen etwas, was wie eine Kamera aussah, tippte irgendeinen Code ein und warf danach einen Blick auf sein Armband.

«Die Würfel sind gefallen», zitierte er.

Offensichtlich ein Geheimcode, dachte Lisa.

Wie auf Kommando glitten die beiden Türflügel auseinander und gaben einen breiten, hell beleuchteten Flur frei. Mr. Jackson winkte die Klasse herbei und führte seine Schüler in die heiligen Gefilde des Forschungszentrums. Lisa erschauderte bei der Vorstellung, dass sie und Kyle am Freitag ganz allein durch diese unheimliche Tür würden treten müssen. Besonders das Passwort-Prozedere schien kompliziert zu sein.

Doch dann entdeckte sie zu ihrer Erleichterung die Schülergarderobe unmittelbar neben dem Eingang. Und nur etwa fünfzehn Meter von ihnen entfernt, an der gegenüberliegenden Wand, befanden sich auch die Fahrstühle.

Lisa atmete auf.

Das sah schon mal leicht aus!

Doch der schwierigste Part lag nun direkt vor ihnen. Sie wechselte einen Blick mit Kyle, um sich seiner Aufmerksamkeit zu vergewissern. Er bestätigte mit einer leichten Kopfbewegung, dass er ganz bei der Sache war.

Als Mr. Jackson den besagten Schlüssel aus seiner Westentasche zog, repetierte Lisa zum gefühlt hundertsten Mal in Gedanken die verschiedenen Stufen des Plans:

A: Den einen Moment abpassen, in dem Mr. Jackson den Schlüssel stecken lässt.

B: Schuhe vergessen.

C: Übelkeitsanfall vortäuschen.

Sie ließ Mr. Jackson nicht aus den Augen, als dieser gelassen und fast schon betont langsam die Garderobe aufschloss.

Genau wie Onyx geschildert hatte, hielt er den Schülern die Tür auf und ließ den Schlüssel dann stecken, bis alle drin waren. Lisa zögerte. Welchen Moment sollte sie abpassen? Der Lehrer musste sich ja auch einen dieser hässlichen Anzüge überziehen, oder etwa nicht? Das konnte er aber nicht tun, solange er sich neben die Tür gepflanzt hatte.

Just in dem Moment traf Mr. Jacksons Blick den ihren. Lisa konnte nicht sagen, weshalb, aber seine Augen riefen ein merkwürdiges Gefühl in ihr hervor. Es kam ihr fast vor wie ein Déjà-vu, obwohl sie keine Ahnung hatte, mit wem sie Mr. Jackson in Verbindung bringen sollte.

Sie wandte sich schnell den anderen zu und folgte ihnen zu einer Wand mit Regalen, in denen stapelweise lichtgrüne Anzüge für die Schüler bereitlagen. Daneben reihten sich Spinde wie stramme Soldaten, die offensichtlich dafür gedacht waren, die Schuluniformen zu verstauen. Es gab eine Trennwand, die den Jungs- und Mädchenbereich voneinander abtrennte, und lange Bänke, auf die man sich zum Umziehen hinsetzen konnte.

Einer nach dem anderen bediente sich. Aus den Augenwinkeln beobachtete Lisa Mr. Jackson. Er stand immer noch wie ein Wachhund neben der Tür und ließ seine Schäfchen nicht aus den Augen.

Mist, dachte Lisa, als sie sich schnell in die Mädchennische verdrückte. *Ist das etwa so ein Kontrollfreak wie Professor Ash?* Wieso nur waren Wissenschaftslehrer immer so komische Kerle? Davon hatte Onyx ihnen jedenfalls nichts gesagt. Der hatte die Lage eindeutig unterschätzt. So, wie es aussah, würde Plan A schon mal ins Wasser fallen.

Im selben Augenblick, als sie sich fertig umgezogen hatte und hinter der Trennwand hervortrat, wandte Mr. Jackson sich wieder der Tür zu, zog den Schlüssel heraus und wog ihn ein paar Sekunden auf seiner Handfläche. Dann klammerte sich seine Faust darum und ließ das wertvolle Gut darin verschwinden. Damit ging er zum Schrank und angelte auch für sich ein Exemplar der Anzüge heraus.

Lisa wechselte einen Blick mit Kyle, der eben zu ihr trat und eine enttäuschte Grimasse machte.

Mist.

Plan B musste also herhalten.

Lisa scannte blitzschnell den Raum. Die extra vom Forschungszentrum zur Verfügung gestellten Einweg-Schlappen befanden sich nach Schuhgröße sortiert in weiteren Einbauschränken im hinteren Teil des Raumes. Man konnte sie also leicht übersehen. Gut so. Es war durchaus plausibel, die Ahnungslosen zu spielen.

Lisa und Kyle bildeten absichtlich das Schlusslicht, als die Herde hinter Mr. Jackson wieder aus der Garderobe trottete. Sie waren nur etwa fünf Meter durch den Flur gewandert, als sich Tarya, die nur wenige Meter vor ihnen herging, zu ihnen umdrehte. In erster Linie tat sie das wohl, um Kyle einen weiteren schmachtenden Blick zuzuwerfen, wie Lisa zu ihrem Ärger feststellte. Doch natürlich fielen ihre Augen sofort auf das unpassende Schuhwerk an den Füßen der beiden Neulinge.

«He, ihr habt eure Schuhe nicht gewechselt! So könnt ihr nicht mitkommen. Die Bewegungsmelder werden euch spätestens nach zehn Metern registrieren.»

Bingo, dachte Lisa. Ihr Herz trommelte vor Aufregung, als Tarya pflichtbewusst Mr. Jackson zuwinkte.

Lisa suchte Kyles Blick, doch der war offenbar in Gedanken anderweitig beschäftigt. Seine Nasenspitze war schon wieder ganz rot.

Mr. Jackson eilte mit hochgezogenen Augenbrauen herbei.

«Die da haben vergessen, die Schuhe zu wechseln.» Taryas Eifer war nicht zu überhören. Lisa fragte sich, ob die Klassensprecherinnen an dieser Schule alle dieselben Gene in sich trugen. Aber Tarya konnte unmöglich ein Spross der hochaufgeschossenen Cheyenne von 2018 sein, klein und zierlich, wie sie war.

«Ach ja?» Der Wissenschaftslehrer musterte Lisa und Kyle etwas spöttisch. «Haben Sie beide denn nicht gewusst, dass man aus Sicherheitsgründen nicht nur die Kleidung, sondern auch die Schuhe wechseln muss? Ach so, ja», fügte er beschwichtigend hinzu, «Sie sind ja neu.»

«Sorry», murmelte Lisa.

«Nun gut. Miss Stewart, wären Sie so nett und würden die Klasse zum Wissenschaftsraum bringen? Ich begleite die beiden rasch zurück zur Garderobe.»

Oh nein, dachte Lisa. Der Plan schien wieder nicht aufzugehen.

«Aber natürlich», lächelte Tarya so beflissen, dass Lisa ungewollt an ihre pedantische Schwägerin Fanny erinnert wurde.

Wie war das noch mal? Wie war Taryas Nachname? Stewart? Nein, daraus ließ sich sicherlich nicht ableiten, dass Tarya eine Nachfahrin von Fanny war. Der Einzige mit dem Nachnamen Stewart, den sie von früher kannte, war Paul Stewart, einer von Morgans Freunden im Jahr 1989. Aber es liefen sicher viele Menschen mit dem Nachnamen «Stewart» herum. Schnell verwarf sie diese Gedanken wieder. Sie hatte keine Lust auf weitere Spekulationen.

«Also, dann kommen Sie mit, alle beide», sagte Mr. Jackson und winkte Lisa und Kyle ungeduldig heran.

«Ähm … sonst können wir auch allein gehen … dann können Sie bei der Klasse bleiben … wir kennen den Weg … Sie brauchen uns nur den Schlüssel …»

«Nein», entschied der Lehrer. «Ich muss mich an die Vorschriften halten.»

Lisas Mut sank.

Plan B war also ebenfalls zum Scheitern verurteilt. Was hatte Onyx sich nur dabei gedacht?

Mr. Jackson hielt den Schlüssel wie einen Schatz umklammert, während er vor der Garderobe darauf wartete, dass Lisa und Kyle ihre Schuhe wechselten.

Jetzt mussten sie ganz auf Plan C und auf Kyles Inszenierung eines Übelkeitsanfalls setzen, die später im Unterricht stattfinden sollte.

Mr. Jackson ließ die Schüler in Zweiergruppen für ein physikalisches Experiment antreten. Lisa schnappte sich schnell Kyle, ehe Tarya dazwischenfunken konnte. Irgendwie wurde sie das Gefühl nicht los, dass dieses Mädchen es besonders auf Kyle abgesehen hatte. Nun ja, er sah ja auch fesch aus, trotz plattgedrückter Frisur.

Das Experiment griff ausgerechnet das Thema «Wurmloch» auf, und wie man mit Hilfe von Photonen Zeitinformationen transportieren konnte. Lisa war verblüfft. Hatten Zacs Erkenntnisse es tatsächlich bis an die Schulen geschafft und waren nun Teil des regulären Unterrichts? Oder war das nur Zufall?

Sie war gespannt auf die Durchführung des Experiments und hätte um ein Haar ihre Mission vergessen. Doch als sie spürte, dass Kyle auf ihr Zeichen wartete, beschwor sie ihn mit einem auffordernden Blick, sein Schauspiel zu starten.

Fast wie auf Kommando setzte Kyle eine leidende Miene auf. «Mann, mir ist üüübel!», stöhnte er laut auf, und wäre Mr. Jackson nicht so sehr mit der Erklärung des Experiments beschäftigt gewesen, hätte er vielleicht gemerkt, wie schlecht Kyle in Wahrheit schauspielerte.

Lisa hob die Hand.

«… so dass die halbrunde Form und dessen Spiegelung sich zu einem ganzen Kreis formen, der als Durchlaufparameter für das Objekt … ja?» Mr. Jackson wandte sich Lisa zu.

«Meinem … äh … Scott ist übel. Kann er sich irgendwo hinlegen? Zum Beispiel auf eine der Bänke in der Garderobe?»

«Ach ja?» Mr. Jackson sah sie so durchdringend an, als wären seine Augen Laser. Er dachte kurz nach. «Ja, okay, das sollte möglich sein. Zehn Minuten dürften drinliegen. Miss Stewart kann mit ihm gehen.» Er warf Tarya einen auffordernden Blick zu, doch das wäre gar nicht nötig gewesen.

Tarya war bereits mit einem dienstwilligen Lächeln von ihrem Stuhl hochgeschossen und nach vorne zum Lehrer geeilt.

«Bringen Sie unseren Gastschüler rasch in die Garderobe, so dass er sich kurz hinlegen kann.» Mr. Jackson fischte den so begehrten Schlüssel aus der Westentasche seines Anzugs und drückte ihn Tarya in die Hand.

«Aber natürlich», säuselte Tarya.

Kyle erhob sich und wankte etwas übertrieben auf Tarya zu. Ein paar kicherten leise, und Lisa war sich nicht sicher, ob es wegen Kyles miserabler Aufführung war oder wegen Taryas offensichtlichem Flirtversuch. Doch solange Kyle an den Schlüssel kam, war alles andere egal …

Na ja, nicht ganz.

Als Kyle und Tarya draußen waren, wandte Lisa sich dem Experiment zu. Die Schüler mussten einen Kreis erzeugen, indem sie einen halbmondförmigen Metallbogen auf eine Spiegelplatte stellten. Lisa fand es unglaublich, dass die Schüler damit exakt die gleiche Szene wiederholten, die sie 1989 in Zacs Labor erlebt hatte, als dieser ihr und Britt eine Simulation des Time Transmitters gezeigt hatte.

Mit einer kleinen elektronischen Anlage, die einem Mini-Time-Transmitter nicht unähnlich sah, wurde ein blauer Photonenstrahl generiert, der Zeitinformationen und Energie durch den entstandenen Kreis transportierte. Die Aufgabe bestand nun darin, einen kleinen Würfel um zehn Sekunden in die Zukunft zu versetzen, und Lisa war verblüfft, dass das kleine Experiment tatsächlich auch in Laborgröße funktionierte. Der Würfel verschwand für zehn Sekunden und tauchte dann an derselben Stelle wieder auf.

«Wie Sie sehen, ist der Würfel nach genau zehn Sekunden wieder eingetroffen», erklärte Mr. Jackson seinen Schützlingen. «Für ein richtiges Wurmloch, das Zeitreisen über mehrere Jahrzehnte ermöglicht, benötigt man natürlich weit mehr Energie und Gravitation, etwas, das auf künstlicher Basis nicht einfach zu generieren ist. Erstmals ist es dem berühmten Erfinder Zachary Matthew Levi Silverman im Jahr 1989 gelungen, ein Wurmloch mittels eines Time Transmitters und der Energie eines Blitzes herzustellen. Aber dazu braucht es den richtigen Einfallswinkel und spezielle Bedingungen, die wir bis jetzt im Labor so noch nicht herstellen konnten.»

Bei der Erwähnung von Zacs Namen zuckte Lisa zusammen. Doch es kam noch dicker:

«Man hat Beweise einer Zeitreisenden, die er damit ins Jahr 2018 versetzt hat. Seit jüngster Zeit ist das wieder ein großes Thema, da diese Zeitreisende offensichtlich in unserem Jahr gesichtet worden sein soll. Sie haben es vielleicht in den Medien gelesen. Ein äußerst spannendes Thema.»

Lisas Wangen waren ganz heiß, und ihre Hände begannen zu zittern. Wenn sie nur niemand erkannte! Vielleicht geisterten ja irgendwelche Bilder von ihr in den Medien herum? Hoffentlich erfüllten die veilchenblau gefärbten Haare ihren Zweck.

Vielleicht würde sie in der nächsten Pause doch mal das Internet ausforschen. Nach sich selbst …

Auf einmal stand Mr. Jackson hinter ihr.

«Ich sehe, Sie verstehen etwas von Physik», stellte er fest.

«Ähm …» Lisa hatte keinen Mumm, sich nach ihm umzudrehen. Natürlich hatte sie keine Mühe, das Experiment auf Anhieb zu begreifen, im Gegensatz zu einigen Mitschülern, die immer noch an der Errichtung dieses gespiegelten Halbmondes herummurksten.

«Man müsste Ihnen direkt eine Extraaufgabe geben», sprach die Stimme von Mr. Jackson in ihren Nacken.

«Äh … ja?», stotterte Lisa.

«Ich könnte durchaus mal nachfragen, ob die hier im Forschungszentrum nicht eine spezielle Aufgabe für Sie hätten», fuhr der Lehrer fort. «Schlaue Köpfe wie Sie werden immer gebraucht.»

Nun hob Lisa doch kurz den Blick und drehte sich zu Mr. Jackson um. Der Lehrer war von großem Wuchs und musterte sie intensiv von oben herab. Was wollte er von ihr? Hegte er irgendeinen Verdacht, oder war das nur Zufall? Sollte sie Morgan oder Onyx um Hilfe rufen?

Mr. Jacksons Blick bohrte sich förmlich in sie hinein.

In dem Moment kamen Kyle und Tarya zurück. Tarya ging mit einem siegesgewissen Lächeln voraus und händigte Mr. Jackson brav den Schlüssel wieder aus. Kyle folgte ihr mit hängendem Kopf und hochroten Ohren.

Lisa sah ihm gleich an, dass etwas nicht stimmte. Diese roten Ohren hatte er immer dann, wenn er etwas angestellt hatte.

Kyle trottete heran, wich Lisas Blick aber aus.

«Geht's wieder?», wandte sich Mr. Jackson an Kyle.

«Ja-ja …», murmelte Kyle.

«Und?», wisperte Lisa.

«Ich hab's vermasselt», knirschte er.

«Warum?», zischte Lisa verzweifelt, doch da fing sie einen weiteren stechenden Blick von Mr. Jackson auf. Vielleicht war es besser, die Fragen auf später zu verschieben.

«So, nun raus mit der Sprache: Was ist passiert?», drängte Lisa scharf, kaum waren sie auf dem Weg zurück durch den Flur Richtung Schule. Sie hatte mit wenig Hoffnung noch einmal versucht, an den Schlüssel zu kommen, als sie in der Garderobe in ihre Schuluniform wechseln mussten, doch auch dieses Mal hatte Mr. Jackson ihn fest in seiner Obhut behalten.

«Nichts … es … ich … konnte ihn ihr nicht abnehmen.»

Erst jetzt ging Lisa ein Licht auf. Wieso war Tarya eigentlich die ganzen zehn Minuten bei Kyle geblieben? Hätte sie ihn nicht einfach in die Garderobe begleiten und dann wieder zurückkommen sollen? Und dieses triumphierende Lächeln, das sie zur Schau gestellt hatte … Irgendwas war hier faul.

«Na los, sag schon», forderte sie. «Hast du schon wieder rumgeknutscht?»

Sie war selbst erstaunt, wie sehr sie mit dem spontan ausgesprochenen Verdacht ins Schwarze traf. Kyles Ohren färbten sich von Hellrot zu Dunkelrot.

«Ich kann nichts dafür», jammerte er. «Sie hat angefangen.»

«Sie hat dich *geküsst?*»

«Äh …»

«Kyle – du weißt, dass unsere Heimreise von diesem blöden Schlüssel abhängt?», zischte Lisa. Sie musste sich aufs Äußerste zusammenreißen, um ihn nicht anzubrüllen. Von wegen nichts dafürkönnen! Sie kannte diesen Racker mittlerweile nur *zu* gut. Es war nicht das erste Mal, dass er einfach planlos in der Gegend herumküsste!

«Ich weiß», klagte Kyle. «Es tut mir ja leid. Ich hab ... völlig den Kopf verloren.»

Lisa schnaubte nur. Sie war selten in ihrem Leben so wütend gewesen. Sie hätte Kyle am liebsten an die Wand gepresst und ihn kräftig durchgeschüttelt oder ihm die Ohren langgezogen, genauso, wie sie es am liebsten nach seiner Aktion mit Xia damals an seiner Geburtstagsfeier 2018 getan hätte.

Aber vielleicht sollte sie sich besser Tarya vorknöpfen ...

«Was ist das überhaupt für eine Klassensprecherin?», grollte sie. «Darf die das einfach?»

«S-s-sie meinte, die Garderobe hätte keine Überwachungskameras», stotterte Kyle. «S-sorry ... es tut mir so leid.»

Lisa konnte sich jedoch nicht so schnell wieder beruhigen. Nicht nur, dass Kyle quasi ihr Ticket in die Vergangenheit verspielt hatte, nein, fast noch mehr hasste sie, dass er Gefühle so auf die leichte Schulter nahm.

Als sie die Kantine betraten, sprach sie kein Wort mehr mit ihm, und ebenso schweigend stellte sie sich hinter ihn in die Essensschlange. Auch Garron war zu ihnen gestoßen.

«Achtung!», wisperte dieser Lisa auf einmal ins Ohr. «Julian Kendall steht direkt hinter dir.»

«Ach, Pimpf, musst du gleich alles verraten?», dröhnte Julians Stimme hinter ihnen.

Lisa wirbelte erschrocken herum und schaute direkt in sein breites Grinsen. Wie hatte er hören können, was Garron ihr zugeflüstert hatte? Und überhaupt, warum war er so spät dran? Sie waren extra ein wenig später in die Kantine gekommen, um ein weiteres Zusammentreffen zu vermeiden.

Als könne er auch ihre Gedanken lesen, tippte er sich an die Ohren. «Implantierte Soundverstärker», sagte er. «Damit hör ich eine Fliege aus fünfzig Meter Entfernung.»

«Kannst du eigentlich auch meine Gedanken lesen?», fragte Lisa herausfordernd.

«Ich wünschte, ich könnte es», sagte Julian mit erstaunlich sanfter Stimme. «Ich würde gern deine süßen Gedanken lesen können.»

«Julian», zischte Loreen, die hinter ihm aufgetaucht war. «Nicht schon wieder so eine Szene.»

Doch Julians Mundwinkel verzogen sich nur noch mehr Richtung Ohren, und jetzt war Lisa natürlich klar, woher er dieses breite Grinsen hatte. Ihr Blick traf unwillkürlich Kyle, der seinen zukünftigen Sohn mit zusammengezogenen Augenbrauen anfunkelte, als wolle er ihm gleich eine verpassen.

Julian hingegen schien das Szenario vom Vortag bereits vergessen zu haben. Offensichtlich war er wirklich nicht so hart bestraft worden. Er nahm Lisa fest ins Visier. Seine Augen schienen sie fast verschlingen zu wollen. Lisa schaute auf die Elektronikteilchen, die seine linke Wange zierten, als wären sie eintätowiert. Dass er sich überhaupt so zurichten durfte! Wie alt war er eigentlich? Doch noch keine achtzehn, oder? Ab wann war man im Jahr 2047 eigentlich volljährig?

«Hey Girl, du gefällst mir wirklich. Das mein ich ernst. Magst du nachher mit zu uns kommen? Wir schwänzen die letzte Stunde. Hab ein paar Kumpels bei mir. Game-Session. Kann dir nachher auch mein Zimmer zeigen. Ist ganz hübsch, weißt du.»

«Julian!» Loreen zerrte ihren Bruder verzweifelt am Ärmel. «Lass das doch!»

«Wieso, ich will sie doch nur zu uns nach Hause einladen! Ich bin einfach freundlich. Darf ich das nicht? Scotty darf natürlich auch kommen, wenn er will.» Julian schenkte auch Kyle ein gönnerhaftes Grinsen aus der Höhe. Er war tatsächlich fast zehn Zentimeter größer als sein Vater.

Kyle brummte etwas, das schwer danach klang, seinem Sohn am liebsten den Hals umdrehen zu wollen. Die Stimmung war wieder arg am Dampfen.

Doch erstaunlicherweise ließ Julian sie nun tatsächlich in Ruhe. Kyle, Lisa und Garron nahmen ihr Essen in Empfang und verzogen sich wieder an den hintersten Tisch.

Die Mahlzeit verlief wortkarg. Kyle war aufgewühlt, Lisa sauer, und Garron schien zu merken, dass die Stimmung auf beiden Seiten stark angeknackst war.

Auch in der darauffolgenden Ökologie-Stunde schwiegen sie einander nur an. Da diese Unterrichtsstunde ganz analog abgehalten wurde, hatten sie keine Gelegenheit, weiter im Internet zu recherchieren.

Kyle war der Erste, der die Sprache wiederfand, als die Stunde zu Ende war. Sie waren auf dem Weg Richtung Biotop, wo sie gleich im Anschluss an die Ökologiestunde Biologie hatten.

«Hör zu. Ich weiß, ich hab Mist gebaut, und ich werde gleich noch mehr Mist bauen, aber ich kann nicht warten, bis Onkel Morgan endlich mit der Sprache rausrückt. Und da die Sache ja nun eh aus dem Ruder gelaufen ist, weil ich es vermasselt hab, kann ich sie ja auch noch weiter vermasseln, oder? Spielt doch eh alles keine Rolle mehr.»

«Was willst du damit sagen?» Sie waren beim Biotop angelangt und setzten sich auf eine der Bänke. Tommy teilte ihnen mit, dass sie sieben Minuten zu früh dran waren.

«Ach, halt die Klappe», knurrte Kyle das Armband an.

«Sag, was hast du vor?», beharrte Lisa.

«Ich gehe rausfinden, was mit meiner Zukunft los ist. Irgendwas ist passiert, das spür ich. Es *kann* einfach nicht sein, dass Onkel Morgan die KAC leitet. Ich nehme Julians Einladung an und gehe zu meinem Haus, basta. Ich hab diese blöde Geheimniskrämerei satt! Ich muss dringend wissen, was hier abgeht.»

«Tu das lieber nicht, Kyle ...» Lisa legte beschwichtigend die Hand auf seinen Arm.

«Nein.» Kyle schüttelte ihre Hand barsch ab. «Ich lasse mich nicht von Onkel Morgan bevormunden. Und von dir auch nicht!»

Er stand auf, doch Lisa war schneller und zerrte ihn am Arm.

«Das machst du nicht!», befahl sie. «Du gehst nicht dorthin. Hey, vielleicht gibt es ja doch noch eine Möglichkeit, an den Schlüssel zu kommen. Hör auf, noch mehr zu vermasseln!»

«Und wie stellst du dir das vor? Anscheinend ist dieser doofe Schlüssel *das* elementare Teilchen der Mission, und wir haben keinen weiteren Wissenschaftsunterricht drüben im Forschungszentrum mehr diese Woche, sondern nur im regulären Klassenzimmer. Ergo auch keine Chance, dort nochmals reinzukommen.» Kyle riss sich los. «Die Sache ist gelaufen, basta!»

«Du hättest ja diese dämliche Tarya nicht küssen müssen», grollte Lisa. «Sowieso, du küsst einfach wild in der Gegend rum, ohne dir Gedanken über die Gefühle eines Mädchens zu machen! Stichwort ‹Xia›!»

«Gerade *du* musst was sagen», blaffte Kyle zurück. «Flirtest mit meinem zukünftigen Sohn rum. Und mit meinem Onkel auch noch. Echt jetzt …»

«Ich flirte nicht mit deinem zukünftigen Sohn!»

«Tust du doch. Ich seh doch, wie du ihn anhimmelst. Stehst auf böse Jungs, was? Onkel Morgan ist ja auch so ein Bad-Boy mit seinen Alkoholexzessen. Das gefällt dir wohl, was?»

«Jetzt lass Morgan endlich mal aus dem Spiel!»

Sie stritten noch eine Weile hin und her, mit wem man nun flirten durfte und mit wem nicht. Schließlich platzte Kyle endgültig der Kragen.

«Ach, das hat doch eh alles keinen Zweck! Einer von uns ist definitiv in der falschen Zeit geboren! Daran lässt sich nun mal nichts ändern. Die ganze Sache hier ist eh zum Scheitern verurteilt. Ich mach mich vom Acker. Ciao! Richte Onkel Morgan aus … ach, richte ihm einfach *irgendwas* aus!»

Und schon stürmte er mit schnellen Schritten zur Glastür und verschwand im Innern. Lisa sah ein, dass es nicht viel Sinn machte, ihm hinterherzurennen. Sie würde ihn nicht einholen. Obwohl sie gut war im Laufen, war er ihr mit seinen langen Beinen doch haushoch überlegen.

So blieb sie auf der Bank sitzen und versuchte, ihre Wut wieder abzukühlen. Wieso war Kyle dauernd gereizt? Im Jahr 2018 hatten sie sich so gut verstanden. Nun ja, den einen oder anderen Streit hatte es auch gegeben, vor allen Dingen wegen der Szene mit Xia. Aber sonst war Kyle in ihren Augen immer ein sonniges Gemüt gewesen, der das Leben auf die leichte Schulter nahm. Natürlich machte er gerade eine Menge durch, das war ihr klar. Und vermutlich lag es auch daran, dass er hungrig war. Das Essen war heute wieder kärglich gewesen, und das zusätzliche Sandwich, das sie am Kiosk ergattert hatten, hatte er schon am Vormittag verputzt.

Sie vergrub das Gesicht in den Händen und versuchte, Ruhe zu bewahren. Sie hatte so viel zu verarbeiten, dass sie überhaupt nicht mehr mitkam. Flüchtige Fetzen ihrer eigenen Geschichte jagten ihr durch den Kopf, die sie längst verdrängt hatte: Ihr Bruder … Tante Sally … Onkel Bob … Fanny … sie wollte schon gar nicht mehr wissen, was aus ihnen allen geworden war. Und sie hatte auch gar keine Zeit dazu.

Zögernd hob sie den Arm und sagte: «Morgan anrufen.» Automatisch wählte der HoloStrip seine Nummer. Lisas Herz polterte bis zum Hals. Wie würde Morgan auf die ganze Situation reagieren?

«Lee-Lee?» Morgans Stimme klang ruhig und leise und kam von den winzigen Lautsprechern ihrer Brille, die mit dem HoloStrip verbunden war.

«Wir haben es vermasselt», quoll es aus ihr hervor. Sie war definitiv den Tränen nahe. «Wir haben es komplett vermasselt.»

«Okay», sagte Morgan, immer noch ruhig.

«Es tut mir leid … es ist alles … Kyle hat …»

«Lee-Lee, beruhig dich. Sag mir einfach, was passiert ist.»

Lisa versuchte, einigermaßen geordnet wiederzugeben, was passiert war und was Kyle angestellt hatte.

Als sie fertig war, blieb es still.

«Mo…, Morgan? Bist du noch da?» Sie traute sich immer noch nicht, Momo zu ihm zu sagen.

«Ja, ich bin noch da. Dieser dumme Junge!», knurrte er. «Genau das wird ihm später zum Verhängnis.»

«Was?»

«Er sollte sich endlich mal auf *eine* Frau festlegen. Aber was das betrifft, haben wir Kendall-Männer es ja generell nicht so im Griff», seufzte er. «Kannst du ihm nachgehen, Lee-Lee? Ich kann Onyx nicht einfach so dorthinschicken. Ich würde selber gehen, wenn ich könnte, aber ich kann mich dort nicht blicken lassen.»

«Warum nicht?»

«Lange Geschichte … Nimm den Bus von der Schule aus zum Square, und von dort nimmst du ein QuickCab nach Westhill. Die fahren dort überall rum. Das sollte relativ sicher sein. Du hältst einfach das Armband an einen der Caller, die dort rumstehen. Dann läuft alles automatisch. Das Geld wird von meinem Konto abgebucht. Und dann bring Kyle so schnell wie möglich heim. Gib mir regelmäßig den Status durch, ja?»

«Okay», sagte Lisa atemlos.

«Hör zu, ganz wichtig: Du musst ihn unbedingt davon abhalten, seinem älteren Ich zu begegnen. Und versteck alle Familienfotos, die du findest. Er soll so wenig wie möglich über seine Zukunft wissen. Du kennst die Zeitreiseregeln besser als er. Und die Sache mit dem Schlüssel schauen wir später an.»

«Alles klar.»

«Und … Lee-Lee?»

«Ja?»

«Wir reden später über das Ganze, ja? Ich werde dir alles erzählen, aber hab Geduld.»

Lisa seufzte, nachdem Morgan die Verbindung unterbrochen hatte. Warum wurden bloß immer so nervenaufreibende Aufgaben von ihr gefordert?!

Kapitel 11
Westhill Avenue 14, 2047

Lisa beeilte sich, zur Busstation zu kommen. Sie ignorierte Tommy, der sie unablässig davor warnte, wegen Schulschwänzen einen Eintrag zu erhalten. Bei zwei Einträgen müsse man eine Stunde nachsitzen!

Da der Schulbus erst in einer Stunde fahren würde, musste sie den regulären Bus in die Stadt nehmen. Der Name der Busstation war von «Tomsbridge School» zu «Tomsbridge School and Science Research Center» umbenannt worden. Eine Anzeigetafel informierte nicht nur darüber, in wie vielen Minuten der nächste Bus kommen sollte, sondern zeigte auch in Echtzeit auf einer virtuellen Straßenkarte, wo er sich gerade befand.

Ein silberner aerodynamischer Bus bog auf die Sekunde genau gemäß Fahrplan um die Ecke. Lisa stellte zu ihrer Überraschung fest, dass er fahrerlos war. Irgendwo im Unterricht hatte sie aufgeschnappt, dass die Busfahrer in einer Zentrale an einer Konsole saßen und die Vehikel online steuerten. Manchmal saßen sie sogar in Indien oder in Mexiko oder sonst wo am anderen Ende der Welt.

Die Tür glitt automatisch auf, ohne dass sie einen Knopf betätigen musste. Neugierig stieg sie ein. Gleich beim Eingang befand sich ein automatischer Sicherheitscheck, an den sie ihre Hände halten musste, um sie auf Krankheitserreger zu überprüfen. Ein weiterer Scanner verlangte nach ihrem HoloStrip. Der Automat fragte sie, wohin sie wollte.

«Tomsborough Square», gab sie ihr Ziel bekannt. Das System buchte satte achtzehn Ecos ab.

Sie setzte sich in einen der komfortablen, schalenförmigen Sitze, die alle mit einer blau beleuchteten Auflade-Station für Gadgets wie HoloStrips, VID-Brillen oder sogar altmodische Smartphones ausgestattet waren. Sie brauchte nur ihren Arm darauf zu legen, und der Akku ihres HoloStrips erhielt neue Power.

Der Bus glitt so sanft los, als würde er auf Wolken schweben. Anstatt dem üblichen Brummen eines Motors war nur ein leises, hohles Summen zu hören. Lisa dachte an das, was sie am Vormittag im Internet erfahren hatte, nämlich, dass die KAC eine Art Photonenantrieb entwickelt hatte. Ob das auch für Busse galt? Wie das wohl funktionierte? Zac würde es ihr sicher erklären können, aber ob sie es dann auch verstehen würde? Vorausgesetzt, sie würde mal wieder Gelegenheit haben, mit ihm zu sprechen …

Es war das erste Mal, dass Lisa etwas von der Welt außerhalb von Morgans Penthouse und der Schule mitbekam. Neugierig drückte sie ihre Nase an der Fensterscheibe des Busses platt.

An allen Ecken und Enden wurde sie mit Werbefilmen berieselt. Da wurde für den neuen IoX12-SmartStrip mit verbesserter 3D-AI-Holo-Kamera geworben, dort für extraweiche Kontaktlinsen mit VID-Funktion. Es gab Werbung für das neuste Parfum von Ratalin Radarra, den neuen KAC-Torpedo mit ultraschnellem T3-PDL-Antrieb, einen Kleiderschrank mit eingebautem SmartDress-Ratgeber, einen Super-Hydrations-Dreistufen-Backofen und für vieles mehr.

Das Wetter war mild und freundlich. Die Sonne lockte die Menschen auf die Straße. Für einen Moment vergaß Lisa vollkommen, dass sie fast sechzig Jahre in der Zukunft war.

Menschen kamen vom Einkaufen oder von der Arbeit. Einige spazierten mit ihren Hunden durch die Straße. Jugendliche gingen in Gruppen, redeten, lachten. Frauen kutschierten ihre Sprösslinge in Kinderwagen herum. Lisa rechnete sich aus, dass all die Babys, die im Jahr 2047 geboren waren, im Jahr 2100 erst 53 Jahre alt sein würden. 2100 – eine Zeit, in der sie längst nicht mehr auf der Erde weilen würde, vorausgesetzt, ihre Zeitlinie konnte je wieder in Ordnung gebracht werden.

Die Anzahl der Brillenträger hatte sich dank der VID-Technologie definitiv vervielfacht, wie sie feststellte. In ihren Augen fast unglaublich: Das Brillentragen war im Jahr 1989 noch so uncool gewesen. Jetzt war die Brille mehr denn je zu einem der schicksten Accessoires geworden und gehörte vermutlich auch mit zum Schönheitsideal.

Nachdem sie sich an den Menschen der Zukunft sattgesehen hatte, wandte sie ihr Augenmerk den Autos und Straßenvehikeln zu. Die blaue Beleuchtung der Räder war im Tageslicht kaum sichtbar, so dass die Wagen beinahe normal wirkten, außer dass sie ein wenig futuristischer aussahen als die im Jahr 2018.

Beim Tomsborough Square stieg sie aus, begierig darauf, endlich all die Veränderungen der letzten dreißig Jahre zu Gesicht zu bekommen. Sie hatte bis jetzt alles nur aus Morgans Penthouse von oben gesehen. Nun blickte sie fasziniert zu dem gläsernen Tower, der hoch in die Luft ragte und um dessen Spitze ein Hologramm-Werbefilm schwebte.

Ganz kurz dachte sie daran, dass sie vor fast dreißig Jahren mit Kyle ganz dort oben gewesen war und den zweiten Kuss ihres Lebens bekommen hatte …

Ein leises Zischen über ihr ließ sie herumfahren, wobei sie fast gegen einen der weißen Markierungspfosten gestoßen wäre, die überall herumstanden. Eine Drohne war soeben über ihren Kopf hinweggesaust. Sie schaute sich um und zählte insgesamt mindestens vier dieser libellenartigen Flugobjekte. Dienten die etwa zur Überwachung des Squares?

Sie kam nicht umhin, den Platz genauer zu betrachten. Auf der ganzen Fläche waren, kreisförmig angeordnet, HoloScreens verteilt, an denen Menschen standen und irgendwelche Aktionen tätigten.

Zu ihrer Freude entdeckte Lisa sogar das «Cinnamon Coffee House» gegenüber dem Tower, das mit einer Hologramm-Kaffeetasse um Kunden warb. Sie widerstand ein paar Sekunden lang der Versuchung, hineinzugehen und sich eine Zimtrolle zu kaufen, nur um zu testen, ob diese in der Zukunft immer noch so gut schmeckten wie in der Vergangenheit. Ein paar Meter weiter standen drei große weiße Kabinen mit der Aufschrift «Holo-Photolab – erstellen Sie Ihr virtuelles Abbild in nur zehn Sekunden».

Lisa schlenderte weiter und amüsierte sich über eine Gruppe Roboter, die gerade dabei waren, die Blumenanlage in der Mitte des Squares herauszuputzen. Sie blieb stehen und schaute ihnen zu, so lange, bis Morgans nervöse Stimme durch das Brillen-Mikrofon an ihr Ohr drang.

«Lee-Lee, was ist los? Gibt es ein Problem? Kannst du keinen QuickCab-Caller finden?»

Lisa zuckte zusammen. Für einen Augenblick hatte sie vor lauter

Faszination ihre eigentliche Aufgabe völlig vergessen und auch, dass sie Morgan versprochen hatte, ihn auf dem Laufenden zu halten.

Hastig schaute sie sich nach einem dieser Caller um.

«Siehst du nicht die weißen Pfosten, die überall rumstehen?», fragte Morgan an ihrem Ohr. Lisa stutzte – waren die Pfeiler, die sie für eine Art Markierung gehalten hatte, in Wirklichkeit so etwas wie «Taxirufer»?

Schnell lief sie zu dem erstbesten dieser Pfosten. Ein QuickCab-Logo bestätigte ihr, dass sie goldrichtig war. Sie hielt ihr Armband dagegen und quittierte den Auftrag mit ihrem Daumen. Ein leises «Pling», und das Cab war bestellt. So einfach ging das also.

Nur zwei Minuten später fuhr ein winziges weißes Taxi vor und öffnete einladend die Tür. Es hatte innen lediglich zwei Plätze. Lisa stieg ein und sah ein Display vor sich, aber kein Steuerrad. Was musste sie jetzt tun? Musste sie das Ding allen Ernstes selbst fahren?

`Ziel eingeben`, blinkte die Anzeige.

«Westhill Avenue 14», sprach sie auf gut Glück zu dem Armaturenbrett. Offenbar war das Taxi damit zufrieden, denn die Tür schloss sich leise. Ein Gurt kam herab und schmiegte sich um Lisas Körper. Leise wie eine Stubenfliege surrte das kleine Gefährt los.

Lisa fand bald heraus, dass sie überhaupt nichts zu tun hatte und die Steuerung völlig dem Taxi überlassen konnte. Es war fast, als würde sie in der Kabine eines Fahrgeschäfts in einem Abenteuerpark herumkurven. Selbst heikle Situationen meisterte das Fahrzeug problemlos, und nur zehn Minuten später fuhr das kleine Auto die vertraute Westhill Avenue hoch. Trotz der nervenaufreibenden Mission, die sie auszuführen hatte, spürte Lisa auch unbändige Neugier. Wie sich wohl das Haus der Kendalls in den letzten 29 Jahren verändert hatte?

Gleich darauf erhielt sie die Antwort auf diese Frage. Sie war am Ziel. Lisa stieg aus, unsicher, ob das kleine Taxi noch irgendwas von ihr wollte, doch es schloss vorbehaltlos die Tür, wendete und fuhr wieder dorthin zurück, von wo es gekommen war.

Etwas unschlüssig überquerte sie den Vorplatz und sah sich ehrfürchtig nach allen Seiten um. Die Kendall-Villa stand jedenfalls noch und hatte sich in den vergangenen drei Jahrzehnten auch nicht groß verändert. Nur, dass der Verputz ziemlich mitgenommen aussah. Ein Teil des Daches war mit Solarzellen bestückt worden, die wie Schuppen eines Drachen in der Sonne glänzten. Auf dem großen Vorplatz stand ein einzelner Wagen der KAC, sonst nichts.

Allerdings sah die Grünanlage um die Villa herum verwuchert aus. Die zu Momos und Stevies Zeiten perfekt gestylten Büsche und Stauden ließen ihre Zweige wild in der Gegend herumsprießen, und der Rasen war schon seit einer Ewigkeit nicht mehr gemäht worden. Das Wasser im Swimmingpool hatte eine grünliche Farbe, und an den Wänden hatten sich Algen angesammelt. Wer immer für den Haushalt zuständig war, hatte offensichtlich nicht mehr so viel Zeit.

Zaghaft näherte sich Lisa der Eingangstür. Ob Kyle wirklich hier war? Ob überhaupt jemand zuhause war? Es wirkte alles so ausgestorben hier.

Abrupt hielt sie inne, als wieder mal eine Erkenntnis in sie einschlug wie ein Blitz.

Da ging doch etwas nicht auf! Wenn der ältere Kyle wirklich hier lebte, dann bedeutete das, dass er wieder von seiner Zeitreise zurückgekehrt war. Und wenn das tatsächlich so war, dann musste er sich doch noch an seine Reise in die Zukunft erinnern. Und falls auch dies der Fall war, müsste er dann nicht seinen Kids irgendwann von seinem Zeitreiseabenteuer erzählt haben? Müssten Julian und

Loreen dann nicht längst draufgekommen sein, dass die beiden Neuen, Lilly und Scott, Zeitreisende waren und dass Scott in Wahrheit ihr Vater Kyle in jüngerer Ausgabe war?

Und müsste der 2047er-Kyle dann nicht wissen, dass sein jüngeres Ich genau zu diesem Zeitpunkt hier in seinem Haus war?

Vor lauter Schreck ob dieser Erkenntnis schlug sie sich mit der Hand auf den Mund. Wenn sie mit ihren Spekulationen recht hatte, hatten sie längst ein Chaos im Raum-Zeit-Kontinuum angerichtet.

Ob Morgan sich dieser Problematik bewusst war?

Zögernd machte sie den letzten Schritt auf die Haustür zu. Das alte Messingschild mit dem eingravierten Familiennamen KENDALL hing immer noch am selben Ort, wo es schon vor fast sechzig Jahren gehangen hatte. Mittlerweile hatte es sich um weitere Nuancen dunkler verfärbt und wirkte dadurch nicht mehr so teuer wie damals, sondern eher wie eine Antiquität.

Nun musste sie als Erstes Kyle finden – den 2018er-Kyle. Sie beschloss, einfach mal zu klingeln. Etwas anderes blieb ihr wohl kaum übrig. Außerdem hatte Julian sie ja offiziell eingeladen. Sie holte tief Luft und wappnete sich insgeheim für eine peinliche Situation. Sie gab Morgan ein virtuelles Okay-Zeichen, um ihm mitzuteilen, dass sie heil angekommen war.

Sie hatte noch nicht einmal den Klingelknopf berührt, als auch schon die Tür geöffnet wurde und Julian in seiner vollen Größe vor ihr stand. Sie musste definitiv den Kopf noch weiter in den Nacken legen als bei Steven und Kyle, wenn sie ihn anschauen wollte.

«Na endlich», säuselte er hocherfreut. «Ich hatte schon Angst, du kommst gar nicht mehr.»

«Ist K…, Scott bei euch?» Um ein Haar hätte sie sich wieder verplappert. Sie versuchte, sich nicht von seiner imposanten Erscheinung beeindrucken zu lassen. Wie hatte er wissen können, dass sie es war, die vor der Tür stand? Hatte er die ganze Zeit neben der Tür gestanden und auf dem Monitor nach ihr Ausschau gehalten? Oder hatte er gar einen Kamerachip in seinem Gehirn eingebaut? Gewundert hätte sie das jedenfalls nicht …

«Na klar, der ist da! Wir sind schon längst am Gamen. Nur du fehlst noch. Komm doch rein. Hast du schon mal ‹Star Battle 3D-Field› gespielt?»

Julian schloss die Tür mit einer lässigen Handgeste in der Luft, nachdem Lisa zögernd in den Flur getreten war.

«Nun mach dir nicht in die Hose», sagte Julian, als er Lisas verdutztes Gesicht sah. «Noch nie jemanden mit implantierten Magneten gesehen?»

«Nein», sagte Lisa wahrheitsgemäß und fragte sich insgeheim, wie das wohl genau funktionierte und wie man damit leben konnte.

«Ist ganz praktisch. So muss ich mir nicht immer die Hände waschen, weil ich nämlich nichts anfassen muss. Dann komm mal mit, Sweet Girl.» Er schob sie sanft in Richtung Wohnzimmer. Lisa konnte gerade noch einen kurzen Blick ins Foyer werfen. Der weiße Marmorfußboden war von Schmutzstreifen überzogen, und überall lagen Schuhe und Mäntel in einem wilden Gewühl herum. Eine unverputzte Stelle an der Wand sah ganz danach aus, als sei da die Garderobe herausgerissen und nicht mehr ersetzt worden. Ein verstaubter Kronleuchter hing schief von der Decke.

Lisa konnte sich nicht helfen, aber ihr geisterte unvermittelt das Wort «verwahrlost» durch die Gedanken.

Ähnlich sah es im Salon aus. Als Lisa den riesigen Raum betrat, hatte sie das Gefühl, den Wohnbereich der Kendalls überhaupt nicht mehr wiederzuerkennen. Zuerst einmal stellte sich die Frage, ob es überhaupt noch ein Wohnzimmer war und nicht ein Fitnessstudio. Fünf merkwürdig geformte Sessel standen im Kreis da und bewegten sich wie schwankende Schiffe in alle Richtungen. Auf jedem dieser Sessel saß – oder besser gesagt: lag – jemand bäuchlings und fuchtelte mit den Armen in der Luft herum. Lisa fragte sich, ob das eine Art Turnübung war.

Schnell erfasste sie den Rest des Salons. Überall sah es aus, als hätte schon lange keiner mehr richtig saubergemacht, und Lisa war ja nun wirklich alles andere als heikel.

In der angrenzenden Einbauküche stapelte sich das Geschirr, und die Marmortheke ertrank fast unter Lebensmitteln, Getränken, elektronischen Geräten und Staub.

Merkwürdig, dachte sie und wandte ihre Aufmerksamkeit wieder den wild um sich herumrudernden Jugendlichen auf den Sesseln zu. Da erkannte sie, dass alle eine Art Spezialbrille aufgesetzt hatten, die aussah wie ein futuristisch blinkender Haarreif. Erst bei genauerem Hinschauen erkannte sie, dass auch Kyle unter ihnen war.

«Sorry, ist momentan keine VID-Station mehr frei», holte Julians Stimme in ihrem Nacken sie wieder in die Wirklichkeit zurück. «Sobald das Game over ist, machen wir Wechsel, okay?»

«Schon gut», wehrte Lisa schnell ab. «Ich muss eigentlich … nach Hause.»

«Aber du bist doch eben erst gekommen? Willst du was trinken? Ich hab noch Space-Saft da.»

«Äh, nein … ich warte eigentlich nur auf Scott … wir müssen eigentlich dringend los …»

«Ach, komm, bleib doch noch da. Dad kommt erst in einer halben Stunde nach Hause. So lange haben wir noch sturmfrei. Du kannst meine Station haben, wenn du willst.»

«Äh … nein, ich …» Lisa spürte, wie sehr Julian sich um sie bemühte. Er wollte wirklich, dass sie dablieb. Sie drehte sich zu ihm um. Was bezweckte er mit seiner Nettigkeit? Sie versuchte, aus seinen grüngrauen, unergründlichen Augen schlau zu werden, aber es gelang ihr nicht. Er verwirrte sie. Vor allem, weil sie gar nicht sicher war, was an ihm echt und was elektronisch war.

Aber was hatte Julian eben gesagt? Der alte Kyle sollte in einer halben Stunde nach Hause kommen? Das war gar nicht gut! Dann mussten sie hier schleunigst die Fliege machen.

Sie musste den jungen Kyle da unbedingt rausbringen. Doch der schien, den impulsiven Handbewegungen zu entnehmen, ganz ins Spiel vertieft zu sein und weder zu sehen noch zu hören, was um ihn herum ablief. Sie hätte ihn mal wieder schütteln können. Wie konnte er nur so unvorsichtig sein? Manchmal verlor er einfach komplett den Fokus.

Julian sah sie immer noch an. «Möchtest du jetzt etwas von dem Saft haben?», fragte er mit lammfrommer Stimme.

«Okay … ja, gern», sagte Lisa, um ihn nicht zu enttäuschen. Vorher würde er ja doch nicht von ihr ablassen.

Während Julian Richtung Einbauküche ging, ließ sie ihren Blick weiter durch den Raum schweifen. Der Wohnbereich schien sich ganz in die Nische hinten beim Kamin verlagert zu haben. Der große Esstisch von 2018 fehlte. Lisa fragte sich, wo die Familie ihre Mahlzeiten einnahm.

Ob es am Ende gar keine gemeinsamen Mahlzeiten gab?

Und wer war überhaupt die Mutter von Julian und Loreen?

Genau in dem Moment, als Julian zurückkam und ihr ein Glas Saft in die Hand drücken wollte, spürte sie eine Vibration an ihrem Armband. Von Morgan war eine Nachricht gekommen.

`Fotos löschen!`, stand lediglich auf der Anzeige. Ihr Blick schoss kurzerhand Richtung Kaminsims, wo seit eh und je die Fotos der Familie Kendall standen. Nun war da nur noch ein einziges Bild. Sie konnte von weitem erkennen, dass mehrere Personen darauf abgebildet waren.

«Danke», sagte sie und nahm den Becher entgegen. Julian blieb neben ihr stehen und sah sie mit leicht zur Seite geneigtem Kopf an, als würde er spüren, dass etwas Besonderes abging.

«Äh … ist okay, danke», sagte Lisa nochmals. «Ich … wir müssen nachher los.»

«Okay.» Julian wandte sich nach einigem Zögern wieder seinen Spielgefährten zu, von denen wohl kaum einer irgendwas von dem mitbekam, was sich außerhalb seiner Brille abspielte. An den in verschiedenen Metallictönen gefärbten Haaren konnte Lisa erkennen, dass es sich bei allen bis auf Kyle um Tekkies handelte.

Lisa überlegte blitzschnell. Ob Kyle sich das Familienbild über dem Kaminsims schon angesehen hatte? Wohl kaum, sonst wäre er wohl nicht so sorglos in dieses komische Spiel vertieft. Schnell eilte sie zum Kamin und stellte gleich darauf verwundert fest, dass sich das Bild inzwischen geändert hatte. Es zeigte nun zwei etwa zwölfjährige Teenager, einen Jungen und ein Mädchen, und einen Mann in den Vierzigern, der Steven sehr ähnlich sah. Zuerst dachte sie tatsächlich, dass es sich um Steven handelte, bis sie auf den zweiten Blick feststellte, dass der Mann auf dem Bild einiges schlanker war als der 2018er-Steven und ein viel breiteres Grinsen hatte.

Kyle! Das war tatsächlich Kyle!

Und die beiden Jugendlichen mussten Julian und Loreen sein – damals noch mit ungefärbten, karamellbraunen Haaren. Und ziemlich süß, wie sie sich eingestehen musste.

Ihre Finger zitterten, als sie den elektronischen Bilderrahmen in die Hände nahm, der so erstaunliche dreidimensionale Hologramm-Fotografien erzeugte, dass die dargestellten Szenen fast lebendig wirkten. So also würde Kyle einmal aussehen. Er würde tatsächlich so sportlich schlank bleiben, wie er es sich wünschte. Jedoch musste sie zu ihrem Bedauern feststellen, dass ihm oben, ganz wie seinem Vater, die Haare ausgingen.

Sie schielte hinüber zu dem jungen Kyle, der immer noch hingebungsvoll mit den Armen ruderte, als wolle er ein Wettschwimmen gewinnen. Ihr war definitiv klar, dass er die Bilder noch nicht gesehen haben konnte. Vermutlich war er von Julian gleich nach seiner Ankunft in das Spiel mit hineingezogen worden.

Sie wollte einen weiteren Blick auf das Bild werfen, als sie feststellte, dass bereits ein neues Foto zu sehen war. Es zeigte die Kids ungefähr im Alter von drei Jahren. Offensichtlich waren Julian und Loreen Zwillinge, da sie gleich alt aussahen. Julian hielt seine Schwester mit seinen Ärmchen umschlungen, als wolle er sie beschützen.

Wieder wechselte das Bild, und es zeigte die beiden ungefähr fünfjährigen Zwillinge zusammen mit ihrem Vater vor der Kulisse eines Abenteuerparks. Hier war Kyle noch ein paar Jahre jünger. Sie schätzte ihn auf Mitte dreißig und war verblüfft, wie ähnlich er seinem siebzehnjährigen Ich immer noch sah.

Doch mussten dann Julian und Loreen nicht unweigerlich Verdacht schöpfen? Selbst die unnatürlich nach hinten gegelten Haare des jungen Kyle konnten seine Kendall-Identität nicht wirklich vertuschen.

Und wo war überhaupt die Mutter der beiden? Lisa wartete noch ein paar weitere Bilder ab, doch die Mutter tauchte nirgendwo auf. Immer nur waren die Kids entweder mit ihrem Vater zu sehen oder zu zweit. Julian und Loreen im Sandkasten. Julian und Loreen als etwa Fünfjährige mit VID-Brillen. Julian und Loreen an ihrem ersten Schultag. Julian und Loreen auf einer Technologie-Convention. Und so weiter. Ganz zum Schluss des Bilderturnus folgte ein Drei-Generationen-Bild mit Steven, Kyle, Julian und Loreen. Lisa erkannte es als das Bild, das sie am Anfang gesehen hatte.

Sie fand es abartig, den einst so leichtfertigen Luftikus Steven Kendall aus ihrer Zeit nun sechzig Jahre später als grauhaarigen, gesetzten alten Mann zu sehen, der in all den Jahren fast zu einem Doppelgänger seines Vaters William Kendall mutiert war. Glücklicherweise hatte er, was seinen Bauch anging, irgendwann in der Transformation einen vehementen Stopp eingelegt. Und die oben fehlenden Haare hatte er durch ein Toupet ersetzt. Anders konnte Lisa sich die plötzliche Haardichte nicht erklären. Es sei denn, sie hatten im Jahr 2047 ein Wunderhaarwuchsmittel erfunden.

Ein bisschen ausgleichende Gerechtigkeit war es ihrer Meinung nach schon, dass Morgan als einziger der Kendall-Männer Glück mit seinen Haaren hatte. Das war vielleicht die Entschädigung dafür, dass er sein Leben lang mit diesem elenden Sprachfehler gekämpft hatte.

Als der Turnus der Bilder wieder von vorne anfing, wusste Lisa, dass sie nicht noch mehr Zeit verlieren durfte. Der ältere Kyle würde jeden Moment nach Hause kommen. Allerdings hatte sie immer noch keine Ahnung, wo sie die Bilder verstecken sollte. Löschen solle sie sie, hatte Morgan geschrieben.

Instinktiv berührte sie die Glasscheibe mit ihrem Zeigefinger, und auf einmal öffnete sich ein Menü. Sie fand verschiedene Funktionen, unter anderem «Reihenfolge sortieren», «neue Bilder hochladen» und «Bilder löschen». Na, in der Hinsicht hatten sich die Zeiten nicht so geändert. Lisa kannte das alles schon von ihrem Smartphone aus dem Jahr 2018.

Sie tippte «Bilder löschen» an und erhielt sogleich ein neues Fenster mit der Kleinansicht aller Fotos, die vorhanden waren. Schnell markierte sie ein Bild nach dem anderen und wählte dann «Alles löschen». Zum Glück waren es nicht mehr als vierzehn Fotos. Anscheinend hatte sich niemand groß um dieses elektronische Fotoalbum geschert. Nur das Bild mit den Kids im Sandkasten ließ sie stehen, so dass niemand auf Anhieb Verdacht schöpfte.

Sie sandte Morgan ein weiteres Okay-Zeichen und kehrte dann zurück zu der immer noch spielenden Gruppe. Sie musste Kyle dringend aus seinem Game reißen, koste es, was es wolle! Wenn der ältere Kyle hier seinem jüngeren Ich begegnete, wusste sie nicht, was passieren würde. Sie rüttelte an ihm.

«Scott, hey, Scott! Ich bin's, Lilly! Wir müssen los!»

Kyle rührte sich nicht.

«Scott!» Sie schüttelte ihn fester.

«So kriegst du ihn nicht raus», sagte Julian, der auf einmal wieder hinter ihr stand. Lisa wirbelte herum.

«Er glaubt, dass das die Bewegungssimulatoren des Computers sind», erklärte Julian geduldig.

«Wir müssen aber dringend los», drängte sie. «Wir … äh … sollten eigentlich längst zuhause sein.»

Julian zuckte mit den Schultern und tippte an seine Brille. Mit blitzschnellen Augenbewegungen brachte er Kyles Sessel zum Stillstand.

«He!», meckerte Kyle empört und riss sich die Brille vom Gesicht. «Wer hat das Spiel ausgeschaltet? Ich war gerade am Gewinnen. Ich hätt' den Ocopocculus fast besiegt.»

«Ich», sagte Julian. «Deine Freundin will, dass du mit ihr nach Hause gehst.»

«Oh … Lee … du bist auch hier …» Kyle sah aus, als wäre er noch nicht ganz in die Wirklichkeit zurückgekehrt.

«Wir müssen los … Scott», sagte Lisa scharf.

«Och … wieso? Das hier war absolut stark. Lee, das musst du auch mal spielen. Da schnallst du ab. Du meinst, du seist richtig im Weltall. Kein Vergleich zu …» Er verstummte auf einmal. Offensichtlich war ihm gerade bewusst geworden, dass er mit seinen Worten vorsichtig sein musste.

«Dein älteres Ich kommt jeden Moment nach Hause», flüsterte sie ihm ins Ohr und hoffte, Julian würde es nicht hören. Als ihr gerade mit Schrecken einfiel, dass er ja Soundverstärker im Ohr hatte, hörten sie jemanden zur Haustür hereinkommen.

Mist. Das war garantiert der 2047er-Kyle!

«Los, komm!», zischte Lisa und zerrte Kyle vom Stuhl herunter.

Kyle, der offensichtlich endlich den Ernst der Lage begriffen hatte, war blitzschnell auf den Beinen. Lisa überlegte fieberhaft. Der alte Kyle war noch im vorderen Teil des Flurs. Bestimmt würde er als Erstes ins Wohnzimmer kommen. An ihm vorbei zur Haustür zu schleichen war also keine Option. Doch möglicherweise konnten sie es schaffen, via Treppe in den ersten Stock zu gelangen und sich dort zu verstecken, bis die Luft wieder rein war.

Lisa zog Kyle mit sich zum Wohnzimmer hinaus und ließ den überrascht dreinblickenden Julian einfach stehen. Sie schafften es im letzten Moment, die Treppe hinaufzustürmen. Kyle hielt inne und warf von oben einen Blick durch das Geländer auf den lichten Kopf seines älteren Ichs, das nun das Wohnzimmer ansteuerte.

«Meine Güte, ich krieg wirklich eine Glatze!», jammerte er entsetzt.

«Psst!», warnte Lisa.

«Hallo?» Der ältere Kyle hielt inne und drehte seinen Kopf nach oben. «Ist da jemand?»

Fast im selben Moment wurde der jüngere Kyle polternd die restlichen Stufen hinauf an die nächste Wand geschleudert. Lisa verharrte ein paar schreckerfüllte Sekunden regungslos.

«Julian? Bist du das? Treibst du wieder eins deiner unnötigen Cyborg-Spiele?»

Lisa kauerte angespannt oben am Treppenabsatz und hielt Kyle mit einer Geste an, mucksmäuschenstill dort liegenzubleiben, wo er war. Wenn der alte Kyle nur nicht die Treppe raufkommen und nachsehen würde, was da so gerumpelt hatte! Wieder fragte sie sich, ob er sich denn nicht daran erinnerte, dass er als jüngeres Ich genau um die Zeit hier gewesen war? Wenn dem so war, dann müsste er doch Verdacht schöpfen!

Oder erinnerte er sich tatsächlich an gar nichts mehr? Hatte die Zeitlinie am Ende seine Gedanken irgendwie ausradiert, um ein Paradoxon zu vermeiden?

Ach, wenn bloß Doc Silverman hier gewesen wäre, um all diese Fragen zu beantworten!

«Dad!», hörte sie unten zu ihrer Erleichterung Julians Stimme. «Ich bin hier. Was geht ab?»

«Ich dachte, du nimmst mal wieder die Wohnung auseinander», sagte die Stimme des älteren Kyles – und sie glich der des jüngeren Kyles enorm, nur dass sie erwachsener und tiefer klang.

«Nö. Wir gamen nur.»

«Okay, dann bin ich beruhigt.»

Lisa hörte, wie der ältere Kyle Julian ins Wohnzimmer folgte. Sie stieß erleichtert die Luft aus, die sie angehalten hatte. Dann wandte sie sich nach dem jüngeren Kyle um, der in unbequemer Lage auf dem Boden lag.

«Mann, was ist hier los? Was geht hier ab? Warum bin ich auf einmal gegen die Wand gesegelt?»

«Weil sich die Massen von dir und deinem älteren Ich gegenseitig abstoßen», erklärte Lisa. «Das passiert, wenn ihr euch zu nahe kommt. Eigentlich kannst du nicht zweimal in derselben Zeitlinie existieren. Deswegen kommt die Zeitlinie nicht ganz klar damit. Los, steh auf, wir müssen hier irgendwie rauskommen!»

Kyle rappelte sich etwas schwerfällig auf und rieb sich den schmerzenden Hintern. «Warum ist mir so schwindlig?», stöhnte er.

«Das ist ein weiterer Nebeneffekt», sagte Lisa. «Das hatte ich auch, als ich meinem älteren Ich begegnet bin.»

«Davon musst du mir unbedingt endlich mehr erzählen!»

«Nicht jetzt. Wir müssen uns schleunigst verstecken, bevor dein älteres Ich uns entdeckt.»

Kyle protestierte nicht mehr, als Lisa ihn mit sich in das nächstbeste Zimmer zerrte – in das Zimmer, das sie von allen Räumen der Kendall-Villa am besten kannte: Momos Zimmer.

Und auch Kyles.

Sie hatte keine Sekunde überlegt, ob das Zimmer überhaupt frei war. So war sie, milde gesagt, leicht überrascht, als sich auf einmal eine Stimme vernehmen ließ.

«He! Könnt ihr vielleicht anklopfen?»

Lisa und Kyle wirbelten erschrocken herum.

Auf dem großen Bett, das mitten im Raum stand, lag Loreen, die Beine an der Wand in die Höhe gestreckt und ihre VID-Brille auf dem Gesicht. Sie zog ihre Füße runter und richtete sich auf, um Lisa und Kyle empört anzufunkeln.

Lisa war vor Schreck fast das Herz in die Hose gerutscht.

Momos und Kyles ehemaliges Zimmer gehörte nun Loreen. An so was hatte sie natürlich nicht gedacht, ja, sie hatte sich nicht einmal gewundert, warum Loreen nicht mit den anderen im Wohnzimmer gewesen war.

Lisa erfasste den Raum mit einem raschen Blick. Er sah ganz und gar nicht wie ein typisches Mädchenzimmer aus, sondern war spärlich eingerichtet. Die Zimmerwand an der Fußseite des Bettes war fast vollständig von einem HoloScreen ausgefüllt, der offenbar rund um die Uhr lief und auf lautlos gestellt war.

«Sorry!» Lisa durchforstete ihr Hirn blitzschnell nach einer Ausrede. «Wir … äh … Scott war so übel … wir dachten, das hier sei das Bad …»

«Falsch gedacht», grinste Loreen. «Das Bad ist gleich nebenan. Nun ja, eins davon.» Sie verdrehte die Augen.

Kyle, der eigentlich eine Übelkeit vortäuschen sollte, war völlig von den Fußballpostern an den Wänden in Anspruch genommen.

«Bist *du* etwa ein Fußballfan?»

«Seh ich so aus?», sagte Loreen spöttisch. «Ich fürchte, das hab ich von meinem Alten. Aber der hängt immer noch an Leicester, diesen Versagern. Der ist so was von analog! Ich sag ihm immer wieder, dass die endgültig den Löffel abgegeben haben, aber er will einfach nicht hören und hofft bei jeder Meisterschaft, dass sie gewinnen. No way, würde ich mal sagen.»

«Echt jetzt?» Kyles Wangen verfärbten sich dunkelrot, als er die Poster genauer untersuchte. «Was denn? Tottenham Hotspur? *Die?* Das kann doch gar nicht sein!»

«Sag bloß, du hast keine Ahnung von Fußball?», sagte Loreen. «Die sind doch ’ne absolut heiße Nummer!»

Kyle schaute aus der Wäsche, als könne er sich nichts Schlimmeres vorstellen. Er richtete seinen Blick auf den riesigen HoloScreen, wo gerade die Sportschau zu Ende war und die News angekündigt wurden.

Lisa hatte hingegen etwas anderes entdeckt, das sie noch viel mehr faszinierte als die erstaunlichen dreidimensionalen Bilder, die der Bildschirm ins Zimmer warf.

Ganz hinten in der Ecke, hinter einem Stapel alter Zeitschriften versteckt, lag etwas silbrig Glänzendes. Sie konnte der Versuchung nicht widerstehen, hinzuzutreten und den Gegenstand aufzuheben. Verblüfft hielt sie eine uralte Spiegelkugel in ihren Händen. Jedenfalls musste sie den halbblinden Plättchen zufolge einige Jahrzehnte auf dem Buckel haben. Lisa hatte keine Zweifel: Es war Momos alte Discokugel!

Kyle hatte sich zu ihr umgedreht. «Was hast du da? Hey, ist das nicht …»

«Oh, die ist uralt», grinste Loreen. «Genau wie die Zeitschriften dort in der Ecke. Hab ich alles auf dem Dachboden gefunden. Lag bestimmt fast sechzig Jahre dort. Hat wohl alles mal meinem Großvater oder seinem Bruder gehört.»

Lisa warf einen zweiten Blick auf die Zeitschriften und stellte fest, dass es alte Smash-Hits-Ausgaben der Achtzigerjahre waren. Zweifelsohne handelte es sich hier um Morgans exzentrische Sammlung von Popmagazinen, die damals nicht nur seine Wände geziert, sondern auch den ganzen Zimmerboden übersät hatten.

Lisa nahm das oberste Heft vom Stapel und sah darauf ein Bild der jungen Madonna aus dem Jahr 1985. Sie schüttelte fassungslos den Kopf.

«Auf dem Dachboden liegen noch viel mehr dieser Zeitschriften», bemerkte Loreen. «Das sind so unendlich viele, ich konnte die gar nicht alle runterholen. Schade, dass die Musik heutzutage nicht mehr so toll ist wie damals. Ich mag die Songs der Achtzigerjahre. Was hört ihr so für Musik?»

«Ähm … ich mag die Achtzigerjahre auch», sagte Lisa schnell.

«Mein Großvater und sein Bruder sollen die größte Schallplattensammlung der Stadt besessen haben. Das war natürlich, als es noch Schallplatten gab.»

Lisa wunderte sich, dass Loreen auf einmal so redselig war. Bis jetzt war sie ja nicht gerade gesprächig gewesen. Sie schaute das Mädchen an, betrachtete ihr silbernes, an den Seiten kurzgeschorenes Haar, das sie oben zu Stacheln aufgerichtet hatte und das einer Frisur aus den Achtzigerjahren gar nicht so unähnlich sah. Bis auf die silberne Haarfarbe mit den blau gefärbten Haarspitzen. Das hatte sie selbst in ihrer Zeit nicht gesehen.

Lisa versuchte sich vorzustellen, wie es sein musste, ein Teenager der Vierzigerjahre des 21. Jahrhunderts zu sein.

Just in dem Moment blieb ihr Blick wieder an dem riesigen Fernseher hängen. Die lokalen News hatten gerade angefangen. Obwohl der TV auf lautlos gestellt war, konnte Lisa anhand der Untertitel verfolgen, was gesagt wurde.

In Tomsborough wurden zwei weitere Jugendliche aufgrund von Wahrnehmungsstörungen in die Klinik eingeliefert. Sie wollten sich laut Angaben der Polizei aus dem Fenster stürzen in der festen Überzeugung, dass sie fliegen könnten. Damit stieg die Anzahl der Fälle von Kindern und Jugendlichen, die unter dem Distorted-Reality-Syndrom litten, auf dramatische 1069.

Weitere News flitzten über den Bildschirm:

In der Innenstadt war es am Vorabend zu einer weiteren unerlaubten Demonstration der E-Veganer gekommen. Ein paar Cyborgs hatten sich in die Menge gestürzt und eine Schlägerei angezettelt. Die Polizei hatte hart durchgreifen und mehrere Personen inhaftieren müssen. Der Sprecher der E-Veganer-Partei nahm Stellung …

«Nicht schon wieder!», kommentierte Loreen und machte ein Handzeichen, um den Fernseher lauter zu stellen. Das Bild zeigte eine Straße mit einer Horde Tekkies und ein paar E-Veganern, die sich gegenseitig mit geballten Fäusten anbrüllten. «Hoffentlich hat Juli nichts damit zu tun.»

«Wieso?», fragte Lisa, doch Loreen gab keine Antwort. Dann wurde zur nächsten Meldung übergeblendet, wo es um irgendeine langweilige Rede des Bürgermeisters von Tomsborough ging.

«Wem von euch war nun eigentlich übel?», fragte Loreen grinsend.

«Ähm …» Lisa sah Kyle an.

«Schon verflogen», murmelte Kyle, immer noch hochrot im Gesicht.

Loreen musterte ihn vom Bett aus. «Also, irgendwie hab ich dauernd ein Déjà-vu-Gefühl, wenn ich dich sehe. Ich weiß nicht, was es ist, aber du erinnerst mich an irgendwen.»

«Ah … ja …», druckste Kyle herum. Lisa wusste zu gut, dass er nicht der Hellste darin war, strategisch kluge Antworten zu finden.

Loreens Blick wich nicht von ihm. Lisa spürte, dass sie der Wahrheit nahe war. Sie schaute von Loreen zu Kyle, verglich die beiden Gesichter miteinander, die Ähnlichkeiten wie die grüngrauen Augen und das typische spitze Kendall-Kinn.

Loreen war ihm noch mehr aus dem Gesicht geschnitten als Julian. Und es würde gewiss nicht mehr lange dauern, bis sie es selbst bemerkte.

Vielleicht ist die beste Strategie, den Spieß einfach umzudrehen, überlegte Lisa. Manchmal war die Wahrheit die beste Maskerade.

Also, ich glaub, ich weiß, warum», sagte sie und bemühte sich, ihrer Stimme einen heiteren Ton zu geben. Sie hoffte, dass der Schuss nicht nach hinten losging.

«Ich hab vorhin eure Familienfotos auf dem Kamin angeschaut. Euer Vater sieht Scott ziemlich ähnlich. Finde ich jedenfalls. Vielleicht deswegen?»

«Stimmt!» Loreens Blick hellte sich auf, während Kyle einen perplexen Blick mit hunderttausend Fragezeichen auf Lisa abfeuerte.

«Hey, das wird es sein! Sogar das Grinsen ist total identisch. Kein Mensch kann so breit grinsen wie Dad. Nicht mal mein Bruder. Du bist quasi der Erste, der so ein Grinsen draufhat. Echt verblüffend! Als wärst du ein Doppelgänger von ihm.»

«He-he … ja, wer weiß …» Kyles Grinsen wirkte verzerrt.

«Hey, du könntest ja sogar ein Zeitreisender sein», sagte Loreen auf einmal. «Vielleicht bist du mein Dad in jung, der einfach in die Zukunft gereist ist? Im Ernst jetzt, so eine Geschichte gibt es tatsächlich. Ein Mädchen, das durch die Zeit gereist ist. Im Moment steht das sogar überall dick in den Medien.»

«E…, echt jetzt?», stammelte Lisa. Der Schuss war tatsächlich dabei, nach hinten loszugehen. Jetzt kam es drauf an, gut zu schauspielern. Und darauf, dass Kyle die Klappe hielt.

«Ja. Habt ihr denn davon nicht gelesen? Sie soll wieder aufgetaucht sein … kommt irgendwie aus den Achtzigerjahren und ist dann dreißig Jahre in die Zukunft gereist und jetzt noch mal dreißig Jahre, also in die heutige Zeit.»

«Äh … ich lese selten Zeitung …», murmelte Lisa.

«Zeitung?» Loreen starrte sie verblüfft an.

«Äh … ich meine …» Mist, gab es 2047 etwa keine Zeitungen mehr? «Natürlich nicht Zeitung … was ich meine, ist, ich lese selten die News …»

«Ich auch nicht, aber das mit dem Zeitreisemädchen halte ich für eine total abgefahrene Geschichte», meinte Loreen.

«Was … äh … steht denn in den News?», fragte Lisa vorsichtig und schickte ein Dankgebet zum Himmel, weil Kyle sich still verhielt.

«Dass sie halt kürzlich wieder gesichtet worden ist und dass die halbe Wissenschaft in Aufruhr ist deswegen. Leider fehlt von ihr jede Spur.» Loreen zuckte mit den Schultern.

«Und glaubst du, das ist wahr?» Lisa sah das Mädchen forschend an. Was immer geschah, sie fuhr am besten damit fort, die Ahnungslose zu spielen.

Wieder hob Loreen die Schultern. «Könnte schon sein. Die Geschichte ist sogar fast schon berühmt. Es gibt sogar eine Doku darüber. ‹Das Mädchen, das durch die Zeit reiste›, heißt sie, oder so ähnlich. Wir haben sie mal in der Schule gesehen.»

«Wow.» Lisa riss die Augen auf. Langsam aber sicher begann sie zu erfassen, dass sie offensichtlich hier in der Zukunft eine Berühmtheit war. Deswegen war Morgan so sehr darauf bedacht, sie so gut wie möglich abzuschirmen.

«Und … wie reist sie denn so durch die Zeit?» Sie war neugierig darauf zu erfahren, was die Medien über sie schrieben.

«Irgendein Wissenschaftler soll eine Art Zeitmaschine erfunden und das Mädchen aus Versehen dreißig Jahre in die Zukunft geschickt haben. Dort unten beim Forschungszentrum im Valley hat es scheinbar so eine Art Wurmloch gegeben. Genau verstehe ich die physikalischen Details nicht, aber die Wissenschaftler haben das alles genau untersucht. Mein Dad hat das verschwundene Mädchen übrigens persönlich gekannt. Er meint, dass die Geschichte wahr ist. Er hat sogar mal geträumt, selber durch die Zeit gereist zu sein.»

Von Kyle kam ein undefinierbares Schnauben. Lisa trat ihm rasch auf den Fuß und verschränkte die Arme vor der Brust, um ihre nervös zitternden Hände zu verbergen.

Loreen musterte sie und wollte etwas sagen, als der Fernseher auf einmal wieder ihre Aufmerksamkeit ergatterte. Es liefen nun die internationalen News. Auf dem Bildschirm wurde gerade ein Interview mit einem Wissenschaftler von der NASA geführt.

«Laut heutigem Stand der Dinge ist ein Einschlag mit 23,3-prozentiger Wahrscheinlichkeit möglich. Wir überprüfen die Bahn des Asteroiden natürlich laufend neu», sagte der Wissenschaftler gerade.

«Und das ist in etwa zwei Jahren?», wollte der Moderator wissen.

«Genau. Nach aktuellem Stand des Wissens dürfte dies im Herbst 2049 der Fall sein.»

«Und wenn es zu einem Aufprall des Asteroiden auf der Erdoberfläche kommt: Wo fände der statt und mit was für Folgen hätten wir zu rechnen?»

«Den genauen Standpunkt des möglichen Einschlags können wir erst wenige Wochen vorher errechnen. Die Folgen für unseren Planeten wären verheerend. Würde der Asteroid im besten Fall im Wasser auftreffen, würden riesige Tsunami-Wellen Küstenstädte und ganze Inseln überschwemmen. Ein Drittel des Trinkwassers würde vermutlich unbrauchbar werden. Würde er auf der Erdoberfläche aufprallen, würden nicht nur gewaltige Erdbeben den ganzen Erdball erschüttern, nein, der aus dem Aufprall resultierende Staub würde zusätzlich das Sonnenlicht für mindestens zwei Jahre verfinstern. Was für Folgen dies für die Vegetation und somit für die Menschheit haben wird, brauche ich Ihnen nicht zu erläutern.»

«Das heißt also, alles, was wir in Science-Fiction-Filmen gesehen haben, könnte bald Wahrheit werden?»

«Ja, so kann man es sich vorstellen.»

«Und die NASA hat eine Forschergruppe auf dem Mars stationiert, die versuchen soll, die Laufbahn des Asteroiden gegebenenfalls zu ändern, ist das korrekt?»

«Richtig. Wir bereiten uns vor und arbeiten unablässig an einer Lösung für das Worst-Case-Szenario.»

«Das heißt also, da gäbe es durchaus Hoffnung?»

«Ich will es vorsichtig ausdrücken: Wir haben technologische Möglichkeiten. Forschungsstationen auf der ganzen Welt sind an Entwicklungen beteiligt. Weltpräsident Oxxer Ritual hat sich mit der Weltbank und den Reichsten dieser Welt in Verbindung gesetzt, die bereit sind, das Projekt zu sponsern. An den finanziellen Möglichkeiten soll es nicht scheitern …»

Loreen schaltete mit einer Armbewegung wieder auf leiser.

Lisa und Kyle vermochten nicht zu reagieren. Beiden war die Kinnlade gefühlte drei Meter heruntergeklappt.

«Was ist? Was glotzt ihr so belämmert?»

Lisa wusste nicht, was sie sagen sollte. Die Welt steuerte möglicherweise auf eine Katastrophe zu, und Morgan hatte ihnen nichts davon gesagt?

Natürlich hatte er ihnen nichts davon gesagt, korrigierte sie sich selbst. Im Gegenteil. Genau von solchen Informationen wollte er sie ja fernhalten.

«Glaubst du, dass passieren wird, was sie da sagen?», fragte Lisa Loreen vorsichtig.

«Ich weiß nicht. Am Anfang dachte ich, dass das nur wieder Panikmache ist. Doch in letzter Zeit bringen sie öfter was davon. Es scheint ernster zu sein, als ich gedacht hab.»

Für ein paar Sekunden war es still im Raum.

«Und wie lebt ihr damit?», wunderte sich Lisa. Musste man da nicht durchdrehen vor Panik?

Loreen zuckte mit den Schultern. «Ich weiß nicht. Ich versuch einfach, nicht dran zu denken. Kannst es ja doch nicht ändern. Wenn's passiert, passiert's. Einige Leute machen schon seit einem Jahr Hamsterkäufe und buddeln sich unterirdische Bunker. Darum sind wir so knapp mit Nahrungsmitteln und darum wird dauernd alles teurer. Ehrlich, ich beneide dieses Zeitreise-Mädchen irgendwie. Die kann einfach in eine andere Zeit abhauen, wenn sie will. Das würde ich auch gern können.»

«Tja …», murmelte Lisa.

«Echt jetzt. Wenn ich könnte, würde ich fünfzig oder sechzig Jahre in die Vergangenheit reisen. In die Achtziger- oder Neunzigerjahre. Irgendwie muss es dort voll cool gewesen sein. Dort waren die Kids noch Kids und keine Cyborgs, und man wusste noch, was real war und was nicht. Man durfte sich noch frei bewegen und anfassen, was man wollte. Und man wurde nicht dauernd kontrolliert und überwacht. Man war frei.»

Darauf hatte Lisa auf die Schnelle keine passende Erwiderung parat. Sie musste nun dringend wieder Haltung annehmen, bevor bei Loreen der letzte Groschen fiel. Sie trat Kyle noch fester auf den Fuß, damit auch dieser den Mund endlich wieder zuklappte. Nein, schauspielern war definitiv *nicht* seine Stärke …

Zum Glück wechselte Loreen erneut das Thema. «Aber nun mal zu euch.»

Sie fuhr sich mit der Hand durch das stachelige Haar. «Woher kommt ihr eigentlich? Ihr seid neu auf unserer Schule?»

«Wir sind nur für zwei Wochen hier», erklärte Lisa. «Wir sind aus Cornwall und sind quasi Gastschüler hier. Wir müssen eine Doku-Arbeit über eure Schule schreiben.»

«Ach so. Worüber denn?»

«Über … die Lernmethoden der Tomsbridge School. Analoges Lernen und so.»

«Ach!» Sie schnipste mit den Fingern. «Seid ihr etwa E-Veganer? Das würde ja voll eure Rückständigkeit erklären.»

«Rückständigkeit …», murrte Kyle hinter Lisas Rücken.

«Nicht direkt», entgegnete Lisa. «Also, nein, wir sind keine E-Veganer, aber … äh … wir … benutzen eben nicht so viel Technologie. Ich weiß, ihr Tekkies mögt keine E-Veganer …»

«Ach.» Loreen rollte mit den Augen. «Ganz unter uns: Hätte ich nicht so einen durchgeknallten Bruder, würde ich auch am liebsten E-Veganerin werden», sagte sie zu Lisas und Kyles Überraschung. «Wie ich schon sagte, ich beneide die Kids, die in den Achtzigern und Neunzigern gelebt haben. Die hatten diesen ganzen digitalen Stress noch nicht.»

«Die hatten dafür bestimmt anderen Stress», sagte Lisa, die sich gerade wieder einmal fragte, wie sie in der Vergangenheit mit Dingen wie Bandsalat bei Kassetten oder mit analogen Flimmerkisten klarkommen sollte. Nun gut, das Thema «Bandsalat» würde sich ja mit Momos neuem Walkman gelöst haben, den er ihr kurz vor ihrer Zeitreise geschenkt hatte. Trotzdem. Schon allein die Tatsache, dass sie das Tonband erst wieder an die richtige Stelle würde spulen müssen, wenn sie einen bestimmten Song hören wollte, kam ihr je länger je mehr fremd vor.

«Mag sein, aber ich hätte lieber denen ihre Sorgen als unsere», meinte Loreen. «Vor allen Dingen hätte ich gern einen normalen Bruder und keinen, der sich dauernd Computerteile einbauen lässt. Jetzt will er sich noch so ein E-Tattoo machen lassen. Als ob er sich das leisten könnte! Also, langsam ist er komplett durchgeknallt. Nicht mehr lange, und er ist mehr Roboter als Mensch.»

Loreens Stimme klang genervt, doch Lisa fühlte, dass sie mehr darunter litt, als sie zugeben wollte.

«Dass der das überhaupt darf?», ließ sich Kyles Stimme hinter Lisa vernehmen. «Erlaubt das euer Dad einfach so?» Beim Wort «Dad» nahm seine Stimme einen unnatürlich hohen Klang an.

«Ach, Dad. Dem ist das langsam so oder so egal. Bei uns ist schon längst das totale Chaos. Wir sind bis über die Ohren verschuldet. Und Julian macht eh, was er will. Der fragt gar nicht mehr.»

Kyle trat nun einen Schritt vor und scherte sich nicht um Lisa, die ihm ein weiteres Mal auf den Fuß trat.

«Und eure Mum? Wo ist eigentlich eure Mum?»

Das hätte Lisa auch brennend interessiert, aber sie hatte sich beherrscht und die Frage zurückgehalten – Morgans Ermahnungen gedenkend.

«Mum? Die ist … weg. Lebt in den Staaten. Wir sehen sie etwa einmal im Jahr, wenn überhaupt, und sonst reden wir nur via Holomet …» Auf scheinbar gleichgültige Art hob sie wieder die Schultern, doch das Beben ihrer Brust verriet ihre wahre Gefühlslage. Lisa empfand Mitleid mit ihr. Sie wusste ja nur zu gut, was es bedeutete, ohne Mutter zu sein.

Sie konnte Kyles Fragerei nicht mehr stoppen.

«Und wieso ist eure Mutter weg?»

«Tjaaaa … weiß auch nicht. Scheint so 'ne Art Fluch zu sein in unserer Familie. Alle unsere Mütter hauen ab.»

«Ach ja?» Kyle hob die Augenbrauen. «Wie meinst du das?»

«Na ja, das hat scheinbar schon bei meinem Großvater angefangen. Dem seine Mutter ist abgehauen, weil sie schizophren war. Dann ist meine Großmutter mit meinem Großonkel getürmt, und schließlich ist auch noch unsere Mutter ausgezogen.» Loreen stützte sich auf ihre Ellbogen und streckte lässig ihre Beine, als ginge sie das Ganze im Grunde genommen herzlich wenig an.

«Warte mal …» Kyle runzelte nun angestrengt die Stirn, und Lisa ahnte, dass er, genau wie sie, die Begriffe «Großmutter» und «Großonkel» einzuordnen versuchte. Ein Schauer erfasste sie, als ihr klar wurde, was Loreen da eben gesagt hatte. Kyle klappte den Mund auf und zu wie ein Fisch, der nach Luft schnappte.

Just in dem Augenblick vibrierte ihr Armband. Morgan hatte ihr wieder eine Nachricht gesandt.

`Wo seid ihr?`, erschien auf dem Sichtfeld ihrer Brille.

«Scott – hey, wir sollten dringend los!» Sie zerrte an Kyles Ärmel. «Es ist schon sechs Uhr. Wir sollten längst zuhause sein!»

Doch Kyle starrte sie nur an, als käme sie von einem anderen Planeten. Sie beschwor ihn mit einem flehenden Blick, den Rand zu halten. Zu ihrer grenzenlosen Erleichterung nickte Kyle mit zusammengepressten Lippen.

Das Armband vibrierte ein weiteres Mal.

`Kannst du reden?`

«Darf ich rasch zur Toilette?», fragte Lisa, an Loreen gewandt.

«Klar», sagte Loreen. «Gleich nebenan.»

Lisa spürte, wie Loreens Blick ihr folgte, als sie Richtung Tür marschierte, und war sich sicher, dass das Mädchen sehr wohl wahrnahm, dass hier etwas nicht stimmte.

Schnell huschte sie aus dem Zimmer und verzog sich in das Bad nebenan. Drinnen tippte sie auf das Armband, um Morgan zu signalisieren, dass sie nun auf Empfang war.

«Wir sind in eurem Haus», hauchte sie atemlos. «Aber wir kommen nicht raus. Der ältere Kyle ist zuhause. Er ist unten im Wohnzimmer. Er würde uns vermutlich begegnen.»

Sie hielt einen Moment inne und hörte durch die geschlossene Tür, wie leise Stimmen aus dem Flur zu ihr hochdrangen.

Einen Moment lang war es ruhig, wie es bei Morgan oft üblich war, wenn er nachdachte. Lisa wartete ungeduldig.

«Geht zum äußeren Gästezimmer. Das mit dem Eckfenster. Kyle weiß, welches», sagte er schließlich. «Ich versuche, euch Onyx zu schicken.»

Mehr Anweisungen gab er ihr nicht. Ehe Lisa eine Frage stellen konnte, war die Verbindung unterbrochen.

Sie blieb eine Weile, wo sie war, während sie fieberhaft überlegte. Wie konnte sie Kyle unauffällig mitteilen, dass er zum äußeren Gästezimmer kommen sollte? Sie wusste sogar selbst, welches Zimmer Morgan meinte. Es musste das Zimmer sein, in dem sie 2018 nach Kyles Geburtstagsparty übernachtet hatte.

Blitzschnell sprach sie eine Sprachnachricht für Kyle, die der HoloStrip sofort in Text umwandelte: `Komm so schnell wie möglich zum äußeren Gästezimmer. Onyx holt uns dort ab.`

Sie hoffte, dass Kyle es sehen und lesen würde.

Vorsichtig tappte sie aus dem Bad und lauschte. Im Nebenzimmer war es ruhig. Offensichtlich hielt sich Kyle ausnahmsweise an ihre Bitte und mäßigte sich mit Fragen. Als sie schon die Hand nach der

Türklinke ausstrecken wollte, wurde diese aufgerissen und Kyle stand vor ihr.

Er warf ihr einen fragenden Blick zu und tippte auf seine Brille. Er hatte ihre Message gelesen.

«Tschüss», rief Lisa Loreen durch die halboffene Tür zu, damit diese nicht noch mehr Verdacht schöpfte. «Wir sehen uns morgen in der Schule!»

«Jep, bis morgen», kam die Antwort.

Sie setzten sich in Bewegung und bogen um die Ecke, wo sich das besagte Gästezimmer befand. Kyle überholte Lisa und stieß die Tür auf.

Kaum hatten sie den Raum betreten, sahen sie, wie sich ein Schatten vor das Fenster schob. Onyx war tatsächlich in Lichtgeschwindigkeit herbeigeflogen. Zum Glück waren diese Aeromobile so leise.

Kyle lief zum Fenster und öffnete es. Onyx versuchte, das Aeromobil in präziser Schwebe direkt vor dem Fenster zu halten, was offenbar nicht ganz einfach war, da es immer wieder vorwärts und rückwärts schaukelte. Die Flügeltür war bereits hochgeklappt. Rasch kletterten Kyle und Lisa nacheinander auf den Sims und erklommen das Wageninnere. Kyle zog das Fenster von außen zu, ehe das Aeromobil wieder in die Höhe schwebte und die Flügeltür sich langsam schloss. Sachte kamen die Sicherheitsgurte runter und schmiegten sich um ihre Körper.

«Voll der ‹Zurück-in-die-Zukunft›-Stunt!», sagte Onyx lachend. «Eigentlich ist es ja streng verboten, was ich hier mache. Zum Glück gehöre ich zur Polizei.»

Das Flugauto wendete in einem weitläufigen Bogen, und für einen Moment konnte Lisa die Kendall-Villa mit dem großen Swimmingpool von oben sehen.

Großmutter … Großonkel … möglicher Asteroideneinschlag …

In ihrem Kopf rotierte es.

Je näher sie Morgans Penthouse kamen, desto mehr verfinsterte sich Kyles Blick, und sie ahnte, dass ihnen ein Drama bevorstand.

Kapitel 12
Noch ein verbotener Kuss

Onyx setzte sie beim Penthouse ab und flog dann gleich weiter. Lisa war mulmig zumute angesichts der bevorstehenden Szene. Sie ahnte, dass Kyle im Begriff war zu explodieren. Und wie Morgan wohl auf das Ganze reagieren würde?

Umso erleichterter war sie, als lediglich Britt sie empfing.

«Da seid ihr ja.» Ihrer Mimik nach war sie über die Geschehnisse informiert.

«Wo ist Morgan?», fragte Lisa.

«Hat Besuch.» Britt verdrehte die Augen.

«Besuch? Wen denn?»

«Ach!» Britt winkte ab. «Kimberley Hanson. Du kennst sie ja noch.»

«Kimberley Hanson? *Die* Kimberley aus unserer Klasse?»

«Ganz recht.»

«Haben die denn immer noch Kontakt?» Lisa fühlte Wut in sich aufsteigen. Sie hatte dieses Mädchen nie gemocht. In ihren Augen war sie nichts als ein Flittchen gewesen, das sich ständig an Momo rangeschmissen hatte. Nun gut, sie wusste ja nicht, was sich nach fast sechzig Jahren alles geändert haben mochte, aber trotzdem … Es gefiel ihr nicht!

«Haben sie», sagte Britt. «Ich hätte ihr schon längst den Marsch geblasen. Morgan ist viel zu gutmütig. Doch jetzt sag mir, was passiert ist. Morgan meinte nur, dass er euch aus dem Kendall-Haus rausholen musste. Was habt ihr angestellt?» Ihr Blick wanderte von Lisa zu Kyle.

«Angestellt?!», brach es aus Kyle heraus. «Was heißt hier angestellt? Ich mein, ich werde hier dauernd wie ein kleiner dummer Schuljunge behandelt, der nicht wissen darf, was abgeht! Echt jetzt! Als ob ich zu doof wäre, um das Ganze zu kapieren!»

«Was hast du denn kapiert?», fragte Britt unschuldig.

«Was ich kapiert habe?», knurrte Kyle. Lisa machte einen Schritt zurück. Nicht, dass sie Angst hatte vor Kyle – denn es war unmöglich, Angst vor ihm zu haben –, aber Lust auf ein weiteres Drama hatte sie auch nicht.

Britt hielt seinem funkelnden Blick stand und schaute ruhig zu Kyle hoch, der mindestens einen Kopf größer war als sie.

«Was ich kapiert habe, ist, dass Onkel Morgan schuld daran ist, dass meine Familie total im Eimer ist! Dass meine Kids durchgeknallt sind und dass meine Mum … meine Mum …»

«Moment, Moment», beschwichtigte ihn Britt. «Schön langsam. Eins nach dem anderen. Woher willst du jetzt wissen, dass Morgan schuld an irgendwas ist?»

Kyle ballte seine Fäuste. «Meine zukünftige Tochter hat es mir erzählt! Sie hat gesagt, dass Onkel Morgan mit meiner Mum durchgebrannt ist … und dass … dass meine zukünftige Frau … d-dass meine Familie … dass wir …»

«Okay, warte, Kyle. Ganz ruhig. Ich verstehe, dass du aufgebracht bist, und ja, die Dinge in deiner Familie haben sich nicht zum Besten entwickelt. Aber du kannst nicht einfach Morgan die ganze Schuld dafür in die Schuhe schieben. Ich schlage vor, ihr esst jetzt erst mal ordentlich. Sobald Morgan fertig ist, besprichst du das alles mit ihm persönlich.» Britt hielt den aufgebrachten Kyle sanft am Arm fest, doch er schüttelte sie ab.

«Mit ihm sprechen? Mit Onkel Morgan? Der sagt doch eh nichts. Der rückt nie raus mit der Sprache! Außerdem hasse ich ihn! Und doch, er *ist* an allem schuld! Schiebt die ganzen Jahre eine faule Kugel, lässt es sich gutgehen und lässt Dad fast bis zum Burnout schuften, und dann nimmt er ihm auch noch Mum weg. Wegen ihm gibt es doch dauernd Probleme.

Er ist schuld, dass Mum und Dad sich oft streiten! Und dass ich erst mit zwanzig ein Auto kriege. Weil sie meinen, dass Onkel Morgan zu verwöhnt gewesen sei und immer alles bekommen hat, was er wollte, und dass er deswegen so faul geworden ist. Und Elly und ich müssen das jetzt ausbaden, weil Dad immer sagt, dass er bei uns nicht dieselben Fehler machen will wie bei seinem kleinen Bruder.»

Kyle ließ sich auf einen Stuhl fallen, und zu Lisas Überraschung rann ihm nun eine dicke Träne über die Wange.

Britt tauschte einen fragenden Blick mit Lisa. Dann trat sie zu Kyle und strich ihm mütterlich übers zerzauste Haar.

«Wie meinst du das, dass deine Eltern sich streiten? Tun sie das denn?», fragte sie sachte.

Kyle schniefte und versuchte, Britt eine Antwort zu geben, doch seine Worte wurden von Tränen erstickt. Lisa hatte auf einmal das Verlangen, ihre Arme um ihn zu legen und ihn zu trösten, obwohl sie wegen seiner Aktionen heute Vormittag mehr als genug Grund hatte, sauer auf ihn zu sein.

«Ich höre sie manchmal in ihrem Zimmer», brachte Kyle endlich hervor. «Elly und ich haben schon heimlich gelauscht. Meistens geht es darum, dass Dad zu viel arbeitet und nie Zeit für Mum hat, und dass Mum ihm deswegen Vorwürfe macht, und dann sagt Dad so was wie, dass er viel weniger arbeiten müsste, wenn Morgan ihn unterstützen würde, und Mum nimmt Onkel Morgan dann in Schutz, und Dad wird wütend, aber er sagt Onkel Morgan auch nie die Meinung und steckt ihm bloß eine Unmenge Geld zu, und ... und Onkel Morgan trinkt nur ... und ... lebt in Saus und Braus ...»

«Ja, ich kann mir vorstellen, dass es früher nicht einfach war mit Morgan», beschwichtigte Britt. «Er hatte wirklich mit einem schweren Alkoholproblem zu kämpfen. Aber weißt du: Dass dein Dad so viel gearbeitet hat, war letztendlich seine eigene Entscheidung. Dafür kann Morgan nichts. Er hätte ja auch jemand anderen als Geschäftsführer einstellen können. Aber ehrgeizig, wie Steven Kendall immer war, wollte er am liebsten alles selbst machen. Außerdem musst du bedenken: Morgan hat sich extrem verändert die letzten drei Jahrzehnte. Gib ihm eine Chance. Er tut alles, wirklich alles, um euch wieder nach Hause zu schicken.»

Kyle vergrub den Kopf in seinen Händen und schniefte. Seine Worte hatten auch etwas in Lisa aufgewühlt. Offenbar war es bei den Kendalls im Jahr 2018 doch nicht so harmonisch zugegangen, wie sie geglaubt hatte.

«Ich wünschte, Doc Silverman wäre noch hier», seufzte Britt. «Er wüsste die richtigen Worte. Er konnte einen immer so gut trösten.»

«Wie wahr», sagte Lisa, die den Doc auch schmerzlich vermisste.

«Warum entspannt ihr euch nicht draußen im Pool?», schlug Britt vor. «Und kommt erst mal ein wenig runter? Ihr könnt direkt vom Pool aus etwas zu essen bestellen. Das wird dann via Drohne geliefert. Ihr dürft auch einen Film schauen. Morgan ist ja stolzer Besitzer vom ‹Ultra-All-in-One-Archive of Film and Music›. Hat stolze drei Millionen Ecos gekostet. Da findet ihr wirklich *alle* Filme, die es je gegeben hat, vom Anfang der Filmgeschichte bis heute. Ebenso Musik.

Morgan hat gesagt, ich soll euch jeden Wunsch erfüllen. Allerdings sind für euch nur die Filme bis zum Jahr 2025 freigeschaltet, aber damit dürftet ihr ja genug Auswahl haben.»

Britts Vorschläge schienen Kyle zu überzeugen. Vor allen Dingen die Aussicht auf etwas zu essen.

Etwas später entspannten sie draußen auf der Terrasse im angenehm beheizten Pool in der extra dafür eingerichteten Wasserlounge – einem vom eigentlichen Schwimmbereich abgetrennten Bereich, der flacher war und in dem man sich hinsetzen und einen Film schauen oder essen oder sich einfach eine Massage aus den Sprudeldüsen gönnen konnte. Die Dämmerung hatte eingesetzt, und die ersten Lichter gingen an. Von Minute zu Minute wurden es mehr.

Lisa hatte nicht weniger als zehn Badeanzüge zur Auswahl in ihrem Schrank vorgefunden. Kyle saß in Badeshorts da und hatte sich ganz in eine Nische verzogen, als traue er sich nicht, Lisa zu nahe zu kommen.

Lisa wusste momentan nicht, was für Gefühle sie Kyle gegenüber hegte. Von Wut über Mitleid bis zu Freundschaft und ein bisschen darüber hinaus war so ziemlich alles vorhanden. Ihm schien es ähnlich zu gehen, denn er sah Lisa nicht an und starrte stattdessen auf den HoloScreen, der den Pool vom Rest der Terrasse abschirmte. Britt hatte ihnen einen Notizzettel mit dem Namen der App, die sie bedienen mussten, in die Hand gedrückt und sie instruiert, so viel Essen zu bestellen, wie sie wollten.

Kyle fand zum Glück schnell heraus, wie alles funktionierte, und bald darauf wurde ihnen auf dem Screen eine derart reichhaltige Auswahl an Gerichten präsentiert, dass ihnen die Entscheidung alles andere als leichtfiel. Kyle war so hungrig, dass er gleich drei Menüs für beide bestellte: eine Riesenpizza für die ganze Familie, eine chinesische Wok-Pfanne und einen Ultra-Extra-Large-Tower-Burger, von dem mindestens fünf Personen satt werden mussten, wenn man der Abbildung glaubte.

Zwanzig Minuten später kamen drei Drohnen angeflogen und lieferten die Bestellung. Sie landeten in dem extra dafür installierten Landeplatz neben dem Pool. Lisa und Kyle konnten die Mahlzeit bequem entnehmen. An den Seiten des Pools hatte es sogar Vorrichtungen, mit denen man kleine Picknick-Tischchen herunterklappen konnte. Fiel einem doch aus Versehen ein Krümel ins Wasser, wurde er sofort vom Pool-Filter herausgesondert und in eine Kläranlage abtransportiert.

Am Ende konnten sie die leeren Kartons einfach im Bauch der Drohnen zur Wiederverwertung deponieren, bevor diese diskret abhoben und sich leise summend entfernten.

Mittlerweile war die Nacht hereingebrochen und die Beleuchtung im Pool angegangen. Morgan hatte auch diese mit allen Schikanen ausgestattet, so dass zu leiser Musik ein jeweilig passendes Lichterorchester abgespielt wurde, während verschiedene Sprudeldüsen nach individuellem Belieben die Entspannung perfekt machten.

Nach der reichhaltigen Stärkung war die Stimmung zwischen ihnen nun spürbar entspannter. Kyle wagte sogar, endlich einen schüchternen Blick auf Lisa zu werfen.

«Lee ...», flüsterte er.

Sie wandte ihren Kopf und erwiderte seinen Blick.

«Es … es tut mir leid wegen dem, was heute passiert ist … ich hab völlig den Kopf verloren … hab's komplett vermasselt … wieder mal … ich dachte … ich hab das mit dem Schlüssel eh verbockt … mir sind einfach die Sicherungen durchgebrannt …»

«Eher die Hormone …», konnte Lisa es sich nicht verkneifen.

«Jaaa…» Kyle rieb sich die Nase. «Ich weiß, das war eine meiner dümmsten Aktionen. Ach, ich weiß auch nicht … ich fall irgendwie immer auf diese Girls rein … dabei will ich gar nichts von der … ehrlich nicht. Ich … kann dir nur sagen, dass es mir echt leidtut … und …»

«Schon gut …» Lisa wäre zwar gern noch eine Weile länger sauer auf ihn gewesen, aber sie schaffte es in der Regel nie, eine Entschuldigung abzuweisen. Sie war schneller im Verzeihen, als ihr lieb war.

«Und … ich musste einfach wissen, was mit meiner Familie los war … verstehst du … mein Dad und meine Mum, ich weiß, dass sie … dass Mum … dass sie nicht so glücklich ist … sie sagt zwar nie was, aber Elly und ich, wir wissen schon Bescheid … und ich bin manchmal nicht sicher, ob Dad … nicht auch mit einer anderen was hat … Darum macht es mich so sauer, dass Onkel Morgan mir alles verheimlichen will. Ich bin nicht so ein blöder Grünschnabel, wie immer alle meinen. Ich krieg sehr wohl mit, was abgeht. Und ich …»

Er brach ab und starrte auf das Lichterspiel, das die sanften Wellen im Pool zum Glitzern brachte. Lisa wusste nicht, was sie sagen sollte. Sie beschloss, Kyle einfach mal reden zu lassen.

«Weißt du, in meiner Familie hat immer nur Geld gezählt. Geld und Status. Mum ist die Einzige, die normal ist. Sie versucht, Elly und mich bescheiden zu erziehen, was ich ja gut finde. Aber für Dad zählt nur die Firma, und ich weiß gar nicht, ob ich die KAC eines Tages überhaupt übernehmen will … Nur, was ist aus mir geworden?

Das würde ich gern wissen … und genau das will Onkel Morgan mir nicht sagen, das spür ich genau! Es wirkt fast, als sei ich in der Zukunft der totale Loser!»

Er klatschte mit der Hand zornig aufs Wasser, so dass Lisa ein paar Spritzer abbekam.

«Wenigstens weiß ich jetzt ungefähr, wie Marty McFly sich gefühlt hat, als er erfahren hat, dass er sein Leben in der Zukunft die Toilette runterspülen wird», fügte er grummelnd hinzu.

Lisa wartete, ob noch mehr von Kyle kam, doch als er ruhig blieb, beschloss sie, dass es nun Zeit war, das Thema anzuschneiden.

«Mein älteres Ich hat mir auch nicht gesagt, was aus mir wird in der Zukunft», erzählte sie. «Nur, dass ich den falschen Mann heiraten und mich wieder scheiden lassen werde, und dass ich in der Zukunft Computerspiele entwickeln werde. Sonst gar nichts.»

«Also, das ist wirklich wahr, dass dein älteres Ich zu dir in die Vergangenheit gekommen ist?» Kyle schaute sie neugierig an. Er traute sich nun wieder, den Blick zu heben.

«Ja. Deswegen hat der ganze Salat überhaupt erst angefangen.»

«Es gibt noch so viel, was ich über dich nicht weiß …» Kyles tiefer Blick aus grüngrauen Augen traf Lisa unvorbereitet.

«Wir konnten nie wirklich über all diese Dinge reden …»

«Nein», sagte Lisa. «Du hast recht …»

«Ich weiß eigentlich gar nichts über dich, außer dass du aus dem Jahr 1989 kommst und keine Eltern mehr hast. Und dass du mit Onkel Morgan gespielt hast und dass Britt und Zac deine besten Freunde waren. Ach ja, und dass du Skateboard fährst. Aber sonst weiß ich gar nichts.»

«So viel Interessantes gibt es ehrlich gesagt auch nicht über mich», meinte Lisa.

«Erzähl trotzdem mal. Also … wenn du magst?» Kyles aufrichtiger Blick ließ die letzten Restbestände von Lisas Wut schmelzen.

«Tja. Was soll ich groß sagen?» An ihr Leben im Jahr 1989 zu denken deprimierte sie nur, auch wenn sie Heimweh verspürte.

«Ich bin bei meiner Tante und meinem Onkel aufgewachsen. Zusammen mit meinem Bruder Thomas, der vier Jahre älter ist als ich. Unsere Kindheit war nicht so toll, weil meine Tante und mein Onkel übelst geizig und launisch waren und ständig meckerten, aber ich hatte sehr viel Spaß mit Morgan. Das sind meine besten Kindheitserinnerungen. Und … tja, was soll ich noch sagen? Ich habe außer mit Britt nie gern mit Mädchen gespielt. Sie waren mir immer zu zickig. Ich hatte so meine eigene geheime Liste mit lauter Gründen, warum ich nicht normal bin wie alle anderen Mädchen.»

Kyle lachte auf. «Echt jetzt?»

«Ja …» Sie wandte ihr Gesicht ab.

«Was steht denn so auf der Liste?»

«Och …»

«Komm schon!» Seine Mundwinkel wanderten zu seinen Ohren. Offenbar wusste er genau, dass Lisa diesem Grinsen nicht widerstehen konnte.

«Ach … so Sachen wie, dass ich kein Make-up trage und dass ich lieber Skateboard fahre statt Fahrrad. Dass ich drei gleiche Initialen in meinem Namen habe. Und dass ich Vereine nicht ausstehen kann und lieber am Computer tüftele, anstatt so typische Mädchensachen zu unternehmen …»

«Mit den drei gleichen Initialen bist du ja nicht allein!» Kyle klatschte seine Hand wieder aufs Wasser und bedachte Lisa mit weiteren Spritzern. «Ich find das genial!»

«Es war so: Die Freundin meines Bruders hält mir das 1989 ständig vor. Sie findet, dass ich kein rechtes Mädchen bin und dass ich mehr so vernünftige Mädchensachen machen soll.»

«Was sind denn ‹vernünftige Mädchensachen›?»

«Ich weiß es auch nicht. Was perfekte Mädchen und Damen in ihren Augen halt so tun. Turnvereine, Musikvereine, Wohltätigkeitsvereine und … Frauengespräche … shoppen gehen … und gemeinsam lernen für die Schule … Stattdessen hab ich meine Zeit in Zacs Labor verbracht oder am Computer.»

«Hä? Waren die damals so altmodisch?»

«Fanny schon …»

«Meine Schwester ist die totale Gamerin, und sie ist doch auch ein Mädchen. Na ja, okay, sie hat ihren Harry-Styles-Fimmel … Aber haben Mädchen zu deiner Zeit denn nicht auch am Computer gespielt?»

«Tja, Computer zu meiner Zeit sind viel komplizierter zu bedienen als die in eurer Zeit. Es gibt 1989 noch wenig Frauen in der Branche. Aber mich hat es immer interessiert. Zac hat mir das Programmieren beigebracht, und ich hab versucht, ein eigenes kleines Spiel zu programmieren.»

«Wow, das könnte ich nicht!»

«Ach, es ist nur ein einfaches Spiel mit ein paar bunten Punkten, die über den Bildschirm hüpfen. Wahrscheinlich werde ich keine Lust mehr haben, daran weiterzumachen, wenn ich zurück bin. Doch anscheinend werde ich in der Zukunft tatsächlich Computerspiele programmieren. Vorausgesetzt, ich bin nicht in einer Zeitschleife gelandet …»

«Und vorausgesetzt, wir kommen wieder nach Hause, jetzt, nachdem ich alles vermasselt hab», murmelte Kyle. «Boah, ich darf gar nicht dran denken, in dieser Zeit leben zu müssen ... Wie war das mit diesem Asteroideneinschlag? Ob das wirklich passiert?»

«Um das rauszukriegen, müssten wir noch ein paar weitere Jahre in die Zukunft reisen», murmelte Lisa.

«Ehrlich gesagt wünschte ich, wir hätten das gar nicht mitbekommen.» Kyle starrte hinauf in den Nachthimmel, als würde er den Asteroiden mit bloßem Auge erkennen.

«Ja, so geht's mir auch ...» Lisa verkniff sich die Bemerkung, dass Morgans Warnung mehr als angebracht gewesen war.

Kyle sah Lisa wieder an, und in seinem Blick lag etwas Wehmütiges. Er streckte seinen Arm aus und berührte vorsichtig ihre Schulter, traute sich aber nicht, näher an sie heranzurutschen.

«Lee ...?»

«Ja?»

«Weißt du ... es macht mich traurig, wenn ich denke, dass wir uns vielleicht bald Lebewohl sagen müssen.»

Stimmt.

Lisa hatte den Gedanken bis jetzt irgendwie verdrängt. Es war tatsächlich so: Sollte es ihnen beiden gelingen, in ihre Zeiten zurückzukommen, würden sie einander nie mehr wiedersehen. Jedenfalls nicht mehr als Gleichaltrige, sondern mit einem Altersunterschied von 29 Jahren. Diese Vorstellung schnürte ihr die Brust zu.

«Lee ... ich hab mich schon gefragt ...» Kyles Blick schweifte ab, folgte zwei Flugmobilen, die einander gerade über dem Tower kreuzten. Am Himmel war der abnehmende Mond aufgegangen, der als blassrötliche Sichel über dem Lichtermeer der Stadt schwebte.

«Was hast du dich gefragt?»

«Ich hab mich gefragt, wie es wäre, wenn du mit mir zurück nach 2018 kommen würdest? Dieser Doc Silverman hat doch gemeint, dass du freie Wahl hättest … dieses *Kairos,* was er sagte. Ich meine, wenn du doch im Jahr 1989 gar nicht so glücklich warst?»

«Hm.» Lisa musste zugeben, dass sich dieser Gedanke auch schon in ihr Bewusstsein eingeschlichen hatte. Zumal ihr davor graute, fast sechzig Jahre durch dieses furchtbare Portal reisen zu müssen. Sechzig Jahre, das musste sich bestimmt doppelt so schlimm anfühlen wie dreißig Jahre …

Kyle rutschte nun doch ein Stückchen näher und ringelte eine von Lisas nassen Haarsträhnen um seinen Finger.

«Ich hab mir nur überlegt … wenn du mit mir nach 2018 kommen würdest, dann … vielleicht könnten wir dann zusammen sein? Zusammen die Zukunft planen und so? Alles besser machen, als es jetzt ist. Ich glaube, wir würden gut zueinander passen.

Ich hab noch nie so ein Mädchen wie dich getroffen, Lee. Ich weiß, Onkel Morgan nennt dich Lee-Lee. Ich weiß zwar nicht, warum er das tut, aber ich find's süß. Mir gefällt es, dass du so bist, wie du bist. Und wenn wir richtig zusammen wären, dann … dann würde ich bestimmt nicht immer die falschen Frauen küssen. Dann würde mir das alles gar nicht passieren, weil ich das mit dir nicht aufs Spiel setzen will. Verstehst du? Weil das mit dir mir zu viel bedeutet … und weil es das Beste wäre, was mir je im Leben passiert ist.»

Lisa schaute Kyle an, schlichtweg überwältigt und überrascht von seinen Worten. Das hätte sie ihm gar nicht zugetraut. Genau genommen hatte noch nie ein Junge so etwas zu ihr gesagt. Er hatte ihr seine Gefühle bereits mehrmals gestanden, aber nie so intensiv wie eben.

Sie wusste nicht, wie sie angemessen darauf reagieren konnte. Kyle hatte nicht aufgehört, an ihren Haaren zu zwirbeln, während er geredet hatte, und nun wanderte seine Hand langsam etwas weiter und streichelte schüchtern ihre Wange.

Ihr wurde ganz warm und kribbelig im Bauch.

Und dann kam er noch etwas näher.

«Darf ich dich … wenigstens ein Mal … richtig küssen?»

«Ähm … das wäre eigentlich das zweite Mal …»

«Oh … stimmt …» Trotz der wechselfarbigen Beleuchtung des Swimmingpools glaubte Lisa zu sehen, wie Kyles Ohren erröteten.

Sie senkte ganz leicht ihren Kopf, bereit für seinen Kuss. Er beugte sich vor und berührte ihre Lippen so sachte, als würde er Porzellan küssen und als würden ihre Lippen bei der kleinsten Berührung in tausend Scherben zersplittern.

Sie hielt den Atem an und legte ihre Hand sachte auf seine Schulter, während er die Augen schloss und seine Nase sanft an ihrer rieb. Sie war sich nicht ganz sicher, was sie dabei empfinden sollte, hatte er doch an diesem Vormittag mit denselben Lippen bereits ein anderes Mädchen geküsst. Dennoch, sein Kuss war warm und zärtlich und weich – viel zärtlicher, als sie es diesem Jungspund zugetraut hätte.

Schließlich, ganz zaghaft, löste er sich wieder von ihr. Sein sonst so treffsicheres Grinsen misslang ihm diesmal etwas, seine Mundwinkel wollten die Ohren nicht finden.

«Also …»

«Ja?»

«Ich meine … tjaaaa … falls du tatsächlich auf reiche Jungs aus bist, dann bist du ja mit mir auch nicht schlecht bedient», sagte er. «Ich erbe eines Tages auch eine Menge. Ich bin im Grunde fast genauso reich wie Onkel Morgan, auch wenn ich es nicht so zur Schau stelle wie er. Weil es mir halt einfach nicht so wichtig ist …»

«Ach, Kyle, Geld steht für mich so ziemlich an letzter Stelle. Ich bin mit wenig aufgewachsen und werde auch weiterhin mit wenig zurechtkommen, wenn es sein muss. Außerdem …»

Ihre Gedanken streiften flüchtig das, was Loreen erwähnt hatte: Kyles Familie war offenbar aus irgendeinem Grund total verschuldet. Doch das war nicht relevant für sie. Es ging um etwas anderes.

«Es ist …»

«Was?»

Sie seufzte tief. «Es geht nicht. Ich kann nicht.»

«Aber wieso denn nicht? Wer oder was hindert dich? Onkel Morgan etwa? Du hast mir doch gesagt, dass er dich gar nicht wollte im Jahr 1989.»

«Nein. Nicht Morgan», sagte Lisa. «Oder doch, vielleicht ein kleines bisschen. Ich würde nämlich gern in meiner Zeit verhindern, dass er je alkoholabhängig wird. Und dazu muss ich zurück nach 1989 beziehungsweise zurück nach Anfang 1990. Nein … es geht um meinen Bruder Thomas.»

«Was ist mit ihm?»

Sie seufzte. «Ich hab kurz vor meinem Aufbruch in die Zukunft erfahren, dass er im Jahr 2018 Krebs hatte. Ich weiß nicht, in welchem Stadium, aber er sah elend aus. Ich hab gehört, wie seine Frau Fanny sagte, dass es fast zu spät sei. Ich habe keine Ahnung, ob er im Jahr 2047 noch lebt – Morgan hat mir nichts gesagt –, aber wenn ich ins Jahr 2018 reise, dann ist es vielleicht schon zu spät für ihn. Ich muss also weiter zurück. Zurück in meine eigene Zeit.»

«Hm.» Kyle dachte nach. «Du hast mir nie wirklich was über deinen Bruder erzählt. Ich wusste lange gar nicht, dass du überhaupt einen hast.»

«Wir stehen uns ehrlich gesagt nicht so nah», sagte Lisa. «Wir sind altersmäßig vier Jahre auseinander. Ich liebte ihn als Kind, und er hat mich immer beschützt, aber … er hatte andere Interessen als ich. Trotzdem. Ich liebe meinen Bruder, und ich will nicht, dass er so eine miese Zukunft hat. Außerdem hat er auch Kinder …»

«Aber nehmen wir mal an, du wüsstest, dass man ihm doch noch helfen kann im Jahr 2018 – wie sähe es dann aus?» Kyle schaute sie herausfordernd an. «Ich meine, vielleicht kannst du wenigstens diese Antwort aus Onkel Morgan rauslocken …»

Lisa wandte ihren Blick ab und schaute auf das Lichtermeer der Stadt, das in den vergangenen 58 Jahren so sehr gewachsen war. Sie dachte an all die Dinge, die in ihrer Zeit auf sie warteten. Wo würde sie wohnen? Weiterhin bei ihrem Bruder Thomas und seiner Freundin Fanny in dieser engen Wohnung? Oder im Mädcheninternat, wo sie eigentlich gar nicht hinwollte?

Morgan hatte mal im Jahr 2018 erwähnt, dass sie doch einfach zu ihm kommen solle und dass sein jüngeres Ich sich um sie kümmern würde, aber wie ernst konnte sie das nehmen? Wie gut konnte Morgan sich denn noch an 1989 erinnern, an 1990 und seine Zeit als Jugendlicher? Immerhin hatte er sie damals verstoßen. Der ältere Morgan mochte zwar über viel Reife und Weisheit verfügen, aber zurück in ihrer Zeit würde sie es mit der sechzehnjährigen Version von ihm zu tun haben, die nicht so richtig klarkam mit dem Leben.

«Ich weiß es nicht», sagte sie vorsichtig. «Dann müsste ich das alles noch mal überdenken.»

Kyle schmunzelte, als sei er sich seines Sieges schon sicher.

«Also, so wie ich dich kenne, wirst du dich wohl schlecht mit der rückständigen Technik von 1989 abfinden können, stimmt's? Dad hat mir von den altmodischen Modems erzählt, mit denen man sich früher ins Internet einwählen musste. Die haben doch eine halbe Ewigkeit gebraucht, bis die sich da reingerattert hatten …»

«Tja», sagte Lisa mit einem schiefen Lächeln. «Das wird tatsächlich nicht einfach. Zuhause erwartet mich ein alter Commodore 64 mit sechzehn Farben und einem winzigen flimmernden Bildschirm, der selbst für meine Zeit schon ziemlich veraltet ist …»

«Boarrrr.» Kyle schüttelte sich. «Kann ich mir gar nicht vorstellen.»

«Trotzdem», sagte Lisa. «Ich bin nun mal 1973 geboren, und ich hab ein Leben in den Achtziger- beziehungsweise Neunzigerjahren.» Sie hob ihre Schultern.

«Na ja … wir können doch zumindest mal nachforschen, ob dein Bruder noch lebt», schlug Kyle vorsichtig vor. «Es ist vielleicht doch nicht immer so schlecht, etwas über die Zukunft zu wissen. Wir können morgen in der Schule mal nach ihm googeln. Vielleicht finden wir ja was.»

Lisa nickte, wenn auch nicht ganz überzeugt.

«Darf ich dich noch mal küssen?», fragte Kyle schüchtern. «Weiß ja nicht, wann ich je wieder Gelegenheit haben werde.»

Er beugte sich zögernd zu ihr vor.

«Okay …»

Gerade in dem Moment konnte Lisa durch die Fenster im Inneren des beleuchteten Appartements sehen, wie Morgan mit einer wohlbeleibten älteren Dame mit platinblonden Haaren aus seinem Zimmer in den Wohnbereich trat. Sie musste zweimal hinsehen, ehe sie Kimberley erkannte. Vielleicht hätte sie ihre ehemalige Schulkameradin auch gar nicht erkannt, hätte Kimberley sich nicht in vertrauter Manier um Morgans Hals geschmissen und ihm einen dicken Schmatzer auf die Wange gedrückt.

«Was ist denn?» Kyle sah Lisa irritiert an, weil sie seinen Lippen instinktiv ausgewichen war.

«Ähm … nichts.» Lisa senkte ihren Blick und war froh, dass Kyle ihr Sichtfeld verdeckte. In ihrer Magengegend brodelte es unangenehm.

«Also? Darf ich?» Kyles weiche Lippen berührten die ihren von Neuem. Noch einmal gaben sie sich einem langen und intensiven Kuss hin. Lisa konnte Kyles Herz spüren, das geradezu im Rhythmus eines Presslufthammers schlug. Ihr eigenes war ebenfalls dabei, das Tempo zu steigern. Sie legte ihre Hand auf seine Brust.

Und dann wurde es auf einmal dunkel um sie herum.

Die Lichter im Pool waren ausgegangen.

Erschrocken lösten sich Lisa und Kyle voneinander und sahen hoch.

Vor ihnen stand Morgan und blickte streng auf sie runter. Das Armband seiner ausgestreckten Hand leuchtete neonblau.

«Kommt raus. Alle beide.»

«Was … ist denn?» Lisa schaute Morgan ängstlich an. Er war sauer, das war ihm deutlich anzusehen.

«Habt ihr denn keinen Funken Vernunft?»

«Wieso?», fragte Kyle dreist.

«Was soll die Frage, Kylian? Du weißt ganz genau, was ich meine. Los, kommt!»

«Sorry …», murmelte Lisa mit brennendem Kopf, während sie aus dem Wasser stieg. Sie konnte es nicht ertragen, Morgan zornig auf sie zu wissen.

Er breitete stumm ein flauschiges Badetuch über ihr aus, als sie, den Tränen nahe, zu ihm trat. Kyle folgte ihr schließlich und bekam von Morgan ebenfalls ein Badetuch ausgehändigt.

«Wir alle riskieren hier eine ganze Menge, um euch wieder nach Hause zu bringen», sagte Morgan, immer noch mit scharfer Stimme. «Könnt ihr nicht mal ein bisschen euren Verstand walten lassen?»

Lisa schmiegte sich bibbernd an den flauschigen Stoff, während Morgan ihr die Tür ins Innere aufhielt. Er streifte sie kurz mit seinen braunen Augen, doch zu knapp, als dass sie seine wahren Gefühle darin hätte lesen können.

Kyle blieb jedoch vor seinem Onkel stehen und schaute trotzig auf ihn runter.

«Du kannst mir überhaupt nichts befehlen, Onkel Morgan», grollte er. «Ich weiß ganz genau, was passiert ist! Du bist mit meiner Mum durchgebrannt! Und hast damit meine Familie auseinandergerissen! Und ausgerechnet *du* willst mich belehren? Du, der du dein Leben lang auf dem faulen Hintern gesessen bist und auf Dads Kosten im Luxus gelebt hast und dir nur die Birne vollgehauen hast?» Kyle stieß seinen ganzen angestauten Ärger aus wie ein Ballon, dem die Luft abgelassen wurde.

Morgan packte Kyles Arm. «Ruhig, Kylian.»

«Nein, ich bin nicht ruhig! Du kannst mich echt, Onkel Morgan!» Mit einem heftigen Ruck riss Kyle sich los.

Lisas Brust schnürte sich zusammen.

Morgan sah Kyle mit reumütigem Blick an.

«Erstens, hör auf, mich so affig ‹Onkel Morgan› zu nennen. Morgan genügt. Zweitens, ja, es sind Dinge geschehen, die mir sehr leidtun. Ich streite auch nichts davon ab. Aber du musst wissen, dass ich deine Familie niemals ruinieren wollte, Kyle. Niemals. Ich hab versucht zu retten, was ich retten konnte.»

Kyle stand da und schien innerlich fast zu zerbersten. Zum zweiten Mal an diesem Tag rannen Tränen über seine Wangen, und es schien Lisa, als hätte auch Morgan feuchte Augen.

«Kyle», sagte Morgan leise. «Ich bin nicht das Monster, für das du mich hältst. Ich habe Fehler gemacht, das gebe ich zu. Ich bin nicht stolz auf meine Eskapaden. Ich würde alles ungeschehen machen, wenn ich könnte. Du und Elly und Julian und Loreen – ihr liegt mir alle am Herzen. Und ich tue, was ich kann, um dir zu helfen, wieder nach Hause zu kommen. Vertrau mir.»

Kyle starrte Morgan an. Seine Lippen bebten. Tränen tropften unkontrolliert vor ihm auf den Fußboden.

«Sag mir einfach eins, Onk… äh … Morgan: Was ist mit Mum? Wo ist sie?»

«Deiner Mum geht es gut», versicherte Morgan. «Du brauchst dir keine Sorgen zu machen. Und auch deinem Vater. Sie sind beide wohlauf.»

«Sicher?»

«Ich garantiere es dir.»

Das zu hören beruhigte Kyle offenbar ein wenig. Er nickte und zog seine Nase hoch.

«Eine Sache, Kylian», fügte Morgan ernst hinzu. «Was deine eigene Familie und deine Kids betrifft, das ist nicht meine Schuld. Das liegt allein an dir. Lass dich nicht von anderen Frauen verführen, wenn du eines Tages verheiratet bist. Das könnte viel Unglück über deine Familie bringen. Komm jetzt rein.»

«Wie meinst du das?» Kyles Stimme bebte.

«Darüber rede ich mit dir noch im Detail, aber nicht jetzt. Und mit dir auch, Lee.» Er bedachte Lisa mit einem weiteren strengen Blick. «Für jetzt wünsche ich einfach, dass ihr mir vertraut und dem Folge leistet, was ich euch sage.»

Lisa fühlte sich elend, als sie etwas später zu Britt stieß und sich neben sie auf die Couch setzte, vor der auf einem kleinen Tisch Tee und Kekse standen. Morgan hatte Kyle ins Bett geschickt, und erstaunlicherweise gehorchte Kyle widerstandslos. Wahrscheinlich, weil er die Aussicht hatte, sich in seinem Zimmer einen Film aus dieser Super-Ultra-Filmdatenbank reinzuziehen.

«Na?», sagte Britt, als sie sah, dass Lisa arg aufgewühlt war.

«Ich fürchte, wir haben alles vermasselt», murmelte Lisa.

«Ach, was», meinte Britt. «Das renkt sich schon ein.»

«Meinst du?»

Lisa schielte zu Morgan, der ohne ein weiteres Wort mit einem Glas Whisky, oder was immer es auch war, in seinem Zimmer verschwand und die Tür hinter sich zudonnerte.

«Er scheint jedenfalls wütend zu sein …»

«Ja-ja.» Britt winkte ab. «Der wird mit demselben Kopf wieder zufrieden. Nimm es nicht so schwer, Lee.»

«Aber gibt es jetzt noch einen Weg zurück?», fragte Lisa betrübt. «Wir haben den Schlüssel ja nicht …»

«Ach, ich bin überzeugt, dass es bereits einen Ersatzplan gibt. Morgan hat den ganzen Vormittag mit Angela telefoniert, noch bevor ihr die Sache vermasselt habt. Es war ja von Anfang an klar, dass dieser Plan misslingen könnte, und das weiß auch er. Möglicherweise wird der Ersatzplan um einiges aufwändiger sein, aber sei's drum. Mach dir erst mal keine Sorgen. Magst du etwas Tee?» Britt füllte eine Tasse und schob sie Lisa zu.

«Danke. Okay …» Lisa nahm die Tasse und trank einen kleinen Schluck. Britts Worte beruhigten sie tatsächlich, obwohl es ihr sehr zu schaffen machte, dass Momo zornig auf sie war.

«Morgan hat viel für dich übrig. Das weißt du. Aber er hat

immer etwas um die Ohren. Alle möglichen Leute brauchen seine Hilfe.»

«Britt – weißt du mehr darüber, was genau passiert ist? Die Sache mit Beverly … Kyles Mutter?»

Britt seufzte ein wenig. «Ach ja, das war ein Riesendrama. Aber, Lee, Details kann ich dir keine geben. Das möchte ich wirklich lieber Morgan überlassen. Er weiß am besten, was alles passiert ist.»

«Aber … ist er denn jetzt mit Beverly zusammen?»

«Nein, natürlich nicht», sagte Britt. «Das hat er sehr schnell wieder beendet.»

Lisa presste ihre Lippen fest zusammen. So viele Fragen brodelten in ihrem Innern, dass sie gar nicht wusste, in welcher Reihenfolge sie alle stellen sollte.

«Und was ist mit Kimberley?»

«Ach, Kimberley.» Britt schmunzelte. «Ich kann mir schon vorstellen, dass du empört darüber bist, dass die beiden nach bald sechzig Jahren immer noch Kontakt haben. Ich erinner mich ja auch, wie sie sich schon in der Schule immer an seinen Hals geworfen hat. Aber ich kann dir versichern, dass Morgan kein romantisches Interesse an ihr hat. *Sie* ist es, die ihm konstant nachläuft. Seine Schwäche ist halt, dass er immer wieder Mitleid hat und ihr Geld gibt. So wird er sie natürlich nie los.»

«Du meinst, sie ist nur aufs Geld aus?»

«Tja, genau das ist sein großes Dilemma. Fast alle kommen zu ihm, weil sie Geld brauchen. Du musst wissen, Morgan ist in all den Jahren zu einem der reichsten Bürger unseres Landes geworden. Nach dem großen Wirtschaftszusammenbruch haben viele ihr Geld und ihre Arbeit verloren. Auch die Kendall Automotive Company hatte zu kämpfen. Zacs bahnbrechende Erfindung mit diesem umweltfreundlichen Lichtantrieb kam genau zur rechten Zeit. Sie hat die Welt verändert, der KAC zu einem enormen Neu-Aufschwung verholfen und Morgan zum Milliardär gemacht. Die Photonenantriebs-Motoren der Company werden auf der ganzen Welt produziert. Und alle drei Wolkenkratzer, die hier stehen, gehören inzwischen der KAC.»

«Heißt das, es war tatsächlich Zac, der diesen Lichtantrieb erfunden hat?» Lisa staunte. Zac war wirklich ein Genie, wie es selten eines gab auf dieser Welt.

«So ist es. Tja, und Morgan weiß, dass er das alles Zac zu verdanken hat.» Britt lächelte. «Deswegen nutzt er sein Vermögen auch nicht nur für sich. Er hilft vielen Menschen in Not, sponsert eine Menge Hilfswerke und hat auch selber welche gegründet. Und eigenartigerweise ist es sogar so: Je mehr er gibt, desto reicher wird er. Paradox, nicht wahr? Leider wird er auch ausgenutzt, vor allem von Frauen. Das ist wohl der Grund, warum er bis heute nie geheiratet hat.»

«Er war nie mit jemandem zusammen?»

«Ach, er hatte schon ein paar Freundinnen, aber nichts Langfristiges. Er hat einfach immer die falschen Frauen angezogen. Das sagt er auch selber, und er gibt zu, dass er die Sache nicht im Griff hat. Ich glaube, er hätte sich sehr eine glückliche Beziehung und auch Kinder gewünscht. Er hatte einmal eine etwas längere Liaison mit Angela Cox, aber …»

«Mit Angela?»

«Nun ja, sie hat ihn wegen seines Sprachfehlers therapiert. Mit Erfolg. Dadurch sind sie sich nähergekommen. Angela hat sich damals sehr an ihn gehängt. Wahrscheinlich hat sie in ihm eine Art Vaterersatz gesucht, was ihr eigener Dad, Maddox, schrullig, wie er nun mal ist, ihr nicht bieten konnte. Aber auch das hat Morgan nach einer Weile beendet. Ich mein, die beiden haben einen Altersunterschied von fast dreißig Jahren. Das war ihm dann doch zu viel. Aber sonst … ach, es ist bestimmt nicht einfach, wenn man so viel Geld hat wie er. Das ist die sprichwörtliche Kehrseite der Medaille.»

Lisa schwieg, um das Ganze sacken zu lassen. Die eine Frage, die sie schon so lange mit sich herumtrug, beschäftigte ihr Herz nach wie vor. Britt sah ihr offenbar an, was in ihr vorging.

«Vielleicht wäre ja alles anders gekommen, wenn du dagewesen wärst», sagte sie warm. «Dann wärt ihr vielleicht irgendwann doch zusammengekommen, und er hätte all diese unglücklichen Liebschaften nie durchgemacht. Vielleicht wird sich das ja alles ändern, wenn du erst zurück im Jahr 1990 bist.»

«Meinst du?», fragte Lisa zweifelnd. Morgan hatte ihr 2018 nie eine definitive Antwort auf ihre Herzensfrage gegeben, und auch jetzt wich er ihr permanent aus.

«Meinst du tatsächlich … Morgan und ich wären eines Tages …?»

«Ich weiß es nicht. Aber er hat auf jeden Fall viel für dich übrig, Lee. Wenn ich nur dran denke, wie verzweifelt er dich damals im Wald gesucht hat … und wie intensiv er all die Jahre an diesem Plan für euch gearbeitet hat. Du hast auf jeden Fall einen großen Platz in seinem Herzen, das weiß ich. Ach Lee, wenn du wüsstest …»

«Was denn?»

Britt schmunzelte. «Er hat so viel an seinem Äußeren herumgefummelt, bevor du gekommen bist. Er hat ein paar kosmetische Eingriffe gemacht, um es beim Namen zu nennen. Er hat eine Haarbehandlung machen lassen, war bei mehreren Kosmetikern und hat sogar Bauchfett absaugen lassen. Tja, die männliche Eitelkeit …»

«Im Ernst?»

«Allerdings. Er hat immer Wert auf sein Äußeres gelegt, aber die letzten Monate war er besonders aktiv. Er hat arg gelitten, weil er ein paar Kilo zu viel hatte. Die Kendall-Gene, wie er immer meinte. Er hat alles dran gesetzt, um wieder sein altes Gewicht zu erreichen. Er hat es zwar nie ausgesprochen, aber ich glaube, dass er so gut wie möglich für dich aussehen wollte, auch wenn das alles für ihn ewig lange her ist. Aber die Erinnerungen sterben nicht.»

«Hm.» Lisa war sich nicht sicher, ob sie das wirklich glauben sollte.

«Wie auch immer, ich hätte mir sehr für ihn gewünscht, dass er glücklich mit einer Frau geworden wäre», meinte sie. «Er hätte es wirklich verdient.»

«Woher kommt eigentlich dein Sinneswandel?», forschte Lisa. «Ich dachte immer, du kannst ihn nicht leiden …»

«Das stimmt, ich konnte nichts mit ihm anfangen», gab Britt unumwunden zu. «Ich fand schlichtweg, dass er ein verwöhnter, fauler Bengel war. Du weißt ja, ich wurde von meinen Eltern zur Bescheidenheit erzogen, und sie haben sich das Geld für meine Ausbildung quasi vom Mund abgespart. Ich war oft wütend auf die reichen, verwöhnten Kids wie Morgan, die ihr Glück als selbstverständlich hinnahmen. Aber ich muss gestehen, dass ich mich in ihm getäuscht habe. Er hat tatsächlich viel mehr auf dem Kasten, als ich je glaubte. Er ist der großzügigste Mensch, den ich kenne. Und ein guter Freund.»

«Hm.» Lisa nahm ihre Tasse mit bebenden Händen hoch. Es wurmte sie, dass Britt Morgan offenbar besser kannte, als sie selbst es tat.

«Und wie ist es zu eurer Freundschaft gekommen?», fragte sie leise.

Britt goss sich Tee ein und lehnte sich zurück.

«Nun, nachdem du verschwunden warst, lag es ja an Morgan und mir, für euch einen Plan zu ersinnen. Wir waren allein übrig, nachdem Zac und Doc Silverman beide in Untersuchungshaft waren.

Morgan hat sich bei dem Zeitreiseexperiment den Fuß gebrochen. Nachdem wir Kyle und Angela nach Hause gebracht hatten, sind wir mitten in der Nacht zur Notfallstation gefahren, wo sie ihm einen Gips verpasst haben. Er hat es dann tatsächlich noch geschafft, uns mit eingegipstem Fuß zu sich heim zu fahren, und wollte mir eigentlich ein Taxi nach Hause bezahlen, aber wir waren auf einmal so ins Gespräch vertieft, und ehe wir's uns versahen, ging die Sonne wieder auf …

Tja, so kann es gehen. Da habe ich ihn zum ersten Mal so richtig kennen gelernt und war erstaunt, wie scharfsinnig und feinfühlig er ist. Und wie gut er zuhört.»

«Ja …?» Lisa umklammerte ihre Tasse fester.

«In der Nacht erfuhr ich übrigens auch zum ersten Mal von seinem Sprachfehler. Ich wusste das nicht, Lee. Du hast mir nie davon erzählt. Ich wusste nicht, dass ihn das so sehr behindert hat. Nun, innerhalb dieser wenigen Stunden musste ich mein Bild von ihm komplett revidieren. Von da an trafen wir uns öfter, um Pläne für dich zu schmieden. Er hat sich auch sehr für Zac und Doc Silverman eingesetzt und sich bereiterklärt, eine Kaution zu bezahlen, damit sie schneller freikommen. Da hab ich zum ersten Mal seine enorme Großzügigkeit erlebt.»

Lisa lauschte ihrer Freundin fasziniert.

«Und dann, als die Krise kam und ich wie viele andere meinen Job und mein geliebtes Häuschen verlor, hat er sich als Retter in der Not erwiesen. Er bot mir an, mir meinen Lebensunterhalt zu finanzieren, und fragte mich, ob ich nicht eine seiner Wohnungen hier bei ihm im Wolkenkratzer beziehen wolle. Er war zu der Zeit viel allein, und er brauchte jemanden, der auf ihn aufpasste, damit er nicht wieder mit dem Trinken anfing. Ich habe dann zugesagt, weil ich mich bei ihm revanchieren wollte. Er hat mir die Wohnung im Stockwerk unter sich ausbauen lassen, und später, nachdem Zacs Vater gestorben war, hat er Zac in der Wohnung neben mir ein wirklich tolles Labor eingerichtet.»

Lisa konnte nur den Kopf schütteln. All das erschien ihr so unglaublich … unfassbar …

«Und faul ist er auch nicht wirklich», fügte Britt mit einem Augenzwinkern hinzu. «Oder na ja, ein kleines bisschen. Aber er kann es sich ja leisten. Ich ziehe ihn gern damit auf. Er ist extrem tüchtig, was die Leitung der KAC angeht. Das hätte ihm wohl nie jemand zugetraut. Außerdem bin ich immer wieder aufs Neue überrascht, wie viel Humor er hat.»

Den hingegen kannte Lisa seit ihrer Kindheit. Momos herzhaftes und ansteckendes Lachen als kleiner Junge war legendär gewesen – bevor er als Teenager in eine tiefe Depression gefallen war.

Doch eine Sache wollte sie noch genauer wissen:

«Sag mir, Britt, wie steht es denn jetzt um Morgans Alkoholproblem? Er ist vorhin mit einem Getränk in seinem Zimmer verschwunden, das schwer nach Alkohol ausgesehen hat.»

«Ach», sagte Britt. «Tja. Er hat nach wie vor seinen persönlichen Kampf damit. Immer mal wieder. Aber im Großen und Ganzen hat er sich erstaunlicherweise gut im Griff. Es gibt Wochen, da trinkt er überhaupt nichts. Und ich passe auch auf ihn auf. Nur wenn er wütend ist, schlägt er etwas über die Stränge. So wie jetzt gerade.»

Lisa hatte immer noch ein flaues Gefühl in der Bauchgegend,

wenn sie an den strengen Blick dachte, den Morgan ihr vorhin zugeworfen hatte.

«Er ist extrem geduldig, aber wenn ihm der Kragen platzt, dann fliegt auch schon mal irgendwas in der Gegend rum. Zum Glück kommt das recht selten vor.» Britt grinste ein wenig bei diesen Worten.

Lisa erinnerte sich, dass sie tatsächlich den einen oder anderen Wutausbruch von Momo in der Vergangenheit mitbekommen hatte. Zum Beispiel, als er in einer Physikstunde die Tür so zugeknallt hatte, dass Gläser zu Bruch gegangen waren.

«Wie gesagt, ich denke oft, eine Frau täte ihm gut. Eine, die ihn um seiner selbst willen liebt», schloss Britt das Thema ab.

Auf einmal vernahmen sie eine leise Melodie. Sie klang wehmütig und sanft und sehr schön, und sie schien aus Morgans Zimmer zu kommen.

«Was ist das für eine Musik?», fragte Lisa.

«Ach, das ist Morgan mit seinem Keyboard.» Britt lächelte.

«Er spielt Keyboard?»

«Ja. Das hast du nicht gewusst, was?»

«Wie kommt das?» Lisa setzte sich aufrecht hin, als könne sie so die Töne der Melodie besser in sich aufnehmen.

«Nachdem ich bei ihm eingezogen war, hab ich ihm Beine gemacht, dass er mit seiner Freizeit doch was Kreatives anstellen soll, anstatt nur in die Glotze zu schauen. Na gut, gelesen hat er auch viel, aber dennoch – ich hab mich gewundert, warum er nie auf die Idee gekommen ist, ein Instrument zu lernen. Er, der doch der totale Musikfreak ist und jeden, aber wirklich *jeden* Songtext auswendig kann.

Ich hab ihm dann das Klavierspielen beigebracht. Du erinnerst dich, meine Mutter hat mich ja auf Biegen und Brechen in den Klavierunterricht gesteckt. Nun, es hat sich rausgestellt, dass Morgan tatsächlich ein verborgenes musikalisches Talent hat! Er hat sich schließlich ein Keyboard gekauft, und mittlerweile kann das Musizieren ihn sogar vom Trinken ablenken. Es entspannt ihn.»

«Die Melodie ist wunderschön», flüsterte Lisa. «Was ist das für ein Song?»

«Ach, ich glaub, er schreibt die Songs sogar selber. Genaues weiß ich nicht. Er verrät es mir nicht. Aber vielleicht macht er bei dir eine Ausnahme.» Sie zwinkerte.

«Meinst du, ich darf zu ihm reingehen?»

«Oh. Nein, besser nicht. Er braucht diese Zeit, um sich zu erholen. Der heutige Tag war stressig für ihn. Und Kimberley hat ihn wahrscheinlich auch Nerven gekostet. Ich denke, er wird irgendwann rauskommen, um dir Gute Nacht zu sagen.»

Tatsächlich trat Morgan eine Viertelstunde später aus dem Zimmer, um das leere Glas in die Küche zu bringen. Britt blinzelte Lisa noch mal verschwörerisch zu und verzog sich mit einem knappen «Gute Nacht» nach unten.

Morgan sah Lisa auf dem Sofa sitzen und kam mit zwei vollen Gläsern Orangensaft zu ihr.

«Lee-Lee», sagte er, während er sich setzte und ihr eins der Gläser zuschob. «Möchtest du noch irgendwas? Hast du noch Hunger?»

Lisa schüttelte den Kopf. Nein, sie war immer noch pappsatt von dem üppigen Essen im Swimmingpool.

«Bist du immer noch sauer auf mich?», fragte sie beklommen.

«Lee-Lee, ich war nie sauer auf dich. Ich bin einfach nur besorgt, das ist alles.»

«Es tut mir wirklich leid … wir haben es vermasselt mit diesem Schlüssel.»

«Es war nicht eure Schuld. Wir haben die Situation unterschätzt. Euer Wissenschaftslehrer …» Er brach ab.

«Was ist mit dem?»

«Nichts. Dafür ist Angela zuständig. Jetzt schauen wir, wie wir die Situation so gut wie möglich retten können.»

«Gibt es denn noch eine Möglichkeit?»

Er atmete tief ein, was allerdings mehr wie ein Seufzer klang. «Ja, mehrere. Eine davon ist, eure Zeitreise auf nächstes Jahr zu verschieben, was aber eine Menge Komplikationen mit sich bringen wird. Die andere ist, Vitus um einen nicht ungefährlichen Extraeinsatz zu bitten, von dem wir gehofft haben, dass wir ihn umgehen können. Er riskiert schon so genug, um euch zu helfen. Wir werden sehen. Mach dir jetzt erst mal keine Sorgen.»

«Aber …»

«Überlass das mir, Lee-Lee. Es gibt etwas anderes, was mir momentan mehr Kopfzerbrechen bereitet.» Er sah sie ernst an. Lisa war einmal mehr erstaunt darüber, was für klare Augen er für einen fast 74-Jährigen hatte.

«Du und Kyle – ihr wisst, dass das nicht geht, oder?»

«Das mit dem Küssen?»

«Ja. Weißt du, damals im Jahr 2018 hätte ich es euch von Herzen gegönnt. Aber heute, im Jahr 2047, sieht das alles ganz anders aus. Nicht nur, dass ihr in verschiedene Zeiten gehört. Wenn Kyle jetzt einen Fehltritt macht, setzt er möglicherweise seine ganze Familie aufs Spiel. Deswegen hab ich beschlossen, ihn morgen bei der Schule krankzumelden und dich allein hinzuschicken. Er darf unter keinen Umständen weiteren Kontakt zu seinen Kids haben.»

«Was … wäre denn so schlimm daran?»

«Eine Menge, Lee. Eine ganze Menge.» Morgan nahm einen Schluck von seinem Orangensaft und musterte Lisa eingehend.

«Ich hab nur überlegt – vielleicht könnte er ja verhindern, dass es seiner Familie eines Tages so schlecht geht, wenn er ein bisschen was über die Zukunft weiß», schlug Lisa vor.

Doch Morgan schüttelte den Kopf. «Lee, du kennst doch die Zeitreise-Regeln, nicht wahr? Doc Silverman hat es dir immer wieder ausdrücklich gesagt. Bereits eine kleine Veränderung der Vergangenheit kann ungeheuerliche Konsequenzen nach sich ziehen. Dieses Risiko möchte ich nicht eingehen. Zu viel steht auf dem Spiel.»

«Ich meine nur. Es … tut mir leid für Kyle, dass seine Zukunft … so, so … ach, ich weiß nicht … so chaotisch sein wird.»

«Ich weiß. Mir tut es auch leid. Aber der Junge muss selbst Verantwortung für seine Entscheidungen übernehmen. Ich hab ihm gesagt, was er wissen muss, und ich werde ihn mir später noch mal vorknöpfen. Aber zu viele Informationen kann ich ihm nicht geben, sonst zerstören wir mehr, als wir retten.»

Lisa nickte schließlich mit schwerem Herzen. Morgan nahm ihr sanft das leere Glas aus der verkrampften Hand und stellte es wieder auf den Tisch.

«Geh ins Bett, Lee-Lee. Morgen ist ein neuer Tag. Ich werde dich selbst zur Schule fliegen. Dann haben wir noch ein paar Minuten Zeit, um miteinander zu reden.»

Kapitel 13
Julians Trick

Kyle hatte nach einigem Protestieren akzeptiert, dass er zuhause bleiben sollte. Morgan hatte ihm als Gegenleistung die Filme ab dem Jahr 2025 freigegeben – ein Köder, dem Kyle nicht widerstehen konnte. Insbesondere, weil man sich die neueren Filme mit VID-Brille reinzog.

Morgan hielt sein Versprechen und brachte Lisa persönlich zur Schule, damit er noch etwas Zeit mit ihr hatte. Sie durfte auf dem Beifahrersitz neben ihm sitzen und konnte so gespannt mitverfolgen, wie er das Aeromobil für den Flug programmierte. Danach musste er nicht mehr viel machen, da das Flugmobil fast alles automatisch ausführte. Morgan saß mit verschränkten Armen da, während er Lisa mit Instruktionen versorgte.

«Ich lass dich nicht gern allein, Lee-Lee, das weißt du, aber es geht nicht anders. Deine Aufgabe ist schlicht und einfach, diese zwei Tage so unauffällig wie möglich zu überstehen. Kyle habe ich mit einer Magenverstimmung krankgemeldet, falls jemand fragt.»

«Gibt es schon Neuigkeiten wegen des Schlüssels?», wollte Lisa wissen.

«Nein. Ich hab noch keine Antwort von Vitus. Eine andere Möglichkeit wäre Hannah, Angelas Tochter. Sie könnte sich vielleicht unter die A-Level-Schüler mischen, die heute mit Mister Jackson drüben in den Wissenschaftsräumen des Forschungszentrums sind. Allerdings ist sie Professor Elliotts persönliche Assistentin, und das erschwert die Sache. Wir werden sehen. Du bleibst, wenn immer möglich, in Garrons Nähe und hältst dich an das, was ich euch gesagt habe. Und versuch, jeden Kontakt mit den Kendall-Kids zu vermeiden. Den Rest überlässt du mir.»

«Okay», nickte Lisa.

Und schon landeten sie auf dem Dach der Turnhalle. Morgan lächelte ihr zu, während er ihren Gurt mit der Automatikvorrichtung löste.

«Na, dann viel Glück, Captain Lambridge. Sei vorsichtig. Ich hole dich nach Schulschluss wieder ab.»

Lisa schaute dem Aeromobil nach, bis es in der Luft wendete und Richtung Penthouse zurückflog. Dann setzte sie sich in Bewegung, froh, dass für diesen Tag einmal keine Aufgabe außer Unsichtbarbleiben von ihr gefordert war und dass sie zur Abwechslung *nicht* auf Kyle aufpassen musste.

Garron wartete vor dem Eingang. Offenbar hatte man ihn informiert, dass Kyle heute nicht mit von der Partie war, denn er stellte keine Fragen.

Sie hasteten in den Englischunterricht. Vor dem Klassenzimmer stand Tarya mit einem so kitschig-unschuldigen Lächeln, dass Lisa ihr am liebsten eine Ohrfeige verpasst hätte.

Nach der Englischlektion folgte eine Stunde Geschichte, doch davon hatte Britt sie auf Morgans Geheiß abgemeldet, also verzog sie sich gehorsam in die Bibliothek. Sie war fest entschlossen, nichts zu tun, was Momo verärgern oder ihm Kummer bereiten könnte, deswegen unterließ sie auch das Herumsurfen im Internet, obwohl es so vieles gab, was sie gerne gewusst hätte.

Als Nächstes stand noch einmal eine Stunde Wissenschaft bei einem realen Lehrer auf dem Programm, und zwar wieder mit Mr. Jackson, doch dieses Mal in den regulären Schulräumen im ersten Stock. Lisa fragte sich, ob er mit ihnen das Thema vom letzten Mal fortsetzen würde. Ihr war mulmig zumute bei dem Gedanken. Ihr wäre virtueller Unterricht lieber gewesen.

Mr. Jackson führte der Klasse tatsächlich die Theorie des Wurmlochs und des Zeitsenders noch genauer aus. Lisa erstaunte und schockierte es, wie viel von dem Wissen, das Zac in all den Jahren angesammelt hatte, der Öffentlichkeit mittlerweile zugänglich war.

Nach dem Ende der Stunde kam Mr. Jackson auf sie zu.

«Miss Kendall», sagte er und blieb vor ihr stehen.

Lisas Herz galoppierte einmal um die eigene Achse. Bisher hatte noch niemand sie mit diesem Namen angesprochen. Der stechende Blick des Lehrers wandelte ihr aufgeregtes Herzklopfen in ein panisches Beben um.

«Ja?», piepste sie.

Was wollte er von ihr?

«Ich muss mit Ihnen reden. Bitte folgen Sie mir in mein Sprechzimmer.»

Lisa runzelte die Stirn. Reden? Worüber? Hatte das etwas mit dem Schlüssel zu tun? Schöpfte der Lehrer etwa Verdacht? Oder wollte er sie auf ihre herausragenden Leistungen bei dem Zeitreise-Laborversuch am Tag zuvor ansprechen?

Was immer es auch war, Lisa fühlte ein beklemmendes Gefühl in der Brust, als sie Mr. Jackson folgte. Sie traute sich nicht, Fragen zu stellen.

Das Arbeitszimmer war gleich neben dem Klassenraum, ein typisches, mit Papierkram vollgestopftes Büro, das ebenso gut aus dem Jahr 1989 hätte stammen können. Mr. Jackson schloss die Tür und hieß Lisa, auf dem wackeligen Stuhl vor seinem Schreibtisch Platz zu nehmen. Er selbst setzte sich in den Bürostuhl dahinter. Sein pechschwarzes Haar reflektierte das Licht der Schreibtischlampe.

«Also, Miss Kendall, um es kurz zu machen: Ich habe ein Angebot von unserem Forschungsteam für Sie.»

«Ein Angebot? Vom Forschungsteam?» Lisa schnappte nach Luft. Der Lehrer wedelte ungeduldig mit der Hand.

«Hören Sie, wir wissen, dass Sie die Zeitreisende Lisa Leonor Lambridge sind, nach der gesucht wird. Sie und Scott Webster, wobei Letzterer für uns nur von geringer Bedeutung ist. Wir wissen auch, dass Sie in der Obhut von Morgan Kendall sind, der das Projekt leiten soll, Sie beide wieder zurück in Ihre Zeiten zu bringen. Lassen Sie mich Ihnen aber sagen, dass Sie sich damit einer nicht zu unterschätzenden Gefahr aussetzen.»

«Wie bitte?» Woher wusste der Kerl das? Und was meinte er mit «Gefahr»?

«Sie verstehen schon, was ich meine.» Wieder winkte Mr. Jackson unwirsch ab. «Morgan Kendall bewegt sich hiermit auf illegalem Gebiet. Glauben Sie mir, das wird üble Konsequenzen für ihn haben. Und für Sie ebenfalls. Wir vom Forschungsteam der Abteilung für Quantenphysik machen Ihnen daher das Angebot, Sie am kommenden Samstag, den 14. September 2047, sicher zurück in Ihre Vergangenheit zu schicken. Die einzige Bedingung ist, dass Sie sich unverzüglich bei unserem Team melden und für eine Untersuchung zur Verfügung stehen. Das ist zwingend, zu Ihrem eigenen Schutz. Anders können wir das Vorhaben nicht durchführen.»

Der Boden drohte unter Lisas Füßen zu kollabieren. Sie hatte das Gefühl, alles Blut würde aus ihrem Körper entweichen. Sie starrte den jungen Lehrer an, als sei er ein Schreckgespenst.

«Das … das glaube ich nicht», entgegnete sie zitternd. «Sie … Sie haben doch gar keinen … Time Transmitter.»

Der Blick des Lehrers durchbohrte sie wie ein Säbel. «Miss Kendall», sagte er langsam. «Ich habe eigentlich keine Zeit, Ihnen die Sache ausführlicher zu erklären. Ich weiß nicht, was Ihnen Morgan Kendall erzählt hat. Wir haben ein exzellentes Team im Forschungszentrum, das sich bestens mit Zeitreisen auskennt und mit dem nötigen Equipment ausgestattet ist.

Was Morgan Kendall hingegen vorhat – auch wenn der noch so geniale und hochgelobte Zachary Silverman daran beteiligt sein sollte –, ist schlicht und einfach amateurhaft und nicht durchdacht. Kendall ist Automobilhersteller und kein Wissenschaftler, auch wenn er sich als Sponsor für eine unserer Vorrichtungen beteiligt hat, und Silverman hat durch all die Jahre hindurch einen zu großen psychischen Schaden erlitten, als dass er noch bei klarem Verstand sein könnte. Lassen Sie mich Ihnen sagen, dass Sie sich auf sehr, sehr gefährlichem Feld bewegen, wenn Sie ihm vertrauen.»

Mr. Jackson lehnte sich in seinem Bürosessel zurück, um Lisa mit einem ausgiebigen Blick zu mustern. Seine aschgrauen Augen blieben unangenehm lange auf ihr haften. Offenbar erwartete er eine Antwort von ihr.

«Ich …» Lisa schüttelte hilflos den Kopf. Was konnte sie ihm entgegnen? Musste sie ihm jetzt etwa eine Entscheidung mitteilen?

Fast wirkte es, als flammte eine Art Verständnis für ihr Zögern in Mr. Jacksons Augen auf.

«Hören Sie, Miss Kendall, ich verstehe gut, dass das jetzt überraschend und sehr plötzlich für Sie kommt. Ich gebe Ihnen daher auch Zeit bis nach Schulschluss, mir Ihre Entscheidung mitzuteilen. Ich rate Ihnen aber dringend, unser Angebot anzunehmen. Denn – unter uns gesagt – ich glaube nicht, dass es in Kendalls Interesse liegt, Sie in die Vergangenheit zu schicken.»

«Wieso nicht?» Lisa blieb der Mund offen stehen. Was erzählte dieser Mann da?

«Überlegen Sie mal. Morgan Kendall gehört zu den reichsten Männern des Landes. Sie wieder in die Vergangenheit zurückzuschicken, könnte für ihn eine nicht zu unterschätzende Gefahr für sein Vermögen bedeuten. Was, wenn Sie den Lauf der Geschichte so verändern, dass er die KAC in einer neuen Zeitlinie gar nicht übernehmen wird? Ich gehe sogar noch weiter: Was, wenn dadurch auch Zachary Silverman seine revolutionäre Erfindung, den PDL-Antrieb, in der neuen Zeitlinie niemals an die Öffentlichkeit bringen wird?

Haben Sie schon einmal darüber nachgedacht, was das für enorme Auswirkungen auf die Menschheit haben könnte? Wir wissen, dass Sie in der Vergangenheit, aus der Sie kommen, eng mit Morgan Kendall und Zachary Silverman befreundet waren. Unterschätzen Sie Ihren Einfluss also nicht.»

Lisa war nun in absolute Schockstarre verfallen. Die Wahrheit bahnte sich wie prickelndes Eiswasser ihren Weg durch ihr Bewusstsein.

Mr. Jacksons Stimme senkte sich zu einem unheimlichen Flüstern, als er sich zu ihr vorbeugte und sagte: «Mir ist übrigens schon klar, dass Sie versuchen, mir den Schlüssel zur Garderobe abzuluchsen.

Ich kann Ihnen eins versichern: Es wird Ihnen nicht gelingen. Ich passe gut darauf auf. Nehmen Sie sich meine Worte einfach zu Herzen, und teilen Sie mir nach Schulschluss mit, wie Sie sich entschieden haben.»

«O…, okay …», stammelte Lisa, die ihren Kopf nach einer brauchbaren Antwort abgraste. Sie wusste momentan nicht, was sie denken, fühlen, empfinden sollte. Ihre Gedanken rasten wie wildgewordene Irrlichter im Viereck herum.

Die letzten Worte, die von Mr. Jackson kamen, drangen ihr durch Mark und Bein, als kämen sie direkt aus den tiefsten Gefilden ihrer schlimmsten Alpträume:

«Vergessen Sie eins nicht, Lambridge: Sie haben keinen Platz mehr im Leben Ihrer Freunde. Man will Sie nicht in der Vergangenheit, haben Sie das noch nicht verstanden? Morgan Kendall hat kein Interesse an Ihnen. Wachen Sie auf und sehen Sie den Tatsachen ins Auge! Finden Sie sich damit ab, dass Sie ein für alle Mal auf der Zeitlinie verloren sind, wenn Sie unsere Hilfe nicht annehmen.»

Damit erhob Mr. Jackson sich und ging zur Tür, um sie für Lisa aufzuhalten. Sie erhob sich mit zittrigen Beinen vom Stuhl und wankte wie eine Ertrinkende zur Tür. Ihr Brustkorb fühlte sich so eng an, dass ihr Herz kaum noch darin Platz zu finden schien.

Draußen im Flur lief sie eine Weile kreuz und quer durch die Gänge, unfähig, sich auf irgendetwas zu fokussieren. Sie vergaß komplett, dass sie sich mit Garron in der Bibliothek verabredet hatte, während sie versuchte, die ganzen Fakten und Fragen in ihrem Kopf zu sortieren.

Woher wusste Mr. Jackson, dass sie die Zeitreisende war? Hatte er sie trotz gefärbten Haaren, Mütze, Schminke und VID-Brille anhand irgendwelcher Bilder aus den Medien erkannt? Und woher hatte er all die Informationen über Morgan? Und – konnte es sogar sein, dass er die Wahrheit sprach? Verheimlichte Morgan ihr etwas? War das am Ende gar der Grund, warum er ihr immer auswich und sich nie Zeit nahm, mit ihr zu reden?

Und so weiter. Die Fragen schienen kein Ende nehmen zu wollen. Ihr Kopf drohte langsam, aber sicher zu platzen.

Schließlich unterbrach sie ihr wirres Umherrennen und steuerte den Innenhof an, um sich beim Biotop auf eine Bank zu setzen. Frische Luft war nun das, was sie brauchte. Bis zur nächsten Stunde blieben ihr noch fast zehn Minuten. Genug Zeit, um Morgan zu kontaktieren!

Sie wollte gerade ihren Arm anheben, um seinen Namen in den HoloStrip zu sprechen, als etwas an ihrem Hinterkopf rupfte.

Sie tastete nach ihrem Haargummi und stellte fest, dass dieser schon wieder verschwunden war und ihr das Haar lose über die Schultern fiel. Hinter sich hörte sie ein Kichern.

Sie schoss herum und sah Julian hinter sich aufragen, dessen Mundwinkel vor lauter Grinsen fast zu zerbersten schienen. Um seinen Finger hatte er lässig ihr Haargummi gerollt.

«Süß, wie leicht man dir das Teil entfernen kann, ohne dass du es merkst», stellte er amüsiert fest. Neben ihm stand Loreen und verdrehte sichtlich genervt über ihren Bruder die Augen.

«Ist doch wahr. Ich muss das noch auskosten. Die anderen Girls sind längst auf der Hut. Bei denen kann ich das nicht mehr machen.»

«Du bist einfach nur ein Kindskopf, Juli», stöhnte Loreen.

«Hey!» Julian setzte sich unaufgefordert neben Lisa auf die Bank. Lisa betrachtete seine imposante Erscheinung und rutschte scheu ein wenig zur Seite. Wie hatte er sie bloß wieder so schnell gefunden?

«Wo ist denn Scotty?», fragte er und fixierte Lisa mit seinen stechenden Augen. Lisa fiel erst jetzt auf, dass er für einen Jungen ungewöhnlich lange Wimpern hatte, ähnlich wie Morgan, als er jünger gewesen war.

«Der ist krank. Magenverstimmung.»

«Oh je. Das ist eklig.»

Lisa dachte an Morgans Ermahnung, jeden weiteren Kontakt mit den Kendall-Kids zu vermeiden. Hastig sprang sie daher auf.

«Ich muss leider los. Meine Stunde fängt demnächst an, und ich muss vorher noch …»

«Warte!» Julian hielt sie am Arm zurück und zog sie wieder auf die Bank runter.

«Was ist denn?»

«Ich muss dich was fragen.»

«Wegen des Balls? Sorry, ich bin schon …»

«Nein. Nicht wegen des Balls.» Er hob den Kopf und nickte seiner Schwester zu, die sich auf der anderen Seite der Bank neben ihren Bruder setzte. Julian tippte seine Brille an.

«Bist du das?», fragte er. Auf Lisas eigenem Sichtfeld erschien auf einmal eine Newsmeldung mit dem Schwarzweißfoto eines Mädchens. Lisa musste zweimal schauen, ehe sie ihr eigenes Passfoto erkannte, das sie einmal an einem schönen Sommernachmittag im Jahr 1989 zusammen mit Britt in einem Fotoautomaten am Square geschossen hatte.

«Zeitreisende zum zweiten Mal gesichtet», stand in der Überschrift.

Lisa Leonor Lambridge, 16, verschwand am 15. September 1989 auf geheimnisvolle Weise im Tomsbridge Valley bei einem unerlaubten Experiment, das angeblich mit Zeitreisen zu tun hatte. Nachdem sie drei Jahrzehnte lang als vermisst gegolten hatte und zuletzt für tot erklärt wurde, war sie angeblich im Februar 2018 erneut im Tomsbridge Valley gesichtet worden. Die Beschreibung sowie das Aussehen waren aufs Haar identisch mit dem vermissten Mädchen. Auch wenn die Meinungen der Wissenschaftler vor dreißig Jahren noch auseinanderdrifteten, kam es letzten Samstag, den 7. September 2047, zu einer dritten Erscheinung desselben Mädchens, das genau zum errechneten Zeitpunkt an demselben Ort erneut auftauchte, mit ihr zusammen ein Junge, dessen Identität allerdings noch Fragen offenlässt …

Lisa klappte ihre Brille hoch und starrte Julian und Loreen schockiert an. Die Zwillinge begutachteten sie aus ihren graugrünen Augen.

«Ich …» Lisa war hin- und hergerissen. Sollte sie ihnen die Wahrheit sagen? Durfte sie das? Machte es überhaupt noch Sinn, das Ganze zu leugnen?

«Sag uns eins», beharrte Julian. «Ist Scott unser Dad in einer jüngeren Version? Bist du diese vermisste Lisa Leonor Lambridge aus dem Jahr 1989?»

«Ich …»

Mist, was sollte sie tun?

«Es liegt eigentlich auf der Hand», ergriff Loreen das Wort. «Die Medien sind voll davon. Du siehst genau so aus wie das Mädchen auf dem Bild. Glaub ja nicht, ich sehe nicht, dass du die Haare gefärbt hast. Und Scott sieht haargenau so aus wie unser Vater, als er jung war. Wir haben gestern, nachdem ihr weg wart, Dads Kinderbilder hervorgekramt. Die Ähnlichkeit ist verblüffend. Sogar die Augenfarbe stimmt. Und Dad hat uns immer was von einer Zeitreise erzählt, von diesem Traum, den er hatte, als er ungefähr siebzehn war.»

Lisa senkte ihren Kopf und starrte auf ihre Knie. In ihrem Kopf herrschte nur noch Tohuwabohu. Schließlich nickte sie.

«Wenn ich euch sage, dass es wahr ist? Glaubt ihr mir das denn tatsächlich?», fragte sie leise.

«Ehrlich gesagt ist es leichter, die Zeitreisegeschichte zu glauben, als sie *nicht* zu glauben», brummte Julian. «Nach so vielen Beweisen … und es ist ja auch wissenschaftlich erwiesen, dass es möglich ist.»

«Ihr müsst es aber für euch behalten», beschwor Lisa die beiden. «Sonst kriegen wir wirklich Ärger. Wir müssen morgen Abend eigentlich zurück in unsere Zeit reisen, sonst ist alles verloren. Na ja … falls es überhaupt noch möglich sein wird …» Sie seufzte schwer.

«Hältst du uns für wireless?» Julian klopfte sich an die Stirn. «Wir sind ja wohl die Allerersten, die wollen, dass unser Dad in seine Zeit zurückkehrt. Schließlich hängen unsere Leben davon ab. Wenn der nicht zurückkehrt, werden wir nie geboren.»

«Das ist wahr.» Lisa schnappte nach Luft. Verflixt, Julian hatte recht! So deutlich war das bis jetzt noch gar nicht in ihr Bewusstsein gedrungen. Doch das machte die ganze Sache umso schlimmer.

«Und du bist also wirklich aus dem Jahr 1989?», fragte Julian ehrfürchtig, ehe sie weiter in diesen Gedankengang abdriften konnte.

«So ist es», sagte Lisa schlicht.

«Und – wie ist es dort so? Ich kann mir das gar nicht vorstellen. 1989 – das ist so ewig lange her. Das war im letzten Jahrhundert, als es noch kein Internet gab. Wie habt ihr ohne all das gelebt?»

«Wir kannten nichts anderes», sagte Lisa achselzuckend.

«Dann musst du ja bestimmt hin und weg gewesen sein, als du zum ersten Mal HoloStrips und VID-Brillen gesehen hast.» Julian fuhr sich mit der Hand durch sein silbernes Haar und löste dabei aus Versehen mit seinen Magneten einen seiner Zöpfe.

Lisa staunte, wie ernsthaft er auf einmal sein konnte. Im Grunde erinnerte er sie ein bisschen an Maddox Cox.

«Ich war schon hin und weg, als ich zum ersten Mal ein Smartphone gesehen hab», gab sie zu.

«Stimmt, die altmodischen Smartphones waren für dich ja auch neu.» Julian zeigte wieder sein berüchtigtes Grinsen.

«Ich beneide euch vor allen Dingen um die Musik», warf Loreen ein.

«Wieso, was hört ihr denn so heutzutage?» Lisa stellte trotz ihres Kummers überrascht fest, dass es nett war, sich mit den beiden zu unterhalten.

«Ach, ich glaub, die meisten Songs sind einfach Remakes, aber sie hören sich nie so gut an wie die Originalsongs. Heutzutage kann ja jeder Idiot per Knopfdruck Musik fabrizieren und aus Fertig-Datenbanken einen Songtext programmieren. Viele kopieren die Stars der Achtziger und Neunziger. Im Moment ist so ein Madonna-Remake voll im Trend. Die Sängerin gleicht dem Original sogar aufs Haar.»

Madonna … die wäre nun fast neunzig, dachte Lisa perplex.

«Ich hätte gern in den Techno-Zeiten gelebt», sinnierte Julian. «In den Neunzigerjahren. Die hatten geile Klamotten damals.»

«Ist für mich immer noch Zukunft», sagte Lisa und konnte sich ein Schmunzeln nicht verkneifen.

«Aaah, warte mal – dann kanntest du doch bestimmt auch unseren Großvater, als er jung war, nicht wahr?» Loreen schnipste mit den Fingern. «Er ging auch in den Achtzigerjahren hier auf die Schule.»

«Ja, klar, ich kenne Steven Kendall. Ich war … ich bin mit seinem Bruder Morgan befreundet.»

«Ach ja? Du bist mit Morgan Kendall befreundet? Dem Geschäftsführer der KAC?» Das Zwillingspaar starrte Lisa erstaunt an.

«So ist es. Wir sind sogar im gleichen Jahr geboren: 1973.»

«Nicht schlecht. Morgan Kendall. Ausgerechnet der Typ, wegen dem es all diese Familiendramen gegeben hat», sagte Julian kopfschüttelnd und spielte mit den Magneten an seinen Fingern, die man mit bloßem Auge allerdings nicht sehen konnte. Lisa fragte sich immer noch, wie das genau funktionierte.

«Wobei Mum immer sagt, dass ohne ihn keiner von uns auf der Welt wäre», ergänzte Loreen.

«Wie meinst du das?» Lisa starrte das Mädchen an.

«Wenn er die Firma nicht übernommen hätte, hätten sich unsere Eltern nicht kennen gelernt. Sie haben sich nämlich zum ersten Mal an der Übergabezeremonie getroffen», erzählte Loreen.

Lisas Hirnzellen, die nun schon den ganzen Tag gemartert worden waren, begannen wieder auf Hochtouren zu rotieren. Was hatte Mr. Jackson ihr gesagt?

Was, wenn Sie den Lauf der Geschichte so verändern, dass er niemals die KAC übernehmen wird?

Und: *Es liegt nicht in seinem Interesse, Sie wieder in die Vergangenheit zu schicken.*

Ein fetter Kloß wuchs in Lisas Hals. War an Mr. Jacksons Worten etwa tatsächlich etwas Wahres dran?

Konnte es sein, dass Morgan nicht ehrlich zu ihr war?

Lisas Herz sank immer weiter. Ein Puzzleteil nach dem anderen fügte sich nun in Lichtgeschwindigkeit zu einem vollständigen Bild zusammen. Sie konnte es nicht mehr stoppen.

Denn da war noch etwas anderes: Es gab sie nicht im Jahr 2047. Es gab kein älteres Ich von ihr, im Gegensatz zu Kyle. Nie hatte jemand ihre ältere Existenz im Jahr 2047 angesprochen. Sie war schlicht und einfach nicht da.

Das hieß somit, sie würde nicht zurückkehren. Weil es nicht erwünscht war, dass sie zurückkehrte. Weil sie sonst die Vergangenheit womöglich stark verändern würde. Weil sie Morgans Entscheidung beeinflussen könnte, die KAC zu übernehmen. Und sie somit letztendlich die Existenz von Loreen und Julian gefährden könnte.

Das war die gallenbittere Wahrheit, die niemand ihr sagen wollte.

Julian berührte sachte ihre Schulter. «Hey. Alles klar mit dir?»

«Ich weiß nicht ...»

«Hey. Wenn wir dir helfen können, sag es, ja?»

Lisa nickte mit zusammengepressten Lippen.

«Ihr werdet also morgen in der Zeit zurückreisen?», forschte er weiter, als würde er spüren, dass hier einer der Hunde für Lisas gedrückte Stimmung begraben lag.

Sie konnte ein dramatisches Aufseufzen nicht verhindern.

«Ja. Während des Balls. So ist es jedenfalls geplant, aber ...»

«Aber was?» Julians Augen wichen nicht von ihr. Ob seine Linsen echt waren oder ob er am Ende noch Sehverstärker eingebaut hatte, wusste sie zwar nicht, aber sein Blick war mindestens so stechend wie zwei Laserstrahlen.

Lisa zögerte, unsicher, ob sie ihm davon erzählen durfte.

«Hey. Vertrau mir. Uns.»

Schließlich fasste sich Lisa ein Herz und schilderte Julian und Loreen zumindest eine ihrer vielen Problematiken, nämlich die mit dem Schlüssel, den sie so dringend brauchten und an den sie beim besten Willen nicht rankamen. Alles andere ließ sie aus. Das brauchten die Zwillinge besser nicht zu wissen.

Als sie fertig war, flammte das freche Grinsen erneut auf Julians Lippen auf. Er tätschelte in fast väterlicher Manier Lisas Schulter.

«Easy, Achtzigerjahre-Girl. Ich besorg dir den Schlüssel.»

«Du?»

«Na klar. Nichts leichter als das. Wir haben jetzt gleich Wissenschaft drüben im Forschungszentrum.»

«Und wie willst du das machen?»

Als Antwort hob Julian seine Magnethand. Eine lose Schraube von dem Zaun, der das Biotop vom Gehweg abgrenzte, kam angeflogen und landete mitten in seiner Hand.

Loreen verdrehte die Augen. «Na klar.»

«Mister Jackson darf aber nichts mitkriegen», sagte Lisa. «Er … er weiß Bescheid, dass wir versuchen, an den Schlüssel zu gelangen.»

«Keine Panik. Ist mir schon klar. Meine Gehirnwindungen sind absolut wired, von dem her brauchst du dir keine Sorgen zu machen. Der olle Jackson wird gar nicht merken, dass ich ihm den Schlüssel kurz aus der Westentasche ziehe.»

«Brock dir aber nicht eine weitere Stunde Nachsitzen ein», mahnte Loreen.

«Hey, und wenn schon. Das ist es wert. Wir müssen Dad und das Girl hier doch wieder nach Hause schicken. Außerdem hab ich mit meinem Kameraauge im Handumdrehen ein 3D-Bild erstellt. Das kriegt der gar nicht mit. Ehe er auf drei gezählt hat, ist der Schlüssel wieder in seiner Westentasche.»

Lisa wagte, wieder hoffnungsvoll den Kopf zu heben.

«Echt? Meinst du, du kriegst das hin?»

«Denkst du, Girl, meine Computerteile sind Schrott?», feixte Julian. «Ich kann damit auch Dinge wieder zurück an ihren Platz navigieren. Wenn du endlich mit mir connectest, kann ich dir die Bilder auch gleich danach zusenden.»

«Connecten?»

«Easy.» Julian reichte ihr seinen Arm. «Einfach draufhalten. Unsere HoloStrips connecten von selbst.»

Etwas zaghaft legte Lisa ihr Handgelenk auf seins, und sofort stellten ihre Armbänder eine Verbindung zueinander her, was sie mit einem Piepston bestätigten.

«So. Nun hab ich deine Kontaktdaten, und du hast meine.»

«Danke …» Lisa fühlte, wie sich zumindest eine kleine Last von ihrem Herzen hob.

«Gibt nichts zu danken», sagte Julian und erhob sich, als sein Armband ihn zum Aufbruch mahnte.

Gleich darauf meldete sich auch Lisas HoloStrip, und als sie einen Blick drauf warf, sah sie zu ihrem Entsetzen, dass Garron schon zweimal angerufen hatte. Sie hatte es schlichtweg nicht gehört.

«Komme gleich», sprach sie zu ihrem Arm und stand ebenfalls auf.

Julian gab ihr das High-five-Zeichen, ehe die Zwillinge ihres Weges zottelten.

«Bis später. Ich send dir die Bilder, sobald ich sie hab. Verlass dich auf mich!»

Lisa stob Richtung Bibliothek davon und stieß schon auf der Treppe mit Garron zusammen. Sie hätte ihm am liebsten erzählt, was soeben geschehen war, doch dazu war keine Zeit. Tommy mahnte sehr eindringlich zur nächsten Stunde.

Obwohl der Unterricht sehr spannend hätte sein können – «Kreatives Schreiben» mit einem virtuellen Lehrer –, tobten Lisas Gedanken natürlich in einem ganz anderen Gebiet herum.

`Kannst du mich gleich nach dieser Stunde abholen?`

`Bitte. Es ist etwas passiert!`, schrieb sie Morgan in ihrer Verzweiflung. Sie musste weg hier, dringend weg, ehe Mr. Jackson wieder nach ihr suchte.

Etwa eine Viertelstunde später fühlte sie ein Vibrieren an ihrem Arm. Sie glaubte erst, es wäre Morgans Antwort, doch es war eine Nachricht von Julian. Ein breit grinsender Smiley leuchtete sie an, und über dem Display ihres HoloStrips kreiste die gestochen scharfe 3D-Nachricht:

> `Sie haben ein Datenpaket erhalten.`

Nur etwa drei Minuten später folgte eine Message von Onyx:

> `Komm so schnell du kannst auf das Landedach. Ich warte dort auf dich.`

Morgan hatte sich nicht gemeldet.

Kapitel 14
Zacs rätselhafter Notfallplan

Onyx lieferte sie lediglich auf dem Dach des Penthouses ab und musste dann schleunigst weiter, da noch ein anderer Einsatz auf ihn wartete.

«Sag Morgan, ich rufe ihn an, sobald ich Antwort von Angela hab», sagte er knapp, ehe er sich verabschiedete.

Lisa nickte nur. Sie hatte auf dem Rückflug kaum mit Onyx gesprochen. Sein E-Tattoo hatte etwa alle zwei Minuten aufgeleuchtet und ihm Meldungen über die implantierten Kopfhörer direkt ins Ohr gesandt, so dass Lisa nichts zu hören bekam. Sie war ganz froh darüber. Sie hatte eh schon zu viel Stoff zum Grübeln.

Wenn sie gehofft hatte, drinnen direkt Morgan in die Arme zu laufen, wurde sie einmal mehr enttäuscht. Natürlich war er nicht da. Dafür saß Britt wie immer am Tisch und schien auf sie gewartet zu haben.

«Lee», sagte Britt und stand sofort auf. «Morgan lässt sich bei dir entschuldigen. Er konnte dich nicht persönlich holen, darum hat er deine Nachricht an Onyx weitergeleitet. Er ist in einer wichtigen Sitzung.»

Lisa nickte und ließ die Arme hängen.

«Was ist los, Lee? Morgan sagte, dir sei etwas passiert. Er war sehr in Sorge.»

«Ich weiß nicht …» Lisas Gedanken hatten sich inzwischen so ineinander verknäult, dass sie weder den Anfang noch das Ende fand.

«Lee?»

«Britt … kann es sein, dass … dass Morgan mich aus irgendeinem Grund nicht nach Hause schicken will?»

«Wie kommst du denn darauf?» Britt starrte ihre so viel jüngere Freundin empört und auch erstaunt an.

«Könnte es nicht sein, dass ich, wenn ich in die Vergangenheit zurückkehre, sein Leben komplett verändere? So sehr, dass er die KAC vielleicht nicht übernehmen wird und dadurch Julian und Loreen nie geboren werden? Sie haben mir heute erzählt, dass ihre Eltern sich an der Übergabefeier kennen gelernt haben, und …»

«Lee, Morgans oberste Priorität ist, dich wieder nach Hause zu schicken», versicherte Britt. «Komm, setz dich erst mal und iss. Es ist noch eine Menge da, auch wenn Kyle mindestens die Hälfte davon aufgefuttert hat. Herrje, ich frage mich wirklich, wo der Junge all die Kalorien hinsteckt!»

Britt eilte in die Küche und kam mit zwei Riesenkartons zurück, die bis zum Rand vollgestopft mit frischen, leckeren Sachen waren.

«Möchtest du noch Lasagne? Ich kann sie dir rasch wärmen.»

Obwohl es mit Lisas Appetit nach all den schwerwiegenden Neuigkeiten nicht zum Besten stand, nickte sie.

Ein wenig später saßen sie zu zweit an dem großen Esstisch. Lisa schaufelte lustlos die Lasagne in sich hinein und merkte nicht mal, wie gut sie schmeckte. Britt leistete ihr mit einer Tasse Tee Gesellschaft.

«Wo ist eigentlich Kyle?», fragte Lisa kauend, um die ungemütliche Stille mit Worten zu füllen.

«Guckt sich gerade die letzte Staffel der Interstellar-War-Serie aus dem Jahr 2035 an.» Britt nickte mit ihrem Kopf Richtung Kyles Zimmer, hinter dessen Tür es rumpelte und dröhnte.

«Lee … was ist denn nun los? Dich bedrückt doch noch mehr?» Britt schaute sie kopfschüttelnd an. «Ist es wegen diesem Schlüssel? Mach dir keine Sorgen. Morgan hat …»

«Britt! Ich hab die Bilder von dem Schlüssel!»

«Wie? Du hast was?!»

«Ich sagte, ich habe die Bilder.»

«Im Ernst jetzt?!» Britt fiel prompt der Teelöffel aus der Hand. «Wie hast du das gemacht?»

Lisa schilderte kurz ihr erneutes Zusammentreffen mit Julian und Loreen.

«Julian Kendall. Also wirklich!» Britt schüttelte den Kopf. «Echt schlaue Idee, das muss man ihm lassen.»

«Morgan wird es nicht gefallen … Britt … sie wissen Bescheid.»

«Wer? Julian und Loreen?»

«Ja … sie … sie wissen, wer Kyle und ich sind. Und nicht nur das …»

«Na und?» Britt nahm den Löffel wieder auf und rührte unbeeindruckt in ihrer Tasse. «Ich hab Morgan immer gesagt, dass er das nicht verhindern kann. Er soll jetzt mal nicht so stur sein. Immerhin hat er fast den ganzen Vormittag verzweifelt nach einer Lösung für diesen ollen Schlüssel gesucht. Hey, weißt du, was das bedeutet? Freitag geht es nach Hause!»

«Hoffentlich …», seufzte Lisa.

«Verlass dich drauf, Lee. Zac arbeitet mit Volldampf. Er ist übrigens wach. Möchtest du zu ihm runter?»

«Jetzt gleich?»

«Ja. Dann kann er nämlich gleich die 3D-Kopie des Schlüssels herstellen. Außerdem willst du ihn doch garantiert auch ‹Heureka!› rufen hören, wenn er erfährt, dass du die Bilder hast?» Britt lächelte, und das lebhafte Funkeln in ihren Augen machte Lisa tatsächlich etwas Mut. Vielleicht sollte sie Britt momentan besser nicht wegen der Angelegenheit mit Mr. Jackson beunruhigen. Außerdem war sie hier sicher. Vielleicht war ja alles doch nicht so schlimm …

Sie fuhren mit dem Lift ein Stockwerk nach unten. Lisa war noch nie dort gewesen und daher neugierig, wie Britts Wohnung und Zacs Labor aussahen.

Britt zeigte ihr zuerst ihre eigene «Behausung», wie sie sie nannte, die sich als nobles Appartement mit drei Zimmern entpuppte, mit einer blitzblanken topmodernen Wohnküche und einem großen Balkon, von dem aus man eine fantastische Aussicht über Tomsborough hatte. Das Bad war mit ähnlichen Marmorfliesen ausgelegt wie dasjenige, das Lisa benutzte.

Britt hatte jedoch dem ganzen Schnickschnack ihre eigene bescheidene Note gegeben. Ein zerschlissener Korb thronte prominent in einer Ecke, randvoll gefüllt mit Wolle und Stricknadeln. Mehrere angefangene Strickprojekte und altmodisch auf Papier ausgedruckte Arbeitsanleitungen lagen ausgebreitet auf dem Tisch und sogar auf dem Sofa.

«Hübsche Wohnung», stellte Lisa beeindruckt fest.

«Ach!» Britt winkte ab. «Für mich ehrlich gesagt zu nobel. Aber du kennst ja Morgan.» Sie zwinkerte. «Er hat darauf bestanden, mir die modernste Küche einbauen zu lassen, die es gibt.»

Lisas Blick wanderte zu einem Fotokalender aus Papier, der schief über dem Esstisch an der Wand hing. Sie checkte sicherheitshalber das Datum darauf, um sicherzugehen, dass er wirklich aus dem Jahr 2047 stammte. Sie hatte sich mittlerweile daran gewöhnt, dass es fast alles nur noch digital gab.

Außer Britts HoloStrip, das ungenutzt auf dem Esstisch lag, war auch kein einziges technisches Gerät in der Wohnung zu sehen.

«Man könnte wirklich meinen, ich sei E-Veganerin, was?», schmunzelte Britt. «Vielleicht bin ich das ja tatsächlich. Morgan schimpft ständig mit mir, dass ich mir doch auch endlich ein Profil im Holomet zulegen oder meinen HoloStrip gefälligst rund um die Uhr tragen soll, damit ich besser erreichbar bin. Aber wozu? Ich kann ja nach oben gehen, wenn ich was von ihm will. Oder umgekehrt. Und alle meine anderen Freunde treffe ich in echt.»

«Und Morgan? Verlässt er eigentlich nie das Haus?» Lisa hatte sich schon gewundert, warum Morgan so gut wie nie unterwegs war.

«Selten. Er ist draußen natürlich bekannt wie ein bunter Hund. Die Leute kennen sein Gesicht aus den Medien. Meistens kommen seine Freunde daher hierher zu ihm auf Besuch. Außerdem hat er hier im Wolkenkratzer auch seinen eigenen Wellness- und Fitnesspark, das genügt ihm als körperliche Ertüchtigung. Manchmal zieht er sich für ein paar Tage oder Wochen zurück in seine zweite Residenz und erledigt seine Geschäfte von dort aus.»

«Zweite Residenz?»

«Eine Luxusvilla irgendwo in der Pampa. Etwa anderthalb Flugstunden von hier. Nur ganz wenige Leute kennen die Adresse. Ich war einmal dort. Es ist natürlich fantastisch. Aber er will nicht, dass dieser Aufenthaltsort bekannt wird, darum nimmt er selten jemanden mit. Komm, gehen wir, bevor Zac wieder in einen Tiefschlaf fällt.» Britt nahm ihren HoloStrip vom Tisch und ließ ihn widerwillig um ihr Handgelenk schnappen.

Zac wohnte direkt gegenüber. Wenn man dazu überhaupt «wohnen» sagen konnte. Im Gegensatz zu Britts Appartement bestand Zacs Residenz vorwiegend aus einem riesigen Labor, ganz wie Lisa es aus der Vergangenheit kannte. Nur, dass dieses Labor mindestens dreimal so groß wie die vorherigen und mit erstklassigem Equipment ausgestattet war. Morgan hatte auch hier nicht gegeizt.

Mitten im Raum kauerte Zac vor einem komisch aussehenden Apparat. Um ihn herum auf dem Boden sah es aus, als hätte jemand aus einer gigantischen Streudose Computerteile hinabregnen lassen. Das spärliche, wirre Haar stand ihm wie ein weißer Kranz vom Kopf ab, und zwischen seinem Hosenbund und dem Saum seines T-Shirts klaffte eine große Lücke.

«Hallo, mein Lieber, du hast Besuch!», sagte Britt.

Zac blickte auf und sah für einen Moment aus, als wüsste er nicht, in welcher Zeit er sich befand.

«Oh, Lee, wie schön», murmelte er. «Sieh mal, das Verbindungsteil für den Adapter hab ich jetzt mit einem Mikro-Schraubenzieher befestigt. Das hält garantiert. Wenn ich die Rotation somit auf 34 Komma Nullzwosiebeneins beschleunige, dann …»

«Du, ich glaub nicht, dass Lee das im Detail interessiert», sagte Britt sanft. «Aber wir haben gute Neuigkeiten.»

«Ich hab die Fotos von dem Schlüssel», verkündete Lisa.

Das erwartete «Heureka!» blieb prompt nicht aus. Zac ließ vor Freude den winzigen Hammer fallen, den er gerade zwischen zwei Fingern gehalten hatte. Er rappelte sich auf und humpelte auf Lisa und Britt zu.

«Was hab ich gesagt?», schmunzelte Britt.

«Wo sind die Bilder? Lass uns gleich die Kopie herstellen!» Er schlurfte zu einem kastenförmigen, undefinierbaren Gerät, das aussah wie ein Gefrierfach, und drückte auf einen für 2047 altmodisch aussehenden Knopf.

«Auf meinem HoloStrip», sagte Lisa.

«Ah. Dann halt deinen Arm an diese Platte.» Zac zeigte auf eine kreisrunde, silberne Fläche neben dem Knopf.

Lisa gehorchte. Auf einem Display erschien der Name der Datei, die Julian ihr gesandt hatte. *Voila.mdif* hatte der Spaßvogel sie genannt. Zac wählte ein paar Funktionen auf dem Display.

«Wie geht denn das nun?», fragte Lisa neugierig und vergaß für einen Moment ihre Sorgen. «Was ist das für ein Gerät?»

«Ein 3D-Drucker. Das Gerät berechnet anhand der Bilder die Dimensionen des Schlüssels», erklärte Zac, der auf einmal erstaunlich gegenwärtig wirkte. «Dann erstellt es eine Kopie davon und druckt es aus.»

«Toll», meinte Lisa.

«Ach, das gab's schon 2018», sagte Zac. «Aber jetzt sind die Geräte natürlich noch viel schneller und präziser geworden.»

Nur ein paar Sekunden später konnte Lisa zusehen, wie das Gerät Schicht für Schicht eine detailgetreue Kopie des Schlüssels ausdruckte. Das Ganze dauerte nicht mal eine Minute, doch Zac konnte den Schlüssel noch nicht entnehmen.

«Er muss erst noch abkühlen. Vorher dürfen wir ihn nicht rausnehmen, sonst verliert er seine Form und passt nicht mehr ins Loch.» Zac tapste zu seinem Schreibtisch und wühlte sich durch einen Berg von elektronischem Gerümpel. Schließlich zog er ein blaues fadendünnes Kabel hervor und drehte sich wieder zu Lisa um.

«Willst du den Time Transmitter sehen, Lee?», fragte er eifrig.

Das wollte Lisa nur zu gern. Zac führte sie an die Stirnseite des Labors, direkt zum Fenster, wo auf einem Tisch, unter einer Decke verborgen, ein großes, unförmiges Gebilde lag. Britt hatte sich derweil auf einen freien Stuhl gesetzt, der verwaist inmitten des von Projekten überquellenden Labors herumstand.

«Eigentlich sind es zwei.» Zac hob die Decke und enthüllte zwei identisch aussehende schwarze längliche Geräte mit je zwei Projektorlinsen an der Front. Die beiden Apparaturen waren um einiges größer und wuchtiger als die vorherigen Time Transmitter, die Zac in den Jahren 1989 und 2018 gebaut hatte. «Den einen hab ich für das Forschungszentrum gebaut, aber dem fehlt noch eine Komponente. Den anderen hab ich gebaut, um dich wieder nach Hause zu schicken.» Er berührte das linke der beiden Geräte, und es erwachte mit einem akustischen Signal zum Leben. Zwei rote Displays leuchteten über den Projektorlinsen auf.

«Das ist natürlich eine weit verbesserte Version des alten Time Transmitters», sagte Zac nicht ohne Stolz, der nun auf einmal nicht mehr wie ein kauziger alter Mann wirkte, sondern Lisa zunehmend an Doc Silverman erinnerte. «Er ist natürlich auf das künstliche Wurmlochportal im Forschungszentrum geeicht, weswegen ich einige Funktionen anpassen musste.»

«Wieso hat er zwei Linsen?» Lisa beäugte die beiden schwarzen runden Kreise mit großem Interesse. Sie las die beiden Worte `ZEIT` und `ORT`, die je eine dieser Linsen zierten.

«Die eine Linse hier ist für den Zeitstrahl verantwortlich, genau wie beim alten Time Transmitter. Und die zweite Linse ist für die Ortsverschiebung, damit du nicht in einem dunklen Erdloch landest, wenn du wieder aus dem Wurmloch rauskommst. Das Portal befindet sich ja acht Etagen in der Tiefe.» Ausnahmsweise verzichtete Zac auf eine ausschweifende Erklärung. Er klaubte ein Taschentuch aus seinem Hemd und wischte sorgfältig ein paar Staubflusen von den Linsen.

«Kommt aus der zweiten Linse auch ein blauer Strahl raus?», wollte Lisa wissen.

«Nein, der ist grün. Und hier, das ist die Anzeige, die …»

Während Zac nun doch einen Vortrag herunterrasselte, begutachtete Lisa die große, rot leuchtende Anzeige eingehender. Abgesehen von `ZIELZEIT`, `ABREISEZEIT` und `ECHTZEIT` gab es noch Anzeigen wie `MASSE`, `ANZAHL`, `GRAVITATION` und diverse andere Messziffern. Auf einmal stutzte sie.

«Zac – warum gibt es hier eigentlich zwei identische Anzeigen? Ich meine, das mit den zwei Linsen kann ich nachvollziehen, aber das hier …»

«Oh, das.» Zac winkte ab. «Das … das hat nichts zu bedeuten. Schau mal, Lee, ich habe …»

«Warte!» Lisa gebot Zacs Redefluss Einhalt. Ihr Freund war seit jeher ein schlechter Schauspieler gewesen, und sie roch hier eindeutig einen Braten.

«Wie sicher ist es, dass ich wieder nach Hause komme?», fragte sie scharf. «Ich werde das Gefühl nicht los, dass ihr mir alle etwas vorspielt. Ich bin nämlich nicht als älteres Ich vorhanden im Jahr 2047 – im Gegensatz zu Kyle, nicht wahr? Irgendwas stimmt hier nicht mit der Zeitlinie. Ich werde nicht zurückkehren, hab ich recht? Denn sonst würde ich als 74-Jährige hier leben.»

Zac schaute Lisa an. Seine Brille war ihm bis zur Nasenspitze runtergerutscht und so schmutzig, dass seine Augen dahinter blass erschienen.

Von Britt kam ein unverhohlener Seufzer.

«Ich hab also recht?» Lisa biss auf die Zähne, um das erneute Zittern in ihrem Körper zur Ruhe zu bringen.

«Lee …» Britt stand auf und kam auf sie zu.

«Ihr dürft es mir nicht sagen, was?», flüsterte Lisa. «Morgan hat es euch verboten, nicht wahr? Es stimmt nämlich, was ich denke: Er will mich gar nicht nach Hause schicken.»

«Lee, Morgan hat rein gar nichts damit zu tun. Er möchte lediglich deine Nerven schonen, das ist alles.»

«Denkt ihr im Ernst, ihr schont meine Nerven, wenn ihr alles vor mir geheim haltet? Ich weiß ganz genau, dass etwas nicht stimmt. Und es wird mir immer klarer.»

«Lee …» Britt wirkte zum ersten Mal etwas hilflos. «Ich liege ja Morgan dauernd in den Ohren, endlich mit offenen Karten zu spielen, aber es nützt nichts. Schau, wenn du mir versprichst, ihm nichts zu sagen …» Sie tauschte einen Blick mit Zac. Dieser schob sich verlegen die Brille wieder hoch.

«Erklär ihr das mit der Zeitschleife, Zac.»

«Ich darf nicht. Ich hab Morgan versprochen, nicht darüber …»

«Ja, aber ich glaube, unsere kleine schlaue Lee hat die Lunte längst gerochen. Sonst erkläre *ich* es eben. Also: Nachdem ihr beide, du und Kyle, damals verschwunden seid, kam Kyle ein paar Minuten später wieder zurück aus der Zukunft und sagte uns, dass du im Raum-Zeit-Kontinuum festsitzt. Wie er das meinte, wissen wir nicht, und er selbst begriff es auch nicht, aber Zac hat in all den Jahren daran geforscht, was der Grund dafür sein könnte.»

«Und?» Lisas Kopf schoss zwischen Britt und Zac hin und her.

«Komm schon, Zac. Ich nehm's auf meine Kappe», forderte Britt.

«Äh … ja! Aber … aber sag Morgan besser nichts davon.» Zac stolperte ein paar Meter vorwärts zu dem HoloScreen, der an der Wand hing. Er führte ein paar Handbewegungen aus, und die Formeln darauf verschwanden. Nachdem er sich mehrmals suchend um die eigene Achse gedreht hatte, fand er schließlich auf einem Sofa einen elektronischen Stift. Er nahm ihn und zeichnete eifrig ein paar Linien auf dem Display.

«Es sind mehrere Zeitlinien bei dir, Lee, mindestens drei oder vier. Das hat ein ziemliches Chaos angerichtet. Das ist dadurch passiert, weil dein älteres Ich damals ins Jahr 1989 zurückgekommen ist und dadurch eine zweite Zeitlinie geschrieben hat. Eine weitere Veränderung geschah, als du ins Jahr 2018 gereist bist, weil du dadurch ab diesem Zeitpunkt für fast dreißig Jahre gar nicht mehr auf der Zeitlinie vorhanden warst. Eine Rückkehr ab hier ins Jahr 1989 würde somit eine vierte Zeitlinie erstellen, und damit kommt das Raum-Zeit-Kontinuum möglicherweise nicht mehr klar. Das wird das einzige wahrscheinliche Problem sein. Ein technischer Faktor ist fast auszuschließen, da ich …»

«Hoffen wir's mal», unterbrach Britt trocken. «Immerhin gibt es dieses Mal ja keinen Professor Ash, der …»

«Aber das Forschungszentrum», warf Lisa grimmig ein.

«Wollen wir es nicht hoffen. Ich vertraue jetzt mal Angela, dass sie ihr Alibi gut spielt. Sie hat ja den Raum mit dem Portal offiziell für morgen Abend für ihre Gehirnforschungen reserviert. Da kann bestimmt nicht jeder einfach so ohne Erlaubnis mitten in ein Experiment reinspazieren, wie das unten am Fluss der Fall war.»

«Da wäre ich mir nicht so sicher.»

«Lee, was ist denn? Ich werde den Eindruck nicht los, dass du uns etwas verschweigst.»

«Nichts … es ist nur …» Sie schüttelte belämmert den Kopf.

«Lee?» Britt trat einen Schritt näher auf sie zu, aber Lisa wich ihrem Blick aus. Sie konnte Britt und Zac jetzt nicht mitteilen, dass das Forschungszentrum über ihren Plan Bescheid wusste. Sie wollte vor allen Dingen Zac nicht beunruhigen. Nicht, dass ihm in der Aufregung ein weiterer Fehler passierte. Sie musste erst mit Morgan reden.

Schnell suchte sie etwas, das sie mit ihren Augen fixieren konnte. Die beiden Displays mit den Zeitanzeigen stachen erneut in ihr Blickfeld.

«Ich … ich würde wirklich gern wissen, wieso es hier zwei Anzeigen gibt», sagte sie rasch, um vom Thema abzulenken. «Irgendwas ist damit. Ihr wollt es mir nur nicht sagen.»

«Ach ja.» Ein weiterer Seufzer entfuhr Britt. Zac stand mit hängenden Armen neben der Tafel und umklammerte seinen Stift.

«Das … gehört zu Zacs Notfallplan», sagte Britt vorsichtig.

«Notfallplan?» Lisa untersuchte jede einzelne Gefühlsregung in den Gesichtern von Britt und Zac.

«Ja. Ja, es ist ein Notfallplan. Aber du musst keine Angst haben. Ich werde dich nach Hause bringen, Lee», sagte Zac nun mit bebender Stimme. «Das garantiere ich dir. Ich … werde die Zeitlinie austricksen, wenn es nötig ist. Deswegen brauch ich die zweite Anzeige. Ich werde …»

«Schon gut, Zac. Keine Details!» Britt hob ihren Arm. «So genau muss Lee das nicht wissen. Wir wollen Morgan nicht unnötig stressen. Es reicht, wenn sie weiß, dass du eventuell einen physikalischen Trick anwenden musst, um sie wieder nach Hause zu bringen.»

«Aber ich *will* Details wissen», forderte Lisa. Sie hasste es, mit vagen Erklärungen abgespeist zu werden. Sie hatte, ohne es zu wollen, feuchte Augen bekommen. Eine Träne löste sich aus ihren Wimpern und kullerte ihre Wange runter. Das Gefühl, auf einmal niemandem mehr trauen zu können, übermannte sie mit Macht.

«Nein!», widerstand ihr Britt. «Erst du! *Du* bist es, die uns was verheimlicht. Raus mit der Sprache! Was ist es?»

«Nichts ...»

«Lee, ich kenne dich seit, sagen wir, siebzig Jahren, wenn auch mit großen Unterbrechungen. Glaubst du wirklich, du könntest *mir* was vorspielen?»

Da brach es wie eine Sturzflut aus Lisa heraus.

«Sie wissen alles ... vom Forschungszentrum ... Mister Jackson ... er weiß, wer ich bin ... und er hat mir ein Angebot gemacht ...»

Britt runzelte die Stirn, während sie Lisas weiteren wirren Satzfetzen zu entnehmen versuchte, was genau passiert war. Zac stand immer noch in derselben Haltung an derselben Position und lauschte Lisas Worten mit halbgeöffnetem Mund.

«Also, wenn ich dich richtig verstehe, dann weiß das Forschungszentrum, dass du und Kyle hier bei Morgan seid und dass ihr morgen Abend zurückgeschickt werden sollt?»

«Ja, sie wissen es ... aber ich weiß nicht, ob sie wegen morgen Abend Bescheid wissen ... Mister Jackson hat nichts davon gesagt ... aber es ist eh egal, weil ich ... niemandem im Weg sein will.» Jetzt stürzten die Tränen wie Fluten aus ihren Augen, und ihre Nase lief. Britt zückte ein Taschentuch und reichte es ihr.

«Ich meine, ich bin jetzt seit fast sechzig Jahren verschwunden. Es gibt mich nicht in euren Leben. Wenn ich zurückkehre, gefährde ich alles. Ich gefährde eure Zukunft. Ich gefährde Menschenleben, ich gefährde vielleicht sogar die ganze Stadt, wenn nicht die Welt, weil Zac vielleicht auch diesen Photonenantrieb nie erfinden wird, weil ... weil sich durch mich auch Zacs Geschichte ändert.

So ist das in Wirklichkeit! Ihr braucht mir nichts vorzumachen! Das ist die bittere Wahrheit, die mir niemand mitteilen will! Ich kann nämlich nirgends mehr sein, weder im Jahr 2018 noch im Jahr 1989, weil ich keinen Platz mehr habe in euren Leben. Ich habe nur zwei Möglichkeiten: Entweder ich bleibe für immer hier, oder ich … ich verschwinde ganz aus der Zeit, so dass ich niemandem mehr im Weg sein kann …»

Die Tränen trübten ihre Sicht. Britt und Zac verschwammen vor ihren Augen, als würden sie sich in der Zeit auflösen. Sie schlotterte auf einmal am ganzen Leib. Es fühlte sich an, als würde der eiskalte Hauch von Professor Ash neben ihr schweben und ihr hässliche Dinge ins Ohr flüstern:

Sie haben keinen Platz mehr im Leben Ihrer Freunde, Lambridge. Finden Sie sich damit ab, dass Sie ein für alle Mal auf der Zeitlinie verloren sind. Man will Sie nicht mehr, haben Sie das noch nicht verstanden? Wachen Sie doch endlich auf, und sehen Sie den Tatsachen ins Auge!

Sie tastete verzweifelt nach dem freien Stuhl, um sich hinzusetzen, doch fand ihn nicht. Haltlos tappte sie im Raum umher und setzte sich irgendwo in eine Nische, wo sie sich ihrem Weinkrampf hingeben konnte, der sie so unkontrolliert und abrupt erfasst hatte.

«Oh Lee …», sagte Britt und seufzte. Sie kauerte sich neben Lisa in die Ecke und legte ihre Arme um sie. Eine Weile drückte sie ihre weinende Freundin an sich, doch als Lisas Verzweiflung sich nicht mildern ließ, tippte sie kurzerhand auf das Display ihres Armbands.

«Ich rufe jetzt Morgan an. Sitzung hin oder her. Er soll endlich mit dir reden.»

Kapitel 15
Morgans Wahrheit

Morgan ließ Lisa unverzüglich zu sich rufen.

Sie war noch nie in seinem Zimmer gewesen. Irgendwie schien dieser Raum Tabuzone zu sein, auch für Britt und Zac.

Sie war überrascht, dass er viel größer war, als sie es sich vorgestellt hatte. Sie hatte die Dimensionen dieses gesamten Luxus-Appartements nie so richtig erfassen können. Morgan hatte einst behauptet, es sei nicht sehr groß, doch ihr war klar, dass er wohl andere Vorstellungen von Räumlichkeiten hatte als sie, die sich mit ihrem Bruder Thomas und seiner Freundin Fanny eine enge Wohnung teilte.

Als Erstes fiel ihr Blick auf den kolossalen Schreibtisch direkt an der Fensterfront, der mit einem mächtigen Chefsessel und einem mindestens zwei Meter breiten, gebogenen Bildschirm ausgestattet war. Ergriffen vor Ehrfurcht blieb Lisa stehen. Noch nie zuvor war ihr mit so einer Deutlichkeit bewusst geworden, dass aus Momo ein mächtiger Mann geworden war, der ein ganzes Unternehmen regierte. Er selbst war mit einem feinen Business-Anzug bekleidet und hatte seine Haare hinten ordentlich zusammengebunden.

«Nur nicht so zaghaft», sagte er sanft. «Komm näher! Mit meinem Büro muss ich Eindruck schinden, wenn ich will, dass die Vorstandsmitglieder und die Topmanager auf der ganzen Welt mich ernst nehmen. Lass dich davon nicht einschüchtern.»

«Ich … es … tut mir leid … ich habe dich bei der Sitzung gestört …» Sie wusste, wie wichtig Sitzungen waren. Ihr Bruder Thomas hatte ihr das immer wieder eingeschärft.

«Ach.» Morgan winkte ab. «Ein Haufen Blabla. Ich bin froh, dass ich einen Grund hatte, abzubrechen. Die viele Rederei macht mich müde. Das weißt du ja. Zum Glück hab ich meinen Sprecher, der übernimmt das meiste für mich. Aber Präsenz muss ich trotzdem zeigen.»

«W-wo sind denn die ganzen Topmanager?», stotterte Lisa.

«Lee-Lee, du bist im Jahr 2047. Wir halten Sitzungen fast nur noch über Holomet ab. Oder denkst du, die Leute können aus aller Welt für jeden Floh anreisen, den ich ihnen ins Ohr setzen will? Komm, setz dich aufs Sofa, ich hole dir was zu trinken. Fühl dich ganz zuhause. Lass dich nicht einschüchtern von dem ganzen Prunk.» Und schon eilte er hinaus.

Lisa blieb unschlüssig stehen und beäugte die teuer und gemütlich aussehende Sofagruppe am anderen Ende der Fensterfront. Sie ging näher und sah hinter einer Trennwand ein prunkvolles Doppelbett und vis-à-vis davon einen weiteren HoloScreen, der die gesamte Wand bedeckte. Ein begehbarer Kleiderschrank und ein Badezimmer, aus dem ihr weitere vergoldete Kacheln entgegenglitzerten, gehörten ebenfalls dazu.

Am meisten aber wurde ihre Aufmerksamkeit von dem Keyboard

und der Bibliothek angezogen, die in einer separaten Nische neben der Trennwand eine kleine künstlerische Oase bildeten. Über dem Keyboard schmückte eine große quaderförmige Uhr mit Goldrahmen die Wand, die sich erst auf den zweiten Blick als digital entpuppte, da sie alle zehn Sekunden die Farbe des Zifferblattes wechselte.

Morgan kam zurück, gefolgt von einem kleinen Servierroboter, der eine Ladung Getränke und Chips hinter ihm hertransportierte. Er lächelte Lisa an, doch gleichzeitig lag auch Besorgnis in seinen Augen. Lisa hatte inzwischen auf dem Sofa Platz genommen, und er parkte den Roboter direkt neben ihr und setzte sich gegenüber. Er kam gleich zur Sache.

«Lee-Lee, der Grund, warum ich dich so lange hab warten lassen, ist nicht der, dass ich dir irgendwas verheimlichen möchte», sagte er ernst. «Der Grund ist allein der, dass ich dich nicht unnötig beunruhigen möchte mit Theorien, von denen wir nicht wissen, ob sie stimmig sind.»

Er beugte sich vor und hob eins der Gläser von der Roboteroberfläche, welches er Lisa reichte. Sie umklammerte es mit eisigen Fingern.

«Sag mir, was los ist», forderte er sanft. «Zuerst mal: Was ist heute passiert in der Schule? Britt meinte, es gäbe Schwierigkeiten.»

Lisa fühlte einen neuen Schwall Tränen in sich hochsteigen. Sie biss fest auf die Lippen.

«Du musst dein Weinen nicht vor mir unterdrücken», sagte Morgan. «Was du im Moment verkraften musst, ist mehr, als einem sechzehnjährigen Mädchen zugemutet werden sollte. Hab keine Angst. Was immer es ist, ich bin dir nicht böse.»

Etwas getröstet durch seine Worte, erzählte Lisa Morgan in abgehackten Sätzen, was sich im Wissenschaftsunterricht zugetragen hatte. Er hörte ihr aufmerksam zu, ohne sie zu unterbrechen.

«Okay», meinte er, nachdem er alles in Ruhe verarbeitet hatte. «Euer Wissenschaftslehrer ist also Teil dieses Komplotts. Angie hatte recht mit ihrer Vermutung. Onyx und ich wollten es nicht recht glauben, aber … tja, sie ist nun mal eindeutig schlauer als wir alle.» Er hüllte sich für ein paar weitere Minuten in Schweigen, und Lisa versuchte, geduldig zu warten.

«Ich werde mit Onyx und Vitus sprechen», sagte er schließlich. «Mach dir jetzt erst mal keine Sorgen, ja? Hier bist du sicher. Ich habe gehört, du hast die Bilder von dem Schlüssel? Wie hast du das geschafft?»

«Julian hat mir geholfen», gestand Lisa. «Mit seinen … Cyborg-Fähigkeiten.»

«Julian, soso», schmunzelte Morgan.

«Ich weiß, ich hätte nicht …»

«Wir haben den Schlüssel», sagte er. «Das ist alles, was zählt.»

«Stimmt es, dass du mich in Wahrheit nicht mehr nach 1989 zurückschicken willst?», fragte sie mit heiserer Stimme. «Weil ich dein Leben beeinflussen könnte … so dass du vielleicht die KAC nicht übernehmen wirst … was die Geburt von Julian und Loreen verhindern könnte?»

Morgan schwieg eine ganze Weile und sah Lisa ruhig an.

«Ich muss zugeben, dass ich eine Weile lang tatsächlich in diese Richtung gedacht habe», gestand er schließlich. «Das will ich nicht leugnen. Ich habe mir geschworen, dir die Wahrheit zu sagen, weil du die Wahrheit verdienst. Und ich habe ein paar Dinge dazu zu sagen.»

Lisa zwang sich, ruhig zu atmen. Morgans Augen wichen nicht

von ihr. Sein weißes lockiges Haar fiel ihm tief in die Stirn. Er hatte es aus dem Haarband gelöst, wohl, um dadurch weniger formell zu wirken.

«Am besten erzähle ich dir zuerst mal, was sich in der Kendall-Familie und mit Beverly und mir wirklich abgespielt hat. Dann verstehst du all meine Bedenken vielleicht besser.»

«Riesig gern», sagte Lisa.

«Unter einer Bedingung: Du darfst Kyle kein Wort davon erzählen, was ich dir sage. Das musst du mir fest versprechen.»

Lisa versprach es.

Morgan beugte sich vor, so dass er den Kopf mit den Händen abstützen und dabei seine Schläfen massieren konnte. Es sah aus, als würde ihm das beim Denken helfen. Lisa spürte, dass ihn die Sitzung bereits sehr erschöpft hatte. Er musste sich auf jede einzelne Silbe konzentrieren, als er zu erzählen begann:

«Nachdem du damals im Jahr 2018 abgereist bist, hat sich vieles verändert. Ich hatte ja dank dir diesen 7. Juni überlebt, den Tag, vor dem ich mich mein halbes Leben lang gefürchtet hatte, meinen Todestag.» Er schenkte ihr bei diesen Worten ein dankbares Lächeln.

«Auf einmal waren da ganz neue Perspektiven. Ich war frei. Es war, als wäre mir das Leben neu geschenkt worden. Ich machte einen Alkoholentzug, nahm ein paar Kilo ab, fing an, Sport zu treiben und Pläne zu schmieden. Ich hatte Geld, so viel ich wollte, und somit alle Möglichkeiten, von denen andere nur träumen können. Ich reiste um die halbe Welt und fing zu Stevies Freude sogar an, in der KAC mitzuarbeiten. Dabei entdeckte ich, dass ich über Fähigkeiten verfügte, von denen ich nicht mal wusste, dass ich sie habe.»

Er unterbrach sich kurz und schaute Lisa mit einem verlegenen Lächeln an.

«Diese Veränderungen bemerkte auch Beverly. Sie war schon seit einiger Zeit nicht mehr glücklich in ihrer Ehe. Stevie ist ein guter Kerl, und er hat sie nie respektlos behandelt, aber ... tja, du kennst ihn. Er nimmt die Sachen gerne auf die leichte Schulter. Er ist sehr tüchtig, was die Karriere angeht, aber nicht unbedingt der beste Zuhörer, wenn es um Frauenprobleme geht.»

«Wie meinst du das?»

«Wie ich es sage. Beverly konnte ihre Sorgen nicht wirklich mit ihm teilen. Er hörte ihr nicht zu. Und so kam es, dass sie anfing, mit mir statt mit meinem Bruder über ihre Probleme zu sprechen. Wenn sie Trost brauchte, rief sie mich an, und da ich bekanntlich lieber zuhöre als rede, gab ich ihr offenbar, was sie brauchte.»

Morgan gönnte sich wieder eine längere Pause. Lisa stellte fest, wie viel ruhiger sie innerlich schon geworden war. Seine besonnene Art zu sprechen hatte ihr seit jeher gutgetan, und das hatte sich nicht geändert.

«Das ging eine lange Zeit so, und dass sich dabei mehr als nur eine Freundschaft zwischen uns entwickelte, wollte zuerst keiner von uns wahrhaben. Sprich, wir haben uns verliebt.»

Morgan hob den Kopf, um Lisa vorsichtig in die Augen zu blicken, wohl ahnend, was diese Aussage in ihr auslösen mochte. Lisa biss sich tapfer auf die Lippen.

«Stevie hat lange Zeit nichts bemerkt. Er war ja dauernd am Arbeiten. Als es irgendwann doch aufflog, kam es zu einer riesigen Auseinandersetzung. Beverly hat kurzerhand ihre Koffer gepackt und ist zu mir geflohen, und ich habe mich mit ihr ins nächste Flugzeug gesetzt. Irgendwo in der Karibik sind wir dann in einer Luxusferienvilla abgestiegen und haben dort die nächsten Wochen verbracht.»

Sein Blick senkte sich während des Erzählens wieder mehr und mehr auf seine Knie. Eine tiefe Sorgenfalte hatte sich auf seiner Stirn eingegraben. Lisa erinnerte sich nicht, dass diese Falte vor dreißig Jahren schon dagewesen war. Wahrscheinlich hatte sie sich im Laufe der Jahre gebildet.

«Ich habe meinem Bruder damit sehr viel Schmerz bereitet, und auch Beverly und letztendlich mir selbst», fuhr er fort. «Denn dadurch habe ich Kyles und Ellys Familie zerbrochen, und das hat Kyle mir bis heute nicht verziehen.»

«Du meinst …»

«Der ältere Kyle von heute, aus meiner Zeit. Wir reden seit Jahren nicht miteinander. Er hasst mich. Ich habe versucht zu retten, was ich retten konnte, aber … ich fürchte, wir werden wohl nie Freunde. Schade, denn ich mag ihn eigentlich.»

«Aber ist das alles denn nicht auch Stevies Schuld? Er hat sich zu wenig um Beverly gekümmert …», warf Lisa ein.

«Es spielt keine Rolle, wessen Schuld es ist. Ich hatte kein Recht, mit Beverly zusammenzukommen, so einfach ist das. Ich bin verantwortlich für mein Handeln.»

«Und wie ging es dann weiter?»

«Nun, es kam zur Scheidung. Beverly wollte nicht mehr zu Stevie zurück. Stevie war natürlich sauer auf mich. Wir haben zwei ganze Jahre kein einziges Wort mehr miteinander gesprochen. Erst als unser Vater starb, traten wir wieder in Kontakt. Stevie eröffnete mir an der Beerdigung, dass er die Firma verkaufen wollte. Ich war schockiert. Er hing doch so an der Firma. Aber er sagte, dass sein Arzt ihm dazu geraten hätte. Stevie hatte, ähnlich wie unser Vater, durch den ganzen Stress und der Sache mit Beverly einen kleinen Herzinfarkt erlitten. Gott sei Dank ist er glimpflich davongekommen, aber dennoch …»

Morgan lehnte sich zurück – ein Zeichen, dass er ein paar Minuten Ruhe brauchte, um sich wieder zu sammeln. Lisa brachte weiter Geduld auf, obwohl sie vor innerer Anspannung fast platzte.

«Eigentlich sollten Kyle und Elly die Firma einmal übernehmen, aber die waren zu diesem Zeitpunkt überhaupt nicht bereit. Kyle wollte lieber an seiner Rugby-Karriere basteln, die allerdings in die Hose ging, und Elly wollte bald Kinder haben. Da ich mittlerweile festgestellt hatte, dass ich tatsächlich über Führungsqualitäten und Verhandlungsgeschick verfüge und mehr kann, als ich mir je zugetraut hätte, bot ich Stevie an, seine Nachfolge anzutreten. Nicht zuletzt, weil ich etwas gutmachen wollte bei ihm.

Zudem war Zac dabei, den PDL-Drive zu entwickeln. Der KAC ging es, wie fast allen, zu der Zeit nicht so gut durch die ganze Krise, und ich dachte, dass das vielleicht die Chance sei, der Firma wieder zu einem Aufschwung zu verhelfen. Mit Erfolg, wie du siehst ...» Er lächelte leicht.

«Dank Angelas neuen Methoden konnte ich auch meine Sprechstörungen insofern überwinden, dass ich mich besser konzentrieren konnte und somit fähig war, Sitzungen zu leiten und Telefonate zu führen. Tja, und auf die Art und Weise wurde ich ein hohes Tier.» Er grinste selbstironisch.

«Und Stevie? Was ist aus ihm geworden?» Lisa fiel es nicht leicht, sich den lebensfrohen Jungspund aus dem Jahr 1989 als alten, burnoutgeplagten Mann vorzustellen. «Habt ihr euch wieder versöhnt?»

«Das haben wir», versicherte Morgan ernst. «Er ist mir nach wie vor dankbar, dass ich die Firma quasi gerettet habe. Nun ja, wir haben die Rollen getauscht: Jetzt darf er mal feiern, während ich schufte. Er hat sich nach der Scheidung auf die Bahamas abgesetzt und dort ein neues Leben angefangen. Wir treffen uns etwa einmal pro Woche via Holomet. Es geht ihm gut.»

«Und Beverly?»

«Der hab ich eine Villa in Florida gekauft. Dort ist sie jetzt ganz glücklich und hat auch wieder jemanden gefunden, mit dem sie ihr Leben teilen kann.»

«Und Kyle hat seine Frau an der Übergabefeier der KAC kennen gelernt?»

«So ist es. Stevie hatte gefühlte hunderttausend Menschen zu der Party eingeladen, und ich auch ein paar. Dort hat Amor den Pfeil abgeschossen, und es hätte wirklich der Anfang einer tollen Sache werden sollen, hätte Kyle nicht später diese Riesendummheit begangen.»

«Dass er etwas mit einer anderen Frau hatte? So, wie ich das verstanden hab?»

«Genau. Als Julian und Loreen ungefähr fünf Jahre alt waren, feierten wir das hundertjährige Jubiläum der KAC. Das war ein Riesenspektakel. Leider hat Kyle, wie so manche Gäste, ein bisschen zu tief ins Glas geschaut, und ich habe ihn dann knutschend mit einer Unbekannten in einer Ecke gefunden. Das hat seine Frau so verletzt, dass sie ihn kurzerhand verlassen hat.» Morgans Sorgenfalte vertiefte sich bei der Erinnerung noch mehr. Er schüttelte leise und betrübt den Kopf.

«Es ist wirklich ein Phänomen mit uns Kendall-Männern: Wir kriegen's einfach nicht gebacken mit unseren Frauen. Nun, das alles hat Kyles Familie ins Unglück gestürzt ...»

«Ich ... ich hab gesehen, dass die Kendall-Villa leicht verwahrlost ist», sagte Lisa.

«Ja.» Morgan seufzte. «Kyle hat sich durch seine in den Sand gesetzte Sportkarriere und die Scheidung verschuldet. Seine Frau hatte ihm bei der Scheidung viel Geld abgeknöpft, und der gutmütige Junge kam jeder ihrer Forderungen nach und zahlt ihr auch heute noch einen hohen Unterhalt. Nicht zu vergessen natürlich die große Wirtschaftskrise, die ihren Tribut von uns allen gefordert hat.»

«Aber wird er denn nicht eines Tages viel von Stevie erben?» Lisa witterte sofort eine weitere Geschichte, die Morgan offensichtlich nicht anschneiden wollte.

«Ach, Lee …»

«Bitte.»

«Na schön, aber wie gesagt, kein Wort zu Kyle von all dem. Also, Stevie hat auf den Bahamas wieder geheiratet – eine viel jüngere Frau natürlich – und mit ihr eine neue Familie gegründet. Onja und Kerrin sind jetzt fast so alt wie Julian und Loreen. Kyle hat also noch zwei jüngere Halbgeschwister. Das, was vom Erbe übrig ist, wird also schon mal durch vier geteilt. Und dadurch, dass ich der Besitzer der KAC bin und die Aktienmehrheit besitze, gehört mir auch der größte Anteil des Kendall-Vermögens. Ach, der ganze Familienzwist, den wir wegen dem blöden Geld hatten.» Morgan winkte müde ab.

«Kyle ist natürlich sauer, weil ich nun unverdienterweise fast alles bekommen hab. Dabei hab ich ihm mehrmals angeboten, ihm finanziell unter die Arme zu greifen und die Kids zu sponsern, aber er will nichts mehr von mir wissen. Es hat seinen Stolz getroffen, dass er so versagt hat im Leben, obwohl er doch die besten Voraussetzungen hatte. Nun ja, sobald Julian und Loreen volljährig sind – und das ist nächstes Jahr –, dürfen sie selbst entscheiden, und dann werde ich mich mit ihnen in Verbindung setzen. Ich will ihnen so gern helfen. Ich habe doch selbst so gelitten, weil ich keine Mutter mehr hatte.»

«Aber wäre es dann nicht doch gut, Kyle wüsste das alles?», wandte Lisa ein. «Dann könnte vielleicht dieses Drama verhindert werden.»

«Vielleicht. Vielleicht aber auch nicht. Der Schuss könnte auch nach hinten losgehen. Kyle weiß eh schon zu viel. Alles, was er weiß, kann seine Entscheidungen beeinflussen. Im schlimmsten Fall könnte er sich sogar entscheiden, überhaupt nicht zu heiraten, und dann – wie du selbst schon erkannt hast – könnte die Geburt von Julian und Loreen verhindert werden. Das will ich nicht riskieren. Ich werde ihm aber noch mal ans Herz legen, sich nicht leichtfertig verführen zu lassen. An diesem Punkt hat der gute Junge nämlich eindeutig eine Schwachstelle. Aber jetzt genug von der Geschichte.»

Er richtete seine Augen wieder fest auf Lisa, und sie ahnte, dass nun der schwierige Part kam, nämlich ein Gespräch, das vor allen Dingen sie selbst betreffen würde.

«Siehst du, Lee-Lee, das Leben, das wir gelebt haben – es hat uns geformt und uns zu denen gemacht, die wir heute sind. Nicht nur unsere Erfolge, nein, auch unsere Fehler und unser Versagen sind Teil unserer Geschichte. Ich weiß, dass du, wenn du nach 1989 zurückkehren wirst, mein Leben enorm beeinflussen wirst. Und davor habe ich Angst, das gebe ich unumwunden zu. Angst, weil ich nicht weiß, was sich dadurch alles für mich ändern wird.»

Seine Stimme war warm und weich, doch Wehmut schimmerte in seinen Augen. «Und das ist es, worüber wir reden müssen.»

«Dann ist es also tatsächlich besser für euch alle, wenn ich gar nicht zurückkehre», stellte Lisa bitter fest. «Wenn ich entweder hierbleibe oder ganz aus der Zeitlinie verschwinde.»

Morgan verbarg eine kurze Weile das Gesicht in seinen Händen. Der digitale Sekundenzeiger von der Uhr an der Wand tickte auf einmal unverhältnismäßig laut.

«Nein», murmelte er schließlich in seine Hände. «Ich werde dich nach Hause bringen, Lee-Lee. Egal, was mit mir passiert. Das bin ich dir schuldig. Doch ich habe eine Bitte an dich.» Er hob seinen Kopf wieder.

«Was denn?»

«Lass mich zuerst etwas erklären. Erstens: Wir wissen nicht genau, was mit deinem Gedächtnis passiert, wenn du wieder zurückkehrst. Bei Kyle war es nämlich so, dass offenbar bei seiner Reise zurück in die Vergangenheit Teile seines Gedächtnisses gelöscht wurden. Er erinnerte sich nicht mehr an alles, was er in der Zukunft erlebt hatte. Ja, ein paar Tage später glaubte er sogar, das alles nur geträumt zu haben. Wir haben ihn dann in diesem Glauben bestärkt, um ihn vor sich selbst zu schützen.»

«Ach – deswegen sagte Loreen, dass ihr Vater von einer Zeitreise geträumt hat», ging Lisa nun ein Licht auf. «Ich hatte mich schon gewundert, dass der erwachsene Kyle nicht misstrauischer geworden ist, als wir in seinem Haus waren. Er hätte sich doch erinnern müssen, dass er als jüngeres Ich zu genau diesem Zeitpunkt in seinem zukünftigen Haus gewesen ist.»

«Genau. Aber offenbar kann er das nicht mehr einordnen. Ein Glück. Leider bleiben aber trotzdem gewisse Erinnerungen vorhanden, genau wie bei einem Traum, weswegen ich so darauf bedacht bin, Kyle vor zu viel Informationen zu schützen.»

«Aber Doc Silverman und Zac haben nie etwas darüber gesagt, dass eine Reise in die Vergangenheit das Gedächtnis löscht. Und bei meinem älteren Ich war es auch nicht so.»

Morgan schmunzelte. «Du bist wirklich schlau, kleine Lee. Lass dir gesagt sein, dass weder Doc Silverman noch Zac diese Erfahrungen je gemacht haben, und bei deinem älteren Ich gehe ich davon aus, dass sie ja quasi in die ‹Zukunft› gehörte, während du offiziell in der Vergangenheit zuhause bist. Lassen wir das. Viel zu kompliziert. Angela ist dabei, dieses Phänomen zu erforschen. Zudem könnte es bei dir auch ganz anders ablaufen, weil du nämlich ganz andere Charaktereigenschaften hast als Kyle.» Morgan musterte sie mit seinen sanften Augen.

«Nämlich?»

«Du bist sehr tiefgründig. Dir kann man Erinnerungen nicht so schnell rauben. Im Gegensatz zu Kyle, der im Moment lebt und vergisst, was er am Tag zuvor getrieben hat. In dieser Hinsicht ist er Stevie sehr ähnlich. Ich dachte, ich sage dir das einfach, damit du darauf vorbereitet bist, dass dies so eintreffen könnte.»

«Wenn ich denn überhaupt zurückkehren kann», sagte Lisa leise. «Es gibt ja laut Zac ein Problem mit meiner Zeitlinie ...»

Sofort schlug sie sich auf den Mund und erinnerte sich an Zacs Warnung, Morgan besser nichts davon zu sagen.

Doch auch dieses Mal reagierte Morgan sehr gelassen. «Ja, Zac hat da eine Theorie erarbeitet. Das ist richtig. Die genauen Details kann ich dir aber nicht erklären. Davon verstehe ich zu wenig. Doch ich vertraue, dass er weiß, was er tut. Er ist bestrebt, dich wieder nach Hause zu bringen. Das sind wir alle.»

Morgans ruhige Stimme schaffte es tatsächlich auch diesmal, ihr einen Teil ihrer Besorgnis zu nehmen. Seine warmen, braunen Augen blickten sie mit so einer Tiefe an, dass sie nicht anders konnte, als ihm voll und ganz zu vertrauen. Diese Augen, die sie in ihrer Kindheit immer wieder aufgefangen hatten, wenn die Stürme in Form von Tante Sally getobt hatten ...

«Und was ist nun deine Bitte?», fragte sie mit dünner Stimme.

Er lehnte sich wieder etwas in seinem Sessel zurück, um eine weitere Gedankenminute einzulegen. Dieses Mal schien er seine Worte noch sorgfältiger abzuwägen.

«Wenn du zurückkehrst, wirst du natürlich mein jüngeres Ich treffen. Er wird auf dich warten und dich vermutlich mit Fragen löchern. Er wird arg durcheinander sein, weil er von diesem 7. Juni 2018 erfahren hat. Ich möchte …» Er schien regelrecht um die richtigen Worte zu ringen.

«Um ehrlich zu sein, überlege ich mir ernsthaft, ob es nicht das Beste wäre, wenn du gar keinen Kontakt mehr mit mir hättest im Jahr 1990. So, dass du mich meine eigenen Wege gehen lässt. Es steht einfach zu viel auf dem Spiel, Lee-Lee … und ich weiß nicht, wie wir am besten damit umgehen sollen, ohne die Zeitlinie zu gefährden.»

Lisa schaute Morgan so entsetzt an, dass er unwillkürlich seine Hand ausstreckte und ihre Wange berührte, als wäre er immer noch der kleine Momo, der sie so oft getröstet hatte, wenn sie von ihrer Tante ausgeschimpft worden war.

«Lee-Lee … ich kann letztendlich nichts von dir verlangen. Ich kann dich nur bitten. Doc Silverman hat immer gesagt, dass der Schöpfer uns einen freien Willen gegeben hat. Ja, er geht sogar so weit, dass er seinen eigenen Willen manchmal zurückstellt. Er hat mitunter zugelassen, dass wir in die Physik eingreifen. Wir haben eine Verantwortung, Lee-Lee. Eine sehr große sogar.»

Lisa versuchte vergeblich, den fetten Klumpen herunterzuschlucken, der sich in ihrem Hals gebildet hatte.

«Du weißt, ich hab dich wahnsinnig gern», sagte Morgan sanft. «Das habe ich dir immer gesagt, und das hat sich nie geändert, auch wenn ich mich als Jugendlicher arrogant verhalten habe. Ich hab dich schrecklich vermisst, als du für immer gegangen bist. Aber …»

Das Wort «aber» verheißt selten etwas Gutes, dachte Lisa bitter.

«Siehst du, ich weiß, dass du Gefühle für mich hattest im Jahr 1989, Lee, und ich wünschte, ich hätte sie erwidern können. Doch damals lief bei mir vieles schief. Ich fürchte daher, du wirst enttäuscht sein, wenn du nach Hause zurückkehrst. Ich weiß nicht, ob du bei mir finden wirst, was du suchst. Ich war damals noch so grün hinter den Ohren.»

«Das finde ich gar nicht», sagte sie leise. «Ich finde, du warst sehr reif für dein Alter. Erwachsen irgendwie.»

«Ach was. Abgestumpft und depressiv, würde ich sagen. Ich bin mir nicht sicher, ob du mit einem verwöhnten, kränklichen Bengel, der nur vor dem Fernseher rumhängt und dabei Whisky-Cola in sich reinschüttet, bis er vor der Kiste einpennt, wirklich glücklich werden kannst.»

«Hast du das getan?»

«Leider ja. Immer wieder. Mir war so langweilig. Es war ja, abgesehen vom Hauspersonal, auch selten jemand bei mir zuhause.»

«Aber du kanntest doch viele Leute? Und warst oft mit Nathan und Paul unterwegs?»

«Das stimmt schon. Aber wegen meines Sprachfehlers habe ich mich geschämt, rauszugehen. Wenn ich nicht mit Nate und Paul im Record Store und auf dem Square abhing, Konzerte besuchte oder mich an Dads Firmenanlässen langweilte, war nichts los mit mir. Rein gar nichts. Na gut, da waren noch Stevies Partys, aber das zählt irgendwie nicht.»

«Komm schon», sagte Lisa leise. «Als du damals bei mir zu Besuch warst, da hast du bewiesen, dass du immer noch lustig sein und lachen konntest.»

«Ach ja, dieser Abend.» Morgan schmunzelte. «Als wir mit deinem Planetenmobile gespielt haben. Ja, das war witzig. Ich erinnere mich.

Aber, Lee-Lee, ich bin sicher, da draußen im Jahr 1990 warten eine Menge Jungs auf dich. Jungs, die mit dir Skateboard fahren oder sonst tolle Dinge unternehmen und die nicht wie abgestumpfte Erwachsene rumsabbeln. Schau, ich bin nun mal in einer Welt aufgewachsen, in der Prestige, Reichtum und Macht so ziemlich alles bedeuten, auch wenn ich das als kleiner Junge noch nicht bewusst wahrgenommen habe. Aber ich weiß nicht, ob das wirklich etwas für dich ist, Lee-Lee. Du tickst anders als ich. Und du bist so ein schlaues und attraktives Mädchen. Auf dich warten viele Möglichkeiten.»

Viele Möglichkeiten …

Lisas Brustkorb hob und senkte sich schwer. Sie spürte, dass immer noch viele ungeweinte Tränen in ihr darauf warteten, sich endlich Bahn brechen zu dürfen. Doch sie wollte ihnen nicht noch mehr Raum geben. Nicht jetzt. Zumal ihr messerscharfer Verstand bereits wieder einen Logikfehler meldete.

«Aber was ist, wenn ich nun zurück in meiner Zeit mit einem anderen Jungen etwas anfange? Dann bringe ich doch dem seine Zeitlinie auch durcheinander, oder etwa nicht? Denn vielleicht sollte er ja eine andere Frau heiraten und nicht mich. Aber die geht dann leer aus oder heiratet wiederum einen anderen, der eigentlich auch eine andere Frau hätte heiraten sollen, und … das löst eine Kettenreaktion aus, und eine ganze Menge Kinder werden dadurch nicht geboren.»

Morgan stieß einen schweren Seufzer aus und vergrub den Kopf in seinen Händen. Lisa spürte, dass sie mitten ins Schwarze getroffen hatte.

«Wohl wahr», sagte er nach einer geraumen Weile, als sein Gesicht wieder hinter seinen Händen hervorkam. «Du bist einfach zu schlau für mich, Lee-Lee. Ich weiß leider nicht, was ich darauf antworten soll. Am besten fragst du das alles Doc Silverman in der Vergangenheit.» Er richtete sich wieder ganz auf und sah sie warm und voller Güte an.

«Ich möchte dich nur vor Enttäuschung bewahren, das ist alles», sagte er vorsichtig, doch Lisa wusste, was er meinte. Sie war gut darin, zwischen den Zeilen zu lesen.

«Du hast mich nicht geliebt», stellte sie leise fest. «Du hast mir die Frage nämlich nie wirklich beantwortet, aber ich weiß es auch so. Du hattest Augen für Beverly … und für andere Mädchen … und du wolltest eine haben, die kleiner ist als du … stimmt's?»

Eine weitere verflixte Träne stahl sich aus ihrem Augenwinkel, doch Lisa drängte sie grimmig zurück. Es reichte langsam mit der Heulerei.

Morgan fuhr sich mit der Hand nachdenklich übers Kinn, senkte den Blick, richtete ihn auf seinen Blazer und verharrte eine ganze Weile in dieser Position. Hätte der digitale Sekundenzeiger an der Wand über dem Keyboard nicht unbeirrt weitergetickt, hätte Lisa beinahe geglaubt, die Zeit würde stillstehen.

Schließlich raffte Morgan sich auf. «Ja, ich war tatsächlich in Beverly verknallt, schon seit meiner Jugend, aber man ist immer in diejenigen verknallt, die man nicht haben kann. Das liegt in der Natur der Dinge. Lee-Lee, alles, was ich dir sagen kann, ist dies: Egal, wo oder wann du sein wirst, einer Sache kannst du dir sicher sein, und das ist meine Freundschaft. Ob im Jahr 1989, 2018 oder 2047. Von mir aus bis in alle Ewigkeit. Ich werde immer für dich da sein, wenn du mich brauchst, und ich werde dir immer finanziell aushelfen, solltest du irgendetwas benötigen. Darauf gebe ich dir mein Wort.

Aber mehr … kann ich dir nicht versprechen. Und ich kann auch nichts von dir verlangen. Ich hätte das mit der Bitte vielleicht gar nicht erwähnen sollen. Denn du hast recht: Die Vergangenheit wird so oder so durch deine Rückkehr verändert werden. Doch was immer du tun wirst, bitte geh vorsichtig mit deinem Wissen aus der Zukunft um. Versprichst du mir das?»

Lisa wollte ein «Okay» herausquetschen, doch ihre Stimmbänder versagten. Morgan erhob sich und kam zu ihr rüber. Er strich ihr liebevoll übers Haar, während die Tränen endlich den Kampf gewannen und ihr unkontrolliert auf den Schoß tropften. Sie ließ es geschehen, während sie das Wissen darüber sacken ließ, dass ihre Hoffnung und ihr Traum endgültig zerplatzt waren und sich auch die letzten Fetzen davon in Luft auflösten.

Could've been so beautiful …

Als würde Morgan spüren, dass ein Song in ihrem Herzen aufstieg, ging er schließlich leise hinüber zu seinem Keyboard. Er setzte sich auf den Hocker und begann, eine wunderschöne, aber sehr wehmütige Melodie zu spielen, die Lisa noch nie gehört hatte, die ihr aber sofort durch Mark und Bein ging.

Mit leiser Stimme begann er zu singen:

A thousand words I have to say
Words in my mind, gone astray
Trapped within a golden cage
In there since an endless age

I can't give them a shape
Can't force them out, babe
They spin my heart around
Since you're nowhere to be found

Gone, gone, forever gone
Time has driven us apart
Heart and soul, flesh and bone
Every piece of you is gone

Your face still before me
Your heart a part of me
Though we're separated by time
Will you always be mine

«Von wem ist dieser Song?», fragte sie, nachdem er die letzten Takte gespielt hatte.

Er lächelte, gab jedoch keine Antwort. Stattdessen schlug er die Akkorde von «Amazing Grace» an, einem Song, den Lisa aus den paar wenigen Kirchenbesuchen kannte, zu denen ihre Tante und ihr Onkel sie und Thomas an speziellen Feiertagen mitgenommen hatten.

Sie rollte sich schließlich im Sessel zusammen und legte den Kopf auf die Lehne. Sie fühlte, wie ausgelaugt sie immer noch von der Zeitreise war. Ihr Körper und ihre Seele kamen ihr so vor, als bestünden sie nur noch aus Matsch. Sie ließ sich von den tröstenden Wellen der Musik davontragen und wäre um ein Haar eingeschlafen, hätte sie nicht eine Weile später eine warme Hand auf ihrer Wange gespürt.

«Schscht, Lee-Lee. Ich glaube, du bist jetzt müde. Vielleicht solltest du besser schlafen. Immerhin musst du morgen sechzig Jahre in der Zeit zurückreisen. Da musst du gut ausgeruht sein.»

Lisa richtete sich träge auf. Erst jetzt bemerkte sie, dass die Dämmerung hereingebrochen war. Dabei hatte sie immer noch so viele Fragen.

«Kann ich nicht …?»

«Nein, Lee. Schau, alle deine übrigen Fragen werden im Laufe der Zeit beantwortet werden. Ich habe dir gesagt, was du wissen musst. Und mach dir keine Sorgen wegen morgen. Ich kümmere mich um alles. Außerdem muss ich mir meinen Neffen noch vorknöpfen. Mit dem hab ich gleich ein paar Hühnchen zu rupfen.»

Er half Lisa behutsam auf die Beine. Sie stützte sich auf ihn, während sie, total entkräftet, auf wackligen Beinen aus seinem Zimmer wankte. Es schockierte sie selbst, wie sehr die vergangenen Ereignisse der letzten Tage ihren Tribut gefordert hatten. Sie hatte das völlig unterschätzt.

Morgan brachte sie Britt, die immer noch wartend am Esstisch saß. Neben ihr stand Kyle, der Lisa einen vor Fragen nur so strotzenden Blick zuwarf, als er seinem Onkel schließlich in sein Arbeitszimmer folgte.

Es gab keine langen Gespräche mehr mit Britt. Lisa hatte eingesehen, dass Morgans Rat, sich gleich schlafen zu legen, wohl das Klügste war, was sie tun konnte.

Sie versuchte, ein einfaches Gebet zu sprechen und den Schöpfer von Raum und Zeit zu bitten, alle Dinge wiederherzustellen und ihr zu helfen, morgen heil durch das Portal zu kommen.

Doch noch ehe sie ihre Worte zu Ende formuliert hatte, hatte der Schlaf sie bereits übermannt und nahm sie mit auf eine Reise durch eine unruhige Traumwelt.

Kapitel 16
Startklar für den dritten Akt

Morgan hatte ihr verschwiegen, dass sie am nächsten Tag nicht zur Schule gehen musste. So war Lisa ganz verwirrt, als sie am Morgen erwachte und es laut Uhr bereits nach zehn war.

Erschrocken schoss sie im Bett hoch.

Sie war viel zu spät! Niemand hatte sie geweckt.

Als sie kurz darauf panisch im Pyjama die Treppe hinunterstürzte, wartete Morgan auf sie am reich gedeckten Frühstückstisch. Er las gerade die Newsmeldungen auf seinem gläsernen Tablet. Lisa fiel auf, dass er übernächtigt wirkte. Eine weiße Haarlocke aus seiner Frisur hatte sich selbständig gemacht und baumelte ihm wie bei einem Teenager ins Gesicht. Die goldene Fassung seiner Brille funkelte in den zum Fenster hereinfallenden Sonnenstrahlen.

«Keine Eile, Lee-Lee», beruhigte er sie, als er ihr entsetztes Gesicht sah. «Ich hab beschlossen, dich heute ebenfalls zuhause zu behalten.»

Aufgrund von Lisas verwirrter Miene beantwortete er die unausgesprochene Frage gleich selbst: «Ich möchte nicht das Risiko eingehen, dass du nochmals Mister Jackson begegnest. Britt hat dich mit Kopfschmerzen abgemeldet. Komm, setz dich. Iss.»

Lisa ließ sich gehorsam auf den Stuhl fallen. Tatsächlich verspürte sie Hunger.

«Wie läuft das jetzt heute Abend?», fragte sie kauend, nachdem sie ihren Teller mit Leckerbissen gefüllt hatte.

«Onyx wird später vorbeikommen und euch die letzten Instruktionen geben. Wir haben gestern Nacht noch lange miteinander gesprochen und uns entschieden, den Plan so durchzuführen, wie wir ihn ursprünglich ersonnen haben. Wir haben auch gar keine andere Wahl. Es ist unsere einzige Chance. Verpassen wir sie, wird es lange dauern, ehe wir eine weitere Möglichkeit erhalten.»

Lisa blieb der Bissen im Hals stecken.

«Keine Angst, Lee. Angela meint: Wer auch immer es darauf abgesehen hat, das Projekt zu boykottieren, dürfte es äußerst schwer haben – dank der Sicherheitsvorkehrungen in der Schule und im Forschungszentrum. Vitus hat sämtliche Zugänge innerhalb des Forschungszentrums unter seiner Kontrolle.

Die einzige Sicherheitslücke, die wir haben, ist der Weg zur Garderobe und mit dem Lift hinunter ins achte Untergeschoss. Dort könnte euch theoretisch jemand auflauern und abfangen. Aber auch dann kriegt Vitus das mit und wird sofort Onyx benachrichtigen. Außerdem, wenn Julian präzise gearbeitet hat, wissen die gar nicht, dass wir den Schlüssel haben.»

Morgan lehnte sich zurück, bereits wieder erschöpft von der langen Erklärung. Es war ihm in der Tat deutlich anzusehen, dass er wenig bis gar nicht geschlafen hatte.

«Lee, wir müssen nun einfach vertrauen», fügte er hinzu. «Vertrauen, dass der Schöpfer uns Gnade und Gelingen schenken wird, wie Doc Silverman sagen würde. Eine andere Wahl haben wir nicht.»

Lisa wollte so vieles erwidern, doch sie nickte nur ergeben. Sie war immer noch aufgewühlt wegen all dem, was Morgan ihr gestern gesagt hatte. So oder so, was immer geschehen würde, ihr Leben würde nie mehr dasselbe sein. Sie bereute es, dass sie sich damals nicht entschieden hatte, im Jahr 2018 zu bleiben, als ihr für kurze Zeit diese einmalige Gelegenheit geschenkt worden war.

«Lee-Lee …» begann Morgan, der ihre niedergedrückte Stimmung natürlich wie immer wahrnahm, doch er kam nicht weiter. Im selben Moment rauschte der Aufzug heran, und Britt schneite in den Raum.

«Oh, ihr seid nur zu zweit?», fragte sie verwundert.

«Mein Neffe pennt noch», sagte Morgan. «Überrascht?»

«Natürlich nicht», stöhnte Britt. «Was der Junge schlafen und essen kann, geht auf keine Kuhhaut.»

«Britt, kannst du dich kurz um Lee kümmern? Ich krieg schon wieder einen Anruf rein. Es ist der Vize-CEO. Da muss ich rangehen.» Morgan zog die Brille aus, erhob sich und rieb sich stöhnend die Schläfen. Noch ehe Britt eine Antwort formulieren konnte, war er bereits in seinem Arbeitszimmer verschwunden.

Britt sah ihm kopfschüttelnd nach, dann wandte sie sich an Lisa.

«Gut geschlafen?»

«Es geht so», sagte Lisa wahrheitsgemäß. Tatsächlich hatten sich ihre Gedanken wegen dem Gespräch mit Morgan wie aufwühlender Sand in einem Sturm gebärdet, und sie war immer wieder aus ihren Träumen hochgeschreckt. Dazwischen hatten sich auch Alptraumbilder von ihrem todkranken Bruder geschlichen, von dem sie immer noch nicht wusste, ob er 2047 noch lebte. Sie hatte die Frage nicht gewagt zu stellen.

«Das kann ich mir denken», sagte Britt. «Wie war es mit Morgan gestern? Hat er dir endlich alle deine Fragen beantwortet?»

Lisa bezweifelte, dass es überhaupt möglich war, je alle ihre Fragen beantwortet zu kriegen. Sie konnte Britt daher nur mit einem vagen Kopfnicken antworten.

«Einigermaßen …»

«Was hat er dir denn alles gesagt?»

«Uff.» Dieses Mal bekam Lisa am eigenen Leib zu spüren, wie anstrengend die Fragerei manchmal sein konnte. Doch dann erkannte sie die Gelegenheit, ihr Herz auszuschütten.

«Er wünscht, dass wir keinen Kontakt mehr haben in der Vergangenheit», sagte sie leise. «Er hat tatsächlich Angst, meine Anwesenheit könnte zu viel in seinem Leben durcheinanderbringen.»

«Was? Das glaubt er ja wohl selbst nicht», entfuhr es Britt. «Hat er dir das so gesagt?»

Lisa nickte traurig.

«Und wieso, bitte schön, soll deine Existenz denn seine Vergangenheit durcheinanderbringen? Im Gegenteil, deine Anwesenheit würde ihm höchstens guttun!» Britt stemmte ihre Hände in die Hüfte und blickte zu der geschlossenen Tür von Morgans Zimmer. Es hätte Lisa nicht verwundert, wenn sie in das Zimmer hineingestürmt wäre, um ihm gründlich die Leviten zu lesen.

«Wie ich schon sagte … vielleicht könnte ich alles so gefährden, dass Julian und Loreen nie geboren werden … oder dass Morgan die KAC nie übernimmt.»

«Pah, das kann er doch gar nicht wissen», schnitt Britt ihr das Wort ab. «Vielleicht geschieht ja etwas anderes, was dazu führt, dass er die KAC doch übernimmt, oder vielleicht lernt Kyle seine Frau bei einer anderen Gelegenheit kennen. Ich sehe echt nicht ein, warum die ganze Verantwortung auf deinen Schultern lasten soll. Außerdem», in ihren Augen blitzte es, «ist es nicht so, dass Morgan eigentlich in seiner ersten, originalen Zeitlinie ums Leben gekommen wäre?»

Als Lisa überrascht nickte, fuhr sie fort: «Dann hätte er weder die KAC übernehmen noch mit Beverly durchbrennen können, was ja letztendlich zu dem ganzen Drama geführt hat, und weiß der Himmel, ob Kyle dann seine Frau überhaupt kennen gelernt und Julian und Loreen gezeugt hätte. Ich meine, du hast ihm das Leben gerettet, und dadurch ist eine ganz neue Zeitlinie entstanden. In der originalen Zeitlinie war er nämlich ab 2018 nicht mehr da. Oder sehe ich das falsch?»

«Nein», hauchte Lisa überrascht. Dieser Gedanke war ihr bisher noch überhaupt nicht gekommen. Sofort fühlte sie, wie die Last auf ihren Schultern ein paar Kilogramm leichter wurde.

Vielleicht hing ja gar nicht alles von ihr ab. Vielleicht lag das alles in der Hand des Schöpfers. Und vielleicht gab es tatsächlich einen Plan, der höher war als alles, was ihre Entscheidungen je beeinflussen konnte.

«Also, ich find's echt nicht in Ordnung, dass er dir eine solche Verantwortung aufbürdet.» Britt linste wieder zu der Tür und wippte ungeduldig mit ihren Füßen, als sei sie immer noch am Überlegen, ob sie nicht einfach hineinstürmen und ihm gründlich die Meinung geigen sollte.

Doch ehe sie ihre Gedanken in Tat umsetzen konnte, flog die andere Tür auf und Kyle torkelte aus seinem Zimmer. Sein Krokodilgähnen machte einem Wurmloch beinahe Konkurrenz.

Britt schmunzelte. «Auch schon wach?»

«Häh?»

«Ob du schon wach bist.»

«Wie spät ist es?»

«Bald elf Uhr.»

Kyle schlurfte zum Esstisch und plumpste auf den Stuhl. Britt schenkte ihm Kaffee ein. Nach ein paar Bissen kehrten auch Kyles Lebensgeister langsam zurück.

Lisa hätte gern gewusst, was Morgan gestern Abend noch alles mit ihm besprochen hatte, doch es machte keinen Sinn, Kyle danach zu fragen, wenn er am Schlemmen war. Ihr wurde allmählich bewusst, dass der Abschied sich in rasanten Schritten näherte, und sie hoffte, dass sie wenigstens noch ein paar Momente mit Kyle unter vier Augen und mit einem klaren Kopf würde verbringen können.

Eine geraume Weile später kam Morgan mit zwei riesigen Papiertaschen bewaffnet aus seinem Zimmer. Das wichtige Telefongespräch war offenbar beendet. Er hatte das perfekte Timing getroffen, denn Kyle hatte gerade den dritten Teller geleert.

«Aha», stänkerte Britt, die anscheinend in angriffslustiger Stimmung war. «Bekommt man dich auch mal wieder zu Gesicht?»

«Ich habe hier noch eure Outfits für den Ball», erwiderte Morgan in aller Seelenruhe, ohne auf Britts spitze Bemerkung einzugehen. Er stellte die Taschen auf den Clubtisch neben der Couch. Britt, Lisa und Kyle folgten ihm neugierig.

Outfits für den Ball? Daran hatte Lisa bis jetzt überhaupt noch nicht gedacht. Aber natürlich, für einen Ball brauchte sie das entsprechende Kleid. Sie näherte sich vorsichtig und begutachtete die Taschen. Bereits das Hochglanzpapier, in das die Kleider eingewickelt waren, sah teuer und edel aus, mit goldenem filigranem Schriftzug eines Labels, von dem Lisa noch nie etwas gehört hatte.

«Soll ich raten?», feixte Britt. «Unter zehntausend hast du wohl kaum dafür ausgegeben?!»

Morgan grinste wie ein Schuljunge und öffnete die erste Tasche. Behutsam holte er ein in Seidenpapier gewickeltes, türkisfarbenes Etwas heraus, das er sachte auf das Polster der Couch legte. Mit bedächtigen Handbewegungen begann er es aus dem Seidenpapier zu befreien.

«Mein lieber Scholli!», pfiff Britt, als er ein formvollendetes Meisterwerk aus feinster Seide enthüllte, dessen Saum und Ausschnitt das Tageslicht in funkelnden Regenbogenfarben widerspiegelte. Er drapierte den Stoff so auf dem Sofa, dass Britt und Lisa sich staunend darüberbeugen konnten.

«Herrje, Cinderella ist ein Abklatsch dagegen», stöhnte Britt.

Lisa brachte überhaupt keinen Ton heraus. Sie kniete sich nieder und streckte ihre Hand aus. Sie berührte die erlesene Seide, fuhr mit dem Finger vorsichtig über den exquisiten Stoff und dann über die glitzernden Steinchen, die zu einem kunstvollen Muster arrangiert längs des Ausschnittes verliefen.

Zwar sah es von der Farbe und der Form her dem Kleid ähnlich, das sie 1989 von Fanny, der Freundin ihres Bruders, ausgeliehen und an ihrem ersten Herbstball getragen hatte. Doch verglichen mit diesem Juwel hier wirkte das Gewand von Fanny fast wie eine billige Kopie.

«Sind das Strasssteine?», fragte Britt.

«Nein. Diamanten.»

«Wie bitte?» Britt starrte Morgan an.

Er zuckte mit den Schultern. «Nun ja, ich dachte, wenn schon, denn schon.»

Eine weitere Gelegenheit für Britt, den Kopf zu schütteln. «Nicht wahr, es hat keinen Zweck, wenn ich sage, dass es eigentlich unsinnig ist, so viel Geld auszugeben, wenn sie das Kleid danach eh in der

Garderobe zurücklassen muss, wo es dann wohl von irgendjemandem gefunden und beschlagnahmt wird?»

«Nein, das hat keinen Zweck.»

«Und dass sie vielleicht in dem Kleid etwas zu sehr auffallen könnte, ist dir wohl auch nicht in den Sinn gekommen, ja?» Britt ließ nicht so schnell locker.

«Ach, lass mir doch den Spaß, Britt», sagte Morgan. «So schnell werde ich wohl keine Gelegenheit mehr haben, einer jungen Frau so ein schönes Kleid zu schenken.»

«Na, du musst es ja wissen», gab Britt auf.

Lisa strich gedankenversunken über den herrlichen Stoff.

Sie schaffte es einfach nicht, ihr Staunen in angemessenen Worten auszudrücken.

«Gibt es keine Möglichkeit, es irgendwie in die Vergangenheit mitzunehmen?», fragte sie schließlich. Sie kam nicht umhin, sich vorzustellen, in diesem Kleid dem jungen Morgan zu begegnen, obwohl sie sich solche Fantasien nicht mehr gestatten wollte. Nicht nach dem Gespräch vom Vorabend.

«Ich fürchte, nein», sagte Morgan. «Obwohl ich mir durchaus wünschte, mein jüngeres Ich könnte dich darin sehen.»

Britt warf ihm einen weiteren tadelnden Blick zu.

«Kann ich es nicht einfach unter den Arm klemmen, nachdem wir uns in der Garderobe umgezogen haben?», wagte Lisa einen weiteren Versuch.

Morgan dachte eine Weile nach.

«Hmm …, ich müsste Vitus fragen, ob das geht wegen der Sicherheitsanlagen. Aber ich weiß ehrlich gesagt nicht, wie die Zeitlinie darauf reagiert, wenn du einen Gegenstand aus der Zukunft mit in deine Zeit nimmst.»

«Was soll schon passieren?», fragte Britt. «Schlimmstenfalls löst es sich einfach in Luft auf.»

«Na gut. Ich denke darüber nach», versprach Morgan. «Magst du es anprobieren, Lee-Lee?»

«Jetzt?» Lisa richtete sich wieder auf.

«Natürlich.»

«Und was ist mit mir?» Kyle trat nun auch näher. «Was soll ich tragen?»

«Die zweite Tasche ist für dich», sagte Morgan und händigte sie seinem Neffen aus. Kyle holte ein Paket daraus hervor, dessen Inhalt er hastig aus dem raschelnden Seidenpapier schälte. Zum Vorschein kam ein edler dunkelblauer Anzug mit Goldknöpfen.

Kyle klappte der Unterkiefer runter. «*Das* soll ich anziehen?»

«Natürlich. Was sonst?»

«Ist das nicht zu protzig mit diesen Goldknöpfen?»

«Wohlbemerkt, *echtes* Gold», bemerkte Britt im Hintergrund.

«Du lebst doch in Westhill, oder nicht?», sagte Morgan.

«Schon. Aber wir sind keine Snobs … Mum hasst Snobs.»

«Meinetwegen könnt ihr auch tauschen», sagte Morgan mit einem schiefen Grinsen. «Sie haben die Geschlechterrollen ja eh aufgehoben. Heutzutage spielt es keine Rolle mehr, ob du als Mädchen oder als Junge erscheinst. Du kannst heute ein Junge sein und morgen ein Mädchen. Worauf immer du Lust hast.»

«Also, dann nehm ich besser den Anzug», sagte Kyle mit knirschenden Zähnen.

«Da bin ich aber froh», sagte Morgan. «Du würdest in dem Kleid nur halb so gut aussehen wie Lee.»

Unwillkürlich musste Lisa lächeln. Wenn sie das wunderschöne Kleid betrachtete, war sie tatsächlich froh, ein Mädchen zu sein, auch wenn sie sich früher oft das Gegenteil gewünscht hatte.

Morgan schickte Lisa in sein Zimmer, wo sie sich in seinem begehbaren Kleiderschrank umziehen und sich danach in einem Rundum-Spiegel betrachten konnte.

Sie war verblüfft, wie perfekt die Passform des Kleides sich an ihren Körper schmiegte. Als wäre es extra für sie geschneidert worden. Vielleicht war es das ja auch. Sie hätte es Morgan durchaus zugetraut. Er hatte mit seiner Wahl ihre Maße haargenau getroffen.

Sie fuhr mit einer Fingerkuppe ehrfürchtig über die winzigen Steinchen an ihrem Halsausschnitt. Waren das wirklich echte Diamanten? Morgan hatte doch keinen Scherz gemacht?

Als sie wieder ins Wohnzimmer trat, standen Kyle, Britt und Morgan in einer Reihe da und starrten sie an, als wäre sie ein überirdisches Wesen. Tatsächlich fühlte sie sich zum ersten Mal in ihrem Leben so. Kyle stand der Mund weit offen. Er sah fesch aus in seinem Anzug, und hatte Lisa insgeheim am Anfang auch ein wenig an den Goldknöpfen gezweifelt, musste sie doch zugeben, dass sie ihm erstaunlich gut standen und ihn ungewohnt stattlich aussehen ließen. Nur die heruntergeklappte Kinnlade passte nicht ganz zu diesem edlen Look.

«Äh … wie sehe ich aus?», fragte Lisa verlegen.

«Nicht schlecht», sagte Morgan und setzte sein berüchtigtes Pokerface auf.

«Nicht schlecht?!» Britt stieß ihn empört an, und da lachte er. Ein kurzes, schallendes Lachen, das Lisa an den kleinen Momo erinnerte.

«Du siehst fantastisch aus. Meinem jüngeren Ich wären die Beine unter dem Körper weggesackt.»

«Na, dann sollte sie das Kleid aber wirklich mitnehmen dürfen in die Vergangenheit», sagte Britt mit einem auffordernden Blick.

Morgan antwortete nicht darauf.

«Echt ... das ist ... kann ich ein Foto machen?», stotterte Kyle mit hochrotem Kopf. «Mir ... äh ... sacken auch gleich die Beine weg.»

Morgan zögerte.

«Nein», entschied er schließlich. «Es ist nicht gut, Erinnerungen aus der Zukunft in die Vergangenheit mitzunehmen.»

Kyle maulte ein wenig rum, fügte sich dann aber.

Lisa wünschte sich, sie könnte tatsächlich so ein Erinnerungsfoto mit in ihre Zeit nehmen. Bei dem Gedanken an den bevorstehenden Abschied wurde ihr Herz wieder schwer vor Traurigkeit.

Sie hatten nur noch wenige Stunden miteinander, bevor sie sich für immer in verschiedene Zeiten zerstreuen würden.

«Stellt euch mal nebeneinander auf», ordnete Morgan an und stellte sich dann vor das Paar, um es fachmännisch zu mustern.

«Fast perfekt», meinte er. «Außer, dass du deine Lade jetzt endlich schließen kannst, Kylian. Ein Gentleman bewahrt Haltung. Und du, Lee-Lee, halt den Rücken etwas gerader. Ihr müsst sicherstellen, dass ihr vor Mitternacht verschwindet! Wehe, die küren euch noch zum Ballkönig und zur Ballkönigin. Das würde definitiv nicht in den Zeitplan passen.»

«Nun erlebst du zumindest noch einen zweiten Ball, bevor du ins Mädcheninternat musst, Lee», sagte Britt. «Und dann erst noch mit so einem gutaussehenden Spund.»

Tatsächlich. Auch daran hatte Lisa noch gar nicht gedacht. Sie vergrub ihre Hände wieder in dem schönen Stoff, rieb ihn sorgfältig zwischen den Fingern und untersuchte sein Glitzern.

«Tja, Lee, jetzt freundest du dich doch noch damit an, ein Girl zu sein, was?», sagte Britt. «Früher hätten dich keine zehn Pferde in so ein Kleid gebracht. Jeans und Turnschuhe, das war das Nonplusultra.»

«Apropos Schuhe.» Morgan schnippte mit den Fingern. «Fast hätte ich das vergessen. Cinderella braucht natürlich noch Schuhe.» Er eilte in sein Zimmer zurück, und man hörte ihn mit Seidenpapier rascheln.

«Hoffentlich keine gläsernen», rief Britt ihm hinterher. «Denk dran, sie muss damit rennen können!»

Lisa starrte Britt konsterniert an.

«Ich trau ihm alles zu», knirschte Britt durch zusammengebissene Zähne. «Die praktische Veranlagung fehlt ihm leider manchmal etwas.»

Zur allgemeinen Beruhigung kehrte Morgan mit einem Paar schlichten, wenn auch edlen Seiden-Ballerinas zurück, deren aquamarine Farbe mit der Farbe des Kleides harmonierte. Für Kyle hatte er ein Paar auf Hochglanz polierte Lackschuhe.

«Endlich was Vernünftiges», sagte Britt, als sie die flachen Absätze der Ballerinas sah.

«Denkst du, ich will, dass sie mich um zehn Zentimeter überragt, wenn ich ihr nachher noch das Tanzen beibringen muss?», schmunzelte Morgan.

«Tanzen beibringen?», fragte Lisa, als sie in die Schuhe schlüpfte, die wie angegossen passten und sich geschmeidig weich um ihre Füße schmiegten.

«Ja. Wenigstens einer von euch sollte ein paar Tanzschritte beherrschen», sagte Morgan mit einem Seitenblick auf seinen Neffen, von dem Lisa wusste, dass er mit seinen langen Flossen im Tanzen etwa so unbeholfen war wie eine Bachstelze.

«Tanzen!», stöhnte Kyle und ließ sich auf die Couch plumpsen.

«Ich weiß, ist nicht deine Stärke. Aber ich werde dir nachher wenigstens noch beibringen, wie man eine Lady galant eskortiert, was der jüngeren Kendall-Generation leider völlig abgeht.»

«Ist ja auch total altmodisch», knurrte Kyle. «Das macht man heutzutage doch gar nicht mehr.»

«Was ich reichlich schade finde.»

Mit diesen Worten trat Morgan auf Lisa zu und reichte ihr die Hand. «Darf ich?»

Lisa nickte und nahm seine warme Hand, um sich von ihm zur Mitte des Raumes führen zu lassen.

Britt setzte sich mit einem erwartungsvollen Lächeln zu Kyle auf die Couch. Morgan sprach «Playlist Walzer und Tango» zu seinem Armband, und sogleich erschien auf dem großen HoloScreen vis-à-vis eine Songliste. Er steuerte den Pfeil mit einer gebieterischen Handbewegung dorthin, wo er ihn haben wollte, und wählte mit einem Fingerschnipsen «Langsamer Walzer».

Dann legte er seinen rechten Arm um Lisas Rücken und umschlang mit der anderen Hand sachte ihre Finger. Lisa, die sich noch vom letzten Ball ungefähr erinnerte, wie sie als Pendant zu ihm zu stehen hatte, fügte sich fast mühelos in die Struktur ein.

Er leitete sie mit den Schritten eines Mannes, der ganz genau wusste, wie man sich in der eleganten Welt bewegte, bis ihre Bewegungen perfekt zum Rhythmus der Musik verschmolzen.

«Nicht schlecht», kommentierte Britt.

«Ich sehe, mein jüngeres Ich hat gute Arbeit geleistet vor fast sechzig Jahren», grinste Morgan anerkennend, als Lisa nach ein paar Anläufen nicht nur die Schritte, sondern auch die Drehung fast perfekt beherrschte. Obwohl das Kleid wegen der Diamanten ein gewisses

Gewicht besaß, flatterte der wundervolle Stoff bei jedem Kreisel um ihre Beine und fühlte sich wunderbar erfrischend an.

Ja, Momo war in der Tat schon 1989 ein hervorragender Tänzer gewesen, und er hatte nichts von seinem Können eingebüßt, nur dass er jetzt etwas steifer wirkte.

«Etwas eingerostet», murmelte er und rieb sich den schmerzenden Rücken, als der Walzer fertig war. «Bin nicht mehr der Jüngste ...»

Nach dem Walzer folgte ein Tango, und auch diese Schrittfolge hatte Lisa nach ein paar Drehungen intus. Morgan war sehr zufrieden mit ihr.

«Du bist wirklich begabt, Lee-Lee. Ihr werdet das meistern.»

Britt klatschte Beifall. «Nicht schlecht. Du hast nie dran gedacht, Tanzlehrer zu werden, Morgan?»

«Noch ein letzter Tanz, Lee-Lee?», fragte Morgan statt einer Antwort.

Lisa wusste auf einmal, was sie sich wünschte. Sie hatte sich das schon lange gewünscht, doch nie zu hoffen gewagt, dass es sich je erfüllen könnte. Und natürlich waren die Umstände dafür nun alles andere als optimal, aber vielleicht war dieser Moment ihre einzige Chance ...

«Ich möchte gern ... zu einem meiner Lieblingssongs mit dir tanzen», wagte sie einen schüchternen Versuch. «Weißt du ...»

«Ich weiß», sagte er. Er schien eine Weile zu überlegen.

«Ich denke, dafür solltest du besser mein jüngeres Ich fragen. Er würde dir diesen Wunsch sicher erfüllen.»

«Ich dachte, du möchtest nicht ... wir sollen nicht ...»

«Ich habe dich lediglich darum gebeten. Deinen freien Willen kann ich dir nicht nehmen, Lee-Lee. Das steht mir nicht zu.»

Er ließ sie los und wandte sich ab. Dann besann er sich aber eines Besseren und schaute sie wieder an, musterte sie von Kopf bis Fuß.

«Lee-Lee … ganz ehrlich: Wenn du anfängst, dich in deiner Zeit femininer zu kleiden und nicht mehr wie ein Tomboy, dann verspreche ich dir, die Jungs werden bei dir Schlange stehen. Dann wirst du bald keinen Bock mehr auf deinen kleinen stummen Momo haben.»

Mit diesen Worten entfernte er sich endgültig von ihr. Lisa hätte ihm gern etwas erwidert, doch sie fand auf die Schnelle nicht die passenden Worte. Dass Morgan ihr ausgerechnet dasselbe predigte wie früher Fanny, die spießige Freundin ihres Bruders, ging ihr nun doch gegen den Strich. Doch da trat Morgan auch bereits auf seinen Neffen zu, der bedröppelt auf der Couch lümmelte und offenbar nicht recht wusste, was er mit sich und der Welt anfangen sollte.

«Komm, Junge. Ich bring dir bei, was deine Eltern versäumt haben, nämlich, wie man eine Dame führt. Nicht, dass du wieder ein ähnliches Desaster erlebst wie bei deinem letzten Ball.»

Kyle wurde rot bis zu den Ohren und knirschte etwas Unverständliches, was wie die verlegene Frage klang, woher Morgan das überhaupt wusste.

«Ich hab zu der Zeit auch gelebt, weißt du», sagte Morgan. «Ich hab mehr mitgekriegt, als du denkst.»

Nach weiteren Tanzinstruktionen ordnete Morgan nochmals zwei Ruhestunden an, bevor Onyx kommen und sie mit den letzten Anweisungen versorgen würde. Lisa und Kyle zogen ihre Ballkleider wieder aus und warfen sich in bequemere Klamotten.

Als hätte Lisa jetzt noch schlafen können! Sie lag zwar auf ihrem Bett und starrte durch die abgedunkelten Dachfenster in den grauen Himmel, der hie und da von einem Aeromobil oder einem Flugzeug durchkreuzt wurde, doch sie konnte sich nicht vorstellen, dass ihr in den nächsten zwei Stunden auch nur ein einziges Augenlid zufallen würde.

Um halb fünf trällerte bereits wieder der Bildschirm, und zwei animierte, Walzer tanzende Teetassen verkündeten «Tea Time!».

Onyx saß schon in voller Montur am Tisch, mit Polizeiuniform und sogar einer Schusswaffe. Er grinste Lisa zu. Sogar Kyle war bereits wach, und seine ungewöhnlich ordentliche Frisur deutete an, dass auch er nicht wirklich geschlafen hatte.

Morgan saß auch da und war wie immer in jeder freien Minute damit beschäftigt, seine Mails auf dem HoloTablet zu checken, während Britt die letzten paar Sachen an den bereits überreich mit Kuchen und Süßigkeiten gedeckten Tisch brachte.

«Nur eine Kleinigkeit!», trällerte Britt, während sie den letzten Karton auspackte und ihm ein paar Zimtrollen entnahm. «Wirklich? ‹Nur eine winzige Kleinigkeit›, so nennst du das also?» Sie warf Morgan einen kopfschüttelnden Seitenblick zu, den er mit einem schrägen Grinsen quittierte. Er legte sein Tablet zur Seite und lächelte Lisa an.

«Ich hab extra deine Lieblingszimtrollen liefern lassen», verkündete er.

Lisa runzelte die Stirn. Woher wusste er, dass das ihre Lieblings-Süßspeise war? Sie hatten ja in der Vergangenheit nie gemeinsam im Cinnamon Coffee House rumgehangen.

Aber Momo wusste offensichtlich mehr über sie, als sie ahnte.

Obwohl sie immer noch satt war von dem reichhaltigen, späten Frühstück, konnte sie es sich nicht verkneifen, eine der Zimtrollen zu probieren. Jetzt hatte sie wenigstens die Chance, doch noch zu erfahren, ob diese auch sechzig Jahre später noch gleich gut schmeckten.

Taten sie. Sie schmeckten sogar so frisch, dass sie sich gleich noch eine zweite Rolle nahm, obwohl gemäß Tradition am Herbstball ein reichhaltiges Buffet auf sie warten würde.

«Na, startklar für den dritten Akt?», fragte Onyx, der sich ebenfalls mit reichlich Kuchen und Desserts für seinen bevorstehenden Einsatz gestärkt hatte.

«Wie man's nimmt», seufzte Lisa und wechselte einen Blick mit Kyle. Als er sie so direkt anschaute, bemerkte sie, dass seine Augenlider gerötet waren. Hatte er etwa geweint?

«Keine Angst, wir rechnen nicht damit, dass euch irgendwer vom Forschungszentrum einen Hinterhalt stellt. Es ist fast unmöglich bei den strengen Sicherheitsvorkehrungen der Schule. Der einzig heikle Punkt ist der Weg von der Garderobe zum Lift, aber Vitus wird euch im Auge behalten. Ihr müsst euch einfach genau an den Zeitplan halten, den wir euch auf eure HoloStrips senden werden. Das erkläre ich euch gleich.» Onyx wischte sich die Hände an einer Serviette ab.

«Wo ist eigentlich Zac?», fragte Lisa.

«Zac ist bereits im Forschungszentrum», erklärte Morgan. «Er trifft sich mit Angela, um die letzten Tests vorzunehmen.»

«Wie kommt er denn überhaupt rein?»

«Zac hat immer noch einen Mitarbeiterzugang», sagte Onyx. «Er wird regelmäßig von Angela bestellt, um die Anlage zu warten und auf Defekte hin zu überprüfen. Er ist der Einzige, der jedes Detail kennt. Genau das wird offiziell heute Abend gemacht. Angela hat ein sehr umfassendes Alibi ausgearbeitet. Meine Cousine ist schlauer als all die Wissenschaftler zusammen.» Onyx berührte sein E-Tattoo, das gleich darauf blau aufleuchtete und sich mit dem HoloScreen an der Wand verband.

Ein Lageplan der Schule tauchte auf. Lisa erkannte es an dem Innenhof mit dem Biotop und an den verschachtelten Gängen der untersten Etage. Onyx markierte den Gang, der zum Forschungszentrum führte, mit Grün.

«Also, diesen Gang kennt ihr ja mittlerweile», sagte er. Auf ein bestätigendes Nicken von Lisa und Kyle hin fuhr er fort: «Dann habt ihr wohl auch die kleine Lounge gesehen, die sich gleich in der Nähe der Durchgangstür zum Forschungszentrum befindet. Das ist eine kamerafreie Zone, um den Schülern wenigstens ein bisschen Privatsphäre zu gewähren. Dorthin ziehen sich viele gerne mal zurück, vor allem Verliebte. Die Lehrer tolerieren es, solange nicht übertrieben wird. Dorthin könntet ihr euch also zurückziehen, während ihr auf Vitus' Signal wartet.»

Kyles Ohren begannen sich ein wenig zu verfärben, und auch Lisa spürte einen Temperaturanstieg in ihren Wangen.

Morgan warf ihnen einen warnenden Blick zu.

«Ihr müsst lediglich aufpassen, dass euch niemand folgt, doch zu dem Zeitpunkt werden alle mit der Wahl des Ballkönigspaars beschäftigt sein. Ihr werdet von mir ein Signal bekommen, wann ihr nach unten verschwinden müsst. Das wird ungefähr um Mitternacht sein. Ab dann habt ihr genau fünf Minuten Zeit, um in die ‹Katakomben› und zu der Lounge zu gelangen. Ich schicke euch einen Countdown.»

«Okay», sagte Lisa.

«Und du meinst, wir sollen dort in der Lounge einfach warten?», fragte Kyle, die Backen mit Zimtrollen gefüllt wie ein Hamster.

«Genau. Vitus muss den Zugang freischalten und wird euch dann das Signal zum Betreten des Forschungszentrums senden, sobald er so weit ist.»

«Sehe ich es richtig, dass es wieder um Sekunden geht?» Lisa stöhnte innerlich. Sie hasste die dauernden Wettläufe gegen die Zeit. Dass Zeitreisen immer so stressig sein mussten, wo einem doch eigentlich eine Zeitmaschine alle Zeit der Welt schenken konnte, war irgendwie schon paradox.

«Ja. Es tut mir wirklich leid, dass wir euch da durchhetzen müssen, aber Vitus muss eine Endlosschleife programmieren, um die Kameras zu überlisten. Außer den Bewegungsmeldern gibt es ja auch noch überall die Überwachungskameras. Wir wollen verhindern, dass sie euch aufzeichnen. Diese Endlosschleife kann er natürlich nicht ewig aufrechterhalten, das wäre zu auffällig. Das heißt, ihr werdet gleich nach Vitus' Signal einen zweiten Countdown bekommen.

Innerhalb von weiteren fünf Minuten müsst ihr die insgesamt vier Scanner, die Vitus freischaltet, passieren plus euch in der Garderobe umkleiden. Ganz schön tricky, ich weiß, aber wir wollen Vitus, wenn möglich, vor allzu argen Konsequenzen schützen, wenn sie ihn hinterher ins Verhör nehmen.»

«Okay, okay.» Lisa gab sich geschlagen. «Aber was hat es jetzt genau mit meinem Zugang auf sich?»

«Sobald Vitus dir den entsprechenden Code auf deinen HoloStrip sendet, ist der Zugang aktiviert. Dann geht ihr stracks zur Metalltür. Du, Lisa, hältst den Daumen auf den Sensor, gibst den dreistelligen Code ein – und du, Kyle, siehst zu, dass du ihr dicht auf den Fersen bleibst.»

«Und dann?», fragte Lisa.

«Dann wirst du identifiziert und musst ein weiteres Passwort nennen. Das wird dir Vitus in dem Moment ebenfalls zusenden. Es besteht aus irgendeinem Literatur-Zitat. Er hat aus den Daten des Archivs ein 3D-Passbild von dir programmiert. Das wird dann neben der Tür auf dem Bildschirm erscheinen und mit deinen Gesichtszügen verglichen. Der Computer sagt dir im Anschluss daran genau, was du zu tun hast. Stimmen alle Daten und Passwörter überein, wird die Tür geöffnet. Kompliziert, ich weiß. Totaler Hochsicherheitstrakt halt.»

«Und was ist mit Kyle? Wie kommt der rein?»

«Ja, wie komm ich rein?», nuschelte Kyle, immer noch mit vollgestopftem Mund. «Merkt das System denn nicht, wenn einer zu viel reingeht?»

Onyx schmunzelte. «Der Schuleingang des Centers hat zum Glück Durchlass für eine Besucherzahl von bis zu zwanzig Personen. Der Lehrer muss ja mit seiner Truppe jeweils da durch. Und wenn ihr erst mal drin seid und die fluoreszierende Kleidung anhabt, halten euch die Systeme eh für Mitarbeiter. Zugegeben, das ist in der Tat eine Lücke im Sicherheitssystem – aber eine sehr willkommene. Rein theoretisch kann man so tatsächlich Personen reinschmuggeln.

Mein Dad hat sich damals auch darüber aufgeregt. Aber es wurde nie behoben. Sicherheit hin oder her, das Zentrum kann nicht alle Schüler im System vermerkt haben, und stellt euch vor, wie lange der Sicherheitscheck dauern würde, wenn man jeden Schüler einzeln beim Eintritt prüfen müsste.»

«Hm. Okay. Aber warte mal – wie kommen denn mein Bild und mein Fingerabdruck überhaupt ins System?» Lisa runzelte die Stirn.

«Offenbar warst du vor langer Zeit schon mal im Forschungszentrum. Es wurden jedenfalls 3D-Aufnahmen von dir gemacht.» Onyx zuckte mit den Schultern. «Immerhin behauptet Vitus, er hätte sie seit dreißig Jahren in seiner Datenbank.»

«Hey!» Kyle schnippte mit den Fingern. «Der ‹Ring› mit den Kameras! Du warst doch damals bei unserem Ausflug ins Forschungszentrum die Testperson, von der sie diese 3D-Aufnahme gemacht haben, die man nachher mit der Virtual-Reality-Brille ansehen konnte!»

«Virtual Telepresence … aaah …» Auf einmal ging Lisa ein ganzer Kronleuchter auf. «Willst du mir sagen, dass Vitus … Hey, Onyx, heißt dieser Programmierer in Wahrheit vielleicht Joshua? Ist das vielleicht der nette Wissenschaftler, der uns 2018 das Ganze damals vorgeführt hat, als wir mit Dr. Pataridis dort waren?»

«Das ist richtig. Er heißt Joshua Skyler, operiert aber für diverse Geheimprojekte unter dem Pseudonym ‹Vitus›. Er arbeitete schon vor über dreißig Jahren in der Abteilung für 3D-Kommunikation und hat sozusagen mit den Grundstein für Holomet gelegt», lächelte Onyx. «Er ist einer der besten Programmierer und Hacker, die ich kenne, und schafft es wie kein zweiter, Sicherheitssysteme zu überlisten. Und nett ist er in der Tat, ja. Immerhin hat er sich bereiterklärt, uns zu helfen, auch wenn er sich damit ziemlichen Gefahren aussetzt.»

«Aber das 3D-Bild, das er damals von mir gemacht hat, das war doch matt und hatte einen Pixelfehler.» Lisa erinnerte sich an das komische Geschwür, das ihr virtuelles Ich am linken Ohr gehabt hatte. «Merkt das denn keiner? Die heutigen Bilder sind doch viel … lebensechter.»

«Das hat er längst korrigiert plus natürlich die Textur verbessert. Sprich, er hat diese uralten Aufnahmen mit Hilfe der Polarisation des Lichts, die er damals mitgespeichert hat, so rekonstruiert, dass es dem heutigen Stand der Technik entspricht.»

«Na, so genau müssen wir das nicht wissen», murmelte Britt.

«Ich schon», sagte Lisa gespannt. «Wenn ich doch eines Tages Computerspiele programmieren möchte …»

«Uff.» Britt stöhnte nur.

«Und mein gespeicherter Fingerabdruck … das muss ebenso noch derjenige aus der alten, ersten Zeitlinie sein. Eine dieser Sachen, welche die Zeitlinie nicht gelöscht hat», resümierte Lisa weiter.

«Wie auch immer.» Morgan räusperte sich und gebot Onyx mit einem auffordernden Blick, seine Erklärung weiterzuführen.

«Sobald ihr drin seid», fuhr Onyx fort, «geht ihr unverzüglich zur Garderobe, schließt sie mit eurem kopierten Schlüssel auf und zieht euch um, so rasch ihr könnt. Wie ich vorher sagte: Sobald die Kameras eure fluoreszierenden Anzüge erkennen, seid ihr sicher und werdet für Mitarbeiter gehalten. Wir gehen davon aus, dass ihr kaum jemandem begegnen werdet auf dem kurzen Weg zu den Fahrstühlen. Dieser Trakt ist um die Uhrzeit meistens leer. Mit dem Lift fahrt ihr runter in das achte unterirdische Stockwerk. Der Aufzug reagiert ebenfalls auf deinen Daumenabdruck, Lisa. Das dürfte also alles so weit keine Probleme bereiten.»

Lisas Körper wurde von einem Schaudern heimgesucht, wenn sie daran dachte, schon wieder dieses gruselige achte Untergeschoss betreten zu müssen. Zum Glück würde sie dieses Mal wenigstens nicht allein sein.

Onyx wechselte den Plan und zoomte hinein, bis er in den Gängen des achten Untergeschosses des Forschungszentrums angelangt war.

«Wenn ihr aus dem Fahrstuhl kommt, geht es mehrere Meter geradeaus durch den Schacht. Der letzte Scanner, bei dem du, Lisa, deine Identität bestätigen musst, steht dann direkt vor der Pforte, die in die Halle des Portals führt.

Ihr müsst also insgesamt vier Scanner passieren, wenn man die beiden für den Fahrstuhl mitrechnet. Sobald ihr die letzte Scannerkontrolle durchlaufen habt, wird Vitus deinen Zugang wieder löschen, Lisa. Dann gibt es keinen Weg mehr zurück für euch.»

Lisa schluckte bei diesen Worten. Auch Kyle sah käsig blass aus. Morgan sah es und langte über den Tisch, um Lisas Hand in seine zu nehmen.

«Wird schon werden, Lee-Lee», flüsterte er und drückte ihre Finger. «Drinnen warten Angela und Zac auf euch und nehmen euch in Empfang. Sie haben alles gut vorbereitet.»

«Hoffentlich ...» Nicht, dass Lisa an Angelas oder Zacs Fähigkeiten zweifelte, doch die Aussicht, in wenigen Stunden eine erneute Begegnung mit diesem unheimlichen, finsteren, alles verschluckenden Portal haben zu müssen, fror ihr die Glieder ein. Die Wärme in Morgans Hand war das Einzige, das sie davor bewahrte, bei dem Gedanken nicht in Panik auszubrechen.

«Wird schon klappen», tröstete Britt sie in so heiterem Tonfall, als würde Lisa lediglich eine Bahnreise antreten. «Bald bist du wieder zuhause, Lee.»

Lisa schwieg. Was würde mit ihr geschehen, wenn Zac dieses Portal oder die Zeitlinie doch nicht austricksen konnte? Würde sie dann irgendwo zwischen Raum und Zeit schweben? Sich in Luft auflösen? Diese Frage hatte ihr bis jetzt niemand beantwortet ...

«Dann dürfte soweit alles klar sein», meinte Onyx. «Oder sind noch Fragen offen?»

Eine riesige Menge an Fragen!, dachte Lisa, doch sie hatte nicht mehr den Nerv, noch eine zu stellen. Sie sah Kyle an, doch auch er schüttelte den Kopf.

Morgan schickte sie und Kyle in die Badezimmer, damit sie sich erneut umziehen und für das große Finale bereitmachen konnten. Britt half Lisa, mit Hilfe eines Superhydro-Haarföns im Handumdrehen ein paar Wellen in ihre feinen Haare zu zaubern, und verwandelte sie dieses Mal in ein sanftes Türkisblau, passend zum Kleid.

Das Make-up legte Lisa sich selbst auf. Mittlerweile hatte sie aufgrund ihrer Erfahrungen im Jahr 2018 ein bisschen Übung darin.

Fanny wird begeistert sein, dachte sie grimmig, wie um sich selbst in dem Glauben zu bestärken, dass sie wieder nach Hause kommen würde.

Kyle, der sich immer noch nicht mit seinem Look anfreunden konnte, stand mit übellauniger Miene vor dem Spiegel in Morgans Arbeitszimmer, als Lisa und Britt durch die offene Tür traten. Seine Haare waren mit Gel zur Seite gestrichen und sahen aus, als würden sie an seinen Ohren festkleben. Lisa fand es schade, dass das Letzte, was sie von Kyle zu Gesicht bekommen würde, nicht der quirlige, strubbelköpfige Jungspund war, den sie in ihr Herz geschlossen hatte, sondern ein miesepetrig wirkender Jüngling, der wirkte, als hätte man ihn in eine Verkleidung gesteckt.

«Ich hab nie behauptet, dass ich deine Frisur toll finde», sagte Morgan. «Aber wir müssen uns an den Dresscode halten. Struwwelpeter sind definitiv nicht im Trend.»

Lisa bekam von Morgan ihre Uhrenkette zurück, an der nun auch der kopierte Schlüssel hing, den Zac sogar vergoldet hatte, damit er zu der Uhr passte.

«Schmuckstücke sind glücklicherweise erlaubt am Ball», erklärte Morgan. «Außerdem willst du ja deine Uhr wieder mitnehmen. Ich dachte, dass wir so den Schlüssel am besten tarnen können – als Schmuckstück, das zur Uhr gehört.»

Lisa befühlte zärtlich ihre Uhr. Sie wieder um den Hals tragen zu dürfen vermittelte ihr Sicherheit und Geborgenheit. Als wäre die Inschrift auf dem Zifferblatt einzig für sie geschrieben worden:

Meine Zeit steht in deinen Händen.

«Ja, halt das fest», empfahl Morgan leise. «Vertrau auf den Schöpfer. Du bist *nicht* verloren in Raum und Zeit. Was für uns unmöglich ist, ist für ihn möglich.»

Lisa nickte dankbar, während sie ihre Uhr fest an ihre Brust drückte. Eine ungeahnte Welle der Erleichterung durchflutete sie bei diesen Worten. Ja, es gab jemanden, der größer war als alles auf der Welt. Größer als das Forschungszentrum. Jemanden, der über dem ganzen Universum stand, der es sogar erschaffen hatte. Alles, was Doc Silverman ihr über die Jahre hinweg über den Schöpfer gesagt hatte, stand ihr in dem Moment so klar und deutlich vor Augen.

Sie musste nur vertrauen.

Ein leises Lächeln stahl sich auf ihre Lippen, und Morgan lächelte warm zurück.

«Wir werden uns in der Vergangenheit wiedersehen, Lee-Lee. Ich vertraue fest darauf.» Er ergriff eine pastellfarbene Stola, die er über der Sofalehne ausgebreitet hatte, und drapierte sie behutsam um ihre Schultern.

«Falls dir kalt ist.»

Lisa wusste, dass nun die Zeit des Abschieds gekommen war. Onyx wartete bereits draußen mit dem Aeromobil auf sie. Britt lief etwas nervös zwischen Lisa und Kyle hin und her und richtete da und dort etwas an ihren Outfits.

«Dann lass es uns kurz machen, Zeitreisemädchen», sagte Morgan und streckte seine Arme nach ihr aus. Sie trat einen zaghaften Schritt auf ihn zu und wurde gleich darauf fest von ihm umfasst und an seine Brust gedrückt.

Trotz seines fortgeschrittenen Alters roch er so gut wie nie zuvor. Lisa schnupperte an seinen Haaren. Bildete sie es sich nur ein, oder haftete der Tannenzapfengeruch, den sie für alle Ewigkeit mit Momo verbinden würde, immer noch an ihm?

Obwohl Tannenzapfen, wie sie wusste, streng genommen gar nicht wirklich nach etwas rochen.

«Du riechst immer noch nach Tannenzapfen», stellte sie trotzdem fest.

Er kniff amüsiert die Augen zusammen. «Und du nach Schmetterlingen», sagte er und ließ sie wieder los.

Auch Schmetterlinge rochen ja nicht wirklich nach etwas.

Aber was machte das schon? Es war nun mal ihr Spiel, und es erinnerte sie an frühere Zeiten.

Die Sonne, die gerade hinter seinem Rücken den Horizont hinabtauchte, warf einen orangen Schein auf sein schlohweißes Haar.

«Gute Reise, Captain Lambridge. Halt die Ohren steif. Und gib meinem jüngeren Ich einen Tritt in den Hintern.»

«Danke … Momo. Danke für alles.»

«Ich danke *dir!* Du hast nicht weniger getan, als mir das Leben zu retten. Ohne dich wäre ich gar nicht hier.» Er umarmte sie noch einmal innig und gab dann den Weg frei für Britt.

Britt, spröde wie sie nun mal war, wollte es kurz und schmerzlos halten.

«Wir sehen uns im Jahr 1990, Lee», sagte sie und drückte ihre fast sechzig Jahre jüngere und einen halben Kopf größere Freundin kurz an sich. «Ich freue mich, mit dir über all unsere Teenagerprobleme zu reden.»

Unwillkürlich musste Lisa lächeln. Sich auf die Vergangenheit zu freuen, während man eigentlich in der Zukunft lebte, war eines der unerklärlichen Paradoxa des Zeitreisens.

Morgan wandte sich an seinen störrischen Neffen und hielt ihm die Hand hin zu einem Handschlag.

«Pass auf dich auf, Junior», sagte er. «Denk dran, was ich dir gesagt habe. Wenn du dich für eine Frau entschieden hast, dann bleib ihr auch treu. Und dir selber auch. Mach nicht denselben Fehler, den wir anderen Kendall-Männer gemacht haben, ja?»

Zu Lisas Überraschung nickte Kyle ergeben. «Okay.» Und zur noch größeren allgemeinen Überraschung fügte er sogar hinzu: «Ähm ... danke für alles, Onkel Morgan.»

«Nichts zu danken.» Morgan klopfte ihm kurz auf die Schulter. «Sieh einfach zu, dass du dich heute Abend wie ein Gentleman benimmst, alright?»

«Klar. Mach ich», brummte Kyle.

Morgan begleitete sie zum oberen Deck der Terrasse, wo Onyx schon startklar in seinem Aeromobil saß. Als er die Gruppe erblickte, ließ er auf beiden Seiten die Flügeltüren aufgleiten.

Lisa raffte vorsichtig ihren Rock zusammen und stieg ein. Das Blaulicht des Aeromobils ließ die Diamanten am Saum und am Ausschnitt in gefühlt hunderttausend himmelfarbenen Tönen funkeln.

Kyle stieg auf der anderen Seite ein und setzte sich neben sie, und die Türen glitten langsam wieder hinunter.

Kapitel 17
Der letzte Tanz

Kyle schob verstohlen seine schweißnasse Hand in ihre, als das Aeromobil sich langsam in die Lüfte hob. Seine zitternden Finger waren nur die Spitze des Eisbergs seiner Nervosität, das wusste Lisa. Sie dagegen war auf einmal von einer unerklärlichen Ruhe erfüllt, als ob jemand ihrem Herzen zuflüstern würde, dass alles gut werden würde.

Ihr Verstand glaubte das allerdings weniger, und sie war verwirrt. Woher kam dieser fast schon übernatürliche Friede auf einmal?

Ein letztes Mal blickte sie auf Morgan hinunter, der dastand, ihnen nachwinkte und unter ihren Blicken immer kleiner wurde, bis die Dunkelheit der hereinbrechenden Nacht ihn ganz verschluckte.

Dann richtete sie ihren Blick endgültig nach vorne. Die Hologramm-Reklame, die gerade rund um den glitzernden Tower schwebte, kündigte das neue Parfum von Ratalin Radarra an. Lisa stellte sich vor, wie komisch es ihr 1990 vorkommen würde, anstelle dieses gläsernen Turms wieder den alten Tomsborough-Telegraph-Tower anzutreffen.

Kyles zitternde Hand rief ihr erneut den bevorstehenden Abschied ins Bewusstsein. Angst umklammerte mit immer stärkerem, eisigem Griff ihr Herz. Sie sprachen kein Wort miteinander. Wie sollten sie das bloß meistern? Ein Abschied, so endgültig …

Es würde sicherlich nicht ohne Tränen gehen …

Als hätte Onyx die fragile Stimmung zwischen ihnen wahrgenommen, schwieg er während des gesamten Flugs und überließ sie ganz ihren Emotionen. Zehn Minuten später landeten sie auch schon auf dem Dach der Turnhalle.

«Dann viel Glück, ihr beiden. Wenn etwas ist, betätigt sofort den Alarmbutton. Ich bleibe mit euch verbunden. Und achtet auf die Signale, die wir euch senden. Alles klar? Gibt's noch Fragen?»

«Alles klar», sagte Lisa, und Kyle nickte stumm.

Onyx' Gesichtsausdruck war hoch konzentriert, als er die Türen des Aeromobils zugleiten ließ. Lisa beruhigte es zu wissen, wie ernst er die Aufgabe nahm, diese Mission von A bis Z im Auge zu behalten.

Kyle sah Lisa an, dann reichte er ihr etwas schüchtern den Arm, um sie nach unten zu eskortieren, wie sein Onkel es ihm beigebracht hatte. Lisa hängte sich bei ihm ein und hielt mit der anderen Hand ihren Rock fest, um den exquisiten Stoff beim Gehen nicht zu ruinieren. Die Luft war frisch, aber nicht kalt, so dass die Stola ihr ausreichenden Schutz gegen die leichte Brise bot.

Ach, wenn ich doch nur einen Weg finden könnte, dieses prachtvolle Kleid mit in die Vergangenheit zu nehmen, dachte sie traurig. Es brach ihr fast das Herz, wenn sie daran dachte, dass es vielleicht hinterher achtlos weggeworfen werden könnte.

Unten auf den Parkplätzen angelangt, sahen sie die anderen Schüler je zu zweit in Richtung Eingangspforte strömen. Es war ein Anblick, den das Jahr 1989 genauso hätte bieten können, wären nicht die Fackeln, die die Eingangstreppe schmückten, Hologramme gewesen, die durch optische Täuschung dorthin projiziert wurden.

Lisa entdeckte Julian und Loreen in der Menge. Sie waren, wie die anderen Tekkies, sehr leicht an ihren silberfarbenen Kleidern zu erkennen. Julian führte gerade eine lautstarke Diskussion mit einem Lehrer, der ihn offenbar wegen seiner Magnethände maßregelte, die er wieder einmal für einen Streich missbraucht hatte.

Im selben Moment erblickte er Lisa und Kyle.

«Oh, hey – Dad, Scotty, meine ich! Warte mal!» Er hob seine Hand und winkte ihnen heftig zu.

«Julian Kendall, erwische ich dich noch ein einziges Mal dabei, dass du mit deinen komischen Magnethänden irgendwas Dubioses anstellst, dann werde ich …»

«Danke, Mister Bingley – ich nehm's mir zu Herzen. Wir sehen uns!» Julian verbeugte sich schalkhaft vor dem verdatterten Lehrer und ließ ihn einfach stehen, um auf Lisa und Kyle zuzurasen. Er vollführte mit seinen Hightech-Schuhen eine dreifache Pirouette, schlug seine Hand wie ein Ritter an seine Brust und machte dann eine tiefe Verbeugung vor Lisa.

«Astronomisch hammermäßiges Kleid!», sagte er und entblößte sein silbernes Grinsen. «Und eine Hammerfrau.»

«Danke …» stotterte Lisa verlegen.

«Hey, alles klar, Dad?» Julian, der sich wieder erhoben hatte, stieß Kyle in die Seite.

«Jaaa, glaub schon …» stöhnte Kyle und hob seine Augen, um seinen zukünftigen Sohn zum ersten Mal *richtig* anzuschauen.

Lisa hätte zu gern gewusst, was Morgan seinem Neffen alles unter vier Augen mitgeteilt hatte, doch sie ahnte, dass sie Kyle nicht danach fragen durfte.

«Hey, keine Panik. Wir schaukeln das Ding schon. Wenn ihr Hilfe braucht, lasst es mich wissen, okay? Wir bleiben in eurer Nähe.» Julian hob seine Hand und richtete sie auf Lisas Uhr, die sich sofort von ihrem Ausschnitt löste und zu Julians Hand hingezogen wurde.

«He», protestierte sie.

«Nur Spaß», lächelte er und umfasste sein Handgelenk, um die Zugkraft, die auf die Uhr wirkte, zu drosseln und das Schmuckstück wieder in Lisas Ausschnitt verschwinden zu lassen.

«Ich sehe, ihr habt den Schlüssel. Sehr gut. Sagt uns Bescheid, wenn ihr verschwinden müsst, ja? Wir geben euch Rückendeckung.»

«Danke», sagte Lisa, und sie meinte es aufrichtig. Sogar Kyle rang sich ein Lächeln ab.

Hinter Julian tauchte Loreen auf. Sie trug ein silbriges enganliegendes Kleid, das sich in der Form wie flüssiges Quecksilber jedem ihrer Schritte anpasste. Lisa wunderte sich, was das für eine Art Stoff war. Sie hatte noch nie etwas Derartiges gesehen.

«Sind das echte Diamanten, die du da am Kleid hast?», fragte Loreen ehrfürchtig.

Lisa bestätigte es.

«Wow. Das muss ja ein Vermögen gekostet haben!»

«Hat es wohl auch», sagte Lisa, die auf einmal die zahlreichen Blicke bemerkte, die sie von allen Seiten zugeworfen bekam. Ausrufe des Erstaunens über ihr Kleid sowie ein paar unverhohlene Bemerkungen, dass sie angeblich mit Morgan Kendall verwandt sei, machten offenbar die Runde.

Julian hob den Daumen und nickte Lisa und Kyle nochmals zu – eine letzte Bestätigung, dass sie auf ihn zählen konnten. Dann blickte er sich nach seinem Mädchen um, einer langen, dürren Tekkie-Blondine, die sich offenbar nicht ganz an den Dresscode der

Tekkies hielt und in einem dunkelblauen Satinkleid erschienen war. Einzig die Computerteile, die ihren Hals schmückten, identifizierten sie als Mitglied der Gang.

Loreen, die offenbar ohne Partner da war, folgte Lisa und Kyle wie ein silberner Schatten, als sie durch die Eingangspforte schritten. Kyle strengte sich derart verkrampft an, Lisa wie ein Gentleman zu führen, dass sie sich ein Grinsen verkneifen musste. Vor allen Dingen, weil sie bemerkte, dass sich von den anderen Jungs, die mit einer Ballpartnerin da waren, kaum einer solche Mühen machte. Die meisten zockelten lockeren Schrittes neben ihrem Date her, als wären sie auf dem Weg in die nächste Unterrichtsstunde.

Vielleicht war Morgan in solchen Dingen tatsächlich etwas altmodisch. Aber egal. Sie mochte es.

Vor dem Eingang ins Auditorium wartete eine Schlange Schüler vor den Sicherheitsscannern. Lisa erblickte Garron und winkte ihm zu. Der schien erleichtert zu sein, sie im Blickfeld zu haben. Auch er hielt angesichts der perfekten Outfits von Lisa und Kyle den Daumen hoch.

Lisa und Kyle hielten ihre HoloStrips gegen den Scanner, der ihnen Einlass zum Ball gewährte. Danach wurden sie dem Ganzkörperscan unterzogen. Der goldene Schlüssel, der neben der Uhr um ihren Hals baumelte, fand tatsächlich kaum Beachtung. Niemand schien auf die Idee zu kommen, dass man im digitalen Zeitalter mit so einem antiquierten Teil irgendetwas Wichtiges aufschließen könnte. Morgans Idee, ihn als Schmuckstück zu tarnen, war exzellent gewesen.

Nach dem Scan betraten sie endlich die Aula, die außer dem neuen Mobiliar und den HoloScreens überall an den Wänden fast noch genauso aussah wie damals 2018. Nur ein Teil der Stuckornamente war durch eine simplere Konstruktion ersetzt worden. Lisa vermutete, aufgrund des kürzlichen Brands. Die opulenten Kronleuchter von früher schienen auch ausgedient zu haben und hatten fantasievollen Leuchten Platz gemacht, die wie explodierende Himmelskörper die Decke übersäten.

Die Stühle und Tische waren ganz nach alter Tradition angeordnet. Kyle, der Lisa immer noch so verkrampft führte, als wäre sie eine entkräftete Schwerkranke, schaute sich suchend nach einem geeigneten Platz um.

«Am besten hinten», schlug Lisa vor. Sie sah Julian, der ihnen mit seinen Blicken folgte und sich, kaum hatten sie sich für einen Platz in der zweithintersten Reihe entschieden, sofort in ihre Nähe setzte. Sie nickte ihm dankbar zu. Loreen hatte mit ein paar Tekkie-Freundinnen in der hintersten Reihe Platz genommen, ebenfalls nicht weit von ihnen. Garron setzte sich ebenfalls mit ein paar seiner Klassenkameraden in ihre Nähe.

Als alle Stühle gefüllt waren, wurde der Raum abgedunkelt, und eine dreidimensionale Hologramm-Lichtshow eröffnete den Abend mit triumphierenden Fanfaren. Dann erschien der Schulleiter auf der Bühne, der von allen Seiten auf die HoloScreens an den Wänden projiziert wurde.

Er hielt eine lange Rede über die Geschichte der Tomsbridge School, wie sie sich immer mehr dem digitalen Zeitalter angepasst hatte und man sich schließlich wieder auf die alten Werte besonnen und ein Revival der analogen Unterrichtsmethoden gestartet hatte. Dennoch oder gerade dadurch zähle sie heute als eine der fortschrittlichsten Schulen, was nicht zuletzt dank der engen Zusammenarbeit mit dem Tomsbridge Science Research Center möglich geworden war.

Und so weiter. Kyle fing bereits an zu gähnen. Wäre nicht ein dazu passender 3D-Film im Hintergrund gelaufen, wäre die Rede mindestens ebenso sterbenslangweilig gewesen wie im Jahr 1989 und im Jahr 2018.

Während des Vortrags schweiften Lisas Gedanken natürlich in sämtliche Himmelsrichtungen ab. Sie stellte fasziniert fest, wie Julian ein paar Meter entfernt von ihr gedankenverloren eine Haarnadel nach der anderen mit seiner Magnethand aus der Frisur eines Mädchens in der Reihe vor ihm zog.

Sie musste sich das Lachen verkneifen, als die Frisur des Mädchens auf einmal in sich zusammenstürzte und dieses sich entsetzt an den Kopf fasste. Julian umklammerte sein Handgelenk, und sämtliche Haarnadeln fielen von seinen Fingern und regneten zu Boden. Das Mädchen drehte sich empört nach Julian um und feuerte ein ganzes Arsenal an Verwünschungen auf ihn ab, was ihm jedoch nur ein seelenruhiges, breites Grinsen entlockte.

Lisa kicherte verstohlen. Fast wünschte sie sich, Julian mit in ihre Zeit nehmen und auf ihre nervigen Mitschülerinnen Carol und Beatrice loslassen zu können. Oder auf das Blondie-Trio. Die würden Augen machen!

Als der Schulleiter mit seiner Rede fertig war, hoben die Schüler ihre Arme und blinkten auf ihren HoloStrips Applaus, statt zu klatschen.

Lisa stieß Kyle in die Seite, der tatsächlich eingeschlafen war! Gleich nach dem Vortrag, das wusste sie, war die traditionelle Fotosession dran, woraufhin das Buffet eröffnet wurde.

Lisa und Kyle trabten gehorsam mit den anderen zu der Bühne, wo ein Holo-Photolab installiert war. Lisa überlegte, ob sie und Kyle weiterhin auf diesem Foto zu sehen sein würden, wenn sie nun in die Vergangenheit reisten.

Diese ganzen Paradoxa hatten es wirklich in sich.

Kyle, der trotz Morgans ausgiebiger Tea Time schon wieder hungrig wie ein Wolf war, stand hinterher als Erster am Buffet. Das Essen war fast eine Kopie des Essens von vor fast sechzig Jahren, nur dass das Fleisch durch vegane und fleischähnliche Produkte ersetzt worden war. Lisa hatte mittlerweile erfahren, warum echtes Fleisch im Jahr 2047 fast unbezahlbar geworden war: Man hatte die Massentierhaltung abgeschafft.

Obwohl sie wenig Hunger hatte, folgte sie Kyles Beispiel und schaufelte sich trotzdem etwas auf den Teller, unter anderem, weil Morgan angeordnet hatte, dass sie nicht mit leerem Magen durch die Zeit reisen sollten – ähnlich, wie man nicht mit ganz leerem Magen Achterbahn fahren sollte.

Julian, der direkt hinter ihnen stand und Lisa in regelmäßigen Abständen angrinste, häufte sich von den Leckereien auf seinen Teller, als wolle er damit gleich drei Mägen füllen. Die Essensgewohnheiten hatten sich offenbar vom Vater auf den Sohn übertragen. Und im Gegensatz zu der Kantine durfte man sich hier am Buffet offenbar reichlich bedienen.

Als später endlich das Orchester die Bühne betrat und den Auftakt zum Tanz spielte, konnte Lisa sich zuerst gar nicht rühren.

Sie hatte überhaupt nicht den Nerv, jetzt zu tanzen, ja, sie wusste nicht einmal, ob sie sich überhaupt noch an einen der Tanzschritte erinnern konnte, die sie mit Morgan geübt hatte.

Jede Minute, die verrann, brachte sie dem Abschied von Kyle näher, und all das schnürte ihre Kehle und ihr Herz immer mehr zu. Ihr war, als läge ein zentnerschwerer Stein auf ihrer Brust.

Erst als Kyle ihre Hand nahm und sie zögernd auf die Tanzfläche führte, mobilisierte sie ihre letzten Kräfte.

Sie mussten jetzt einfach das Spiel zu Ende spielen, koste es, was es wolle. Außerdem verlangte das schöne Kleid, das Morgan ihr gekauft hatte, doch immerhin nach einem würdigen Tanz, bevor sie es für immer seinem Schicksal überlassen musste.

Das Orchester spielte auf – doch es waren keine Instrumente zu sehen. Stattdessen hielten die Musiker gläserne HoloTablets in der Hand und erzeugten darauf Klänge, begleitet von fluoreszierendem Licht, das sich an unzähligen Discokugeln an der Decke spiegelte und eine technisch perfekt ausgeklügelte Lichtshow in die Aula zauberte.

Lisa und Kyle vergaßen zuerst ganz, dass sie tanzen sollten, und ließen das Schauspiel mit offenen Mündern auf sich wirken.

Zuerst umgeben von einem Märchenwald, der mittels eines 3D-Films rundum auf die HoloScreens gezaubert wurde, fanden sie sich auf einmal mitten im Weltall wieder, aus dem sich wie aus dem Nichts die Skyline von Tomsborough erhob und sich in atemberaubender Geschwindigkeit in einem 360-Grad-Film um sie herum drehte. Lisa blickte zu Boden und stellte fest, dass sie mitten auf dem virtuellen Abbild des Tomsborough Squares standen.

Auch der Fußboden bestand offenbar aus einem HoloScreen.

Dann warf sie einen Blick hinauf zur Decke. Diese hatte sich in einen sternenübersäten Nachthimmel verwandelt, der sich wie ein Baldachin über die Aula spannte.

Es war für ihr Zeitempfinden kein halbes Jahr her, seit sie 1989 mit Momo an genau dieser Stelle getanzt hatte, und doch war all dies für die Menschen hier, im Jahr 2047, vor fast sechzig Jahren geschehen.

Just in diesem Augenblick stellte sie sich all die verflossenen Bälle und Tänze vor, die hier über die Jahre hinweg stattgefunden hatten, und all die heimlichen Liebesgeschichten, die in diesem Raum ihren

Anfang gefunden hatten, und sie ahnte, dass Momos und ihre nur eine davon gewesen war. Eine einzige unter vielen, aus der vielleicht im realen Leben nie etwas werden würde, und doch bedeutete sie ihr die ganze Welt.

Und nun, 58 Jahre später, stand sie mit einem anderen Jungen da, mit dem sie ebenso Bande geknüpft hatte, Bande der Freundschaft und der Liebe, Bande, die Raum und Zeit überdauerten und die für immer eine Narbe in ihrem Herzen hinterlassen würden.

Und für ein paar wenige Sekunden drang ein Gedanke mit allzu beängstigender Deutlichkeit an die Oberfläche; ein Gedanke, der schon lange im Untergrund ihres Herzens geschlummert hatte und den sie eigentlich gar nicht zulassen durfte, weil er fehl am Platz und fehl in der Zeit war:

Wen hätte sie gewählt, wenn sie die Wahl gehabt hätte?

Momo oder Kyle?

Wen hätte sie *wirklich* gewählt?

Doch im selben Moment wusste sie auch, dass sie die Frage niemals würde beantworten können.

Weil diese Wahl nämlich niemals zur Debatte stehen würde.

Ihr Blick traf sich mit dem von Kyle, der auf sie herunterschaute und unschlüssig darauf wartete, dass sie den Anfang machte.

«Also, los geht's!», sagte sie und umklammerte seine Hände.

Kyle gab sich größte Mühe, ihren Schritten zu folgen. Er schien regelrecht besessen davon zu sein, seine Sache gut zu machen. Er schien Lisa mit der Würde und dem Respekt behandeln zu wollen, die Morgan ihm ans Herz gelegt hatte und die einer Lady der Meinung seines Onkels nach auch zustanden.

Bald schon konnten sie feststellen, dass das Tanzen ihnen erstaunlich gut gelang und dass Kyle gar nicht so unbeholfen war, wie es immer den Anschein machte. Auch wenn seine Tanzfähigkeiten weit hinter denen seines Onkels zurückblieben, fanden sie irgendwann den Takt miteinander.

Und in dem Moment fiel ihr ein, was Angela Cox einmal gesagt hatte:

Ihr tickt im selben Takt.

Sie hob den Kopf und schaute in Kyles Augen. Im fluoreszierenden lila Licht sah sie in ihnen ihr glitzerndes Spiegelbild. Sie dachte daran, dass er von ihrer Zeit aus gesehen erst in zwölf Jahren geboren werden würde.

Und da legte die Angst erneut mit eisernem Griff ihre eiskalten Klauen um ihren Nacken.

Was, wenn meine Präsenz in der Vergangenheit die Zeitlinie so stark beeinflusst, dass Kyle am Ende gar nicht geboren wird …? Was, wenn seine Eltern Beverly und Steven aus irgendwelchen Gründen nicht zusammenkommen? Hat Kyle nicht gesagt, seine Mutter hätte zwischen Steven und Nathan geschwankt? Und dass sie Steven letztendlich hauptsächlich deswegen gewählt hat, um dadurch in Momos Nähe zu sein und ihm bei seinen Problemen helfen zu können?

Für einen Moment hielt Lisa wegen all dieser Gedanken im Tanzen inne und fiel aus dem Rhythmus. Kyle, der nicht damit gerechnet hatte, stolperte prompt über ihre Füße.

«W-was ist los?», fragte er verwirrt und versuchte, wieder in den Takt zu finden.

Doch Lisa blieb stehen und schüttelte, gelähmt vor Schock, den Kopf.

Sie hatte im Jahr 2018 eindeutig gemerkt, dass Beverly eine heimliche Vorliebe für Morgan hegte. Der Gedanke war also nicht weit hergeholt.

Was, wenn nun in der Vergangenheit sie, Lisa, anwesend sein und sich um Morgan kümmern würde? Würde Beverly dann stattdessen Nathan als zukünftigen Ehemann wählen?

«Lee – was ist los? Alles klar mit dir?»

Sie schaute Kyle an, der so real vor ihr stand und ihre Hände hielt. Die Vorstellung, dass es ihn einmal nicht geben sollte, brach ihr das Herz entzwei. Sie bekam kaum noch Luft.

Morgan hatte recht.

Es war das einzig Richtige, sich in ihrer Zeit ganz von ihm fernzuhalten, um dieses sensible Familien-Gefüge nicht zu zerstören und um Kyles Existenz nicht aufs Spiel zu setzen.

Entschlossen nickte sie und packte Kyles Hände wieder fester. Wenn es das war, was sie tun musste, dann würde sie es eben tun. Koste es, was es wolle.

Kyle ließ seinen Blick fest auf ihr ruhen, als würde er ahnen, was in ihr vorging. Seine Augen glitzerten und sein Blick saugte sich an ihr fest, als würde er sie bitten, ihn am Leben zu lassen.

Sie nahm überhaupt nicht wahr, wie viel Zeit verging. Drei, vier, fünf, sechs Tänze folgten, und sie tanzten und tanzten, als hätten sie nie etwas anderes getan und als würden sie nie mehr damit aufhören.

Morgan wäre wahrhaftig stolz auf uns, dachte Lisa. Sie fragte sich, was Kyle wohl gerade durch den Kopf ging. Seine Augen, die so viel größer als sonst wirkten, bewegten sich kaum. Er schien auf seine Weise über den bevorstehenden Abschied zu trauern.

Dann, ganz unerwartet, verstummte das Orchester.

Der Tanz war zu Ende.

Und somit verklang auch der letzte Augenblick in Raum und Zeit, in dem sich ihre Leben auf diese Art und Weise berührt hatten. So einen Moment würde es nie, nie mehr geben …

Ein paar Atemzüge lang standen Lisa und Kyle wie in der Zeitlinie angewurzelt da und hielten sich noch immer an den Händen fest.

Dann, in der nächsten Sekunde, vibrierten synchron ihre Holo-Strips.

Ihre Hände zitterten. Vorsichtig lösten sich ihre Finger voneinander.

«Wir müssen los …»

«Ich weiß …»

«Kyle …?»

«Lee …?»

«Bist du … bist du bereit?»

«Ich weiß es nicht …»

«Ich hab Angst.»

«Ich auch …»

Die ersten Schüler hatten bereits angefangen, sich von der Tanzfläche in alle Winde zu zerstreuen.

Lisa wusste, dass die Zeit drängte.

Doch keiner von ihnen bewegte sich vom Fleck.

Und dann kam auf einmal Julian wie eine Furie herangehetzt, gefolgt von Loreen.

«Hey! Dad! Girl! Was macht ihr da? Ihr müsst los!»

Und ehe Lisa und Kyle es sich versahen, wurden sie von Julian von der Tanzfläche runter und in Richtung Ausgang geschoben.

«Woher weißt du …» Kyle drehte sich zu seinem Sohn um.

«Eure HoloStrips haben beide vibriert. Ich nehme an, das ist ein Signal? Ein Geheimcode?»

Na klar! Julian hatte mit seinen eingebauten Mikrofonen das Signal aus mehreren Metern Entfernung wahrgenommen und richtig geortet. Und schlau, wie er war, hatte er gleich die richtigen Schlüsse gezogen.

Der Flur war komplett mit Schülern verstopft, die eilig zu den Toiletten strömten, weil sie die bald stattfindende Wahl des Ballkönigspaars nicht verpassen wollten. Andere waren unterwegs, um vorher noch etwas frische Luft zu schnappen. Doch Julian schob Kyle und Lisa zielstrebig weiter und stieß jeden gnadenlos zur Seite, der ihnen im Weg stand.

Vor der Treppe, die runter in die Katakomben führte, machte er Halt. Loreen hatte auch aufgeholt und tauchte neben ihnen auf.

«Das wär's. Den Rest geht ihr besser allein», sagte Julian bestimmt.

«Danke», murmelte Lisa.

«Keine Ursache.» Julian ließ die beiden los.

«Äh ...» Für einen Moment sahen Vater und Sohn sich in die Augen.

«Dad?»

«Ja?»

«Ähm ... also, falls du ... denkst, ich sei ein Spinner ... was ich ja auch bin ... und Loreen, meine süße Schwester, ist eh viel netter als ich, aber ich ... also, ich kann ganz nett sein. Was ich sagen will: Ich hoffe, du willst mich trotzdem ... uns. Ich hoffe ... du ... entschließt dich – obwohl du gesehen hast, wie durchgeknallt dein Sohn sein wird –, Mum zu heiraten und Kinder zu haben ...» Es war das erste Mal, dass der sonst so draufgängerische Julian klein und verlegen wirkte.

«Wir wollen nicht aufhören zu existieren», sagte Loreen leise. Sie sah ihren zukünftigen Vater flehend an, und in ihren Augen glitzerte eine Träne. «Bitte, Dad ...»

Kyle schaute von Loreen zu Julian und holte tief Luft. Das war eindeutig eine Nummer zu groß für ihn.

«Wir ... wir werden uns benehmen ...», fügte Loreen mit piepsiger Stimme hinzu.

Schließlich nickte Kyle.

«Okay … ich … äh … sorge dafür, dass ihr … äh … geboren werdet.» Er schluckte schwer.

«Danke, Dad!» Und ehe Kyle sich's versah, fiel ihm seine zukünftige Tochter um den Hals und presste sich fest an ihn. Kyle hielt sie vorsichtig fest. Sein Anzug wurde ganz feucht, dort, wo sie ihr Gesicht hineindrückte.

«Ach ja …» Wieder meldete sich Julian heiser zu Wort. «Und falls … falls es möglich ist, dann … küss nicht diese andere Frau an der Jubiläumsfeier. Vielleicht bleibt Mum dann da … und wir können als Familie aufwachsen … und glücklicher sein … wir vier.»

«O-okay … ich weiß …», stotterte Kyle, der seine Tochter immer noch im Arm hielt. Loreen löste sich wieder von ihm, schniefte noch ein bisschen vor sich hin und wischte sich verlegen über die Augen. «Ich glaube, ihr müsst jetzt los.»

In der Tat!, dachte Lisa. Es war allerhöchste Eisenbahn!

«Eine Sekunde noch.» Und bevor Kyle wusste, wie ihm geschah, wurde er auch von Julian mit einer kurzen, aber heftigen Bärenumarmung bedacht.

«Hey, und du … Girl der Achtzigerjahre … grüß Michael Jackson von mir, falls du ihn jemals triffst!» Julian gab Lisa einen freundschaftlichen Klaps auf die Schulter, der sich durch seine Magnethände eher wie ein Hammerschlag anfühlte.

«Mach ich», versprach Lisa, der kurz die Knie einsackten.

«Und jetzt los!» Julian gab ihnen einen sanften Stoß. Lisa hatte nach einem Blick auf ihren HoloStrip mit Entsetzen festgestellt, dass ihnen nur noch zwei Minuten blieben, um die Katakomben und den Durchgang zu erreichen. Sie hatten sich nicht einmal von Garron verabschiedet, aber dazu war es jetzt zu spät. Außerdem hatten sie ihn in der Menschenmenge völlig verloren.

Sie winkten Julian und Loreen ein letztes Mal zu und ließen dann alles, was mit dem Jahr 2047 zu tun hatte, hinter sich. In Windeseile stoben sie die Treppe runter, wobei Lisa um ein Haar über den diamantbesetzten Saum ihres Kleides gestolpert wäre. Hätte Kyle ihr nicht rechtzeitig die Hand gereicht, um sie vor dem Sturz zu bewahren, wäre sie wahrscheinlich kopfüber die Treppe hinuntergepurzelt.

Britt hatte recht: Besonders praktisch veranlagt war Morgan wirklich nicht. Das Gewicht und die Länge des Diamantenkleids waren eher hinderlich beim Rennen.

Die Flure im unteren Stock waren zum Glück menschenleer. Lisa und Kyle flitzten an den leeren Klassenzimmern vorbei und bogen geradewegs in den Gang ein, der sie zum Eingang ins Forschungszentrum brachte.

«Langsam», mahnte Kyle, als sie nur noch wenige Meter von der Tür entfernt waren. Er packte Lisas Hand fester und zog sie in die Lounge nebenan. «Hier sind wir sicher vor den Kameras.»

Es war eindeutig Kyle, der nun die Führung übernommen hatte.

In dem Moment war der erste Countdown bei null angelangt.

«Und jetzt?», hauchte Lisa.

«Wir haben noch ein paar Sekunden.» Kyle drückte Lisa vorsichtig aufs Sofa und beugte sich über sie.

Lisas Augen brannten wie Feuer.

Als ihre Lippen sich zu einem letzten Kuss versiegelten, schloss Kyle die Augen. Eine Träne rollte über seine Wange und landete auf Lisas Hals.

Lisa fuhr mit ihrer Fingerspitze darüber, als wäre eine Perle auf ihrer Haut gelandet.

Eine weitere Träne folgte.

«Sorry …» Aus Kyles Kehle kam ein Laut, der sich schmerzhaft an die Oberfläche drängte und in Form eines herzerweichenden Schluchzers den Weg über seine Lippen fand. Er rieb seine Nasenspitze an ihrer Haut und presste dann seine tränennasse Wange an ihr Gesicht. So verharrte er eine Weile.

Lisa strich ihm übers Haar, das sich trotz des Gels nicht ganz hatte bändigen lassen. Sie drückte ihn fest an ihr Herz, während sich ihre Kehle so arg zusammenschnürte, dass sie kaum noch Luft bekam.

Er vergrub sein Gesicht in ihrem Nacken und weinte hemmungslos, so dass er ihre Stola mit seinen Tränen durchnässte.

Sie sog seinen Geruch ein, berührte sein Haar mit ihren Lippen und flüsterte ihm ein stummes Lebewohl zu, während sie ihn fest in ihren Armen wiegte.

Ein letztes Mal standen Raum und Zeit und das Universum für ein paar Sekunden still.

Und dann, unvermeidlich und zeitgleich, vibrierten ihre Holo-Strips.

Auf dem Display erschien die Zahl 153.

Vitus hatte den Türcode gesendet.

Kapitel 18
Das Portal durch die Zeit

Blitzschnell ließen sie einander los und schossen zum Scanner, wobei sie sich gegenseitig fast über den Haufen rannten und aneinander festklammern mussten, um die Balance wiederzuerlangen. Lisas Herz überschlug sich vor Aufregung, als sie ihren Daumen auf den Scanner presste.

Wenn das nur klappen würde …!

Eine melodische Abfolge von kurzen Pieptönen bestätigte, dass ihr Daumenabdruck akzeptiert worden war. Die erste Hürde war genommen. Als Nächstes wurde auf dem gläsernen HoloScreen neben der Tür ihr Hologramm eingeblendet.

Das dreidimensionale getreue Abbild ihres Gesichts schwebte buchstäblich über der Glasscheibe. Lisa erkannte die 3D-Aufnahme aus dem Jahr 2018 wieder, die Vitus, alias Joshua, damals von ihr gemacht hatte, als sie als Testperson in einer Art Kamerakreis von allen Seiten fotografiert worden war und den Moonwalk getanzt hatte. Wie versprochen war die Aufnahme grafisch verbessert worden. Sogar der Pixelfehler an ihrem linken Ohr war weg.

Unter dem Bild wurden die Personalien eingeblendet:

```
Lisa Leonor Whitfield
Abteilung VID Computer Science
Geboren: 11. August 1973
```

Lisa hielt nun ihr Gesicht an die Kamera, wie sie es bei Mr. Jackson beobachtet hatte. Ein blaues Licht scannte ihre Züge und glich sie mit dem Passbild ab. Dann verlangte der Computer den Code. Lisa tippte die Zahl «153» ein.

Als Nächstes wurde das Passwort gefordert.

«Was ist das Passwort?», murmelte Lisa, als gleich darauf ihr Armband erneut summte.

«Große Ernte am Ende der Zeit», las Lisa vom Display ab – und sprach die Worte laut und deutlich in Richtung des Bildschirms.

```
Zugang gewährt
```

... blinkte auf dem Screen.

Die Pforte öffnete sich.

Lisa und Kyle rannten durch den Eingang. Wundersamerweise war keine Menschenseele zu sehen. Lisa fragte sich allerdings, ob sie dem Frieden trauen konnten.

Mit wenigen Schritten waren sie bei der Garderobe. Jetzt kam der Schlüssel zum Einsatz. Lisa zog die Kette aus ihrem Ausschnitt und steckte den Schlüssel mit zitternden Händen ins Schloss.

Er passte! Zacs 3D-Drucker hatte minuziöse Arbeit geleistet.

Sie warf einen weiteren Blick auf ihren HoloStrip, der nun angefangen hatte, in beängstigender Geschwindigkeit den zweiten Countdown von fünf Minuten herunterzuzählen.

4:49

4:48

4:47

Mit wehmütigem Herzen schälte Lisa sich aus dem Ballkleid – Rücken an Rücken mit Kyle, der gerade seine Schuhe abstreifte. Dass sie ihr Kleid einfach achtlos da liegen lassen musste, brach Lisa fast das Herz. Noch während sie in den lichtgrünen Anzug des Forschungszentrums stieg, fasste sie einen Entschluss.

Kurzerhand rollte sie das Kleid zusammen, so vorsichtig es ging, und klemmte sich das kostbare Bündel unter den Arm.

«Was machst du da?», fragte Kyle, der zeitgleich mit ihr mit dem Umziehen fertig war.

«Ich nehm's mit», sagte sie. «Ich kann es nicht hierlassen.»

Kyle zuckte mit den Schultern. «Nah, also mir sagt Onkel Morgans Kleider-Geschmack nicht so zu», brummte er, ganz in alter Manier, und wurstelte seinen Anzug in ein leeres Fach.

2:99

Schnell stürmten sie zur Garderobe hinaus und zogen die Tür hinter sich zu. Lisa schloss wieder ab und ließ den Schlüssel mitsamt ihrer Uhrenkette unter den Anzug gleiten.

Der Flur war immer noch menschenleer. Einsam und verlassen blickten ihnen die geschlossenen Fahrstuhl-Türen entgegen und schienen nur auf sie zu warten. Die Ruhe wirkte fast schon verdächtig.

Lisa drückte ihren Daumen auf den Sensor, der das Signal sofort weiterleitete und einen der Fahrstühle aus den Tiefen des Forschungszentrums hervorholte.

2:23

Das anschwellende Summen der herannahenden Kabine schnürte Lisa fast die Luft ab. Voller Angst, jederzeit von irgendjemandem überwältigt werden zu können, stellten sie und Kyle sich in Position und spähten in alle Richtungen.

Doch es geschah nichts weiter, als dass die Fahrstuhltür sich einladend öffnete und ihnen Einlass gewährte. Lisa presste den türkisfarbenen Kleiderwulst aus Seide und Diamanten fest an sich, als sie die Kabine betraten. Hoffentlich machte sie damit keinen Fehler!

Ein drittes Mal legte sie ihren Finger auf einen Sensor und wählte bebend das achte Untergeschoss an.

Die Tür schloss sich.

1:50

Der Zug nach unten jagte ein Kribbeln durch Lisas Magen. Sie sah Kyle an, dessen Gesicht im fahlen Licht des Fahrstuhls beinahe grünlich wirkte. Als hätten sie es in Gedanken miteinander abgesprochen, schoben sie ihre Hände ineinander.

Der Fahrstuhl sauste in eine unendliche Tiefe. Lisa hatte das Gefühl, die Beine würden unter ihr wegsacken, je tiefer sie ins Erdinnere drangen. Sie wusste nicht, ob dies von der Schwerkraft kam oder von der schieren Aufregung.

Endlich kam der Fahrstuhl langsam zum Stehen. Die Fahrt hatte sich wie eine Ewigkeit angefühlt, in Wahrheit jedoch nur etwa eine halbe Minute gedauert.

1:19

Die Tür öffnete sich, und vor ihnen tat sich ein düsterer Schacht auf. Nur ein paar dumpfe Leuchtstoffröhren warfen ein ungemütlich fahles Licht an die Steinwände der künstlichen Höhle.

«Woah», flüsterte Kyle, als sie aus der Kabine traten. «Gruselig.»

«Kann man wohl sagen», murmelte Lisa. In der Tat sah der Gang immer noch genau gleich aus wie vor rund dreißig Jahren. Auch die gelb-schwarzen Warnmarkierungen befanden sich am gleichen Ort, wo sie schon vor drei Jahrzehnten gewesen waren. Die unheimlichen Geräusche, die aus den Röhren und Leitungen an der Decke drangen, dröhnten und echoten von den Wänden.

Lisa blickte ängstlich nach oben. Das eiserne Klapptor, an das sie sich noch so gut erinnerte und das ihr damals den Weg versperrt hatte, hing nun reglos über ihren Köpfen. Der dazugehörige veraltete Daumenscanner an der Wand, ein rotes Kästchen mit einem winzigen Bildschirm, schien nicht mehr an den Strom angeschlossen zu sein. Offenbar war das Tor außer Betrieb.

Trotzdem zerrte Lisa Kyle rasch darunter hindurch. Kyle klammerte sich an Lisas Oberarm fest.

0:54

In Lisa wuchs die Überzeugung, dass jeden Augenblick etwas passieren musste. Dass es da irgendeinen Hinterhalt gab, den man ihnen gestellt hatte. Irgendwo in diesem dunklen Schacht lauerte doch gewiss jemand von diesem mysteriösen Forscherteam. Professor Elliott oder diese eiskalte Professorin Zhao oder gar Mr. Jackson …

Sie traute dem Frieden nicht.

Fünf Meter vor ihnen baute sich die berüchtigte Metalltür auf, die zu Professor Ashs ehemaligem Labor führte. Sie hielt die Luft an angesichts der traumatischen Erinnerung an diesen schrecklichen Bunker, in dem der Professor sie für Stunden gefangen gehalten hatte. Sie schmiegte sich dicht an Kyles Körper, der momentan das einzig Warme hier unten war. Kyle verstand die stumme Botschaft und legte schützend den Arm um sie.

Eng umschlungen legten sie die letzten Meter zurück. Ihre Herzen klopften im gleichen Takt.

Immerhin war es beruhigend, dass das Metallschild mit Professor Ashs Namen nicht mehr an der Tür hing.

Stattdessen stand da:

Forschungsstation
Teilchenbeschleunigung & Quantenphysik
Elektroenzephalografie & Neurowissenschaft
Dr. Prof. Prof. A. P. Cox
Dr. Prof. B. F. Elliott
Dr. Prof. Prof. M. Zhao
Dr. W. Altendorf
Dr. G. J. Jones
Z. M. L. Silverman
Mit Dank an:
Tomsbridge Science Research Center
Kendall Automotive Company

Dass neben Angelas Name sogar der von Zac an dem Schild vermerkt war, gab Lisa trotz allem ein beruhigendes Gefühl.

Und dann, als sie noch näher traten, erkannte sie einen weiteren, winzigen Schriftzug in der untersten Zeile.

Im Gedenken an Professor Dr. A. Ash

Neben der Tür wartete der vierte und letzte Scanner auf sie und erwartete mit einem einladenden Blinken ihren Daumen.

`0:32`

Lisa presste den Daumen auf den Sensor und hielt den Atem an.

Wieder erschien ihr Angesicht auf einem HoloScreen daneben an der Wand. Der Computer verlangte ihren Gesichtsscan. Lisa gehorchte.

`Lisa Leonor Whitfield`
`Ansicht erkannt`

… erschien auf dem Monitor.

Und dann:

`Zugang erteilt`

Lisa stieß erleichtert die angehaltene Luft aus.

Die Tür schob sich mit einem metallenen Schnarren auf. Lisa und Kyle betraten eine großflächige unterirdische Halle mit zwei Ebenen. Mehrere Leitern führten auf eine Galerie im oberen Bereich.

Als sie ein paar Schritte gegangen waren, konnten sie es sehen: Sehr weit hinten in der Halle, mindestens fünfzig, sechzig Meter von ihnen entfernt auf der rechten Seite ihnen schräg gegenüber, gähnte ein Tunnel mit einem Durchmesser von bestimmt zehn Metern.

Lisa erinnerte sich, dass dieser Tunnel 2018 hinter einer zweiten Metalltür verborgen gewesen war. Diese war nun offenbar inaktiv, und sie hatten ungehinderte Sicht auf den Stollen.

Lisa schauderte.

Durch den Tunnel führte, soweit sie das aus der Distanz einschätzen konnte, ein mindestens drei Meter erhöhter Steg mitten durch ein Portal, das aus einem Konstrukt aus Metallplatten, Kabeln in allen Farben, Röhren, Kapseln und sonstigen Computerteilen bestand. An der Decke des Tunnels war eine Rampe angebracht, die offensichtlich erst heruntergelassen werden musste, um den Steg überhaupt betreten zu können, wohl, damit niemand aus Versehen von dem Sog ins Portal gezogen werden konnte. Lisa sah, dass die ganze Konstruktion seit 2018 um einiges verbessert worden war.

«Das Portal», flüsterte Lisa dem staunenden Kyle zu. «Das künstliche Wurmloch.»

«Gruselig.» Kyle schüttelte sich.

Die Eingangstür hinter ihnen schloss sich wieder.

Sie standen immer noch im vorderen Bereich der großen Laborhalle, die Lisa so gut wiedererkannte. Sogar der Schreibtisch, der einst Professor Ash gehört hatte, war noch da.

Im hinteren Teil der Halle, direkt neben dem Tunnel, warteten eine ältere und eine jüngere Frau, beide mit streng zurückgebundenem, hellblondem Haar und einem lichtgrünen Arbeitsanzug derselben Art, wie ihn auch Lisa und Kyle trugen. Lisa erkannte die junge Frau. Es war Hannah, die sie aus der Zelle geholt hatte.

Und die andere, ältere Frau war …

«Angela?» Kyles Kinnlade klappte herunter, noch bevor Lisa einen Mucks machen konnte. «Ist das *wirklich* Angela?»

Da hatte Angela sie auch schon entdeckt und winkte ihnen lächelnd zu. Zum ersten Mal schlug Lisas Herz wieder im gewohnten Takt. Sie hatten es tatsächlich geschafft! Sie waren drin! Und alles hatte bis hierhin ohne Einschränkung geklappt. Das grenzte für sie schon fast an ein Wunder. Sie war von ihren vorherigen Zeitreisen anderes gewohnt …

«Vorsicht!», rief Angela ihnen zu. «Nähert euch dem Tunnel seitlich. Zac macht gerade einen letzten Test. Nicht, dass ihr vom Sog erfasst und zu Boden geworfen werdet.»

Lisa und Kyle folgten der Aufforderung. Gerade noch rechtzeitig, bevor eine ungeheure Welle, wie von einem Kraftfeld, die Luft im Raum förmlich entzweischnitt. Rauchschwaden verdichteten sich rund ums Portal.

Lisa suchte Halt an Kyles Schulter und wandte ihren Kopf gen Decke. Zac saß oben auf der Galerie, etwa fünfzig Meter entfernt gegenüber dem Tunnel, halb versteckt hinter einer riesigen Anlage, worauf der Time Transmitter aufgebaut war. Er tippte konzentriert etwas auf ein Display ein. Seine weißen Haare standen in alle Richtungen ab. Er sah Einstein oder Doc Brown aus «Zurück in die Zukunft» nicht unähnlich, wenngleich sein Haar viel spärlicher war als das der beiden anderen Wissenschaftler. Auf dem Display des Time Transmitters leuchteten große rote Digitalziffern.

Lisa bekam Gänsehaut, als sie das Datum las, das selbst aus der Ferne gut erkennbar war:

`14. FEBRUAR 1990 10:00 PM`

Vertrauen, machte Lisa sich in Gedanken Mut. *Einfach vertrauen!*

Sie *musste* vertrauen – auf Zac, auf Angela, auf Gott.

Ohne Vertrauen würde sie nicht nach Hause kommen.

Als sie vor Angela standen, war Lisa aufs Äußerste erstaunt, dass ihre Klassenkameradin aus dem Jahr 2018 kaum gealtert war, obwohl ihre Gesichtszüge und ihre Körperhaltung natürlich an Reife gewonnen hatten. Doch kein einziges Fältchen war in ihrem sorgfältig gepuderten und geschminkten Gesicht zu sehen. Nur die Nasenfalten hatten sich etwas vertieft. Die vollen glänzenden Lippen waren zu einem herzförmigen Lächeln verzogen. Sie glich ihrem Vater Maddox aufs Haar. Ihre intelligenten hellblauen Augen, umrandet von schwarzem Kajal, musterten Lisa und Kyle mit wacher Neugier.

«Wie schön, dich wiederzusehen, Lee», sagte sie herzlich. «Es ist so lange her … wow, und Kyle als junge Version. Das ist so unglaublich lustig. Aus eurer Sicht muss ich wohl ziemlich gealtert sein, nicht wahr?» Sie lächelte.

«Äh … überhaupt nicht!» Lisa wunderte sich immer noch über die porzellanartige, glatte Haut.

«Botox», schmunzelte Angela. «Ich hatte schon immer ein Faible fürs Faken. Leider haben wir nicht viel Zeit», entschuldigte sie sich. «Wir müssen uns beeilen. Hat alles gut geklappt bis hierher?»

Lisa und Kyle nickten.

Erstaunlich gut …

«Sehr schön. Dann wollen wir keine Zeit verlieren. Professor Elliott ist die ganze letzte Woche nicht von meiner Seite gewichen. Sie ahnen etwas, trotz unseres Alibis. Aber so lange Vitus mir keine Warnung sendet, haben wir freie Bahn. Schnell, ihr müsst eure Schutzanzüge anziehen. Wir haben extra Paravents aufgestellt, so habt ihr dabei Privatsphäre. – Hannah?» Sie nickte der blonden jungen Frau zu, die ihr etwas reichte, das aussah wie Silberfolie.

«Das ist übrigens meine Tochter Hannah, wie ihr vielleicht schon erfahren habt», sagte Angela, während sie Lisa und Kyle die Silberfolien aushändigte. «Garron, meinen Sohn, habt ihr ja schon kennen gelernt. Er ist etwa in eurem Alter.»

«Was ist das?» Kyle befühlte den Anzug und zuckte zusammen. Erst als Lisa den Stoff ebenfalls anfasste, verstand sie Kyles Reaktion: Der Stoff fühlte sich gelartig an, als bestünde er aus waberndem Pudding.

«Das soll euch schützen, damit die Reise weniger Schäden an euren Körpern hinterlässt. Besonders du, Lee, musst eine sehr lange Reise durch die Zeit unternehmen. Deswegen werden wir auch zuerst dich senden. Was hast du hier eigentlich?» Angelas Blick fiel auf das türkisfarbene Seidenbündel unter Lisas Arm.

«Ähm … mein Ballkleid, das mir Morgan gekauft hat … Ich würde es gern mitnehmen …»

Der Name «Morgan» entlockte Angela ein Lächeln.

«Ach ja … und er wird natürlich das schönste für dich ausgesucht haben. Sind sicher echte Diamanten, oder? Aber das geht leider nicht. Zac hat deine Masse genauestens berechnet. Das Kleid hat ein gewisses Gewicht wegen der Diamanten. Das könnte den Zeitstrahl verschieben. Ich fürchte, du musst es hierlassen.»

«Och, wirklich?»

«Tut mir leid, ja», sagte Angela bedauernd. «Ich werde es Morgan gerne zurückbringen. Wenn alles klappt, wie es soll, kann er es ja deinem älteren Ich wiedergeben. Will heißen, du hast es in etwa 58 Jahren wieder. Ich schätze, du wirst deine Figur behalten.» Sie schmunzelte.

Lisa legte das Kleid schweren Herzens auf einen Stuhl, der neben den aufgestellten Trennwänden stand. Dann ging sie hinter einen der Paravents, um aus der lichtgrünen Kluft in den silberfarbenen Anzug zu steigen. Der glibberige Stoff schmiegte sich weich an ihren Körper. Ob das der gleiche Stoff war, aus dem Loreens Kleid beschaffen gewesen war?

«Eure HoloStrips müsst ihr ebenso hierlassen», ordnete Angela an, nachdem auch Kyle in silbrigem Gewand hervortrat. Sie gehorchten beide und legten ihre Armbänder säuberlich neben Lisas Ballkleid.

Hannah reichte Lisa eine Flasche mit einem hellblauen, dickflüssigen Getränk.

«Trink das aus, bevor du durchs Gate trittst», forderte Angela sie auf. «Das ist eine spezielle isotonische Lösung, die deinen Körper vor dem Austrocknen bewahren wird. Wie gesagt, du hast eine doppelt so lange Reise vor dir als bisher.»

Lisa nahm die Flasche und schaute sich ängstlich um.

«Keine Sorge, Lee», sagte Angela. «Technisch gesehen müsste alles klappen. Ich lasse jetzt die Rampe runter, und wenn Zac dir das Zeichen gibt, steigst du hinauf und läufst über den Steg auf das Portal zu.»

Doch Lisa konnte sich der aufkeimenden Panik nicht erwehren. Auch wenn ihr alle versicherten, dass es klappen würde, so war das Portal doch noch nie an einer Person getestet worden. Sie sollte die Erste sein, die da durchging.

Andererseits, sie vertraute Angela. Wenn es jemanden gab, der zuverlässig war und einen messerscharfen Verstand hatte, dann war sie es. Und sie wirkte so sicher. Wie eine Chirurgin, die vor einer großen Operation stand und genau wusste, was sie zu tun hatte.

Mit bebendem Herzen sah Lisa zu, wie die Rampe heruntergelassen wurde. Ein leises Summen ertönte und schwoll immer mehr an. Lisa blickte nach oben zu Zac. Noch kam kein Zeichen von ihm.

Etwas in dem Portal begann sich zu drehen. Ein Sog entstand, der immer mehr zunahm. Sie hielt die Luft an. Ging das jetzt alles so schnell? Sie war doch noch gar nicht bereit …

Sie wandte sich um und blickte Kyle an, der dastand und sie mit großen schimmernden Augen anstarrte.

«Kyle!», flüsterte sie. Eine Träne löste sich und rann über ihre Wange. Irgendwie hatte sie nicht damit gerechnet, dass der Abschied so plötzlich über sie hereinbrechen würde.

«Bereit, Lee?», fragte Angela. «Es tut mir leid. Wir haben keine Zeit mehr.»

Nein! Nein, sie war nicht bereit! Sie wollte zurück. Sie wollte Kyle noch ein letztes Mal umarmen, ihm sagen, dass sie nicht nur Morgan, sondern auch ihn geliebt hatte. Doch am Display des Time Transmitters begann ein Countdown erbarmungslos zu blinken. Sie verstand, dass dies das Zeichen war, sich bereitzumachen.

«Trink die Flasche aus!», drängte Angela. «Jetzt!»

Lisa schraubte den Deckel mit zittrigen Fingern ab. Die Flüssigkeit, die sie gleich darauf in ihre Kehle schüttete, fühlte sich eigenartig an. Gar nicht wie eine Flüssigkeit, sondern eher gasförmig. Ein angenehmer warmer Fluss durchströmte ihre Blutbahnen und lud ihren Körper mit Kraft auf.

«Bereit?», brüllte Zac von oben.

Lisa sah nervös zu, wie der Countdown sich der Null näherte. Es blieb ihr nichts anderes übrig, als zu nicken. Ein letztes Mal sah sie Kyle an. Sein Gesicht war starr, die Augen nass und glänzend.

«Bye-bye, Kyle», flüsterte sie und hob ihre Hand zu einem letzten

Gruß. Er hob die seine ebenfalls, dann wandte er sich ab und verbarg sein Gesicht in den Händen.

Der Time Transmitter kündigte mit einem schrillen Signalton an, dass der Countdown die Null erreicht hatte. Aus den beiden Linsen schossen je ein blauer und ein grüner Strahl, die die Halle durchquerten und am Ende das Zentrum des Portals trafen.

«Jetzt!», schrie Angela.

Lisa wirbelte herum und wandte sich dem dunklen Loch zu. Das Summen hatte sich zu einem Dröhnen ausgedehnt. Sie presste die Hände auf die Ohren. Der Sog begann an ihren Gliedern zu zerren.

Sie kniff die Augen zu, eilte die Rampe hinauf und rannte über den Steg, direkt auf das Portal zu. Dabei schoss ihr die Frage durch den Kopf, ob es sich wohl so anfühlte, wenn man starb. War dieses Wurmloch hier vergleichbar mit dem Tunnel, von dem Menschen mit Nahtoderfahrungen oft erzählten? Würde irgendwann ganz am Ende ein Licht auftauchen?

Werde ich vielleicht sogar Gott begegnen?

Mehr als alles andere wünschte sie sich, Morgan wäre jetzt bei ihr.

Sie fühlte, wie der Sog ganz von ihr Besitz ergriff und wie blaue und grüne Blitze sie einhüllten. Sie konnte die Wärme spüren, die sie ausströmten und gegen die der Anzug sie schützte.

Sie erwartete, wie bei ihren vorherigen Zeitreisen, von einem Wirbelwind erfasst, in imaginäre Lüfte gehoben und hin- und hergeschleudert zu werden und sich dabei zu fühlen, als ob sie in tausend Stücke gerissen würde.

Stattdessen war es, als würde sie auf einmal gegen eine Wand rennen, obwohl gar keine da war. Sie öffnete kurz die Augen, sah das rotierende Portal und das alles verschlingende, dunkle Loch vor ihr, doch sie kam keinen Schritt weiter.

Es war, als wären ihre Füße auf dem Grund festgeschraubt.

Dann hörte das Dröhnen auf und beide Strahlen, der blaue und der grüne, verschwanden.

War es das schon gewesen? War sie zuhause?

Ganz vorsichtig bewegte sie ihre Füße. Alles an ihr fühlte sich normal an. Aber das konnte doch nicht schon alles gewesen sein? Müsste sie dann nicht irgendwo auf der Brücke wieder rausgekommen sein?

Sie wandte sich um und sah Angela, Hannah und Kyle hinter sich stehen.

«Okay», sagte Angela entschieden. «Plan B tritt in Kraft. Komm wieder runter, Lee.»

«Was ist los?»

«Wir schicken zuerst Kyle.»

«Was?» Ihr Kopf fühlte sich ganz dumpf an, als sie langsam über den Steg zu den anderen zurückwankte. Angela reichte ihr die Hand, um ihr von der Rampe zu helfen. Ihre kühlen Finger schlossen sich fest um ihre.

«Wie wir geahnt haben. Die Zeitlinie weiß nicht, wo sie dich einordnen soll. Du sitzt in Raum und Zeit fest. Zac muss Plan B ausführen. Aber zuerst müssen wir Kyle senden.»

Lisa nahm benommen auf dem Stuhl Platz, den Hannah ihr zuschob. Ihr war ganz schwindlig. Ihre schlimmsten Befürchtungen waren wahr geworden. Es gab tatsächlich ein Problem.

Doch Angela wirkte nach wie vor sehr beherrscht.

«Mach dich bereit, Kyle», sagte sie, und auch Kyle bekam eine Flasche mit blauer Flüssigkeit in die Hand gedrückt. Lisa sah zu, wie Zac oben die Datumsanzeige wechselte.

22. JUNI 2018 11:30 PM

Wieder überkam sie eine Welle von Wehmut. Wie gern wäre sie mit Kyle zusammen nach 2018 zurückgekehrt und hätte ihr Leben einfach dort weitergelebt. Sie hatte sich in jener Zeit so wohl und geborgen bei dem 45-jährigen Morgan gefühlt, auch wenn unter jenen Umständen nicht mehr als eine Freundschaft drin gewesen wäre.

Kyle trank gehorsam die Flasche leer und stellte sich dann auf, das Gesicht voller Tränen. Der Countdown wurde erneut ausgelöst. Bei null schossen die beiden Strahlen aus den Linsen.

Kyle taumelte die Rampe hoch und wankte über den Steg auf das summende Portal zu. Wenige Sekunden später konnte Lisa zusehen, wie das Loch ihn förmlich verschluckte. Wie er sich vor ihren Augen buchstäblich dematerialisierte und in einem Blitz von blaugrünem Licht verschwand.

Da reiste er nun durch Raum und Zeit, zurück nach 2018, dorthin, wohin er gehörte, und Lisa würde ihm nie, nie mehr so wie heute begegnen können.

Das Dröhnen verebbte wieder und die Strahlen verschwanden. Ein paar Rauchschwaden dampften um das Portal herum, dann wurde die Luft wieder klar.

«Es hat geklappt!», verkündete Angela, und Zac brüllte «Heureka!» von oben. Die Datumsanzeige am Time Transmitter blinkte nun grün statt rot.

Kyle war wieder zuhause.

Angela wandte sich an Lisa. «Gut. Wir haben keine andere Wahl, als Zacs Notfallplan anzuwenden. Steig wieder die Rampe hoch, Lee, und dann folge Zacs Instruktionen. Ich habe leider keine Zeit, dir das Ganze ausführlich zu erklären.»

Lisa stieg wieder auf die Rampe und wartete. Die Kälte des Raumes ließ sie auf einmal frösteln. Sie schlang die Arme um ihren Körper und schaute zu Zac hoch, der irgendetwas an der Anzeige einstellte.

Unter dem Datum von Lisas Ankunftszeit leuchtete nun eine zweite Anzeige auf. Sie zeigte die Zeichenfolge 100 AD II. Da Lisa klar war, dass ihr niemand erklären würde, was das genau bedeutete, musste sie einfach vertrauen, dass Zac wusste, was er tat.

Ein Countdown von drei Minuten erschien auf dem Display. Zu Lisas Überraschung begann Zac, die Leiter von der Empore hinunterzuklettern. Jetzt erst sah sie, dass auch er in einem silbernen Anzug steckte. Was hatte er vor?

Unten angelangt, humpelte er quer durch die Halle und kam auf sie zu. Oben blinkte der Time Transmitter ganz allein vor sich hin. Angela half Zac, via der Rampe zu Lisa hinaufzusteigen.

«Zac?», fragte Lisa.

«Es muss so sein», murmelte Zac nur. «Ich muss es tun.»

«Was musst du tun?»

Doch Zac antwortete nicht.

Oben auf der Empore erklang ein schrilles Pfeifen.

Mit einem Knall kamen erst der blaue, dann der grüne Strahl aus der Linse geschossen. Das Licht blendete sie im ersten Moment so stark, dass sie die Hand nicht mehr vor Augen sehen konnte. Blitze zischten in ihren Ohren, und Funken stoben. Der Boden wummerte unter ihren Füßen.

Was machte Zac neben ihr?

«Renn, Lisa!», hörte sie eine Stimme an ihrem Ohr.

Lisa setzte sich in Bewegung und kniff ob des gleißenden Lichts die Augen zu. Sie fühlte, wie der Grund ihren Füßen entrissen wurde, und gab sich dem endlos drehenden Wirbelwind hin, darauf vertrauend, dass er sie durch das Portal und durch sechs Jahrzehnte hindurch zurück nach Hause transportieren würde.

Ja, es schien tatsächlich, als hätten sie es geschafft!

Es ging endlich nach Hause.

Eine krachende Explosion zerriss ihr fast das Trommelfell. In der nächsten Sekunde drohten die Wände über ihr einzustürzen. Inmitten dieses donnernden Spektakels sah sie Zacs Gesicht langsam im Licht des blauen Strahls verblassen. Es war, als würde die Zeitlinie, ja, das Universum selbst, zerbersten.

Und dann war alles weg.

Alles, was sie umgeben hatte.

War der Time Transmitter in tausend Einzelteile zerbrochen?

Umhüllt von einem nachtschwarzen Himmel, an dem tausende Lichtpunkte wie Sterne glitzerten, schwebte Lisa schwerelos durch Raum und Zeit.

Kapitel 19
Gestrandet

Als Lisa sehr viel später die Augen wieder aufschlug, fand sie sich in einem schwach beleuchteten Raum wieder. Sie lag auf etwas, was sich wie eine große weiche Wolke anfühlte.

Leise Musik spielte im Hintergrund. Sanftes, korallenfarbiges Licht waberte an der Decke. Ihr Körper war von einer wohligen Wärme eingehüllt. Sie hätte ewig so daliegen und schlummern können. Ihre Augenlider waren so schwer, dass sie ihr nach wenigen Sekunden wieder zufielen.

Wo war sie? War das das Jahr 1990?

Sie fühlte, wie jemand sich über sie beugte und ihr sachte die Hand auf die Stirn legte.

«Schsch», flüsterte eine männliche Stimme.

Erneut versuchte sie, die Augen zu öffnen, doch mehr als ein Flackern ihrer Lider brachte sie nicht zustande.

«Wo … bin ich?», quetschten ihre eingerosteten Stimmbänder mit Müh und Not hervor. Sie merkte, wie spröde sich ihre Lippen anfühlten. Vom Sprechen wurden sie sofort rissig.

«Schscht … Lee-Lee … ganz ruhig.» Die Hand streichelte nun zärtlich ihr Haar. «Schlaf einfach weiter.»

«Wer bist …?»

«Ich bin's, Momo.»

Lisa zwang sich, ihre Augenlider zu öffnen, und zwar lange genug, um das Gesicht der Person zu erkennen, die bei ihr saß.

Es war Momo, aber es war nicht der Momo aus dem Jahr 1990. Es war Morgan mit weißem Haar und faltigem Gesicht.

«Was …»

Neben Morgan tauchte nun Britts Gesicht auf, ebenso runzlig und mit grauem Haar.

«Wo bin ich?», presste Lisa matt hervor.

«In Sicherheit.» Morgan deckte behutsam ihre freie Schulter mit der Decke zu.

«Du musst es ihr sagen, Morgan», drängte Britt. «Es bringt nichts, es auf die lange Bank zu schieben.»

«Sie ist doch noch viel zu schwach.»

«Nein. Ich will wissen, was passiert ist», verlangte Lisa mit dünner Stimme. «Bitte …» Sie versuchte sich aufzurichten, fiel jedoch gleich entkräftet zurück auf ihr Kissen. Sie kannte das Zimmer nicht, in dem sie sich befand. Es war ihr fremd.

«Später, Lee-Lee.» Morgans warme Hand strich nochmals über ihre Wange. «Du musst dich noch ausruhen. Dein Körper hat arge Strapazen hinter sich.»

«Durst …», krächzte Lisa unwillkürlich durch ihre sandige Kehle.

Morgan reichte ihr eine große Flasche mit einem Strohhalm. «Trink, so viel du brauchst. Ich hab dir mehrere Flaschen auf den Nachttisch gestellt. Doch schlaf jetzt wieder. Es ist noch mehr als genug Zeit, um über alles zu reden.»

Erschöpft musste Lisa einsehen, dass Morgan recht hatte. Nur schon das Saugen aus dem Strohhalm strengte sie enorm an. Ihr Kopf verlangte nach Antworten, nach Klarheit, wollte wissen, was passiert war, doch ihr Körper schrie nach Schlaf und gewann schließlich die Oberhand.

Während sie wieder ins Reich der Träume glitt, fühlte sie die Wärme von Morgans Hand an ihrer Wange und die tröstende Nähe seiner Gegenwart.

Sie wusste nicht, wie lange sie geschlafen hatte. Wieder einmal hatte sie jegliches Zeitgefühl verloren. Unzusammenhängende Traumfetzen flitzten durch ihre Gedankenwelt; Bilder, die ihr Unterbewusstsein aus uralten und neuen Erinnerungen fabrizierte und zu einem surrealen Traum zusammensetzte.

Zacs Gesicht in blaugrünem Licht ... ein Time Transmitter, der auf einmal sieben Linsen hatte ... das Portal, das auf einmal zu einem Karussell wurde ... Professor Ash, der aus dem Nichts auftauchte und über zweihundert Jahre alt war ... der Time Transmitter, der für immer ruiniert war ...

All diese Bilder drehten sich in ihrem Verstand, so dass sie das Gefühl hatte, gar nicht mehr Teil des Raum-Zeit-Kontinuums zu sein, sondern in einer materie- und zeitlosen Ewigkeit zu schweben. Sie konnte all ihre Fragen schon gar nicht mehr zählen. Endlos folterten sie ihre Seele, und immer, wenn sie glaubte, eine Antwort auf etwas gefunden zu haben, tauchte schon die nächste Unklarheit auf.

Doch als sie endlich richtig aufwachte und sich stark genug fühlte, um aufzusitzen, stellte sie fest, dass die Materie um sie herum real war. Das Bett, in dem sie saß, war real, ebenso die Wände, das Zimmer, der Springbrunnen, der das korallenfarbige Lichtspiel an die

Decke warf, und die sanfte Musik, die im Hintergrund erklang. Was war das für ein Zimmer? Sie war hier noch nie gewesen. Und sie war allein. Morgan saß nicht mehr an ihrem Bett. Und draußen war es stockdunkle Nacht.

Lisa schaute sich um, unschlüssig, was sie tun sollte. Dass sie aus irgendwelchen Gründen immer noch im Jahr 2047 war, hatte ihr Verstand trotz wirren Träumen klar erfasst.

Just in diesem Augenblick hörte sie jemanden eine Treppe hochsteigen und dann zur Tür reinkommen. Es war tatsächlich Morgan, der irgendwie gespürt haben musste, dass sie aufgewacht war.

Er setzte sich wortlos zu ihr ans Bett und befühlte ihre Stirn.

«Wie geht es dir?», wollte er wissen.

«Wo … wo bin ich denn jetzt?»

«In meiner privaten Residenz draußen auf dem Land.»

«Was ist passiert?»

«Es hat eine Explosion gegeben. Die Zeitlinie hat dich nicht aufgenommen. Deine Zeitreise hat anscheinend ein totales Desaster im Universum kreiert, Lee-Lee. Zac hat sein Bestes getan …»

«Zac …?»

Morgan seufzte. «Er wollte dich so sehr nach Hause bringen.»

«Wo … wo ist er?»

Morgan schwieg und musterte Lisa, als wolle er herausfinden, ob sie stark genug war für die Wahrheit.

«Er hat sich selbst aus der Zeitlinie gebeamt.»

«Was heißt das?»

«Das heißt …» Morgan richtete sich auf und senkte die Augen. «Soweit ich ihn verstanden habe, wollte er die Zeitlinie austricksen, indem er sich selbst gleichzeitig mit dir in eine andere Zeit beziehungsweise aus der Zeitlinie hinaussendet. Wir wissen nicht genau, was er damit bezweckt hat. Er sagte nur ständig, er hätte einen Plan. Britt und ich konnten es ihm leider nicht ausreden.»

«Wie?» Lisa konnte nicht glauben, was sie da hörte.

«Ich verstehe die Details leider auch nicht, Lee-Lee.»

«Aber … wo ist er nun?»

«Ich weiß es nicht», sagte Morgan leise. «Er kann überall sein. In der Vergangenheit, in der Zukunft, in der Ewigkeit … Er meinte, wenn es überhaupt einen Weg gebe, dich nach Hause zu bringen, dann sei das der einzige Weg.»

«Das heißt … Zac hat …?» Ihre Stimme bebte. Sie brachte es nicht über die Lippen. «Warum … warum habt ihr mir nichts gesagt? Warum habt ihr mir das verheimlicht?»

«Weil du dich sonst dagegen gewehrt hättest.» Morgan legte seine warme Hand um ihre eiskalten, zitternden Finger. «Schau, wir hatten keine andere Wahl. Zac war bereit dazu. Er hat sich dafür entschieden, sich zu opfern. Er fand, dass dein junges Leben mehr wert sei als sein altes und dass er als Erfinder des Time Transmitters schließlich die Verantwortung habe. Wir konnten es ihm nicht ausreden. Er wollte es so. Er sagte, wenn es nur ein Prozent Hoffnung gibt, dass diese Idee funktioniert, dann wolle er sich für dieses eine Prozent Hoffnung opfern …»

«Das hat er getan?», hauchte Lisa.

«Ja. Du warst ihm sehr wichtig.»

«Zac … oh Zac …» Lisa schlug die Hände vors Gesicht.

«Ja, er war in der Tat ein außerordentlicher Mensch. Ich habe ihn sehr bewundert und geschätzt», sagte Morgan mit weicher Stimme. «Ich habe ihm extrem viel zu verdanken. Ich werde sehen, dass ich ihm eine ordentliche Gedenkstätte bereiten kann. Sein Andenken soll in Ehren gehalten werden. Er hat der Welt große Dienste geleistet. Gott hat ihn mit einer unglaublichen Gabe gesegnet. Aber jetzt müssen wir uns erst einmal um dich sorgen.»

«Ja, was wird nun aus mir?», murmelte Lisa. «Zac ist nicht mehr da … und der Time Transmitter … ist explodiert.» Als ihr die Endgültigkeit ihrer Situation bewusst wurde, war es, als würde sich für immer ein Abgrund unter ihr auftun.

Morgan drückte ihre Hand. «Wir suchen nach weiteren Lösungen. Wir haben uns ja bereits mit dem Gedanken auseinandergesetzt, was wir tun können, wenn es nicht klappen sollte. Wir haben auch mit Angela geredet.»

«Angela …?»

«Ja. Sie hat dich aus dem zerstörten Labor herausgebracht. Zusammen mit Hannah. Sie haben Gott sei Dank rechtzeitig Deckung gesucht. Dann haben wir dich hierhergebracht. Hier sind wir erst mal sicher.»

«Sicher? Wovor?»

«Eins nach dem anderen, Lee-Lee. Wir haben noch so viel Zeit. Ich möchte, dass du dich erst mal gut ausruhst. Es ist so vieles, mit dem du fertigwerden musst.»

«Nein, bitte … Momo … Morgan … bitte sag mir, wie es weitergeht. Was geschieht mit mir? Bin ich für immer hier gestrandet? Bitte, ich muss es wissen. Ich kann jetzt nicht schlafen.»

Er sah sie seufzend an. «Na gut», meinte er. «Vielleicht magst du runterkommen und ein paar Bissen essen? Ich hab vorhin einige Drohnen bestellt. Britt ist auch da. Dann können wir reden.»

Damit war Lisa einverstanden. Etwas tapsig kletterte sie aus dem Bett. Morgan reichte ihr von irgendwo einen flauschigen Bademantel. Lisa mummelte sich darin ein und folgte Morgan.

Auf dem Weg nach unten stellte sie fest, dass sie sich in einer riesigen Villa befanden. Von einer Galerie aus führten auf beiden Seiten je eine Marmortreppe mit verschnörkeltem Geländer und goldenen Knäufen hinunter in den Salon. Ein schwerer kristallener Kronleuchter hing von der Decke. Üppige Perserteppiche bedeckten den marmornen Fußboden. Rote Samtsofas gruppierten sich um einen ovalen Clubtisch aus gemasertem Mahagoniholz.

Eine breite Glastür verband das Wohnzimmer mit einem hell beleuchteten Speisesaal, dessen Zentrum ein feudaler dunkler Esstisch dominierte. Als sie eintraten, sah Lisa hinter den majestätischen Erkerfenstern des Raumes nur die Dunkelheit der Nacht.

«Willkommen in meinem bescheidenen Zweitheim», murmelte Morgan. «Hatte leider nie die Zeit, es zu renovieren.»

Lisa fielen trotzdem fast die Augen aus dem Kopf.

Britt saß in einem der Sessel am Esstisch und starrte mit aufgestützten Händen zum Bildschirm am anderen Ende des Raumes, wo gerade die Tagesschau lief. Just in dem Moment wurde ein Bericht über das zerstörte Labor im Forschungszentrum gezeigt, mit Bildern vom demolierten Portal und einem Loch in der Felswand, das die Explosion verursacht hatte.

Britt schaltete sofort aus, als sie Morgan mit Lisa erblickte.

«Die ersten Berichterstattungen, dass es sich um ein illegales Experiment handelte, sind bereits im Umlauf», sagte sie tonlos. «Sie haben sie jetzt in der Spätausgabe gesendet.»

«Ich weiß», sagte Morgan.

«Herrschaft, wie kannst du so ruhig bleiben? Sie werden herausfinden, dass wir dahinterstecken. Du und Angela, ihr werdet euch verantworten müssen.»

«Darauf bin ich vorbereitet. Keine Angst, hier finden sie uns nicht so schnell.»

«Aber Angela ...»

«Sie können mit Angela und mir tun, was sie wollen. Sie können uns von mir aus in den Knast werfen. Ich habe weiß Gott genug Geld, um uns beide freizukaufen. Britt, wir haben das doch alles einkalkuliert. Wir waren bereit, das Risiko auf uns zu nehmen.»

«Schon ...»

«Jetzt müssen wir Alternativpläne ausarbeiten», sagte Morgan und geleitete Lisa an den Tisch. «Aber Lee soll sich erst mal stärken. Sind die Drohnen schon da?»

«Da kommen sie», sagte Britt nach einem Blick in Richtung Fenster. Lisa sah ein paar Lichter, die sich auf die dezent beleuchtete Veranda herabsenkten. Morgan ging nach draußen, um die Lieferung in Empfang zu nehmen, und kam kurz danach mit einem Stapel Boxen zurück.

«Du beziehst aber schon den Faktor mit ein, dass dein hungriger Neffe nicht mehr da ist?» Britt konnte es sich nicht verkneifen.

«Ja.» Morgan platzierte die Boxen auf dem Esstisch und förderte unter den Augen der kopfschüttelnden Britt und der mittlerweile tatsächlich hungrigen Lisa wieder einmal geschätzte tausend Delikatessen zutage.

Sich zu stärken, tat tatsächlich gut. Erstaunlicherweise wusste Morgan immer, was Lisa brauchte.

«Was sind denn jetzt unsere Alternativpläne?», fragte sie, als nach ein paar Bissen sowohl ihr Hirn als auch ihr Körper wieder neuen Antrieb verspürten.

Morgan lehnte sich im Stuhl zurück und ließ einen forschenden Blick über sie wandern. Lisa versuchte darin irgendwelche Funken der Hoffnung zu erkennen, aber Morgan hielt seine Emotionen wie immer im Zaum.

«Oh Gott, mach's doch nicht so spannend!», stöhnte Britt nervös. «Sag ihr doch einfach, wie's ist.»

«Ich möchte nur wissen, ob ich es ihr zumuten kann», meinte Morgan.

«Das heißt also, ich kann nie mehr nach Hause?», schlussfolgerte Lisa niedergeschlagen. Britt hatte recht, Morgan brauchte gar nicht erst lange Umschweife zu machen. Sie ließ traurig ihren Kopf sinken und starrte die Tomatenbrötchen auf ihrem Teller an.

«Eins nach dem anderen, Lee. Noch ist nicht alles verloren. Wir haben ja noch einen zweiten Time Transmitter, nämlich den, den Zac gebaut hat, um das Forschungszentrum zu täuschen. Zac hat eine Anleitung geschrieben, wie man ihn in Stand setzen und bedienen muss. Angela wird das hinkriegen. Die Idee wäre, dich ins Jahr 2018 zu schicken. Nicht die perfekte Lösung, aber sicher besser, als wenn du hierbleiben musst.»

«Ins Jahr 2018?» Lisa hob hoffnungsvoll den Blick. «Geht das denn?»

«Die Wahrscheinlichkeit, dass das klappt, ist gemäß Zacs Berechnungen recht hoch. Er meinte, dass sich ab 2018 nur noch zwei Zeitlinien überlappen und nicht mehr vier. Sprich, ab dem Punkt, an dem dein älteres Ich in der ersten Zeitlinie in die Vergangenheit gereist ist, laufen nur noch zwei Zeitlinien weiter, soweit ich ihn verstanden habe. Dort könnte der Knotenpunkt im Raum-Zeit-Kontinuum sein, der für das Wirrwarr verantwortlich ist. Allerdings ist diese Lösung mit ein paar Schwierigkeiten verbunden.»

Lisa ächzte innerlich bei dem Gedanken an weitere Herausforderungen. Was kam denn noch alles? Doch wenn es die einzige Lösung war, die sich ihr bot, würde sie auch diese neuen Strapazen auf sich nehmen.

Morgan schaute Lisa ernst in die Augen.

«Du dürftest Kyle 2018 aber nicht mehr begegnen. Zu seinem Schutz und zum Schutz seiner Kinder. Er dürfte nicht wissen, dass du da bist. Wir müssten deine Existenz vor ihm geheim halten. Aber du hättest zumindest mich und Britt und vielleicht auch Angela und, ja, Zac und Doc Silverman.»

«Aber … existiert Zac denn noch, wenn er sich selbst aus der Zeitlinie gebeamt hat?»

«Ich hoffe es zumindest», seufzte Morgan. «Wir wissen ja nicht wirklich, ob es geklappt hat.»

Lisa nickte resigniert. 2018 – ja, das war tatsächlich besser, als hierzubleiben. Dass sie Kyle nicht mehr sehen dürfte, würde ihr allerdings das Herz brechen.

Aber – dürfte sie dann den 45-jährigen Morgan überhaupt sehen? Sie würde ja sein Leben dann wahrscheinlich auch beeinflussen. Es könnte dadurch eine völlig andere Bahn nehmen …

«Das können wir später in aller Ruhe besprechen», antwortete Morgan, nachdem sie ihm diese Frage gestellt hatte. «Ich lasse mir was einfallen. Wie gesagt, wir haben noch viel Zeit.»

«Viel Zeit? Was soll das heißen?»

«Tja, Lee-Lee … das Labor ist ja ziemlich demoliert und das Portal vermutlich zerstört. Das muss zuerst alles wieder repariert werden. Das kann unter Umständen mehrere Jahre dauern. Und dann frage ich mich natürlich, wie wir ein zweites Mal ins Forschungszentrum reinkommen.»

«Was so viel heißt wie, dass du für die nächsten Jahre erst mal hierbleiben musst», murmelte Britt.

«Ich werde dafür sorgen, dass ich die Reparatur des Portals finanzieren kann», sagte Morgan. «Dann geht es vielleicht schneller.»

«Aber dann werde ich ja um einiges älter sein, wenn ich ins Jahr 2018 zurückkehre», meinte Lisa betreten.

«So ist es leider. Aber es ist die einzige Hoffnung, die wir haben», meinte Morgan bedauernd. «Zac hat in seinen Anweisungen geschrieben, dass du im Jahr 2018 eventuell sogar versuchen könntest, zurück nach 1989 zu kommen beziehungsweise in die Zeit ein paar Jahre danach, irgendwann in die 90er-Jahre, gemäß dem Alter, das du dann haben wirst. Wenn ich dir eine Erklärung mitgebe für den 2018er-Zac und ihm die Situation beschreibe, könnte er das vielleicht hinkriegen. Es ist immerhin eine Chance.» Er hob seine Schultern.

«Verstehe», murmelte Lisa. «Aber was ist mit dem Zeitparadoxon? Wenn ich doch wegen der vielen Zeitlinien gar nicht mehr zurückkann?»

«Vielleicht funktioniert es mit dem natürlichen Wurmloch an der Brücke anders», sagte Morgan. «Außerdem musst du von 2018 aus eine kürzere Zeitstrecke zurücklegen. Und du wirst in eine Zeit nach 1989 zurückkehren. Diese drei Faktoren könnten eventuell das Zeitparadoxon überlisten. Das ist jedenfalls das, was Zac in die Anleitung geschrieben hat.»

Stille senkte sich über den Raum. Morgan, Britt und Lisa sahen einander an. Lisa versuchte, mit der Fülle an Neuigkeiten fertigzuwerden. Sie fühlte sich, als würde der Arzt ihr nach einem schweren Unfall mitteilen, dass man ihr das verletzte Bein amputieren musste.

Warum hatte Morgan ihr all das nicht vorher gesagt? Warum hatte er zugelassen, dass Zac sein Leben für sie opferte? Ach, wäre sie doch einfach im Jahr 2018 geblieben, als sie noch die Chance dazu gehabt hatte. Sie wollte einfach nicht glauben, dass sie hier in einer Zukunft gestrandet war, in der ihre Freunde fast sechzig Jahre älter waren und aus der sie vielleicht nie mehr wegkonnte.

«Lee-Lee», brach Morgan das Schweigen. «Es tut mir so leid. Ich wünschte, ich könnte dir eine bessere Antwort geben. Ich wünschte so sehr, ich könnte deine Situation ändern und dich wieder nach Hause bringen. Aber das kann ich nicht. Ich kann nur versuchen, dir so gut wie möglich beizustehen.»

«Was ist mit mir?», empörte sich Britt. «Ich bin auch noch da. Rede nicht immer nur von dir selbst.»

«Tut mir leid, Britt», meinte Morgan müde. «So meine ich das doch nicht.»

«Schon klar ...» Britt schüttelte matt den Kopf. Lisa spürte, dass ihre Freundin zum Bersten angespannt war. Schon als Jugendliche hatte sie dann immer besonders bissig reagiert. Diese Gewohnheit hatte sie also auch im Alter nicht ablegen können.

«Was ich sagen möchte, Lee-Lee: Solange Britt und ich noch da sind, werden wir dir dein Leben so erträglich wie möglich machen. Du kannst natürlich bei mir wohnen, das ist keine Frage. Ich werde dir später das obere Stockwerk im Penthouse so einrichten, wie du es möchtest. Du kannst dir wünschen, was immer du willst. Wenn du deine eigenen vier Wände möchtest, dann werde ich dir eine Wohnung in einem meiner Hochhäuser einrichten oder dir ein Haus kaufen. Für dich ist auf alle Fälle gesorgt. Und wir werden weiterhin an einer Lösung arbeiten, das verspreche ich dir. Wir werden das Portal und den Time Transmitter wieder funktionstüchtig machen, und dann haben wir zumindest eine Chance in ein paar Jahren.»

«Und wenn das auch nicht klappt? Was mache ich dann?» Lisas Stimme brach beinahe. «In ein paar Jahren werdet ihr nicht mehr da sein … und ich bin ganz allein. Wenn nicht schon vorher alles durch diesen möglichen Asteroideneinschlag zugrunde geht …»

«Dann tritt der letzte Plan in Aktion, den wir uns ausgedacht haben.» Morgan wechselte einen Blick mit Britt.

Was konnte das sein?, fragte sich Lisa.

«Zuerst einmal hoffe ich ja, dass ich noch gute zwanzig Jahre lang leben werde», begann Morgan.

«Wir», knurrte ihn Britt an.

Morgan drehte die Augen himmelwärts. «Natürlich meine ich *uns,* Britt. Sei doch nicht so zickig. Mit den heutigen medizinischen Möglichkeiten sind 95 Jahre längst keine Seltenheit mehr. Und zwanzig Jahre sind immerhin eine recht lange Zeit. Für den Fall, dass du hierbleiben musst, Lee, kannst du dir hier in der Zeit ein Leben aufbauen, neue Freunde finden. Vielleicht sogar eine neue Liebe …»

«Hm.» Lisa versuchte, sich zwanzig Jahre vorzustellen. Das war mehr als die Zeit, die sie bisher gelebt hatte.

«Und dann ist da noch etwas …» Morgan zögerte, als wäre es ihm peinlich, die folgenden Worte auszusprechen.

«Was denn?»

«Also, für den Fall, dass du … Ich habe ja keine Nachkommen, wie du weißt. Ich könnte dich als Alleinerbin meines Vermögens einsetzen. Dazu müsste ich dich allerdings heiraten. Sprich, in zwei Jahren, wenn du volljährig bist, könnte ich dich rechtmäßig heiraten, und wenn ich dann einmal sterbe, gehört alles dir. Dann bräuchtest du dir für den Rest deines Lebens nie mehr Sorgen zu machen. Vorausgesetzt, du möchtest das …»

«Heiraten?» Lisa starrte Morgan ungläubig an.

«Tja, natürlich nur, falls du so einen alten Knacker wie mich heiraten willst. Aber es ist juristisch gesehen nun mal die sicherste Möglichkeit, dir legal mein Vermögen zu vermachen», sagte er trocken.

Lisa hob ihre Brust, ohne Luft einzuatmen. Momo eines Tages zu heiraten war zwar immer ihr größter, heimlichster Wunsch gewesen, den sie niemals jemandem anvertraut hätte, aber das hatte sie sich definitiv anders vorgestellt.

Sie sah ihn von der Seite an, sein ebenes Profil mit dem spitzen, leicht vorstehenden Kinn und der geraden Nase. Er war erstaunlich gut gealtert. Für einen 74-Jährigen war er sogar außergewöhnlich attraktiv. Selbst wenn er etwas nachgeholfen hatte.

«Na ja, ihr wärt ja nicht das erste Paar mit sechzig Jahren Altersunterschied», bemerkte Britt sarkastisch. «Ha, Morgan, dein Beuteschema wird aber auch immer jünger. Aber du kannst es dir ja leisten.»

«Was soll jetzt das wieder heißen?», fragte Morgan, sichtlich überrascht über Britts plötzlichen Angriff.

«Du mit deinem Geld kannst ja machen, was du willst, oder etwa nicht? Du kannst dir jede Frau angeln, die du haben willst, selbst wenn sie dreißig oder sechzig Jahre jünger ist als du!»

«Also, was willst du mir damit sagen?» Morgan sah Britt herausfordernd an. «Spielst du damit auf Angela an? Das ist doch jetzt Jahre her.»

«Ach komm, sie himmelt dich immer noch an.»

«Meine Güte, Britt, Angie hat nun mal genauso wenig Glück in der Liebe gehabt wie ich. Aber hier geht es nicht um mich oder um Angela, verstanden? Es geht um Lee und darum, wie ich ihr am besten helfen kann.»

«Das ist mir schon klar.»

«Dann hör mit deinen sarkastischen Bemerkungen auf, Britt. Irgendwann reicht's auch mir, hörst du? Ich versuche hier wirklich alles, um Lee zu helfen.»

«Ich etwa nicht?», schnappte Britt.

«Ich sage doch gar nicht, dass du nicht …»

«Leider hab ich halt kein Geld und kann mir keine Schönheitsoperationen leisten.»

«Was hat denn bitte das eine mit dem anderen zu tun? Ich habe dir ja angeboten, dir jeden kosmetischen Eingriff, den du machen möchtest, zu bezahlen. Außerdem steht dir mein Wellness-Park jederzeit offen. *Du* bist es doch, die dauernd ablehnt. Wieso greifst du mich jetzt deswegen an?»

«Ach, weil ich das Ganze einfach grotesk finde. Denk mal an die Schlagzeilen! 74-jähriger Milliardär heiratet mittelloses Teenagermädchen. Machst du dich damit nicht lächerlich?»

«Britt, es geht darum, Lisa ein gutes Leben zu schaffen», sagte Morgan streng. «Was die Leute denken werden, ist mir in dem Moment herzlich egal.»

«Schon gut», knurrte Britt und stand auf. «Ich halte besser den Mund.»

«Ja. Mach das», sagte Morgan.

«Ich gehe nach oben», entschied Britt. «Ich wollte längst mal an meinem Schal weiterstricken. Wahrscheinlich wollt ihr euch sowieso lieber unter vier Augen miteinander unterhalten. Ich störe da nur.»

Noch ehe jemand sie hindern konnte, marschierte sie zielstrebig aus dem Speisesaal, durchquerte das Wohnzimmer und stampfte die Treppe hinauf.

«Das mit Angela braucht sie mir nun wirklich nicht bis an mein Lebensende vorzuhalten», knurrte Morgan, nachdem die Schritte auf dem Marmor verklungen waren und oben eine Tür zugeknallt worden war.

Lisa wusste nicht, was sie sagen sollte. Es war ihr unangenehm, dass ihre Freunde sich wegen ihr stritten.

«Ich weiß ja, dass ich in Sachen Beziehungen nichts auf die Reihe gekriegt und viele Fehler gemacht habe.»

Er schüttelte wütend den Kopf und ging in Richtung Küche, die gleich neben dem Speisesaal lag. Lisa folgte ihm.

«Angie war wenigstens die Einzige, die mich nicht wegen des Geldes wollte, weil sie nämlich selber genug hat», brummte er, riss eine Schranktür auf und nahm eine große braune Flasche heraus. «Außerdem hat Britt ja auch nie geheiratet!»

Es kam nicht oft vor, dass Lisa Morgan so aus der Fassung sah. Als er sich von der braunen Flüssigkeit in ein Glas eingießen wollte, hielt er inne. Dann schraubte er die Flasche wieder zu.

«Tut mir leid, Lee-Lee. Ich verliere manchmal die Kontrolle, wenn ich außer mir bin.» Er stellte die Flasche wieder weg.

«Streitet ihr euch oft so?», fragte Lisa besorgt.

«Es kommt vor. Sie ist nun mal ein bissiges Naturell. Das weißt du ja selbst.»

Ja, das wusste Lisa nur zu gut.

«Sie wird schnell eifersüchtig, wenn sie in eine Sache nicht einbezogen wird.»

Auch davon konnte Lisa ein Lied singen. Erleichtert sah sie zu, wie die Flasche endgültig ihren Weg zurück in den Schrank fand.

«Wahrscheinlich ist sie so bärbeißig, weil sie nie geheiratet hat», sagte er. «Es hätte ihr gutgetan. Aber sie wollte ja nie.»

«Sie war immer so», sagte Lisa.

«Tja, das ist schade.» Morgan holte stattdessen Saft aus dem Kühlschrank und goss zwei Gläser davon ein. «Sie hätte wenigstens die Chance gehabt, jemanden zu finden, der sie um ihrer selbst willen liebt. In einem hat sie nämlich recht: Geld löst nicht alle Probleme. Es schafft manchmal sogar welche.» Er stellte die Gläser auf den kleinen Servierroboter, der untätig in seiner Ecke neben der Theke stand. Er füllte den Bauch des kleinen Geräts mit ein paar weiteren Flaschen Saft, lud noch ein paar der Delikatessen vom Esstisch in sein Inneres und schickte es los in Richtung Veranda.

«Aber meiner Erfahrung nach kriegt Britt sich am Ende immer wieder ein. – Möchtest du auf die Veranda, Lee? Etwas frische Luft tut uns gut.»

Das hielt Lisa für eine gute Idee.

Kapitel 20
Über Zeit und Ewigkeit

Etwas später saßen sie draußen in der Lounge in bequemen Korbsesseln. Die Veranda hatte sich als eine riesige Freizeit-Oase entpuppt, mit gepflegter Gartenanlage, extravagantem Swimmingpool und romantischer Außenbeleuchtung. Ringsherum herrschte wohltuende Stille, nur das Plätschern eines Wasserfalls in der Nähe war zu hören. Lisa fragte sich, wo genau sie waren. Sie konnte in der Dunkelheit die weiten Felder und Wälder vor sich nur erahnen. Sie hatte auch keine Ahnung, wie viel Uhr es war, aber vermutlich war es spät.

Die frische Brise hatte eine angenehm kühlende Wirkung auf ihren überanstrengten Kopf. Heizpilze in der Lounge versorgten sie mit einer angenehmen Wärme. Trotzdem hatte Morgan eine Decke über ihr ausgebreitet.

Der Roboter, der brav die ihm eingegebene Route zurückgelegt hatte und sich zwischen ihnen zu einem Clubtisch umfunktioniert hatte, öffnete einladend seine Klappe. Morgan nahm die Esswaren und die Saftflaschen heraus und stellte sie auf das kleine Tischchen.

«Immerhin die Technik ist im Jahr 2047 wirklich praktisch», meinte er in einem schwachen Versuch, Lisa aufzumuntern. «Iss was, Lee-Lee. Du hast noch nicht viel gehabt.» Er nahm sich selbst eins der Spargelkanapees.

Lisa versuchte, ein kleines Lächeln aufzusetzen. Sie verfolgte mit ihrem Blick ein paar Lichtpunkte, die sich gerade am schwarzen Nachthimmel kreuzten.

«Sind die vom Forschungszentrum denn hinter uns her?»

«Vermutlich. Wir haben ein Fiasko verursacht. Aber du musst keine Angst haben. Vorläufig bleiben wir hier. Hier sind wir in Sicherheit.»

«Können sie uns hier nicht finden?»

«Niemand kennt meine Adresse hier draußen. Vitus hat mir eine geheime ID plus eine verschlüsselte Verbindung programmiert, so dass ich meine Geschäfte von hier aus tätigen kann, ohne dass mich jemand lokalisieren kann. Das funktioniert sogar mit Drohnenbestellungen.»

«Hm.» Die sich bewegenden Lichtpunkte am Firmament erinnerten sie an das, was sie in den Newsmeldungen in Loreens Zimmer vernommen hatte.

«Was ist, wenn in zwei Jahren tatsächlich dieser Asteroid auf der Erde einschlägt?», fragte sie leise.

«Ach ja, du hast natürlich davon gehört», seufzte er. «Das wollte ich ja so dringend vermeiden. Nun, noch besteht meiner Meinung nach kein Grund zur Panik, wenn auch die Medien das Gegenteil behaupten.»

«Meinst du?»

«Nah, mir macht momentan mehr Sorgen, was für Auswirkungen die Berichterstattung auf die Menschen hat: Panikkäufe, Lebensmittelengpässe, Verteuerungen, Hunger – die Welt ist in einem Ausnahmezustand. Davon kriegst du zum Glück in meinen vier Wänden nicht viel mit. Nun, wir beten Tag und Nacht, ich und die vielen anderen Gläubigen der Kirche, dass es nicht zu einem Aufprall kommen wird. Wir vertrauen Gott.»

«Du gehst in die Kirche?» Bislang hatte Lisa nie gesehen, dass Morgan seinen Palast jemals verlassen hatte.

«‹Gehen› ist nicht der richtige Ausdruck», lächelte Morgan. «Wir halten die Treffen im Holomet ab. Nun ja, jetzt, wo du noch eine Weile hierbleiben wirst, werde ich dich sicherlich ins Holomet einführen. Es ist eine gigantische virtuelle Plattform. Alles, was du bis jetzt gesehen hast, kommt dem nicht gleich.»

Er machte eine Pause, als müsse er erst seine Erinnerungen zusammenklauben.

«In den Zwanzigerjahren, nach der großen Pandemie, während der wir für eine lange Zeit in unseren Wohnungen festsaßen und das öffentliche Leben stillstand, ist das Bedürfnis nach virtuellen Treffmöglichkeiten enorm gewachsen. Menschen haben vermehrt angefangen, in ihrer Not nach Gott zu suchen. Auf der ganzen Welt sind neue virtuelle Kirchen entstanden. Sie ermöglichen gläubigen Menschen, sich zu vereinen. Dadurch ist auch der Zusammenhalt unter den Kirchen enorm gewachsen. Das Internet von heute hat eine Kapazität, die du dir in deinen kühnsten Träumen nicht hättest ausmalen können, Lee. Virtuelle Treffen von bis zu einer Million Menschen pro Chatraum sind kein Problem mehr.»

«Ui», hauchte Lisa, deren Vorstellung längst an ihre Grenzen gekommen war.

Morgan schmunzelte. «Nun ja, nachdem Doc Silverman das Zeitliche gesegnet hatte, musste ich einen anderen Ort finden, an dem ich meine Fragen zu Gott und der Ewigkeit und dem Weltgeschehen loswerden konnte.»

«Gibt es denn auch noch echte Kirchen? Wo die Leute richtig hingehen? Physisch meine ich?»

«Natürlich. Virtuelle Treffen ersetzen auch im Jahr 2047 nicht die realen. Aber das Bedürfnis nach globaler Vernetzung ist größer denn je. Es stärkt nun mal das Zusammengehörigkeitsgefühl der Menschen.»

Er lehnte sich im Sessel zurück und schloss für eine Weile die Augen. Lisa wartete und trank ihren Orangensaft aus.

Dann richtete sich Morgan wieder auf und fuhr mit seiner Erklärung fort:

«Der Staat arbeitet im Hintergrund an Notvorrichtungen, falls es zu diesem Asteroideneinschlag kommen sollte. Ich habe diese Informationen, weil ich mich als Sponsor betätige. Die Vorrichtungen werden nicht für alle Menschen reichen, aber mit meinem Vermögen steht dir jede Tür offen. Solange du unter meinen Fittichen bist, sowieso, aber gesetzt den Fall, ich sterbe früher als geplant, kannst du dir wenigstens überallhin Zugang verschaffen. Ein paar Probleme löst Geld eben doch, zumindest hier auf Erden, auch wenn du es nicht mit in die Ewigkeit nehmen kannst.»

Er füllte ihr Glas neu mit Saft auf und reichte ihr die Schachtel mit den Kanapees. Lisa nahm sich schließlich ein Eierbrötchen, da sie spürte, dass ihr Magen knurrend seinen Tribut forderte.

«Momo?», kaute sie.

Über seine Lippen huschte ein Lächeln. Lisa fragte sich, ob er es insgeheim nicht doch mochte, wenn sie ihn mit seinem Kosenamen ansprach.

«Glaubst du, dass nach dem Tod etwas kommt? Glaubst du, dass

Äon existiert, also die Ewigkeit, von der Doc Silverman immer erzählt hat? Und dass Zac und meine Eltern dort sind?»

Sie war bis zum heutigen Tag nie so ganz sicher, ob sie das alles wirklich glauben sollte. Sie wollte gern, aber sie hatte den Schöpfer und die Ewigkeit ja nie gesehen.

«Mein Bruder behauptet immer, wenn das Leben hier fertig ist, ist alles aus. Er findet, man soll sich kein Märchen vom lieben Gott vormachen, sondern besser realistisch bleiben. Meine Tante und mein Onkel gehen zwar manchmal in die Kirche, aber glauben tun sie nicht wirklich was. Aber meine Eltern, die haben an einen Gott geglaubt. Nur, wie kann man beweisen, dass es ihn gibt?»

«Ach, Lee-Lee …»

Lisa ahnte, dass auf diese tiefgehende Frage eine längere Antwort folgen würde, und wappnete sich daher mit weiteren fünf Minuten Geduld, ehe Morgan weitersprach. Sie aß in der Zwischenzeit noch zwei weitere Brötchen und lehnte sich dann gesättigt zurück.

«Mit dieser Frage beschäftige ich mich seit bald dreißig Jahren», gestand er. «Zac hat immer behauptet, dass man Gott in der Physik sehr wohl erkennen kann. Doch ich bin wie du, Lee. Ich glaube nicht so schnell, was ich nicht sehe. Dafür bin ich zu sehr nach meinem Vater geraten, fürchte ich, der gern Fakten auf dem Tisch hat. Mittlerweile besitze ich eine ganze Bibliothek voller Bücher, die sich mit genau dieser Frage befassen, inklusive der Bibel, die ich mehrmals gelesen habe. Du weißt ja, ich wollte unbedingt herausfinden, was nach dem Tod geschieht, damals, als ich glaubte, dass ich am 7. Juni 2018 sterben werde.»

«Und?» Lisa war zum Bersten gespannt.

«Ich bin zu dem Schluss gekommen, dass es wahr sein muss. Dass all das, was über Gott, die Ewigkeit und das Leben nach dem Tod in der Bibel steht, wahr sein muss.»

«Und wie kannst du dir da so sicher sein?» Lisa hatte Zac und Doc Silverman immer für ihren Glauben an einen Schöpfer bewundert. Sie war fasziniert gewesen von all den Geschichten, die im «Buch der Bücher» standen, wie Doc Silverman die Bibel immer genannt hatte. Doch all die schüchternen Gebete, die sie als Kind und auch später immer wieder versucht hatte zu formulieren, hatten lediglich den Weg bis an die Zimmerdecke gefunden und waren dort, so ihr Gefühl, abgeprallt.

«Ist Gott eigentlich gut oder böse?», fragte sie weiter. «Irgendwie scheint überhaupt keiner da zu sein, wenn ich bete. Es antwortet ja keiner. Gott hört mir gar nicht wirklich zu, scheint mir. Im Gegenteil. Er nimmt mir meine Eltern weg, er lässt mich bei grantigen Verwandten aufwachsen und lässt zu, dass ich in dieses blöde Internat komme. Und nun lässt er mich ja auch nicht mehr nach Hause zurückkehren. Ach, ich weiß auch nicht ...»

Sie war selber erschrocken, wie viel Bitterkeit sich in ihrem Herzen eingenistet hatte und nun so jäh ihren Weg nach draußen fand. Sie schlug sich beschämt die Hand vor den Mund, in der Furcht, Morgan mit ihren Aussagen entsetzt zu haben, doch er verzog keine Miene. Im Gegenteil. In seinen Augen las sie nur tiefes Verständnis.

«Ich verstehe dich, Lee-Lee. Wenn einer das verstehen kann, dann bin ich es. Ich habe dem da oben manchmal echt vorgeworfen, dass er mich mit diesem blöden Sprachfehler zur Welt hat kommen lassen und mir in all den Jahren nie geholfen hat, darüber hinwegzukommen. Und dass meine Mum diese Schizophrenie hatte und einfach durchgeknallt war und abgehauen ist. Und dass mein Vater meinen Bruder Stevie mehr liebte als mich.»

«Ja?» Lisa schaute in Morgans dunkelbraune Augen, die in dem sanften, warmen Licht der Außenbeleuchtung wie schmelzende Schokolade wirkten.

«Manchmal habe ich innerlich sogar diesen ganzen Reichtum verflucht, der aus meinem Vater einen ehrgeizigen, machtgierigen Menschen gemacht hat, aus meinem Bruder einen besserwisserischen Protz und aus mir einen verwöhnten Bengel, dem die gebratenen Tauben quasi in den Mund geflogen sind.»

«Im Ernst?»

«Aber ja. Ich hätte mir oft gewünscht, in einer normalen Familie zu leben mit einem bescheidenen, freundlichen Vater und einer psychisch gesunden Mutter, die auf mich wartet und mit mir zusammen kocht, wenn ich nach Hause komme, anstatt dass ich mich aus dem Kühlschrank bedienen muss. Und ich wollte einen Bruder, der etwas weniger perfekt ist.»

Er lächelte leicht beschämt.

«Und siehst du, das ist auch der Grund, warum ich keine eigenen Kinder habe. Ich hätte ja genug Chancen gehabt – wie viele Frauen wollten ein Kind von mir! –, aber ... ich wollte das einem Kind einfach nicht antun. Ich wollte nicht, dass es in einer zerrissenen Familie aufwachsen muss, so wie Stevie und ich. Schlimm genug, dass ich den Fehler mit Beverly gemacht und dadurch Kyles Familie ruiniert hab ...» Er seufzte tief.

«Entschuldige, ich wollte damit nicht abschweifen und nur über mich reden. Ich wollte dir mit meiner Schilderung zeigen, wie sehr ich dich verstehe. Und die Frage, warum Gott, wenn es ihn gibt, all das Schlechte auf der Erde zulässt, ist wohl die Frage, die die Menschheit seit jeher umtreibt und an der sich die Geister scheiden.»

«Und? Gibt es eine Antwort darauf?» Lisa erinnerte sich daran, wie

Doc Silverman immer von all den Mysterien gesprochen hatte, und dass es früher einmal eine bessere Erde gegeben hatte, bevor der Mensch sich bewusst vom Schöpfer abgewendet hatte.

«Ich glaub letztendlich, dass wir Menschen viel Schlechtes selber verursachen. Die Welt wird nun mal von Angst und Gier gesteuert, und das kann nicht zum Guten führen. Wir sind es, die uns von Gott abgewendet haben, nicht er sich von uns …»

Morgan hielt inne und überlegte eine Weile, ehe er seinen Gedankengang weiter fortführte: «Doch er zwingt sich uns nicht auf. Er lässt uns unsere eigenen Wege gehen, wenn wir das wollen. So wie ich als Jugendlicher … ich hab meinen Trost beim Fernsehen und im Alkohol gesucht … anstatt mich auf die Suche nach mehr zu machen.»

«Hm», machte Lisa in dem Versuch, Morgans Gedankengänge zu erfassen. «Aber was ist denn dann mit Menschen, denen Böses passiert, obwohl sie nie schlechte Entscheidungen gefällt haben? Zum Beispiel ein Baby, das todkrank zur Welt kommt?»

«Dafür gibt es schon Erklärungen. Zum Beispiel, dass Gott Böses zulässt, weil es einem größeren Ziel dient, das wir Menschen nicht verstehen können. Oder man argumentiert, dass der ‹Sündenfall› – also, du weißt schon, als Adam und Eva im Paradies die verbotene Frucht gegessen haben – dazu geführt hat, dass wir heute in einer Welt leben, die einfach durchdrungen ist vom Bösen. Das Schlimme gehört sozusagen dazu zu einer Welt, die schon lange nicht mehr so ist wie früher im Paradies.»

«Das alles wirft für mich irgendwie mehr Fragen auf, als es beantwortet.»

«Genau! Es ist schwierig, hier endgültige Antworten zu finden. Glaub mir, ich habe alle Bücher, die es zu diesem Thema gibt, gelesen und viele Gespräche geführt», sinnierte Morgan weiter. «Aber an dieser Stelle kommt natürlich auch das Thema Glaube ins Spiel. Man kann durch ihn die Gewissheit haben, dass Gott von Grund auf gut ist, obwohl er das Böse zulässt. Mir persönlich gibt mein Glaube sehr viel Halt. Ich glaube, Halt ist etwas, das heute eine größere Mangelware ist als je zuvor.

In all unserem Überfluss fehlt einfach die Orientierung. Wir haben zum Beispiel heute mehr psychisch kranke Kinder als je zuvor. Das Distorted-Reality-Syndrom, das seit einigen Jahren groß im Gespräch ist, breitet sich immer mehr aus, weil die in die heutige Zeit geborenen Kinder nicht mehr zwischen Wirklichkeit und Animation unterscheiden können.

Sieh dir Julian an. Er bezeichnet sich weder als Junge noch als Mensch, sondern als Cyborg. Er weiß im Grunde genommen gar nicht mehr, wer er ist, und er ist todunglücklich. Nicht umsonst war er schon zweimal in einer psychiatrischen Anstalt und hat mehrere Suizidversuche hinter sich.»

«Im Ernst?» Lisa war überrascht, das zu hören. Sie dachte an den rotzfrechen Jungen mit den blitzenden Augen, der ihrer Ansicht nach sehr fidel und selbstbewusst gewirkt hatte.

«Ja. Er tut mir sehr leid. Ich wünsche mir so sehr für ihn, dass auch er eines Tages seinen Frieden findet. Weißt du, so viel Segen die Technik mit sich bringt – und ja, ich genieße ihre Annehmlichkeiten auch, wie du siehst –, sie macht uns letztendlich nicht zu besseren Menschen. Und es scheint kein Ende nehmen zu wollen. Manchmal frage ich mich, was wir noch alles erfinden wollen. Wir haben längst alles, was wir brauchen.» Er beugte sich vor und goss sich noch etwas Saft ein. Er nahm das Glas und klammerte sich daran fest, als er weitersprach:

«Es kommt mir manchmal so vor, als liege eine dunkle Macht über den Menschen, die sie beeinflusst, Dinge zu tun, die sie gar nicht wollen. Die Gier nach immer mehr, der Trieb, immer Höheres zu erreichen, der Herde zu folgen und um jeden Preis dazuzugehören, lässt sich wohl nie ausrotten, und ich frage mich, wann der endgültige Kollaps kommt. Seit Jahrtausenden versucht die Menschheit, eine friedliche Welt zu schaffen, und hat es bis zum heutigen Tag nicht hingekriegt. Denkst du, sie werden es in tausend Jahren hinkriegen? Wohl kaum. Irgendwann muss Gott eingreifen, sonst kollabiert das ganze System.» Er trank das Glas in einem Zug leer und stellte es zurück.

«Krass …», meinte Lisa leise.

«Sorry, Lee. Ich bin schon wieder abgeschweift. Ich mache mir nun mal viel Gedanken über das Weltgeschehen. Wie du will ich immer alles um jeden Preis verstehen.»

Lisa staunte, wie freimütig Morgan nun auf einmal über all diese Dinge sprach. Jetzt, wo sie erst mal hierbleiben musste, hielt er es wohl für unnötig, diese Dinge noch länger vor ihr zu verbergen.

Er ließ wieder ein paar Minuten verstreichen und resümierte dann:

«Siehst du, auch meine eigenen Fehler kann ich nicht Gott in die Schuhe schieben. Schließlich bin *ich* mit Beverly fremdgegangen und nicht er …» Er lehnte sich erschöpft im Korbsessel zurück. Lisa kuschelte sich tiefer in die Decke ein und starrte in die beleuchtete Gartenanlage, während sie über seine Worte nachdachte. Nur die friedlichen Geräusche der Natur waren zu hören.

«Ich weiß nicht, ob das nun eine angemessene Antwort auf die Frage war, warum Gott Böses zulässt, Lee-Lee», sagte er entschuldigend, nachdem er sich etwas ausgeruht hatte. «Es war ein schwacher Versuch, alle meine Gedanken dazu auf den Punkt zu bringen.»

«Es sind interessante Gedanken», gab Lisa zu. «Nur – wie kannst du denn nun beweisen, dass es Gott und die Ewigkeit und all das wirklich gibt?»

«Ich kann es nicht, Lee-Lee», antwortete er schlicht. «Irgendwo hört unser Wissen auf. Das ist dort, wo der Glaube anfängt. Ich habe mich einfach entschieden, es zu glauben. Das war ein Schritt ins Ungewisse, aber mein Vertrauen wurde nicht enttäuscht. Und ich bin mit meinem Glauben auch nicht allein. Obwohl das Böse überhandzunehmen scheint, suchen mehr Menschen als je zuvor nach Gott, schreien nach Antworten. Kirchen sprießen wie Pilze aus dem Boden, nicht nur online, sondern auch real.

Gott ist nicht totzukriegen. Das ist ja das Verrückte. Auch wenn die Wissenschaft ihn längst als Illusion abgetan hat. Doch der Mensch ahnt eben im tiefsten Grund seines Herzens, dass es mehr zwischen Himmel und Erde gibt, ja, dass etwas nach dem Leben kommt, eine Ewigkeit. Es ist, als sei dieser Instinkt in unser menschliches Dasein hineingelegt worden …» Hier stockte er ein wenig, doch er riss sich erneut zusammen.

«Mein Vater ist so ein Beispiel. Er hat nie an einen Gott geglaubt, aber als er starb und ich bei ihm war, da bat er mich, für ihn zu beten und ihm seine Fehler zu verzeihen. Das hat mich extrem berührt.»

«Dein Vater?» Lisa konnte das fast nicht glauben. Sie hatte William Kendall bislang nur als harten Mann kennen gelernt.

«Ja, mein Dad hatte trotz allem erstaunlich weiche Seiten. Meine Mutter kam ja aus einer einfachen Familie, die ihre Wurzeln in Frankreich hatte. Dad hatte sie quasi aus Mitleid geheiratet, um ihr eine bessere Zukunft zu verschaffen. Er erzählte mir davon auf seinem Sterbebett. Er hat sie tatsächlich geliebt, auf seine Art, auch wenn ich das nie glauben wollte. Er hat sie schmerzlich vermisst, nachdem sie gegangen war, hat es aber nie gezeigt. Es ist interessant, wie viele Menschen auf einmal ein Bewusstsein für die ewigen Werte entwickeln, wenn sie von der Erde abtreten müssen. Du erinnerst dich bestimmt an Ross Gallagher …» Morgan setzte sich auf und füllte Lisas Glas erneut mit Saft.

Auf ihr Nicken hin fuhr er fort: «Er war einer meiner besten Freunde und Agnostiker, ein scharf denkender Mensch. Ich vermisse ihn sehr.»

«Wieso? Ist er gestorben?» Lisa starrte Morgan entsetzt an.

«Vor drei Jahren. Er war ein paar Jährchen älter als ich. Erinnerst du dich? Er war mal der Freund unserer Klassenkameradin Beatrice. Er hat mir immer sehr gute Gedankenanstöße gegeben. Er sagte jeweils, dass es im Prinzip nur zwei Möglichkeiten gebe: Entweder ist da ein Schöpfer, oder da ist keiner. Etwas dazwischen gibt es nicht. Nun konnte er diese Frage für sich selbst zwar nicht endgültig beantworten, aber wir hatten nächtelang interessante Diskussionen darüber. Und ich bin dann mit all diesen Fragen immer zu Doc Silverman gegangen, der sich so geduldig meiner angenommen hat.»

Diese Aussage weckte Sehnsucht in Lisa. Wie sehr vermisste sie die Gespräche mit dem Doc, der auf fast alles immer eine Antwort gewusst hatte.

«Doc Silverman sagte immer, gesetzt den Fall, es gäbe keinen Schöpfer, stelle sich ihm einfach die Frage, wie denn zum Beispiel so ein komplexes und geniales Konstrukt wie der menschliche Körper oder das Leben überhaupt entstanden sind. Von nichts kommt nichts. Das bestätigt selbst die Physik. Das bekannte Gesetz von Ursache und Wirkung. Damit Kraft freigesetzt wird, braucht es einen Auslöser. Wo nichts ist, herrscht Stillstand. So viel kapiert selbst ein Spatzenhirn wie ich.»

Er brauchte wieder eine Pause. Lisa betrachtete den türkis schimmernden Pool und entdeckte endlich eine digitale Uhr am HoloScreen, die das aktuelle Datum und die Uhrzeit anzeigte. Es war der 15. September 2047, kurz vor Mitternacht. Ziemlich genau 58 Jahre nach ihrem Verschwinden aus dem Jahr 1989.

Morgan folgte ihrem Blick aufmerksam.

«Siehst du, im Jahr 2047 haben wir wirklich fast alles erreicht. Wir sind bis zum Mars geflogen, können Organe künstlich herstellen und selbst Krankheiten wie Krebs bezwingen. Wir haben Supercomputer, Holomet, ferngesteuerte Heime und fliegende Autos, und dennoch hat die Wissenschaft es immer noch nicht geschafft, etwas so Perfektes wie den menschlichen Körper zu erschaffen, Leben zu erzeugen oder den Tod aufzuhalten. Nicht der beste Computer der Welt und nicht die beste künstliche Intelligenz kommen einem lebendigen Wesen gleich. Wenn unsere Superhirne hier auf Erden es nicht mal schaffen, aus dem Nichts Leben zu erzeugen, wie soll dann alles einfach nur per Zufall entstanden sein?»

Lisa erinnerte sich, dass der Doc ihr ähnliche Dinge erklärt hatte, was aber wesentlich komplexer und schwieriger zu verstehen gewesen war.

«Aber was ist die Ewigkeit genau? Ist es die Abwesenheit von Zeit oder eine andere Zeitlinie, die einfach nie aufhört?» Sie konnte sich all dies beim besten Willen nicht vorstellen. «Ich hab mir das Hirn zermartert, aber es nie verstanden.»

«Ich wünschte, ich hätte die Erklärung dafür», sagte Morgan. «Zac sagte immer, dass die Physik selbst die Existenz der Ewigkeit beweist. Er hat es mir mal anhand des Aufbaus eines Atoms geschildert.

«Inwiefern?», fragte Lisa neugierig.

Morgan grinste schief. «Nun ja, du weißt ja sicher besser als ich, wie ein Atom aufgebaut ist, nicht wahr? Die Sache mit dem positiven Atomkern und den Elektronen drum herum … sag mir mal, wie du das dem kleinen nichtwissenden Momo erklärt hättest.»

«Hm … also, einer der kleinsten Bausteine unserer Materie, das Atom, besteht aus einem Atomkern mit positiv geladenen Protonen plus neutralen Neutronen sowie einer Atomhülle mit negativ geladenen Elektronen, die den Atomkern mit unvorstellbarer Geschwindigkeit umkreisen. Das heißt, das Atom selber ist etwa 100.000-mal größer als sein Kern», gab Lisa wieder, was sie einst im Physikunterricht gelernt hatte.

«Stimmt», sagte Morgan. «In der Schule hab ich nicht mal das verstanden. Erst als Zac mir viel später den Vergleich mit einer Zitrone erklärt hat, hab ich's begriffen. Nämlich, dass wenn der Atomkern die Größe einer Zitrone hätte, dann hätte das gesamte Atom einen Durchmesser von etwa zehn Kilometern! Das finde ich faszinierend. Denn das – so hat Zac es mir geschildert – bedeutet, dass, obwohl wir Materie als fest wahrnehmen, die einzelnen Atome im Grunde genommen weitgehend leer sind. Und was die Protonen, Neutronen und Elektronen betrifft, sind diese ja reine Energie.»

«So ist es», sagte Lisa. «Eigentlich sind Atome gar nicht wirklich fest.»

«Eben. Genau darauf wollte Zac hinaus. Energie ist unsichtbar. Leere ist unsichtbar. Das, meinte er, sei Beweis genug, dass das Sichtbare aus dem Unsichtbaren entstanden ist. Ein Indiz mehr, dass es da eine Dimension gibt, die größer ist als unser Verstand. Verstehst du das?»

Lisa schaute nachdenklich in den Nachthimmel. Die Sterne funkelten so klar und hell hier draußen. Weit am Horizont blinkte ein

Flugmobil. Die abnehmende Mondsichel wurde gerade von einer winzigen einsamen Wolke verdeckt.

Eine Weile schwiegen sie. Morgan schien dankbar zu sein, sich ein paar Minuten entspannen zu dürfen.

Leise begann er zu singen:

Amazing grace,
How sweet the sound,
That saved a wretch like me!
I once was lost, but now I'm found,
Was blind, but now I see.

«Du singst schön», sagte Lisa. «Vielleicht hättest du Sänger oder Songwriter werden sollen.»

«Ach.» Er winkte ab. «Ich hab als Jugendlicher tatsächlich Songtexte geschrieben. Aber ich hab sie immer in meiner Schublade versteckt. Ich traute mich nicht, sie jemandem zu zeigen, schon gar nicht Stevie oder Dad, diesen knallharten Geschäftsmännern. Das Musische habe ich wohl von meiner Mutter geerbt.»

Er widmete sich gedankenversunken weiteren Zeilen des Liedes:

The Lord has promised good to me,
His Word my hope secures;
He will my Shield and Portion be,
As long as life endures.

«Aber etwas geht immer noch nicht auf für mich», grübelte Lisa weiter. «Ich verstehe einfach nach wie vor nicht, warum meine Eltern sterben mussten. Sie haben doch auch an Gott geglaubt?»

«Ich würde dir gern alle die Antworten geben, Lee-Lee, aber ich kann es nicht», sagte Morgan bedauernd. «Die Welt befindet sich in einem dauernden Zwist zwischen Licht und Finsternis. Doch ich glaube, wir müssen weiter denken als nur bis zum Ende unserer Zeitlinie. Eines Tages, daran glaube ich fest, werden all diese Geheimnisse gelüftet werden. Du wirst deine Eltern in der Ewigkeit wiedersehen, davon bin ich fest überzeugt.»

Wie zur Bestätigung kamen die nächsten Zeilen von ihm:

Yes, when this flesh and heart shall fail,
And mortal life shall cease,
I shall possess, within the veil,
A life of joy and peace.

The earth shall soon dissolve like snow,
The sun forbear to shine;
But God, who called me here below,
Will be forever mine.

Lisa nickte schließlich. Sie würde es wohl einfach glauben müssen. Doch sie erinnerte sich noch an etwas anderes, was sowohl Doc Silverman als auch ihr älteres Ich einmal erwähnt hatten.

«Wie ist das mit diesem größten Akt der Liebe, der je im Universum stattgefunden hat? Von dem Sohn des Schöpfers, der sein Leben für die Menschen hingegeben hat?» Sie hatte diese Geschichte immer faszinierend gefunden, sie aber nie richtig verstanden. «Weißt du was darüber? Hat das auch was mit der Ewigkeit zu tun?»

Morgan lächelte. «Diese faszinierende Geschichte steht auch im Buch der Bücher, ja. Es ist in der Tat die Geschichte, die mein Leben verändert hat. Ich habe sie lange nicht verstanden. Auch darüber habe ich mit Ross nächtelang diskutiert und Doc Silverman deswegen mit Fragen gelöchert. Nachdem ich sie endlich begriffen hatte, war ich nicht mehr derselbe.»

In der Tat: Seit ihrer Ankunft im Jahr 2047 hatte Lisa nur gestaunt, wie sehr Momo sich verändert hatte.

«Mein Leben hat sich danach um 180 Grad gewendet, um es mal so zu sagen. Es klingt vielleicht kitschig, aber ich hatte auf einmal das Gefühl, dass da jemand ist, der einen Plan und eine Absicht mit mir hat. Die innere Leere, die mich oft fast aufgefressen hat, war nicht mehr da. Stattdessen empfand ich Freude. Plötzlich machte mein Leben Sinn. Ohne diese Gewissheit könnte ich wohl nie so ein Riesenunternehmen wie die KAC leiten. Natürlich lief nicht alles perfekt. Ich mache immer noch viele Fehler. Die Sache mit Beverly, zum Beispiel.

Und ich bedaure es sehr, dass ich keine eigene Familie habe. Dennoch, es berührt mich, dass der Schöpfer ausgerechnet so einen Pimpf wie mich ausgewählt hat, um so vielen Menschen zu helfen. Drum sage ich ja immer, ich bin eigentlich nur der Verwalter von all dem Geld. Es gehört gar nicht mir. Es wurde mir einfach von Gott anvertraut. Es hat bloß schrecklich lange gedauert, bis ich das endlich begriffen hab. Dabei hab ich schon als Junge immer gern anderen abgegeben.»

Lisa dachte an den Momo von 1989. An den schüchternen, stillen Jungen, der sich stets hinter seiner coolen Maske versteckt hatte.

Ob sie diesen Jungen je wiedersehen würde? Die endgültige Gewissheit, hier gestrandet zu sein, begann mehr und mehr von ihrem Bewusstsein Besitz zu ergreifen.

«Lee-Lee», flüsterte Morgan. «Sobald du dich hier etwas eingerichtet hast, werde ich mit dir alle diese Geschichten durchgehen. Es gibt auch für dich einen Weg, egal, in welcher Zeit du dein Leben verbringen wirst.»

Er beugte sich leicht nach vorne.

«Weißt du … an etwas erinnere ich mich, als du damals bei mir im Zimmer warst», sagte er mit einem verschmitzten Lächeln. «Damals, bei Stevies Party.»

«Ja?»

«Du hast mir gesagt, dass du Donnerstage hasst, weil deine Eltern an einem Donnerstag verunglückt sind, nicht wahr?»

«Das stimmt.» Lisa erinnerte sich natürlich sehr genau daran.

«Und auch, weil wir am Donnerstag immer Physik bei Professor Ash hatten», fügte Morgan hinzu.

«Ach ja.» Lisa seufzte. «Donnerstage haben mir noch nie etwas Gutes gebracht.»

«Nein?» Morgan lächelte noch mehr.

«Was ist so witzig?»

«Ich bin doch an einem Donnerstag geboren, Lee-Lee», sagte er.

«Was?»

«Der 27. September 1973 war ein Donnerstag. Hast du das nicht gewusst?»

Ihr klappte der Unterkiefer runter. «Nein. Du hast es mir nie gesagt.»

«Nah. Wie sollte ich auch? Ich war so ein furchtbar verschwiegener Junge.» Morgan streckte sich und stand vom Korbsessel auf. «Weißt du was, Lee-Lee, ich bin wahnsinnig müde. Ich hab jetzt wirklich extrem viel geredet. Lass uns schlafen. Wir haben noch Zeit ohne Ende für Unterhaltungen.»

Er reichte ihr die Hand und half ihr auf die Beine. Lisa folgte ihm ins Innere der Villa, die bis auf Weiteres ihr Heim sein würde.

Kapitel 21
Hoffnung aus der Zukunft

Wieder neigte ein Tag sich dem Ende zu.

Lisa und Morgan saßen wie fast jeden Abend auf der Veranda in der überdachten Lounge, nahmen einen Bissen zu sich und schauten gedankenversunken in den Sonnenuntergang von 2047, der ein mystisches Licht in die Gegend zauberte. Leichter Regen besprühte die Gegend, während hinten am Horizont die rötliche Kugel hinter der Hügelkette verschwand. Lisa hielt Ausschau nach einem Regenbogen, doch von hier aus war keiner zu sehen.

Morgan hatte ihr erklärt, dass die Residenz etwa anderthalb Flugstunden von Tomsborough entfernt lag, so ziemlich am anderen Ende des Tomsbridge Valleys, in einer verlassenen Gegend. Er hatte das Anwesen vor etwa acht Jahren einer britischen Adelsfamilie abgekauft und zog sich seither regelmäßig hierher zurück, wenn er seine Ruhe haben wollte.

Britt hatte sich in ihr Zimmer verkrümelt, wie sie es die letzten beiden Wochen oft getan hatte. Die Villa war für Lisas Empfinden gigantisch, obwohl sie neben seinem eigenen Zimmer «nur» sechs

Gästezimmer zählte, wie Morgan lächelnd erzählte. Er hatte allerdings selten Gäste hier, daher wurden die meisten Zimmer kaum benutzt. Das loyale und verschwiegene Hauspersonal stammte aus dem Nachbardorf und bestand aus einem Gärtner, einer Haushälterin und einem Handwerker, die regelmäßig nach dem Rechten sahen und froh waren, einen gutbezahlten Job bei Morgan Kendall zu haben.

Lisa war sich nicht sicher, ob ihre Freundin immer noch eingeschnappt war oder ob sie Lisa bewusst Privatzeit mit Morgan einräumen wollte. Vielleicht brauchte sie auch Rückzug, damit sie ungestört um Zac trauern konnte. Britt stellte ihre Gefühle nie gern zur Schau.

Auch Lisa trauerte um Zac. Sein Verschwinden tat weh, obwohl es ja theoretisch für ihr 1989er-Ich noch in einer fernen Zukunft lag. Außerdem wurden ihre Gedanken hauptsächlich von einer anderen Sorge überlagert: Wie sollte sie sich bloß damit abfinden, ihr Dasein in diesem ihr so fremden Zeitalter zu fristen, mit Morgan und Britt als sechzig Jahre ältere Freunde an ihrer Seite, die in ein oder bestenfalls zwei Jahrzehnten nicht mehr da sein würden? Am Tag zuvor hatten sie eben noch Morgans 74. Geburtstag gefeiert – mit einer Menge gutem Essen und Champagner, aber in kleinstem Rahmen.

Gewiss, Morgan würde alles tun, um ihr das Leben so angenehm wie möglich zu machen, und ihr jeden Wunsch von den Augen ablesen, aber wie sollte sie eines Tages ohne ihn weiterexistieren?

Sie schielte ihn immer wieder von der Seite an, während sie gemeinsam schwiegen. Seine Augen waren starr geradeaus gerichtet und fixierten einen imaginären Punkt, doch Lisa wusste, dass er ihren Blick genau spürte und dass auch er innerlich in Aufruhr war. Sie hatten sich zuerst eine ganze Weile darüber unterhalten, was aus ihren alten Schulkameraden aus dem Jahr 1989 mittlerweile geworden war, und Lisa hatte zu ihrem Entsetzen vernommen, dass nicht nur Ross Gallagher, sondern auch Beatrice Evans bereits verstorben waren.

Mit Carol Sanders hatte Morgan keinen Kontakt mehr, genauso wenig wie mit Sandy und Camilla. Joey Logan hatte zu ihrer größten Überraschung eine recht erfolgreiche Karriere als Musiker hingelegt, etwas, was sie sich bei dem ewig in der Nase bohrenden Typen mit der fettigen Rockermähne kaum je hätte vorstellen können. Nathan Fletcher und Paul Stewart hatten ihre Bande zu Morgan nach jahrelanger Funkstille wieder erneuert und gehörten auch heute noch zu seinen besten Freunden.

Zu guter Letzt hatte Lisa ganz schüchtern die Frage nach ihrem Bruder gestellt. Morgan hatte ihr, nach einigem Zögern, schließlich gestanden, dass Thomas etwa drei Jahre nach ihrer Abreise verstorben sei. Das war ein harter und schmerzhafter Schlag für Lisa. Morgan tröstete sie, indem er ihr trauerndes Schweigen mit ihr teilte.

Schließlich gesellte sich Britt doch zu ihnen auf die Veranda. Sie brachte ihnen Snacks und etwas zu trinken, obwohl Morgan längst für das leibliche Wohl gesorgt hatte.

«Wenn wir schon Trübsal blasen, dann wenigstens nicht mit leerem Magen», machte sie den schwachen Versuch, die Sache ein wenig abzuwiegeln.

«Ich könnte einen Longdrink gebrauchen, einen Gin Tonic vielleicht ...», murmelte Morgan, als er die Limonadenflasche in die Hand nahm, um Lisas Glas wieder zu füllen. Lisa war in den letzten Tagen wieder von einem unerklärlichen Durst heimgesucht worden, was sie auf die Strapazen durch das missratene Zeitreiseexperiment zurückführte.

«Nein!», sagte Britt streng, als hätte sie sich nie mit Morgan gestritten.

Morgan verdrehte die Augen mit einem amüsierten Zucken um seine Mundwinkel. «Dann eben dieses Zuckerwasser.» Er füllte sein und auch Britts Glas. Britt hatte sich neben Lisa in den freien Korbsessel gesetzt.

«Irgendwann müssen wir der Tatsache ins Auge blicken», sagte sie nüchtern. «Wir können es nicht mehr ändern. Das Leben geht weiter. Es *muss* weitergehen.»

«Nah, ich gebe die Hoffnung nicht auf», sagte Morgan. «Angela wird den Time Transmitter gemäß Zacs Anleitung hinkriegen. Und ich mache mich schlau, ob die KAC etwas für die Sanierung der Anlage sponsern kann. Dann versuchen wir die zweite Alternative, nämlich Lisa zumindest ins Jahr 2018 zu senden.»

«Natürlich», sagte Britt. «Aber bis das alles so weit ist, müssen wir uns um die praktischen Dinge kümmern. Wir müssen für Lee hier ein Leben aufbauen.»

«Darüber hab ich mit Lee-Lee schon längst geredet.»

«Auch über die Schule und all das? Bis jetzt sitzt ihr ja nur da, und du verwöhnst sie nach Strich und Faden. Sie muss doch auch ein Leben außerhalb deines Palasts haben. Sie kann nicht nur Prinzessin spielen. Da gibt es viel zu regeln. Was ist mit ihrer Schulbildung? Unter welcher Identität soll sie hier leben? Sie muss doch eine ID-Nummer haben?»

Britts Stimme klang vorwurfsvoll.

«Eins nach dem anderen», sagte Morgan. «Vorläufig bleiben wir hier draußen, bis die Sache sich beruhigt hat. Außerdem sind diese Alibi-Geschichten ja eher deine Sache.»

«Dir ist aber schon klar, dass du vermutlich bald eine Klage am

Hals hast wegen Demolierung fremden Eigentums? Ich würde diese Dinge besser vorher regeln.»

«Und wenn schon. So schnell können die mir nichts anhaben. Außerdem habe ich das Ding ja mitgesponsert und daher auch ein bisschen was zu sagen. Schlimmstenfalls kommt es zu einer Gerichtsverhandlung, na und? Ich habe die besten Anwälte.»

Britt schnaubte nur und murmelte etwas von einem verwöhnten, reichen Bengel. Lisa musterte ihre Freundin. Warum war sie nur so bissig? Wahrscheinlich war es so, wie Morgan sagte: Eifersucht. Die uralte Eifersucht, deren Ursprung in den Kindheitstagen lag.

Morgan tat den Seitenhieb mit einem gelassenen Grinsen ab.

«Du hast vielleicht die besten Anwälte», fuhr Britt fort, «aber was ist mit Lee? Sie wird doch von dem Forscherteam sicher weiterhin gesucht und verfolgt. Denkst du an so was gar nicht?»

«Herrje, natürlich denke ich daran, Britt. Deswegen bin ich ja mit euch hierhergekommen. Hier draußen sind wir vorerst sicher. Und bis wir wissen, was läuft, bleiben wir hier. Da ich meine Geschäfte online tätige, weiß ja keiner, wo ich physisch bin. Nach einer Weile, wenn Gras über die Sache gewachsen ist, sehen wir weiter. Und das mit der Schule ist ja kein Problem. Sie kann sich bei der besten Online-Schule anmelden. Ich kriege überall einen Platz für sie.»

«Du machst es dir echt einfach», knurrte Britt.

«Das tue ich nicht, Britt. Aber wir müssen ja nicht gleich alles heute Abend entscheiden. Vorerst ist Lee in Sicherheit, und das ist momentan das Einzige, was zählt. Eins nach dem andern», besänftigte Morgan sie. Er streifte Lisa ein weiteres Mal mit seinem warmen Blick und fixierte dann ein Flugtaxi, das in einiger Entfernung am Firmament seine Bahn zog. Lisa beobachtete ebenfalls, wie es näherkam.

Auf einmal machte das Taxi eine Schleife und schien direkt auf sie zuzusteuern.

Im selben Moment piepste Morgans Armband. Morgan kniff die Augen zusammen und las die Nachricht.

«Da will jemand zu uns», sagte er und erhob sich langsam.

«Erwartest du jemanden?», fragte Britt kritisch.

«Nein.» Er runzelte misstrauisch die Stirn und richtete den Blick wieder zum Firmament. Das Taxi gab ein Blinkzeichen von sich.

«Das ist aber hoffentlich nicht irgendwer vom Forschungszentrum? Erteilst du Landeerlaubnis?» Britt stand ebenfalls auf.

Morgan tippte, ohne ihr zu antworten, auf das Display seines HoloStrips und sandte das gewünschte Signal. Das Taxi antwortete mit einer weiteren Blinkeinheit, hielt langsam auf den erhöhten Landeplatz neben der Veranda zu und fuhr die Klappen aus.

Morgan und Britt traten langsam auf die Leiter zu, die hoch zum Landungsdeck führte. Lisa sprang von ihrem Korbsessel auf und folgte ihnen.

«Wer ist das?», fragte sie ängstlich.

Morgan legte den Zeigefinger an die Lippen und lauschte.

«Danke, Ma'am», hörten sie den Taxifahrer sagen, nachdem eine Dame kurz die Bezahlung auf einem Scanner bestätigt hatte. Die Lady war in einen hellen Trenchcoat gekleidet. Ihr graues, glattes Haar wurde von einer durchsichtigen Haube zusammengehalten.

«Wer ist das?», fragte Britt.

Morgan runzelte die Stirn und trat noch einen Schritt näher. Seine Gesichtszüge entspannten sich. Ein leichtes Lächeln kräuselte seine Lippen. Er ahnte offensichtlich etwas, was weder Lisa noch Britt bis jetzt erfassten.

Lisa sah zu, wie die grauhaarige Dame mit erstaunlicher Behändigkeit die Leiter zu ihnen herunterkletterte. Als sie die ihr so vertrauten Bewegungen der Frau wahrnahm und ein unangenehmes Ziehen in der Magengrube verspürte, schlug die Erkenntnis auf einmal mit Wucht zu. Der Boden unter ihren Füßen begann zu wanken. Gleich würde die Dame ihr das Gesicht zuwenden, gleich würde sie sehen, wie sie selbst als alte Frau aussah!

Hätte Morgan sie nicht im rechten Augenblick festgehalten, wäre sie vermutlich schwankend zu Boden gesegelt.

«Keine Panik, Lee-Lee», flüsterte er sanft. Lisa starrte den marmorierten Boden an. Sie traute sich nicht, sich selbst als alte Frau anzuschauen.

«Meine Güte», flüsterte Britt.

Jetzt kam der Moment!

Die Frau war unten angekommen und drehte sich um. Lisa schluckte leer, den Blick immer noch auf den Boden und auf die Füße der älteren Dame gerichtet. Ganz langsam hob sie den Kopf. Morgan hielt sie immer noch fest.

Blaue Augen schauten sie an, die von winzigen Fältchen umgeben waren, jedoch nichts von ihrer Strahlkraft verloren hatten.

Lisa stieß die Luft aus, die ihren Brustkorb aufgebläht hatte. Ihr Blutkreislauf schien sich wieder zu stabilisieren.

Die Frau blieb stehen, wo sie war, wohl wissend, dass sie sich Lisa nicht mehr als zwei, drei Meter nähern durfte.

Sie war es tatsächlich. Ihr älteres Ich.

So würde sie also aussehen in etwa sechzig Jahren.

«M… M… Misses Whitfield …» Sie wusste nicht, wie sie ihr Gegenüber sonst ansprechen sollte. «Whitfield» war der Name, den ihr älteres Ich 1989 getragen hatte, als sie Lisa aus der Zukunft besucht hatte.

«Ich bin nicht Misses Whitfield.»

«Aber …»

«Ich bin Misses Kendall.» Sie lächelte und wechselte einen Blick mit Morgan. Er stand aufrecht und reglos da. Ein Glanz lag auf seinem Gesicht, wie Lisa es selten gesehen hatte. Vorsichtig ließ er die jüngere Lisa los und trat einen Schritt auf die ältere zu.

«Momo», sagte diese. «Es ist so schön, dich wiederzusehen.» Sie streckte die Arme nach ihm aus. «Nach all den Jahren … sind wir endlich wieder gleich alt.»

Lisa – die Jüngere – trat einen Schritt zurück, um atemlos zu beobachten, wie Morgan und ihr älteres Ich einander fest umarmten. Ihr Herz führte einen Tanz in ihrer Brust auf.

Was ging hier vor?

Die Augen der älteren Lisa glitzerten, als Morgan sein Gesicht in ihre Halsgrube presste und sie fest an sich drückte. Die jüngere Lisa wurde von Sekunde zu Sekunde verwirrter. Sie suchte Britts Blick, doch das Gesicht ihrer Freundin verriet ihr, dass diese ebenso ratlos war und nicht verstand, was hier gerade ablief.

Nach einer gefühlten Ewigkeit ließen die ältere Lisa und Morgan einander wieder los. Während Morgan ein paar Schritte zurücktrat und sich nach der jüngeren Lisa umschaute, ging die ältere Lisa auf Britt zu.

«Britt!», sagte sie. «Lass dich umarmen! Ich habe euch so lange nicht mehr gesehen!»

Britt erwiderte die Umarmung, wenn auch mit unschlüssiger Miene und weniger innig als Morgan. Morgan schien eindeutig mehr zu verstehen als sie.

«Was geht hier ab?», wollte Lisa wissen.

Doch Morgan gab ihr keine Antwort.

Die ältere Lisa löste sich von Britt und stellte sich aufrecht vor die drei Freunde hin. Sie nahm die Haube ab, die ihr Haar vor dem Nieselregen geschützt hatte.

«Ich komme aus dem Jahr 2105. Ich bin hier, um euch zu helfen, mein jüngeres Ich wieder nach Hause zu bringen.»

«Aus dem Jahr 2105?!»

Lisa verschlug es fast die Sprache. Sie wagte einen weiteren Blick auf ihr älteres Ich, untersuchte die Fältchen und Furchen um die Nasenwinkel und die Lippen. Wie alt war sie? Gleich alt wie Morgan, hatte sie vorhin gesagt? 74?

«Ganz recht. Details erkläre ich euch nachher. Können wir reingehen? Es wird langsam etwas kühl hier.»

Morgan ging voran und öffnete die Tür, und die beiden Lisas sowie Britt folgten ihm ins Innere der wohltemperierten Villa.

Lisa, die das Schlusslicht bildete, war immer noch komplett baff. Das war alles so surreal!

Eine Weile später saßen sie um den Esstisch herum, beide Lisas jeweils am Kopfende, um genügend Abstand zu wahren. Morgan saß zwischen ihnen – etwas näher bei der älteren Lisa. Er hatte sich trotz Britts energischem Einwand ein Glas Whisky eingeschenkt. Die anderen hielten sich an Mineralwasser.

«Also, ich versteh hier ja gar nichts mehr. Du kommst aus dem Jahr 2105, sagst du?», eröffnete Britt das Wort.

Die ältere Lisa nickte.

«Und wie bist du zurückgekommen?»

«Mit dem zweiten Time Transmitter, den Zac bei sich im Labor versteckt hatte und den wir schließlich gemäß seinen Anleitungen wieder in Stand gesetzt haben. Und jetzt bin ich gekommen, um euch zu sagen, was ihr tun müsst, um mein jüngeres Ich wieder nach Hause zu schicken. Es gibt nämlich einen Weg, wenn er auch nicht ganz einfach ist. Ich habe eine Botschaft von Zac.»

«Von Zac?»

«Ja. Ihr werdet es gleich selbst sehen.»

«Und wie das alles geht, habt ihr erst im Jahr 2105 herausgefunden?», forschte Britt weiter.

Die ältere Lisa seufzte. «Nun, es war alles nicht so einfach. Hätten wir diese Botschaft von Zac vorher gefunden, wäre alles anders gekommen. Aber sie tauchte erst auf, nachdem die HoloSticks erfunden worden waren. Fragt mich nicht, weshalb, denn darauf habe ich keine Antwort. Dazu kamen noch ein paar globale Ereignisse dazwischen, doch das ist jetzt alles zweitrangig. Deswegen bin ich ja hier. Um euch die Lösung zu zeigen, so dass ihr keine Jahrzehnte daran forschen müsst.»

«Das heißt, ich bin tatsächlich …» Lisa rechnete nach. Von 2047 bis 2105 waren es 58 Jahre. «… ich bin tatsächlich in der Zukunft geblieben, bis ich 74 war? So alt wie Morgan und Britt jetzt sind?»

«In meiner Zeitlinie, ja», antwortete ihr älteres Ich. «Aber das wird nicht mehr so sein, wenn alles nach Plan geht.»

«Erzähl schon!», forderte Britt, während Morgan schwieg, an seinem Whisky nippte und seine Augen nicht von Lisas zukünftigem Ich lassen konnte.

Und sie fing an zu erzählen.

Die jüngere Lisa hatte einen ganzen Katalog mit Fragen, doch sie hielt sich ebenso wie die anderen zurück und lauschte atemlos, was ihr fast sechzig Jahre älteres Ich zu sagen hatte. Wieder beschlich sie dieses merkwürdige Gefühl, das man nur haben konnte, wenn man sich selbst gegenübersaß. Die eigene Stimme zu hören, die dazu passende Mimik und Gestik zu beobachten und in sein eigenes, sechzig Jahre älteres Gesicht zu blicken, war schon ein bizarres Erlebnis.

Da Lisa so sehr damit beschäftigt war, sich selbst zu studieren, fiel es ihr nicht leicht, sich auf die Flut an Informationen zu konzentrieren, die ihr älteres Ich vor ihnen ausbreitete.

«Wir haben es immer falsch angepackt», sagte die ältere Lisa gerade. «Wir haben immer versucht, mich in die Vergangenheit zu schicken. Aber wir haben nie daran gedacht, es umgekehrt zu versuchen.»

«Will heißen?» Britt hatte sich zur Wortführerin erkoren, da Morgan stumm wie ein Fisch blieb.

«Wir haben nie daran gedacht, mich statt in die Vergangenheit in die Zukunft zu senden. Erinnerst du dich, Lee, was Professor Ash damals zu dir gesagt hat, als du bei ihm in dem unterirdischen Bunker warst, wo er den Prototypen des Portals aufgebaut hatte?»

Diese Frage richtete sich so klar an die jüngere Lisa, dass diese aufschreckte. Natürlich erinnerte sie sich daran! Professor Ash hatte eine Menge einschüchternder Dinge gesagt, von denen sie allerdings nicht unbedingt annahm, dass sie alle der Wahrheit entsprachen. Umso mehr erstaunte sie nun, dass ihr älteres Ich dieses Thema anschnitt. Sie sah, wie Morgan leicht die Augenbrauen anspannte.

«Was ist eigentlich mit Professor Ash passiert?», fragte er.

«Das ist ein ungelöstes Rätsel. Man munkelt, dass er in der Zeit verschwunden ist. Er soll angeblich ein vertracktes Zeitparadoxon kreiert haben.»

«Aber wie das? Er hat doch den Time Transmitter nicht zum Laufen gebracht?», fragte Britt.

«Anscheinend doch. Wie und wann er das gemacht hat, weiß allerdings niemand. Er ist ja seither verschwunden. Und der Time Transmitter auch. Offenbar hat er die Zeitlinie durchbrochen. Er hat sein jüngeres Ich irgendwie in die Zukunft gebracht, und weil seine Zeitlinien mehrfach ineinander verschlungen waren, wurde er an einigen Zeitpunkten zweimal gesehen, an manchen sogar dreimal. Wir haben Aufzeichnungen gefunden, wo er Ereignisse aufgeschrieben hatte, die noch gar nicht stattgefunden hatten, Ereignisse, die sogar zwei oder drei Zeitlinien überlappten.»

«Aber wie konnte er das? Wenn *ich* nicht mal nach Hause reisen kann?», fragte die jüngere Lisa.

«Das weiß ich nicht. Er muss sich wohl zweifelhafter Methoden bedient haben. Er hat sich sogar über seine Lebenszeit hinaus an einen bestimmten Punkt in die Zukunft gebracht, was unter normalen Umständen eigentlich nicht möglich ist, es sei denn, man splittet seine Zeitlinie so oft auf, dass die Zeitlinie gar nicht mehr anders kann und irgendwann kollabiert. Wie das funktioniert, weiß ich nicht, und ich will es auch nicht wissen. Aber das ist nicht das, was ich meine. Und es ist auch nicht die Lösung, Lee.

Du möchtest ja nicht drei-, viermal oder gar noch mehrfach vorhanden sein, oder? Und wenn man einmal so weit gegangen ist und seine Zeitlinie so oft zerteilt hat, gibt es irgendwann auch kein Zurück mehr, weder vorwärts noch rückwärts in der Zeit. Dann kann man auch nicht mehr in den Äon reisen. Zac hat bewusst darauf verzichtet.»

«In den Äon reisen?»

«Nun, Professor Ash selbst war es ja, der ursprünglich behauptet hatte, dass man nur innerhalb seiner eigenen Lebenszeit durch die Zeitlinie reisen kann. Ich habe dies lange Zeit für Humbug gehalten, allerdings hat mich der Gedanke nie losgelassen. Professor Ash hat sich zwar in einigen Dingen geirrt, aber in anderen hatte er auch recht. Du kannst nicht über deine Lebenszeit hinaus reisen, weder in die Zeit vor deiner Geburt noch in die Zeit nach deinem Tod. In beiden Fällen wirst du von der Zeitlinie verschwinden.

So habe ich mich immer wieder gefragt, wie die Zeitlinie reagiert, wenn man an einen Punkt reist, an dem man eigentlich gar nicht mehr da sein sollte, also über die Lebenszeit hinaus. Wie das Raum-Zeit-Kontinuum mit Materie zurechtkommt, die eigentlich nicht mehr existieren sollte. Ob man dann einfach die Zeitlinie – sprich: Chronos, die messbare Zeit – durchbricht und in der nächsten Dimension landet, im Äon, ohne körperlich zu sterben?»

Lisa versuchte angestrengt, diesen Auslegungen zu folgen. Britt gab ein Stöhnen von sich und schüttelte den Kopf, während Morgan sein Whiskyglas umklammerte wie einen Rettungsanker. Schließlich blickte er auf.

«Und was heißt das nun genau?»

«Die Botschaft von Zac bestätigt genau das: Wir haben es verkehrt herum gemacht. Anstatt mein jüngeres Ich in die Vergangenheit zu senden, müssen wir sie in eine Zukunft senden, in der sie eigentlich nicht mehr existiert. Ich weiß, das klingt jetzt unverständlich, aber ...», wehrte die ältere Lisa ab, als Britt sich empört von ihrem Stuhl erhob.

«Aber das geht ja nicht. Zac hat doch genau das selbst versucht», fiel Britt ihr ins Wort. «Er hat sich selbst in den Äon gebeamt, um es so zu sagen. Und es hat nicht geklappt.»

«Oh doch, es hat geklappt. Zacs Plan war viel tiefgreifender, als er dir je verraten hat, Britt. Du wirst es gleich sehen. Er wollte Lisa nicht als Versuchskaninchen missbrauchen, darum hat er es zuerst an sich selbst probiert, so dass er uns diese Botschaft hinterlassen konnte.

Wie er euch ja schon erklärt hat, herrscht bei meinen Zeitlinien ein ziemliches Durcheinander. Wenn wir mich in die Vergangenheit senden, schreiben wir abermals eine neue Zeitlinie und richten ein noch größeres Chaos an. Im Gegensatz zu Kyle, bei dem nicht mehr als zwei Zeitlinien ineinander verschlungen sind, sind es bei mir mindestens vier. Das liegt eben daran, dass ich – beziehungsweise mein älteres Ich, Misses Whitfield aus der ersten Zeitlinie – schon einmal in die Vergangenheit zurückgereist bin. Ihr erinnert euch, ich bin zurückgekommen, um mein jüngeres Ich vor Morgans allzu frühem Tod zu warnen.»

Morgan zuckte unmerklich zusammen.

«Nun, um zur eigentlichen Sache zurückzukommen: Nachdem unser Plan, mich ins Jahr 2018 zu senden, ein paar Jahre später auch gescheitert war, musste ich mich erst einmal damit abfinden, mein Leben hier in eurer Zeit weiterzuleben. Nachdem ich mich ein paar Monate lang in Selbstmitleid verkrochen hatte, beschloss ich schließlich, mein Schicksal zu akzeptieren und das Beste draus zu machen: Ich nahm mein Leben wieder in die Hand.»

Ihr Blick wanderte zu Morgan. «Weil du mich geheiratet und mir nach deinem Tod dein Vermögen vermacht hast, konnte ich mich der Erforschung einer Zeitreiselösung widmen. Ich dachte, wenn es mir gelingt, das Rätsel bis zu meinem Tod irgendwann im 22. Jahrhundert zu lösen, dann kann ich vielleicht zurück zu meinem jüngeren Ich nach 2047 reisen und all das ungeschehen machen. Dieses Ziel hat mir in den Jahren, nachdem ihr beide … nun ja, mich verlassen habt, Ziel und Richtung gegeben.» Die ältere Lisa verstummte.

Morgan trank einen Schluck und blickte sie über den Rand seines Glases hinweg an. Lisa sah, dass seine Schultern bebten. Dieses Mal schaffte er es nicht, seine Emotionen zu kontrollieren.

«Keine Angst, ich werde euch eure Todesdaten nicht verraten», beruhigte ihn die ältere Lisa. «Diesen Fehler mache ich kein zweites Mal. Aber um das ganze Durcheinander in der Zeitlinie wiederherzustellen, bedarf es mehr, als mich einfach nur in die Vergangenheit zu senden.»

«Also, was ist nun zu tun?», fragte die wie immer ungeduldige Britt. «Für mich macht das alles keinen Sinn.»

«Ganz einfach: Jede Zeit, in die mein jüngeres Ich bis jetzt gereist ist, befindet sich noch *in* ihrer Lebensspanne, die sich durch das Zeitparadoxon sogar noch um ein paar Jahrzehnte verschoben hat. Durchbricht sie diese Lebensspanne, verschwindet sie von der Zeitlinie und tritt in eine andere Dimension über, nämlich in die, die Doc Silverman ‹Äon› nennt.»

«Soll das im Klartext heißen, sie soll sterben?», fragte Morgan. Er trank sein Glas in einem Zug leer und langte dann nach der Whiskyflasche, um nachzufüllen. Britt stand auf, ging um den Tisch und nahm ihm wortlos die Flasche weg. Dann setzte sie sich wieder.

Die ältere Lisa schüttelte den Kopf. «Nein. Nicht sterben. In der Ewigkeit gibt es keinen Tod mehr. Aber die Ewigkeit kann nur durch eine spezielle Tür betreten werden.»

«Und die wäre?» Morgan tauschte einen Blick mit beiden Lisas aus.

«Das weißt du», sagte die ältere Lisa geheimnisvoll und sah ihn herausfordernd an. Morgan runzelte die Stirn, doch dann schien ihm ein Licht aufzugehen, und er nickte.

Die jüngere Lisa und Britt guckten nach wie vor ziemlich ratlos aus der Wäsche.

Statt einer Antwort nahm die ältere Lisa eine Art Stab aus ihrer Tasche und presste ihren Finger auf eine winzige Taste. Ein Lichtstrahl kam aus einer Linse vorne am Stab geschossen.

Lisas, Morgans und Britts Augen weiteten sich, als sich in der Mitte des Tisches ein erstaunlich klares Hologramm in der Luft formte, und noch mehr, als sie erkannten, wen das Hologramm darstellte.

Das Abbild zeigte niemand anderen als Zac, in stark verkleinerter Form zwar, aber so real, als würde er leibhaftig auf dem Tisch stehen. Allerdings wirkte er leicht transparent. Lisa streckte ihre Hand aus und ließ sie durch die Lichtpunkte wandern. – Faszinierend!

«Ich verzichte darauf, ihn in wahrer Lebensgröße zu zeigen. Sonst müssen wir ja alle an die Decke schauen», sagte die ältere Lisa. «Im Jahr 2105 sind wir in der Lage, mittels genau kalkulierten Photonen- und Energiewellen Hologramme ohne Projektionsfläche zu erzeugen. Selbst aus alten Videoaufnahmen kann der Computer solche Photonen-Bilder berechnen. Nun ja, was in Science-Fiction-Filmen immer dargestellt wurde, ist schließlich Wirklichkeit geworden, wenn es auch etwas länger gedauert hat.»

«Was ist das für ein Gerät?», fragte die jüngere Lisa hingerissen.

«Ein HoloStick», antwortete die ältere Lisa schlicht.

«Und wie kommst du an ein Hologramm von Zac?», fragte Britt argwöhnisch mit einem Blick auf das reglose Lichtbild. «Was willst du uns damit zeigen?»

Lisa stellte fest, dass Zac auf diesem Abbild keinen Tag älter aussah als etwa um die dreißig. Sie zermarterte ihr Hirn, wann diese Aufnahme gemacht worden sein konnte. Sie warf die Frage in die Runde.

«Das erkläre ich euch nachher. Hört erst zu, was er zu sagen hat. Ich kann nicht alle Fragen gleichzeitig beantworten.»

Morgan massierte angespannt seine Schläfen. Ihm war sichtlich unwohl. Britts Stirn war in Falten gelegt; sie sah aus, als wolle sie dem Hologramm gleich an die Kehle springen.

«Passt auf. Ich werde euch hier eine kleine Stelle vorspielen.» Die ältere Lisa tippte auf eine kleine Taste seitlich des Geräts. Die feinen Lichtstrahlen, die von der Linse ausgingen, begannen auf und ab zu schwingen und sich ineinander zu verschlingen, als wollten sie das Hologramm wie eine Marionette lenken.

Zac begann sich zu bewegen und zu reden.

«Das ist es, Lee, das ist es! Du musst die Zeitlinie durchbrechen. Anders wirst du nicht mehr nach Hause gelangen. Ich wusste, dass es funktionieren würde. Ich hab dem Schöpfer vertraut. Ich werde dir erklären, wie man die Zeitlinie durchbrechen kann. Es ist nicht ganz unkompliziert, aber es wird funktionieren, wenn du dich genau an meine Berechnungen hältst.»

Die ältere Lisa stoppte das Bild und betätigte wieder den Knopf, und die Aufnahme schien auf einmal in x-facher Geschwindigkeit vorzuspulen. Auf einmal hüpfte Zac und drehte sich wie ein wildgewordener Kreisel.

«Was machst du da?», protestierte Britt.

«Zac kommt an der Stelle mal wieder in Fahrt und übertreibt es mit den wissenschaftlichen Fakten», erklärte die ältere Lisa. «Die ganze Aufnahme dauert satte drei Stunden. Er erzählt so viele Details. Ihr kennt ihn ja. Ich will euch das nicht antun. Das kann sich dann Angela alles anhören, wenn sie den Time Transmitter gemäß dieser erweiterten Anleitung upgraden wird.»

«Aber wir haben doch schon eine Anleitung?», wandte Morgan ein. «Ist das jetzt eine neue?»

«Tja, wie gesagt, es ist eine erweiterte Anleitung, eine, die Zac nachträglich noch verfasst hat. Ihr kennt ja Zac. Sich kurz zu fassen ist nicht seine Stärke. Er wollte wohl sichergehen, dass wir es auch wirklich verstehen. Außerdem enthält sie noch die Zusätze, die wir wissen müssen, um eine Reise *außerhalb* der Zeitlinie zu koordinieren. Das war nicht auf der alten Anleitung enthalten, weil er damals noch nicht gewusst hat, ob es überhaupt funktioniert. Hier, ich will euch nur noch eine bestimmte Stelle vorspielen.»

Sie stoppte wieder und ließ Zac weiterreden:

«Es gibt nur den Weg nach vorne, Lee. Du kannst dein Leben nicht rückwärts leben. Das hat schon mein Dad immer gesagt. Du kannst nur nach vorne schauen. Also reise vorwärts in der Zeit, ins Jahr 100 AD II, und du wirst wieder nach Hause kommen. Ich garantiere es dir.»

Die ältere Lisa brachte die Aufzeichnung erneut zu einem Halt. Langsam schienen sich die Photonen zu zerstreuen, und das Bild verflüchtigte sich zu einer formlosen Lichtschwade.

«Das Jahr 100 AD II?» Britt legte die Stirn wieder in Falten wie eine Ziehharmonika.

«Ich nehme an, das ist eine neue Zeitrechnung, die irgendwann beginnt, aber leider habe ich keine Ahnung, *wann* das ist», entschuldigte sich die ältere Lisa. «Genauso wenig, wie ich weiß, wann diese Aufnahme gemacht wurde. Zacs junges Alter auf diesem Hologramm kann ich mir nur dadurch erklären, dass er sich eben aus der Zeitlinie gebeamt hat und dadurch nicht mehr den Gesetzen von Raum und Zeit unterworfen ist. Ich weiß es wirklich nicht, und ich habe aufgehört zu rätseln, wie es genau funktioniert. Das bleibt wohl sein Geheimnis. Es ist wohl ein ähnliches Phänomen wie Jesus Christus, der nach seiner Auferstehung durch Wände gehen konnte. Aber wir müssen ja auch nicht immer alles verstehen.» Sie lächelte die anderen versöhnlich an. «Ich vertraue ihm einfach.»

«Hm.» Morgan drehte gedankenverloren das leere Whiskyglas auf dem Tisch herum. «Dann war Zacs Plan doch nicht so verkehrt. Wir haben ihn nur nicht begriffen.»

«Richtig», lächelte die ältere Lisa. «Ich glaube, Zac wusste die ganze Zeit, was er tat.»

«Und du und deine Mitstreiter, ihr habt also Zacs Hologramm-Aufnahme erst nach einem zweiten gescheiterten Versuch, Lisa zurück in die Vergangenheit zu schicken, gefunden?», nahm Britt die nüchternen Fakten wieder auf.

«Genau.»

«Und warum bist du dann nicht gleich hierher zurückgereist? Wieso hast du bis zum Jahr 2105 gewartet?»

«Fällt denn im Jahr 2049 tatsächlich dieser Asteroid auf die Erde?», warf die jüngere Lisa ein.

«Nein», sagte die ältere. «Es war wieder mal Fehlalarm. Hat aber die Welt ganz schön in Aufruhr versetzt. Nun, Bedrohungen wird es immer geben, aber bis es zu dem wirklich großen Desaster kommt, dauert es doch noch etwas.»

«Desaster?», fragte Britt.

«Nun ja», seufzte die ältere Lisa. «Es wird noch ziemlich was abgehen auf dieser Welt.»

«Ach ja? Tut es das nicht bereits?», meckerte Britt mit ironischem Unterton, während Morgan seine Arme verschränkte und die ältere Lisa nachdenklich musterte.

«Tja, es kommt noch knüppeldick», murmelte die ältere Lisa. «So was wie die Apokalypse, wie sie in den Hollywoodfilmen oft gezeigt wird, wird es tatsächlich eines Tages geben.» Sie holte tief Luft. «Ich hab das zum Glück nicht mitgekriegt, weil ich mich mit der Zeitmaschine vom Acker machen konnte.»

«Sag uns: Was wird passieren?» Morgan lehnte sich vor.

«Wollt ihr das wirklich wissen?» Die ältere Lisa sah ihn mit geneigtem Kopf an.

«Wir wissen eh schon zu viel», meinte er.

«Jetzt rück schon raus damit!», forderte Britt schroff.

«Na gut: Ihr kennt das Buch der Offenbarung aus der Bibel, oder? So ziemlich alles, was dort drin geschrieben steht, wird eintreffen, auch wenn ich es nicht selbst gesehen habe. Es wird einen gewaltigen Krieg geben ... einen, wie es ihn nie zuvor auf dieser Erde gegeben hat. Die ganzen irdischen Abläufe werden aus den Fugen geraten ... die Luft wird so verunreinigt sein, dass man nicht mehr atmen kann ... die Sonne wird total verfinstert ... der Mond rot wie Blut ... und das Wasser wird verdorben sein ... und nur ein kleiner Teil der Menschheit wird all dies überleben. Aber dann ...»

«Was dann?», fragten Morgan und Britt unisono.

«Dann ... dann kommt etwas Neues. Nachdem das ökologische Gleichgewicht völlig durcheinandergeraten ist, wird ein neuer Regent aufstehen. Er wird die Weltherrschaft antreten, und er wird anders sein als alle zuvor. Er wird der erste Herrscher sein, der es wirklich schafft, Frieden auf die Erde zu bringen – etwas, was uns Menschen bislang unmöglich gewesen ist.

Und auch die Natur wird sich wieder regenerieren. Die Lebensbedingungen auf der Erde werden sich sogar gewaltig verbessern. Als wären die Luft und das Klima total gereinigt worden. Wissenschaftlich fast unerklärbar, genauso, wie es nach wie vor ein Mysterium ist, wie das Leben entsteht.

Man wird die Theorie entwickeln, dass, nachdem das biologische Gleichgewicht des Planeten total aus den Fugen geraten sein wird, sich ganz neue ökologische Bedingungen erschaffen werden. Die

Erde wird sich dann mit einem Schutzmantel umgeben, der ein angenehmes Klima schaffen wird.

Die Erdachse wird sich durch die massive Krafteinwirkung der Naturkatastrophen um fast 23,2 Grad aufrichten, so dass kaum noch eine Neigung bestehen wird und dadurch auch keine Jahreszeiten mehr herrschen werden, sondern ein beständiges, angenehmes Klima und ein Dunst, der die Erde einhüllt und sie bewässert.

Was sich jetzt vielleicht langweilig anhört, wird aber die Lebenszeit der Menschen verlängern. Hundertzwanzig Jahre werden keine Seltenheit mehr sein. Wenn jemand mit hundert stirbt, stirbt er sogar noch recht jung. Auch die Tierwelt wird sich regenerieren. Weil neuartige Pflanzen wachsen, werden auch die Tiere einander nicht mehr fressen. Es wird sprichwörtlich so sein, dass Löwe und Lamm nebeneinander weiden werden. Ja, man könnte fast sagen, dass der Schöpfer die Erde neu erschaffen wird.»

«Wow.» Britt schien überfordert zu sein. Sie versank förmlich in dem großen Sessel. «Klingt für mich nach purer Fantasy, sorry.»

«Woher weißt du das denn?», fragte Morgan fasziniert. «Hast du das alles gesehen?»

«Nein», entgegnete die ältere Lisa. «Ich weiß es aus Zacs Schilderungen aus dem Jahr 100 AD II. Aber wie ich sagte: Wann genau das alles passiert, weiß ich nicht. Ich denke, es ist uns auch nicht gegeben, den Zeitpunkt zu wissen. Ihr wisst doch, was Doc Silverman oft sagte: ‹Lassen wir dem Schöpfer seine Geheimnisse.› Aber: Für Diskussionen bleibt uns später noch Zeit. Wichtig ist erst mal, dass wir die Antwort haben, wie wir Lisa – mein jüngeres Ich – wieder nach Hause bringen können.»

Morgan nickte nur schweigend. Der Blick, den er der älteren Lisa zuwarf, war schwer zu deuten. Die jüngere Lisa wurde das Gefühl nicht los, dass die beiden ein Geheimnis miteinander teilten.

«Also?», nahm Britt den Faden neu auf. «War das alles nun der Grund, warum es so lange gedauert hat?»

«Nein. Eigentlich nicht. Es ... es hat einige Zeit gedauert, bis wir alle Tests vorgenommen hatten», druckste die ältere Lisa herum. Morgan blickte auf, als hätte er in dem unausgesprochenen Satz ein ganz bestimmtes Stichwort eingefangen.

«Wer sind ‹wir›?»

«Angela, Onyx, ich ... und ein paar Freunde ...»

«Freunde?» Wieder machte Morgan den Eindruck, als könne er besser zwischen den Zeilen der Aussagen ihres älteren Ichs lesen, als Lisa selbst es konnte.

Die ältere Lisa holte tief Luft. «Nach so vielen Jahren ...» Sie stockte. «Nun ja, man beginnt sich tatsächlich an vieles zu gewöhnen. An die Zeit, an die Menschen, an die neuen Freunde. Irgendwann war ich mir gar nicht mehr so sicher, ob ich wirklich noch etwas an der Vergangenheit ändern wollte. Ich hatte mir ein neues Leben aufgebaut ... Und ich hatte dank Morgans Vermögen alle Möglichkeiten, von denen andere nur träumen können. Und so habe ich mir ernsthaft überlegt, ob ich es nicht einfach dabei belassen sollte.»

«Es gab einen anderen Mann, ja?» Morgan sah sie durchdringend an.

«Eh ... ja.» Ein Hauch von zarter Röte flammte auf den faltigen Wangen der älteren Lisa auf.

Morgan musterte sie schweigend und nachdenklich.

Die jüngere Lisa hätte so ziemlich alles darum gegeben, jetzt einen Einblick in seine Innenwelt zu bekommen. Offensichtlich behagte ihm dieser Gedanke nicht besonders.

Britt räusperte sich.

«Es war nicht dasselbe wie mit dir», flüsterte die ältere Lisa Morgan so leise zu, dass die jüngere Lisa die Ohren spitzen musste. «Aber es war zumindest etwas … und er hat mich darüber hinweggetröstet, als du nicht mehr warst.»

Er nickte, langsam und beherrscht.

«Wer ist es?», fragte die jüngere Lisa über den Tisch hinweg.

«Das brauchst du nicht zu wissen», entgegnete ihr älteres Ich. «Wenn du dich entscheidest, das Angebot, das ich dir mache, anzunehmen und in deine Zeit zurückzukehren, wirst du diesen Mann nie kennen lernen. Deswegen bin ich ja da. Um dir – beziehungsweise mir selbst – die freie Wahl zu ermöglichen, nach Hause zu kehren. In deine Zeit, zu deiner Familie, zu Momo … wenn dies für alle Beteiligten okay ist, natürlich. Denn auch eure Vergangenheit wird, wie ihr ja wisst, dadurch stark beeinflusst.»

Sie blickte in die Runde.

«Erwartest du von uns eine Antwort?», fragte Britt.

«Ihr seid alle betroffen», sagte die ältere Lisa schlicht.

Morgan war der Erste, der nickte.

«Was für eine Frage? Natürlich wollen wir Lee zurückhaben!», betonte Britt.

«Ich wollte nur sicher sein. Und du, Lee? Was möchtest du?»

«Ich will nach Hause», sagte die jüngere Lisa ohne Zögern.

«Dann ist der Fall ja klar.»

«Wie müssen wir nun vorgehen?», wollte Morgan wissen. «Wohin geht die Reise? In dieses ominöse Jahr 100 AD II, sagst du? Also weit, weit in die Zukunft? Was bedeutet denn überhaupt AD II? Wofür steht das?»

«Nie aufgepasst in Latein?»

«Du weißt, dass ich eine Pfeife war in der Schule.»

Die ältere Lisa grinste ihn an. «Du wirst es schon noch rausfinden, Momo. Sonst forsch mal in deiner Bibliothek nach.»

«Okay, wir haben geschnallt, dass ihr beide eine besondere Verbindung habt. Hört jetzt aber bitte auf mit diesem ollen Rätselraten!», schimpfte Britt genervt. «Ich muss euch nämlich auf eine klitzekleine Unstimmigkeit hinweisen, wenn's genehm ist.» Sie maß die ältere Lisa mit einem strammen Blick.

«Denn: Du hast ja eh längst über deine Lebenszeit hinaus gelebt. Da du 1973 geboren bist, solltest du ja im Jahr 2105, wo du herkommst, gar nicht mehr leben. Hättest du da nicht wie von selbst einfach von der Zeitlinie verschwinden müssen?»

«Tja, das ist ja dieses Paradoxon, nämlich dass sich meine Lebensspanne verlagert hat und ich während der Reisen in die Zukunft nicht älter geworden bin, ganz im Gegensatz zu Professor Ash. Das hatte damit zu tun, dass mein älteres Ich schon eine Reise in die Vergangenheit unternommen hatte. Zeitreisen in die Vergangenheit unterliegen anderen Regeln als Reisen in die Zukunft. Das haben wir doch damals mit Doc Silverman lang und breit diskutiert.»

«Aber wenn du bei deinen Zeitreisen nie älter wirst, wirst du dann überhaupt je von der Zeitlinie verschwinden?»

«Jetzt wird es wieder kompliziert», seufzte die ältere Lisa. «Doch es gibt eine Erklärung dafür. Wollt ihr sie wirklich hören, oder kann ich mir das sparen?»

«Mir egal, da ich sie sowieso nicht kapieren werde», winkte Morgan mit schiefem Grinsen ab.

«Ich will sie hören», beharrte Britt und verschränkte demonstrativ die Arme vor der Brust, um ihrer Forderung noch mehr Nachdruck zu verleihen.

«Na schön: So lange ich innerhalb meiner Lebensspanne in die Zukunft reise – sprich, innerhalb einer Zeit, in der ich theoretisch am Leben sein kann, und 2047 liegt innerhalb meiner Lebensspanne, da ich 1973 geboren bin –, verschwinde ich nicht von der Zeitlinie, und durch das Zeitparadoxon hat sich meine Lebensspanne verschoben. Aber wenn ich nun weit genug in die Zukunft reise – und 100 AD II ist definitiv weit genug in der Zukunft –, dann verschwindet meine Materie endgültig. Ist das jetzt klar?»

«Nicht wirklich», sagte Britt, während von Morgan nur ein resigniertes Schnauben kam. «Aber egal. Lassen wir das.»

«Ich hab dich ja gewarnt», schmunzelte die ältere Lisa.

Doch ganz zufrieden war Britt immer noch nicht. «Und wie konntest du überhaupt in der Zeit zurückreisen? Für deine jüngere Version hier …», ihr Arm bewegte sich rüber zu der jüngeren Lisa, «… ist es ja offensichtlich nicht mehr möglich, in der Zeit zurückzureisen, stimmt's?»

«Das ist so, weil ab 2047 nur noch *eine* Zeitlinie existierte. Von da an bis 2105 habe ich aufgehört, Zeitsprünge zu machen. Also war es möglich, bis zum heutigen Tag zurückzukommen.»

«Aber, wenn ich das alles richtig verstehe, hast du damit gerade wieder ein neues Paradoxon erschaffen?» Britt konnte wirklich störrisch sein.

«Ja, aber das wird keine Rolle mehr spielen, weil wir Lisa aus der Zeitlinie hinaussenden.»

«Nun ja, ich hoffe einfach, du weißt, was du tust. Nicht, dass du dein jüngeres Ich und damit dich selbst irgendwohin ins Nirwana beamst.»

«Keine Angst. Es wird funktionieren», lächelte die ältere Lisa.

«Und wieso soll denn Lee überhaupt von der Zeitlinie verschwinden? Was bringt das?› Und wie kommt sie dann aus dem sogenannten ‹Äon› wieder in ihre Zeit zurück?»

«Tja», sagte die ältere Lisa geheimnisvoll und warf Morgan einen verstohlenen Seitenblick zu. «Das ist eben genau der Fall, wo Wissen aufhört und Glaube anfängt.»

«Will heißen, dass es dafür keine logische Erklärung gibt, sehe ich das richtig?», kommentierte Britt mit spitzer Stimme.

«Ach, Britt, vertraut mir einfach. Vertraut Zacs Plan. Oder denkt ihr tatsächlich, ich habe Lust, mich selbst im Nichts aufzulösen?»

«Ich versteh sowieso nicht, wie du hier sein kannst, wenn dein jüngeres Ich noch hier ist, und warum du dich nicht gleich in Luft auflöst …»

«Ach, komm, Britt, schließen wir doch dieses Thema endlich ab», stöhnte dic ältere Lisa. «Das haben wir doch damals mit Doc Silverman mehr als gründlich diskutiert. Die Zeitlinie und die Physik haben ihre Geheimnisse. Es ist einfach so, und damit basta. Vielleicht werden wir es eines Tages verstehen, und wenn nicht, auch egal. Wichtig ist», ihr Gesicht nahm nun einen etwas erschöpften Ausdruck an, «dass ich endlich wieder nach Hause komme.» Sie wechselte einen Blick mit Morgan, der ein leicht verträumtes Lächeln auf den Lippen hatte.

«Sind jetzt alle essentiellen Fragen betreffend Zeitlinien, Zeitspanne, Zukunft und Vergangenheit beantwortet?» Die ältere Lisa blickte forschend in die Runde. Morgan nickte, und Britt schloss sich, wenn auch widerwillig, seiner Äußerung an.

«Gut. Dann können wir ja jetzt den Plan besprechen.»

«Lass hören», sagte Morgan.

Die ältere Lisa berührte erneut die Taste ihres Lichtstabes, und die winzige Projektorlinse erwachte wieder zum Leben und füllte den

Raum mit glitzernden Lichtpunkten, die in Windeseile zu einem kleinen Bild zusammenpurzelten. Die jüngere Lisa konnte sich an diesem Wunder der Technik kaum sattsehen. Das Hologramm eines beschriebenen Blattes schwebte in der Mitte des Raumes.

«Ich habe die erweiterte Anleitung gemäß Zacs Aussagen auf den Punkt gebracht und niedergeschrieben, um den Time Transmitter zu upgraden, damit wir die Zeitlinie durchbrechen können», erklärte die ältere Lisa. «Wir müssen nur die nötigen Teile bestellen. Das kann Angela regeln – allerdings sind die teuer, weil es die im Jahr 2047 nur zu Forschungszwecken gibt.» Sie sah Morgan an.

Morgan winkte ab. «Weiß ich doch. Kein Thema. Ich kann Angela von hier aus auch Zugang zu Zacs Labor einrichten, so dass sie den Time Transmitter holen kann. Das größere Problem wird wohl sein, wieder unbemerkt ins Forschungszentrum reinzukommen.»

«Abgesehen davon, dass das Portal auch noch repariert werden müsste», sagte Britt mit leichtem Sarkasmus in der Stimme.

Doch da schmunzelte die ältere Lisa. «Muss es nicht. Wie ihr vielleicht bereits aus den News erfahren habt oder noch erfahren werdet, hat sich durch die Explosion ein kleiner Riss in der Felswand gebildet, in die das Labor reingebaut wurde. Dadurch ist eine unterirdische Höhle entstanden, die direkt ins Labor führt. Wenn man ein paar Steine freilegt, dann kommt eine normalgewichtige, erwachsene Person da durch. Der Abstieg ist zwar nicht ganz einfach – und auch nicht ohne Kletterausrüstung möglich –, aber machbar.»

Jetzt wandelte sich das Schmunzeln in ein triumphierendes Lächeln um.

«Was nämlich niemand weiß, ist, dass das Portal trotz einiger kleinerer Schäden immer noch funktionstüchtig ist. Das grenzt gelinde gesagt an ein Wunder. Doch das haben wir erst viel später nach dem

Unfall herausgefunden. Hier und heute weiß das noch niemand. Und weil alle glauben, das Portal sei komplett zerstört, wird das Labor die nächsten Wochen nicht benutzt. Das ist also unsere Chance.»

«Das Portal ist intakt?» Diese Neuigkeit verblüffte Morgan.

«Es bedarf einiger Reparaturen, aber das kann Angela regeln. Nicht schlecht mit ein bisschen Informationen aus der Zukunft, nicht wahr?», schmunzelte die ältere Lisa. «Sobald Angela den Time Transmitter und das Portal repariert hat – das dürfte ungefähr zwei Wochen dauern –, können wir Lisa nach Hause senden.»

«Und wir können da jederzeit so gefahrlos in das Labor reinspazieren?» Britt war immer noch skeptisch.

«Gemäß den Informationen, die ich habe, ja», versicherte die ältere Lisa. «Im Moment hat jeder Angst, da reinzugehen, weil durch die zerstörten Wände die Gefahr eines Steinschlages besteht. Aber wir wissen, dass es keinen weiteren Steinschlag geben wird.»

«Schön und gut», sagte Morgan. «Nur – wer bedient den Time Transmitter? Zac ist nicht mehr hier.»

«Ich», sagte die ältere Lisa. «Es ist nicht ganz einfach, aber ich weiß, wie es funktioniert. Allerdings … hm … gibt es da ein kleines Problem.»

«Ich wusste es!», konstatierte Britt.

«Aufgrund der starken Gravitation, die bei einer Reise in den Äon nötig ist, brauchen wir eine größere Masse. Sprich, wir brauchen eine zweite Person, die mit Lee durch das Portal geht, weil sonst die Spiralwindung zu stark ist. Genauso, wie Zac es getan hat. Und das ist mein großes, ungelöstes Problem. Ich weiß nicht, wem ich das zumuten kann.»

«Was wäre das Risiko dabei?», fragte Morgan sachlich. «Wird die zweite Person dadurch auch in die Ewigkeit gebeamt?»

«Nein, das hat Zac am Time Transmitter ganz genau einprogrammiert. Der Zeitstrahl wird die beiden Personen separieren. Nur eine wird in der Ewigkeit landen, die andere bleibt auf der Zeitlinie. Sonst wäre ich ja nicht mehr hier. Aber im schlimmsten Fall kann es zu einer weiteren Explosion kommen.»

Morgan zog seine rechte Augenbraue hoch.

«Was meinst du damit?» Britt starrte die ältere Lisa an, doch deren Blick ruhte fest auf Morgan.

«Alright. Ich mach's», sagte Morgan schlicht, als wäre ihm das längst klar gewesen.

«Du?» Britt starrte ihn an.

«Warum nicht? Wenn der Plan gelingt, wird die Geschichte ja neu geschrieben. Und komme ich um, so komme ich eben um.»

«Ja, aber dann sollte doch besser ich es machen», wandte Britt ein. «Für den Fall, dass es nicht klappt … wird Lisa dich mehr brauchen als mich, Morgan. Außerdem bin ich körperlich fitter als du.»

Doch Morgan schüttelte entschieden den Kopf.

«Du bist zu leicht an Gewicht, Britt», sagte die ältere Lisa. «Du bist eine Spur zu klein. Die zweite Person muss mindestens so schwer sein wie Lisa. Außerdem wüsste ich nicht, wen ich sonst fragen könnte. Wer würde freiwillig so eine Gefahr auf sich nehmen? Nur jemand, der liebt, tut so was …»

Morgan hob die Hände in einer Geste, die andeutete, dass ihm das längst klar war.

Britt verdrehte die Augen gen Zimmerdecke. «Ich gebe auf, es verstehen zu wollen. Aber wenn das so ist – solltest du Lee dann nicht besser vorher noch heiraten? Für den Fall, dass es doch nicht klappt und du dabei umkommst … sonst erbt sie ja dein Vermögen nicht.»

«Hm.» Morgan lehnte sich zurück und verschränkte die Arme. Er musterte die ältere Lisa gründlich. «Haben wir tatsächlich geheiratet?», fragte er.

«Ja, du hast mich kurz nach meinem achtzehnten Geburtstag geheiratet», sagte sie und hielt ihre Hand hoch. An ihrem Ringfinger saß ein Diamantring. Die Goldfassung hatte in all den Jahren ihren Glanz verloren, doch der Diamant funkelte wie nagelneu.

«Siehst du, ich trage den Ring noch immer.»

Morgan wollte etwas sagen, doch er fand keine Worte. Stattdessen streckte er seine Hand nach ihr aus, und sie legte ihre Finger in seine Handfläche. Er umschloss sie und hielt sie fest, als wolle er sie nie wieder loslassen. Die beiden älteren Menschen sahen einander tief in die Augen. Die ältere Lisa berührte seine Nasenspitze mit dem Zeigefinger ihrer anderen Hand, und er kniff belustigt die Augen zusammen, als wäre das ein Spiel, das sie jeden Tag spielten.

Die jüngere Lisa, die das alles beobachtete, spürte, wie ihr so gemartertes Herz auf einmal schmolz wie flüssiger Honig. Aber sie wollte nicht, dass Morgan sich auch für sie opferte …

Britt holte sie alle durch ein Räuspern in die Wirklichkeit zurück. «Sollten wir nicht …?»

«Warte …» Morgan gab die Hand der älteren Lisa behutsam wieder frei und erhob sich, ohne seinen Blick eine einzige Sekunde von ihr zu lassen. Er gab ein Handzeichen Richtung HoloScreen, und das Display strahlte wie eine sanfte Sonne auf. Er dirigierte das Programm weiter zu einer Playlist und winkte mit der Hand mehrmals von oben nach unten, bis der Buchstabe «F» erschien.

Die jüngere Lisa hielt den Atem an, als die ersten Töne von «Foreigners» uraltem Welthit «I Want To Know What Love Is» aus den Achtzigerjahren leise durch den Raum klangen.

Morgan verbeugte sich vor der älteren Lisa und offerierte ihr erneut seine Hand. «Darf ich um den Tanz bitten?»

Die ältere Lisa sah einen Moment verdattert aus, als wüsste sie nicht, wie ihr geschah.

«Du wolltest doch immer mit mir zu diesem Song tanzen?», sagte Morgan. «Erinnerst du dich nicht mehr?»

Jetzt breitete sich ein Strahlen auf dem Gesicht der älteren Lisa aus. «Aber natürlich. Natürlich erinnere ich mich.» Sie ergriff seine Hand, und er zog sie sanft auf die Beine.

Als sie sich von Angesicht zu Angesicht gegenüberstanden, konnte die jüngere Lisa erkennen, dass ihr älteres Ebenbild nur noch minimal größer war als Morgan. Morgan lächelte breit und schlang seinen Arm um ihre Taille. Mit eleganten Schritten führte er seine Dame zur Mitte des Raumes.

Ein unbeschreibliches Glücksgefühl rieselte bis auf den Grund von Lisas Herz, während sie das Schauspiel beobachtete. Selbst Britt konnte sich ein Grinsen nicht verkneifen.

Zärtlich zog Morgan die ältere Lisa an seine Brust. Diese schlang etwas eckig die Arme um seinen Hals und versuchte, seinen geschmeidigen Tanzbewegungen zu folgen, während er sie behände zu dem Takt des über sechzig Jahre alten Songs wiegte, der einst in Hoffnung auf wahre Liebe geschrieben und gesungen worden war.

Die beiden Zuschauerinnen Lisa und Britt trauten sich kaum, Luft zu holen, aus Angst, diesen innigen Moment zu zerstören.

I'm gonna take a little time
A little time to look around me
I've got nowhere left to hide
It looks like love has finally found me

Als hätte die Liebe ihn tatsächlich endlich gefunden, wich das Lächeln während des Tanzes keine einzige Sekunde von Morgans Gesicht. Seine Augen strahlten wie die eines Jünglings, der sein Mädchen zum ersten Mal richtig ausführt. Als die letzten Töne des Liedes verklangen, versank der Raum in einer andächtigen Stille. Die Atmosphäre knisterte förmlich. Keiner sprach ein Wort. Lisas Herz fühlte sich groß und weit an wie noch nie zuvor. Es hätte sie nicht gewundert, wenn es mit ihr davongeschwebt wäre.

Trotz fortgeschrittenen Alters waren sie ein wunderschönes Paar, fand sie.

«Danke», brach die ältere Lisa mit leiser, belegter Stimme die Stille.

Und dann, auf einmal, zog Morgan sie mit einem Ruck wieder an sich. Er umschlang ihre Taille und presste seine Lippen fest auf die ihren.

«Wow … meine Güte, Lee …», murmelte Britt neben ihr.

Lisa spannte die Brustmuskeln an, als könne sie dadurch ihr Herz bewahren, das schier platzen wollte vor Freude, als ihr älteres Ich und Morgan in einem innigen Kuss versanken, der nie mehr zu enden schien.

«Ich würde meinen, da hast du deine Antwort», kommentierte Britt trocken.

Lisa wagte es schließlich, wenigstens ein Mal zu schlucken. Verstohlen wischte sie eine Träne von ihren Wangen, die sich unerlaubterweise selbständig gemacht hatte. Ganz kurz dachte sie an Kyle. Und dann an das, was Doc Silverman ihr über Kairos, den perfekten Zeitpunkt, erklärt hatte.

Das wäre er gewesen, ihr Kairos. So hätte es sein sollen, wenn sie zusammen auf der gleichen Zeitlinie gelebt hätten.

Momo und sie. Kyle und sie.

Ob derjenige, der Kairos und Chronos und Äon erschaffen hatte, ihr einen neuen, perfekten Zeitpunkt schenken würde?

Nach einiger Zeit lösten sich Morgan und die ältere Lisa wieder voneinander. Beide wischten sich unisono über die Augen. Waren da etwa Tränen?

Britt applaudierte. «Ein wunderschönes Ehepaar», sagte sie, und es klang aufrichtig und neidlos.

Morgan lächelte seinen beiden Zuschauerinnen zu, dann griff er der älteren Lisa wieder fest um die Hüften und eskortierte sie Richtung Treppenaufgang zur Galerie. Die ältere Lisa drehte sich um und zwinkerte ihrem jüngeren Selbst zu.

Dann verschwanden sie nach oben, und nur wenige Sekunden später hörten Lisa und Britt, wie eine Tür zugemacht wurde.

Kapitel 22
Virtuelle Hochzeit

Die ältere Lisa und Morgan verbrachten die nächsten Tage in seinem Zimmer. Sie schienen unzertrennlich zu sein. Immer wieder war durch die Zimmerwände schallendes Gelächter zu hören, das eindeutig von Morgan stammte.

«Da geht was ab», kommentierte Britt fassungslos. «So habe ich ihn noch nie erlebt.»

Lisa jedoch erinnerte sich glücklich daran, dass gerade dieses Lachen früher Momos Markenzeichen gewesen war, und umso mehr freute es sie, dass er es wiedergefunden hatte und es nun mit ihrem älteren Ich teilte. Die beiden kamen nur zum Essen hinunter, und selbst dann turtelten sie herum wie ein frisch verliebtes Paar, rieben ihre Nasen aneinander, grinsten sich nonstop an und flüsterten sich Geheimnisse ins Ohr.

«Schlimmer als zwei Teenager, echt», knurrte Britt, als Morgan und die ältere Lisa nach dem Essen wieder in ihr Gemach verschwanden und Morgan seine Lady auf dem Weg nach oben neckisch in den Hintern kniff.

«Lee – was sollte denn die ganze Chose von wegen, dass er dich nicht will? Dem knallen schier die Hormone durch. Dass das in seinem Alter überhaupt noch möglich ist …»

«Ich weiß es nicht», sagte Lisa, der die Brust für ihr vor lauter Glück angeschwollenes Herz eindeutig zu eng geworden war. Auch wenn es streng genommen nicht sie war, die sich physisch mit Morgan zusammen in seinem Zimmer befand, fühlte es sich dennoch so an.

Der einzige Schatten, der ihre Wonne überlagerte, war der leise Zweifel, der sie hartnäckig mahnend daran erinnerte, dass es zwischen Momo und ihr wahrscheinlich in ihrer eigenen Zeit nicht so sein würde.

Im Jahr 1989 war Momo ein deprimierter Junge, der nicht wusste, wohin es mit seinem Leben gehen sollte.

Während Lisa sich die Zeit hauptsächlich damit vertrieb, im Swimmingpool zu baden, in dem prachtvollen Garten herumzuwandern oder sich Filme reinzuziehen, tigerte Britt unruhig im Haus herum. Nach dem dritten Tag war ihre Laune im Keller. Als wieder einmal eine von Morgans explosiven Lachsalven zu hören war, platzte ihr der Kragen.

«Ist ja schön und gut, aber irgendwann sollte er sich endlich mal um den Time Transmitter kümmern. Er kann nicht bis in alle Ewigkeit herumturteln. Wir haben schließlich nicht alle Zeit der Welt!»

Lisa wusste nicht, was sie sagen sollte. Dass auch sie insgeheim langsam nervös wurde, wollte sie nicht zugeben. Sie störte die traute Zweisamkeit höchst ungern. Doch Morgan hatte sie die letzten drei Tage kaum beachtet und nur noch Augen für ihr älteres Ich gehabt. So langsam zerrte das doch ein bisschen an den Nerven.

Britt passte die nächste Gelegenheit ab. Als Morgan und die ältere

Lisa wieder einmal mit zerzausten Haaren die Treppe runterschaukelten, stellte sie sich ihnen in den Weg, die Hände in die Hüfte gestemmt.

«Es tut mir aufrichtig leid, euer Gebalze unterbrechen zu müssen, aber sollten wir uns nicht endlich mal um unsere Mission kümmern? Ich mein ja nur.»

«Schon passiert», lächelte Morgan verträumt. «Wir haben die Aufnahmen von Zac und die Reparaturanleitung in einem konvertierten Dateiformat auf Angelas HoloStrip geschickt. Die Ersatzteile haben wir ihr auch liefern lassen. Sie verpasst dem Time Transmitter das von Zac dokumentierte Upgrade und repariert das Portal. Sogar die Kletterausrüstung haben wir bereits bestellt. Alles unter Kontrolle.»

Britts Arme erschlafften wie ein Ballon, dem die Luft entlassen wurde.

«Witzbold, echt», knurrte sie und machte auf dem Absatz kehrt.

Einige Tage danach bekamen sie Meldung von Angela, dass alles fertig war. Auch der Liebesrausch war allmählich ein wenig am Abklingen, und Morgans Locken waren wieder ordentlich gebändigt. Er saß mit seinem HoloTablet am Esstisch und chattete eifrig mit jemandem.

Die ältere Lisa saß auf dem Stuhl direkt neben ihm und hatte ihren Kopf auf seine Schultern gelegt. Sie hatte ein paar Sachen aus dem Schrank ihres jüngeren Ichs geklaut – die Figur hatte sich zum Glück nicht geändert! – und saß nun da in einem dieser trendigen Häkelpullis und Markenjeans.

Morgan hatte sich aus irgendeinem Grund besonders fürstlich gekleidet und trug einen dunkelblauen Sakko mit einer goldenen Fliege. Er roch auch besonders gut. Das tat er immer, aber heute hatte er sich eindeutig ein extravagantes Aftershave aufgetragen. Neben ihm auf dem Tisch lag eine kleine Samtschatulle.

Die jüngere Lisa zerbrach sich den Kopf darüber, was er wohl vorhatte. Sie konnte sich dem Paar nicht mehr als ungefähr drei Meter nähern, da die Anwesenheit ihres älteren Selbst sie sonst umgehend an die nächste Wand katapultiert hätte.

«Lee-Lee?», sagte Morgan plötzlich und schaute von seinem Glascomputer auf.

«Ich meine dich, die jüngere Lisa», fügte er hinzu, als Lisa nicht reagierte. Sie hatte sich daran gewöhnt, dass Morgan die letzten Tage praktisch nur ihr älteres Ich angesprochen hatte.

«Ja?»

«Bist du bereit?»

«Wofür?»

«Für deine Reise. Wir müssen vorher noch ein paar Dinge regeln.»

«Regeln?»

«Komm her.» Er winkte sie heran. Die ältere Lisa, die an seinem Hals gehangen hatte, entließ ihn aus ihrer Umklammerung und wich von der Stelle, um ihrem jüngeren Ich Platz zu machen.

Die jüngere Lisa setzte sich auf den angewärmten Stuhl. Morgan sandte noch eine letzte Meldung an Angela ab, mit der er offensichtlich das weitere Vorgehen plante. Dann wandte er sich Lisa zu und schob die kleine Schatulle zwischen sie.

«Was ist da drin?»

Morgan öffnete sie schweigend. Zwei goldene Ringe lagen darin, der eine trug einen glitzernden Diamanten in der Mitte. Es war haargenau derselbe Ring, den die ältere Lisa trug.

Lisa klappte der Mund auf.

«Ich möchte nur sicher sein, dass … falls mir irgendwas zustößt und das ganze Unterfangen, dich nach Hause zu schicken, aus irgendeinem Grund scheitert … dass du auf alle Fälle Zugang zu meinem Vermögen hast und zu allem, was ich besitze.»

«Aber …»

«Keine Widerrede, Lee-Lee, wir machen das jetzt. Sonst kann ich nicht beruhigt sein. Außerdem …» Er deutete mit einem Kopfnicken auf die ältere Lisa, die weit hinten im Raum in einer Ecke stand. «Ich *möchte* dich heiraten.»

Lisa schluckte.

«Aber ich bin doch noch gar nicht volljährig …», hauchte sie.

«Für diesen Alterungsprozess fehlt uns leider die Zeit. Aber wir müssen dein Geburtsdatum für dein Leben hier im Jahr 2047 ja so oder so fälschen. Wir können dich hier nicht mit Geburtsjahr 1973 durchgehen lassen. Nicht mal im Jahr 2047 gibt es ein Anti-Aging-Mittel, das so gut wirkt. Also können wir auch gleich zwei Jahre dazugeben, dann bist du achtzehn. Ich hab alles mit Vitus geregelt. Er hat dir eine Identität fürs Jahr 2047 erstellt.»

Lisa wusste immer noch nicht, was sie sagen sollte. Sie starrte fassungslos auf die Ringe.

«Gefällt er dir nicht?», fragte Morgan leicht bestürzt. «Es war der schönste, den ich finden konnte, und … es ist ja derselbe, den dein älteres Ich besitzt.»

«Lasst mich raten», murmelte Britt, die von irgendwoher aufgetaucht war. «Mindestens zehntausend Ecos pro Ring. Hab ich recht?»

Morgan bedachte sie mit einem unschuldigen Augenaufschlag.

«Doch, er ist … er ist … perfekt … nur …», stammelte Lisa. Irgendwie war sie so überhaupt nicht darauf vorbereitet, dass sie in der nächsten Minute heiraten sollte. Sie war doch noch überhaupt nicht so weit!

«W-wo heiraten wir denn?»

«Hier im Wohnzimmer», sagte Morgan.

«Im Wohnzimmer?!»

«Lee-Lee, im Jahr 2047 erledigen wir so ziemlich alles online. Mit der Extragebühr, die ich bezahlt habe, können wir sogar eine Blitzhochzeit arrangieren, die unverzüglich in Kraft tritt. Alles, was wir brauchen, sind zwei Trauzeugen.» Seine Augen nahmen Britt ins Visier.

«Ich etwa?»

Morgan lächelte sie liebenswürdig an. «Wenn ich dich darum bitten dürfte?»

Britt sah aus, als wolle sie die Hände über dem Kopf zusammenschlagen, doch ein kleines Lächeln stahl sich auf ihre Lippen.

«Aber ich bin doch gar nicht passend gekleidet!»

«Das ist keiner von euch», sagte Morgan. Er deutete mit einem Kopfnicken auf das Paket beim Eingang, das schon seit dem Vormittag achtlos dagestanden hatte.

«Das hab ich heute früh bestellt», sagte er. «Darin sind eure Kleider. Wenn ihr so gut wärt und euch rasch umziehen würdet?»

«Du bist echt plemplem», sagte Britt, die nicht mehr wusste, was sie mit ihren Armen anstellen sollte. Ihre forsche Haltung war definitiv dahin.

«Und wer ist der zweite Trauzeuge?», fragte Lisa.

«Der sollte gleich eintreffen», schmunzelte Morgan.

Während Lisa und Britt noch darüber rätselten, wer es sein könnte, fiel ein Schatten auf die Veranda. Durch das Fenster konnte Lisa ein Aeromobil der städtischen Polizei von Tomsborough sehen, das sich langsam auf den Landeplatz senkte.

«Onyx?», fragte sie.

Nur wenige Minuten später stürmte ein atemloser Onyx zur Tür rein. «Hallo, ich hoffe, ich bin nicht zu spät.»

«Keine Angst, wir fangen nicht ohne dich an», beruhigte ihn Morgan.

Onyx trug ebenfalls ein Sakko und steckte in glänzenden Lederschuhen. Die Haare hatte er hinten mit einer Schleife zu einer Mozartfrisur zusammengebunden. Morgan stattete Lisa und Britt je mit einer Tüte aus und schickte sie in ihre Zimmer, um sich umzuziehen.

Lisa fühlte sich komisch, als sie das weiße Hochzeitskleid aus der Tüte nahm. Von allen seltsamen Momenten, die sie je erlebt hatte, war das mit Abstand der merkwürdigste. So sehr sie immer wieder heimlich in ihrer Kindheit und später in ihrer Jugend davon geträumt hatte, Momo eines Tages zu heiraten, so sehr war sie nun von der Plötzlichkeit der Wunscherfüllung überrumpelt. Vor allen Dingen, weil sie sich das ganz anders vorgestellt hatte.

Sie zwang sich in ihr Hochzeitskleid, das dem türkisblauen Ballkleid aus Seide, welches nun wohl irgendwo in Raum und Zeit schwebte, in nichts an Pracht nachstand. Die glitzernden Steine um das Dekolleté herum waren mit Sicherheit auch dieses Mal echte Diamanten. Der glockenförmige Rock segelte als ein Hauch feinster Seide um ihre Beine und war gesprenkelt mit weiteren teuer aussehenden Steinchen.

Sie lächelte bei dem Gedanken daran, dass sie mit diesem Kleid Cinderella, Belle und sämtlichen anderen Prinzessinnen garantiert die Show stehlen würde. Allerdings wünschte sich Lisa, Morgan würde nicht ständig so übertreiben mit dem Luxus. Ein schlichtes weißes Seidenkleid hätte es ihrer Meinung nach auch getan. Zumal das Ganze ja sowieso eher eine formelle Angelegenheit war.

Die Wolke aus Glück und Freudentaumel, auf der sie die letzten

Tage geritten war, verpuffte allmählich zu einer unbedeutenden Rauchschwade. Zurück im Jahr 1990 würde es nicht so sein. Die Realität, die sie in den letzten Tagen erlebt hatte, das war alles nur ein Traum gewesen. Morgan hatte Klartext geredet. Der junge Momo würde andere Wege gehen als sie.

Schmerzhaft lastete das Kleid auf ihrem Körper, als sie etwas später langsam von der Galerie aus die Treppe hinunterschritt. Ihre Hand krampfte sich am Geländer fest. Ihre Beine wackelten. Zum Glück waren sie unter der seidenen Glocke versteckt.

Morgan erwartete sie unten am Treppenabsatz. Er hob seinen Arm, als sie nur noch wenige Schritte von ihm entfernt war. Sie legte schüchtern ihre Hand in seine dargebotene Handfläche und schluckte wie ein Kind, das etwas tun musste, wozu es doch noch viel zu klein war. Fest schlossen sich seine Finger um ihre.

«Lee-Lee», sagte er sanft. «Ich wünsche mir, ich könnte dir das unter besseren Umständen bieten. Aber nun ...»

Mit äußerster Behutsamkeit führte er sie zu der Mitte des Wohnzimmers, wo Britt in einem dunkelblauen Zweiteiler aus Seide auf sie wartete. Onyx stand stramm neben ihr. Die ältere Lisa hatte sich in die hinterste Ecke ans andere Ende des Raumes verdrückt.

Von irgendwoher spielte ein Orchester auf. Der Riesenbildschirm war zum Leben erwacht. Ein Meer von virtuellen Rosen flatterte ihnen entgegen und der Schriftzug «Wedding online» tanzte über den Screen. Dann brandete donnernder Applaus von einem imaginären Publikum auf, und der virtuelle Gang einer Kirche eröffnete sich vor ihnen.

«Wir können das Ganze auch mit unseren VID-Brillen erleben», meinte Morgan achselzuckend. «Dann haben wir das Gefühl, wirklich in der Kirche drin zu stehen. Wenn du das möchtest?»

«Nicht nötig», meinte Lisa. Der Bildschirm war riesig und Morgans Wohnzimmer prunkvoll genug eingerichtet. Außerdem hätte sie eine echte Kirche einer virtuellen immer noch vorgezogen.

Die etwas kitschige Animation führte sie durch die Kirche an einem jubelnden Publikum vorbei nach vorne zum Altar, wo ein Pfarrer auf sie wartete, der einem echten Menschen täuschend ähnlich sah. Rechts erschien ein Menü, mit dem man zwischen einem weiblichen, männlichen oder geschlechtsneutralen Pfarrer switchen konnte. Auch die Option für Cyborg und Roboter gab es.

«Nimmt dem Ganzen *etwas* die Romantik», murmelte Britt im Hintergrund.

Morgan hob gebieterisch den Arm, traf eine Wahl, steuerte den Exit-Button an, und das Menü verschwand wieder. Der virtuelle «Priester» hob an, und seine etwas übertrieben fröhlich programmierte Stimme erfüllte den Raum.

«Guten Tag. Willkommen in unserer virtuellen Wedding Chapel. Bevor wir mit der Hochzeitszeremonie beginnen, müssen wir noch einige Formalitäten erledigen. Darf ich Sie bitten, folgende Angaben auszufüllen?»

Und schon wurde ein sehr amtlich aussehendes Formular in die Mitte des Bildes geschoben. Lisa stöhnte ob der langen Liste an Fragen. Das sah aus wie ein stinklangweiliges Anmeldeformular für die Schule. Heiraten hatte sie sich definitiv anders vorgestellt.

«Tut mir leid, Lee, es ist schrecklich, ich weiß», entschuldigte sich Morgan. «Aber das war die beste Seite für Schnellhochzeiten, die ich gefunden habe. Die anderen Seiten sind noch grässlicher. Die meisten virtuellen Hochzeiten laufen via Holomet, weil man da seine Freunde und Verwandten virtuell einladen kann. Aber das bedarf einiger Vorbereitungen. Also haben wir keine andere Wahl. Keine Angst, geht ganz schnell.»

«Bitte wählen Sie Ihr Geschlecht aus», lautete die erste Aufforderung. Darunter folgte ein Dropdown-Menü mit verschiedenen Optionen wie «Mann, Frau, Neutral, Cyborg, Roboter, Anderes – nämlich: …».

Morgan wählte «Mann» und hielt dann den Daumen auf seinen HoloStrip, welcher das Signal sofort zum Bildschirm sandte. Automatisch wurden seine Personalien und sämtliche Angaben in die leeren Felder gefüllt, und sein Passfoto erschien in der rechten, oberen Ecke.

```
Vorname: Morgan William
Familienname: Kendall
Geburtsdatum: 27. September 1973
Geschlecht: Männlich
Adresse: Tomsborough Square 3a
```

Und so weiter. So ziemlich alles stand nun über Morgan da, bis hin zu seinen Eltern und Geschwistern sowie Vermögensangaben, Steuerklasse, Beruf, Gesundheitszustand und so weiter.

«Was die alles wissen wollen», stöhnte Lisa und fragte sich, was zu ihren Angaben wohl erscheinen würde.

«Amtsschimmel halt», kommentierte Britt.

Morgan wurde noch einmal aufgefordert, die Angaben mit seinem Daumen auf dem HoloStrip zu bestätigen. Erst dann finalisierte der Computer die Übernahme der Formalitäten.

«Jetzt du», sagte Morgan. «Wenn du magst?» Er wählte rasch die Option «Frau» für Lisa aus.

Lisa hob ihren Arm. Morgan hatte ihr einen neuen HoloStrip bestellt, denn den alten hatte sie beim Portal zurückgelassen. Doch wie konnte sie nun mit dem Daumen irgendwelche Angaben an den Computer übermitteln? Sie war doch zuletzt als Schülerin Lilly Kendall erfasst. Aber unter dieser Identität wäre sie doch zu jung zum Heiraten …?

«Nur zu. Vitus hat alles geregelt», forderte Morgan sie auf.

Zögernd legte Lisa den Daumen auf das dafür vorgegebene Feld, welches am Armband aufleuchtete. Im Nu wurden alle ihre Personalien in die leeren Felder auf dem Bildschirm übertragen.

```
Vorname: Lisa Butterfly
Familienname: Whitfield
Geburtsdatum: 11. August 2029
Geschlecht: Weiblich
Adresse: Tomsborough Square 3a
```

«Verzeih mir», entschuldigte sich Morgan mit einem verlegenen Grinsen. «Ich musste auf die Schnelle einen neuen Namen für dich erfinden. Heutzutage ist es ja normal, sich nach Gemüse und Früchten und Städten zu benennen. Also, warum nicht ein Schmetterling?»

«Schon ein bisschen krass, die beiden Jahrgänge», ließ sich Britt hinter ihnen vernehmen. «Die Klatschspalten über die Reichen und Schönen werden sich regelrecht überschlagen.»

Onyx gluckste.

Nachdem beide Angaben bestätigt waren, erschien wieder das etwas übertrieben heitere Gesicht des Priesters auf dem Bildschirm.

«Also, ein bisschen weniger kitschig hätte es auch getan», kam es wieder von Britt.

«Seid doch jetzt ruhig», befahl Morgan. «Müsst ihr denn auch das letzte bisschen Romantik verderben?»

«Herzliche Gratulation!», rasselte der Priester. «Sie haben den Antrag eingereicht. Dieser wird binnen weniger Minuten bearbeitet. Sie können jetzt gern mit der Zeremonie fortfahren. Dazu wählen Sie bitte die gewünschte Option an.»

«Puh!», brummte Morgan. «Na, dann.»

Wieder wurde eine Liste eingeblendet. Die Auswahlmöglichkeiten muteten Lisa bizarr an.

Da stand nämlich:

```
Einfache Trauung – 500 Ecos
Erweiterte Trauung – 3000 Ecos
DeLuxe-Trauung – 10.000 Ecos
```

«Du meine Güte, was ist das?», stöhnte Britt.

«Es tut mir wirklich leid», sagte Morgan zerknirscht. «Leider gibt es keine Seite, bei der man diese Auswahl bereits vorher treffen kann. Der Nachteil bei diesen Instant-Hochzeiten.»

«Können wir … die einfache Trauung nehmen?», stotterte Lisa, als Morgan die DeLuxe-Trauung anwählen wollte.

Er sah sie etwas irritiert an.

«Es ist nur … etwas peinlich», piepste sie.

«In der einfachen Trauung ist aber kein Kuss enthalten», sagte er nach einem kurzen Durchscrollen der dazugehörigen Features. «Lass uns wenigstens die erweiterte Trauung nehmen.»

Britt hinter ihnen zog hörbar empört die Luft ein. Lisa verzog gequält das Gesicht. Nicht, dass sie den 74-jährigen Morgan abstoßend fand – ganz und gar nicht –, aber einen älteren Herrn zu küssen brachte sie nun wirklich nicht über sich, auch nicht, wenn es Momo höchstpersönlich war.

Doch Morgan lächelte Lisa so warm an, dass sie nicht mehr protestierte, als er die Option «Erweiterte Trauung» eingab. Britt presste ihre Lippen zu einem schmalen Strich zusammen, während Onyx unablässig grinste.

Eine Fanfare ertönte und schmetterte einen allzu feierlichen Auftakt in den Raum.

«Autsch!», murmelte Britt.

Der Priester mit dem Dauergrinsen trat wieder vors Publikum. Lisa fühlte sich dabei irgendwie an Professor Elliott erinnert und schauderte. Während der Priester einen kurzen Trauspruch aufsagte, nahm Morgan Lisas Hände und zog sie sanft zu sich heran, so dass sie sich Angesicht zu Angesicht gegenüberstanden.

«Lee-Lee», sagte er leise. «Ich wünschte, mein jüngeres Ich hätte vorher geschnallt, was für eine tolle Frau du bist. Ich meine das hier wirklich ernst. Vertrau mir. Du musst keine Angst haben.»

Lisas Lippen bebten, als sie Morgans intensiven Blick erwiderte. Sie hatte immer noch nicht ganz begriffen, wie ihr geschah.

«Morgan William Kendall, möchten Sie Lisa Whitfield zu Ihrer rechtmäßig angetrauten Ehefrau nehmen? Möchten Sie sie lieben und ehren und beschützen, in guten sowie in schlechten Tagen? Antworten Sie mit Ja oder Nein.»

«Ja», sagte Morgan aus vollem Herzen. «Ja, das will ich wirklich.»

Irgendwas in seiner Stimme trieb Lisa die Tränen in die Augen. Wenn das alles tatsächlich nur ein Traum war, dann war dies mit Abstand der skurrilste Traum, den sie je gehabt hatte.

«Lisa Butterfly Whitfield, möchten Sie Morgan Kendall zu Ihrem rechtmäßig angetrauten Ehemann nehmen? Möchten Sie ihn lieben und ehren und beschützen, in guten sowie in schlechten Tagen? Antworten Sie mit Ja oder Nein.»

«Ich … ich …», stotterte Lisa.

«Ich habe die Antwort nicht verstanden», schnarrte der Priester freundlich.

«Lee-Lee, ich zwinge dich nicht», flüsterte Morgan. «Ich möchte nur für dich sorgen.»

«Ich … ja …», presste Lisa hervor.

«Habe ich die Antwort richtig verstanden?», fragte der Priester mechanisch. «War das ein ‹Ja›? Bitte wiederholen Sie die Antwort.»

«Ja!», sagte Lisa, diesmal lauter und fester.

«Dann dürfen Sie Ihrer Braut jetzt den Ring anstecken, Mister Kendall. Wenn Sie so weit sind, bestätigen Sie bitte das Weiterführen der Zeremonie mit Ihrem Daumen.»

Britt trat vor und reichte Morgan die Schatulle. Er nahm den kleineren Ring heraus und streifte ihn so sachte um Lisas Finger, als wären ihre Hände aus Porzellan. Dann steckte er sich den eigenen Ring an und bestätigte die Prozedur mit seinem Daumen.

«Damit erkläre ich euch nun zu Mann und Frau», verkündete der Priester strahlend. Im Hintergrund ertönte wieder künstliches Gejohle und Applaus.

«Jetzt dürfen die Trauzeugen vortreten und die Ehe mit ihrer Daumeneingabe bestätigen», fuhr der Priester fort.

Morgan streckte Britt und Onyx seinen Arm hin, und beide pressten nacheinander ihre Daumen auf sein Armband. Die Anzeige am Bildschirm blinkte auf, und ein grünes Häkchen erschien, gefolgt von einer aufwändigen Animation, in der Morgans und Lisas Bild zu einer Collage verschmolzen.

Lisa hielt voller Panik die Luft an. Jetzt kam der am meisten gefürchtete Moment.

«Dann dürfen Sie die Braut jetzt küssen, Mister Kendall.»

Lisa schloss die Augen und wünschte sich, dadurch unsichtbar zu werden. Sie konnte das nicht. Das brachte sie einfach nicht fertig. Wie stellte er sich das bloß vor?

Zu ihrer Überraschung schob Morgan sie behutsam beiseite und winkte ihr älteres Ich heran, das die ganze Zeit in der hintersten Ecke verharrt und der Zeremonie mit wachsender Neugier zugesehen hatte.

Als hätte sie auf sein Kommando gewartet, sprang die ältere Lisa auf und kam mit zielstrebigen Schritten und strahlendem Gesicht auf Morgan zu. Die jüngere Lisa nahm schnell Reißaus, um nicht von der Wucht der abstoßenden Kraft zwischen ihnen an die nächstbeste Wand geschleudert zu werden.

Morgan schnappte sich die ältere Lisa und drückte ihr einen innigen Kuss auf die Lippen; ein Kuss, der sämtlichen Anwesenden das Blut in den Ohren rauschen lassen musste und der die ältere Lisa zum Taumeln brachte.

«Holy moly!», raunte Britt. Onyx klatschte eifrig Applaus.

«Ich liebe dich, Lee-Lee», sagte Morgan, an die ältere Lisa gewandt. «Damit ich es dir wenigstens einmal gesagt habe.»

«Wurde auch endlich Zeit», konnte Britt es sich nicht verkneifen.

«Ich liebe dich auch, Momo», erwiderte die ältere Lisa. Ihre Augen strahlten wie Sterne am Nachthimmel. «Ich habe dich immer geliebt, mein ganzes Leben lang. Das weißt du ja.»

«Das weiß ich. Und wie könnte ich die Frau nicht zurücklieben, die mir das Leben gerettet hat?», fragte er leise. «Was mein ist, wird für immer dein sein.»

Und schon lagen sie sich wieder in den Armen.

Ein Seufzer entwich den Lippen der jüngeren Lisa. Die Enge in ihrem Herzen wurde auf einmal herrlich weit. Sie hätte am liebsten ihre Arme ausgebreitet und ein Lied angestimmt. Sie würde diese Worte für immer in ihrem Herzen versiegeln. Sie würde sie mit in die Vergangenheit nehmen und für immer von ihnen träumen, selbst wenn sie in ihrer Wirklichkeit niemals wahr werden würden.

Egal, was kommen würde, egal, was eines Tages sein würde: Sie hatte die langersehnten Worte von ihm nun wenigstens ein Mal gehört. Neue Tränen stürzten aus ihren Augen, doch dieses Mal waren es Tränen der Freude.

Sie hatte gar nicht gemerkt, dass es wieder still im Raum geworden war. Der Bildschirm war aus. Britt und Onyx standen abwartend da. Morgan löste sich von der älteren Lisa. Suchend blickte er sich nach der jüngeren um.

Diese torkelte langsam im Freudentaumel auf ihn zu. Er lächelte sie an und tätschelte ihren Arm.

«Damit gehört jetzt alles dir, Lee-Lee», sagte er. «Alles, was mein ist.»

«Herzlichen Glückwunsch», sagte Britt trocken. «Du bist jetzt Milliardärin.»

«I…, ich?», stotterte Lisa.

Morgan sah auf seine Uhr. «Ich würde sagen, wir brechen auf. Angela ist in etwa zwei Stunden im Labor. Sie wird alles installieren. Möchtest du noch etwas essen vorher, Lee-Lee? Auf leeren Magen reist es sich vielleicht nicht so gut durchs Wurmloch.»

Doch Lisa war viel zu aufgeregt, um ihrem Magen irgendeinen

Bissen zumuten zu können. Sie schüttelte daher den Kopf. Morgan schickte alle in ihre Zimmer, damit sie sich ein paar normale Kleider anziehen konnten, und eine gute halbe Stunde später standen sie abmarschbereit auf der Veranda.

Kapitel 23
Der Zeitreisende

«Die ältere Lisa fliegt mit mir, und du fliegst mit Onyx», instruierte Morgan Lisa, während er fürsorglich die Kapuze ihrer Regenjacke über ihrem windverwehten Haar drapierte. Es hatte die letzten drei, vier Tage immer wieder geregnet, und auch jetzt war der Himmel düster und verhangen. «Du und dein älteres Ich, ihr könnt ja nicht zusammen auf so engem Raum sitzen.»

«Okay.» Lisa spürte, wie die Nervosität schrittweise anstieg. Sie hoffte, die Anspannung würde ihren Peak bald erreichen, sonst müsste sie platzen.

Morgan strich ihr über den Kopf. «Das wird schon, Lee-Lee. Ich vertraue unserem Schöpfer. Er kann die erste Zeitlinie wieder herstellen …»

Auf einmal brach er ab.

«Was ist?»

«Ich …» Morgan wandte sich suchend zu der älteren Lisa um. Diese kam vorsichtig heran, ihre Augenbrauen zu einem Fragezeichen erhoben.

«Werde ich … wenn die erste Zeitlinie wieder hergestellt ist … werde ich dann am 7. Juni 2018 sterben?»

«Hm.» Die ältere Lisa blieb abrupt stehen. Die Frage schien sie aufzuwühlen. Die jüngere Lisa blickte sie verwundert an. Bis jetzt hatte anscheinend noch niemand diese Möglichkeit in Betracht gezogen.

«Das … das kann ich dir nicht sagen. Ich bin ja nicht mehr Misses Whitfield von Zeitlinie eins. Ich bin Lisa Kendall aus Zeitlinie drei oder vier. Zeitlinie eins gibt es für mich nicht mehr. Aber …» Sie schaute ihr jüngeres Ich an. «Doc Silverman sagte immer, dass wir unsere Zukunft mitgestalten können. Mein jüngeres Ich wird gewiss in der Vergangenheit auf dich aufpassen.»

«Das werde ich», versicherte die jüngere Lisa.

Morgan nickte, halbwegs beruhigt. Er holte tief Luft.

«Lasst uns aufbrechen.»

«Darf ich auch noch etwas anmerken?», meldete sich nun Britt, die sich bislang im Hintergrund gehalten hatte.

«Ja?» Morgan, an den die Frage gerichtet war, machte auf dem Absatz kehrt.

«Hast du dir schon mal überlegt, was passieren soll, wenn ihr *beide,* du und Lee, nicht mehr von dem Experiment zurückkehrt? Hast du auch nur *einen* Gedanken an mich verschwendet? Du gehst immer davon aus, dass einer von euch, entweder du oder Lee, zurückkehrt. Was aber, wenn ihr beide umkommt? Was soll dann aus *mir* werden? Ich meine, nicht nur, dass ich dazu verknurrt bin, hier ganz allein auszuharren und zu warten, während ihr zu viert für dieses Experiment ausrückt … ohne zu wissen, ob ihr je zurückkehrt … nein, ich bin auch abhängig von dir … Morgan …» Ihre Stimme brach im Wind, der ihnen um die Ohren blies.

«Britt, daran habe ich doch längst gedacht», sagte Morgan ernst.

«Ach ja?»

«Natürlich. Ich habe die letzten drei Tage nicht nur rumgeturtelt, nein, ich hab auch mein Testament neu aufgesetzt. Sollten Lee und ich nicht mehr zurückkommen, dann geht mein Vermögen natürlich zuerst an meinen Bruder und seine Nachkommen. Aber ich habe unter anderem eine Verfügung geschrieben, dass für dich gut gesorgt ist bis an dein Lebensende. Keine Angst. Ich überlasse dich doch nicht einfach deinem Schicksal.»

Die sonst so forsche Britt ließ kleinlaut ihre Schultern hängen. «Danke», knarzte sie mit belegter Stimme.

Morgan lächelte ihr zu und klopfte ihr freundschaftlich auf die Schulter, bevor er sich an Onyx wandte. «Alles bereit?»

«Bereit zum Einsteigen», sagte Onyx. Auch er hatte sich umgezogen und stand nun in seiner Polizeiuniform da.

«Dann muss ich mich wohl dieses Mal endgültig verabschieden», sagte Britt, die sich auf einmal ziemlich allein zu fühlen schien.

Morgan, der schon auf dem Weg zu seinem Aeromobil war, hielt inne.

«Für den Fall …» Britt trat erneut auf ihn zu und legte dann ihre Arme um seinen Hals. «Ich möchte dir danken, Morgan. Für alles. Du warst und bist ein guter Freund. Ich habe dir viel zu verdanken. Ich hoffe, du kehrst zurück.»

«Das hoffe ich auch, Britt», sagte Morgan und drückte sie kurz, aber herzhaft an sich. «Ich danke dir auch. Du hast mir in vielen Stunden der Einsamkeit geholfen. Und mich oft vom Trinken abgehalten, wofür ich dir wirklich riesig dankbar bin.»

«Nimm mir meine bissige Art nicht übel.» Britt setzte ein schiefes Lächeln auf. «Ich weiß, ich kann manchmal ein Giftzahn sein. Aber du weißt ja, im Alter wird man komisch.»

«Ach, es gibt Schlimmeres», schmunzelte Morgan. «Ich komm damit zurecht.»

«Lee?» Britt machte nun einen Schritt auf die jüngere Lisa zu. «Ich weiß nicht, welche von euch ich umarmen soll, aber …»

Ehe Lisa sich's versah, hatte ihre Freundin sich an sie geklammert. «Wir haben uns ja schon mal verabschiedet. Ich hoffe, dieses Mal ist es endgültig für diese Zeitlinie. Ich zähle auf dein älteres Ich und Morgan. Ich zähle darauf, dass sie dich nach Hause bringen und wir zusammen erwachsen und älter werden können.»

Lisa drückte ihre ausnahmsweise ungewöhnlich sentimentale Freundin an sich. Britt drückte verstohlen eine kleine Träne weg und straffte dann ihren Rücken wieder.

«Dann los. Gute Reise! ‹Godspeed›, wie man so schön sagt.» Sie gab Lisa einen leichten Klaps auf die Schulter.

«Danke … danke, Britt …»

«Schon gut. Geh jetzt!» Britt wedelte ungeduldig mit der Hand, wieder ganz die Alte. Lisa rannte auf Morgan, Onyx und ihr älteres Ich zu, die mittlerweile oben bei der Landerampe auf sie warteten. Die ältere Lisa zeigte Onyx mit ihrem HoloStick, wo genau er bei ihrer Ankunft zu landen hatte. Onyx bewunderte das freischwebende Hologramm.

«Geniale Technologie», staunte er. «Dagegen wirkt das hier ja schon fast altmodisch.» Er hob seinen Arm mit dem elektronischen Tattoo.

«Tja, solche Tattoos werden eines Tages wohl trotz allem noch eine signifikante Rolle spielen», sagte die ältere Lisa leise.

Die Flügeltür von Onyx' Flugmobil stand bereits offen. Schnell kletterte die jüngere Lisa zu ihm auf den Beifahrersitz. Auf dem Rücksitz hatte er einen großen Rucksack deponiert, in dem sich, wie

Lisa vermutete, die Kletterausrüstung befand, die sie für den Abstieg ins Forschungszentrum brauchten. Ihr älteres Ich stieg derweil mit Morgan in das andere Flugmobil.

Als die Tür schloss, sah Lisa, dass es draußen wieder leicht zu regnen angefangen hatte.

Onyx startete das Flugmobil, es erhob sich in die Lüfte, und sie flogen dem wolkenverhangenen Himmel entgegen. Lisa drückte ihr Gesicht an die Scheibe und sah Britt auf der Veranda stehen, eine kleine, einsame Gestalt, die immer mehr schrumpfte, bis sie nicht mehr zu sehen war. Etwas später verschmolz auch Morgans Luxusvilla mit der Hügelkette und verwandelte sich in einen schemenhaften Punkt in der diesigen Landschaft.

Während des anderthalbstündigen Flugs redete Lisa nicht viel mit Onyx. Er schien durch seine implantierten Kopfhörer laufend Befehle zu empfangen und war damit beschäftigt, den Bordcomputer zu bedienen. Hin und wieder erkundigte er sich nach Lisas Wohlbefinden. Aber außer dass ihre Nervosität ins Unermessliche gestiegen war, konnte sie ihm nichts Neues berichten.

Sie kaute auf dem Sandwich herum, das Morgan ihr mitgegeben hatte. Immer wieder betrachtete sie dabei den Diamantring an ihrem Finger, drehte ihn mehrmals um seine eigene Achse. Sie konnte es immer noch nicht fassen, was ihr vorhin geschehen war. Morgan hatte sie geheiratet! Einfach so. Sie schüttelte nur den Kopf; das war alles zu bizarr, als dass sie es wirklich glauben konnte. Sie fragte sich, ob sie den Ring mit in die Vergangenheit nehmen würde, und wenn ja, ob sie ihn dort weiterhin tragen sollte.

Inzwischen hatte sich allmählich Dunkelheit über die Landschaft gesenkt. Der Tag wich der hereinbrechenden Nacht. Die ersten Lichter der vorbeiziehenden Ortschaften leuchteten auf. Von hier aus sah die Welt von 2047 so normal aus, so unspektakulär, wenn sie nicht gerade über eine Offline-Siedlung flogen, die sehr leicht an den dürftig beleuchteten Straßen und Fenstern zu erkennen war.

Irgendwann tauchte die Skyline von Tomsborough wie ein leuchtendes Diadem am Nachthimmel auf. Ihr Ziel war bald in greifbarer Nähe. Schon senkte Onyx das Aeromobil.

Er drehte einen weiten Bogen über das nur zur einen Hälfte beleuchtete Forschungszentrum, und Lisa sah, dass es in der Tat lädiert aussah. Sie erkannte im Licht der Außenanlage die ramponierte Fassade und eingeschlagenen Fenster. Du meine Güte! Kam das alles von der Explosion? Hoffentlich war dabei niemand ums Leben gekommen!

Wenn die Detonation acht Etagen unter der Erde solche Auswirkungen auf den oberen Teil des Gebäudes gehabt hatte, dann musste ja unweigerlich jemand zu Schaden gekommen sein? Sie hatte in den letzten Tagen keine Newsmeldung mehr gesehen. Britt hatte sie auf Morgans Geheiß von solchen Informationen ferngehalten. Lisa, die sich dem nur widerwillig gefügt hatte, ahnte, dass der Schaden und die daraus resultierenden Folgen gravierender waren, als sie sich das bis jetzt ausgemalt hatte. Womöglich so gravierend, dass Morgan und Angela tatsächlich mit schweren Konsequenzen rechnen mussten.

Sie wollte besser gar nicht dran denken …

Onyx steuerte das Aeromobil mittlerweile in einiger Entfernung zum Forschungszentrum in der Nähe des Flusses hinab, wo er es neben Morgans Flugmobil parkte. Sie befanden sich ein ganzes Stück weit weg auf der anderen Seite des Felsvorsprungs, von dem aus Zac dazumal den Time Transmitter navigiert hatte, als sie noch auf das Wurmloch bei der Brücke angewiesen waren.

Morgan und die ältere Lisa warteten bereits in der Deckung eines großen Gebüsches. Morgan hatte den Arm fest um seine Frau geschlungen. Sein Kopf ruhte auf ihrer Schulter. Als er die jüngere Lisa und Onyx erblickte, stellte er sich jedoch sofort aufrecht hin.

«Dann mal los», sagte er nur. Seine Stimme klang rau. Täuschte sich Lisa, oder war auch er schrecklich nervös?

«Wir müssen leise sein», flüsterte ihr älteres Ich der Truppe zu. Die jüngere Lisa konnte ihre Worte gerade noch knapp vernehmen, da sie sich ihr ja nicht auf mehr als etwa drei Meter nähern konnte.

Morgan hatte sich von Lisas älterem Ebenbild gelöst und sich zu ihr gesellt, wohl, um sie nicht so allein stehen zu lassen. Sie lehnte sich an seinen warmen Körper, der ihr wie eine Schutzsäule vorkam, während sie der älteren Lisa zuhörten:

«Der Riss ist gleich unterhalb Zacs legendärer Felsklippe. Wir machen am besten einen kleinen Umweg durchs Buschwerk auf den Felsen zu, damit uns niemand sieht.»

Die ältere Lisa ging voraus und beleuchtete mit ihrem HoloStick den sumpfigen Pfad durchs Dickicht. Der Stab gab ein ganz eigenartiges Licht ab. Der Lichtkegel fiel stramm gebündelt und gleißend hell vor ihnen auf den Boden, als wolle er den Weg vor ihnen zerschneiden. Irgendwie fühlte Lisa sich ein bisschen an ein Lichtschwert von «Star Wars» erinnert.

Onyx blieb dicht hinter der älteren Lisa. Er trug den Rucksack mit der Kletterausrüstung, während die junge Lisa und Morgan das Schlusslicht bildeten. Sie war dankbar, dass er bei ihr blieb, obwohl er sicher lieber in der Nähe ihrer älteren Ausgabe gewesen wäre.

Bei der besagten Felswand angekommen, die sich direkt unter der übers Wasser ragenden Felsklippe befand, suchte die ältere Lisa das Gestein mit dem gebündelten Lichtkegel ab, der auf einmal von einem dunklen Spalt verschluckt wurde.

«Da ist er», flüsterte sie und tastete mit ihren Händen danach. Morgan trat näher und spähte in die Felsritze, so gut dies in der Dunkelheit machbar war.

«Meine Güte, komme ich da überhaupt durch?», stöhnte er. «Ihr seid alle schlanker und wendiger als ich …»

«Keine Angst, der Durchgang ist breiter, als er von außen aussieht. Wir müssen nur ein paar Steine wegräumen.»

«Gibt es wirklich keinen anderen Eingang?», fragte Morgan weiter, den auf einmal deutlich der Mut zu verlassen schien. «Klettern ist nun wirklich nicht meine Stärke.»

«Leider nein», erwiderte die ältere Lisa. «Die Fahrstühle im Forschungszentrum sind außer Betrieb. Natürlich gäbe es noch eine Nottreppe, aber die Sicherheitsanlage ist leider immer noch teilweise aktiv. Im Forschungszentrum wird ja nach wie vor gearbeitet. Wir kämen also nicht unbemerkt rein. Es tut mir leid, Schatz. Wir werden Seilschaften bilden, und zwar am besten Alt mit Jung. Das heißt, du und mein jüngeres Ich, ihr bildet eine Seilschaft, und ich gehe mit Onyx. Mein jüngeres Ich sollte zumindest noch etwas Klettererfahrung haben. Und im Jahr 2047 ist die Kletterausrüstung doch schon echt hightech.»

Sie schmunzelte und wandte sich an ihr jüngeres Ich: «Wenn ich mich recht entsinne, warst du in deiner Zeitlinie vor nicht allzu langer Zeit im Jahr 2018 mit Zac zusammen Teil einer Kletterpartie eine steile Felswand hinauf, weil er den Time Transmitter dort oben versteckt hatte, stimmt's?»

Die jüngere Lisa nickte. Klettern bereitete ihr zum Glück so gut wie keine Mühe. Das, was danach auf sie wartete, folterte sie innerlich viel mehr.

Sie blickte Morgan an, der sich bei dem Gedanken an die bevorstehende Kletterpartie sichtlich elend fühlte.

«Wir kriegen das hin, Momo!», versuchte sie ihm Mut zu machen.

Er lächelte gequält.

Sie machten sich ans Werk und hatten binnen weniger Minuten den Eingang freigeschaufelt. Die größeren Steine rollten sie zu zweit weg.

«Also», wisperte die ältere Lisa und scharte die Gruppe um sich, wobei die jüngere Lisa wieder ein paar Meter ausscheren musste. «Wie lautet der neuste Statusbericht von Angela, Momo?»

«Es ist alles vorbereitet.» Morgan stülpte sich seine VID-Brille über die Augen. Dort las er irgendetwas ab, was er der älteren Lisa mit geneigtem Kopf ins Ohr flüsterte. Diese gab ihm eine Antwort, ebenfalls im Flüsterton, und für eine Weile ging es auf diese Weise munter hin und her.

Die jüngere Lisa, die zu ihrem Leidwesen aus dieser Distanz nichts von dem Gespräch hören konnte, scharrte ungeduldig mit den Füßen im Matsch. Onyx bewunderte indessen den Lichtstab, den die ältere Lisa ihm in die Hand gedrückt hatte, und zauberte ein kleines Hologramm des Labor-Grundrisses in die Luft.

Dann endlich öffnete die ältere Lisa den Rucksack und förderte seinen Inhalt zutage. Zum Vorschein kamen elektronische Hightech-Schuhe, Karabinerhaken, Helme, Seile und diverse andere Utensilien, die Lisa noch nie gesehen hatte. Neugierig begutachtete sie die Kletterschuhe und stellte zu ihrer Überraschung fest, dass diese sich automatisch um die Füße schmiegten und perfekt der Größe des Trägers oder der Trägerin anpassten.

Onyx begann, sich Klettergurt, Schuhe und Helm anzuziehen, als würde er so was jeden Tag machen.

«Kommst du denn auch mit zum Portal?», fragte Lisa verblüfft, denn dass Onyx sich freiwillig in Lebensgefahr begab, verwunderte sie nun doch. Es konnte doch nicht sein, dass sich alle mir nichts, dir nichts für sie opferten!

«Tja, ohne mich kommt ihr da nicht runter», grinste der junge Polizist. «Wir müssen ja zu viert sein, damit wir zwei Seilschaften bilden können.»

«Und wenn es wieder zu einer Explosion kommt?»

«Dann suche ich mir rechtzeitig Deckung. Keine Sorge, ich bin durch meine Ausbildung gut trainiert. Und ganz uneigennützig ist mein Einsatz nicht: Das ist der lukrativste Auftrag, den ich je hatte.» Sein Blick wanderte zu Morgan.

«Ja-ja, häng das jetzt nicht an die große Glocke», murmelte Morgan nervös.

«Los, macht euch fertig!», drängte die ältere Lisa. «Wir haben bestimmt eine gute Stunde, bis wir dort unten sind.»

«Lee-Lee.» Morgan winkte die jüngere Lisa heran und händigte ihr etwas aus, das wie ein Gürtel aus kleinen Metallplatten aussah. «Mach das nachher an deinem Klettergurt fest. Du bist die Leichtere von uns, daher musst du dir dieses Extragewicht anlegen, damit wir etwa gleich schwer sind und die Balance halten können. Vergiss nicht, du bist diejenige, die jetzt den Lead hat. Ich kann das nicht. Ich hoffe, du bringst mich ungelenken alten Knacker sicher da runter. Ich bin total auf dich angewiesen.»

Lisa nickte. «Klar», sagte sie und versuchte, ihrer Stimme einen festen Klang zu geben, während sie in den Klettergurt stieg. «Verlass dich auf mich.»

«Atemgeräte nicht vergessen», mahnte die ältere Lisa. «Die Luft könnte etwas dünn sein da unten in der Felsspalte.»

Lisa ergriff eines der etwas merkwürdigen, nasenförmigen Mini-Geräte und tat es ihrem älteren Ich nach, das sich das Gerät am Nasenrücken befestigte und die zwei winzigen Stöpsel, die daran angebracht waren, in die Nasenlöcher steckte.

«Das reicht schon?», fragte sie.

«Wie ich sagte: Hightech», lächelte ihr älteres Ich. «Seid ihr fertig?»

Lisa und Onyx nickten, und nach einigem Zögern auch Morgan. Sie setzten sich ihre Helme auf und machten die darauf montierten Leuchten an. Zu guter Letzt befestigte Morgan das Seil, das sie miteinander verbinden sollte, an seinem und Lisas Klettergurt.

«Halt mich einfach gut fest, Lee-Lee», murmelte er.

Die ältere Lisa verschwand im Spalt und hieß Onyx, der an ihrem Seil befestigt war, ihr zu folgen. Der junge Polizist drückte Morgan den Lichtstab in die Hand und kletterte ihr fix nach.

Morgan zog Lisa nahe zu sich heran. Seine Hände, die er auf ihre fröstelnden Schultern legte, fühlten sich wie zwei warme Heizkissen an. Er zwang sich, ruhig zu sprechen:

«Wir zwei müssen, sobald wir den Abstieg geschafft haben und drin sind, unverzüglich zum Portal gehen und uns die Schutzanzüge anziehen, die Angela bereithält. Ohne Zögern und Zaudern. Die Luft ist rein, aber man weiß nie. Es kann unsere letzte Chance sein. Hast du mich verstanden?»

Lisa nickte bebend. Jetzt kam es ganz auf sie an. Sie drückte die Schultern durch und stellte sich aufrecht hin, auch wenn sie Morgan dadurch um die berühmten paar Zentimeter überragte, die ihn immer so gestört hatten.

«Und noch was.» Morgans Griff auf ihren Schultern verstärkte sich. «Bevor du durchs Portal trittst, sprich ein Gebet.»

«Ein Gebet? Warum? Was für ein Gebet?»

«Wir senden dich aus der Zeitlinie, in die Ewigkeit. Du wirst Raum und Zeit durchbrechen. Es ist möglich, dass du dort deinem Schöpfer begegnen wirst, und Jesus Christus. Es ist gut, dich vorher mit ihm bekannt zu machen. Er ist die Tür zur Ewigkeit.»

«O…, okay.»

«Sprich zu ihm, bevor du durchs Portal trittst, alright?»

Lisa brachte nicht mehr zustande als ein Nicken. Morgan nahm ihre Hand und schob sie sachte vor sich, damit sie zuerst durch den Riss treten konnte. Dann stieg er ihr nach, wobei er allerdings hilfesuchend die Hand nach ihr ausstrecken musste.

Lisa half ihm, sich durch den Spalt zu quetschen und zu ihr in die dunkle Grotte zu steigen. Tatsächlich war die Kluft innen breiter, als sie von außen angenommen hatte. Morgan machte den Lichtstab an, der ihnen wunderbarerweise nicht nur Licht spendete, sondern sich gleich als Navigationshilfe entpuppte, die ihnen den Weg durch den düsteren Schacht wies. Morgan drückte den Stab Lisa in die Hand, um selbst besseren Halt zu finden, und Lisa schob ihn kurzerhand unter ihren HoloStrip, damit sie beide Hände frei hatte.

Nicht nur erwies sich der Lichtstab als außerordentlich präziser Navigator, nein, er warnte sie auch vor anstehenden Gefahren und markierte besonders heikle Stellen mit einem roten Gitternetz. Als ein vorstehender Felsbrocken ihnen in die Quere kam, blinkte ein Warnhinweis auf, der sie aufforderte, die Köpfe einzuziehen. Lisa fragte sich, woher dieses Wundergerät das alles wusste.

Obwohl Lisa mit den Hightech-Schuhen und ihrem natürlichen

Talent fürs Klettern erstaunlich gut zurechtkam, kamen sie nur langsam vorwärts. Das Gestein war an einigen Stellen gefährlich instabil, und Morgan hatte erhebliche Mühe. Lisa musste mehrmals auf ihn warten und ihm ab und zu die Hand reichen, um ihm weiterzuhelfen. Zwei-, dreimal wäre er an einer besonders steilen Stelle um ein Haar abgerutscht und konnte sich gerade noch rechtzeitig auffangen. Dafür brauchte er jedes Mal ein paar Minuten, um sich wieder von seinem Schock zu erholen.

Einige Meter weiter unten konnten sie die ältere Lisa und Onyx hören. Die beiden schwachen Lichtkegel ihrer Helmlampen schaukelten vor ihnen her.

Sie waren bestimmt eine gute Stunde unterwegs gewesen und immer tiefer ins Erdreich gedrungen, als sie endlich mattes Licht durch eine enge Öffnung schimmern sahen. Die ältere Lisa und Onyx kauerten neben der Öffnung und warteten auf sie. Onyx hatte seinen Helm und sein Atemgerät ausgezogen und dafür seine VID-Brille aufgesetzt.

Lisa kam wegen der Abstoßung von ihrem älteren Ich keinen Schritt weiter, aber Morgan, der nun auf sicherem Grund stand und seinen Mut und seine Beherrschung wiedererlangt hatte, kraxelte vor, nahm Lisa den Lichtstab ab und händigte ihn ihrem älteren Ich aus.

«Was ist los?», fragte er schließlich, als die ältere Lisa sich nicht rührte. Auch sie hatte sich des Helms und des Atemgeräts entledigt. Ihr graues Haar hing ihr etwas verschwitzt und zerzaust auf die Schultern.

«Ich bin mir nicht sicher … ich sehe Angela nirgends», sagte sie leise und spähte durch die Öffnung. «Doch die Notbeleuchtung ist an, und ich sehe auch den Time Transmitter oben an seinem Platz, aber keine Angela. Und auch keine Hannah.»

«Bist du sicher?» Morgan machte sich vom Seil frei und zog dann Atemgerät und Helm aus. Er krabbelte ächzend ein paar Zentimeter vor und steckte nun seinerseits den Kopf durch die Felsspalte. Auch die jüngere Lisa riss sich Helm und Nasengerät vom Haupt und schüttelte sich das verklebte Haar aus dem Gesicht, um besser sehen zu können. Was war da vorne los?

«Hast du eine Meldung von ihr?», fragte die ältere Lisa.

«Moment.» Morgan klaubte seine VID-Brille aus seiner Innentasche hervor und setzte sie auf. Sein Körper spannte sich im selben Moment an.

«Hab ich: Gefahr ist im Anzug», verkündete er und zog seinen Kopf unverzüglich zurück. «Jemand ist auf dem Weg ins Labor. Ich gehe davon aus, dass Angie sich versteckt hat.»

«Ich dachte, das Labor sei verlassen?», kommentierte Onyx.

«Das dachte ich auch», wisperte die ältere Lisa zähneknirschend. «Aber klar …»

«Was?»

«Wir haben natürlich die Zeitlinie wieder mal verändert.»

«Was meinst du damit? Was weißt du, was wir nicht wissen, Sweetheart?», fragte Morgan und steckte ihr zärtlich eine graue Haarsträhne hinters Ohr.

«Durch Angelas Reparaturarbeiten – die ja ohne meine Zeitreise zurück ins Jahr 2047 zu diesem Zeitpunkt eigentlich gar nicht stattfinden würden –, haben die Sicherheitssysteme Warnung gegeben und unsere ‹Freunde› haben jetzt früher als geplant Wind davon bekommen, dass das Labor immer noch zugänglich ist. Die müssen trotz Angelas Vorsichtsmaßnahmen Lunte gerochen haben. Wartet mal …»

Die ältere Lisa betätigte ein paar Einstellungen an ihrem Lichtstab und saß da wie ein Luchs auf der Lauer. Auf einmal waren deutliche Geräusche von sich nähernden Schritten in der Laborhalle zu vernehmen.

Die jüngere Lisa schaute sich verwirrt um. Schritte in der Halle, so leichtfüßig, als würde jemand auf Mokassins gehen? Wie war das möglich? Wer kam hier?

«Geräuschverstärker», erklärte ihr älteres Ich knapp, ohne dass Lisa die Frage ausgesprochen hatte. «Damit kann ich Geräusche in der Umgebung von bis zu einem Kilometer heranholen.»

Den Schritten nach musste es sich um mehrere Personen handeln, und jetzt waren auch Stimmen zu hören, die sich aber noch wie ein undefinierbares Potpourri an Geräuschen gebärdeten. Es hörte sich an, als wäre eine wilde Diskussion, wenn nicht gar ein Streit im Gange.

Lisa zuckte zusammen. Sie wurde allmählich zappelig, weil sie so ins Abseits verbannt war. Sie hätte viel darum gegeben, mehr von dem, was in der Halle los war, mitzukriegen, aber sie hatte keine Chance. Sie versuchte erneut, so nahe wie möglich an die Gruppe heranzukommen, doch bei jedem Schritt wurde das Ziehen in ihrer Magengrube stärker.

«Was ist da los? Wer ist das?», drängte sie.

«Ich gehe von Professor Elliott und seinem Team aus», sagte ihr älteres Ich.

«Rückzug?», schlug Onyx vor. «Ein andermal herkommen?»

«Es gibt kein andermal», knirschte die ältere Lisa mit deutlich zusammengepressten Zähnen. «Sie werden den zweiten Time Transmitter unweigerlich entdecken. Und somit wissen, dass wir hier sind. Und dann werden sie ihn garantiert beschlagnahmen.»

Nun wurden die Stimmen klarer und hoben sich aus dem Wirrwarr an Geräuschen ab.

«Sie werden sehen, dass ich recht habe, Professor Elliott», sagte eine männliche Stimme, die Lisa sehr bekannt vorkam. «Da drin war jemand die letzten Tage. Garantiert.»

«Aber das ist unmöglich», war die haspelnde Stimme von Professor Elliott zu vernehmen. «Da kommt doch niemand einfach so rein. Der Aufzug ist ja blockiert.»

«Falls es Ihnen entgangen ist, steht die Tür seit der Explosion sperrangelweit offen», sagte die erste männliche Stimme spöttisch. «Theoretisch kann hier jeder reinspazieren, der weiß, wo die Nottreppe ins Untergeschoss ist.»

«Aber wer soll das denn tun?», fragte Professor Elliotts Stimme aufgeregt zurück. «Hier liegt doch alles komplett brach.»

«Nun, dieselbe Person, die schon vor vier Wochen heimlich versucht hat, eine Zeitreise zu inszenieren.»

Lisas Nerven waren unerträglich angespannt. «Ist jetzt alles aus?», wimmerte sie. Ihre letzte Hoffnung, je wieder nach Hause zu kommen, schien sich vor ihren Augen in Luft aufzulösen.

«Nein!» Morgan mahlte angespannt mit den Zähnen. «Nein, so schnell gebe ich nicht auf.»

Die Stimmen und Schritte kamen noch näher und hallten unheimlich von den Wänden wider.

«Sehen Sie, Elliott? Die Notbeleuchtung ist an. Was hab ich Ihnen gesagt? Jemand ist hier.»

Die ältere Lisa äugte durch den Spalt. Ihre jüngere Version reckte den Hals, um von ihrer Position aus auch etwas zu sehen. Zumindest konnte sie nun ausmachen, wo in der Halle sie sich befanden: Nämlich im hinteren Teil, weit weg vom Eingang. Und allem Anschein nach befand sich der Felsspalt in der Hallenwand ungefähr in der Mitte zwischen Portal und Galerie.

Eine Gruppe von drei Wissenschaftlern in grünen Anzügen näherte sich vom Eingang her der Mitte der Halle und blieb genau an dem Punkt stehen, wo selbst die jüngere Lisa sie teilweise im Blickfeld hatte. Einer von ihnen war eindeutig Professor Elliott, wie an seiner Statur und dem blonden, zerwühlten Haar zu erkennen war.

«Wo denn? Ich sehe niemanden. Da ist keiner!»

«Und wer soll dann die Notbeleuchtung aktiviert haben, Elliott?», kam die hämische Stimme wieder. «Seien Sie nicht so naiv. Im Gegensatz zu Ihnen habe ich die Cox längst durchschaut.»

«Aber wie wollen Sie denn wissen, dass es sich um Professorin Cox handelt?» Professor Elliott fuhr sich mit der Hand durchs Haar. «Sie war die ganzen letzten Wochen nicht hier. Ist, soweit ich weiß, seit dem Unfall krankgeschrieben.»

«Unfall! Ha. Wenn Sie nur nicht so schwer von Begriff wären, Elliott. Nicht genug, dass Ihnen durch die Lappen gegangen ist, dass am Freitag vor rund vier Wochen hier ganz offensichtlich ein Zeitreiseprojekt stattgefunden hat, wie der demolierte Time Transmitter beweist, der wenige Stunden nach dem sogenannten ‹Unfall› hier drin gefunden wurde. Nein, nicht einmal jetzt durchschauen Sie, was hier gespielt wird.» Der Mann mit der mokanten Stimme rückte nun ins Blickfeld. Sein pechschwarzes Haar glänzte im matten Licht der Notscheinwerfer, die von der Decke kamen.

Lisa schnappte nach Luft. Träumte sie, oder war das tatsächlich Mr. Jackson?

«Ich glaub das einfach nicht», murmelte Onyx. «Dass mein ehemaliger Wissenschaftslehrer was damit zu tun hat!»

Professor Elliott jammerte inzwischen weiter: «Aber sie hat mir gesagt, sie mache an diesem Abend Wartungsarbeiten plus Testversuche für die Elektroenzephalografie-Forschung.»

«Elliott, Sie sind wirklich naiver, als ich gedacht habe. Glauben Sie denn der Cox einfach so? Ich habe Ihnen doch explizit gesagt, Sie sollen ein Auge auf die Frau haben. Wissen Sie eigentlich, was auf dem Spiel steht?»

«Ausnahmsweise muss ich meinen Kollegen verteidigen», ließ sich nun eine eisige Frauenstimme vernehmen. Sie fuhr Lisa durch Mark und Bein. Professorin Zhao war offensichtlich auch mit von der Partie, auch wenn sie von hier aus nicht zu sehen war.

«Selbst, wenn wir es gewusst hätten, hätten wir nichts dagegen ausrichten können. Niemand kommt in die Halle des Portals rein, der nicht eine offiziell bestätigte Reservation hat», führte sie sachlich aus.

«Dann hätten Sie sich halt was einfallen lassen sollen!»

Mr. Jacksons Stimme hatte nun eine Färbung angenommen, die Lisa erbeben ließ. Es war ein Unterton, den sie irgendwo in ihren schlimmsten Abgründen und Alpträumen schon mal gehört hatte.

«Ich bin wirklich schwer enttäuscht von Ihnen beiden. Nicht genug, dass die beiden Zeitreisenden vor Ihren Augen quasi aus dem Forschungszentrum rausgeschmuggelt wurden. Nein, irgendwie wurden sie auch wieder reingeschmuggelt. Und dabei kann *nur* dieser Joshua Skyler etwas manipuliert haben!»

«Wenn sie bloß den Time Transmitter nicht entdecken», murmelte die ältere Lisa.

«Hätten wir handfeste Beweise für ihre illegalen Machenschaften, könnten wir sie auf der Stelle festnehmen», raunte Onyx. «Ich könnte meinen Kollegen von der Polizei den Highspeed-Befehl geben.»

«Warte mal», sagte Morgan nun und setzte sich gerade hin. «Wenn du von Beweisen sprichst …» Er tippte an seinem HoloStrip herum, und ein kleines rotes Licht leuchtete an dessen Kante auf.

«Was ist?» Die ältere Lisa sah ihn erwartungsvoll an.

«Ich glaube, ich habe eine Idee.»

«Eine Idee?»

«Ja. Lasst mich kurz nachdenken … doch, das könnte unter Umständen klappen. Hört mir gut zu.»

«Sag schon», forderte Onyx ungeduldig.

Morgan beugte seinen Kopf näher zu der älteren Lisa und zu Onyx, damit er im Flüsterton fortfahren konnte. Nur die jüngere Lisa musste weiterhin gezwungenermaßen abseits bleiben. Immerhin konnte sie durch den Geräuschverstärker des HoloSticks, den die ältere Lisa ihr bereitwillig entgegenstreckte, das Gespräch ganz leise mitkriegen.

«Also, hört zu», begann Morgan. «Wir machen es wie Doc Silverman damals 2018. Mit einem Ablenkungsmanöver.»

«Puh. Das dürfte aber äußerst schwierig sein!», wandte die ältere Lisa ein.

«Ich habe nicht gesagt, dass es einfach ist. Aber wenn ich sie lange genug hinhalte, dann könnt ihr in der Zwischenzeit alles vorbereiten. Time Transmitter ausrichten und das Portal in Gang setzen. Versteht ihr, was ich meine?»

«Ich weiß nicht …» Die ältere Lisa seufzte schwer. «Wie willst du sie denn hinhalten?»

«Pssst … lasst mich hören, was sie sagen.» Morgan legte den Zeigefinger an die Lippen.

Eine Weile blieben sie still, um dem Gespräch der Wissenschaftler weiter zuzuhören, die in eine angeregte Diskussion über die Kosten der Reparatur abgedriftet waren.

«… wir können ja nun für lange Zeit nichts ausrichten. Es ist alles komplett demoliert, und es kann Jahre dauern, bis es wieder repariert ist. Das kostet Millionen. Wo sollen wir in der Eile die finanziellen Mittel für so was herbekommen?» Professor Elliott raufte sich sein ohnehin schon zerzaustes Haar noch mehr.

«Die brauchen Sponsoren», murmelte Morgan. «Ich glaube, ich weiß, wie ich sie hinhalten kann.»

«Ich weiß nicht, ob das wirklich schlau ist, Liebster», seufzte die ältere Lisa. Sie hob ihre Hand und spielte zärtlich mit einer von Morgans Locken.

«Und warum nicht?»

Die ältere Lisa wollte etwas sagen, schüttelte dann aber den Kopf.

«Na komm, sag's mir, Süße.»

«Es ist nur … du musst doch später mit meinem jüngeren Ich zusammen durchs Portal treten.»

«Ich weiß. Sobald ihr alles vorbereitet habt, muss ich ihnen einfach in der letzten Sekunde entwischen.» Morgan hob betreten die Schultern.

«Aber du kannst nicht mehr so schnell rennen, Schatz. Und was ist mit dem Schutzanzug? Ihr müsst euch noch umziehen.»

«Na ja, Hauptsache, Lee-Lee kann sich umziehen. Wenn sie und Angie sich beeilen, kriegen sie das hin. Bei mir muss es halt ohne gehen.»

«Aber das könnte deinen Körper ziemlich malträtieren.»

«Hast du eine bessere Idee, Sweetie?» Er streichelte ihren Nacken.

«Nein …» Sie seufzte. Auch Onyx hob ratlos die Schultern.

Morgan gebot der Crew zu schweigen, um die weiteren Worte der Wissenschaftler vernehmen zu können. Diese waren inzwischen weitergewandert und befanden sich noch etwa zwanzig Meter von ihnen entfernt. Sie standen genau auf der Höhe zwischen Portal und Time Transmitter. Lisa hatte nun auch Professorin Zhao im Sichtfeld.

«Wenn Sie schon alle beide versagt haben, dann finden Sie wenigstens das Mädchen!», bellte Mr. Jackson gerade. «Da die Zeitreise offensichtlich nicht geglückt ist, muss das Mädchen ja noch hier im Jahr 2047 sein. Und wir brauchen sie dringend.»

«Und was ist mit dem Jungen? Sie waren zu zweit», wandte Professorin Zhao ein.

«Der Junge hat für mich keine Bedeutung. Das Mädchen ist die einzige Person, die gemäß Aufzeichnung diesem einzigartigen Zeitparadoxon unterliegt und unsere Mission ausführen kann. Bis auf meine Wenigkeit natürlich, aber mit Verlaub, ich werde keine weitere solche Reise mehr antreten. Ich brauche die letzte Reise, die mir zur Verfügung steht, um wieder in meine eigene Vergangenheit zurückzukommen.»

«Ehrlich gesagt, bin ich nach wie vor skeptisch, was diese Theorie betrifft», bemerkte Professorin Zhao kühl und verschränkte die Hände hinter dem Rücken. «Es geht weit über die Relativitätstheorie hinaus.»

«Bin ich denn nicht der lebendige Beweis dafür, dass die Theorie funktioniert? Professorin Zhao, wie oft muss ich Ihnen sagen, dass Sie sechsdimensional denken müssen? Schließlich hat mein zukünftiges Ich niemand anderen als Zachary Silverman unterrichtet, den Erfinder des Time Transmitters.»

Lisa vergaß, den nächsten Atemzug zu tun.

«Und nicht nur das: Es hat auch die Zeitreisende Lisa Lambridge höchstpersönlich unterrichtet.»

«Moment mal ...» Morgan klammerte sich an einer Felskante fest, als könnte er dadurch besser hören. «Was hat der Kerl da eben gesagt?»

«Tja, Liebling …»

Morgan wandte den Kopf und starrte seine Frau an. «Honey …?»

«Tut mir leid, dass ich es euch nicht gesagt habe.» Die ältere Lisa senkte beschämt den Kopf. «Ich … ich hielt es für besser …»

«I-i-ist das tatsächlich Professor Ash?», stotterte die jüngere Lisa, deren Körper regelrecht von einer Panikattacke erfasst wurde.

«Ich dachte, er wäre tot!», knirschte Morgan grimmig.

«Das dachten wir alle für lange Zeit», antwortete die ältere Lisa matt. «Erinnert ihr euch, was ich euch gesagt habe? Er hat ein mieses Zeitparadoxon erschaffen. Auf diese Weise hat er sein jüngeres Ich in die Zukunft gebracht, das unter dem Decknamen Dax Adair Jackson hier lebt.»

«Hä?» Jetzt war auch bei Onyx endlich der Groschen gefallen. «Du willst mir doch nicht sagen, dass mein ehemaliger Wissenschaftslehrer in Wahrheit …»

«Doch», stöhnte die ältere Lisa. «Genau das will ich sagen.»

«A-aber – wie kann das sein?» Die jüngere Lisa spürte, wie ihr der Angstschweiß ausbrach. «Ich … hätte nicht gedacht, dass der mal so gut ausgesehen hat.» Sie starrte voller Schrecken auf den schlanken jungen Mann mit dem glänzenden Haar und den kantigen Gesichtszügen, der in aufrechter Haltung dastand und seinen beiden Kollegen den Ernst der Lage verdeutlichte.

«Nun ja, du erinnerst dich sicher, wie Doc Silverman einst sagte, dass Professor Ash in jungen Jahren gutaussehend war. Seine Gesichtszüge haben sich in den zwanzig Jahren Kelleraufenthalt in unserer Schule immer mehr entstellt», erklärte ihr älteres Ich. «Und vergiss nicht die dicke Brille, die er im fortgeschrittenen Alter getragen hat.»

«Igitt. Gruselig …», schlotterte Lisa.

«Meine Güte … und wieso hast du uns das verschwiegen?», stöhnte Morgan.

«Ich wollte euch nicht unnötig aufregen. Ich konnte ja nicht damit rechnen, dass jemand hierherkommen würde, und schon gar nicht Professor Ash in persona.»

Morgan runzelte die Stirn. Gerade hob die Stimme von Mr. Jackson alias Professor Ash erneut zu höchster Tonlage an.

«Und sobald ich herausgefunden habe, wie dieses vermaledeite Zeitreisemädchen es geschafft hat, mir den Schlüssel abzuluchsen, sind Sie beide entlassen!»

«Ein Hoch auf Julian», murmelte Morgan.

«Aber … Professor Jackson …»

«Schweigen Sie, Elliott!»

«Dann ist jetzt definitiv alles aus», stöhnte die jüngere Lisa. «Gegen Professor Ash haben wir eh keine Chance. Dieser sture Bock kriegt einfach immer alles mit!»

«Nein», sagte Morgan mit fester Stimme. «Ich schlage vor, wir führen meinen Plan trotzdem durch.»

«Willst du dir das wirklich antun, Liebster?» Die ältere Lisa streichelte zärtlich die Wange ihres Mannes. «Du warst immer Professor Ashs Angriffsziel Nummer eins. Das hat dich psychisch doch so fertiggemacht. Was ist, wenn er dich wiedererkennt?»

Morgan stutzte. Doch dann verzogen sich seine Lippen zu einem spitzbübischen Grinsen. «Sweetie, ausnahmsweise bin ich mal schlauer als du. Schau mal, dieser junge Professor da kommt aus einer Zeit, in der ich noch gar nicht sein Schüler war, ja, geschweige denn überhaupt auf der Welt.»

«Wohl wahr», murmelte die ältere Lisa beschämt. «Eins zu null für dich. Ach ja, mich verwirren die vielen Zeitreisen allmählich selbst.»

Morgans Blick erhellte sich plötzlich. «Ich habe noch eine Idee», sagte er.

«Ach ja?»

«Kannst du mit deinem Stab lebensechte Hologramme projizieren?»

«Na klar.»

«Bring mal dein süßes Ohr her.»

«Ja?» Die ältere Lisa neigte sich zu ihm hin, und Morgan flüsterte ihr etwas so leise ins Ohr, dass nicht mal der HoloStick es verstärken konnte, und drückte ihr danach einen raschen, verstohlenen Kuss auf die Wange. Das Gesicht der älteren Lisa leuchtete auf.

«Jaaaa!», sagte sie gedehnt. «Das könnte vielleicht funktionieren. Du bist genial, Momo.» Sie erwiderte seinen Kuss.

«Könnt ihr mal mit dem Geturtel aufhören?», stöhnte Onyx, der sichtlich nervös war. «Jetzt ist nicht die Zeit, einander süße Geheimnisse ins Ohr zu flüstern.»

«Schon gut, Junior», sagte Morgan. «Ich genieße es nur, meine Frau bei mir zu haben. Wer weiß, ob ich sie je wiedersehe? Also, das ist mein Plan: Ich gehe jetzt raus und lenke sie ab. Ich versuche, sie ganz nach hinten zum großen Schreibtisch zu locken. Der Weg dorthin ist zwar reichlich vom Geröll verschüttet, aber wir schaffen das schon. Du, Honey, folgst mir unauffällig und gehst schnurstracks rauf zum Time Transmitter. Du weißt als Einzige von uns, wie man ihn bedient. Pass aber auf, dass dich niemand sieht. Und du, kleine Lee ...» Er drehte sich zu der jüngeren Lisa um.

«Du bleibst hier versteckt und gehst dann unverzüglich zum Portal, wenn die Ältere dir ein Zeichen gibt. Dort wartest du auf mich. Ich vertraue darauf, dass Angie irgendwo ist und das Portal zugänglich macht, sobald sie uns sieht. Du gehst einfach dorthin und stellst dich auf, egal, was um dich herum geschieht. – Alles klar?»

«Alles klar», sagte die jüngere Lisa, obwohl sie, wenn sie ehrlich war, die Hoffnung auf eine Heimreise eh schon fast aufgegeben hatte.

«Und was soll ich machen?», fragte Onyx.

«Du sendest die Daten, die ich dir schicke, sofort ans Polizeidepartement weiter, alright? Und gibst den Highspeed-Befehl.»

«Wenn du meinst.» Onyx zuckte mit den Schultern, immer noch nicht ganz überzeugt von dem Plan.

«Bist du dir da wirklich sicher, Liebling?», fragte die ältere Lisa zweifelnd.

Morgan nickte nur. Er straffte seine Schultern und entledigte sich des Klettergurtes, dann half er seiner Frau dabei, sich ebenfalls aus der Montur zu befreien.

«Pass aber auf dich auf, ja? Hoffentlich hältst du durch mit dem vielen Reden.» Die ältere Lisa brachte ein letztes Mal ihr Gesicht an seines heran.

«Ich muss. Ich werde.» Morgan schlang seine Arme um seine Frau und presste einen innigen Kuss auf ihre Lippen. Dann kraxelte er langsam aus der Spalte und betrat das Territorium des Feindes. Die ältere Lisa steckte den HoloStick in ihre Jackentasche, folgte ihm auf leisen Sohlen und zweigte nach rechts in Richtung der Galerie ab.

Die jüngere Lisa rückte auf den frei gewordenen Platz neben Onyx, um das Szenario im Auge zu behalten. Hastig befreite auch sie sich aus dem Gurt und von den zusätzlichen Gewichten, um auf Kommando bereit zu sein. «Wenn das nur gutgeht», hauchte sie.

«Entschuldigen Sie bitte!» Morgans Stimme hallte von den steinernen Wänden wider. Er durchquerte schnurstracks die Halle und trat mit festen Schritten auf die Gruppe Wissenschaftler zu. Dank der vorteilhaften Akustik der Halle war das Gespräch auch ohne künstliche Verstärker recht gut hörbar.

Professor Elliott wirbelte zu ihm herum. Sein blondes Haar ragte zerrupft in die Lüfte. «Wer sind Sie?»

«Morgan Kendall, Eigentümer und CEO der Kendall Automotive Company.»

«Morgan Kendall, so-so. Wie kommen Sie denn hier herein?» Der junge Professor Ash richtete den Blick mit gewandter Selbstsicherheit auf den so viel älteren Morgan.

«Durch einen Spalt in der Felswand dort drüben», sagte Morgan. «Ich weiß nicht, ob es Ihnen entgangen ist, aber hier hat eine Explosion stattgefunden. Entschuldigen Sie, wenn ich für Verwirrung sorge. Ich bin hierhergekommen, um mir den Schaden persönlich anzusehen und abzuwägen, ob ich etwas zum Wiederaufbau der Anlage beisteuern kann. Ich bin es auch, der die Notbeleuchtung hier betätigt hat.»

«Ach ja?» Professor Ash schaute spöttisch auf Morgan runter. «Und wieso kommen Sie nicht auf offiziellem Weg hier herein?»

«Weil diejenigen, denen ich die Anfrage für einen offiziellen Besuch gestellt habe, nicht geantwortet haben», sagte Morgan kühl und reckte sein Kinn. Lisa bewunderte ihn einmal mehr für sein Pokerface. Sie hielt nach ihrem älteren Ich Ausschau, doch das war momentan ihrem Blick entzogen.

«Und wieso wollen Sie etwas zum Wiederaufbau der Anlage beitragen?», fragte Professor Ash mit deutlichem Argwohn in der Stimme. «Was haben Sie davon?»

«Was ich davon habe?» Morgan wiederholte den Satz gedehnt, als wolle er Zeit schinden. Lisa überlegte, ob er sich diese Antworten im Vorfeld zurechtgelegt hatte oder ob er einfach improvisierte.

«Eine gute Freundin von mir, Professorin Angela Cox, braucht diese Anlage dringend für ihre Forschungen. Wenn sie nicht schnellstmöglich wieder in Stand gesetzt wird, kann sie nicht weiterforschen, und all die Jahre, die sie in ihre Arbeit investiert hat, sind vergebens. Wir wissen, dass es in der Regel lange dauert, bis Gelder für solche aufwändigen Projekte vorhanden sind. Daher dachte ich, ich könnte vielleicht aushelfen.» Morgan redete sehr ruhig und beherrscht.

«So-so. Wie nett von Ihnen, Mister Kendall.» Die Stimme des jungen Professor Ash triefte vor Argwohn. «Sind Sie sicher, dass Sie damit nicht … eigene Interessen verfolgen?»

«Ach, sicher doch. Wie Sie ja wissen, bin ich der Hauptsponsor dieser Anlage. Ich habe mir ein gewisses Mitspracherecht erworben.» Morgan tat so, als würde er die Anlage mit einem fachmännischen Blick überprüfen. «Nun ja. Es sieht jedenfalls demoliert aus. Das ganze Labor hier ist der reinste Geröllhaufen.»

«Es wird Millionen kosten, das alles wieder aufzubauen», jammerte Professor Elliott, der starr daneben gestanden hatte und nun auf einmal wieder zum Leben erwachte.

«Nun, die paar Millionen kann ich durchaus zur Verfügung stellen», sagte Morgan ruhig und ließ den Blick weiter über das Portal wandern, als würde er nach etwas suchen. Wahrscheinlich versuchte er, ein Lebenszeichen von Angela zu erkennen.

«Ach ja, schwerreich, wie Sie nun mal sind», sagte Professor Ash spöttisch.

«Tja.» Morgan trat ein paar Schritte weiter weg, als wolle er die Anlage nun aus einer gewissen Entfernung studieren. «Die KAC könnte mitunter sogar ein paar Ersatzteile aus der Eigenproduktion liefern. Wenn ich einen genauen Katalog der benötigten Teile habe, ließe sich das einrichten.»

«Was wollen Sie wirklich, Kendall?», fragte Professor Ash barsch, der Morgan die paar Schritte gefolgt war.

Morgan drehte sich um und blickte dem Professor geradewegs in die Augen.

«Zuerst einmal: Darf ich fragen, wer *Sie* sind? Durch Angela Cox kenne ich Professor Elliott und Professorin Zhao. Diese beiden waren schon bei Firmenanlässen der KAC. Aber von Ihnen habe ich noch nie etwas gehört, noch habe ich Sie je gesehen. Sie sind noch sehr jung, wie ich sehe.»

«Spielt das eine Rolle?» Professor Ash baute sich vor Morgan auf und schaute auf ihn hinunter, als wolle er ihm gleich auf den Kopf spucken.

«Für mich schon. Ich weiß gern, mit wem ich verhandle. Wenn ich etwas sponsere, dann möchte ich gerne wissen, wer meine Geschäftspartner sind.»

«Psst», zischte Professorin Zhao warnend. «Er stellt Ihnen eine Falle. Seien Sie vorsichtig, was für eine Auskunft Sie ihm geben.»

«Keine Angst», höhnte Professor Ash. «Aus meinen zukünftigen Aufzeichnungen geht hervor, dass Mister Kendall nicht gerade zu den hellsten Menschen gehört.»

«Jetzt hat er sich verraten!», flüsterte Onyx.

«Ach ja», hörten sie Morgan sagen. «Besonders schlau bin ich wirklich nicht, da haben Sie ganz recht. Damals im Physikunterricht hab ich tatsächlich geglaubt, ein Wurmloch habe etwas mit einem Apfel zu tun.»

«Witzbold», brummte Onyx kopfschüttelnd.

Lisa hingegen bewunderte Morgan für dieses gelassene Schauspiel. Er musste doch schier vor Nervosität zerbersten. Sie ließ ihren Blick auf die von ihr aus gesehen rechte Seite der Halle wandern und entdeckte in der nächsten Sekunde ihr älteres Ich wieder. Sie huschte gerade hinter ein Fass und stand nun nicht weit von der nächsten Leiter entfernt, die hinauf auf die Galerie führte.

«Kendall», fauchte Professor Ash. «Veräppeln Sie mich nicht. Ich weiß genau, dass Sie mit der Zeitreisenden Lisa Leonor Lambridge unter einer Decke stecken. Wir haben genaueste Aufzeichnungen darüber. Wir wissen auch, dass Sie Miss Lambridges große Liebe waren. Ebenso, dass sich das Mädchen bei Ihnen versteckt hat. Ich weiß genau, was Sie im Schilde führen und dass Sie für dieses Desaster hier vor vier Wochen verantwortlich sind!»

Lisas Herz schlug schneller. Sie mussten angestrengter lauschen, da die Gruppe nun weiter hinten stand.

«Wie sollte ich etwas im Schilde führen, wenn ich doch angeblich so … unterbelichtet bin?», fragte Morgan unschuldig, während er die Gruppe systematisch Schritt für Schritt weiter Richtung Schreibtisch in den vorderen Bereich der Halle steuerte. Je weiter sie sich entfernten, desto mehr musste Lisa sich anstrengen, um Morgans Worte noch einigermaßen zu verstehen:

«Im Prinzip könnte ich Sie ja wegen Beleidigung anzeigen. Und Ihnen jegliche finanzielle Unterstützung verweigern. Und ohne meine finanzielle Hilfe können Sie keine weiteren Zeitreisen mehr unternehmen, Mister Jackson – oder soll ich sagen: Professor Ash?»

Für ein paar Sekunden herrschte Totenstille.

Professor Ash stierte Morgan mit konsterniertem Blick an. Er schien um Worte verlegen.

«Ganz schön mutig», murmelte Onyx.

Lisa verfolgte das Blickduell mit angehaltenem Atem.

«Und? Geben Sie es zu oder nicht, Ash? Sie sind ein Zeitreisender. Sie kommen aus der Vergangenheit, hab ich recht? Sie haben ein

Zeitparadoxon geschaffen und planen noch weitere illegale Zeitreiseprojekte.»

«Da gibt es nichts ‹zuzugeben›, Kendall! Meiner Meinung nach habe ich nichts getan, das nicht jeder Wissenschaftler an meiner Stelle auch tun würde, und selbst wenn, dann machen Sie sich derselben Sünde schuldig!», schnaubte Professor Ash, der die Fassung offenbar wiedererlangt hatte. «Was Sie inszeniert haben, war mindestens ebenso verboten!»

«Da haben Sie juristisch gesehen recht, auch wenn Sie dabei vergessen, dass ein Teil dieser Anlage mir gehört. Abgesehen davon unterscheiden sich meine Motive jedoch von den Ihren. Ich habe das Projekt in die Wege geleitet, um zwei Jugendliche zurück in die Zeiten zu bringen, in die sie gehören. Und nicht, so wie Sie, um die Menschheitsgeschichte zu manipulieren und die jugendlichen Zeitreisenden zu Ihren Zwecken zu missbrauchen.»

«Pah! Es kommt immer darauf an, ob der Zweck die Mittel heiligt. Und meine Ziele könnten die Menschheit für immer verändern! Meine Zeitreise-Experimente sind zwar offiziell illegal, aber irgendwann werde ich für meine Arbeit die Ehre erhalten, die mir zusteht. Sie können mich anklagen, so viel Sie wollen, beweisen können Sie jedoch gar nichts.»

«Und wie ich das kann. Sehen Sie, ich mag nicht der schlauste Mensch auf Erden sein, aber ich bin ein sehr guter Zuhörer. Und ich habe alles aufgezeichnet, was Sie eben von sich gegeben haben, und werde es gleich an die Polizei senden.»

Im selben Augenblick piepste es an Onyx' Handgelenk.

«Morgan hat mir eine Sprachdatei geschickt», stellte Onyx verblüfft fest. «Wahnsinn. Er hat tatsächlich alles aufgenommen.»

Eifrig wandte er sich von Lisa ab und sprach etwas zu seinem Arm, während Lisa die Szene in der Halle weiterverfolgte. Morgan und die Wissenschaftler waren nun zu weit weg, und sie konnte kaum mehr hören, was gesprochen wurde. Dafür sah sie aus den Augenwinkeln die ältere Lisa wieder hinter dem Fass auftauchen und die Sprossen der Leiter erklimmen. Im Nu war sie oben und ging in Deckung.

Sehr gut. Das hatte schon mal geklappt. Lisa schöpfte etwas Hoffnung. Nur dass Morgan nun so weit weg war vom Portal, machte ihr Sorgen.

«Er soll bloß aufpassen», murmelte Onyx, der die Konversation mit seinem Arm beendet hatte. «Ich habe den Verdacht, dass die Frau eine Pistole bei sich hat.»

Lisa fuhr zusammen.

Eine Pistole? Wo? Sie konnte nichts sehen.

«Hinten, in ihrem Anzug», sagte Onyx. «Sie fasst sich dauernd an den Rücken.»

«Kann sie Morgan damit erschießen?»

«Ich fürchte, ja», sagte Onyx und berührte sein Tattoo. «Ich versuche, ihm eine Warnung zu senden. Wenn er jetzt bloß keinen Fehler macht!»

Nur das nicht!

Lisas Hände wurden ganz feucht. Sie umklammerte ihren Ehering mit der linken Hand.

«Nehmen Sie ihm sofort den HoloStrip ab!», kreischte Professorin Zhao gerade.

«Zu spät», erwiderte Morgan. «Schon abgeschickt. Die Polizei ist bereits auf dem Weg.»

Lisa verfolgte bange, wie ihr älteres Ich oben die Galerie entlangschlich und seinen Platz hinter dem Time Transmitter einnahm.

Und dann, wie auf Kommando, schoss auf der gegenüberliegenden Seite Angela aus dem Nichts hervor und huschte wie ein Blitz zum Portal. Ihre Tochter Hannah folgte ihr. Ein Hebel wurde umgelegt. Mit einem leisen Summen erwachte das Portal zum Leben. Die Rampe wurde runtergelassen. Rauchschwaden stiegen aus dem Tunnel auf und füllten die Halle.

Im selben Moment schnellten die Köpfe der drei Wissenschaftler herum.

«Da ist jemand am Portal!», brüllte Professor Ash. «Ich hab's gewusst. Er hat uns reingelegt. Haltet ihn fest!»

Sofort packten Professorin Zhao und Professor Elliott Morgan an den Armen. Professor Elliott sah aus wie ein Kind, dem eben klar geworden war, dass der Weihnachtsmann nur ein Märchen ist. Sein Gesicht war tomatenrot vor Aufregung.

«Das Portal funktioniert ja noch!», stammelte er überrascht.

«Das habe ich doch längst geahnt, Sie Esel!», grollte Professor Ash. «Haltet diesen Kendall ja gut fest. Nicht, dass er uns entkommt! Wo *er* ist, muss auch das Zeitreisemädchen sein!» Er sah sich hektisch nach allen Seiten um.

Professorin Zhao zog indessen blitzschnell etwas hinter ihrem Rücken hervor.

Lisa erstarrte. Es war tatsächlich eine Pistole. Das Metall der Waffe glänzte fies im Licht der Notbeleuchtung.

Professorin Zhao ließ Morgan los und hielt ihm die Mündung direkt in den Rücken.

«Momo», hauchte Lisa.

«Mist!», fluchte Onyx.

In dem Moment gab die ältere Lisa oben auf der Empore ein eindeutiges Handzeichen. Lisa hatte es gerade so noch gesehen.

«Geh!», zischte Onyx.

«Aber Morgan schafft es doch gar nicht rechtzeitig zum Portal», widersprach Lisa. «Sie erschießen ihn, wenn er sich von ihnen losreißt.»

«Ich weiß auch nicht, wie er das machen will. Geh einfach. Er hat es so angeordnet.»

Lisa setzte sich in Bewegung und verließ den Schutz der Gruft.

Das wird niemals funktionieren!, dachte sie, während sie wie in Trance Richtung Mitte der Halle rannte, ihren Blick unablässig auf Morgan und die Gruppe Wissenschaftler gerichtet.

Kann ich denn gar nichts tun? Kann ich Morgan irgendwie helfen? Nein! Ich würde ihn mit einer waghalsigen Aktion nur in noch größere Gefahr bringen. Es ist das Klügste, sich an seine Anweisungen zu halten und auf direktem Weg zum Portal zu laufen.

Sie machte eine scharfe Linkskurve, um sich dem Portal zu nähern, wobei sie gleichzeitig den Kopf nach rechts wandte, um Morgan nicht aus den Augen zu lassen. Um ein Haar wäre sie dabei über ein paar Geröllbrocken gestolpert, die durch die Explosion auf dem ganzen Boden verteilt lagen und ihr hartnäckig den Weg versperrten.

Morgan wurde mittlerweile von Professor Ash und Professorin Zhao flankiert, während Professorin Zhao die Waffe unablässig auf seinen Rücken gerichtet hielt. Morgan hatte die Hände erhoben. Stumm warf er einen Blick nach oben zu der älteren Lisa. Diese hielt den Daumen hoch. Er nickte, worauf sie mit ein paar Handzeichen antwortete.

Was kommunizieren die beiden denn da?!, dachte Lisa entnervt. Hatte Morgan das Szenario am Ende vorhergesehen? Er stand da, sein Gesicht völlig reglos, doch auf seiner Stirn perlten kleine Schweißtropfen.

Professor Elliott, der inzwischen entdeckt hatte, dass es sich bei der Person am Portal um Angela handelte, wetzte mit schnellen Schritten auf sie zu.

«Misses Cox! Sind Sie es tatsächlich?»

«Scheren Sie sich weg, Elliott!», fauchte Angela kühl. «Die Gravitation ist gefährlich.»

Lisa bremste für einen kurzen Moment, doch dann lief sie weiter, bis sie fast vor dem Portal stand.

Geh und stell dich dort auf, hatte Morgan gesagt. *Egal, was um dich herum geschieht.* Lisa nahm die letzten Meter und stellte sich unmittelbar vor die Rampe.

«Da! Das ist sie. Lisa Leonor Lambridge!», hörte sie Professor Ash rufen. Sie wagte einen Blick über die Schulter nach hinten und sah, wie Professorin Zhao die Pistole hinter Morgans Rücken hervorzog … und sie stattdessen auf sie, Lisa, richtete!

Sie schloss die Augen und keuchte in Erwartung, gleich den Todesschuss verpasst zu bekommen. Jeden Moment würde es knallen … gleich würde die Kugel sie von hinten durchbohren …

Doch nichts geschah. Vorsichtig öffnete sie die Augen wieder und wandte sich blitzschnell zu den Wissenschaftlern um. Die Mündung von Professorin Zhaos Pistole grinste sie noch immer an, doch die Aufmerksamkeit der Professorin war auf etwas anderes gerichtet.

«Was soll denn das jetzt?!», brüllte sie. «Wie kommt sie auf einmal dort rüber?»

Zu Lisas größter Verwunderung stand eine exakte Kopie ihrer selbst mitten im Raum, etwa zehn, fünfzehn Meter von ihr entfernt. Es war, als würde sie in einen Spiegel schauen, nur dass ihr Spiegelbild völlig andere Kleider trug … eine Schuluniform aus dem Jahr 2018 … und den Moonwalk tanzte!

Lisa rieb sich die Augen, um sicherzugehen, dass sie nicht träumte. Wie konnte das sein? Sie war doch noch gar nicht durch die Zeit gereist? Oder doch? Existierte sie etwa durch irgendein Zeitparadoxon inzwischen zweimal?

Ihre «Zwillingsschwester» tanzte mit etwas eckigen Schritten und einem verträumten Lächeln auf die Wissenschaftler zu. Professorin Zhaos Pistole wechselte schon wieder die Richtung und zielte nun auf die Lisa in Schuluniform. Lisa fasste sich vor Entsetzen ans Herz. Was, wenn die Frau ihr zweites Ich nun erschoss? Würde sie dann auch sterben?

«Lee, mach schon!», zischte Angela ihr vom Portal her zu. «Verlier keine Zeit, du musst dich noch umziehen!»

Und im selben Moment begriff Lisa. Sie hatte soeben einen weiteren kurzen Blick in Richtung Galerie auf ihr älteres Ich geworfen. Dieses hatte sich hinter dem Time Transmitter verborgen, den Holo-Stick wie einen Zauberstab auf die Mitte des Raumes gerichtet.

Die Kopie ihrer selbst, das war ein Hologramm! Ein dreidimensionaler Film aus Lichtphotonen, der aus dem Lichtstab ihres älteren Ichs in den Raum projiziert wurde. Ein Trugbild, das Professorin Zhao und Professor Ash für diesen einen entscheidenden Moment ablenkte. Jenen winzigen kleinen Moment, den Morgan brauchte, um sich der Aufmerksamkeit der Wissenschaftler zu entziehen und auf Lisa zuzulaufen.

In der Sekunde feuerte Professorin Zhao einen Schuss in Richtung des Hologramms ab.

«Nicht!», brüllte Professor Ash. «Wir brauchen das Mädchen doch noch! Dummköpfe!»

Der Schuss zischte durch die virtuelle Lisa hindurch und knallte in die Wand dahinter, versehrte sie mit einem weiteren Riss.

«Was ist das?» Professorin Zhaos Stimme klang schrill.

Noch ein Schuss löste sich.

Noch ein Einschuss in der Wand.

«Ein Gespenst», zeterte Professor Elliott.

«Das ist ein Hologramm!», schrie Professor Ash. «Herrschaft, was seid ihr eigentlich für Idioten? Dort oben auf der Galerie ist jemand!»

«Wie um alles in der Welt kann jemand solche Hologramme produzieren?», kreischte Professorin Zhao. «Das ist doch technisch gar nicht möglich!»

«Und wie das möglich ist! Wir haben hier *noch eine* Zeitreisende! Eine aus der Zukunft! Sehen Sie das dort oben auf der Galerie?»

«Was?» Die Köpfe der Wissenschaftler schnellten aufwärts.

«Dort! Wissen Sie nicht, was das ist? Das ist ein Time Transmitter! Es gibt tatsächlich noch einen zweiten! Ich sag doch, dieser Silverman hat ein falsches Spiel mit uns getrieben. Mein älteres Ich hat mich gewarnt!»

Lisa, die sich wieder zum Portal umgedreht hatte, wurde von Angela zeitgleich aufgefordert: «Los, zieh das über, und stell dich auf die Rampe, Lee.» Sie warf ihr den silbernen Anzug zu. Lisa stieg hinein, nicht ohne immer wieder einen Blick über die Schulter zu werfen, um Morgan nicht aus den Augen zu lassen. Er war auf dem Weg zu ihr. Das Laufen strengte ihn sichtlich an, doch er brachte all seine Kraft auf.

«Passen Sie auf Kendall auf!», brüllte Professor Ash.

Professorin Zhao wirbelte herum und richtete ihre Pistole erneut auf Morgans Rücken.

«Nein!», entfuhr es Lisa. Ihr Herz sprang ihr vor Panik fast aus der Brust.

Nicht Momo! Bitte nicht Momo!

«Momo! Pass auf!», warnten zwei Stimmen in Stereo. Lisa wirbelte herum und erkannte, dass sie und ihr älteres Ich, das sich weit über die Brüstung der Galerie lehnte, gleichzeitig geschrien hatten.

«Momo! Hinter dir!»

«Ich würde ihn besser nicht erschießen!», rief Professor Elliott. «Er ist doch unser Sponsor.»

«Er weiß zu viel», sagte Professor Ash kalt. Professorin Zhaos Pistole zielte immer noch genau auf Morgans Rücken.

In derselben Sekunde kamen Onyx und drei andere Polizisten aus der Felsspalte in der Wand geklettert. In Nullkommanichts stoben sie durch den Raum und umzingelten die Wissenschaftler in weitem Bogen.

«Ich verhafte Sie im Namen des Gesetzes wegen illegaler Forschungsversuche!», rief Onyx so laut, dass seine Stimme mehrfach von den Wänden echote.

Lisa atmete erleichtert aus.

Dann setzte plötzlich die Sogwirkung des Wurmlochs ein.

Angela hatte das Portal in Gang gesetzt.

Hastig drehte Lisa sich wieder um und stieg auf die Rampe, warf jedoch einen weiteren Blick hinter sich. Oben auf dem Time Transmitter blinkte rot die Jahreszahl «100 AD II» auf.

Morgan war nicht mehr weit von ihr entfernt, doch die Kräfte des Wurmlochs verursachten seitliche Druckwellen, die ihm das Vorwärtskommen erschwerten. Die Kraft trieb ihn immer wieder einen Schritt zurück.

Zhao stand weiterhin mit der geladenen Pistole hinter ihm. Lisas Herz hämmerte wie ein Pressluftbohrer.

Morgan streckte verzweifelt die Hand aus und probierte, die physikalischen Kräfte zu überwinden. Schließlich übergab Angela ihren Posten Hannah, raste zu Morgan und packte ihn am Arm.

Einer der Polizisten spurtete währenddessen auf Professorin Zhao zu, um ihr die Waffe wegzunehmen.

Und in dem Moment knallte die Pistole erneut.

Einmal.

Zweimal.

Morgan gab einen ersticken Laut von sich und sank zu Boden. Er presste die Hand auf die Brust. Lisa sah, wie sich sein Ärmel rot verfärbte.

«Nein!», heulte Lisa los. «Nein.»

«Momo!», echote die Stimme ihres älteren Ichs von oben.

Unerbittlich begann nun auch der Time Transmitter zu arbeiten. Sein hohles Summen schwoll zu einem bebenden Dröhnen an.

Während Professorin Zhao in Handschellen gelegt wurde, stützte Morgan sich mit der einen Hand vom Boden ab. Blut rann über seine andere Hand und tropfte zu Boden. Lisa stand auf der Rampe, Morgan zugewandt und wie zur Salzsäule erstarrt. Die Sogwirkung zerrte an ihr, doch sie rührte sich nicht. Ihr Augenmerk war einzig und allein auf das Blut gerichtet, das in tödlichen Tropfen auf den Boden spritzte.

Es schien, als hätte die Kugel ihn von hinten durchbohrt, direkt dort, wo sein Herz war.

Er hob den Kopf und suchte Lisas Blick.

«Momo», wimmerte Lisa. «Momo!»

«Lee-Lee …», hörte sie ihn stöhnen, während er mit letzter Kraft versuchte, vorwärtszurobben. Seine Lippen formten ein paar kraftlose Laute.

«Sprich … das Gebet!»

Lisa blickte hilflos umher. Er würde es nicht schaffen. Sie wusste es. Er würde nicht rechtzeitig bei ihr sein. Der Time Transmitter konnte nicht mehr gestoppt werden. Mit lautem Schall kamen zuerst der blaue Strahl, dann der grüne aus den Linsen geschossen.

Lisa schloss die Augen. Was sollte nun werden? Würde Momo sterben? Wer würde mit ihr durch das Portal kommen?

«Lauf!», schrie jemand ihr zu. «Lauf, Lisa!»

Sie drehte den Kopf. Die Stimme war von oben gekommen, dessen war sie sich ganz sicher.

Sie sah ihr älteres Ich die Galerie entlangrennen und dann in Windeseile die Leiter runterschlittern. Bei der Landung am Boden verzog sie schmerzerfüllt das Gesicht und griff sich an ihren rechten Fuß. Humpelnd kam sie wieder auf die Beine.

«Jetzt lauf schon!», brüllte sie ihrem jüngeren Ich zu.

Endlich wurde Lisa Herrin ihrer Glieder. Wie von unsichtbarer Kraft gelenkt, richtete sie ihren Blick auf das Portal und bewegte sich vorwärts. Sie stemmte sich dabei gegen den Sog, der sie beinahe von den Beinen zu reißen und in das Loch hineinzuziehen drohte. Das Haar wurde ihr erbarmungslos ins Gesicht gepeitscht, und sie neigte ihren Kopf so weit sie konnte nach rechts, um ihre Augen zu schützen.

Inmitten der blauen und grünen Blitze, die um sie herum aufleuchteten, sah sie noch einmal zurück. Morgans leblose Gestalt lag am Boden, den einen Arm von sich gestreckt. Das Blut hatte eine dunkle Lache neben ihm gebildet. In abgehackten Bildern, als sähe Lisa durch Stroboskoplicht erzeugte Bildfrequenzen, nahm sie wahr, wie die Polizisten die Wissenschaftler abführten und wie Angela sich neben Morgan niederkniete.

Lisa fing an zu schluchzen. Die Tränen wurden von dem starken Sog aus ihrem Gesicht gerissen und vermengten sich mit der Rotation. Der Schmerz zerfetzte ihr das Herz, bis es nur noch wie ein entstelltes Etwas in ihrer Brust hing. Sie wusste nicht mehr, wie ihr geschah.

«Schöpfer ... Gott ... Jesus ... wie immer du heißt ... Wenn ich dir gleich begegne, dann nimm meine Zeit in deine Hände», stammelte sie mit letzter Kraft. Sie umklammerte ihren Uhrenanhänger und neigte ihr Haupt.

Das grünblaue Licht umhüllte sie mittlerweile von allen Seiten. Das Portal zog sie vorwärts. Sie konnte dem Sog nicht länger widerstehen.

Im nächsten Moment wurde sie von jemandem am Arm gepackt, dessen Präsenz sich wie eine Druckwelle anfühlte. Jemand war neben ihr. Eine zweite Person.

«Momo?»

«Wenn man schon nicht für jemand anderen sterben kann, dann wenigstens für sich selbst!», schrie eine Stimme ihr durch das Getöse zu.

Es war niemand anderes als ihr älteres Ich.

Die Kräfte des Wurmlochs trieben die beiden auseinander, wirbelten sie in der Luft herum und fügten sie dann, als ihre Zeitlinien verschmolzen, zu einer Einheit zusammen. Mit irrer Geschwindigkeit, schneller als sie es je zuvor erlebt hatte, wurde Lisa durch Raum und Zeit gerissen. Sie spürte, wie die Jahre in atemberaubender Geschwindigkeit an ihr vorbeijagten. Das Getöse malträtierte ihre Ohren. Ein Konglomerat an Kräften zerrte an ihr von allen Seiten. Sie hatte keine Chance, ihnen zu widerstehen. Sie war diesen Energien hilflos ausgeliefert. Ihr zerfetztes Herz schmerzte mit jedem Kraftstoß, der auf ihren Körper einwirkte.

Momo ist tot. Für immer gegangen.

Noch immer sah sie diese grauenvolle Blutlache vor ihrem inneren Auge. Seinen leblosen Körper. Seinen ausgestreckten Arm, der sie so oft gestreichelt und getröstet hatte.

Und sie hatte keine Ahnung, wohin die Zeit sie transportieren würde. Sie war allein. Mutterseelenallein im Raum-Zeit-Kontinuum.

Sie flog immer weiter aufwärts, irgendwohin, weit weg von der Materie, weg von Raum und Zeit.

Vielleicht war ihr Leben jetzt tatsächlich zu Ende.

Allmählich ebbte der Wirbel ab. Ihr Körper schien ohne Gewicht irgendwo in der Unendlichkeit zu hängen. Sie konnte ihn nicht mehr spüren. Ihr war einfach nur nach Schlafen zumute. Wo oder wann auch immer sie existierte, es interessierte sie gar nicht mehr.

Vielleicht gab es sie nun schlicht und einfach nicht mehr.

Ihre Augenlider fielen langsam zu.

Kapitel 24
Äon

Nach einer Ewigkeit öffnete sie die Augen.

Gleißend helles Licht umgab sie, so strahlend, wie sie es noch nie gesehen hatte. Farben in allen nur erdenklichen Tönen tanzten und glitzerten vor ihren Augen. Unter normalen Umständen hätte all die Helligkeit sie geblendet, aber in diesem Moment empfand sie sie als angenehm.

Wie flüssige, goldene Liebe, die sie umhüllte.

Sie hatte sich noch nie so glücklich und geborgen gefühlt.

Es war, als würden die tiefsten Sehnsüchte ihres Herzens in diesem einzigen Augenblick gestillt, als wäre ihre Einsamkeit für immer verflogen und ihr wundes Herz auf wundersame Weise wiederhergestellt. Wellen des Trostes ließen es regelrecht überschwappen, so mächtig und warm, wie sie es noch nie zuvor erlebt hatte, nicht einmal in Morgans Armen.

Jemand war da, der ihr Innerstes verstand; einer, der alles, was sie je erlitten und erlebt hatte, mit ihr teilte. Jedes Wort der Demütigung und der Kränkung, das ihr je zugefügt worden war, hatte er mitgetragen, und er kannte auch den tiefsten unausgesprochenen Wunsch ihres Herzens.

In dem Moment wusste sie: Keine ihrer Tränen, die sie je geweint hatte, war auf die Erde gefallen, ohne dass sie nicht gesammelt worden wären.

Von irgendwoher vernahm sie Worte. Eine donnernde, kräftige Stimme, die wie aus Wolken zu ihr sprach. Es war eine Stimme voller Liebe und Autorität. Sie sprach Worte aus, von denen Lisa wusste, dass sie irgendwo aufgeschrieben waren:

Ich bin der Anfang und das Ende, der Erste und der Letzte, das Alpha und das Omega. Ich war bereits da, ehe die Welt war. Ich bin derselbe gestern, heute, und ich werde derselbe sein in alle Ewigkeit. Ich war das Wort am Anfang, durch welches die Welt wurde, und wenn auch Erde und Himmel je vergehen werden, so wird mein Wort in Ewigkeit bleiben.

Du bist so sehr geliebt, Lisa Leonor Lambridge. Ja, ich kenne dich mit Namen. Meine Augen sahen dich, als du noch nicht bereitet warst, und alle Tage waren in mein Buch geschrieben, die noch werden sollten, als noch keiner da war.

Mit all deinen Wegen und Gedanken bin ich vertraut, ja, ich weiß, wann du dich schlafen legst und wann du aufstehst. Ich weiß sogar, wie viele Haare du auf dem Kopf hast.

Hab niemals Angst, denn deine Zeit ist in meinen Händen. Wenn du auch durch Ströme, Wasser und Feuer in deinem Leben gehst, wird dir niemand etwas anhaben können, denn ich gehe mit dir und werde immer bei dir sein, wenn du das möchtest. Meine Liebe und Fürsorge für dich gehen sogar so weit, dass ich mein Leben für dich lasse.

Ich werde alle deine Tränen abwischen, und es wird eines Tages keinen Tod mehr geben, und Leid und Geschrei und Schmerz werden nicht mehr sein, denn das Erste ist vergangen. Was kein Auge gesehen und kein Ohr gehört hat, ist, was ich denen bereitet habe, die mich lieben. Ich habe gute Pläne für dich, um dir eine Zukunft und Hoffnung zu schenken.

Und wenn du all diese Worte, die du jetzt gehört hast, suchst, dann wirst du sie in meinem Buch finden, denn dort sind sie alle aufgeschrieben, und es fehlt kein einziges.

Fürchte dich nicht, denn ich mache alles neu.

Noch nie hatte Lisa solche kraftvollen Worte gehört, so vollkommene Worte voller Liebe und Schönheit und Herrlichkeit.

Wenn das der Äon ist, möchte ich für immer hierbleiben.

Und dann, plötzlich, verschwand das Licht vor ihren Augen, und Lisa fiel. In eine unendliche Tiefe fiel sie, und sie glaubte schon, für alle Ewigkeit zu fallen, als sie auf einmal Grund unter sich fühlte.

Sie schloss die Augen und driftete in einen langen und sehr tiefen Schlaf.

Epilog

16. September 1989, 2 AM

«Sie lebt. Gott sei Dank», hörte sie wie von weit entfernt eine sehr vertraute Mädchenstimme.

Leben … Gott … schwerelos … Traum …

«Lee?» Eine tiefe Stimme sprach, und eine nasskalte, große Hand tätschelte ihre Wange.

«Ich …» Sie fühlte sich immer noch schwerelos, aber die Berührung der Hand war sehr real.

Sie blinzelte, doch kein Licht drang durch die schmalen Öffnungen ihrer Augen. Alles war dunkel. Sie fühlte nur das sanfte Rauschen des Windes, der zärtlich ihr Gesicht streichelte, roch den Duft nach einem eben vorübergezogenen Gewitter.

Und da – ein paar schwache Blitze, die am Himmel zuckten.

Unter ihrem Rücken raschelte feuchtes Laub. Zwei, drei Regentropfen benetzten ihre Nasenspitze. Müde legte sie den Kopf auf die Seite und versuchte die lästige, große Hand zu ignorieren, die sie immer noch tätschelte. Sie wollte schlafen … sie wollte weiterschweben durch die Endlosigkeit der Ewigkeit … sie wollte zurück zu dem Licht …

In dem Moment wurde es schmerzhaft hell hinter ihren Augenlidern.

«Autsch … wo …»

«Gott sei Dank, Lee! Du lebst!»

Das war wieder diese Mädchenstimme. Eine Stimme, die ihr so vertraut war, die aber so … eigenartig jung klang.

Wieder quälte sie sich, ihre Augenlider einen Spalt breit aufzumachen. Das grelle Licht kam von einer Taschenlampe, die ihr jemand mitten ins Gesicht hielt. Im Lichtschein sah sie ein jugendliches Antlitz, das sich über sie beugte, umrahmt von dunklem Haar und einer Brille.

«Britt?»

«Ja, ich bin's. Mensch, wir haben alles nach dir abgesucht. Unglaublich, dass wir dich hier im Gras nicht gesehen haben. Wir dachten schon, du seist von der Brücke gefallen oder gar in der Zukunft verschwunden.»

Zukunft …

«Aber ich bin doch in der Zukunft …» Vorsichtig richtete Lisa sich auf und schaute sich um. Vor ihr war ein Hang, dunkel und still. Stand da nicht normalerweise das Forschungszentrum?

Aber da war nichts. Da waren nur Gras, Gebüsch und Hügel.

«Wo … wo bin ich?»

«Hier, im Tomsbridge Valley.»

«Ich meine … *wann* bin ich?»

«Wann? Na, 15. September 1989. Wann denn sonst? Oh – um genau zu sein: Wir haben bereits den 16. September, denn es ist ja schon nach Mitternacht.» Britt schüttelte etwas ungläubig den Kopf.

Lisa saß einfach da. Ihr Kopf versuchte, sich einen Reim auf alles zu machen, fand aber keine Orientierung. Sie hatte noch nie in ihrem Leben so schwer und intensiv geträumt.

«Hey, alles klar mit dir?» Britt schaute sie besorgt an.

«Ich … weiß es nicht.»

«Lee!» Die große Hand tauchte wieder vor ihren Augen auf, und ein zweites Antlitz gesellte sich zu dem von Britt.

Doc Silverman … oder war es Zac?

Zac … sie hatte von Zac geträumt. Er war 45 Jahre alt gewesen … nein, sogar 74, und er hatte fast genauso ausgesehen wie sein Vater.

Sie fasste sich an die Stirn. War ihr Kopf wirklich noch da?

Dieser Traum war so real gewesen.

Nun tauchte noch ein drittes Gesicht auf. Es war das Gesicht eines sechzehnjährigen Jungen mit schütterem Haar.

«Lee! Lee! Da bist du ja!» Zacs hektische Stimme überschlug sich beinahe. «Ich bin so froh, dich zu sehen, Lee!»

Auch Lisas Herz wurde froh. Zac und Britt, so jung und lebendig, so frisch, und Doc Silverman … er war wieder da! Er lebte!

«Lee, wir sind so erleichtert, dass du lebst», sagte Doc Silverman. «Wir haben uns solche Sorgen gemacht! Wir haben gedacht, der Zeitstrahl habe dich erfasst und du seist durch die Zeit gereist … wir haben schon ganze Pläne ausgeheckt, wie wir dich wieder zurückholen und was für ein Alibi wir dir verschaffen … und Misses Whitfield … ja, wo ist eigentlich Misses Whitfield? Dein älteres Ich?»

«Sie war eben noch da.» Britt streute das Licht der Taschenlampe in der Gegend herum. «Ja, wo ist sie denn?»

«Irgendwie mysteriös das Ganze … ob sie am Ende doch wieder

zurück in die Zukunft verschwunden ist?» Doc Silverman richtete sich auf. «Zachary – hast du Misses Whitfield gesehen?»

«Nein – aber sie war vorhin noch hier ... bevor wir Lee im Gras entdeckt haben.»

«Komisch. Wirklich seltsam. Wir haben diese Gegend doch vorhin so gründlich abgesucht. Auch die Polizei hat alles kontrolliert. Sie müssten dich doch entdeckt haben. Lee ... bist du wirklich in Ordnung?» Der Doc schaute sie besorgt an.

«Ich ...» Lisa tastete an ihrem Körper entlang, befühlte ihre Beine und stutzte, als ihre Hände den ihr sehr vertrauten Stoff berührten.

Ihre geliebten Flickenjeans!

Ja, in der Tat, alles an ihr war noch dran.

«Das war alles so verwirrend», stöhnte Britt. «Du wolltest deinem älteren Ich dieses komische Gerät aus der Zukunft zurückgeben, und dann kam der Zeitstrahl ... und du warst einfach weg ... Mensch, und ich hab schon dein Alibi komplett durchgeplant ... du glaubst es nicht ... aber wie kommst du überhaupt hierher? Die Brücke ist doch dort drüben. Bist du so weit geschleudert worden oder wie?»

«Ich weiß es nicht», sagte Lisa hilflos. Sie war, soweit sie sich erinnerte, so ziemlich in alle Richtungen geschleudert worden.

«Nun ja, Hauptsache, du bist da», meinte Doc Silverman.

«Aber das heißt, dass der Time Transmitter funktioniert hat, nicht wahr?», haspelte Zac aufgeregt. «Und dass Misses Whitfield wieder in der Zukunft ist?»

«Nun ja ... hier ist sie jedenfalls nicht mehr», antwortete sein Vater.

Lisas Blick richtete sich wieder auf den dunklen Hang.

«Das Forschungszentrum ... es ... es war tatsächlich da.»

«Welches Forschungszentrum?» Britt und Doc Silverman schauten Lisa perplex an und wechselten dann einen Blick.

«Du meinst das geplante Tomsbridge Science Research Center? Aber das bauen sie doch erst im Jahr 2000.» Doc Silverman strich sich nachdenklich übers Kinn.

«Ich weiß … aber … es war da … in der Zukunft.»

«Lee …» Britt sah Lisa mit gerunzelter Stirn an. «Das war doch ein Traum, oder? Du hast geträumt?»

«Ich weiß es nicht.» Lisa fühlte sich, als würde sie in einem Labyrinth voller Eindrücke und Traumbilder herumrennen. Als hätte man ein riesiges Puzzle vor ihr ausgeschüttet, dessen Teile sie zu einem sinnvollen Ganzen zusammensetzen musste.

«Hm», gab Doc Silverman von sich, immer noch in einen Gedankenprozess versunken. «Ich schlage vor, wir bringen euch jetzt erst mal nach Hause ins Trockene und Warme. Und dann reden wir morgen in Ruhe über alles. Lasst uns zum Auto gehen. Ich muss eh noch die störrische Batterie wieder einbauen.»

Der Doc und Britt halfen Lisa, auf die Beine zu kommen, während Zac aufgeregt hin- und herwuselte und vor sich hinbrabbelte. Britt packte ihn an der Jacke.

«Hey, Zac, alles in Ordnung. Lee ist wieder da!»

Lisa humpelte, gestützt von Doc Silverman, durch das Unterholz auf einen länglichen Schatten zu. Doc Silverman ließ das Licht seiner Taschenlampe aufleuchten und verwandelte damit den Schatten in einen cremefarbenen Mercedes. Lisa staunte. Hatte der Wagen eine frische Lackierung bekommen? Er sah so neu aus.

«Ach ja», sagte Doc Silverman, als er die Tür öffnete. «Da hat noch jemand nach dir gesucht, Lee.»

«Lee-Lee?» Die schüchterne, sanfte Stimme eines Jungen erklang aus dem Dunkel des Wagens. Doc Silverman zielte mit der Taschenlampe ins Innere, so dass Lisa das Gesicht eines sehr hübschen Jungen mit großen dunklen Augen erkennen konnte.

«Mo…, Momo?»

Lisa glaubte, ein Lächeln auf den Lippen des Docs zu erkennen, als er sie losließ, damit sie zu dem Jungen in den Wagen klettern konnte.

Da saß tatsächlich Morgan vor ihr, so jung und zart wie sie selbst. Er rutschte etwas zur Seite, um ihr genügend Platz zu machen.

«W-wo warst du?», stammelte er mit unbeholfener Zunge.

«Ich …»

«F-frierst du?»

«Ich weiß nicht.» Sie zog sich schlotternd zusammen.

«Warte …» Er griff nach hinten und zog eine Wolldecke heran. «Hier.» Er drapierte sie etwas unbeholfen um ihre Schultern. Das feuchte Haar hing ihr ins Gesicht, und er strich es ihr zaghaft hinters Ohr.

«Du …», wagte er einen Anlauf.

Sie streckte ihre Hand unter der Wolldecke hervor und berührte seine braunen Locken. Erst jetzt bemerkte sie, dass sein Haar ganz nass war und dass auch er in Decken gewickelt war.

«Es tut mir s-so leid wegen vorhin …», holte er aus. Seine lispelnde und stammelnde Aussprache kam ihr auf einmal fremd vor. «D-du hast das nicht verdient …»

«Vorhin?» Lisa brauchte eine Weile, um zu rekapitulieren, was für den Momo von 1989 vorhin alles passiert war.

«Das, was ich vorhin am Ball zu dir gesagt habe. Das war gemein. Es tut mir so leid.»

Der Streit am Ball … es kam ihr vor, als sei das schon eine Ewigkeit her, ja, sie hatte nicht mal mehr wirklich dran gedacht.

Außerdem … da war doch … Sie runzelte die Stirn und betrachtete ihre Hand. Ein Ring … sie hatte was von einem Ring geträumt … und Momo war 74 Jahre alt gewesen …

Sie berührte die zarte sechzehnjährige Haut seiner Wange. Er erwiderte ihre Geste, indem er das Gleiche tat. Seine Finger fühlten sich klamm, aber sehr liebevoll an.

«Puh. Geschafft. Hartnäckiges Biest, diese Batterie.» Die Autotür schlug zu. Doc Silverman und Zac hatten vorne Platz genommen.

Britt kletterte auf der anderen Seite von Lisa in den Wagen und knallte die Tür zu. Doc Silverman drehte den Zündschlüssel, doch ließ den Motor gleich wieder ersterben.

«Ich überlege gerade …»

«Doc … wollen Sie Lee wirklich nach Hause bringen?», ergriff Britt das Wort. «Es ist schon nach halb drei Uhr früh. Fanny ist bestimmt am Ausrasten, weil Lisa immer noch nicht zuhause ist, und ich kann mir gut vorstellen, dass sie wach bleibt und kontrolliert, wann Lisa endlich nach Hause kommt. Falls sie sieht, dass ausgerechnet Sie sie zuhause abliefern, dann haben wir ein Problem. Sie wissen ja, dass Lisa strikte Kontaktsperre zu Ihnen und Zac hat. Sicher kriegt sie dann sofort Hausarrest und darf überhaupt nicht mehr raus bis zum nächsten Mittwoch. Und dann werden wir sie wohl für die nächsten zwei Jahre nicht mehr zu sehen bekommen, je nachdem, wie lange sie im Internat bleiben muss …»

Lisa runzelte die Stirn, um die einzelnen Bruchstücke zu einem Bild zu ordnen. Sie war noch nie aus einem derart wirren Traum erwacht. Es war fast unmöglich, zu sortieren, was zur Realität gehörte und was zum Traum.

Stimmt. Da war doch was gewesen … vor einer gefühlt ewig langen Zeit. Der Kontakt zu Silvermans war ihr untersagt worden, weil Fanny und ihr Bruder die Silvermans für den Unfall beim allerersten Zeitreiseversuch verantwortlich machten. Natürlich, damals war sie ja zwei Tage verschwunden gewesen. Und für den kommenden Mittwoch stand die Abreise ins Internat auf dem Programm.

Warum musste das alles so schnell gehen …

Sie wickelte sich fester in die Decke ein. Neben sich spürte sie Momos warmen Körper. Er hatte sich nah an sie geschmiegt.

«Das stimmt allerdings, Britt», sagte Doc Silverman. «Wie gut, dass du so scharf mitdenkst. Aber was machen wir? Zu uns mitnehmen können wir sie nicht. Falls die Polizei doch bei uns auftaucht, um nach dem vermissten Mädchen zu suchen, dann gibt es noch mehr Ärger. Wir haben das alles wieder mal nicht gut durchgeplant.»

«Nun ja, wir haben nicht damit gerechnet, dass Professor Ash mit einer ganzen Polizeikonsorte auftaucht, wenn wir Misses Whitfield in die Zukunft versetzen», sagte Britt. «Und dass Lee bei der ganzen Aktion verschwindet, war auch nicht vorgesehen.»

«Wir müssen aber ihre Familie irgendwie benachrichtigen», überlegte Doc Silverman. «Und der Polizei mitteilen, dass sie gefunden worden ist.»

«Smartphone …» murmelte Lisa.

«Wie bitte?» Britt wandte sich zu ihr um.

«Anrufen … mit dem Smartphone …»

«Was redest du da?» Britt runzelte die Stirn.

«Hm.» Doc Silverman startete nun endgültig den Motor und manövrierte seine Karre umständlich aus dem Dickicht heraus und dann den Hang hinauf. Lisa wurde durch das Geholper dichter an Momo gedrückt.

Als sie wieder auf ebener Straße waren und an der Schule vorbeifuhren, verdrehte Lisa unwillkürlich den Kopf. Die Schule! Sie hatte sie so anders in Erinnerung. An dem Turm in der Mitte hing eine altmodische Uhr mit schweren Zeigern. Hatte da nicht ein Hologramm geschwebt? Und die eine Seite des Gebäudes, war sie nicht komplett demoliert und abgesperrt gewesen? Und waren die Laternen auf dem Vorplatz nicht viel heller gewesen?

«Am besten wäre ja, sie käme zu mir», redete Britt weiter. «Dann können wir sagen, sie sei die ganze Zeit mit mir zusammen gewesen und gar nicht verschwunden. Allerdings weiß ich auch noch nicht so genau, wie ich meinen Eltern erklären soll, warum Lisa heute unangemeldet bei mir übernachtet und nicht nach Hause geht. Sie werden sicherlich noch wach sein und auf mich warten. Ich darf gar nicht dran denken, was für Sorgen die sich wohl bereits machen.»

Lisa sah, wie Britt im Halbdunkel die Augen verdrehte.

«Hm», sagte der Doc wieder. «Jetzt wäre wirklich so ein tragbares Telefon praktisch …»

Auf einmal regte sich Morgan, der bis jetzt geschwiegen und starr geradeaus geschaut hatte. «Ich … ich könnte helfen …» stammelte er.

«Wie denn?» Britt drehte sich zu ihm.

«Bei mir ist keiner zuhause. Stevie … mein Bruder, ist sowieso auf irgendeiner Party, und mein Dad ist zurzeit auf Geschäftsreise in den USA …» Lisa spürte Momos extreme Nervosität beim Sprechen. Seine Stimme zitterte. «Sie … sie war immerhin mein Mädchen am Ball. Ich kann ihrer Familie erzählen, dass ich sie zu mir nach Hause eingeladen habe. Wir haben mehr als genug Gästezimmer.»

«Also … ich weiß nicht …» Britt rümpfte die Nase.

«Das ist vielleicht gar keine so schlechte Idee», sagte Doc Silverman.

«Finde ich schon!», schnaubte Britt.

«Wieso? Lisa war mit Morgan am Ball. Es ist eine ganz natürliche Sache, dass der Junge sein Mädchen hinterher zu sich nach Hause einlädt. Oder etwa nicht?»

Morgan nickte zögernd.

«Ich dachte, du bandelst mit Camilla an?», argwöhnte Britt. «Immerhin hast du Lee beim Ball ganz schön derb sitzenlassen.»

Morgan gab keine Antwort.

«Britt, ich denke, das können Lisa und Morgan untereinander klären», beschwichtigte Doc Silverman. «Ich finde Morgans Idee richtig gut. Es ist die einzig legitime Erklärung, die Lisa bestimmt am wenigsten Ärger einhandeln wird. Und hat nicht ihre Familie auch eine Verbindung zu den Kendalls?»

«Doch, klar», monierte Britt. «Ihre Familie steht ja auf alles, was reich ist und einen guten Namen hat. Die liebe Fanny wird *entzückt* sein.» Sie spuckte das Wort «entzückt» verächtlich aus.

«Wie auch immer – nutzen wir es doch zu unserem Vorteil», sagte Doc Silverman ruhig. «Bist du einverstanden, Lee?»

«Ja», hauchte Lisa, die immer noch nicht recht wusste, wie ihr geschah.

«Also, Kurs Richtung Westhill.»

«Richtung Bonzenviertel», schnaubte Britt leise.

Ehe sonst noch jemand protestieren konnte, nahm Doc Silverman die nächste Ausfahrt und steuerte das exklusive Wohnviertel Westhill an. Als sie an der Mall vorbeikamen, wirkte diese bis auf ein paar wenige Leuchtbuchstaben dunkel und verlassen. Lisa stutzte. Wo waren all die grellen Leuchtreklamen und Riesenbildschirme, die hier immer gestanden hatten?

Doc Silverman fuhr die stille, mit Platanen gesäumte Avenue hoch und hielt direkt vor der Villa der Kendalls auf dem großen Vorplatz neben einem prachtvollen Luxuswagen und einem Cabrio.

«Da sind wir. Lee, ist alles klar mit dir?»

«Ja», behauptete Lisa, obwohl in ihrem Kopf immer noch alles mit den Spinnweben ihres Traumes verhangen war.

«Morgan, du hast alles im Griff, ja?», erkundigte sich Doc Silverman. «Versprichst du mir, dass ihr gleich bei Lee zuhause anruft und ihrer Familie Bescheid sagt?»

Morgan nickte.

«Und kümmere dich gut um sie. Ihr habt beide viel durchgemacht. Ruht euch von euren Strapazen aus.»

«Warte mal», schaltete sich Britt ein, bevor Lisa und Morgan ausstiegen. «Sie hat doch gar nichts anzuziehen außer diesen feuchten Klamotten, die sie trägt.»

«Das stimmt», sagte der Doc. «Hast du etwas für sie, Morgan?»

Morgan nickte wieder.

«Ach ja, falls Lee die Erlaubnis kriegt, etwas länger bei dir zu bleiben, Morgan, dann wäre ich froh, wenn ihr morgen bei uns im Labor vorbeischauen könntet. Ich möchte mit dir gerne noch ein paar Worte austauschen, Lee, bevor du ins Internat musst.»

Lisa versprach es. Dann stieg sie mit Morgan aus.

Beide standen sie da, in Wolldecken gehüllt, und winkten dem Mercedes nach, als dieser auf dem Platz wendete und die Avenue hinunterfuhr.

«Komm», sagte Morgan, der beide Hände brauchte, um die Decken, die er um sich geschlungen hatte, sowie seinen nassen Anzug, den er unter den Arm geklemmt hatte, irgendwie vor dem Verrutschen zu bewahren. Lisa wunderte sich, warum er überhaupt in dieser Aufmachung steckte. Was war eigentlich passiert?

Sie folgte ihm zum Eingang. Die schicke Gartenanlage um das Haus herum war perfekt gepflegt, die Hecken getrimmt und gestutzt wie mit dem Lineal vermessen. Die Luft war sauber und frisch, und alles um sie herum schien sich im Tiefschlaf zu finden. Nur ein einsames Motorrad hangelte sich knatternd und taumelnd den Hang hoch. Offenbar ein Partygänger, der auf dem Weg in sein Bett war.

Morgan klaubte umständlich einen Schlüssel aus den Taschen seines nassen Anzugs. Lisas Blick fiel auf das Messingschild an der Haustür. Es sah so neu aus. Das Metall glänzte und spiegelte das Licht der Straßenbeleuchtung wider. Sie fuhr mit dem Daumen über den Namen KENDALL. Dabei fiel ihr Blick erneut auf ihren Ringfinger.

Morgan stieß die Tür auf und langte mit dem Arm um die Ecke, um den Lichtschalter zu betätigen. Etwas befremdet schaute Lisa auf den braunen, auf Hochglanz polierten Marmorboden, den sie weiß und schmutzig in Erinnerung hatte. Und der schwere Kronleuchter im Eingang … an den konnte sie sich gar nicht mehr erinnern. Vorsichtig folgte sie Morgan.

«Ähm … ich muss mir erst mal was anziehen», stotterte er verlegen. «Danach hole ich dir Kleider. Du … du weißt ja, wo das Telefon ist? Sag, ich hab dich fürs Wochenende eingeladen.»

Lisa musste sich einen Augenblick besinnen, dann fiel ihr Blick auf das drahtlose klobige Telefon mit der Wähltaste auf der Kommode.

«Komm einfach zu mir hoch, wenn du fertig bist, ja?», sagte Morgan und ließ sie allein.

Sie ging zu der Kommode und nahm das Telefon in die Hände. Wähltasten …? Das Wort «Touchscreen» flitzte durch ihre Gehirnwindungen.

Thomas. Sie musste Thomas anrufen. Aber Thomas war doch längst gestorben? Oder etwa doch nicht? Zögernd fanden ihre Finger die Zahlenkombination, und sie schluckte schwer, als der Summton am anderen Ende erklang.

«Ja?», meldete sich eine atemlose Frauenstimme gleich nach dem zweiten Klingeln.

«Ich … ich bin's, Lisa.»

«Lisa! Was soll das? Wir haben uns solche Sorgen gemacht. Weißt du, wie spät es ist? Es ist drei Uhr nachts! Thomas ist außer sich. Noch eine halbe Stunde länger, und wir hätten die Polizei angerufen. Ist der Ball nicht längst zu Ende?» Die sonst so honigsüße Stimme, die eindeutig Fanny, der Freundin ihres Bruders, gehörte, klang hoch und schrill.

«Doch …»

«Wo bist du?»

«Ich … ich … bin bei Morgan … er hat mich zu sich heim eingeladen. Ich darf bei ihm übernachten.» Ihre Stimme hörte sich an wie durch Nebel.

«Morgan? Morgan Kendall?»

«Ja.»

«Ist das der nette Junge, der mit dir auf dem Ball war?»

«Ja … oh …»

Im Hintergrund war auf einmal die wohlbekannte, aufgeregte Stimme eines jungen Mannes zu hören.

Thomas! Lisa durchflutete ein Glücksgefühl. Das war Thomas! Thomas lebte. Sie unterdrückte nur mit Mühe einen Jubelschrei.

«Lee?» Jetzt war ihr Bruder am Apparat. «Du bist mit Morgan Kendall zusammen?»

«Ja … Thomas … oh, Thomas …» Sie hätte ihn am liebsten durchs Telefon umarmt.

«Das ist ja wunderbar, Lee. Er hat dich also eingeladen?»

«Ja.»

«So ein netter junger Mann», hörte Lisa Fannys zwitschernde Stimme neben dem Telefon. «Natürlich muss sie bei ihm bleiben.»

«Ja – darf ich … also, er hat mich eingeladen, das ganze Wochenende bei ihm zu verbringen. Darf ich?»

«Aber natürlich», sangen Thomas und Fanny wie aus einer Kehle.

«Klar, Lee. Wir sind ja so froh für dich», fügte Thomas hinzu. «Morgan und du, ihr seid ja alte Freunde. Es ist schön, dass ihr wieder zueinander gefunden habt.»

«Oh – hat sie überhaupt Kleider dabei?», erklang Fannys Stimme im Hintergrund, und schon war sie wieder am Apparat. «Lee? Hast du überhaupt ein paar anständige Kleider dabei? Soweit ich mich erinnere, hast du ja nur diese schrecklichen Flickenjeans zum Wechseln mitgenommen, und ich weiß nicht, ob das bei Kendalls so schicklich ist? Ich meine, nun ja … sie gehören doch immerhin zu einer gehobeneren Gesellschaftsschicht als wir.»

Ach ja, das war Fanny, wie sie leibte und lebte!

«Ähm, also Morgan meinte, das sei kein Problem.»

«Na schön. Aber sei Sonntagabend nicht zu spät zuhause. Vergiss nicht, du musst noch fürs Internat packen.»

Und damit prallte die Wirklichkeit von 1989 mit voller Wucht auf sie ein. Nachdem sie aufgelegt hatte, ging sie langsam die Marmortreppe nach oben in den ersten Stock. Schüchtern klopfte sie an Morgans Zimmertür.

Er öffnete ihr. Er trug einen nagelneu aussehenden Jogginganzug mit dem Adidas-Logo und roch nach einem herben Duschmittel. Seine feuchten Haare ringelten sich über seiner Stirn. Er musste sich in Rekordzeit geduscht haben.

«Kann ich reinkommen?»

Er zögerte. «Ich wusste nicht, dass du so schnell bist. Ich … äh … bin noch nicht ganz fertig … hab noch nicht aufgeräumt.»

«Das macht doch nichts.»

Er zuckte die Schultern und öffnete die Tür ganz, damit sie eintreten konnte.

Lisa trat auf den mit Rockmagazinen übersäten Boden. Morgan bückte sich und sammelte schnell ein paar Hefte ein, um ihr einen Weg zu bahnen. Darunter kam ein teurer Teppich zum Vorschein. Ihr Blick fiel auf die komplett mit Postern tapezierten Wände. Michael Jackson, Madonna, Kim Wilde, Eurythmics, Roxette, all die vertrauten Stars der Achtzigerjahre strahlten von den Postern auf sie herab.

«Ähm … bin gerade am Aussortieren …», nuschelte er und legte den eingesammelten Stapel auf seinen Schreibtisch, um sich erneut ans Werk zu machen. Lisa schaute sich vorsichtig weiter um. Sein Bett war ungemacht.

«Äh … setz dich», sagte Morgan nervös. «Bin gleich fertig.»

Lisa ließ sich zaghaft auf der Bettkante nieder. Ihr Blick fiel auf die halbleere Whiskyflasche auf seinem Nachttisch und die leere Coca-Cola-Flasche daneben.

«Was ist das?», fragte sie.

«Nichts», sagte Morgan und nahm die Whiskyflasche schnell weg.

«Trinkst du das?»

Er zuckte mit den Schultern. «Nah … gehört meinem Bruder.»

Lisa suchte seinen Blick, doch er wich ihr aus. Seine Wangen waren ganz rot. Er deponierte die Flasche auf seinem Schreibtisch.

«Ähm … möchtest du duschen?», fragte er, immer noch peinlich berührt. «Ich hole was zum Anziehen für dich.»

«Gern», sagte Lisa, der die Vorstellung einer heißen Dusche nach der Kälte draußen gut gefiel. Morgan verließ mit der Whiskyflasche das Zimmer und kam etwas später mit einem Stapel Klamotten, Handtüchern und einem Kulturbeutel zurück.

«Das hab ich alles noch gefunden», sagte er. «Die Sachen sind ganz neu. Nimm dir, was du brauchst.»

«Wem gehören die Klamotten?»

«Meiner Stiefmutter, glaub ich.»

«Und das darf ich einfach nehmen?»

Er zuckte mit den Schultern. «Warum nicht? Mein Dad besitzt drei Wohnungen und meine Stiefmutter hat Klamotten ohne Ende. Die weiß doch gar nicht mehr, was sie alles hat.»

Lisa nahm vorsichtig ein T-Shirt in die Hände. Der Stoff fühlte sich fein und teuer an. Sogar ein Preisschild hing noch dran. Lisa zuckte zusammen, als sie sah, dass das einfache T-Shirt sagenhafte neunzig Pfund gekostet hatte. Weitere T-Shirts von teuren Marken, ein Kaschmir-Pullover, eine braune Seidenhose und ein Gürtel der Marke «Hermès» lagen in dem Stapel, und zuunterst fand sie auch einen Samtpyjama. Die ebenfalls noch nagelneuen Handtücher waren weiß mit goldener Bordüre.

«Das Bad ist gleich nebenan», sagte Morgan. Als hätte Lisa das nicht selbst gewusst.

Sie schloss sich im Bad ein, das immer noch nach seinem Duschmittel roch, gab sich dem rauschenden Wasserstrahl hin und trat etwas später erfrischt und mit dem samtigen Pyjama bekleidet wieder in Morgans Zimmer.

Momo hatte inzwischen aufgeräumt und den Boden von sämtlichen Zeitschriften befreit, die nun alle sauber gestapelt auf dem Schreibtisch lagen.

Auf einmal richtete sich ihr Augenmerk auf einen handgeschriebenen Brief, der daneben aufgefaltet lag. Das Datum stach ihr zuerst ins Auge: 14. September 1989.

Dann las sie: «Lieber Momo. Es tut mir wahnsinnig leid, was in letzter Zeit alles geschehen ist. Es scheint, als habe Professor Ash es besonders auf Dich abgesehen ...»

Sie strich ehrfürchtig das Papier glatt. Vage blinzelte die Erinnerung durch ihr Bewusstsein. *Sie selbst* hatte diesen Brief geschrieben, und es war erst einen Tag her!

«Wo möchtest du schlafen?» Momo war neben sie getreten. Eine Duftwolke von Tannennadeln folgte ihm. «Bei mir – oder in einem der Gästezimmer?»

Lisa zögerte. Was erwartete er für eine Antwort?

«Ich meine ... ich plane nicht ... ich hab keine Absichten ... du weißt schon. Ich will dich nur bei mir haben ...»

«Okay, gut, so geht es mir auch», sagte Lisa erleichtert.

Als sie etwas später erschöpft in sein breites, weiches Bett sanken und sich zusammen in die Federdecke kuschelten, legte Momo seinen Kopf in ihre Halskuhle. Binnen weniger Minuten senkte sich der Schlaf wie eine bleischwere Decke über sie.

Lisa erwachte, als etwas Warmes ihr Gesicht streichelte. Sie schlug die Augen auf und stellte fest, dass es ein Sonnenstrahl war, der sich schräg durchs Fenster seinen Weg auf ihr Gesicht gebahnt hatte.

Benommen blieb sie liegen. Was für ein Traum! So etwas Extremes hatte sie wirklich selten erlebt. Noch immer poppten die Traumbilder in ihren Gedanken auf wie eine Diashow, kreuz und quer und schwierig zu einem Ganzen zusammenfügbar.

Sie hatte schon so oft von der Zukunft geträumt, doch dieses Mal erschienen ihr die Bilder realer als je zuvor.

Kleine Computer, die wie Taschenrechner aussahen. Drei Wolkenkratzer am Square. Sofas in den Katakomben der Schule. Ein riesiges gläsernes Forschungszentrum. Das Kendall-Haus, sechzig Jahre später, verwahrlost … und ein Neffe von Momo, mit karamellbraunem Strubbelkopf … Stevies Sohn … und Carol Sanders hatte auch eine Tochter gehabt in ihrem Traum.

Ein blondes Mädchen mit aufgespritzten Lippen war ebenfalls darin vorgekommen, das später einmal eine berühmte Wissenschaftlerin werden würde. Und fliegende Autos, die sie «Aeromobile» nannten. Lieferdienst mit Drohnen. Eine böse Wissenschaftlerbande und eine Verschwörung. Professor Ash als junger Mann. Ein wunderschönes Penthouse mit einem Swimmingpool auf der 360-Grad-Terrasse. Und Momo … Momo als 74-jähriger Mann … und Britt … und Zac, alle viel, viel älter … Das Portal. Der Sog. Ein riesiges Labor. Eine Hochzeit. Der Diamantring … und dann der Todesschuss … eine Blutlache …

Sie hatte die Augen wieder geschlossen, um all die Bilder an sich vorbeiziehen zu lassen. Ihr Herz polterte. Es nahm kein Ende. Sie konnte es nur beenden, indem sie ruckartig die Augen wieder öffnete.

Als Erstes fiel ihr Blick auf die Discokugel, die an der Decke glitzerte. Dann stach ihr der Fernseher mit dem extrem winzigen Bildschirm auf dem Regal gegenüber ins Auge. Und schließlich wanderte ihr Blick zu einem braunen, lockigen Haarschopf, der tief in ein Kissen vergraben neben ihr lag.

Sie streckte die Hand aus, um durch diese seidigen Locken zu streichen. Sie schob sie vorsichtig zur Seite und legte das zarte Gesicht eines sechzehnjährigen Jungen frei, der sich noch immer im Tiefschlaf zu befinden schien. Die langen Wimpern waren fest in die kleine Kuhle unterhalb seiner Augenlider gebettet. Lisas Blick fiel auf die Schramme an seiner Stirn, und sie strich sachte mit dem Daumen darüber.

Die langen Wimpern flackerten.

«He … das kitzelt», murmelte Momo schlaftrunken. Lisa ließ ihren Finger zu seinem Leberfleck wandern und umkreiste das braune Muttermal mehrmals. Momo wälzte sich auf den Rücken und gähnte herzhaft. Er streckte dabei alle viere von sich.

Kyle, dachte sie auf einmal. Der Junge aus ihrem Traum mit dem karamellbraunen Strubbelkopf hatte Kyle geheißen. Und er war so real gewesen. Er würde dreißig Jahre später in diesem Zimmer wohnen. Und er war noch nicht einmal geboren.

«Lee-Lee …», murmelte Morgan und genoss es offenbar, dass sie ihm über die Wange streichelte.

«Ich weiß nicht, ob es ein Traum war!», entfuhr es ihr.

Ruckartig schlug er die Augen auf. Er drehte sich wieder um, so dass sein Gesicht ihr zugewandt war. Das tiefe Braun seiner Augen gab einen kleinen Einblick in die noch nicht entdeckten Schätze, die in der Tiefe seines Wesens schlummerten.

«Wie meinst du das?»

«Die Zukunft … ich hab von der Zukunft geträumt. Aber es war mehr als nur ein Traum, glaub ich.»

«Glaubst du?»

«Du … du wirst eines Tages die KAC leiten.»

Er richtete sich abrupt auf und starrte auf sie runter. «Was?» Er schüttelte den Kopf. «Das kann nicht sein. Das war ein Traum, oder, Lee-Lee?» Seine Stimme klang scharf.

«Ich weiß es nicht. Misses Whitfield … sie war doch da, oder?»

Er nickte langsam.

«Und der Time Transmitter … Zac hat sie doch damit in die Zukunft gesandt?»

Er runzelte die Stirn. Sein Atem ging über in ein Keuchen. Sein Körper bebte sichtbar. Sie setzte sich ebenfalls auf.

«Dieses Gerät, das du da hattest … am Ball … war das echt?» Seine Stimme klang, als hätte ihm jemand einen Strick um den Hals gelegt.

«Das Smartphone? Ja. Ja, das war echt.» Erstaunlicherweise erinnerte sie sich glasklar an dieses Wundergerät. «Misses Whitfield hat es aus der Zukunft mitgebracht.»

«Wo … wo ist es?»

Lisa versuchte sich zu erinnern, wo sie es zuletzt gesehen hatte, aber es gelang ihr nicht. Sie spreizte die Finger ihrer rechten Hand und schaute wieder auf den nackten Ringfinger.

«Ich fürchte, das Smartphone ist weg … es existiert nicht mehr.»

«Wie kann es auf einmal nicht mehr existieren?» Seine Stimme klang ängstlich und verwirrt.

«Ich muss Doc Silverman fragen», sagte sie. «Das ist alles kompliziert, fürchte ich.»

«Ich möchte nur eins wissen: Dieses Bild, mit dem Grabstein … auf dem steht, dass ich am 7. Juni 2018 sterben werde … war das echt?» Seine Stimme brach beinahe. Lisa fragte sich, ob er im Stimmbruch war oder ob das die pure Angst war, die ihn schüttelte.

«Ja, aber du wirst nicht sterben am 7. Juni 2018», versicherte sie.

«Nein?»

«Nein. Denn das Bild verschwand. Ich hab gesehen, wie der Grabstein darauf verschwand. Und ich hab *dich* gesehen … du warst 74 … und dein Haar war ganz weiß.»

«Oh Gott.» Er vergrub das Gesicht in seinen Händen. «Das ist irgendwie zu heavy. Sorry. Das ist echt crazy.»

«Tut … tut mir leid …» Lisa hatte keine Ahnung, wie sie mit ihm kommunizieren sollte. Sie wollte ihm so viel mitteilen, aber er schien es nicht fassen zu können.

Er ließ sich mit einem Stöhnen wieder aufs Kissen sinken und nahm die Fernbedienung zur Hand. Er machte den Fernseher an. Lisa fand es paradox, dass auf MTV gerade der Discosong «The Time Warp», übersetzt: die Zeitschleife, von einem Künstler namens Richard O'Brien lief. Das Bild kam ihr so unscharf und flackernd und winzig vor. Die schrille, bunte Mode der Menschen in dem Musikvideo irritierte sie einen Augenblick lang.

Sie sank neben Morgan zurück aufs Bett.

«Momo», sagte sie leise. «Vielleicht sollten wir wirklich mit Doc Silverman über all das sprechen.» Der Doc wusste am besten, wie man mit so etwas behutsam umging.

Er sagte nichts und zielte mit der Fernbedienung wieder auf das Fernsehgerät. Im selben Moment hörten sie jemanden die Treppe heraufpoltern. Stimmen wurden laut. Jemand hämmerte gegen die Zimmertür.

«Morris? Hey? Bist du da?»

«Nicht jetzt, Stevie!» Morgan warf genervt die Fernbedienung auf die Bettdecke.

Doch da stürmte Stevie auch schon herein. «Hey, Morris …» Als er

Lisa sah, verstummte er. Ein breites Grinsen breitete sich auf seinem Gesicht aus.

«Na endlich. Die zwei Kleinen. Wiedervereint.»

«Ich hab gesagt, nicht jetzt!» Morgan lief rot an bis zu den Haarwurzeln.

«Sorry, aber Ross ist am Telefon. Er will wissen, ob es dir besser geht. Er meinte, du hättest dir gestern Abend am Ball fast die Eingeweide rausgekotzt.»

«Ross Gallagher?»

«Ja. Er sagte, du seist sturzbetrunken gewesen.» Stevie neigte den Kopf und sah seinen kleinen Bruder forschend an.

«Ich war nicht betrunken.» Morgan rollte genervt mit den Augen und schälte sich aus der Decke. Wortlos ging er an Stevie vorbei hinaus zur Tür und die Treppe runter in die Diele.

«Sorry, Lee», grinste Stevie. «Wollte euch nicht stören.»

Hinter Stevie tauchte der Kopf eines bildhübschen Mädchens auf. Beverly Lancaster …

«Hallo, du bist Lisa aus Morgans Klasse, nicht wahr?»

«Ja …»

«Ihr habt so wunderschön getanzt gestern Abend!», schwärmte sie mit leuchtenden Augen. «Ich habe selten so etwas Romantisches gesehen.» Täuschte sich Lisa, oder war da ein Tropfen Wehmut in ihrer Stimme?

«Na, habt ihr's schön gehabt?», grinste Stevie – der junge Stevie, wie er leibte und lebte. Er strich sich lässig mit der Hand durch sein geföhntes Haar und lehnte sich an den Türrahmen. Ein fescher Gürtel zierte seine hochtaillierte Cordhose.

Lisa fühlte einen Klumpen im Hals, als sie nickte. Sie schaute von Stevie zu Beverly. Beverly lächelte ihr breites Lächeln, das an … wie hieß diese Schauspielerin nochmals? Julia irgendwas ... sie würde diesen Namen wohl googeln müssen!

Googeln? Was war das für ein Wort? Woher hatte sie das? Das war irgendwie in ihrem Traum vorgekommen ...

Stevie und Beverly. Unwillkürlich musste Lisa lächeln.

Es war so richtig, dass sie zusammen waren. Goldrichtig! Aus ihnen sollte später einmal Kyle hervorgehen ...

«Ich bin wirklich so froh, dass ihr zwei wieder vereint seid», sagte Stevie ernst. «Das war alles andere als einfach mit meinem Bruder die letzten Wochen. Er ist so depressiv, der Kleine. Ich hoffe, du kannst ihn aufheitern.»

«Ich versuch's ...»

«Alles in Ordnung mit dir?» Beverly sah Lisa besorgt an.

«Ja.» Lisa musterte Beverly. Sie hätte ihr so vieles zu sagen gehabt. Und Stevie auch. Doch sie nickte nur.

«Alles in Ordnung.» Sie stand ebenfalls auf und wollte an Beverly und Stevie vorbei zur Tür raus, Morgan hinterher.

«Ähm, Lisa?» Beverly hielt sie sanft an der Schulter fest.

«Ja?»

Beverly warf Stevie einen auffordernden Blick zu. Dieser schien zu verstehen. «Aha, Frauengespräch? Bin schon weg!» Und schon flog er buchstäblich die Treppe runter, drei Stufen auf einmal nehmend.

«Ähm, Lisa ...» Beverly zog sie nahe an sich heran. «Das, was ich dir nun sage, muss unter uns bleiben, ja?»

Lisa nickte, neugierig, was Beverly so Privates mit ihr besprechen wollte.

«Weißt du, es klingt vielleicht komisch, aber da ist etwas ... Stevie will es nicht verstehen, aber vielleicht kann ich es dir sagen.»

«Was denn?»

«Es geht um Morgan. Sag, bist du jetzt seine Freundin? Seid ihr richtig zusammen?»

«Ich weiß es nicht.»

«Aber ihr steht euch ziemlich nahe, oder?»

«Ich glaube schon.»

«Weißt du, da ist etwas, was mir Sorgen bereitet. Ich hab manchmal den Eindruck, dass Morgan ein Alkoholproblem hat oder kurz davor steht, eins zu entwickeln. Vielleicht ist das komisch, dass ich dir das sage. Irgendwie will niemand es so richtig wahrhaben, aber ich hab auch schon mit Nathan geredet. Er macht sich auch Sorgen. Weil – da sind diese dauernden Partys von Stevie, und fast auf jeder Party endet es damit, dass Morgan irgendwo sturzbetrunken in einer Ecke liegt, weil er sich so die Kante gegeben hat und weil keiner auf ihn aufpasst.

Das letzte Mal ist er sogar im Vollrausch vom Tisch gefallen und im Krankenhaus gelandet. Ich war nicht dabei, aber alle haben davon geredet. Ich dachte nur, vielleicht ... wenn du seine Freundin bist, kannst du ein bisschen auf ihn aufpassen. Ich verstehe nicht, dass Stevie das nicht einsehen will, aber er lacht jedes Mal nur und meint, ich soll dem Kleinen doch seinen Spaß lassen, aber ich finde, da hört der Spaß auf ... ich meine, Morgan ist streng genommen noch nicht mal sechzehn.»

Beverly war feuerrot im Gesicht, während sie redete.

«Ich weiß», sagte Lisa leise. Sie würde noch ein paar ernste Worte mit Stevie zu reden haben. Sie sah Beverly an, die wunderschöne Beverly mit ihrem liebreizenden Gesicht und ihren elfengrünen Augen, den rehbraunen Haaren und der zarten Haut, die später von vielen Fältchen durchzogen sein würde.

«Ich werde auf Morgan aufpassen», versprach Lisa.

Beverly lächelte dankbar. «Dann werden wir uns wohl in Zukunft öfters über den Weg laufen.»

Morgan kam wieder zurück, mit cooler Miene und leicht trotzig verzogenen Mundwinkeln.

«Hi Morgan», sagte Beverly leise.

«Oh … h-hi, Bev …» Morgans Coolness machte sogleich einer Verlegenheit Platz. Seine Wangen überzogen sich mit einem Hauch von Röte. Er fasste Lisa am Arm. «Kommst du?» Er zog sie mit sich die Treppe runter.

Unten am Treppenabsatz kreuzte Stevie ihre Bahn wieder.

«Hey-hey, Morris. Was läuft denn heute so?»

Morgan zuckte mit den Schultern. «Mal sehen. Möchtest du frühstücken, Lee-Lee?»

Lisa fiel nichts Besseres ein, also nickte sie.

«Unternehmt ihr was Schönes zusammen?» Stevie wurde allmählich lästig.

Morgan verdrehte die Augen. «Stevie, bitte!»

«Lass sie doch in Ruhe, Stevie», sagte Beverly, die nun auch die Treppe runtergekommen war.

Morgan warf Beverly einen Blick zu. Für einen flüchtigen, schmerzhaften Moment musste Lisa sich eingestehen, dass die beiden ein schönes Paar abgegeben hätten. Beverly hatte genau die richtige Größe für Morgan. Sie war etwa fünf Zentimeter kleiner.

«Hey, ich find's doch nur Spitzenklasse!», sagte Stevie fröhlich. «Na, dann viel Spaß. Komm, Bev. Wir machen eine Spritztour mit dem Cabrio!» Er zog Beverly an beiden Händen mit sich, und schon waren sie verschwunden.

Lisa folgte Morgan in die Küche. Manchmal fand sie es schon etwas kompliziert, dass er so schweigsam war. Er ging zum Schrank und begann, den Esstisch mit edlem Porzellangeschirr zu decken. Lisa berührte nachdenklich die Tischkante, an der Momo sich bei seinem Sturz den Kopf angeschlagen hatte.

Er förderte Lachs und Kaviar und allerlei Delikatessen zutage, die Lisa äußerst selten in ihrem Leben gegessen hatte. Obwohl, in letzter Zeit … Sie hielt inne. Sie schaffte es immer noch nicht, alle ihre Traumbilder von der Realität zu unterscheiden.

«Magst du Champagner?» Morgan zog eine Flasche aus den unteren Gefilden des Kühlschranks hervor.

«Champagner? Zum *Frühstück?*»

«Wieso nicht?» Er zuckte mit den Achseln. «Die Haushälterin hat drei Flaschen gekauft.»

«Momo …» Sie trat sachte neben ihn. Er drehte sich zu ihr um.

«Es gibt noch etwas … etwas aus der Zukunft … was ich dir unbedingt sagen muss.»

«Ach ja?» Er hob seine schönen dunkelbraunen Augenbrauen.

«Du solltest besser keinen Alkohol trinken.»

«Ach, schon wieder das?», schnappte er. «Das hatten wir doch vorgestern Abend schon, erinnerst du dich?»

Vorgestern Abend … Lisa versuchte erneut, sich ins Gedächtnis zu rufen, wann vorgestern Abend gewesen war und was da alles passiert war. Momo hatte sie besucht … und er hatte ihr mitgeteilt, dass er nach Amerika gehen wollte … und sie hatte ihn gebeten, sich vom Alkohol fernzuhalten … ihr älteres Ich hatte ihr ja von seinen zukünftigen Problemen in dem Bereich erzählt … und dann hatte sie das Bild von dem Grabstein auf dem mysteriösen Smartphone aus der Zukunft gefunden.

«Ja, denn … deine Trinkerei in der Zukunft führt zu dem Unfall am 7. Juni 2018 in deiner ersten Zeitlinie … und in der zweiten Zeitlinie wirst du dein halbes Leben brauchen, um wieder vom Alkohol wegzukommen … und du hast mir auch erzählt, dass du sogar manchmal heimlich in deinem Zimmer vor dem Fernseher trinkst …»

Er starrte sie an, als hätte der Blitz ihn getroffen. Er wich schockiert einen Schritt von ihr zurück.

«D-das … weiß niemand außer Stevie …»

Ehe Lisa ihre Hand nach ihm ausstrecken und seine Augen von einer herunterhängenden Haarsträhne frei machen konnte, wandte er sich von ihr ab. Sie glaubte schon, er wolle weggehen, doch er blieb, wo er war, den Rücken ihr zugekehrt. Sie sah, dass er am ganzen Leib bebte und einen heftigen inneren Kampf ausfocht.

Leise trat sie einen Schritt näher und legte behutsam die Arme von hinten um ihn. Sein ganzer Körper befand sich in aufgeregter Vibration.

«Momo?»

Eine Träne tropfte auf ihre Hand und dann noch eine zweite. Er schien sich mit aller Kraft gegen das Weinen zu wehren, doch er wurde nicht mehr Herr über seinen Körper. Seine ganze antrainierte Selbstbeherrschung war komplett dahin.

Lisa hielt ihn fest und legte den Kopf auf seine Schulter. Vielleicht war es am besten, gar nicht zu sprechen und einfach die Stille mit ihm zu teilen. Sie konnte bis in jede Faser ihres Seins spüren, wie einsam er im Grunde war.

Niemand war da, wenn er nach Hause kam. Keine Mutter, die mit ihm kochte und ihn fragte, wie es in der Schule gewesen war. Er hatte zwar eine Menge Geld, aber niemanden, der sich um ihn kümmerte. Erst jetzt wurde ihr das so richtig klar.

Er schluckte und weinte eine Weile lang still vor sich hin, doch er wehrte sich nicht gegen ihre Umarmung. Sie wartete geduldig, bis seine Tränenflut langsam verebbt war. Er wischte die letzte Träne weg und wandte sich langsam zu ihr um.

«Kein Alkohol mehr, okay?», bat sie.

Er zögerte erst, doch dann nickte er. «Okay.»

Eine Stille hatte sich über das Haus gelegt, seit Stevie und Beverly zu ihrer Spritztour aufgebrochen waren.

Kein Wunder, dass man sich in so einem großen Haus einsam fühlt, wenn niemand da ist, überlegte Lisa. Sie aßen ihr Frühstück fast ausschließlich schweigend und stellten dann das Geschirr in die Spülmaschine.

«Und was nun?», fragte Lisa später, nachdem sie geduscht und sich angezogen hatte.

«Ich dachte, wir fahren in die Stadt und kaufen Klamotten für dich. Und nachher fahren wir zu Doc Silverman. Ich muss ihn ein paar Sachen fragen.» Morgan wirkte sehr entschlossen.

Das klang nach einem Plan.

Als sie ihre vor Dreck starrenden Jeans und das zerschlissene T-Shirt in eine Tüte stopfte, musste sie sich eingestehen, dass sie wirklich dringend neue Kleidung nötig hatte. In den sündhaft teuren, braunen Seidenhosen von Morgans Stiefmutter, die ihr eine Spur zu kurz waren, und dem Kaschmir-Pullover konnte sie ja nicht ewig rumlaufen.

Sie wartete auf seinem Bett, bis er aus dem Bad kam. Er hatte sich in Schale geworfen mit seinen stonewashed Levi's-Jeans, dem stramm gebügelten Polohemd plus seinem Bandana-Tuch, das er locker um den Hals gebunden hatte, um sich einen lässigen Look zu verpassen. Darüber trug er seine legendäre Jeansjacke mit den vielen Buttons. Sein Haar hatte er mit etwas Gel in die richtige Form gedreht, so dass es seine Narbe an der Stirn perfekt verdeckte.

Sie sah ihn an, wie er war, so jung und schön und schlank. Er öffnete eine Schublade, um ein Bündel Geldscheine und eine Kreditkarte herauszunehmen, die er dann beide in die Taschen seiner Jacke stopfte. «Gehen wir», nickte er Lisa zu.

Die Straßen waren immer noch in Stille gehüllt, obwohl es bereits Mittag war. Viele der Westhill-Bewohner schienen sich wohl von ihren luxuriösen Partynächten zu erholen. Lisa betrachtete die Villen und die teuren, aufwändig gepflegten Gartenanlagen. Es gab kein einziges Haus, das nicht mindestens einen Swimmingpool hatte. Eine ihr so fremde und doch irgendwie vertraute Welt …

Als sie schon fast an der Bushaltestelle waren, wurden sie von einem schwarzen Mercedes überholt. Er verlangsamte seine Fahrt und kam wenige Meter vor ihnen zum Stillstand.

«Oh nein», murmelte Morgan. «Nicht *die.*»

«Liiiiiiiisa!» Eine Fensterscheibe wurde runtergekurbelt, und Maddox streckte seinen gelgeplätteten blonden Haarschopf heraus. Er winkte ihr stürmisch zu und grinste wie ein Honigkuchenpferd. «Miss Lollipop!»

«Maddox», murmelte Lisa. Irgendwas war mit Maddox in der Zukunft … seine Tochter! Ja, er würde eine Tochter haben, und sie würde die brillanteste Wissenschaftlerin weit und breit sein. Angela … Angela Paris Cox. So würde ihr Name lauten.

«Was machst du heute? Wollen wir heute Nachmittag etwas Schönes zusammen unternehmen?»

«Mensch, siehst du denn nicht, dass sie bereits mit Kendall verabredet ist, Dummbeutel?» Jetzt steckte auch sein Zwillingsbruder Louie den Kopf aus dem Wagen. Sofort ging Lisa das Wort «Onyx» durch den Kopf. Onyx Cox … ein Polizist, der einem Indianer ähnlich sah …

«Och, schade. Ich würde doch so viel besser zu dir passen!» Maddox machte ein langes Gesicht. Morgan schnitt ihm eine Grimasse.

«Tut mir echt leid! Mein Bruder hat einen an der Waffel. Aber das weißt du ja. Wir sehen uns!» Louie zog seinen zeternden Bruder ins Auto zurück, und der Mercedes nahm wieder Fahrt auf.

Lisa entschlüpfte ein Grinsen. «Maddox ist unverbesserlich.»

Morgan starrte ihnen schweigend hinterher. Lisa sah ihn von der Seite an. Er sah so ernst aus. Die sanfte Brise spielte mit seinem Haar. Sie hätte gern gewusst, was er dachte. Würde er je wieder herzhaft lachen können, so wie früher?

Sie redeten auch kein Wort, während sie auf den Bus warteten, aber das Schweigen mit ihm war nicht unangenehm. Eine eigenartige Ruhe ging von ihm aus und hüllte sie mit Geborgenheit ein. Sie wäre gern hinter das Geheimnis gekommen, wie er das machte.

Am Tomsborough Square stiegen sie aus. Der Tower des «Tomsborough Telegraph», ein mehrstöckiges Gebäude mit vielen kleinen Fenstern und einer Dachspitze, ragte vor ihnen in die Höhe. Lisa blieb stehen und ließ ihren Blick nachdenklich die Fassade entlangschweifen. Dieser Tower – wurde er nicht eines Tages abgerissen und durch einen viel größeren Turm mit Glasfassaden ersetzt, mit einer Hologramm-Datumsanzeige, die um die Spitze herumschwebte? Und würde da drin nicht eines Tages ein riesiges Shopping Center Einzug halten, mit einem Regenbogen-Lichtspiel im obersten Stock?

Im Gegensatz zu Westhill war der Square voller Leben. Das Samstagsgeschäft florierte. Lisa verdrehte ihren Kopf nach allen Seiten. Zum ersten Mal fiel ihr auf, wie viele Leute eigentlich mit Dauerwellen herumliefen. Komische Frisuren …

«Lee-Lee?» Sie vernahm Morgans Stimme erst neben sich, als er sanft ihre Hand umschloss. «Sag mal, träumst du?»

Lisa drückte seine Finger. Eine bestimmte Stelle hinter dem Tower, wo ein paar Cafés und Läden waren, rückte in ihr Sichtfeld. Morgan folgte ihrem Blick.

«Da werden später einmal drei Wolkenkratzer stehen», sagte sie.

Er ließ ihre Hand wieder los. «Woher weißt du das?»

«Ich … hab sie gesehen …»

Er sagte lange Zeit nichts. Lisa glaubte schon, dass er etwas überfordert war, als er auf einmal mit tonloser Stimme sprach: «Mein Dad sponsert einen Teil des Bauprojekts. Aber die Pläne sind noch nicht offiziell. Die Häuser sollen nicht vor 2001 gebaut werden. Du kannst das gar nicht wissen …»

«Doch. Kann ich. Und du wirst da oben wohnen in der Zukunft. In einem wunderschönen Penthouse.»

«Dad sagt, er will dafür sorgen, dass Stevie eines der Penthouses dort oben als Eigentumswohnung erwerben kann», sagte er fassungslos.

«Genau so wird es sein», murmelte Lisa. «Und später wird es dir gehören. Alle drei Häuser werden eines Tages dir gehören.»

Er sah sie ehrfürchtig von der Seite an. «Dann … dann weißt du alles über meine Zukunft?»

Sie wusste nicht recht, wie sie diese Frage beantworten sollte.

«Du hast mich also gesehen in der Zukunft, ja?», hakte er nach, nachdem sie eine halbe Minute geschwiegen hatte.

Sie nickte zögernd.

«Und … wie … sehe ich aus?», fragte er sehr nervös.

Sie dachte nach. «Ziemlich gut, würde ich sagen.»

Doch, das stimmte wirklich.

«Und … werde ich noch etwas wachsen?»

«Etwa zwei, drei Zentimeter, glaube ich. Wir sind am Ende fast gleich groß.»

Sie wusste nicht, ob diese Antwort ihn befriedigte. Er äußerte sich nicht dazu. Sie sah ihm an, dass er noch unzählige Fragen hatte, sie aber mit Bedacht wählen wollte.

Er schob seine Hand wieder in ihre und führte sie in Richtung Einkaufsmeile.

Die Sonne war dabei, sich wieder hinter einer Wolkenwand zu verstecken. Kühle Zugluft setzte ein. Das Gewitter vom Vorabend hatte eine Tiefdruckfront herantransportiert.

Vor einer Boutique mit teuren Markenklamotten machte Morgan Halt. «Hier», sagte er. «Da haben sie gute Sachen.»

«Aber ich kann doch nicht so teure Klamotten …»

«Lee-Lee … du brauchst ein paar anständige Klamotten. Ich kauf dir jetzt welche. Du kannst doch nicht ewig in abgetragenen Flickenjeans und Micky-Maus-T-Shirts rumlaufen.»

«Aber du hast doch auch Buttons auf deiner Jeansjacke», protestierte sie.

«Das ist was anderes. Das ist eine Designerjacke.» Ohne weitere Widerrede zuzulassen, zerrte er sie in den Laden.

Lisa hielt die Luft an, als sie die schicken Kleiderständer und den Marmorboden und all die edlen Spiegel sah. Sie kam sich vor wie der buchstäbliche Elefant im Porzellanladen. Morgan zog sie durch die Ständer und Regale und prüfte fachmännisch die Stoffe und Nähte der verschiedenen Kleidungsstücke auf ihre Qualität. Ab und zu warf er einen skeptischen Blick in einen der unzähligen Spiegel. Lisa folgte seinem Blick und sah sich und ihn nebeneinander. Dass er fünf Zentimeter kleiner war als sie, hatte ihn immer gestört, und jeder Spiegel, an dem sie vorbeikamen, präsentierte ihnen diese Wahrheit von Neuem.

Seine Miene wurde immer kritischer.

Schließlich riss Lisa sich los und trat einen Schritt zurück.

«Was ist denn?» Er sah sie an.

«Ich weiß nicht.» Sie ließ die Arme sinken.

«Jetzt sag schon.»

«Ich glaube, ich komme nicht damit klar, dass … dass Geld und Materielles und Aussehen so einen hohen Stellenwert einnehmen in deinem Leben. Ich weiß, du bist damit aufgewachsen, aber ich nicht. Und als wir damals als Kinder zusammen gespielt haben, war das alles auch nicht wichtig.»

«Okay, und was willst du mir damit sagen?» In seinen Augen lag ein Funken Ungeduld, die seine sonst so wohltuende Ruhe überschattete.

«Können wir … können wir das mit den Klamotten ein andermal machen? Ich glaub, ich bin … momentan nicht bereit dafür.»

«Ich hab Doc Silverman versprochen, dass ich mich um dich kümmere. Und du brauchst neue Kleider. Ich kann ja sonst nirgends mit dir hingehen.»

«Wie meinst du das?» Ihr Gesicht flammte vor Entsetzen auf.

«Ich kann mir keine Freundin mit abgerissenen Klamotten leisten, so einfach ist das. Ich hab schon so genug Probleme mit meinem Vater.»

«Wie bitte?» Sie starrte ihn fassungslos an. Wieso hatte sie nie gewusst, dass ihr sonst so gütiger Momo solche Hiebe austeilen konnte? Er war für sie immer der gewesen, von dem sie gehofft hatte, dass er sie verstehen würde. Wut und Tränen bahnten sich einen Weg nach draußen und trübten ihr Sichtfeld. Momos Gesicht verschwamm vor ihren Augen.

«Dann lass es doch einfach bleiben, du Snob», fauchte sie, ehe sie überhaupt wusste, was sie tat. «Und überhaupt: Es geht gar nicht. Ich kann nicht mit dir zusammen sein. So einfach ist das. Ich kann nicht …»

Von ihren eigenen Worten überrascht, verharrte sie einen Moment im Schockzustand. Dann trat sie ein paar Schritte zurück. Momo starrte sie perplex an. Und ehe sie sich daran hindern konnte, hatte sie sich umgedreht und war aus dem Laden gestürmt.

Kyle!, dachte sie im Laufen. Ich darf Kyles Existenz nicht gefährden! Sonst wird er im Jahr 2001 nicht geboren werden!

Sie wusste nicht einmal, ob Momo ihr folgte. Die Tränen verschleierten ihr die Sicht, als sie durch die Straße zurück zum Square stolperte. Ein Sammelsurium an Emotionen wallte in ihr hoch. Wut, Zorn, verletzter Stolz, ein geplatzter Traum, aber auch Trauer, Einsamkeit, Reue und Angst lieferten sich einen wilden Tanz.

Sie lief geradewegs zum Square, überquerte den Platz und setzte sich schließlich in die Mitte auf die Mauer des kleinen Rondells, das in ihrer Erinnerung so viel größer gewesen war. Skateboard … hier war sie mal Skateboard gefahren. Mit einem Jungen, der sie *genau so* gemocht hatte, wie sie war. Mit dem es dieses leidige Fünfzentimeter-Problem nicht gegeben hatte, und der sich auch nicht so viel aus Geld und Prestige gemacht hatte.

Sie schloss die Augen und sah sein lustiges, verstrubbeltes Haar vor sich. Er hatte sie sogar geküsst … einfach so. Kylian Kendall. So hieß der Junge aus der Zukunft. Sie lächelte bei dieser Erinnerung.

«Lee-Lee?» Eine sanfte Hand berührte ihr Haar. Sie fuhr zusammen und blickte hoch. Momo stand neben ihr, ganz außer Atem. Er setzte sich neben sie auf die Mauer und vergrub schweigend das Gesicht in den Händen.

Es geht nicht, dachte Lisa bitter.

Da hob Morgan den Kopf. «Lee-Lee … hör mir mal zu.»

Lisa betrachtete ihn, sein schönes, ihr so vertrautes Gesicht mit dem spitzen Kinn und dem Muttermal an der linken Wange. Die elegant definierten Linien seines Profils würden auch in der Zukunft so bleiben, ja, sich sogar noch mehr veredeln. Sein Kinn würde etwas markanter werden mit dem Alter. Und das glänzende, kastanienbraune Haar würde einst schneeweiß sein.

Sie sah ihm an, wie er alle seine Kräfte mobilisierte, um die Worte hervorzubringen, die er ihr mitteilen wollte.

«Es geht nicht … um deine Klamotten oder so. Es ist nur … weißt du, du bist nun mal einen Tick schlauer als ich. Ich schaue die ganze Zeit zu dir auf. Ich versuche gerade, damit zurechtzukommen, dass ich ein paar Zentimeter kleiner bin als du. Du weißt Dinge über die Zukunft, die mir regelrecht unheimlich sind, und ich … ich kann nicht mal vernünftig sprechen …»

Er holte tief Luft, atmete ein paarmal ein und aus. «Alles, was ich dir voraushabe, ist, dass ich Geld habe und du nicht. Verstehst du? Es ist meine einzige Möglichkeit, einen Ausgleich zwischen uns zu schaffen. Ich habe nur dieses eine, mit dem ich dir überlegen bin, und wenn du das nicht akzeptieren kannst, dann wird es zwischen uns nicht funktionieren.»

Lisa schaute ihn überrascht an.

«Lee, ich …» Er erwiderte etwas hilflos ihren Blick.

«Momo …» Sie wusste nicht, was sie dazu sagen sollte.

«Ich meine, warum soll ich dir keine Kleider kaufen?», fragte er. «Ich kann es mir locker leisten. Was ist schon dabei?»

«Ich … weiß es nicht. Ich weiß nicht, ob ich das annehmen kann …» Sie fand einfach nicht die richtigen Worte.

«Da ist noch etwas», sagte er schließlich leise. «Ich weiß doch, dass du dir keine Klamotten oder CDs und so leisten kannst, und ... zu wissen, dass ich dir all das problemlos kaufen könnte, und es nicht zu tun, fühlt sich für mich falsch an. Ich weiß nicht, wie ich es ausdrücken soll, aber ...» Sein Gesicht verzerrte sich zu einem schmerzvollen Lächeln. «Es tut irgendwie weh da drin.» Er presste die Hand auf sein Herz. «Verstehst du das? Ich kann es nicht besser erklären ...»

Lisa dachte eine Weile über seine Worte nach und spürte, dass Sturheit hier nicht angebracht war. Momo wollte ihr etwas schenken, weil es ihm wichtig war, ja, letztendlich vielleicht auch, weil er das Gefühl brauchte, etwas Gutes zu tun.

«Ich ... es tut mir leid, Momo», gestand sie. «Ich glaube, ich habe überreagiert.»

«Das habe ich auch», meinte er leise. Versöhnlich streckte er ihr seine Hand hin. «Friede?»

Sie nickte. Zaghaft nahm sie seine Hand. Er schloss seine Finger fest um ihre. Eine ganze Weile blieben sie so sitzen.

«Trotzdem», fing sie nach einer längeren Gesprächspause wieder an. «Ich möchte mich nicht ständig neben dir wie das mittellose Mädchen fühlen.»

«Schon klar. Ich werd mir Mühe geben, dir dieses Gefühl nicht zu vermitteln. Aber wenn du das schon ansprichst ... Ich bin dir auch noch 'ne Erklärung schuldig», sagte er ernst.

«Wofür?» Sie hob erstaunt ihre Augenbrauen.

«Dafür, dass ich in der Schule so lange nicht mit dir geredet habe.»

«Ach ja?» Das hätte Lisa nun nicht erwartet. Sie hatte nicht einmal gewusst, dass es dafür überhaupt eine Erklärung gab.

«Ich hätte es dir schon lange sagen sollen, aber ich wollte dich nicht verletzen. Weißt du, der Hauptgrund, warum ich dir in der Schule ausgewichen bin, ist, dass es für mich einfach demütigend war, wie du mich dauernd beschützt hast. Es … es war mir peinlich …» Er brach ab und schaute sie ängstlich an. «Lee-Lee …» Er drückte ihre Hand.

«Sprich weiter», forderte sie atemlos.

«Ich weiß, du hast es gut gemeint. Darum war ich dir nie böse. Nur … ich möchte, dass auch in diesem Bereich zwischen uns etwas klar ist.»

«Nämlich?» Sie hielt den Atem an. Ihre Hand wurde ganz klamm.

«Also … ich möchte nicht mehr dein kleiner Momo sein. Genauso wenig, wie du dich neben mir als mittelloses Mädchen fühlen möchtest. Das ist meine Bedingung für unsere Freundschaft. Ich möchte erwachsen sein, ein Mann sein, und ich möchte für mich selber einstehen. Verstehst du das?»

Lisa nickte mit brennenden Wangen.

«Und … Lee-Lee … ich kann dir auch deine fehlende Familie nicht ersetzen. Ich hab selber genug, mit dem ich fertigwerden muss. Also, versuch nicht, mich wieder in unsere Spiele von früher reinzupressen. Ich bin damit wirklich fertig, okay?»

Das waren harte und bestimmte Worte, und Lisa biss sich auf die Lippen, weil sie weh taten. Momo wurde erwachsen, und auch für sie war es an der Zeit, das Alte ein für alle Mal loszulassen und nach vorne zu schauen.

Er ließ ihre Hand los und kraulte versöhnlich ihren Nacken.

«Lee-Lee … sei nicht traurig. Ich war dir diese Erklärung schuldig. Wir können andere schöne Dinge unternehmen.» Und dann, ganz plötzlich und ganz schnell, drückte er ihr ein verstohlenes Küsschen auf die Wange.

Lisas Brust wurde zu eng für den nächsten Atemzug, den sie holen wollte. Sie blickte hinauf zum Tower und genoss, wie Momo seine Arme fest um ihren Körper schlang und sachte seinen Kopf auf ihre Schultern bettete. Er schien sich von dem vielen Reden ausruhen zu müssen.

«16. September 1989», lachte das Datum sie von oben an, während sie dankbar die tröstliche Wärme seines Körpers auskostete.

«Sag mir ... wie werde ich in der Zukunft sein?», fragte er nach einer langen Weile. «Abgesehen davon, dass ich akzeptabel aussehe?»

Lisa überlegte kurz. «Sehr weise und sehr gütig. Und extrem großzügig. Aber auch stur.»

Sie fühlte, wie sich seine Lippen zu einem vagen Grinsen verzogen. Entschlossen richtete er sich auf, entließ sie aus seiner Umklammerung und zog sie auf die Füße.

«Komm.»

«Wohin gehen wir jetzt?»

«Ins Cinnamon Coffee House. Eine Zimtrolle essen. Und nachher was zum Anziehen kaufen. Und dann in den Record Store.»

«Okay, los geht's!», sagte sie lächelnd.

Das Cinnamon Coffee House begrüßte sie mit seinem alten, verwitterten Schriftzug auf dem hässlichen, orangenfarbenen Schild. Lisa erinnerte sich vage an einen viel moderneren, roten Schriftzug im Jahr 2018. Momo hielt ihr die Tür auf, als sie eintraten, ging dann als Erstes zur Jukebox, warf ein paar Münzen ein und wählte zwei, drei Songs an. Dann zog er Lisa mit sich zur Theke.

«Hallo Morgan!», begrüßte ihn die junge Verkäuferin. «Was darf's denn heute sein?»

Morgan bestellte vier Zimtrollen und ließ sie einpacken. Lisa schaute sich ängstlich um, ob sich vielleicht irgendwelche ihrer Schulkollegen hier trafen, aber das war nicht der Fall.

«Die hängen bestimmt alle im Record Store rum», meinte Morgan später. Sie wanderten durch die Flaniermeile und ließen sich die Zimtrollen schmecken.

Bei einem Schaufenster mit Elektronikgeräten machte er Halt.

«Wolltest du nicht schon lange einen Gameboy?»

Lisa betrachtete die kleinen popeligen Geräte mit der krakeligen Schwarzweiß-Grafik. Sie erinnerte sich an sagenhafte, dreidimensionale Computerspiele, an Abermillionen von Farben und an Brillen, mit denen man 2047 sogar selber in das Spiel eintauchen konnte.

Sie schüttelte den Kopf. «Vielleicht … später.»

«Okay.» Er zuckte die Schultern und steuerte wieder die teure Boutique von vorhin an. Bevor sie eintraten, blieb er jedoch stehen und wandte sich zu ihr um.

«Ist es okay für dich?»

Sie nickte, wenn auch zögernd. Er wischte sich seine von der Zimtrolle klebrigen Finger ganz unritterlich an seiner teuren Jeans ab und gab ihr dann die Hand. Sie lauschte gespannt seinen Outfit-Ideen und verzichtete auf ihre Sturheit, als er ihr einen Stapel auserlesener Klamotten zusammensuchte. Dass er eindeutig mehr Sinn für Mode und Trends hatte als sie, war längst keine Frage mehr. Sie genoss sogar das Strahlen, das sich mehr und mehr auf seinem Gesicht ausbreitete, als sie seine Auswahl guthieß und ihn später die Sachen an der Kasse bezahlen ließ.

Er war richtig aufgedreht, als sie danach mit einer großen Tüte voller neuer Kleider Richtung Record Store wanderten, der mit seinen grellen, neonfarbenen Lettern zu einer der Attraktionen der Stadt gehörte.

«Er wird verschwinden ...», murmelte Lisa unvermittelt.

«Was?»

«Der Record Store ... es wird ihn eines Tages nicht mehr geben.»

«Wieso? Gibt es in der Zukunft keine Musik mehr? Keine Rockstars?»

«Doch, aber in der Zukunft wird jeder seine eigene Musik machen können. Und alles wird über Computer hörbar sein.»

«Das kann ich mir gar nicht vorstellen.» Er stieß die Glastür zu dem Plattengeschäft auf. Der Laden war zum Bersten voll mit Jugendlichen, die hier gern ihre Samstagnachmittage verbrachten. Lisa erblickte schon bald einen ihr sehr vertrauten buschigen Krauskopf und eine dunkelblonde Löwenmähne.

«Ohhhhh, Kendall!», kreischte Beatrice, als sie ihn entdeckte. «Ich hab dich schon vermisst! Na, hast du deinen Rausch ausgeschlafen?»

Morgan antwortete ihr nicht, sondern zog Lisa mit sich durch den nächstbesten Gang.

«Ha! Wortkarg wie immer, was? Hey, Ross macht sich Sorgen um dich, Kleiner!», rief ihm Beatrices Reibeisenstimme hinterher.

«Ich weiß», sagte Morgan cool, während sein Blick über die unzähligen Tonträger schweifte. Beatrice fixierte Lisa über die Regale hinweg.

«Sooooo? Haben wir jetzt eine neue Flamme? Ich sehe, du hast sie bereits in Schale geworfen. Und was ist mit deiner armen Camilla? Die heult sich nämlich die Äuglein aus.»

Morgan hob leicht genervt die Brauen und zog eine CD nach der anderen aus der Reihe. Lisa bewunderte ihn für seine Coolness. Wie oft hatte sie sich gewünscht, ihre Gefühle auch so im Zaum halten zu können.

«Was?», vernahm sie eine keifende Stimme neben ihrem Ohr. «Was macht *die* denn hier?»

Lisa wandte kurz ihren Kopf und sah Carols Papageiennase direkt vor sich aufragen. Ihre Sturmfrisur wucherte wie ein Buschwerk um ihren Kopf herum.

Cheyenne … Cheyenne Bingley … schon wieder so ein Name, der ihr durch den Sinn geisterte. Ein Mädchen mit einem ähnlichen Haarbusch, aber einem etwas reiferen und länglicheren Gesicht als das von Carol … ebenso hoch aufgeschossen …

«Hey, wir haben doch als Klasse abgestimmt, dass wir sie zwei Wochen lang schneiden. Schon vergessen?», riss Carols Stimme sie in die Wirklichkeit zurück. «Du hältst dich mal wieder nicht an unsere Abmachung, Kendall!»

Morgan antwortete mit einem Schulterzucken und arbeitete sich mit aller Seelenruhe weiter durch die CDs. Er hatte bereits drei weitere Jewelcases auf seinen Stapel gelegt.

Im nächsten Moment wurde er beinahe von den Füßen gerissen. Ein pummeliges Mädchen hatte sich von hinten an seinen Hals geworfen und klammerte sich mit aller Kraft an ihm fest. Ihre blondierten Haarsträhnen waren stachelig nach oben gerichtet.

«Mooooorgaaaaan, mein süßer kleiner Engel», zwitscherte sie in höchster Tonlage und drückte ihm einen fetten Schmatzer auf die Wange.

Carol und Beatrice brachen in einstimmiges Spottgelächter aus, während Morgan sich sichtlich genervt aus Kimberleys Arm befreite.

«Lass das, Kim», befahl er rau. Dahinter tauchte Sandy auf und zog die übliche schmollende Schnute. Auch Joey Logan kam herangewackelt und schüttelte seine Rockermähne. Es schien, als hätte Morgan tatsächlich eine Art Magnetwirkung auf die Jugendlichen der Stadt.

«Hey, Morgan. Hast du schon die neue CD von ‹Aerosmith›?» Joey hielt ihm das Album unter die Nase. «Die ist der Hammer!»

«Nein, hab ich noch nicht», sagte Morgan, nahm sie ihm aus der Hand und legte sie auf seinen Stapel, der immer höher wurde.

«Ach ja, ich hab ganz neue Akkorde auf der Gitarre geübt», berichtete Joey Logan eifrig. «Ich hab ein Tape zuhause. Willst du es dir mal anhören? Du bist doch hier der Musikprofi. Ich bring's dir am Montag mal mit.»

«Alright», sagte Morgan gleichgültig. Er wandte sich an Lisa.

«Was möchtest du haben?»

«Ich?»

«Natürlich. Such dir was aus. Kassetten, Schallplatten ... was und wie viele auch immer du willst. Kannst auch CDs haben. Ich schenk dir einen Player zu Weihnachten. Oder willst du ihn jetzt schon? Ich kann Stevie jederzeit um mehr Geld bitten.»

«Ähm, Weihnachten reicht schon, danke.» Lisa war gerade ein bisschen überfordert.

Die Verkäuferin, die Morgan offenbar bestens kannte, strahlte übers ganze Gesicht, als er ihr einen ganzen Turm aus CDs auf die Theke legte. Sie begann, jede einzelne CD in das Kassensystem zu tippen.

«Uohooo, Kendall, du rettest mal wieder das Tagesgeschäft», johlte Beatrice. «Magst du uns nicht alle noch auf eine Zimtrolle ins Cinnamon Coffee House einladen? Wär mal wieder fällig.»

«Da war ich schon», sagte Morgan, während er der Verkäuferin seine Kreditkarte reichte. «Hab noch was vor.»

«Und was ist mit unserem Beschluss? Mit dem Komitee, das wir gegründet haben?» Carol türmte sich vor ihm auf, schaute provozierend auf ihn runter und ließ eine Kaugummiblase zerplatzen. «Hast du eine Erklärung für dein Verhalten, ausgerechnet das Mädchen, das sich nicht an unsere Regeln hält, zum Ball einzuladen, nachdem du uns alle so lange auf die Folter gespannt hast?»

«Der erklärt uns gar nichts», bemerkte Beatrice. «Mister Schweigsam hat sein ganzes Kontingent an Worten für heute schon längst verprasst.»

«Ach, ihr könnt mich mal mit eurem dummen Komitee. Ich war nie Teil des Komitees und werde auch nie Teil davon sein. Und wen ich zum Ball eingeladen habe, ist und bleibt meine Sache. Und jetzt geht mal aus dem Weg!» Er schob die verdatterten Mädchen zur Seite, nahm seine Tüten und strebte zum Ausgang. Lisa beeilte sich, ihm zu folgen.

«Wow. Kendall kann ja reden!», hörten sie Beatrices verdutzte Stimme.

«Kumpel! Hey, Kumpel!» Morgans Freunde Nathan und Paul kamen angetrabt, übers ganze Gesicht strahlend. «Hey, Morgan! Das war klasse! Der hast du's aber gegeben. Dieses blöde Komitee nervt mich schon lange. Hi Lisa, übrigens.»

«Hey Nathan.»

«Hey, Kumpel, alles klar mit dir?» Nathan schlug Morgan auf die Schulter.

«Klar. Warum nicht?»

«Du warst gestern Nacht einfach verschwunden. Ross sagte, dir sei übel gewesen.»

«Hab was Schlechtes gegessen. Alles in Ordnung.»

«Da bin ich ja froh.» Nathan strich sich durch sein blondes lockiges Haar, das vorne kurz und hinten lang war. Nathan … wie würde er wohl in dreißig Jahren aussehen? Lisa hatte auf einmal die Erinnerung an einen Mann mit kurzem Haar und einem Bart.

«Ihr habt übrigens toll getanzt gestern», sagte Paul anerkennend.

«Danke.» Morgan lächelte leicht. «Ach ja: Gratuliere zum Ballkönig, Nate.»

«Oh!» Nathan winkte ab. «Na ja. Dein Bruder hat mir Bev schon wieder abspenstig gemacht. Eigentlich wollte ich sie nach dem Ball zu mir einladen, aber Stevie hat sie einfach abgeholt. Doch ich werde sie zurückerobern, das garantiere ich dir.»

«Mach das», sagte Morgan. «Stevie kann eh haben, wen er will. Außerdem passt sie besser zu dir.»

«Na dann … pass auf dich auf, Kumpel.» Nathan wirkte auf einmal ernst. «Vielleicht … erholst du dich besser mal ein bisschen vom Feiern.»

«Mach ich doch», versicherte Morgan.

Als sie ins Freie traten, packte Lisa Morgan am Arm. «Momo! Beverly muss *unbedingt* mit Stevie zusammenbleiben.»

«Ach ja?»

«Es ist wichtig … extrem wichtig. Wir müssen dringend dafür sorgen. Es geht um die Zukunft … es geht um …»

Kyle, dachte sie.

«Okay», sagte Morgan schulterzuckend. «Aber muss Beverly das nicht selbst entscheiden?»

Sie überquerten die Straße.

«Hey, willst du Fotos machen?» Er wies auf den Fotoautomaten, der ein paar Meter weiter vorne aufgebaut war und der regelmäßig von Teenagern belagert wurde. Im Moment war er allerdings frei, und diese Chance nutzte Momo. Er öffnete den Vorhang und zog Lisa in die kleine Kabine.

Als sie sich zusammen auf den kleinen Barhocker quetschten – Lisa auf Momos Schoß – und in die Kamera grinsten, fiel Lisa von irgendwoher das Wort «Holo-Photolab» ein. Sie klammerte sich an Momo fest, um nicht vom Hocker zu fallen, der bedrohlich unter ihnen schwankte. Vor allen Dingen, weil Momo dauernd Faxen machte und sie am Ende ohne ein vernünftiges Bild, dafür aber mit Schluckauf aus dem Automaten taumelten.

Momo lehnte sich an die Außenwand, sein Gesicht im Ellbogen vergraben, und wurde jedes Mal, wenn ein weiteres missratenes Bild aus dem Entwickler kam, so stark von einem Lachanfall geschüttelt, dass Lisa ihn schließlich auf den Rücken tätscheln musste, damit er sich wieder beruhigte.

«In der Zukunft nennt man solche Fotos *Selfies*», erklärte sie lächelnd.

«Selfies!» Er schüttelte nur ungläubig den Kopf und wischte sich die letzten Lachtränen aus den Augen.

Beschwingt winkte er ein paar Minuten später einem Taxi und ließ sich und Lisa und die Tüten nach Hause chauffieren, nicht ohne dem Taxifahrer noch ein großzügiges Trinkgeld in die Hand zu drücken.

Zuhause stibitzten sie erst ein paar Kleinigkeiten aus dem Kühlschrank und schleppten dann ihre vollen Tüten nach oben in Morgans Zimmer. Er schien wirklich guter Laune zu sein, denn auf dem Weg die Treppe hinauf trällerte er leise vor sich hin. Lisa erkannte ein paar Zeilen aus dem Song «Sweet Dreams» von «Eurythmics». Wie üblich gab er den Songtext fehlerfrei wieder.

«Hast du schon mal dran gedacht, dir ein Keyboard zu kaufen und eigene Songs zu schreiben?», fragte sie, als er die Tür zu seinem Zimmer aufstieß.

«Ja, schon …», brummte er. «Aber ich fürchte, mein Dad und Stevie fänden das albern.»

«Wieso? Ich glaube, du hättest Talent.»

«Meinst du?» Er runzelte die Stirn.

Lisa kramte angestrengt in ihrem Gedächtnis und versuchte sich an die schöne Melodie und den Text zu erinnern, die sie in ihrem Zukunftstraum gehört hatte. Etwas zaghaft und mit wackeliger Stimme gab sie ein paar Zeilen wieder.

A thousand words I have to say
Words in my mind, gone astray
Trapped within a golden cage
In there since an endless age

Wie von der Tarantel gestochen, drehte Morgan sich zu ihr um. «Sag, woher hast du das?»

«Du hast es mir vorgespielt … in der Zukunft …»

«Es ist genau der Song, den ich momentan immer mal wieder im Kopf habe.» Ohne weiteren Kommentar schritt er zu seinem Schreibtisch und öffnete die Schublade. Er kramte zwischen den Blättern und zog ein Heft hervor, das er zuunterst verstaut hatte. Er klappte es auf und legte es vor Lisa hin.

«Da. Das hab ich angefangen zu schreiben.»

Lisa las die Worte. Sie waren fast identisch mit den Sätzen, die in ihrer Erinnerung herumgeisterten.

«Genau das ist es.» Sie schnippte mit den Fingern. «Hey, dein Dad und Stevie sind doch eh fast nie zuhause, oder? Du hast das Haus für dich. Du kannst machen, was du willst. Du kannst Keyboard spielen, ohne dass jemand dich hört.»

«Da hast du wohl recht …», murmelte er.

Später machten sie sich auf den Weg zu Doc Silverman und Zac. Es war inzwischen fast fünf Uhr nachmittags.

«Sag, wenn du deinen Verwandten erzählst, dass du nun einen

Freund hast, musst du dann vielleicht nicht ins Internat?», fragte er unvermittelt auf der Busfahrt in Richtung Low West Village, das Viertel, in dem Doc Silverman und Zac lebten.

«Wie ... wie meinst du das?», stotterte sie überrascht.

«Ich dachte nur, vielleicht magst du mit mir nach Amerika kommen.»

Er sah Lisa vorsichtig von der Seite an.

«Nach Amerika?»

«Ja. Ich möchte dort den Highschool-Abschluss machen. Hab ich dir doch erzählt.»

«Ich ... ich weiß nicht. Das ... geht nicht, glaub ich.»

«Na ja. War nur so eine Idee.» Er zuckte mit den Schultern und starrte wieder geradeaus.

Lisa schüttelte den Kopf. Amerika – das konnte er doch unmöglich ernst meinen!

«Momo?»

«Ja?»

«Wie meintest du das vorhin? Bin ich nun so etwas wie ... deine Freundin? Also ... dein Mädchen?»

«Ist es nicht das, was du möchtest?», fragte er etwas unsicher und wandte ihr erneut das Gesicht zu.

«Schon, aber ...» Sie verstummte und hielt eine Weile die Luft an, um ihr aufrührerisches Herz zu beruhigen.

«Ja, willst *du* das denn auch?», fragte sie vorsichtig zurück.

«Ich dachte, wir können dem Ganzen zumindest einen Versuch geben», erwiderte er eine Spur zu rau, wohl, um seine Verlegenheit zu verbergen.

«Und was ist mit Camilla?»

Er schüttelte den Kopf. «Regle ich später.»

Er sah aus, als wollte er noch mehr sagen, doch in dem Moment kam der Bus zum Stillstand. Sie waren da.

Dieses Mal stieg Lisa zuerst aus und übernahm die Führung, während Morgan ihr folgte. Mit jedem Schritt spürte sie, wie seine Nervosität zunahm, und als sie vor der Villa Silverman standen, wanderte sein Blick ehrfürchtig zu der mit Efeu überwucherten Fassade hoch.

Doc Silverman erwartete sie bereits.

«Da seid ihr ja», sagte er hocherfreut, als er ihnen die Tür öffnete.

Lisa war überglücklich, den Doc in so junger Frische zu sehen. Sein cremefarbenes Haar war noch nicht von allzu vielen weißen Strähnen durchsetzt, und er ging aufrecht. Ein großer, stattlicher Mann.

«Willkommen, Morgan», sagte der Doc und schüttelte ihm die Hand. «Du bist das erste Mal bei uns, nicht wahr?»

Morgan nickte schüchtern.

«Ich kenne ja deinen Vater», meinte Doc Silverman. «Kommt herein. Es gibt viel zu besprechen und zu erzählen.»

Er führte Lisa und Morgan ins Labor. Morgan hielt sich dicht bei Lisa, als diese sich den Weg durch das übliche Chaos von Kabeln, Werkzeugen und Maschinenteilchen bahnte. Er staunte über die unzähligen erleuchteten Lampenschirme, die den Raum in ein buntes Licht tauchten.

Sie entdeckten Zac hinten in einer Ecke am Werkeln. Offenbar hatte er überhaupt noch nicht mitgekriegt, dass Besuch gekommen war.

Auf dem braunen Manchesterstoff-Sofa, das so viel neuer aussah als in Lisas Erinnerung, saß zu ihrer Überraschung Britt.

«Endlich, Lee!», sagte sie und schoss wie ein Federball von ihrem

Sitz hoch. «Ich hatte gehofft, du kämst früher. Und ...» Ihr Blick fiel etwas abschätzig auf Morgan. «... ich hoffte, ehrlich gesagt, du kämst allein.»

«Nun, Britt, Morgan ist auch Teil dieser Geschichte. Er verdient es, aufgeklärt zu werden», wies der Doc sie sanft zurecht.

Britt war anzusehen, dass ihr das ganz und gar nicht gefiel. Und wenn Britt eins nicht konnte, dann war es, ihr Missfallen zu verbergen. Das wusste Lisa nur allzu gut.

Lisa und Morgan nahmen auf zwei wackeligen Holzstühlen gegenüber dem Sofa Platz.

«Wow, Lee, was trägst du für schicke Sachen?», staunte Britt. «Richtige Markenklamotten, was? So hab ich dich ja noch nie gesehen. Du siehst aus wie aus dem Ei gepellt.»

«Morgan hat sie mir gekauft», sagte Lisa.

«Da wird unsere Fanny aber Freude haben.» Auch wenn in Britts Stimme unverhohlener Sarkasmus zu hören war, wusste Lisa, dass sie recht hatte.

«Es sieht gut aus», lobte der Doc. «Ich sehe, Morgan, du hast bestens für Lee gesorgt. Habt ihr das geregelt mit Lisas Familie? Wie haben sie reagiert?»

«Ich darf bis Sonntagabend bei Morgan bleiben», berichtete Lisa. «Sie sind richtig begeistert.»

«Das kommt uns jetzt wirklich sehr gelegen», schmunzelte Doc Silverman. «Das ist dir zu verdanken, Morgan. Du bist unser Retter in der Not.»

Morgan wagte ein schüchternes Lächeln.

«Zachary, kommst du bitte? Lee und Morgan sind da!», rief Doc Silverman seinem Sohn zu, der immer noch hingebungsvoll an seinem Time Transmitter herumfummelte.

Widerwillig trennte er sich von seinem Gerät, wischte sich die schmutzigen Hände an seiner viel zu kurzen Hose ab und dackelte heran, wobei er um ein Haar über ein Kabel gestolpert wäre.

«Es ist unglaublich! Es hat wirklich funktioniert!», jubelte er. «Ich hätte es fast nicht für möglich gehalten, aber es hat wirklich und wahrhaftig funktioniert.»

«Ja, das wollen wir jetzt gern hören», sagte der Doc und winkte der guten Seele des Hauses, Rachel, die eben die Treppe runterkam und ein Tablett mit Tassen und einem Teekrug brachte.

«Danke, Rachel! Stellen Sie die Sachen nur hier auf den Tisch!» Er wies auf einen alten, dreibeinigen Holzschemel. Lisa sah die gutmütige Frau mit einem Gefühl der Wiedersehensfreude in ihrem Herzen an. Auch Rachel war wieder da!

Nachdem alle Platz genommen und sich mit Tee bedient hatten, wollte der Doc von Lisa wissen, was ihr am Vorabend alles widerfahren war, nachdem sie versucht hatte, Mrs. Whitfield auf der Brücke das Smartphone zurückzugeben.

«Ich weiß es nicht, Doc …», fing Lisa unsicher an. «Ich weiß nicht, ob ich wirklich in der Zukunft war oder ob ich das alles nur geträumt habe. Aber der Traum war so lebendig, und all die Dinge, an die ich mich erinnere und die ich sage, sind anscheinend wahr …» Sie schaute Morgan an.

«Zum Beispiel?» Der Doc hob seine buschigen Augenbrauen.

Und Lisa erzählte ihm von all ihren Eindrücken. Zuerst von ihrer Reise ins Jahr 2018, die, während sie all dies schilderte, auf einmal in ihren Erinnerungen scharfe Konturen gewann.

Dann von Kyle und Banjo und Angela und der Klasse aus dem Jahr 2018, von Zacs Wetterstation, von Morgan, dem sie am 7. Juni 2018 das Leben gerettet hatte, von ihrem Besuch im Forschungszentrum und Professor Ash, der sie in seinem Labor gefangen hielt.

Als Nächstes von der abenteuerlichen Befreiungsaktion und dem Versuch, sie wieder nach Hause zu senden, was sie aber nochmals fast dreißig Jahre weiter in die Zukunft katapultiert hatte, nämlich ins Jahr 2047, wo die Menschen HoloStrips und VID-Brillen hatten, und einige sogar E-Tattoos, und wo alles furchtbar teuer war. Wo Morgan Milliardär war und die KAC leitete, und wo eine korrupte Wissenschaftlerbande den Time Transmitter für ihre eigenen Zwecke missbrauchen wollte und wo sie schließlich einer jüngeren Version von Professor Ash begegnet war.

Sie schilderte ihre Begegnung mit Julian und Loreen, Morgans Großneffe und Großnichte, und nicht zuletzt auch den gescheiterten Versuch, sie durch das Portal im Forschungszentrum endlich wieder in ihre Vergangenheit zu senden, was durch die mehrfach verschlungenen Zeitlinien verhindert worden war.

Sie berichtete von ihrem älteren Ich, das aus dem Jahr 2105 zurückgekehrt war, von dem zweiten Versuch, sie durch das Portal nach Hause zu bringen, und von dem Schuss, der Morgan tödlich verletzt hatte.

Sie schloss ihren Bericht damit, wie sie auf einmal von einem hellen Licht und Abermillionen Farben umgeben gewesen war und wunderschöne Worte aus der Ewigkeit vernommen hatte.

Als sie geendet hatte, blickten vier Paar Augen sie fassungslos an.

«Unglaublich», brachte Britt nur hervor. «Das ist starker Tobak.»

«Das ist in der Tat sehr eindrucksvoll», sagte der Doc.

Zac starrte Lisa mit offenem Mund an.

Morgan fuhr sich nervös durchs Haar.

«Das kann kein Traum gewesen sein», sprach Doc Silverman aus, was letztendlich alle dachten. «Die Worte, die du gehört hast, stammen aus dem Buch der Bücher, der Bibel. Ich gehe davon aus, dass du tatsächlich in der Zukunft gewesen bist und dass der Schöpfer dich selbst wieder zurück in deine Zeit gebracht und die Zeitlinie wiederhergestellt hat.»

«Ich fass das immer noch nicht», stöhnte Britt. «Und du hast mich wirklich als alte Frau gesehen?»

«Ja … euch alle», sagte Lisa. «Und sogar mich selbst.»

«Unglaublich …»

«Doc Silverman … darf ich Sie etwas fragen?», fragte Morgan leise.

«Aber natürlich, Morgan.» Doc Silverman sah ihn mit warmem Blick an.

«Lisa hat mir ein Gerät gezeigt … aus der Zukunft. Dort war ein Bild drauf mit meinem To…, Todesdatum.» Er hatte arge Mühe, das Wort auszusprechen. «Der Tag, an dem ich … sterbe … im Jahr 2018. A-aber Lisa sagte mir, dass das Bild verschwunden ist. Was bedeutet das?»

Doc Silverman schenkte ihm ein herzliches Lächeln. «Das bedeutet, mein Junge, dass es gar nicht geschehen wird. Du hast das Vorrecht, dein Leben zu gestalten und schon jetzt gute Entscheidungen zu treffen.»

«Wie meinen Sie das?»

Der Doc beugte sich vor und ließ seine weisen Augen über Morgans junges Gesicht wandern.

«All das, was du in dein Herz hineinlässt, Morgan, bestimmt dein Leben, deine Zukunft. Ich weiß, dass dir viel Unrecht getan wurde. Aber lass nicht zu, dass auch nur *eine* Wurzel der Bitterkeit in dir aufsprosst. Vergib deinem Vater. Und deiner Mutter. Rede mit ihnen über deine Gefühle. Friss sie nicht in dich hinein. Dein Vater mag ein harter Mann sein, aber er ist kein Unmensch. Er hat trotz allem seine großzügigen Seiten. Versuch es. Bitterkeit ist eines der übelsten Gifte, das man seiner Seele zumuten kann. Es ist genau das, was aus Professor Ash einen hartherzigen, bösen Menschen gemacht hat. Vertrau dich lieber deinem Schöpfer an. Befiehl dein Leben in seine Hände und vertraue auf ihn, dass er etwas Gutes vorhat mit dir.»

Morgan hörte dem Doc aufmerksam zu.

«Könnte man … mit der Zeitmaschine auch in die Vergangenheit reisen und einige Dinge ungeschehen machen?», fragte er vorsichtig.

Der Doc dachte eine Weile nach.

«Ich denke, letztendlich sollten wir nach vorne schauen und nicht zurück», sagte er. «Schau, Morgan, du kannst dein Leben nicht rückwärts leben. Du kannst es nur vorwärts leben und das Beste draus machen. Die Vergangenheit kannst du nicht ändern, wohl aber die Zukunft. Nun kenne ich dich noch nicht sehr gut, aber ich glaube, dass in dir ein paar ganz feine Eigenschaften stecken.»

«Hm.» Morgan musterte den Doc nachdenklich.

«Aber warum heißt es dann, dass alle unsere Tage bereits in ein Buch geschrieben sind?» Lisa versuchte, sich wieder an die Worte zu erinnern, die sie gehört hatte. «Bedeutet das denn nicht, dass unser Schicksal schon längst bestimmt ist? Ich hatte ja schon früher immer diese Träume von der Zukunft. Ich hab mich immer gefragt, woher sie kommen. Kann es sein … dass … eben doch alles schon irgendwie festgelegt ist?»

Doc Silverman sah Lisa mit seinen gütigen Augen an.

«Siehst du, Lee, unser Schöpfer lebt nun mal außerhalb von Raum und Zeit. Er existiert in einer anderen Dimension. Er lebt in der Vergangenheit, der Gegenwart und der Zukunft. Er weiß, was kommen wird, noch ehe es da ist. Er weiß auch schon im Voraus, was für Entscheidungen du treffen wirst. Das ist weit mehr, als was wir mit unserem Verstand erfassen können. Lass es uns einfach als ein wunderbares Mysterium sehen, das wir nicht begreifen müssen. Gewisse Dinge sind nun mal Gottes Geheimnis.»

Die Spannung, die auf seine Worte folgte, war fast greifbar. Zacs Adamsapfel bewegte sich auf und ab. Britt rutschte nervös auf dem Sofa hin und her. Morgan schaute den Doc weiterhin mit großen Augen an.

«Tja, nun musst du also am Mittwoch abreisen, Lee?», ergriff der Doc wieder das Wort.

«Ja, leider …», seufzte Lisa. «Schlechtes Timing.»

«Timing? Was ist das denn für ein Wort?», wunderte sich Britt.

«Doc Silverman …», hob Morgan zögernd an.

«Ja?»

«Ich habe mir überlegt … wie es wäre, wenn Lee mit mir nach Amerika kommen würde. Wir könnten zusammen auf die Schule gehen … zusammen den Highschool-Abschluss machen …»

«Ich weiß nicht, ob das so eine gute Idee ist», schaltete Britt sich sofort ein.

Doc Silverman wandte sich an Britt. «Und warum nicht?»

«Ich weiß nicht. Lee kann doch nicht einfach … mit *ihm* nach Amerika gehen?» Ihre Augen blieben abschätzig auf Morgan haften.

«Britt», sagte Doc Silverman mit tiefer, sonorer Stimme. «Du musst dich mit der Tatsache abfinden, dass Morgan genauso ein Teil von Lees Leben ist wie du. Es wird Zeit, dass ihr eure Differenzen überwindet und Freunde werdet.»

«Freunde?!» Britt runzelte die Stirn. «Na ja … das ist vielleicht ein bisschen viel verlangt.»

«Du kannst nie wissen», sagte Doc Silverman geheimnisvoll. «Vielleicht wirst du seine Hilfe eines Tages noch brauchen.»

«Wohl kaum», wehrte sich Britt.

«Sag niemals nie. Du weißt nicht, was die Zukunft bringt.»

Darauf hatte Britt tatsächlich nichts mehr zu erwidern.

Der Doc richtete sich wieder an Morgan.

«Lass mich deinen Vorschlag hören, Morgan.»

Morgan straffte den Rücken und nahm seinen ganzen Mut zusammen, um vor der versammelten Runde zu sprechen.

«Lee hat mir erzählt, dass ich in Amerika auf die falsche Spur kommen werde, weil ich … tja, zu viel feiern werde und so. Ich dachte, wenn wir zusammen gehen, Lee und ich, dann … dann könnte ich es vielleicht leichter schaffen mit dem Abschluss.»

«Hm.» Doc Silverman strich sich übers Kinn, während er den Kronleuchter an der Decke studierte.

«Ich finde das ehrlich gesagt eine sehr schöne Idee», gestand er nach einem längeren Denkprozess. «Lee könnte viele neue Dinge kennen lernen und hätte einen treuen Freund an ihrer Seite. Und Morgan würde es helfen, seine Schritte zu festigen. Außerdem wäre es ja schade für eure neu gewonnene Freundschaft, euch nun wieder auseinanderzureißen. Allerdings müssten eure beiden Familien einverstanden sein. Und das Finanzielle müsste geregelt werden. Soviel ich weiß, hat Fanny dich ja schon für das Mädcheninternat angemeldet?»

Lisa nickte traurig. «Ich fürchte, es ist bereits alles zu spät.»

«Das ist wirklich schade», bedauerte Doc Silverman. «Ich kann da leider auch kein gutes Wort einlegen. Denn offiziell darfst du ja nicht mit uns Kontakt haben.»

«Ich halte mich raus», schnaubte Britt. «Meine Meinung ist dieses Mal ja nicht gefragt.»

Doc Silvermans Blick ruhte immer noch nachdenklich auf Morgan.

Morgan hielt sich noch etwas gerader. «Ich … ich könnte mit meinem Bruder reden. Er ist volljährig. Ich könnte ihn bitten, mit Lisas Familie zu reden. Ihr Bruder und mein Bruder waren früher Freunde, so wie Lee und ich. Vielleicht würde sogar mein Dad ein gutes Wort einlegen. Ziemlich sicher sogar. Aber ich bin überzeugt, Stevie kriegt das hin.»

«Hm.» Wieder folgte eine von Doc Silvermans berüchtigten Denkpausen. «Was meinst du, Lisa?» Sein Lächeln verriet jedoch, dass er von dieser Idee sehr angetan war.

Lisas Gedanken drehten sich in schwindelerregendem Tempo. Die Zeitlinie – die wievielte war es nun? – fing schon wieder an, sich in eine ganz neue, unerwartete Richtung zu wenden.

«Und wer soll das denn bezahlen?», intervenierte Britt, als Lisa nicht antwortete. «Ich nehme an, Morgan geht dort bestimmt auf so eine Eliteschule für die Superreichen, und ob Lee für Amerika ein Stipendium kriegt, bezweifle ich …»

«Das kann ich schon regeln», sagte Morgan. «Stevie kann mir das Geld vorschießen, und wenn ich die Highschool schaffe, dann kriege ich ja zu meinem zwanzigsten Geburtstag einen Vorschuss des Erbes von Dad ausbezahlt. Dann zahl ich Stevie alles zurück. Gar kein Problem.»

«Also – im Klartext heißt das, du willst Lisas Schule bezahlen?» Britt sah ihn an, als hätte er nicht alle Tassen im Schrank.

«Ja», sagte Morgan, ohne mit der Wimper zu zucken.

«Heiliger Scholli», stöhnte Britt. «Kannst du dir das einfach so leisten?»

Morgan zuckte mit den Schultern. «Klar.»

«Das ist sehr großherzig von dir, Morgan», sagte Doc Silverman beeindruckt. «Bist du dir dessen sicher?»

«Was soll ich sonst mit dem ganzen Geld machen?», erwiderte er etwas gequält. «Ich werde mehr erben, als ich je ausgeben kann. Und … und Lee hatte es ja auch nicht leicht … und ich war nicht nett zu ihr die letzten Jahre. Ich will was bei ihr gutmachen. Es fühlt sich einfach irgendwie … richtig an. Und ich glaube, Stevie wird begeistert sein.»

«Ich glaube, Lisas Familie ebenfalls, sehe ich das richtig?», resümierte der Doc.

«Darauf können Sie Gift nehmen …», murmelte Britt.

Lisa konnte sich lebhaft vorstellen, wie ihre Familie darauf reagieren würde. Tante Sally würde vor Freude an die Decke springen, wenn sie erfuhr, dass Lisa sich mit den schwerreichen Kendalls umgeben hatte. Geld und Status bedeuteten ihrer Tante ja so unendlich viel. Und auch Fanny wäre sicher sehr zufrieden. Ganz zu schweigen von Thomas, der im Grunde ja nur das Beste für seine Schwester wollte.

Selbst Britt schenkte Morgan endlich einen wohlwollenden Blick.

«Mensch, Morgan! Echt nicht schlecht. Das könnte wirklich hinhauen.» Gekonnt ahmte sie Fannys zuckersüße Stimme nach: «Oh, unsere Lee geht *gemeinsam* mit Morgan Kendall nach Amerika auf eine *gaaanz exklusive* Eliteschule. Bestimmt wird sie dort auch *gaaanz reizende* Freundinnen aus gutem Haus finden, mit denen sie wunderbare *Frauengespräche* führen kann!»

«Fragt sich natürlich, ob Lisa das möchte?» Die stahlblauen Augen von Doc Silverman fixierten wieder Lisa. «Immerhin geht es hier um ihre Zukunft.»

Das kam alles so rasant schnell, dass Lisa kaum folgen konnte. Ob sie das wollte? Ihre kühnsten Träume waren soeben dabei, in Erfüllung zu gehen. Amerika mit Momo – das war mehr, als sie sich je hätte ausmalen können. Aber …

«Ich weiß nicht, ob ich das kann», sagte sie gedämpft.

«Warum nicht, Lee?» Der Doc schaute sie väterlich an. «Wäre das nicht die Chance für dich?»

Kyle, dachte sie. Es zerriss ihr beinahe das Herz, wenn sie daran dachte, dass Kyle womöglich niemals geboren werden würde. Dass er vielleicht nie existieren würde, wenn sie Morgans Zukunft und somit auch die von Stevie und Beverly beeinflusste.

Sie erklärte es dem Doc. Alle, Doc Silverman, Morgan, Britt und Zac, hörten ihr aufmerksam zu.

«Sehen Sie, sie alle – Kyle, Elly, Julian und Loreen – wurden in einer Zeitlinie geboren, in der ich verschwunden war. In der es mich nicht gab», schloss Lisa ihren Bericht. «Ich möchte ihre Leben nicht gefährden. Deshalb weiß ich nicht, ob ich mit Morgan zusammen sein kann.»

Eine Weile war es sehr still im Raum. Doc Silvermans große Pendeluhr tickte an der Wand, als wolle sie die versammelte Runde ermahnen, dass man mit der Zeit sorgfältig umgehen musste. Britt räusperte sich gedämpft. Zac verknotete seine Hände ineinander.

Morgan hatte während des Berichts angestrengt seine Stirn gerunzelt. Die Fassungslosigkeit stand ihm ins Gesicht geschrieben.

«Was sagen Sie dazu, Doc?», ergriff Britt schließlich das Wort, der die Stille langsam zu viel wurde.

«Tja», seufzte Doc Silverman. «Das ist nicht einfach. Aber ich glaube, dass wir all dies getrost unserem Schöpfer überlassen dürfen. Er hat uns das wunderbare Geschenk des freien Willens gegeben. Gleichzeitig kennt er Vergangenheit, Gegenwart und Zukunft.

Und er kennt auch all diejenigen, die nach uns kommen werden. Ich weiß nicht hundertprozentig, was ich dir raten soll, Lee, aber ich denke ...»

Wieder grübelte er ein paar Minuten lang. Morgan rutschte unruhig auf seinem Stuhl herum.

«Freundschaft ist ein Geschenk Gottes», schlussfolgerte der Doc schließlich. «Großzügigkeit ist ein Geschenk Gottes. Alles, was gut ist, ist ein Geschenk von ihm. Ich glaube nicht, dass ihr eure wunderbare Freundschaft begraben solltet. Wenn du Frieden in deinem Herzen hast, Lee, dann denke ich, dass du Morgans großzügige Geste annehmen darfst, und wenn es Morgan so glücklich macht, dich zu beschenken, dann soll es ihm doch nicht verwehrt bleiben.

Vertrauen wir darauf, dass des Schöpfers Pläne unendlich vielfältiger sind, als wir uns das vorstellen können, und dass für ihn alle Dinge möglich sind. Er kann eine neue, wunderbare Zeitlinie mit euch schreiben und mit allen, die nach euch kommen werden.»

Wieder folgte Stille auf seine Worte. Morgan wischte sich nervös eine Haarlocke aus dem Gesicht. Seine andere Hand umklammerte die Stuhlkante und war nur einen winzigen Zentimeter von Lisas Hand entfernt.

«Nimm ruhig ihre Hand», ermunterte der Doc ihn lächelnd. «Nur keine falsche Scheu, Morgan.»

Morgan löste seine verkrampften Finger von der Stuhlkante und berührte schüchtern Lisas Handrücken.

Lisa erwiderte die Berührung, indem sie ihren Zeigefinger vorsichtig anhob, doch keiner von ihnen traute sich, vor den Augen der Anwesenden die Finger endgültig um die Hand des anderen zu schließen.

«Äh, Dad?» Zac hob auf einmal den Kopf.

«Ja, mein Sohn?»

«Wenn Lee nicht mehr da ist, und du auch im Ausland bist … wem kann ich dann all meine Erfindungen zeigen? Ich hab doch noch so viele Ideen … und der Time Transmitter hat mich auf eine neue Idee gebracht … weißt du, mit einem Photonenantrieb könnte man vielleicht eines Tages einen umweltfreundlichen Treibstoff entwickeln, der …»

«Das ist wunderbar, mein Sohn», unterbrach ihn der Doc, bevor Zac in einen seiner endlosen Vorträge abschweifen konnte. «Nun, ich werde dafür sorgen, dass ich in Zukunft weniger unterwegs bin. Falls Lisas Familie Morgans Vorschlag zustimmt – was wir ja noch nicht wirklich wissen –, dann möchte ich nicht, dass du zu viel allein bist.»

«Ich bin ja auch noch da», warf Britt mit rauer Stimme ein. «Falls euch meine Anwesenheit überhaupt noch bewusst ist … ich könnte ja auch ab und zu mal bei Zac vorbeischauen – auch ohne Lee.»

«Das wäre sehr schön, Britt», sagte Doc Silverman mit einem Schmunzeln. «Ich denke, Zachary würde sich darüber sehr freuen – nicht wahr, mein Sohn?»

Zac murmelte etwas Unverständliches und war aus irgendeinem Grund auf einmal ziemlich rot im Gesicht.

«Na ja … schließlich brauche ja auch ich Freunde, wenn Lee nun anderweitig beschäftigt ist …» Britts Stimme klang etwas belegt.

«Aber nein, Britt. Lee wird dich doch auch weiterhin als treue Freundin an ihrer Seite brauchen. Was hätte sie denn all die Jahre ohne dich gemacht? Denkst du, sie wird dich einfach vergessen?», sagte der Doc mit einem Lächeln.

«Das werde ich garantiert nicht, Britt», versicherte Lisa.

«Na, hoffentlich …», murmelte Britt mit einem Seitenblick auf Morgan.

Mensch!, dachte Lisa. *Wann schließt Momo endlich seine Hand um meine?* Sie wackelte in einer stummen Aufforderung noch ein bisschen mehr mit ihrem Zeigefinger.

«Außerdem …» Doc Silvermans Augen blitzten auf. «Ich möchte sehr gerne herausfinden, was wirklich aus Archibald Ash geworden ist.»

«Er ist doch verschwunden», bemerkte Britt. «Oder etwa nicht?»

«Tja, laut Lees Bericht geistert er immer noch irgendwo auf der Zeitlinie herum und wird irgendwann in der Zukunft wieder auftauchen», meinte Doc Silverman.

«In der Tat», stöhnte Lisa. «Obwohl ich froh wäre, ihn nie wieder sehen zu müssen.»

«So ungern ich es zugebe, wären wir das wohl alle», sagte der Doc ernst. «Doch irgendwann werden wir wohl oder übel wieder mit ihm konfrontiert werden. Aber nun, das hat Zeit. Ich habe noch ein Versprechen an dich einzulösen, Morgan.»

Morgan hob fragend seine Augenbrauen.

«Dass ich mit der Schulleitung rede wegen deiner Noten. Oder, noch besser, gleich mit deinem Vater. Ich werde ihm mitteilen, dass du ungerecht behandelt wurdest von Professor Ash, und ich werde ihm auch sagen, dass du ein ganz feiner Bursche bist, der weit mehr auf dem Kasten hat, als er denkt.»

Morgan maß den Doc mit einem ungläubigen Blick. Er brachte zwar keinen Ton heraus, aber aus seinen tiefbraunen Augen leuchtete Dankbarkeit. Seine Hand zuckte immer noch in der Nähe von Lisas Handrücken herum.

Lisa überlegte, ob sie nicht doch den ersten Schritt machen und einfach seine Hand packen sollte, doch sie entschied sich dagegen. Sie wollte, dass *er* es tat.

«Dann bleibt nur noch eins», sagte Doc Silverman mit einem Schmunzeln.

«Und das wäre?», fragte Britt.

«Euch anzuschnallen für eure Reise.» Doc Silverman ließ seinen Blick lächelnd über die fragenden Gesichter der jungen Leute schweifen. «Die Reise eures Lebens nämlich. Wir fliegen immerhin in Richtung 21. Jahrhundert. Vielleicht nicht mit einem Time Transmitter, und auch nicht durch ein Wurmloch, aber mit jeder Sekunde fliegen wir der Zukunft ein Stückchen näher. Schließlich ist das ganze Leben ja eine Zeitreise, oder nicht?»

«Wohl wahr», murmelte Britt.

«Siehst du, Lee, du warst *immer* eine Zeitreisende. Vom Anfang deiner Geburt an. Vom ersten Augenblick deines Lebens an, als du deine Augen aufgeschlagen hast, ja, als der Schöpfer dir den Lebensodem eingehaucht hat. Wir alle sind Zeitreisende, jeder von uns. Jede Minute reisen wir ein Stück in die Zukunft, die, sobald wir sie erreicht haben, unsere Gegenwart wird.

Und ihr habt noch eine lange Reise vor euch. Also schnallt euch gut an. Es könnte vielleicht manchmal etwas holprig werden. Und manchmal geht es sogar steil abwärts oder durch einen schwarzen Tunnel. Aber an jedem Ende eines Tunnels scheint bekanntlich Licht, und wo ein Tal ist, ist auch wieder eine Bergspitze.»

Die stahlblauen Augen des Docs füllten sich mit Wärme und Dankbarkeit, als er in die jugendlichen Gesichter blickte.

«So habt Acht, wohin ihr eure Leben steuert. Und vergesst nie, dem zu danken, der euch dieses kostbare Leben geschenkt hat. Er wird euch gerne begleiten. Er wird immer bei euch sein, wenn ihr das wollt und wenn ihr ihm euer Ja gebt. Ihr alle, Captain Lambridge … und Captain Kendall … und Captain Webster und Captain Silverman … oder wie immer ihr in der Zukunft heißen werdet … denkt daran: Ihr seid der Captain eurer Zeitmaschine. Der Zeitmaschine, die ‹Leben› heißt. Und ihr habt nur ein Leben hier auf der Erde. Also macht das Beste draus.»

Wohltuende Stille senkte sich über den Raum.

Lisa, Morgan, Britt und Zac ließen die Worte des Docs tief in sich einsinken und sahen einander an, als sähen sie sich zum ersten Mal.

Doc Silverman lächelte.

Und da packte Momo endlich Lisas Hand und hielt sie fest.

ENDE

Dank

Joshua alias Vitus – danke, dass ich mir deinen Namen ausleihen durfte. Und danke für die vielen Inputs und die spannenden Momente, in denen wir über zukünftige Technologien, Gott und die Welt sinnieren konnten. Ich bin stolz, so einen genialen Programmierer als Cousin zu haben! Ich hoffe, dir gefällt die Rolle des Vitus.

Monica – danke, dass du als treue Freundin immer wieder mit mir in die Achtzigerjahre abtauchst, mich auf meinen Zeitreisen durch die Musik begleitest und jeweils mit so viel Spannung auf Lisas nächstes Zeitreiseabenteuer wartest!

Sonja – du hast so fleißig die Werbetrommel gerührt und viele neue Fans für Lisa und ihre Freunde gewonnen! Schön, dass ich mich mit jemandem über die Freuden und Leiden des Schreibens austauschen kann.

Das gilt auch für dich, René – ich bin so begeistert, in dir einen Mitstreiter und Austauschpartner zum Thema Schreiben gefunden zu haben. Ich freue mich auf viele neue, spannende Projekte.

Anne – dir danke ich für deine tolle Arbeit, die vielen Überstunden und die Geduld mit mir und der doch recht komplizierten Story ☺. Auch wenn mich manchmal ein paar Inputs an den Rand der Verzweiflung gebracht haben, bin ich dankbar, dass du deinen Finger so ehrlich auf die Schwachstellen gelegt hast. Etwas Schmerz und Tränen gehören zum Prozess des Erschaffens mit dazu, das haben wir sogar in der Filmschule gelernt. Diamanten werden schließlich auch nur durch Druck erzeugt …

Mami – du bist immer für mich da und nimmst mir so viele unliebsame Aufgaben ab, damit ich mehr Zeit zum Schreiben habe. Danke, dass du mit mir auf die Zeitreise gekommen bist. Ich hoffe, du magst Momo immer noch!

Ich danke auch allen aus meiner Kirchgemeinde, die so viel für mich gebetet haben während des Schreibprozesses, besonders den Pastoren Robert und Edith.

Auch diejenigen, die ich nicht mit Namen genannt habe und die ein Teil meines Lebens – meiner Zeitreise! – sind: Danke, dass es euch gibt! Danke für die vielen schönen Stunden, die wir miteinander verbringen durften.

Und dann, auch wenn zuletzt auf der Liste (aber im Herzen zuerst!), danke ich Gott, der mir diese wunderschöne Tätigkeit des Schreibens und Geschichten-Erfindens geschenkt hat.

Die Autorin

Susanne Wittpennig, geboren 1972 in Basel, schreibt seit ihrer Kindheit leidenschaftlich gern Geschichten, die sie selber illustriert. Ihr erstes Büchlein schrieb sie mit ungefähr fünf Jahren, den ersten Roman mit zehn – das war zu dem Zeitpunkt, als ihr zwei Jahre jüngerer Bruder Matthias durch einen Autounfall ums Leben kam. Die ersten Aufzeichnungen von ihrer späteren Bestsellerreihe «Maya und Domenico» (350.000 verkaufte Exemplare) machte sie bereits mit elf Jahren.

Nach ihrer Ausbildung als Drogistin und diversen anderen Berufserfahrungen (Flughafen, Labor) arbeitete sie neben dem Schreiben mehrere Jahre als Webdesignerin und Grafikdesignerin. Schließlich packte sie ihre Sachen und zog in ihr Traumland Norwegen, um dort eine dreijährige Ausbildung an einer norwegischen Filmakademie zu absolvieren – wo ihr auch die Inspiration zu «Time Travel Girl» kam. Nach sechs Jahren in der norwegischen Hauptstadt Oslo lebt und arbeitet Susanne Wittpennig heute wieder in ihrer Heimatstadt Basel.

Von derselben Autorin weiterhin erhältlich:

Time Travel Girl: 1989
516 Seiten
Klappenbroschur, 14,5 × 20,5 cm
€ [D] 18.00 / € [A] *18.50 / CHF *26.80
* = unverbindliche Preisempfehlung
Bestellnummer 204.108
ISBN: 978-3-03848-108-9

Das Jahr 1989. Die sechzehnjährige Lisa und ihr bester Freund Zac tüfteln an einer Zeitmaschine. Als es Zac gelingt, Lisa für ein paar Tage in die Zukunft zu versetzen, beginnen sich die Ereignisse zu überstürzen: Der Physiklehrer Mr. Archibald Ash will Zac und Lisa mit allen Mitteln ausschalten, um an die Zeitmaschine heranzukommen. Und Lisa steht auf einmal ihrem zukünftigen Ich gegenüber. Ehe Lisa realisiert, was geschieht, befindet sie sich auf einer Zeitreise aus den Achtzigerjahren in die heutige Gegenwart. Plötzlich steckt sie im Internetzeitalter und ist mit vielen Abenteuern konfrontiert. «Time Travel Girl: 1989» ist der erste Teil einer Trilogie von Bestsellerautorin Susanne Wittpennig («Maya und Domenico») und handelt von den wichtigen und weichenstellenden Entscheidungen, die man im Leben trifft – oder eben auch nicht …

fontis
BRUNNEN BASEL

Von derselben Autorin weiterhin erhältlich:

Time Travel Girl (Band 2):
Liebe ist stärker als Raum und Zeit – 2018
576 Seiten
Klappenbroschur, 14,5 x 20,5 cm
€ [D] 18.00 / € [A] *18.50 / CHF *26.80
* = unverbindliche Preisempfehlung
Bestellnummer 204.123
ISBN: 978-3-03848-123-2

Das Jahr 2018: Lisa ist in einer Zeit gelandet, die für sie immer noch ferne Zukunft ist. Was es da an technischen Möglichkeiten gibt! Doch so sehr Lisa auch fasziniert ist: Immer mehr stellt sie fest, dass es gar nicht so einfach ist, dem Lebensstil der zukünftigen Generationen zu folgen. Wäre da nicht der hübsche Kyle, der sich ihrer annimmt und sich nicht durch ihre Unbeholfenheit in Sachen «Soziale Medien» irritieren lässt, würde sie sich wohl ziemlich verloren vorkommen. Denn sie hat sich noch mit einer Menge anderer Fragen herumzuschlagen: Wie kommt sie wieder ins Jahr 1989 zurück? Und ist ihr der böse Professor Ash tatsächlich in die Zukunft gefolgt?

Von derselben Autorin weiterhin erhältlich:

Der erste Teil der Story

Maya und Domenico

Die krasse Geschichte einer ungewöhnlichen Freundschaft

256 Seiten

Taschenbuch, 12 × 19 cm

* = unverbindliche Preisempfehlung

Bestellnummer 113.797

ISBN: 978-3-7655-3797-4

Das Leben der vierzehnjährigen Maya wird auf den Kopf gestellt, als der freche und angeberische Domenico neu in die Klasse kommt. Das ist das, was ihr gerade noch gefehlt hat: Der etwas ältere Domenico sieht einerseits so gut aus, dass sie in seiner Gegenwart weiche Knie bekommt. Und andererseits ist er so unsympathisch, dass er ihrer Meinung nach dahin gehen kann, wo der Pfeffer wächst.

Trotzdem kommen sich die beiden näher, und Maya entdeckt hinter seiner Maske einen ganz anderen Domenico. Plötzlich wird sie mit einer für sie völlig fremden Welt konfrontiert und gerät in eine Konfliktsituation. Und das nicht nur innerlich, sondern auch mit ihrem Vater, der gegen die Freundschaft mit diesem mysteriösen Jungen ist. Ein Kampf beginnt, in dem Maya über sich selbst hinauswächst und Domenicos Leben fast aus den Fugen gerät. – Kurzum: eine mega spannende Story um Liebe, Eltern, Drogenproblematik, Gewalt in der Schule, Außenseiterdasein und Rivalenkämpfe. Und eines wird klar: Gegen den Strom zu schwimmen lohnt sich!

fontis
BRUNNEN BASEL

Von derselben Autorin weiterhin erhältlich:

Der zweite Teil der Story

Maya und Domenico

Liebe zwischen zwei Welten

288 Seiten

Taschenbuch, 12 × 19 cm

* = unverbindliche Preisempfehlung

Bestellnummer 113.903

ISBN: 978-3-7655-3903-9

Die fünfzehnjährige Maya kann es kaum fassen: Leon, der gut aussehende Neue aus dem Gymnasium, scheint ein Auge auf sie geworfen zu haben. Doch eigentlich ist ihr ganz und gar nicht nach einer Beziehung mit diesem Arztsohn zumute. Sie kann ihren geheimnisvollen Freund Domenico nicht vergessen, der vor fast einem Jahr sang- und klanglos mit seinem drogenabhängigen Zwillingsbruder Mingo nach Sizilien abgehauen ist.

Maya hat nur einen Wunsch: Sie will Domenico wiedersehen und wissen, was aus ihm geworden ist. Und ganz unverhofft wird ihr Traum wahr. Sie darf mit ihrem Vater zusammen eine Reise nach Sizilien machen. Doch wird sie wirklich finden, was sie sich erhofft?

Schließlich wühlt das Wiedersehen mit Domenico und Mingo nicht nur erneut ihr Leben auf, sondern stellt Maya auch vor eine schwierige Entscheidung. Hat diese Liebe überhaupt eine Zukunft? Und was für Geheimnisse versteckt Domenico noch vor ihr?

fontis

BRUNNEN BASEL

Von derselben Autorin weiterhin erhältlich:

Der dritte Teil der Story

Maya und Domenico

Entscheidung mit Folgen

320 Seiten

Taschenbuch, 12 × 19 cm

* = unverbindliche Preisempfehlung

Bestellnummer 114.004

ISBN: 978-3-7655-4004-2

Die fast 16-jährige Maya erhält einen Brief von ihrem Freund Domenico aus Sizilien. Die Nachricht verheißt allerdings nichts Gutes: Domenico und sein Zwillingsbruder Mingo stecken mal wieder in ziemlichen Schwierigkeiten und sind auf der Flucht zurück nach Deutschland.

All die Gefühle für Domenico, die Maya so mühsam zu vergessen versucht hat, brechen wieder hervor. Als sie den beiden Brüdern und deren Halbschwester Bianca erneut gegenübersteht, wird klar, dass die Situation extrem schwierig ist. Probleme mit Polizei und Jugendbehörden stehen an, Bianca ist an einer schweren Grippe erkrankt, und Mingos Drogenprobleme scheinen ausweglos. Maya, ihre Eltern und die Klassenlehrerin Frau Galiani versuchen zu helfen. Doch es kommt anders. Ein tragisches Unglück wirft Mayas Leben fast aus der Bahn und verbindet sie erneut mit Domenicos Schicksal. Sie merkt, dass sie ihre Liebe zu ihm nicht so einfach aus sich herausreißen kann. Auch wenn seine Welt so meilenweit von der ihren entfernt ist. Wie soll sie sich entscheiden?

Von derselben Autorin weiterhin erhältlich:

Der fünfte Teil der Story

Maya und Domenico

Schatten der Vergangenheit

352 Seiten

Taschenbuch, 12 × 19 cm, **mit Musik-CD**

* = unverbindliche Preisempfehlung

Bestellnummer 114.082

ISBN: 978-3-7655-4082-0

Die siebzehnjährige Maya erwartet die Rückkehr ihres Freundes Domenico aus Italien mit gemischten Gefühlen. Viele Fragen beschäftigen sie: Konnte er in der Therapie seine schwere Vergangenheit aufarbeiten? Wie wird es mit ihrer Beziehung weitergehen? Hat seine Seele etwas Ruhe gefunden, oder ist er immer noch so aufgewühlt und getrieben wie zuvor?
Als Domenico früher als erwartet zurückkommt, hat sich wirklich viel geändert. Doch gewisse Fragen werden brennender denn je. Und ehe Maya es sich versieht, befindet sie sich mit Domenico auf der Reise Richtung Norwegen – auf der Suche nach der anderen, immer noch im Dunklen liegenden Seite von Domenicos Herkunft. Doch was den beiden dort begegnet, hätten sie sich selbst in ihren kühnsten Träumen nicht ausmalen können.
Schafft Domenico es, sich den Schatten seiner Vergangenheit zu stellen und seinem leiblichen Vater gegenüberzutreten? Und ist es wirklich möglich, all die Versprechen einzuhalten, die er und Maya sich damals bei der Laterne gegeben haben?

fontis
BRUNNEN BASEL

Von derselben Autorin weiterhin erhältlich:

Der sechste Teil der Story

Maya und Domenico

Auf immer und ewig?

368 Seiten

Taschenbuch, 12 × 19 cm

* = unverbindliche Preisempfehlung

Bestellnummer 114.105

ISBN: 978-3-7655-4105-6

Die siebzehnjährige Maya und ihr Freund Domenico sind soeben aus Norwegen zurückgekehrt, als auch schon die nächste Schocknachricht ihr Leben erneut kräftig durchschüttelt: Mayas Mutter ist an Bauchspeicheldrüsenkrebs erkrankt.

Maya muss sich nicht nur innerlich auf diese neue Situation einstellen, sondern auch äußerlich – ihr Vater hat vor, mit ihrer Mutter zu einem Spezialisten nach Basel zu reisen, und Maya soll in dieser Zeit bei ihrer Tante wohnen. Auf dem Weg durch ihr dunkles Tränental hat Maya nur einen Halt: ihren Freund Domenico, der ihr mit aller Kraft zur Seite steht.

Doch auch Domenicos Leben ist noch längst nicht von allen Schatten und Herausforderungen befreit: Manuel, Carrie, Bianca, seine eigene Zukunft und auch seine Mutter verlangen ihm einiges ab. Nicht zuletzt wird er nach wie vor von den Straßengangs aus seinem alten Umfeld bedroht. Auch Maya ist je länger, je mehr in Gefahr. Der letzte Ausweg ist schließlich die Flucht aus der Stadt, was Maya und Domenico hilft, in einem einsamen Ferienhaus am See über ihre Zukunft nachzudenken. Bis eine neue Situation sie zu einer schnellen Entscheidung zwingt …

fontis

BRUNNEN BASEL

Von derselben Autorin weiterhin erhältlich:

Der siebte Teil der Story

Maya und Domenico

Zwei Verliebte im Gegenwind

352 Seiten

Taschenbuch, 12 × 19 cm

* = unverbindliche Preisempfehlung

Bestellnummer 114.144

ISBN: 978-3-7655-4144-5

Die bald achtzehnjährige Maya steht vor einem komplett neuen Lebensabschnitt: Ihr Freund Domenico hat ihr unverhofft einen Heiratsantrag gemacht, und ihre Eltern wollen das Haus verkaufen und auf Weltreise gehen. Doch vorher hat sie nur einen Wunsch: Endlich mal ein bisschen relaxen und mit Domenico zusammen Ferien auf Sizilien machen – fernab von all dem Stress. Doch wieder einmal kommt alles anders. Kaum sind Maya und Domenico in Monreale angekommen, befinden sie sich auch schon auf einer abenteuerlichen Motorradfahrt durch halb Sizilien – auf der Flucht vor Domenicos Vergangenheit, die ihm unermüdlich auf den Fersen ist.
Doch alles Fliehen und Verstecken hilft nichts: Ungeahnte Geheimnisse kommen zum Vorschein, die auf einmal ein völlig neues Licht auf Domenicos Geschichte werfen und seine Seele nochmals kräftig durchschütteln. Doch dann folgt ein ganz neuer Abschnitt: Berlin! …

fontis
BRUNNEN BASEL

Von derselben Autorin weiterhin erhältlich:

Der achte Teil der Story

Maya und Domenico

Bitte bleib bei mir!

352 Seiten

Taschenbuch, 12 × 19 cm

* = unverbindliche Preisempfehlung

Bestellnummer 114.197

ISBN: 978-3-7655-4197-1

Die 18-jährige Maya verlässt ihr Zuhause, um mit ihrem Verlobten Domenico nach Berlin zu ziehen. Damit beginnt ein neuer, aufregender Abschnitt für das junge Liebespaar. Doch ganz so harmonisch und romantisch, wie die zwei es sich ausgemalt haben, gestaltet sich das Zusammenleben nicht. Maya will «die Welt entdecken» und mit ihren neuen Freunden Teil eines Filmprojekts werden. Domenico jedoch, der in seinen wilden Jahren schon so viel durchgemacht hat, möchte sich zurückziehen und mit Maya seine eigene kleine Traumwelt aufbauen. Immer mehr tut sich eine Kluft auf, die kaum noch zu überbrücken ist. Schaffen es die beiden, einen gemeinsamen Weg für ihre so verschiedenen Interessen zu finden?

Von derselben Autorin weiterhin erhältlich:

Der neunte Teil der Story

Maya und Domenico

Liebe heilt viele Wunden

384 Seiten

Taschenbuch, 12 × 19 cm

* = unverbindliche Preisempfehlung

Bestellnummer 204.001

ISBN 978-3-03848-001-3

Es ist Winter. Und Maya ist allein auf dem Weg nach Norwegen. Ein letztes Mal noch will sie Domenico sehen, bevor er wohl ganz aus ihrem Leben verschwinden wird. Tausend quälende Fragen wühlen ihr Herz auf. Fragen, die alle nach einer Antwort verlangen. Wie konnte so eine tiefe Freundschaft zerbrechen? Wer war schuld? Wie soll es weitergehen? Lässt sich der Bruch je wieder kitten? Und was wird aus Domenico, aus ihr?

Nach einem bewegenden Abschied bei ihrer alten Straßenlaterne trennen sich ihre Wege fürs Erste. Keine Hoffnung mehr. Maya sucht nach neuen Zielen: Soll sie in Berlin bleiben oder wieder in ihre alte Heimatstadt zurückkehren? Soll sie wie geplant Medizin studieren? Und wie kann sie ihr Leben als Single gestalten? Soll sie sich auf die Suche nach einer neuen Liebe machen? Doch kann überhaupt jemand anders den Platz von Domenico einnehmen? Schritt für Schritt nimmt Maya ihr Leben in die Hand und findet langsam ihren Weg.

Bis eines Tages ein Anruf aus Sizilien ihre Gefühle und ihr ganzes Dasein erneut auf den Kopf stellt …

fontis

BRUNNEN BASEL